TIME KEEPER 1

EL ECO DEL DESTINO

IRIA G. PARENTE
SELENE M. PASCUAL

TIME KEEPER 1

EL ECO DEL DESTINO

MOLINO

El papel utilizado para la impresión de este libro ha sido fabricado a partir de madera procedente de bosques y plantaciones gestionadas con los más altos estándares ambientales, garantizando una explotación de los recursos sostenible con el medio ambiente y beneficiosa para las personas.

Time Keeper 1

El eco del destino

Primera edición en España: abril, 2024
Primera edición en México: abril, 2024

penguinlibros.com

Ilustraciones de los arranques de capítulo: CALEB: © 2024, Giulia Calligola;
RESTO DE PERSONAJES: adaptación a partir de los originales de Medusa Dollmaker.
Diseño de interiores: Penguin Random House Grupo Editorial/Meritxell Mateu

ISBN: 978-607-384-333-1
Impreso en México – *Printed in Mexico*

Esta historia es para nosotras.

Para las Iria y Selene del pasado,
por todos los años que dedicaron a hablar de ella.

Para las del presente, que hoy le ponen
punto final con el estómago lleno de nervios.

Y para las del futuro. Pueden estar orgullosas,
porque, pase lo que pase, la habrán disfrutado.

Esta historia también es para ti.

Gracias por leerla y entrar en este mundo que,
durante años, ha estado solo en nuestras cabezas.
Ojalá la vivas tanto como nosotras.

EVREN

EIRWYN
ODELIA
CALAIS
AMIRA
RUINAS DE ÁRAVA
DESIERTO DE SHANA
PLANADA DE YUDA
ILAN
ORLAITH

PREFACIO

La primera vez que Adam Rheiz vio su propia muerte fue en el fuego.

Por aquel entonces tenía veinte años recién cumplidos y su Peregrinación lo había llevado lejos del único hogar que había conocido. Era joven y esperaba mucho de una vida que siempre le dijeron que sería grandiosa, pero que en los últimos tiempos comenzaba a sentir como una cárcel. De aquel viaje anhelaba que los celestes lo iluminaran sobre la gran misión que Destino había decidido para él y le dieran razones para continuar sirviéndole sin dudas.

En su lugar, vio su cuerpo caer.

Nunca una visión le había sido mostrada con tanta claridad. Entre las llamas que iluminaban el pequeño santuario frente al que se había arrodillado, descubrió su propio rostro sin vida y cada detalle de la espada corta que lo mataría. Le pareció sentir el dolor ardiente atravesándole el estómago y la calidez de la sangre al empaparle lentamente las ropas.

No quiso creerlo.

La segunda vez que vislumbró su final fue en el agua de una vasija: la visión llegó sin previo aviso, y en ella la imagen se expandió hasta mostrar un lugar que conocía muy bien, con sus vidrieras de colores bañando un altar ante el que había rezado muchas veces antes. Los mil ojos de las estatuas que lo rodeaban observaban, impasibles, cómo se desplomaba en el suelo.

Le pareció un lugar injusto en el que morir.

Por último, también se lo anunció el viento: una noche le trajo el sonido de un ruego con su propia voz, un grito de advertencia que llevaba el nombre de un chico en el que se había prometido no volver a pensar. Había sido en vano. Aquel chico, el único que sabía que estaba prohibido para él, siguió a su lado como un pensamiento intrusivo al que volvía una y otra vez. Aunque había querido olvidarlo, aunque había querido deshacerse de aquel nudo en el pecho y todas las ideas sobre él que le parecían incorrectas, no consiguió hacerlo.

Al principio quiso creer que había oído mal: aquella no era su propia voz, aquel nombre no era el que parecía. Se negó a atender hasta que los celestes, furiosos con él y con sus intentos por ignorar sus señales, lanzaron una ráfaga de aire que lo tiró al suelo e hizo retumbar las paredes de piedra entre las que se refugiaba.

El viento, fuerte e implacable, gritó con aquella voz deshecha en pánico que sonaba, sin lugar a dudas, como la suya propia:

«¡Nathan!».

Y precisamente por ese grito, Adam Rheiz aceptó su destino.

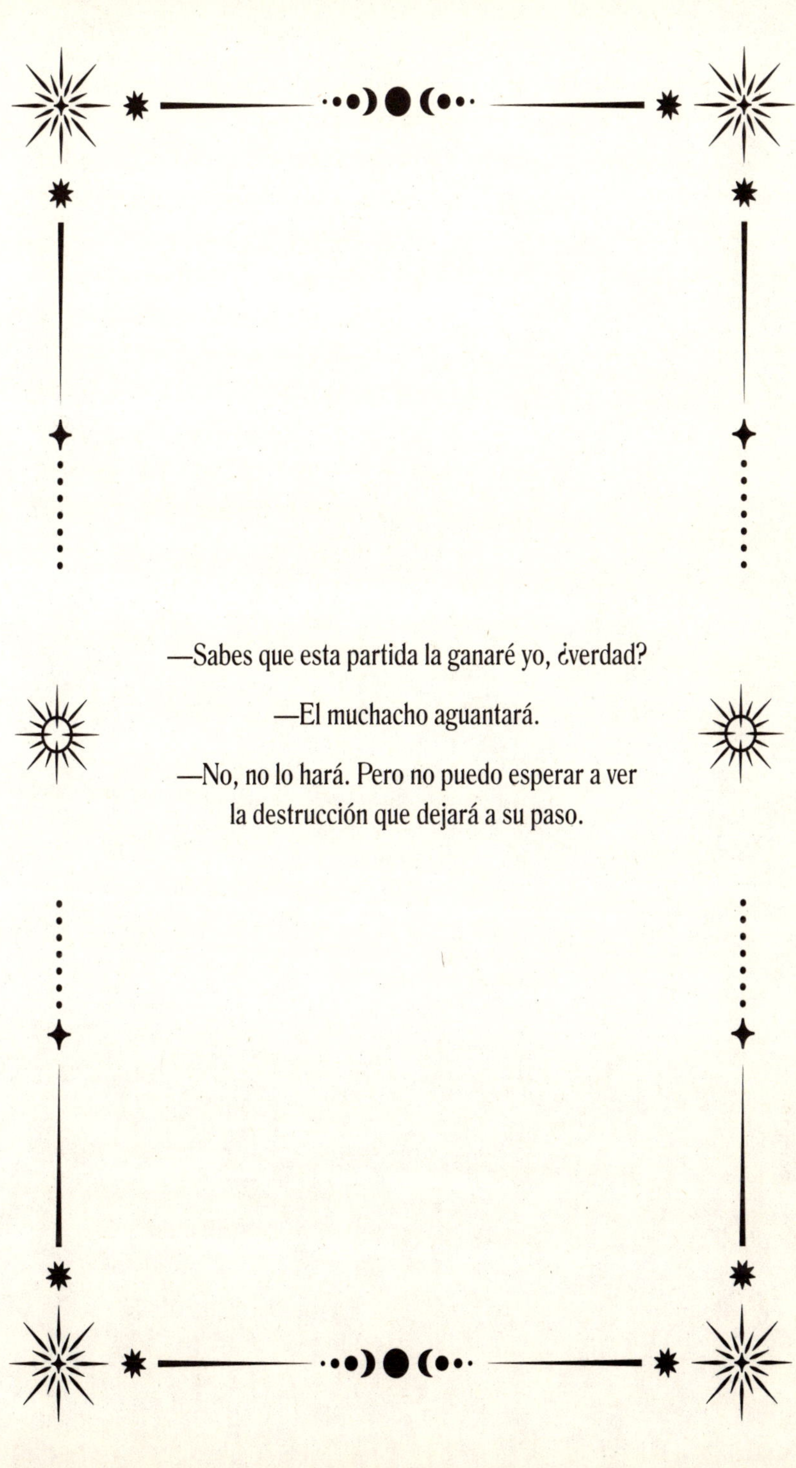

—Sabes que esta partida la ganaré yo, ¿verdad?

—El muchacho aguantará.

—No, no lo hará. Pero no puedo esperar a ver
la destrucción que dejará a su paso.

I

EL TIEMPO QUE QUEDA

NATHAN

Nathan Tabiz ha querido parar el tiempo muchas veces en su vida, pero no lo ha hecho nunca.

La primera vez que el pensamiento cruzó por su cabeza fue cuando su madre estaba a las puertas de la muerte. Por aquel entonces solo tenía ocho años, pero lo recuerda como si aún estuviera allí. Todavía puede ver el cuerpo consumido, el rostro pálido, los ojos castaños intentando por todos los medios no ceder a un cansancio que no la dejaría volver a despertar. Y, sobre todo, recuerda cómo dejó sobre su mano el objeto que había estado guardando durante más de dos años. El mismo que, a partir de aquel momento, él debería proteger.

El Amuleto del Tiempo.

Recuerda, también, la advertencia:

—No debes usarlo jamás.

Nathan es consciente de cómo temblaba en aquel momento, es consciente de cómo dudó, aunque nunca se lo ha dicho a nadie. Había oído hablar de aquella reliquia durante toda su vida, y después de que su madre se hiciera con ella había pasado a verla siempre colgada de su cuello. Sabía que aquel objeto era peligroso, que el tiempo se contenía de alguna manera dentro de él, que usarlo provocaba desastres. Desde que Tabitha Eliz se convirtió en la Portadora, él le preguntó muchas veces cómo había llegado el Amuleto a sus manos, pero la única respuesta que recibió al respecto era que Destino así lo había querido.

Aquel día, mientras ella se despedía de él, Nathan volvió a preguntarse cómo había conseguido su madre aquella joya. Se dio cuenta, de pronto, de cuántas cosas no sabía de ella, y también se preguntó cuántas se convertirían en un misterio perpetuo cuando la perdiera. En silencio, al borde del llanto, el niño observó aquella carga nueva: el reloj de manijas siempre detenidas, sus engranajes de cobre, los distintos anillos de oro y plata entrelazados, todos los símbolos grabados en él.

Aquel día también fue la primera vez en que Nathan se preguntó por qué.

¿Por qué no usar el Amuleto? ¿Por qué, si era aquello, precisamente, lo que podía salvarla?

Sin embargo, su madre dijo:

—Júralo, Nathan.

Y él, con un sollozo y los ojos llenos de lágrimas, respondió:

—Lo juro.

Fueron solo tres minutos más los que Tabitha Eliz tardó en morir. Tres minutos.

Un tiempo demasiado corto y, a la vez, demasiado largo.

Nathan estuvo a punto de romper su juramento en el mismo momento en el que su madre dejó de respirar.

Pero no lo hizo. Aunque llegó a separar los labios para pedirle ayuda a la magia ancestral que contenía aquel objeto, finalmente tan solo apretó los dientes y lloró. El tiempo que pasó haciéndolo no lo contó, y tampoco recuerda casi nada de lo que vino después. Puede que las siguientes horas se las tragara el Amuleto, porque en su cabeza solo hay fragmentos inconexos: la Suma Celestial cubriendo con una sábana aquel cuerpo que tanto quería; Lilith y Darien consolándolo y abrazándolo; Adam mirándolo con lástima, pero sin atreverse a acercarse demasiado a él porque, por entonces, no se consideraban amigos.

Lo que sí recuerda es el fuego y que, antes incluso de que el cuerpo de su madre terminara de arder en la pira, la Suma Celestial clamó:

—Que Destino alumbre siempre el camino del Portador.

Recuerda cómo todo el mundo se inclinó ante él. Fue en aquel mismo instante, mientras todos lo convertían en algo que él no estaba preparado para ser, cuando volvió a querer parar el tiempo. No, no solo eso: en aquel momento quiso volver atrás. Quiso utilizar aquel poder que estaba prohibido, aquella magia que se suponía que debía proteger, para regresar a aquella misma mañana, a cuando su madre todavía vivía. Quiso retorcer las horas, las semanas, los meses y los años. Quiso cambiarlo todo.

Pero, una vez más, aunque sintió el Amuleto ardiendo contra su pecho, aunque le pareció que había una voz de fondo que estaba intentando alcanzarlo, aunque sintió que todo a su alrededor iba más rápido y al mismo tiempo más lento, solo respiró y alzó la barbilla para observar a todas aquellas personas que acababan de convertirlo en mucho más que un niño.

A partir de ese momento sería el Portador.

Desde entonces, la idea de utilizar el Amuleto ha estado siempre ahí, en el fondo de su mente. No la comparte con nadie, porque sabe que es herejía. Jamás la lleva a cabo, porque es consciente de todo lo que significaría. Lleva toda la vida escuchándolo: cada vez que el Amuleto del Tiempo se pone en marcha, el resto del mundo sufre, por eso el tiempo debe mantenerse estable, inmutable, lineal, o el desastre asolará a Evren.

Pero, sobre todo, el tiempo debe mantenerse estable, porque alterarlo significa ir contra los designios de Destino.

Los mismos designios por los que él se casará en tres días.

Tres días. Igual que tres minutos, un tiempo que puede ser demasiado largo o demasiado corto. Ni siquiera sabe cómo puede ser que falte tan poco. Le parece que fue ayer cuando le anunciaron su compromiso con la princesa de Daiva, solo un día después de la muerte de su madre. Le dijeron que era necesario, que de esa forma el Amuleto volvería a la familia real, a la que nunca debió dejar de pertenecer. En aquel momento, ni siquiera le importó, porque todavía estaba dolido y aletargado por el duelo. Si ese era el camino que Destino quería para él, si aquello daba un poco de sentido al hecho de que la persona que más quería en el mundo lo hubiera dejado tan pronto, adelante. Tampoco le importó durante los años siguientes, mientras se hacía amigo de su prometida. Todo estuvo bien durante un tiempo.

Hasta que se enamoró de la persona equivocada.

Siente su presencia antes incluso de que diga una sola palabra. Ha aprendido a reconocer la cadencia de sus pasos, el sonido y el ritmo de su respiración. Hace ya más de un año desde que empezaron a verse en secreto cada noche en esa torre del Templo por la que nadie pasa nunca, pero ese lugar lleva siendo su refugio mucho tiempo más, desde que ambos eran solo dos iniciados que a veces querían arañar más secretos del mundo gracias a los poderes que Destino les había otorgado. Por aquel entonces, la torre, con su cúpula de cristal y el balcón que cuelga sobre la ciudad, era solo un lugar perfecto para buscar señales de los celestes entre las estrellas. En algún momento, sin embargo, los astros dejaron de ser la razón principal para subir aquellas escaleras y la compañía se convirtió en el único motivo que importaba.

Aunque hace mucho que Nathan se resignó a que las estrellas nunca fueran a decirle lo que quiere escuchar, hoy vuelve a mirarlas en busca de respuestas, en busca de alguna señal que le diga que tienen más tiempo del que creen. Por eso, antes incluso de que su amante le dé alcance, aprieta los dedos alrededor de la balaustrada del balcón y masculla:

—Están calladas. Odio cuando están tan calladas.

Los pasos se detienen; esos brazos que conoce tan bien no tardan en rodearle la cintura desde atrás. Siente sus manos, las mismas que ya lo han tocado en mil ocasiones por encima y por debajo de la ropa. Siente su boca cuando le regala un beso en la curva del cuello y Nathan se obliga a contener un estremecimiento. Esos labios están tan grabados sobre su piel que a veces le parece que es imposible que el resto del mundo no sepa qué hacen cada vez que se encuentran a solas, como si siempre que se posan sobre él le dejaran un rastro imborrable que todo el mundo puede ver.

—¿Y qué problema hay? Si las estrellas están calladas es porque no hay malas noticias.

Nathan frunce el ceño y le lanza un vistazo de soslayo a su acompañante.

—El problema es que quiero malas noticias, Adam. Quiero que alguien me diga que las cosas no van a salir exactamente como tienen que salir.

Adam Rheiz suspira antes de que él se gire entre sus brazos y le permita acariciarle la cara para apartar de su frente ese mechón ondulado y rebelde que siempre le cae sobre la frente, casi sobre su ojo izquierdo. Cuando su pareja sonríe, a Nathan le parece evidente que esa no es su sonrisa habitual, honesta y divertida: ha pasado demasiado tiempo coleccionando cada uno de sus gestos como para habérselos aprendido todos a la perfección.

—Todavía queda tiempo.

Nathan resopla y cruza los brazos sobre el pecho. Esas son las palabras que ambos llevan meses repitiéndose, como un salmo o una oración que les ayudaba a estar en paz consigo mismos, pero en los últimos días han dejado de ser suficientes. Al menos, para él.

—Demasiado poco —protesta, y después esboza una de sus sonrisas ácidas, las que reserva para los momentos en los que lo último que quiere hacer es reírse—. ¿No te parece irónico? Que siendo precisamente la única persona con poder sobre el tiempo, me esté quedando sin él.

Su mirada vuelve hacia atrás, hacia la ciudad. A la capital de Daiva, donde por encima del silencio se escucha el eco de festejos lejanos que conmemoran el próximo enlace de su princesa, pero sobre todo hacia la silueta del palacio blanco y dorado más allá de los jardines del Templo. En tres días, ese será su hogar. En tres días, las noches en esa torre se acabarán para siempre. En tres días, pasará a tener que compartir cuarto y cama con Ammarah, pese a que ninguno de los dos lo desea.

Odia la idea. Odia cada instante que siente perdido.

Odia cada segundo que los deseos de otros le están arrebatando.

Adam no responde, pero Nathan puede sentir que está tan frustrado como él, pese a que ambos han sabido desde el principio que nada de lo que pudiera ocurrir entre ellos sería para siempre. Durante los primeros días, incluso durante los primeros meses, pensaron que no importaba, que agradecerían cada segundo que pudieran robarle al reloj y nada más.

Pero ahora que el tiempo se les acaba, ninguno de los dos está satisfecho.

Lo que hace que Nathan vuelva a mirar a su acompañante es sentir cómo Adam deja caer su mano desde su cara hasta su pecho. No, no hasta su pecho. Hasta el Amuleto, que cuelga por encima de su túnica blanca, justo debajo del medallón con forma de ojo que lo marca como un siervo de Destino. Mientras lo hace, Nathan no puede evitar lanzar un vistazo de reojo a esa mirada azul en la que es capaz de distinguir una tristeza parecida a la suya. Parecida, no idéntica, porque la tristeza de Adam no está recubierta de enojo, solo de resignación.

Sus dedos tocan el Amuleto con la misma delicadeza con la que suelen tocarlo a él, repasan sus grabados como si quisiera descifrarlos solo con su tacto. Adam es el único que se atreve a hacer algo así: por lo general, las personas que rodean a Nathan prefieren no tocar ese objeto, como si temieran que algo horrible fuera a suceder solo por poner sus dedos sobre él. O quizá lo que teman sea a sí mismos: no es fácil tener un poder como ese a tu alcance y resistir la tentación de usarlo. Nathan lleva el suficiente tiempo con esa joya alrededor del cuello como para saber que el problema nunca es el Amuleto en sí mismo, sino lo que cada persona que lo ha tenido a lo largo de la historia de Evren ha decidido hacer con él.

Se pregunta si Adam también se siente tentado de usarlo o si lo odiaría simplemente por planteárselo, pero es difícil no pensar en ello cuando eres consciente de todo lo que puede llegar a hacer esa reliquia tan pequeña y aparentemente inofensiva. En ella pueden contenerse muchos más segundos, minutos, horas, días, meses, años... juntos. No es la primera vez que Nathan piensa que, si la usara, ambos podrían vivir en la eternidad. No es la primera vez que recuerda que otros lo han hecho antes.

Y no es la primera vez, tampoco, que se obliga a enterrar todas esas ideas en el mismo lugar en el que enterró las que tuvo mientras su madre moría.

—Ni siquiera el Portador debe olvidar el valor del tiempo, para poder apreciarlo —recita Adam entonces.

Nathan frunce el ceño, harto de escuchar lecciones como esa. Se las han repetido ya demasiadas veces, desde que era muy pequeño.

—Soy perfectamente consciente del valor del tiempo —replica—. Por eso sé que se nos acaba, y lo odio. ¿Para qué me sirve tener poder sobre él si no puedo usarlo para tener todo el que quiera contigo? ¿Es algún tipo de prueba de Destino? Porque empiezo a estar cansado de ellas. Quizá no esté hecho para servirle, después de todo. Quizá debería rebelarme contra él.

Adam hace una mueca antes de soltar la joya y dirigir la vista hacia sus ojos en una amonestación silenciosa, pero Nathan alza la barbilla, sin intención de retractarse. A veces no puede evitar que la rabia que lleva conteniendo desde hace años se le escape de distintas maneras, la gran mayoría de las ocasiones en comentarios como ese, que sabe que están completamente fuera de lugar. Es una rabia que intenta mantener a raya casi siempre, pero que Adam ya conoce a la perfección. En una ocasión, le dijo que en otra vida su energía debió de formar parte del fuego: abrasador e impredecible, capaz de destruir, pero también de forjar. Por el contrario, a Nathan siempre le ha parecido que Adam está hecho de la consistencia de la piedra: estable, firme, algo sólido y seguro a lo que aferrarse. Quizá por eso es el único que puede resistir su embestida sin intentar apagarlo.

Eso es probablemente lo que más le gusta de él: que, aunque sean muy distintos, aunque a veces no piensen igual, Adam nunca le ha pedido que esconda su rabia, nunca le ha temido. Una vez, incluso le confesó que le gustaba. Por esa rabia, por esa pasión y por ese orgullo, en el pasado ambos fueron rivales, siempre intentando superarse el uno al otro de distintas maneras. Por esa rabia, Adam empezó a fijarse en Nathan más de lo que le convenía. Por su manera de responder ante ella, Nathan se enamoró de Adam.

—Quizá Destino te esté poniendo a prueba, sí, pero tienes el Amuleto porque no hay nadie más digno que tú para llevarlo, Nathan. Por mucho que te guste maldecir a Destino y bromees con rebelarte contra él, lo cierto es que has cargado con ese poder durante once años y no has pensado en usarlo ni un solo día.

—No es verdad.

—¿Qué no es verdad?

—Que no haya pensado en usarlo. Sí que lo he hecho. Muchas veces. De hecho, estoy pensando en usarlo *ahora mismo.*

Nathan puede reconocer una de las comisuras de Adam alzándose un poco ante la amenaza. El principio de esa sonrisa sí es de verdad.

—Ah, ¿sí? ¿Y por qué no lo estás haciendo?

—Porque estás demasiado cerca y no quiero convertirte en cenizas con mi gran poder.

A Adam se le escapa una carcajada, aunque Nathan enarca las cejas, como si no estuviera bromeando en absoluto. Pero sabe que no va a convencerlo, que no lo haría incluso si tomara el Amuleto entre sus manos y empezara a recitar palabras sin ton ni son para fingir convocar un poder que en realidad ni siquiera sabe cómo funciona. Adam lo conoce, por eso no le teme, aunque cualquier otra persona ya se habría echado a temblar. Esa es otra de las razones por las que se enamoró de él: para Adam, Nathan solo es Nathan. El resto del mundo lo admira o le teme, pero Adam ni siquiera suele reparar en el Amuleto. Adam fue el único que no agachó la cabeza ante él mientras reducían el cuerpo de su madre a cenizas, sino que lo miró a los ojos y se dio cuenta de que estaba llorando. Adam es el único que lo llama «Portador», como si ese título fuera una burla y no un destino.

Aun así, Nathan abre la boca para decirle que debería tomarlo más en serio, que es capaz de utilizar el poder de Tiempo y llegar a ser tan temible como lo fue un día el Inmortal, quizá incluso peor.

Pero apenas ha separado los labios cuando la boca de su amante cae sobre ellos.

Aunque Nathan suele asociar a Adam con la piedra, sus besos siempre le parecen hechos de agua, capaces de extinguir hasta la última de sus llamas. Así que, aunque al principio protesta, sus quejas terminan convirtiéndose en un suspiro de rendición. Se alza sobre las puntas de los pies, descruza los brazos para poder aferrarse a él y sus dedos se alzan para enredarse en esos rizos rubios que tanto le gusta tocar. Reconoce la velocidad a la que empieza a latir su corazón, mientras se acercan todo lo que pueden y Adam lo arrincona entre la balaustrada y su cuerpo. En esos momentos, a Nathan le parece que el tiempo siempre empieza a correr de manera diferente, que se le enreda, que se queda sin él, que se le escapa entre las manos aunque quiere contenerlo. La primera vez que pasó, Nathan pensó que había activado el Amuleto sin querer, porque era imposible que su pulso fuera tan rápido.

Un estremecimiento familiar le baja por la espalda cuando la boca de su amante encuentra su cuello de nuevo. Parar el tiempo vuelve a parecerle una buena idea en ese momento. Si lo hiciera, dejarían de vivir en una cuenta atrás para poder disfrutar para siempre de esa sensación…

—Júrame que no lo usarás.

Nathan abre los ojos, sorprendido, cuando el susurro acaricia su oído convertido en poco más que un jadeo suplicante. Casi le pareció escuchar a su madre el día de su muerte, pero ante él solo está Adam, tan cerca que puede sentir su respiración sobre su cara. En su expresión, sin embargo, ya no queda ni rastro de broma.

Al principio, ni siquiera sabe cómo reaccionar, demasiado confundido.

—Sabes que no voy a hacerlo —responde al fin, un poco incrédulo—. Estaba bromeando… Quiero decir, sí, lo he pensado muchas veces, pero… nunca nos haría eso. Sería convertirnos en traidores. Sería… Nunca te pondría en ese peligro.

Adam no parece del todo satisfecho con su respuesta.

—¿Esa es la única razón?

—La corrupción de mi alma y la posible destrucción del mundo tal y como lo conocemos también están en algún punto de la lista de motivos, pero sí, fundamentalmente, es esa.

Aunque espera que Adam se ría de nuevo, como siempre ante esas bromas que al resto del mundo no le resultan nada divertidas, no lo hace. Tan solo sigue mirándolo, con sus dedos acariciando sus mejillas con tanto cuidado que parece que tema romperle.

Nathan se remueve, repentinamente incómodo.

—¿Qué ocurre? Nunca te has tomado en serio que sea el Portador: siempre te burlas de mí por eso... —Una idea. Un miedo—. ¿No confías en mí? ¿Crees...? —Intenta sonreír, intenta burlarse, pero el dolor se le escapa en medio de la ironía—. ¿Crees que puedo ser lo suficientemente egoísta como para usarlo para huir de la boda? No lo voy a hacer. No soy...

Adam siempre ha sabido ver bien en él, por eso hace una mueca y se apresura a negar con la cabeza. Su frente cae sobre la de Nathan y este toma aire en un intento de calmarse mientras observa su rostro en la penumbra: sus párpados cerrados, sus largas pestañas rubias, esa expresión que de pronto parece contener demasiadas cosas. Es una expresión que ya ha visto en otras ocasiones: la de la preocupación, la de la frustración, la del miedo. Esa expresión estuvo ahí la noche que se besaron por primera vez y ha vuelto a aparecer muchas noches después, cada vez que sentían que estaban cometiendo un pecado por el que alguien los iba a castigar, pero en el que no podían dejar de caer.

—Lo sé. Lo sé, Nathan. Confío en ti. —Nathan siente que solo vuelve a respirar con esas palabras—. Pero sé que la boda te preocupa, sé que... estás esperando que no suceda. Y quizá... Quizá yo también lo haga. Quizá lo que ocurre es que siento que, si el Amuleto estuviera en mis manos, yo no sería tan bueno como tú y quizá... Quizá lo usaría.

Por un segundo, Nathan quiere reírse. En primer lugar, porque no se considera tan bueno como él parece creer que es y, en segundo lugar, porque Adam Rheiz es probablemente la persona más leal y correcta que conoce, a excepción, quizá, de Lilith. El único pecado que Adam ha cometido alguna vez es esa relación que mantienen en secreto e, incluso así, a veces Nathan siente que ha sido él quien los ha arrastrado a los dos a esa situación: fue él quien dio el primer beso, en cuanto supo que Adam sentía algo. Él los convenció de que podían tener al menos ese tiempo robado, hasta que llegara la boda. Él pronunció el primer «te quiero». Él se atrevió primero a buscar caricias por debajo de la ropa.

Pero Adam no parece estar bromeando y, de pronto, Nathan es consciente de cuántas reglas más está dispuesto a romper ese muchacho por él. Es algo que le hace tan feliz como miserable, que alimenta tanto su paz como su rabia, porque no puede creerse que Destino los haya hecho coincidir en esa vida para después obligarlos a tomar caminos separados: el de Nathan lleva directamente al trono de Daiva, de la mano de su princesa; el de Adam lo mantendrá en ese Templo, como futuro Sumo Celestial, cuando herede el cargo de su madre. Un puesto de fe, el mismo que desafían cada vez que se tocan.

Adam siempre ha sido el que mantiene la calma, pero hasta la piedra más resistente puede romperse bajo la presión suficiente, y a Nathan le parece ver las brechas en este momento. Así que respira hondo y se esfuerza en recordar que, incluso después de la boda, todavía podrán verse. Será más difícil, será más doloroso, pero al menos podrán seguir formando parte de la vida del otro. No va a renunciar por completo a él.

—Encontraremos la manera —le susurra, mientras acaricia sus mejillas—. Aunque nos quiten estas noches, este refugio... encontraremos tiempo. Te lo prometo, Adam.

Su amante sonríe, y a Nathan se le hunde el corazón en el pecho al ver esa sonrisa, porque distingue sus costuras con demasiada facilidad. Adam tiene los ojos brillantes y eso es suficiente para que él mismo sienta las lágrimas que lleva meses conteniendo, pidiendo permiso para salir, pero se las traga mientras su pareja le toma la mano y le besa la palma con una adoración que solo se espera de los fieles que se arrodillan en las capillas para rezarle a Destino, a los celestes y a sus santos.

—No quiero pensar en el futuro, Nathan. Solo... aprovechemos el tiempo que nos queda.

Antes de que logre articular una respuesta, Adam ya lo está besando de nuevo, con ese anhelo que solo se siente hacia aquello que se sabe perdido de antemano. Cuando él corresponde, lo hace intentando convencerle de que, pase lo que pase, van a seguir juntos.

Lo que Nathan Tabiz no puede saber es que no será así.

Tres días. Ese es, exactamente, el tiempo que le queda para casarse.

Ese es, también, el tiempo que le queda de vida a Adam Rheiz.

AMMARAH

Hay personas que tienen su destino marcado mucho antes incluso de nacer, que no necesitan de celestes que les den pistas sobre su futuro y no tienen ninguna duda de qué pasos son los que deben dar para alcanzarlo.

Ammarah de Daiva siempre ha sabido que su destino es reinar.

Cuando era solo una niña, su padre se lo recordaba cada vez que se sentaba en su regazo, mientras le contaba historias sobre los grandes soberanos que habían gobernado desde la fundación del Sacro Reino de Daiva, mil años atrás. Aun así, por aquel entonces, no entendía muy bien qué significaba pertenecer a aquel largo listado de nombres más allá de una corona, un castillo y clases interminables de Historia y Política.

El día en que conoció a Nathan Tabiz comenzó a comprenderlo mejor.

En aquel momento tenía nueve años y cuando llevaron a aquel niño enclenque y pálido ante ella solo sintió curiosidad, porque por lo general no se mezclaba con demasiadas personas de su edad, y mucho menos de fuera del palacio. Vestía la túnica blanca de los aprendices del Templo, así que tenía que venir de allí, pero, antes de que pudiera preguntarle quién era, su padre le puso las manos sobre los hombros y dijo:

—Ammarah, te presento a tu prometido.

Su madre le había hablado suficientes veces sobre el matrimonio como para saber qué significaba aquello, aunque, hasta ese instante,

Ammarah había pensado que el día que ella conociera a su prometido sería uno feliz, en el que sentiría el flechazo del que hablaban tantos cuentos. Los celestes le susurrarían al oído que aquella era la persona designada para ella, la bendecirían con felicidad y su corazón sabría que había encontrado al compañero perfecto para pasar el resto de sus días.

Pero lo cierto es que Ammarah no sintió nada. Ni música celestial, ni susurros, ni latidos de más. Lo único que pudo hacer, en realidad, fue reparar en el Amuleto del Tiempo, que colgaba del cuello de aquel niño, y preguntar:

—¿Eres el nuevo Portador?

Nathan tenía la mirada clavada en el suelo, en un gesto sumiso al que Ammarah estaba acostumbrada porque había crecido rodeada de sirvientes que siempre agachaban la cabeza ante ella y sus padres. No fue él quien respondió a su pregunta, sino la Suma Celestial, que lo había acompañado hasta allí:

—Así es, alteza.

—Y con su unión, el Amuleto del Tiempo volverá a nuestra familia —concluyó el rey—. Los celestes se han pronunciado, hija mía: gracias a ti los descendientes de Santa Aiva recuperaremos el poder que se nos arrebató hace más de un siglo.

Sobre Santa Aiva también había escuchado historias desde que tenía memoria. Al fin y al cabo, a ella le debían la fundación del Sacro Reino, de ella había heredado los cabellos albinos y el don para ver el futuro en los sueños. Era su antepasada, el origen de su familia y de su hogar, pero también era mucho más. Todo el mundo en Daiva la veneraba, porque aquella mujer había sido una heroína y una mártir, la mujer que Destino había elegido para dar muerte a Tiempo, aunque este fuera su propio padre. Ella se convirtió en la primera guardiana del tiempo, la primera Portadora, cuando el poder de aquel dios quedó contenido en el Amuleto del Tiempo y ella juró protegerlo a toda costa.

El mismo Amuleto que de pronto estaba en manos de aquel niño que no se atrevía a mirarla, tan pequeño que parecía que la joya pesara más que él. El mismo Amuleto que jamás le pertenecería a ella, pero sí a los hijos que ambos pudieran engendrar.

Eso nadie se lo dijo aquel día, pero no tardó mucho en descubrirlo, aunque, para entonces, Ammarah ya se había negado a pensar en aquel chico solo como una obligación. En su lugar, en todas las visitas organizadas cada semana para que se conocieran poco a poco, ella le dedicó sonrisas y preguntas, juegos e historias. Con los años, Nathan dejó de ser un desconocido, su futuro esposo o el Portador para convertirse en alguien a quien poder considerar un amigo.

Han pasado mucho tiempo conociéndose, precisamente por eso Ammarah sabe muy bien cuándo su prometido no la está escuchando. Como ahora.

—Y por eso creo que deberíamos abandonar a nuestro primogénito en Arsay como sacrificio.

Las palabras salen de su boca en el mismo tono con el que ha estado hablando de las celebraciones que ya llevan cinco días llenando de música y colores las calles de la capital. Tal y como esperaba, Nathan tan solo le dedica un cabeceo inconsciente como respuesta.

Ammarah cuenta los segundos de silencio. Llega a cuatro antes de que los ojos cafés del Portador se posen sobre los suyos con un parpadeo.

—Espera, ¿qué dijiste? —pregunta al fin, algo alarmado.

—Bienvenido de nuevo, Nathan: siempre es un placer hablar contigo.

Su futuro esposo carraspea, atrapado en falta.

—No sé qué quieres decir, yo… —La expresión de Ammarah es suficiente para que sepa que ya es tarde para intentar disimular, y suspira—. Lo siento. Estaba… pensando.

—¿En qué?

Sabe la respuesta. O, por lo menos, la sospecha. A solo dos días del enlace, Ammarah es consciente de que es imposible pensar en otra cosa. No le importaría si no fuera porque en los últimos meses, a medida que la fecha se acercaba, su compañero ha dejado de ser el mismo de siempre: lo nota en los silencios incómodos, en su distracción, en la manera en la que a veces parece muy triste y lejos de ella pese a estar justo a su lado. Por supuesto, él nunca admite que sea así, y quizá eso sea lo más frustrante de todo. Ammarah siente que Nathan le esconde algo, y a menudo desea gritarle que hable con ella, que confíe en ella, que ella no le oculta secretos, que no quiere pasar el resto de sus días con un desconocido, pero nunca se atreve a hacerlo.

—En la boda —admite Nathan al fin—. Estoy nervioso, ¿tú no?

No. Ammarah desearía estar nerviosa, sentir expectación o cualquier otra cosa, pero la boda es para ella un paso más en ese camino que lleva recorriendo desde el día que nació. Tampoco se atreve a decírselo exactamente así, porque no desea herirlo.

—Sabes que no cambiarán tantas cosas para mí.

Nathan hace una pequeña mueca que deja claro su desacuerdo.

—Estarás casada con un hombre al que no quieres. A mí me parece un gran cambio.

No lo es tanto. Va a seguir viviendo en el castillo, como ha hecho siempre, y mantendrá sus aposentos, aunque a veces deba compartir cama con él. Su destino sigue siendo convertirse en la reina que lleva toda una vida preparándose para ser y dar a luz a, al menos, un heredero, tal y como tendría que haber hecho si cualquier otro hombre hubiera sido su prometido. Al menos Nathan ya no es un completo desconocido, así que puede considerarse incluso afortunada.

—¿Qué ocurre? ¿La idea de casarte conmigo te resulta insoportable, ahora que queda tan poco? —le responde, con una sonrisa que intenta quitarle hierro al asunto. Y después, con toda la suavidad que puede, añade—: Hemos hablado de esto muchas veces y sabes que podemos tomarnos las cosas con calma, Nathan. Puede que sea un poco raro al principio, pero… tenemos tiempo para acostumbrarnos.

Él deja escapar una risa que suena demasiado irónica para ser feliz.

—Sí, supongo que tiempo es lo que nos sobra.

A Ammarah no le pasa desapercibida la manera en la que alza los dedos para rozar el Amuleto. A veces es complicado ignorar que es precisamente esa joya la causa de que sus destinos se hayan entrelazado. Y aunque sabe que ese objeto forma parte de su camino, no le gusta. Le parece que está empapado de caos, de sangre, de dolor. Ha escuchado suficientes historias sobre todas las veces en las que el mundo ha cambiado solo porque esa reliquia ha caído en las manos equivocadas (manos herejes, de traidores o brujos) como para que le genere rechazo e incluso cierto terror.

Aunque hay cosas que le asustan mucho más.

—¿Me odias, Nathan?

Las palabras se le escapan, pero al menos consiguen una reacción de verdad: su prometido la mira como si hubiera perdido por completo la cabeza. Le consuela un poco que le parezca un escenario tan imposible.

—¿De qué hablas? ¿Por qué iba a…?

—Por la boda. Por nuestro futuro juntos.

Nathan se apresura a sacudir la cabeza antes incluso de que ella acabe de hablar.

—Sabes que no, nunca lo he hecho. Esto no es culpa tuya. ¿Me odias tú?

Ella lo empuja un poco al apretar su brazo contra el de él, de manera cómplice.

—Solo cuando no me escuchas, así que espero que no vuelva a pasar.

Por fin, Nathan resopla y le permite ver el asomo de una sonrisa sincera. Es pequeña y no dura mucho, pero es algo. Ammarah agradece la manera en la que el ambiente a su alrededor se destensa un poco. Al menos hasta que, después de contarle algunos chismorreos sin importancia que ha escuchado en el castillo, en un intento de apartar los pensamientos de la boda, él dice:

—¿Puedo preguntarte algo, Ammarah?

Ella ladea la cabeza, expectante. Es evidente que Nathan ha vuelto a marcharse muy lejos en los últimos dos minutos, porque tiene la vista perdida en el paseo que están recorriendo. Aun así, no se fija en las azaleas ni en los rosales que han empezado a florecer con los primeros días de primavera, sino en el camino de piedrecillas bajo sus pies. Como si esperara algo de él. Como si se planteara los pasos que está dando, aunque siempre hacen un recorrido parecido: los terrenos que separan el palacio y el Templo tampoco son tan grandes como para permitirse demasiadas novedades y el Portador tiene prohibido salir de sus muros por órdenes de la Suma Celestial. Ningún Portador lo hace. Los Portadores viven en el Templo o en el palacio, no hay más opciones. Ir más allá puede suponer demasiado peligro.

—¿Alguna vez te has imaginado cómo sería tu vida con otra persona?

La pregunta es tan inesperada que la princesa no puede hacer otra cosa que tensarse y detenerse de golpe. Al ir caminando del brazo, el uno al lado del otro, Nathan levanta la mirada hacia ella en cuanto nota el brusco parón. Parece un poco sorprendido, pero aprieta los labios y permanece tan quieto como ella.

Ammarah titubea, sin saber qué decir o pensar, demasiado confundida. ¿Es eso lo que lo ha mantenido distante las últimas lunas? ¿Él se ha imaginado alguna vez con alguien que no sea ella? O quizá sospeche que ella alguna vez se ha atrevido a pensar en alguien que no fuera él... La idea consigue que se le haga un nudo en el estómago, que su mente tropiece por un instante con el recuerdo de otro rostro y otro nombre.

No, no ha hecho tal cosa. No ha llegado tan lejos jamás. No tendría ningún sentido hacerlo.

Y, aun así, sintiéndose repentinamente culpable, clava la mirada en el suelo antes de responder:

—Siempre he sabido cuál era mi lugar.

—No es eso lo que pregunté —replica su prometido—. Ammarah, escucha...

—Se acabó el tiempo —interrumpe otra voz.

Una voz que, justo en esas circunstancias, consigue que a Ammarah se le ponga la piel de gallina. Ambos levantan la mirada para observar cómo Lilith Rheiz se acerca, con una de sus manos reposando sobre la empuñadura de la espada, que siempre lleva consigo, y con su larga trenza rubia cayéndole sobre el hombro derecho. A su lado, Darien camina en una postura mucho más relajada que su prima, con las manos tras la espalda, consciente de que en las inmediaciones de palacio nunca hay peligros de los que preocuparse.

Cuando hace cinco años la princesa le solicitó a la Suma Celestial que dejara que su hija y su sobrino hicieran de escoltas en sus paseos con el Portador, se dijo que era una idea lógica: su prometido se sentiría mucho más a gusto rodeado de sus amigos de toda la vida, en vez de acompañado de sirvientes de palacio o miembros de la Guardia Celestial. En el fondo, sin embargo, siempre ha sabido que aquella fue una petición egoísta por su parte. Si eran Lilith y Darien quienes los acompañaban en sus citas, todo parecía mucho más fácil. De esa manera, incluso podía fingir que no estaba obligada a conocer mejor al hombre con el que terminaría compartiendo su futuro, sino que simplemente era una chica cualquiera que pasaba algo de tiempo con otros tres chicos de su edad.

Y así, también, podía pasar un poco más de tiempo con ellos. Pero, sobre todo, *con ella.*

«¿Alguna vez te has imaginado cómo sería tu vida con otra persona?», repite la voz de Nathan en su cabeza.

Ammarah, como si el mero pensamiento fuera un error, aparta la vista de inmediato de Lilith.

—Sentimos interrumpir —interviene Darien, con una pequeña inclinación de cabeza que hace que su coleta castaña caiga un poco hacia delante—. Pero Lilith tiene razón, alteza: deben volver al castillo.

No importa los años que hayan pasado desde que se conocen: Darien sigue tratándola por su título, sigue bajando la cabeza ante ella cada vez que se ven. En algún momento, Ammarah sencillamente tuvo que aceptar que él siempre sería así, demasiado correcto y respetuoso. Por mucho que ella considere a esos chicos sus amigos, es evidente que, para Darien Temiz, ella siempre va a ser su princesa, pero hace ya mucho que no le molesta.

—¿No podemos tener unos minutos más?

Le gustaría tenerlos. Le gustaría preguntarle a Nathan a qué ha venido esa pregunta, pero su prometido ya ha soltado su brazo y se ha separado un par de pasos de ella.

—Su Majestad dijo que solo una hora, que después debías ir a probarte el vestido… otra vez —le recuerda Lilith, con el asomo de una sonrisa divertida.

Ammarah no puede evitar una mueca de disgusto.

—Si me lo pruebo una sola vez más es probable que lo desgaste antes de la boda…

—Si te sirve de consuelo, Nathan también ha tenido que probarse su traje siete veces esta semana —se burla su amiga—. Mi madre no deja de repetirle lo mucho que se espera de él en la ceremonia, empezando por su aspecto.

El Portador frunce un poco el ceño ante el recordatorio, pero no lo niega, y Ammarah siente un pinchazo de lástima por él. Es evidente que la Suma Celestial no ha dejado de molestarlo con responsabilidades y expectativas desde que heredó el Amuleto, y, sobre todo, es evidente que él lo odia con todas sus fuerzas. Conoce lo suficiente a Nathan como para saber que es una persona a la que no le gusta sentirse encerrada, pero como Portador hay mil cosas a su alrededor que no dejan de atarlo.

Y su matrimonio es una más de ellas, por mucho que ambos se aprecien.

Supone que es normal que se haga ciertas preguntas y que imagine vidas que nunca serán, porque es lo único que puede hacer. Puede entender lo que se siente, aunque ella jamás se atreve a imaginar porque no encuentra ninguna libertad en ello. Cuando tienes tan claro el camino que debes recorrer, pensar en otros paisajes solo sirve para hacerte daño y para echar de menos todas las cosas que nunca vas a poder ver.

Ammarah lanza solo un vistazo de reojo a su amiga y aplasta otro pensamiento más antes de que llegue a formarse. Se centra en Nathan. En su camino. En su futuro.

—La Suma Celestial no tiene nada de que preocuparse —dice, dedicándole una sonrisa pequeña pero comprensiva—. No podría haber deseado un prometido mejor.

Nathan se fija en ella, un poco sorprendido. Los dos saben que esa es, como mínimo, una mentira piadosa, pero Ammarah también piensa muchas veces que podrían haberla prometido con alguien mucho peor. Sí, podría haber tenido la suerte que tuvieron sus padres, que se amaron con locura, pero aunque no sea así, entre ellos al menos hay cariño. Y espera que eso no desaparezca.

—Si Nathan es el mejor prometido que te puedes imaginar, las expectativas están por los suelos —apostilla Lilith.

Darien disimula una sonrisa al carraspear, como si estuviera amonestando a su prima, pero sus ojos verdes destellan con diversión. Nathan, por su parte, se gira hacia su mejor amiga con los ojos entrecerrados.

—Muy graciosa —farfulla.

—¿Quién dice que estuviera bromeando?

Nathan resopla, pero Ammarah sabe que no está molesto de verdad, del mismo modo que sabe que Lilith no habla en serio. Lleva viéndolos juntos desde que tiene uso de razón, siempre entendiéndose, a veces hablando incluso en un idioma que parece propio, solo de ellos dos. Es como si fueran una extensión el uno del otro, y por eso, precisamente, ella llegó a conocer a la hija de la Suma Celestial. Porque cuando empezaron a verse, Nathan siempre hablaba de ella, todo el tiempo. A menudo, los observa y los envidia, porque tienen esa clase de conexión que está segura de que ella nunca ha tenido con nadie.

—Dejen sus discusiones para cuando la princesa no esté delante —media Darien, porque ese suele ser su papel. Después se gira hacia su amigo—. ¿Nos vamos?

Nathan asiente. Después de cada paseo, Darien acompaña al Portador al Templo, mientras que Lilith la acompaña a ella a palacio. Lleva años siendo así. Desde hace años, también, Nathan siempre se despide de ella inclinándose para dejar un beso cortés en su mano derecha. A veces, Ammarah todavía espera sentir algo cuando esos labios le tocan la piel. Cuando era niña, intentaba convencerse de que pasaría cuando se casaran, en cuanto la Suma Celestial los nombrara marido y mujer. Solía pensar que, como en algunas leyendas, su primer beso lo cambiaría todo.

Ahora ya no es tan inocente.

—Nos vemos en el altar —le dice a su futuro esposo, repentinamente consciente de que esa fue su última cita antes de la boda.

Nathan toma aire antes de asentir.

—Dos días —responde.

A Ammarah le parece oír cómo el amuleto que cuelga del cuello de su prometido se hace eco de sus palabras.

Tic, tac.

LILITH

Lilith lleva toda su vida escuchando que algún día su mejor amigo se casaría con la princesa de Daiva. Al principio parecía un cuento, una anécdota, algo muy lejano. Sin embargo, hace ya varios años que la ceremonia se convirtió en una fecha marcada en el calendario, como lo fue su Rito de Consagración cuando tenía doce años o como lo será el inicio de su Peregrinación dentro de dos semanas.

Aun así, es ver a la princesa con su vestido de novia lo que consigue que se dé cuenta del poco tiempo que queda para el enlace.

En un par de días, Nathan y Ammarah serán marido y mujer.

En un par de días, todo empezará a cambiar para siempre.

—Estás preciosa, Ammarah —dice.

El reflejo de la chica le sonríe desde el gran espejo frente al que está. El vestido blanco contrasta con su piel negra y parece destellar, como si lo hubieran tejido con rayos de luz de luna y en vez de perlas hubieran cosido estrellas alrededor de todo el corpiño y de la amplia falda que envuelve sus anchas caderas. Rina, la sirvienta de confianza de la princesa, también sonríe, orgullosa, mientras termina de arreglarle la redecilla dorada que le ha colocado alrededor de los rizos albinos, aunque algunos insisten en escapar de su agarre para enmarcar su rostro redondeado.

Lilith se ha imaginado la boda alguna vez, pero nunca se había preocupado por los detalles. La ropa, las decoraciones, el gran banquete… Esas no suelen ser cosas que estén en su cabeza, siempre centrada en los deberes del Templo. Nunca se ha permitido fantasear con escenarios de ensueño, porque su madre siempre ha preferido que tanto ella como su hermano tengan los pies bien puestos en el mundo real.

—¿Crees que está a la altura de una reina?

—Si no fuera herejía, diría que está a la altura de un Original, Ammarah. Nadie va a poder quitarte los ojos de encima. De hecho, me preocupa que alguien quiera robarte del altar.

—Por todos los dioses, hermana, no le den ideas nefastas a Destino —pide Rina, un poco escandalizada.

Ammarah mira a su criada con una sonrisa divertida.

—No te preocupes, Rina: si eso ocurriera, Lilith me protegería como mi más fiel guardiana y se encargaría de que nada me pasara. ¿Verdad, Lilith?

Ella no puede evitar una sonrisa cargada de añoranza, como si hubiera vuelto a escuchar una canción de cuna que hacía mucho que nadie le cantaba. Hace ya muchos años que Ammarah le propuso ser su guardia personal, cuando ambas crecieran, y ella aceptó. Tuvieron incluso una ceremonia de nombramiento, con espada de madera incluida. Solo tenían doce años y el futuro parecía entonces un juego en el que todos podían ser lo que quisieran.

A menos de dos semanas de cumplir los veinte, sin embargo, a Lilith le parece que el futuro se ha convertido en los últimos tiempos en algo mucho más complicado. Sobre todo el suyo, porque mientras que todas las personas que la rodean parecen tener muy claro cuál es el camino que les espera, ella no tiene ni la más remota idea de hacia dónde se dirige. Y lo odia. Odia sentir que es la única que se queda atrás, la única que no tiene un gran propósito: su mejor amigo es ni más ni menos que el Portador; Darien hace años que fue bendecido con el don más inusual entre los celestiales; Ammarah algún día será reina. Y por último, por supuesto, está Adam. Él es el heredero de su madre, no ella. Él está destinado a ocupar algún día el puesto de líder de la Hermandad Celestial, no ella. Él siempre ha sido el chico perfecto, el que nunca falla, el que cumple todas las expectativas, el que está destinado a grandes cosas.

Ella, a su lado, es solo la hija pequeña de la Suma Celestial.

Y quiere ser más. Por eso su Peregrinación es tan importante. Aunque una parte de ella teme el momento en el que todo empiece a cambiar, otra está ansiosa por salir de las murallas de Daiva y seguir los pasos de todos los celestiales mayores de edad. Se supone que el camino hacia las Cuevas de Santa Aiva es uno de autodescubrimiento y revelación, uno en el que los celestes se te aparecen para decirte qué esperan de ti, del mismo modo que hicieron hace siglos con Santa Aiva al darle la sagrada misión de matar a Tiempo y fundar el Sacro Reino.

Duda que ese objetivo que ella está esperando tenga nada que ver con proteger a Ammarah de algún peligro inesperado, pero decide jugar por una última vez al llevarse una mano al pecho y hacer una pequeña reverencia.

—Nunca dejaría que le pasara nada a mi reina —promete con una solemnidad exagerada, como tantas otras veces en el pasado—. La boda será perfecta.

Rina suspira, como si a ella no le hiciera ninguna gracia imaginarse algún peligro.

—Los celestes las escuchen —reza—. Si no precisan nada más, alteza…

Ammarah asiente ante su cuidada reverencia y permite que su criada se retire. A Lilith no le pasa desapercibida la manera en la que la princesa vuelve a girarse hacia el espejo y toma aire, como si el corpiño le estuviera cortando la respiración. La sonrisa se le pierde en las comisuras, mientras sus ojos ambarinos se fijan en su reflejo y sus manos alisan la inmensa falda del vestido.

—¿Qué ocurre? —le pregunta. Porque la conoce lo suficiente como para saber que Ammarah nunca habla de lo que le preocupa si no la anima a ello. Su amiga, de hecho, niega con la cabeza—. Ammarah…

La joven suspira.

—Es una tontería.

—Nada que te preocupe es una tontería. Vamos, habla.

Ammarah duda un segundo más antes de encogerse de hombros.

—Estaba pensando en la boda. En Nathan. Es... Sé que lo odia, Lilith. El compromiso, quiero decir. Y temo que termine odiándome a mí también. Sé que no lo hace, no todavía, pero temo que con los años... Me aterra que vayamos a hacernos muy infelices.

Lilith hace una mueca de lástima, sin saber qué responder al principio. Le gustaría poder decirle que no tiene que preocuparse de nada, que lo único que conseguirá el tiempo será poner todo en su lugar, incluso que hay amores que surgen muy poco a poco, a lo largo de los años. Le gustaría sonreírle y contarle algún cuento de los que cuenta Darien a veces, uno con grandes romances escondidos en los momentos y lugares más insospechados.

Pero no quiere mentirle. Tiene claro que Nathan nunca ha odiado a Ammarah y duda que vaya a odiarla jamás, aunque tampoco se los ha imaginado nunca enamorados. Los conoce lo suficiente a ambos como para saber que Ammarah quiere paz y que Nathan es poco dado a ella. Ammarah quiere gobernar, mientras que Nathan nunca ha querido una corona. Ammarah piensa constantemente en sus responsabilidades, en su reino, en todos los deberes que ha aprendido desde que era pequeña; Nathan, aunque nunca se lo diga a nadie, sueña con volver a ser el niño que no tenía ninguna.

No, no cree que vayan a amarse jamás, pero no cree que decirle algo así vaya a servirle de nada, así que no lo hace. En su lugar, se acerca a ella y apoya las manos en sus hombros con un apretón cariñoso. Sus miradas se encuentran sobre el cristal. Aunque ambas van vestidas de blanco, no podrían ser más diferentes. Ella con su túnica y sus pantalones, con sus protecciones de hierro en las muñecas y su espada al cinto, todo ligereza, seguridad y comodidad. Ammarah con su pesado vestido de novia, diseñado para adaptarse a las curvas de su cuerpo, siendo una muestra del lujo que solo las futuras reinas pueden permitirse y sin armas encima, porque ya tiene a toda una guardia que las empuñe por ella.

Pese a todo, llevan años entendiéndose. A Lilith le agrada la princesa, porque siempre le ha parecido responsable, trabajadora y sensata, dispuesta a esforzarse por ser la futura soberana que el Sacro Reino merece.

—Nadie podría odiarte jamás, Ammarah —le dice, porque es algo de lo que puede estar completamente segura—. Al menos, Nathan no lo hará. Que la suya no sea una historia de amor no significa que no pueda ser otro tipo de historia. Se entenderán. En el futuro, se les recordará como los mejores reyes que Daiva haya tenido jamás y a nadie le importará si se amaron o no.

La princesa suspira y se echa atrás para reposar un segundo contra su cuerpo.

—Es posible, pero es muy extraño saber que solo puede haber una persona destinada para ti, alguien a quien debes entregarte en cuerpo y alma, alguien con quien debes compartir tu vida... y estar segura de que nunca vas a poder amarla y que esa persona jamás te amará a ti. —Ammarah esboza una sonrisa un poco triste, sus ojos fijos en los suyos a través del espejo—. Temo que en algún momento nos culpemos por todas las cosas que nunca vamos a poder tener, Lilith.

Ella aprieta los labios. Le gustaría ofrecerle alguna visión que le llevara la contraria, algo que diera seguridades sobre el futuro, pero no tiene nada: en sus últimos sueños no ha aparecido ni una pista de lo que les deparan los próximos días.

Así que lo único que puede responder es:

—Destino nos pone a prueba, pero nunca más de lo que podemos soportar.

Su madre le enseñó ese mantra cuando era una niña y ella suele encontrar un poco de consuelo en él en esos días en los que el futuro le resulta aterrador. Ammarah suspira y asiente, intentando quitarse las preocupaciones de encima. Después, alza una de sus manos para apretar la que Lilith ha apoyado en su hombro izquierdo.

—Todo está cambiando muy rápido, ¿no crees? —dice. Hay una sonrisa en su boca, pero es un poco incierta—. Nathan y yo estamos a punto de casarnos, tú estás a punto de empezar tu Peregrinación, Darien se marchará el año que viene... ¿Cuándo crecimos tanto todos?

Lilith se muerde el labio. Ella también tiene la sensación de que el tiempo ha pasado demasiado deprisa, de que se les ha escapado, de que hace solo dos días ella estaba corriendo por los pasillos del Templo junto con Darien y Nathan o tratando de imitar a Adam para demostrar (a él, a su madre, a sí misma, a todo el mundo) que ella podía ser tan buena o mejor que él.

—El paso del tiempo es lo que nos hace humanos —les recuerda a ambas.

Las dos saben que esa es una lección que nadie en Daiva debe olvidar jamás, por eso, de nuevo, Ammarah asiente. Nota su mano, suave, apretándose un poco más alrededor de la suya.

—Voy a extrañarte, Lilith.

Lilith sonríe un poco, enternecida, mientras entrelaza sus dedos.

—Todavía no me he ido.

Aún falta un poco más de tiempo, aunque sea muy poco más, para que todo empiece a cambiar.

La conversación con Ammarah la persigue durante todo el camino de vuelta al Templo, igual que lo hacen los recuerdos, la nostalgia por algo que todavía no ha perdido y sus propias preguntas sobre el futuro, aunque prefiere no pensar en eso. No quiere darle más vueltas a su Peregrinación, no quiere dejar entrar las dudas sobre lo que va a ser de ella si los celestes le dan la espalda o le dicen que no hay nada importante en su camino.

No quiere preguntarse si, cuando se marche, realmente alguien la extrañará como le dijo Ammarah o si el mundo tan solo seguirá su curso como si su ausencia no fuera importante en absoluto.

Quizá por eso se centra en el presente, en las cosas sobre las que tiene control. Por ejemplo, pasar un poco más de tiempo con su mejor amigo, antes de que él se convierta en príncipe. Ha perdido la cuenta de las veces que ambos han bromeado sobre eso, pero de pronto la palabra le suena extraña. «Príncipe» suena a algo lejano.

«Príncipe» suena a algo que Nathan no debería ser. Recuerda que los primeros días después de que lo nombraran Portador se sintió igual. Por aquel entonces, le aterraba un poco que aquel objeto fuera a robarle a su mejor amigo de alguna manera; ahora teme que lo haga la corona que van a colocarle sobre la cabeza.

Pero aún no lo ha hecho. Aunque sea solo por unos días más, Nathan todavía vive en el Templo, cerca de ella, al alcance de su mano.

Lo encuentra sentado en una de las bancas de piedra del claustro, observando con fijeza a los miembros más jóvenes de la Hermandad Celestial, que entrenan en el patio con sus espadas de madera. Lilith se pregunta si su amigo está pensando en cuando él mismo era un niño, antes de que su madre muriera y dejara el Amuleto en sus manos. Recuerda aquellos días. Recuerda cómo ella y Nathan solían lanzarse por Adam a la vez y cómo su hermano se reía, los vencía con insultante facilidad y los llamaba «enanos» pese a ser solo un par de años mayor.

—¿Estás recordando viejos tiempos o simplemente no tienes ganas de trabajar?

Nathan se sobresalta con su voz, pero recompone su sonrisa irónica mientras ella se sienta a su lado. Solo la mira un instante antes de voltear de nuevo hacia los aprendices.

—Estoy acostumbrándome a la labor de un príncipe consorte: es decir, a no hacer nada en absoluto.

—¿Y cómo está siendo la experiencia?

—Bastante aburrida, pero al menos no tendré que volver a limpiar estatuas hasta que les brillen los pies. De hecho, supongo que cuando sea príncipe podré ordenar que los pies que otros limpien sean los míos, así que ese será un cambio agradable. ¿Quieres ofrecerte como primera limpiabotas real?

Lilith pone los ojos en blanco, pero no se molesta en responderle más que con un pequeño empujón que consigue que Nathan le lance una mirada falsamente ofendida.

—¿Te parece esa una manera adecuada de tratar al futuro rey?

—Me parece una manera adecuada de tratar a un idiota.

—Me estás insultando: voy a tener que retarte a duelo, como hacen los buenos nobles.

Ella se gira hacia su amigo con las cejas enarcadas.

—Si quieres perder lo poco que te queda de orgullo…

Nathan resopla, pero no le lleva la contraria porque es consciente de quién suele morder el polvo cada vez que se enfrentan con la espada. Lilith no se considera a sí misma muy especial en comparación con las personas que la rodean, pero es un hecho que tiene más fuerza que el Portador, que es un poco más bajo, bastante más delgado y que nunca se ha esforzado tanto en la esgrima como ella. Cada vez que luchan, su victoria está casi asegurada, y lo único que Nathan suele decirle entonces es que no tendrá ninguna oportunidad contra él cuando se vuelva loco y decida utilizar el Amuleto para destruir el mundo.

Esas son las únicas bromas que a Lilith no le hacen demasiada gracia. Le parecen demasiado incorrectas incluso para él, como si el caos fuera a encontrar una grieta por la que colarse en el Templo por culpa de ese tipo de burlas. Adam, en cambio, siempre se ríe de ellas.

Ahora, mientras ambos observan a los aprendices, Lilith no puede evitar preguntarse si todos esos momentos se terminarán para siempre cuando Nathan se case con Ammarah. Los duelos y las bromas que casi podrían ser herejía y que solo le permite a él. Supone que sí, porque los príncipes no se dedican a luchar contra celestiales.

Ni siquiera sabe cuánto va a tardar en volver a verlo cuando se marche.

El pensamiento deja un nudo incómodo en su estómago, uno que la anima a sugerirle un último enfrentamiento. Un último combate, antes de que él se convierta en príncipe y ella… Ella quizá, en nada. Si los celestes no le dan un propósito durante la Peregrinación, su vida estará condenada a ser solo la de un personaje secundario o una nota a pie de página.

Hermana del Sumo Celestial. Mejor amiga del Portador. Escolta de la reina Ammarah.

Nada más.

Lilith se obliga a apartar ese pensamiento y recordar por qué estaba buscando a Nathan en primer lugar.

—Ammarah está preocupada por ustedes —le confiesa. Cuando Nathan se gira hacia ella, sorprendido, se encoge de hombros—. No le digas que te lo dije, pero teme que el matrimonio rompa su amistad, que se alejen en vez de acercarlos... ¿Le dijiste algo? Nunca la había visto tan inquieta por la boda.

Contra todo pronóstico, Nathan hace una pequeña mueca y aparta la vista. Lilith lo conoce lo suficiente como para entrever la culpabilidad en la manera en la que empieza a toquetear el Amuleto con sus dedos. Lo hace siempre que está nervioso, sea consciente o no.

—¿Nathan? ¿Qué le dijiste?

Silencio.

—Nathan...

—Solo le... —Otro segundo. Al final, su amigo suspira y continúa—: Le pregunté si alguna vez se había imaginado su vida con otra persona. No me parece tan terrible.

Lilith no puede evitar abrir mucho los ojos, incrédula. Ese le parece un comentario tan fuera de lugar como sus bromas de mal gusto sobre el poder del Amuleto.

—Claro que es terrible; es cruel —le amonesta—. Sabes que no puede, que su destino se ha escrito juntos y por tanto...

—Nuestro destino es *casarnos*, lo cual es algo muy distinto a...

—No es distinto —lo corta ella, inflexible, antes de fruncir el ceño—. Sabes perfectamente que no van a poder vivir sus vidas con otra persona, así que, ¿se puede saber por qué le preguntas algo así? ¿Me vas a decir que tú sí te lo imaginas?

No pretendía que la pregunta sonara como una acusación, pero lo hace. La expresión de Nathan se endurece ante su tono y ambos se miden con la mirada, en una tensión que ya han compartido en otras ocasiones. Al fin y al cabo, llevan siendo amigos durante toda su vida: están acostumbrados a las discusiones, pequeñas y grandes.

Aunque nunca habían discutido sobre este asunto.

La mano del Portador se aprieta alrededor del Amuleto y esa es toda la respuesta que Lilith necesita. Conoce sus gestos a la perfección, igual que conoce ese orgullo con el que de pronto levanta la barbilla.

—Soy libre de imaginarme lo que quiera. Destino puede tener control sobre mi vida, pero no sobre mis pensamientos.

—Los pensamientos que se salen del camino son la puerta que usa Caos para entrar en nuestras vidas, hay que tener cuidado con ellos —replica ella. Otra lección, otras palabras que suenan más a su madre que a sí misma, pero de nuevo algo a lo que agarrarse.

Nathan resopla.

—Que a veces me imagine otras vidas no significa que no sea muy consciente de cuál es la que me tocó vivir. Si quieres odiarme por eso, adelante.

Lilith frunce un poco más el ceño, molesta. No, no puede odiarlo por eso, pero le frustra más de lo esperado saber que a veces se imagina con otra persona. Le hace querer preguntarle quién es, cómo es su rostro, qué carácter tiene. Pero, sobre todo, le parece desagradecido. Mientras que ella espera una señal, un camino que recorrer, Nathan no se cansa de despreciar el gran futuro que se ha diseñado para él. Destino le ha dado un propósito importante, una corona, una mujer hermosa, inteligente y buena con la que poder formar una familia. Sí, tal vez no le haya dado amor, como Ammarah decía, pero el amor no es algo tan necesario: hay muchas cosas más importantes.

En comparación, ella no tiene nada.

Y pese a ello, Nathan es su mejor amigo. A veces él es lo único que la hace sentir especial, porque Nathan no le regala su tiempo a cualquiera, pero le ha dado años enteros a ella.

Así que, tras respirar hondo y apartar la vista, a regañadientes, murmura:

—No te odio.

El «pero» que no llega a pronunciar se queda colgando en el aire, por encima de ellos. Está segura de que Nathan se da cuenta, aunque decide fingir que no está ahí cuando sacude la cabeza.

—Está bien, le pediré perdón a Ammarah después de la boda, ¿de acuerdo? No pretendía preocuparla.

Lilith abre la boca, pero sabe perfectamente cuándo Nathan da por finalizada una conversación y es consciente de que ya concluyó esta cuando se pone en pie.

—Vamos a limpiar la capilla —sugiere, como si nada hubiera pasado—. Solo me quedan dos días aquí y no quiero pasarlos escuchando a tu madre porque nos hemos retrasado en nuestros deberes durante diez minutos. Mira, eso es algo que tampoco voy a extrañar cuando viva en el castillo.

La chica aprieta los labios, aunque una parte de ella se alegra de que la discusión se desvanezca. No quiere tener que pelear con él, no así, no *de verdad*, no mientras sus caminos empiezan a alejarse después de toda una vida el uno al lado del otro. No quiere dejar espacio para más distancia, así que al final suspira y también se pone en pie.

—Sabes que mientras mi madre sea la Suma Celestial vas a tener que escucharla bastante, ¿verdad?

Nathan enarca las cejas.

—Hasta que me canse y acabe con su tiempo en un parpadeo. Cuando sea solo polvo en un jarrón, no podrá seguir molestándome.

—¡Nathan!

Esta vez, el empujón que le da casi hace trastabillar a su mejor amigo, que la mira con los ojos muy abiertos.

—¡Definitivamente esa *no* es la manera adecuada de tratar a un futuro rey!

—Pero sí de tratar a un hereje —replica ella, con los brazos cruzados sobre el pecho—. Además, si mi madre muriese, tendrías que aguantar a mi hermano como Sumo Celestial. Personalmente, no sé qué es peor.

Nathan resopla, pero aparta la vista y echa a andar delante de ella.

—Al menos tu hermano no me mira como si creyera que mi existencia es un problema.

Lilith pone los ojos en blanco, pero lo sigue. Está segura de que su madre no hace eso. Puede ser dura y estricta, incluso inflexible, pero la Suma Celestial siempre ha demostrado que su prioridad es el bienestar de Nathan. Al fin y al cabo, él es el Portador, y cuidarlo forma parte de la labor de todos en el Templo, la misma que un día Destino le encomendó a Santa Aiva: proteger el poder del tiempo hasta el final.

Pase lo que pase.

ADAM

La primera vez que Adam Rheiz besó a Nathan, ya sabía que algún día moriría por él.

Hasta ese momento, Adam había intentado ser un ejemplo de virtud, tal y como todo el mundo esperaba: había sido el hijo perfecto, el heredero que la Suma Celestial quería, el hermano mayor preocupado e incluso el maestro paciente que se encargó de enseñarle a Nathan a descifrar el futuro en los elementos cuando él recibió su don. Así que, cuando se marchó del Templo para su Peregrinación, lo hizo con la seguridad de que volvería habiendo visto alguna de las visiones que se le habían prometido desde la cuna: visiones de él ocupando el puesto de Sumo Celestial, visiones de una larga vida dedicada a la fe que lo mantendrían en el lugar que siempre había conocido.

En su lugar, volvió con la certeza de que las agujas del reloj giraban en su contra.

Quizá si no lo hubiera hecho, las cosas habrían sido muy diferentes. Si hubiera visto la más mínima confirmación del futuro que siempre había esperado, probablemente habría considerado que los sentimientos que había empezado a tener por Nathan estaban fuera de lugar. Justo antes de marcharse había pensado así sobre ellos: se había embarcado en aquel viaje con la esperanza de que al volver no quedara ni rastro de aquella atracción que había sentido tirando de él en los últimos tiempos y que sabía que no debía estar ahí. Había entendido aquellas ganas de acercarse más al mejor amigo de su hermana como un desvío del camino que sabía que no debía tomar, una tentación que podía llegar a ignorar si ponía distancia y recordaba las cosas que importaban de verdad: su fe, sus reglas.

Había pensado que su marcha le ayudaría a alejar cualquier idea indebida.

Pero no fue así. Durante su Peregrinación, Adam no dejó de pensar en Nathan ni un solo día. Pensaba en él mientras recorría un mundo que sabía que el Portador no podría ver jamás y que él quería poder describirle con todo detalle; pensaba en él bajo las estrellas que tantas veces habían mirado juntos; pensaba en él cada vez que tenía que desenvainar su espada y recordaba cuantas veces se habían batido en duelos inofensivos.

La visión de su muerte solo tuvo un poco de sentido cuando el viento le dejó escuchar cómo gritaba su nombre y comprendió que caería protegiéndolo.

Por eso, cuando volvió al Templo, después de meses fuera, estaba cambiado. Había aceptado su destino, pero también había aceptado sus sentimientos. Había decidido que si el tiempo corría en su contra, si su final era inevitable, al menos sería honesto y aprovecharía cada segundo que le quedara. Está seguro de que Nathan notó el cambio en cuanto se encontraron en el claustro. Fue la primera persona a la que vio al llegar, y eso le pareció una señal más de que nunca podría huir de aquel chico y del destino que lo ataba a él.

Esa misma noche, ambos se reunieron en la torre desde la que siempre solían intentar descifrar las señales escritas en las estrellas y Nathan le preguntó qué había visto en las Cuevas de Santa Aiva.

—Lo que pasa en la Peregrinación es algo privado, porque decírselo a alguien podría cambiar el curso de los acontecimientos —respondió Adam, esquivo, y le dedicó una sonrisa inocente—. ¿Quieres que Destino me castigue?

—Santa Aiva le contó a todo el mundo que había visto la fundación de este reino —protestó Nathan, con las cejas alzadas—. Puedes decírmelo: no voy a contárselo a nadie.

—¿Por qué tanto interés por mis secretos, Portador?

—Porque pareces… distinto. Y no hablo simplemente de las ojeras o de que estés más delgado.

—Todo el mundo vuelve cambiado de su Peregrinación.

—A mí no me importa todo el mundo, me importas tú.

La frase cayó entre ambos como una oleada de vergüenza para Nathan y un golpe para Adam. Aunque su acompañante apartó la vista hacia la ciudad que se extendía bajo el balcón en el que estaban asomados, el recién llegado no pudo evitar fijarse solo en él: su cabello negro mecido por la brisa, ese mechón demasiado rebelde cayéndole por la frente, los ojos oscuros, su nariz recta, el rostro afilado, aquellos labios…

Se detuvo. Apartó la mirada y apretó las manos sobre la balaustrada.

—Todo está bien —mintió.

Nathan resopló. Cuando se volvió a girar hacia Adam, parecía frustrado.

—¿No confías en mí?

A Adam aquellas palabras le parecieron una broma de mal gusto. Claro que confiaba en él. Confiaba tanto que iba a confiarle su propia vida.

—No tiene nada que ver con la confianza. Confío en ti, Nathan. Eres… Eres más importante para mí de lo que piensas. No puedo creer que no te hayas dado cuenta.

Incluso en la noche, Adam vio cómo su confesión conseguía desestabilizar un poco al chico junto a él. Era normal que lo hubiera tomado por sorpresa: Adam nunca había dicho nada parecido. Por lo general, entre ellos no había palabras tan honestas, solo había dardos, burlas y retos. Nathan sabía encarar mucho mejor los golpes que aquello.

—Ya lo sé —masculló, azorado, y apartó la vista mientras comenzaba a toquetear el Amuleto sobre su pecho—. Por mucho que compitamos, somos amigos, por eso, precisamente…, estoy..., quiero...

—No, no me refiero a eso.

Ambos percibieron el cambio en el aire; aquel tirón que ya habían notado tantas veces antes los atrajo con más fuerza. Aunque dudó, Nathan levantó de nuevo la mirada hacia su amigo, su maestro, su rival. Adam, por su parte, enfrentó aquellos ojos como si hacerlo significara acercarse al borde de un precipicio y, por primera vez en mucho tiempo, no tuviera miedo de asomarse para ver el abismo justo a sus pies.

Al fin y al cabo, iba a caer igual, ¿verdad?

—También sé que soy el Portador y que tu deber es…

—Tampoco hablo de deber —lo cortó él—. Hablo de todo lo contrario. No soy el único que lo siente, ¿verdad?

Sabía que no lo era. Quizá todo habría sido más fácil si hubiera estado seguro de que esos sentimientos que habían empezado a echar raíces en su pecho no eran correspondidos en absoluto, pero había descubierto a Nathan mirando en su dirección suficientes veces, se había dado cuenta también de todas las ocasiones en las que un toque casual entre ellos duraba mucho más de lo que debía. Si nunca había decidido actuar sobre ello era, precisamente, porque el deber se lo impedía.

Pero aquella noche Adam estaba harto de pensar en el deber.

Nathan tomó aire, con todo el cuerpo tenso como la cuerda de un arpa.

—No… No sé de qué estás hablando.

Si Adam no hubiera sentido el corazón a punto de estallarle, se habría reído de él por ser tan transparente. En su lugar, dejó una de sus manos sobre la balaustrada, justo al lado de la suya, e inclinó el cuerpo un poco hacia él.

—Eres un mentiroso terrible —susurró.

A Nathan se le escapó un jadeo. Tal vez él no fuera consciente de ello, pero su compañero sí lo fue, como también lo fue de la manera en la que sus manos se aferraron un poco más alrededor de la piedra. Pese a ello, intentó alzar la barbilla con aquel orgullo desmedido que mostraba a veces.

—Yo no miento; es pecado.

La mentira no era el pecado más grave que iban a cometer. Todavía no había ocurrido y Adam ya sabía que era inevitable.

Y en aquel momento, aunque solo fuera por unos instantes, no le importó.

Se echó un poco más hacia delante. Nathan no se movió ni un ápice, pero su respiración se alteró. Por un instante ínfimo, su mirada lo traicionó al caer sobre su boca. Adam lo vio. Lo *sintió,* como si de alguna manera sus ojos ya lo hubieran besado. Quizá fue aquello lo que terminó con cualquier rastro de duda que pudiera quedar.

—No somos celestes, Nathan —dijo, mientras se acercaba un poco más, solo un poco más. Su voz era un susurro tan bajo que podría haberse confundido con el viento—. No somos criaturas perfectas incapaces de cometer errores. Somos solo humanos, así que podemos mentir. Podemos pensar en pecados… y podemos cometerlos.

—Tú no piensas en pecados —protestó Nathan, pero sonó más que nada a un intento de convencerse a sí mismo—. Y, desde luego, no… no los cometes. Eres el hijo perfecto de la Suma Celestial. Tú no quieres…

«Tú no me quieres». Esas eran las palabras que realmente pendían entre ellos. Adam se dio cuenta de que, del mismo modo que hasta aquel momento él se había contado mil historias para mantenerse en el camino marcado, Nathan se había contado aquella. Le pareció un argumento muy débil, una razón demasiado floja para no caer. Sobre todo, porque era falsa.

Adam lo quería. Y estaba cansado de negárselo.

—Te equivocas —susurró—. Sí que pienso en pecados. He deseado… muchas cosas de las que no tienes ni idea. He querido cambiar mi destino. He soñado con imposibles más veces de las que te imaginas, Nathan.

Aquella mirada castaña volvió a caer sobre sus labios y esta vez se quedó allí un poco más. Estaban tan cerca que, cuando Nathan dejó escapar un suspiro, Adam lo sintió en su propia boca y creyó perder un poco más la cordura. En el espacio que había entre ellos apenas había lugar para dudas o para recordatorios sobre los caminos que debían recorrer y que no los llevaban directamente a un beso.

Adam supuso que ser tentado por demonios o tener uno dentro poseyendo tus acciones debía de sentirse justo así.

—Lo que viste en tu Peregrinación… —comenzó Nathan, y Adam tuvo que contener un estremecimiento. Por un instante, recordó la sangre, la espada, el grito y el dolor—. ¿Tiene que ver con esto? ¿Viste el error que sería? ¿Viste... el castigo, solo por desearlo? Dime que sí. Dame una buena razón para quitármelo de la cabeza de una vez, Adam.

Puede que sí. Al fin y al cabo, moriría estando cerca de él, eso era una seguridad. Si se alejaba, si ponía distancia entre ellos, tal vez su destino cambiara. Quizá la visión con la que los celestes lo habían torturado era una advertencia en lugar de un futuro inevitable.

Pero eso no se lo dijo. En su lugar, acarició sus dedos sobre la balaustrada, apenas un roce.

—No pienses en eso. No pienses en lo que el resto del mundo, mortal o inmortal, espera de nosotros. Piensa... Piensa en qué quieres tú, por una vez. ¿Quieres que me aleje, Nathan?

—Sí.

Pero su mano atrapó la de él antes siquiera de que pudiera pensar en dar un paso atrás. Adam no pudo evitar una sonrisa. Una que bailó entre la expectación, el miedo y las ganas.

—Eres un mentiroso terrible —repitió.

Y Nathan se echó hacia delante y lo besó.

Adam supo en aquel momento que no había vuelta atrás. Habría muerto por él en ese mismo instante, y sin remordimientos. Desde entonces, ha logrado aceptar que algún día lo hará. Aunque no puede decir que no le importe, aunque le duele y sigue pensando que es injusto, una parte de él se ha convencido de que, si muere por Nathan, al menos no será en vano. Nunca ha sabido cómo ocurrirá, no exactamente, pero intuye que será por salvarle la vida. Y eso es más que suficiente.

Durante todo este tiempo, lo más difícil ha sido esconder todos esos pensamientos. Todas esas ideas sobre su propia muerte, la cuenta atrás que sabe que se cierne sobre él pero que no se define en ningún día concreto. Y por encima de eso, lo más complicado es evitar que Nathan lo descubra. Que Darien, Lilith o su propia madre lo descubran.

Fue esta última, precisamente, quien lo citó en la capilla de Santa Aiva. Antes de su Peregrinación, Adam solía rezar allí, pero hace ya más de un año que no lo hace, porque la pequeña estancia de piedra está llena de estatuas de celestes y todos parecen seguirlo con sus mil ojos, pintados en dorado sobre el mármol de sus brazos, de sus manos, de sus piernas, de sus alas y de sus rostros. Siempre que entra ahí siente que hay enviados de Destino viviendo en esas estatuas, criaturas que conocen perfectamente todos los pecados que no deja de cometer.

Aunque eso nunca se lo dirá a su madre.

La Suma Celestial lo está esperando de pie ante el altar, bañada por la luz de las primeras horas del día, que se cuela por las vidrieras de colores. Le sorprendió que lo citara tan temprano, cuando la mayoría de la gente en el Templo apenas ha despertado. Por poco, el celestial que fue a buscarlo ni siquiera lo encuentra en su cuarto, porque, como cada noche, pasó hasta el amanecer con Nathan, en su torre, en su refugio.

Su madre ni siquiera se gira cuando lo oye llegar.

—¿Cómo se encuentra el Portador antes del gran día?

Adam se tensa. Por un segundo incluso se le pasa por la cabeza que esa pregunta signifique que los han descubierto, pero es solo hasta que recuerda que, si así fuera, la Suma Celestial no lo recibiría con esa calma. No, lo que ocurre es algo mucho más habitual: está tratando de aprovechar la cercanía que él y su hermana tienen con Nathan para intentar controlar sus movimientos. Odia que haga eso.

—Nathan está un poco nervioso, pero estará bien —susurra.

En realidad, Nathan no está solo un poco nervioso: Nathan está desesperado y perdido. Todavía siente los besos que le dio de madrugada, llenos de furia. Cuando se despidieron, con el último resquicio de noche peleando contra el alba, parecía simplemente derrotado.

Solo queda un día.

Adam se acerca a su madre, que aguarda frente a la estatua de Santa Aiva que preside el lugar, y agacha la cabeza mientras se tapa los ojos con las manos para mostrar respeto ante la única figura cuya mirada está cubierta en la capilla: Aiva lleva puesta una corona que representa las alas de los celestes y una máscara que le cubre los ojos, un símbolo de su fe inquebrantable. Tiene los brazos de piedra extendidos hacia delante y entre sus dedos sostiene, dentro de su vaina blanca y dorada, la espada legendaria con la que Destino la obsequió para que pudiera cumplir la misión de matar a su propio padre: Eunomia. A Adam siempre le ha parecido que el aire vibra alrededor de ese objeto sagrado, en una muda advertencia de lo que puede llegar a hacer: matar, incluso, a un Original.

La Suma Celestial posa sus ojos azules sobre él. Adam conoce lo suficiente a su madre como para saber que no va a darle una buena noticia.

—Los celestes me advirtieron que mañana habrá peligro.

Siente cada uno de sus músculos tensarse. Aunque quiere disimular, no puede evitar que el pulso se le acelere, que la mirada de su madre sobre su rostro lo agobie. Porque, de repente, lo sabe. Es como si se lo gritaran las llamas de las velas encendidas de la capilla, como si todas las estatuas a su alrededor se lo susurraran a la vez. Ha estado temiéndolo a medida que se acercaba la boda, porque recuerda demasiado bien la basílica en su visión, pero esas palabras son las que borran cualquier rastro de duda.

Morirá al día siguiente.

La ansiedad se asienta en su pecho mientras en su cabeza se repite una y otra vez la visión que los celestes le otorgaron en las Cuevas de Santa Aiva. Vuelve a escuchar su propio grito, que resuena más allá de su mente. Vuelve a sentir la espada, más un recuerdo que un resquicio del futuro.

Su mirada se fija de nuevo en el rostro de mármol de la santa, en un intento de recuperar el control de sí mismo. Aunque solo está a la vista la mitad inferior de su cara, su expresión parece serena y Adam se imagina a sí mismo aceptando su suerte con la misma templanza, pero lo cierto es que ha empezado a temblar y tiene que apretar los puños contra su túnica para que su madre no se dé cuenta.

Va a morir. Realmente va a morir.

—¿Te dijeron… algo más? —pregunta, intentando ocultar la angustia en su voz.

—No le dieron forma al peligro, pero está claro que lo habrá. Y temo que se trate de él, del muchacho. Nunca ha sido como su madre: Tabitha siempre fue consciente de su responsabilidad y estaba agradecida por el honor que Destino le había otorgado. El chico, en cambio, es… irreflexivo e irrespetuoso, es…

—Nathan es el Portador —la interrumpe Adam.

Esta vez, la voz le suena más firme, porque es para defenderlo a él. Y esa es su misión, después de todo: defenderlo. Del peligro y de lo que haga falta.

La Suma Celestial se gira hacia él con las arrugas de su frente pronunciándose en una expresión severa y un poco incrédula, porque su hijo no suele responder de esa manera. Rhea Moriz no es una mujer acostumbrada a que nadie le responda, en general. Quizá por eso no soporta demasiado a Nathan: porque siempre fue un niño que hacía demasiadas preguntas, más impertinente que educado. Durante un tiempo, después de la muerte de su madre, se apagó un poco y, probablemente, la mujer pensó entonces que podría controlarlo.

Pero no fue así. Ese es el problema con Nathan: no puedes controlarlo, no del todo, nunca del todo. Adam ama eso de él, pero su madre lo odia. Es obvio que considera que es un peligro.

—Sabe perfectamente cuál es su lugar —continúa Adam—. Puede que parezca que no respeta nada, pero conoce el significado del Amuleto y lo mantendrá a salvo, como ha hecho siempre. No va a usarlo. Si viste peligro, vendrá de fuera, no de él: ordena reforzar la seguridad y mantengámonos cerca de Nathan y de la princesa, pero no dejemos que un enemigo sin rostro nos haga olvidar quiénes son nuestros aliados.

La mujer entrecierra los ojos y él se obliga a no agachar la cabeza ante ella, porque es consciente de que el afecto de la Suma Celestial solo puede conseguirse siendo exactamente lo que ella espera de ti, nada más. A veces le da la impresión de que Lilith y él apenas tienen una madre, solo una maestra exigente que nunca les va a permitir fallar. Quizá por eso él se permitió el desliz con Nathan. Quizá, en el fondo, estaba cansado de tener que ser siempre perfecto para poder ganarse un poco de cariño y por eso se enamoró del mayor error que podía cometer.

En cualquier caso, parece que su expresión firme convence a la Suma Celestial.

—Eso espero, hijo. Pero si no fuera así, si algo no saliera de acuerdo con el plan...

Su madre se mueve hacia la estatua de Aiva. Al principio Adam no entiende lo que va a hacer, pero entonces sus manos se extienden hacia la espada que la santa carga entre sus brazos. El chico se queda sin respiración y un miedo irracional le contrae el pecho cuando su madre toma a Eunomia en sus manos desnudas. Un zumbido se instala en sus oídos cuando se gira hacia él.

Es consciente de lo que le va a decir antes incluso de que lo pronuncie.

—Si algo pasa y el chico pierde de vista su camino... —El silencio que sigue a esas palabras pende sobre ellos como una amenaza—. Esta espada eliminó a Tiempo después de que este decidiera alterar el orden del mundo y también ha eliminado a otros Portadores tentados por Caos después. Ahora la dejo en tu poder para que mantengas el orden si es necesario: no podemos permitir que otro Portador se corrompa. No podemos permitir otro Inmortal, Adam.

Adam no quiere esa arma. De hecho, quiere decirle a su madre que se ha vuelto completamente loca si piensa que va a levantar ese filo contra la persona que ama.

En su lugar, se obliga a mantener la calma y a extender las manos para aceptar a Eunomia. Está bien, todo está bien. Si su madre quiere darle esa espada a alguien, que sea a él, porque así nadie podrá utilizarla contra Nathan.

—¿Entiendes lo que te estoy pidiendo? —pregunta la Suma Celestial.

Tiene que contener una arcada antes de agachar la cabeza y decir:

—Sí, madre. Y será un honor cumplir con mi papel —le asegura.

Podría ser una mentira, si no fuera porque tiene claro que su papel no es el que su madre piensa. Él sabe cómo tienen que ser las cosas en realidad. Él sabe qué es lo que debe hacer mucho mejor que la Suma Celestial. Sí, utilizará esa espada, pero lo hará para defender al Portador hasta las últimas consecuencias, no para acabar con él.

Rhea parece orgullosa de su hijo cuando asiente y Adam tiene que esforzarse por no mostrar lo asqueado que se siente. En ese momento, aunque no se lo va a decir, la odia. Nathan no es como ella piensa, Nathan no merece que nadie se atreva a insinuar que debe morir por no estar a la altura de lo que Destino espera de él. Sí, puede ser impulsivo e inconformista y hacer comentarios fuera de lugar, pero aceptó el Amuleto siendo solo un niño y lo ha mantenido a salvo durante más de una década. Está dispuesto a casarse con Ammarah y quedarse junto a ella, a pesar de que eso les parta el corazón a Adam y a él. Siempre ha tenido claro que podían robar un poco de tiempo para estar juntos, pero nunca le ha propuesto abandonarlo todo.

Nathan ha hecho todo lo que se espera de él y, aun así, no parece ser suficiente.

A Adam le parece injusto. Como tantas otras cosas.

—Quédate cerca del muchacho mañana —le dice su madre—. Protégelo. Y si todo se tuerce…, protégenos a los demás de él.

Adam cierra los dedos con más seguridad alrededor de la vaina de Eunomia. Quiere preguntarle a su madre si esas serían las últimas palabras que le diría si supiera que no va a volver a hablar con él. Quiere confesarle que está seguro de que ese es su último día en el mundo. Quiere decirle muchas cosas, pero cuando la mira se da cuenta de que sus palabras no van a cambiar nada.

Así que simplemente asiente. Todo lo que dice, ante los celestes y sus ojos dorados, los únicos que saben de su secreto, es:

—Puedes confiar en mí, madre. Seré un siervo de Destino hasta el final.

LILITH

Lilith se despierta con la sensación de haber soñado algo importante. Hace ya muchos años que recibió el don de los soñadores, así que sabe distinguir cuándo tiene que prestar atención a sus sueños porque son algo más. Y en este caso, está segura de haber recibido una advertencia, solo que no puede recordar de qué se trata. Eso le frustra. Le frustra llevar casi ocho años practicando para que ni una sola visión se le pase por alto y, a pesar de todo, seguir fallando.

Cuando recibió su don, lo odió. De todos los poderes que un celestial puede tener, en el de los sueños premonitorios es muy sencillo que los mensajes se pierdan. Pero, sobre todo, es el único don que apenas obedece a deseos humanos. Mientras que los elementales, como Adam y Nathan, pueden concentrarse para buscar señales del futuro en el mundo que los rodea, y los sensibles, como Darien, pueden discernir el pasado decidiendo qué tocar, los soñadores solo pueden cerrar los ojos y esperar a que los enviados de Destino quieran ponerse en contacto con ellos.

Que el don de los soñadores sea el más habitual entre los celestiales tampoco le gustó. Recuerda que, tras su Rito de Consagración, se sintió tan decepcionada que salió corriendo hacia el lago junto al que se levanta la basílica y que Nathan la encontró en la orilla pedregosa poco después, encogida sobre sí misma y aguantando las lágrimas. Él todavía no había recibido su don por aquel entonces, pero ya llevaba el Amuleto siempre consigo.

—Santa Aiva tenía ese don —le recordó, mientras pasaba una mano por su espalda—. Sus herederos tienen ese don, tu madre tiene ese don. Es un buen poder, Lilith.

—No es especial —se quejó ella, aunque era consciente de lo infantil que sonaba—. Es… común. Es peor que el de Adam. Y, además, no dependerá de mí. No quiero solo echarme a dormir y rezar para que los celestes me iluminen, quiero poder *hacer algo.*

Nathan la miró antes de voltear a ver las aguas brillantes y rodearse las piernas con los brazos. Atardecía.

—No necesitas ningún poder especial para hacer todo lo que te propongas, Lilith —le dijo—. No necesitas que… los celestes o Destino, o nadie, te digan qué puedes ser o no. Creo que tener la libertad de vivir tu vida como quieras es mucho más especial que un gran destino. Si yo fuera tú, aprovecharía eso. Si nadie te dice qué debes ser, puedes serlo todo.

Cuando Lilith se fijó en él, le pareció que su amigo estaba triste. Sus dedos estaban acariciando el Amuleto del Tiempo y, por primera vez, Lilith se dio cuenta de lo mucho que debía de pesarle. Ninguno de los dos volvió a hablar.

Desde entonces, ha visto muchas cosas en sus sueños: ha advertido de épocas de sequía e inundaciones, ha soñado con muertes y nacimientos; a veces, si se concentra lo suficiente antes de irse a dormir, incluso puede ver cosas muy concretas que desea saber. Cuando Adam estuvo fuera por su Peregrinación, por ejemplo, consiguió verlo recorrer los bosques de Arsay, resguardarse en sus ruinas y, finalmente, avistar las Cuevas de Santa Aiva. Su poder le permitió descubrir que su hermano estaba bien, que volvería sano y salvo.

En los últimos días, por supuesto, ha intentado vislumbrar algo sobre la boda, pero lo máximo que ha podido obtener es ese hueco extraño, esa sensación de que un sueño se le ha escapado entre los dedos. La lleva consigo todo el día, mientras colabora en las preparaciones de la basílica para el enlace y después ayuda con las lecciones de los aprendices más jóvenes en la biblioteca.

El único momento que consigue que olvide esa pérdida tan incómoda llega a media tarde, cuando descubre a Nathan y a Adam entrenando juntos en el patio. Como otros miembros de la Hermandad, se detiene en el claustro y los observa batirse en duelo: es todo un espectáculo, sobre todo teniendo en cuenta que son nada más y nada menos que el Portador y el hijo de la Suma Celestial. A Lilith, sin embargo, la imagen le causa un pinchazo en el pecho.

Aunque Adam y Nathan han crecido siempre diciendo que son rivales, es evidente que en los últimos años han empezado a llevarse bien, y una parte de ella lo odia. Echa de menos los tiempos en los que eran Nathan y ella contra su hermano, cuando se dedicaban a burlarse de él por ser el chico perfecto e intentaban ganarle en todo lo que podían, mientras que Darien trataba de mediar y calmarlos a los tres. Prefería cuando Nathan decía que no lo soportaba y cuando Adam los buscaba solo para darles lecciones pretenciosas y recordarles que eran más pequeños que él, aunque solo fuera por un par de años. Prefiere todos esos recuerdos porque por entonces no tenía ninguna duda de que Nathan creía que estar con ella era mejor que estar con él. Nathan siempre la elegía por encima de su hermano cuando nadie más lo hacía. Cuando casi nadie más la miraba, él siempre lo hacía.

En momentos como este, sin embargo, le aterra pensar que quizá incluso su mejor amigo ha terminado por darse cuenta de que Adam es mucho mejor que ella.

—No deberíamos dejar que solo ellos se la pasen bien.

Lilith da un respingo y aparta la vista de los espadachines para descubrir a Darien, que se apoya en una de las columnas del claustro, justo a su lado, con las manos en la espalda, como de costumbre. Casi se siente un poco descubierta, como si su primo pudiera ver en su cabeza y fuera a juzgarla por esos celos tan infantiles que siente a veces.

—¿Y qué propones? —dice, aunque puede imaginárselo.

El chico echa un vistazo a la espada que cuelga de su cinto, sobre su túnica blanca. No suele llevarla encima, así que él también debe de haber estado practicando.

—¿A la de tres?

Lilith titubea, pero sus dedos rozan la empuñadura de su propia arma, que siempre lleva consigo. Es consciente de lo que está haciendo

Darien, porque es lo que hace siempre: preocuparse por ella, como se preocupa por todo el mundo. O puede que simplemente esté preocupado por sí mismo, por una vez: Nathan va a casarse, ella va a marcharse a su Peregrinación, pero su primo se quedará ahí, sintiendo la ausencia de sus dos mejores amigos. Sí, le quedará Adam, aunque Lilith está segura de que, de todos modos, va a sentirse un poco solo.

Como el día anterior, cuando vio a Ammarah con su vestido de novia, es repentinamente consciente de lo poco que queda para que todo cambie.

—A la de tres.

Darien sonríe.

—Uno…

—Dos…

—¡Tres!

Adam y Nathan se percatan del ataque antes de que llegue. Adam exclama algo sobre una emboscada mientras Darien se lanza por él, Nathan abre mucho los ojos antes de parar a duras penas el golpe de su mejor amiga. Pese a la sorpresa inicial, en medio del encuentro entre sus espadas, sonríe. Es un gesto pequeño e irónico, pero es sincero. Lilith no se había dado cuenta hasta ese momento de cuánto hacía que no veía esos ojos castaños brillar de esa manera, divertidos y despreocupados. Una de sus cejas se enarca.

—¿Así que mi mejor amiga viene a traicionarme el día antes de mi boda? Muy bonito.

—Destino nos lleva por caminos insospechados —responde ella, encogiéndose de hombros—. Aunque todavía puedes unirte a mí contra el verdadero enemigo, Portador.

Nathan lanza un vistazo hacia Adam, que hace retroceder a su primo sin dificultades. Darien es un espadachín bastante diestro, pero nunca le ha importado la lucha tanto como los libros y eso se nota en sus capacidades.

—Supongo que tenemos que rescatar a nuestro amigo —dice Nathan, antes de regalarle una sonrisa cómplice, parecida a la que ambos compartían de niños cuando estaban a punto de hacer alguna travesura.

Lilith no puede evitar responder a esa sonrisa con otra. Solo necesita compartir un asentimiento con la cabeza y, después, ambos se lanzan por Adam. Él los ve venir a tiempo de retroceder a una estocada firme de su hermana. La risa sorprendida de Darien se oye de fondo, a la par que la exclamación ofendida de Adam:

—¡Tres contra uno! ¡Son la pandilla de mocosos menos honorable que he visto en mi vida!

—¿Asustado, Su Santidad? —lo provoca Nathan, saltando hacia él.

—No me hagas reír, Portador —replica Adam, parando su golpe, con la sonrisa tirando de su boca—. Les falta mucho para poder estar a mi altura.

Nathan y Lilith se miran y resoplan a la vez, porque reconocen en esas palabras al niño al que hace años siempre querían vencer.

—La soberbia es pecado, Adam. Vas a tener que pagar por ella —le advierte Lilith, y vuelve a lanzarse hacia él mientras oye reír a su hermano.

En su favor, Adam aguanta bastante bien la embestida de tres atacantes a la vez, y Lilith puede entender por qué todo el mundo lo adora. Ella misma lo hace, a pesar de los celos y de todas las inseguridades que le provoca sin darse cuenta. En realidad, a Lilith simplemente le gustaría verlo fallar alguna vez; le gustaría que hiciera algo que le demuestre que él también es humano, que también tiene defectos, que también tiene sentimientos que no deberían estar ahí y que, a veces, incluso duda. Si Adam fallara, si no fuera tan excepcional, tal vez ella no se consideraría siempre tan insuficiente en comparación.

Quizá por eso se siente bien cuando lo vencen entre todos. O quizá no sea solo eso. Quizá lo que ocurre en realidad es que, mientras Adam cae al suelo y levanta las manos en un acto de rendición, le parece que los cuatro vuelven a ser niños y que el tiempo no puede tocarlos.

Es mentira, pero en las creencias de los celestiales solo es pecado mentir al resto del mundo, no a ti mismo.

Los ánimos decaen para cuando llega la hora de la cena.

Las risas han muerto y las bromas se han convertido en silencio. Alrededor de ellos, en las otras mesas del enorme comedor, las conversaciones se entremezclan con los golpes de las cucharas contra los boles llenos de sopa y los vasos de peltre contra la mesa. A Lilith le parece que marcan el tiempo, como el segundero de un reloj, y le recuerdan lo poco que les queda juntos. Mañana a esa misma hora el lugar a su lado en la banca estará vacío, aunque Nathan ya parece haber desaparecido un poco hoy: el rubor del ejercicio se ha ido de su cara y ha dejado paso a la palidez mientras revuelve sin ganas la comida que tiene delante. Darien, por su parte, tiene los hombros hundidos y su cuerpo se distancia visiblemente del de Adam, que parece tan derrotado como si realmente le hubiera importado perder ante los tres. Desde que volvió de su Peregrinación y dejó atrás su etapa de iniciado para convertirse oficialmente en celestial, suele comer y cenar con los de su mismo rango, en otra mesa, pero hoy decidió sentarse con ellos y se acomodó en el asiento frente a Nathan. No parece el mismo de siempre: Adam suele derrochar buen humor, es divertido y agradable, pero últimamente algunas de sus actitudes parecen más forzadas. Por ejemplo, cuando se da cuenta de que su hermana lo está mirando, se apresura a corregir su postura para hacer ver que todo está bien y le sonríe.

Lilith lo conoce lo suficiente para saber que esa sonrisa no es de verdad.

—Creo que me voy a ir a la cama.

Nathan es el primero en levantarse y ella lo entiende: el silencio es insoportable. Además, debe de estar deseando que esa espera que se ha alargado durante los últimos días acabe de una vez, porque su amigo nunca ha sido demasiado paciente. Aunque, por otro lado, conociéndolo, se pasará toda la noche en vela, mirando al techo.

Probablemente ella también lo haga.

—Te acompaño.

Darien ya se ha levantado para cuando ella abre la boca, así que calla antes de poder decir nada. Su primo la mira, quizá esperando que se una a ellos, pero no quiere hacerlo, no quiere adelantar el adiós más de lo necesario. No quiere entristecerse ni quiere que su mejor amigo note lo perdida que se siente. Lo perdida que va a estar durante las siguientes semanas, mientras sigue en el Templo sin él, o después, cuando abandone su hogar por primera vez en dos décadas.

¿Cómo puedes desear algo con tantas fuerzas y estar aterrorizado por ello a la vez?

—Descansen —murmura.

Nathan pone la mano en su hombro y aprieta con suavidad antes de alejarse. Aunque siente la tentación, Lilith no se gira para verlo marchar. Adam sí lo hace. Ha perdido la sonrisa, como si se hubiera dado cuenta de que no puede engañar a nadie o, por lo menos, no a su hermana. Tras unos segundos, vuelve a fijarse en ella y suspira.

—Va a estar en el palacio —le dice, extendiendo la mano hacia la suya por encima de la mesa—. Sé que se te hace un poco extraño, porque crecieron juntos, pero podrás seguir viéndolo cada día si quieres, antes de tu viaje. Y seguirá aquí cuando vuelvas. Estará esperándote y...

—Ya lo sé.

Es consciente de que las palabras de él son un intento de consuelo, pero la hacen sentir incómoda, igual que esa mano extendida que evita al agarrar su vaso de agua y beber pese a que no tiene sed.

—Sé que no va a ser lo mismo, pero...

—Adam —lo corta ella, con más brusquedad de la necesaria. No pide perdón cuando ve la mueca que hace su hermano, como si le hubiera dolido la forma en la que pronunció su nombre, pero suaviza su tono—: No hace falta. Estoy bien. Estoy orgullosa de él. Va a cumplir con su destino y yo estaré buscando el mío en dos semanas. Todo está bien. —Toma aire y se pone en pie—. Creo que yo también debería irme a dormir: mañana será un día largo.

Adam aprieta los labios, pero cierra la mano y asiente.

—Te acompaño.

No puede evitar mirarlo con cierta incredulidad cuando lo ve levantarse también. Está a punto de decirle que no es necesario o preguntarle qué demonios le pasa, porque está segura de que hay algo raro en su comportamiento. Sabe que su hermano se preocupa por ella, sabe que la quiere, pero no suele demostrarlo así. Ellos no son así. Hace ya tiempo que apenas se tocan, que apenas hablan de sus emociones. Se quieren, pero nunca se lo dicen. Se preocupan por el otro, pero más como sombras que como personas. Y sabe que todo eso es culpa suya, al menos en parte. Fue ella quien empezó a trazar la distancia entre ellos, hace tantos años ya que ni siquiera recuerda cuándo. Lo que sí recuerda es que no quería verse débil ante él, recuerda que en algún momento pensó que no quería que él la viera como la hermana pequeña a la que proteger, sino como la hermana a la que admirar.

Y, pese a todo, es agradable volver a ser solo la hermana pequeña por unos minutos. Es agradable sentirlo cerca y verlo afectado por una vez, así que asiente y le permite salir con ella del comedor e internarse en los pasillos del Templo. Pasean por los corredores levemente iluminados en completo silencio, pero es un silencio cómodo. Lilith se pregunta cuánto tiempo hace que no compartían un momento así, tan tranquilo y los dos solos. El último momento íntimo que recuerda entre ambos fue el día que él volvió de su Peregrinación, cuando ella se echó a sus brazos en el patio y lloró porque había estado muy preocupada por él, porque habían pasado meses enteros sin tener más noticias suyas que esos sueños donde a veces lo veía mirar las estrellas o rezarle a una estatua de Santa Aiva, iluminada por decenas de velas. Cuando se tranquilizó, sin embargo, simplemente fingió que aquello no había pasado, porque le daba demasiada vergüenza.

Darien y Nathan suelen decirle que es una orgullosa y sabe que es cierto; tampoco sabe ser de otra manera. Mostrar sus emociones la hace sentir demasiado vulnerable, como un guerrero que sale a la batalla habiendo olvidado ponerse la coraza.

Cuando llegan a la puerta de su dormitorio, está a punto de acceder a quitarse una parte de la armadura. Está a punto de darle las gracias a Adam por no dejarla sola, por darse cuenta de que hay muchas cosas que la preocupan y ofrecerle un poco de apoyo.

Está a punto, incluso, de pedirle perdón por ser tan complicada a veces y recordarle que, pese a todo, lo quiere y lo extrañará cuando se vaya.

Pero entonces él dice:

—Mi madre me mandó llamar esta mañana. Tuvo un sueño.

Aunque Lilith ya había puesto la mano sobre la perilla, esas palabras son suficientes para hacer que se tense y se gire hacia él. De manera inevitable, piensa en esa sensación de vacío que la ha acompañado todo el día, en las imágenes que debió de ver anoche y que se han quedado escondidas en los bordes de su propia mente. Sigue sin poder recordarlas, pero de pronto tiene la incómoda sensación de que son importantes.

El estómago se le contrae al darse cuenta de que la Suma Celestial se sentiría muy decepcionada si supiera que no puede controlar su don de forma impecable. Puede que incluso Adam lo pensara si se atreviera a confesárselo, por eso no lo hace.

—¿Con qué soñó? —pregunta, tensa.

—La boda. —Adam toma aire, sus ojos azules fijos en los de ella, idénticos—. Mi madre vio que habrá peligros en ella.

Los pasillos del Templo son fríos y siempre están llenos de corrientes, pero de repente Lilith siente que le falta el aire allí dentro.

—¿Cómo…? ¿Qué clase de peligros? ¿Por qué no está todo el mundo avisado? Deberíamos…

Su hermano se lleva un dedo a los labios mientras lanza un vistazo alrededor antes de acercarse un par de pasos más a ella, confidente.

—La seguridad se ha reforzado, pero no queremos que cunda el pánico. Lo único que conseguiríamos con eso sería que todo el mundo viera enemigos incluso donde no los hay.

—Podríamos cancelar la boda —replica ella—. Podríamos avisar a la corona que hay riesgos. Podríamos…

Adam aprieta los labios y baja la vista.

—Se supone que no podemos hacer eso, Lilith. Se supone que las visiones se regalan para que estemos preparados para lo que va a ocurrir, no para que intentemos evitarlo.

Lilith traga saliva, pero no sabe qué decir ante eso. Es cierto. Intentar burlar a Destino es una forma de traición, una herejía. Su madre la censuraría si supiera que se le ha pasado por la cabeza algo así durante un segundo siquiera. Siente la tentación de pedir perdón de inmediato, no a Adam, sino a Destino. Casi teme agachar la cabeza y ver el medallón de su Consagración roto, como se rompen siempre las joyas de aquellos que deciden darle la espalda a su camino.

Pero cuando baja la vista, su medallón con el ojo de Destino sigue entero. No puede evitar un suspiro de alivio, aunque no siente toda la tranquilidad que querría. No puede, ahora que sabe que la boda de Ammarah y Nathan puede verse comprometida.

—¿Por qué me cuentas esto?

—Porque confío en ti —responde Adam, y a ella el cariño que siente en su voz le hace un nudo en el estómago—. Eres una gran guerrera, de las mejores que hay en el Templo. Tú no te pones nerviosa, ni siquiera cuando el resto de la gente lo hace. Tú no dejarás que esto te nuble el juicio. Si acaso, te esforzarás más por proteger a la princesa. Porque tienes que quedarte a su lado, ¿de acuerdo? Si algo pasa, debes mantenerla a salvo…

Lilith aprieta los puños. Es consciente de que Ammarah es su prioridad, que la propia princesa le ha pedido que se mantenga cerca de ella pese a que tendrá a su servicio a muchos otros guardias. Y, aun así, no puede evitar que sus pensamientos vayan hacia otra persona.

—Nathan…

—Yo me encargaré de él —se apresura a responder Adam.

—Es mi mejor amigo —protesta ella.

—Y te juro que no permitiré que le ocurra nada. —Su hermano se permite un segundo de duda antes de añadir—: Mi madre me dio a Eunomia.

Sabe que no es el momento, sabe que no está siendo justa y que debería alegrarse de que la Suma Celestial vele por el bienestar de su amigo, pero no puede evitar sentir las palabras de Adam como una traición o una broma de mal gusto. Ella lleva toda la vida junto a Nathan, ha crecido a su lado, lo conoce mejor que nadie. Y en el día más importante de su vida, ¿pretenden relegarla? Ella debería ser quien protegiera al Portador. Ella debería ser quien tomara esa espada y se asegurara de que tanto él como el Amuleto se mantienen a salvo.

Pero una vez más, no es suficiente. Una vez más, para su madre Adam es la persona en la que confiar y ella alguien que no está a la altura de formar parte de sus planes.

Las uñas se le clavan en las palmas de las manos cuando aprieta los puños. Hay muchas cosas que se acumulan bajo su lengua, pero sabe que no son adecuadas, sabe que son sentimientos más propios de demonios que de celestes, así que se las traga todas.

—Que Destino guíe tus manos cuando la empuñes —recita. Después, toma aire y alza la barbilla—. Yo también cumpliré con lo que se espera de mí y me aseguraré de que Su Alteza esté a salvo. Gracias por advertirme. Buenas noches, Adam.

Lilith se gira de nuevo hacia su puerta, pero su hermano la detiene antes de que pueda abrirla. Sus dedos le rodean la muñeca con suavidad y su primer impulso vuelve a ser el de alejarse. Quiere apartarlo, empujarlo, decirle que no la toque, pero al final solo se gira hacia él con el ceño fruncido.

—Espera. Me gustaría… —Adam abre la boca, pero nunca llega a terminar la frase. Sacude la cabeza y vuelve a empezar—: Sé que te gustaría estar con Nathan mañana, pero la princesa también te necesita. Y esa labor no es… menos importante. Ammarah de Daiva es el futuro del reino.

Lo sabe perfectamente, no necesita que él se lo diga. No necesita que la trate así, como si fuera una niña a la que consolar. De pronto, su preocupación ya no es algo agradable, sino algo que la hace sentir ridícula.

—No sé a dónde intentas llegar, Adam.

—A que estoy orgulloso de cada cosa que haces, Lilith. Siento que no… no te lo he dicho demasiado últimamente.

Ella frunce el ceño, confundida. Adam ha estado extraño en las últimas semanas, puede que meses, quizá desde que volvió de su Peregrinación. Aun así, nunca le había parecido tan irreconocible como en este momento. Su expresión está muy lejos de ser tan relajada y suave como de costumbre; sus labios no tienen sonrisa; su mirada parece esconder una disculpa.

Una parte de ella se siente feliz de escuchar esas palabras. Otra no deja de pensar que hay algo que no está bien. Hay algo que no encaja, y ya no sabe si es Adam o ella misma, pero se siente incómoda y de pronto necesita que esto acabe, así que tan solo aparta su mano de la de él.

—¿Algo más? —pregunta.

Adam abre la boca, pero tras un instante, él también parece masticar sus pensamientos y tragárselos cuando sacude la cabeza. Ahí, de pie en medio del pasillo, tan quieto, vestido con su túnica blanca y dorada y con el rostro en sombras, no parece mucho más que una imagen salida de uno de sus sueños. No, ni siquiera eso. Su hermano de pronto se convierte en un recuerdo, porque tiene reminiscencias de él siendo mucho más joven, solo un niño, dejando besos sobre su cabeza después de contarle algún cuento antes de dormir.

Y ahora lo está haciendo.

Lilith se tensa cuando siente sus labios sobre la frente.

—Buenas noches, Lilith —susurra Adam contra su piel—. Que tus sueños te muestren el camino a seguir.

Ella se queda muy quieta, incrédula, de nuevo con la sensación de que hay algo que no está en su lugar, que ese no es el chico que ella conoce. Aun así, el gesto dura tan poco que, para cuando consigue reaccionar, él ya se está alejando por el pasillo.

Por un segundo, piensa en llamarlo. Piensa en preguntarle si está todo bien, incluso en confesarle que en su cabeza existe la sombra de una visión que no puede definir.

Pero calla, porque eso es lo que está acostumbrada a hacer.

Callar y dejar que el tiempo pase.

Callar y dejar que la distancia crezca un poco más.

NATHAN

Nathan recuerda muy bien el día que su vida cambió para siempre. No habla de ello con nadie, pero piensa a menudo en él. Al contrario de lo que todo el mundo cree, no fue el día en que se convirtió en Portador: fue años antes. Recuerda despertarse en medio de la noche con una caricia de su madre en el rostro. Recuerda las palabras:

—Voy a solucionarlo todo.

Sabe que abrió los ojos y la vio en la penumbra de su cuarto, apenas una sombra. Es difícil, después de tantos años, saber cuánto se ha imaginado y cuánto sucedió de verdad, aunque está seguro de que su madre tenía una expresión triste. A veces ha pensado en preguntarle a Darien, en pedirle que rebusque en su memoria y revise qué pasó aquella noche y qué se ha imaginado él para rellenar huecos, pero al final no se atreve. En primer lugar, porque es consciente de que Darien odia su poder y lo controla a duras penas. En segundo lugar, porque en el fondo no sabe qué teme más: que le diga que ese recuerdo es real o que es mentira. No quiere pensar que ha olvidado tanto a su madre como para empezar a inventársela, pero tampoco quiere tener que descifrar esas preguntas sobre ella que nunca van a tener respuesta ya.

—¿Mamá?

Sí, está seguro de que llegó a llamarla. Y ella… ¿volvió atrás? Quizá nunca se alejó de la cama. Es difuso, pero recuerda la manera en la que le apartó el flequillo de la frente. Recuerda el beso que dejó sobre su piel, cálido, de esos que siempre eran capaces de plantar dulces sueños en su cabeza.

—Duerme, mi niño.

Recuerda suspirar, cerrar los ojos otra vez, acomodarse en la cama.

Y después, entreabrir los párpados de nuevo y ver su silueta en la puerta de su cuarto, recortada contra la luz tenue del corredor.

La luz también caía sobre Eunomia, la espada de Destino.

Le pareció que no tenía sentido. El lugar de aquella espada era la capilla de Santa Aiva, donde había estado siempre. A la mañana siguiente, sin embargo, no lo despertó su madre, como cada mañana, sino la Suma Celestial. Rhea Moriz le dijo que Tabitha había sido elegida para una gran misión y que ella cuidaría de él en su ausencia. Nathan no lo entendió. Tenía solo seis años y no era consciente de todas las cosas que estaban a punto de cambiar.

Una semana después, su madre volvió. Tenía la túnica blanca manchada de sangre y el Amuleto del Tiempo colgado al cuello. Nathan fue la primera persona que la vio llegar porque había estado esperándola en la entrada, incansable, día tras día. Lo habría hecho durante las noches también si la Suma Celestial no lo hubiera obligado a irse a su habitación, donde había rezado todas las oraciones que conocía hasta quedarse dormido.

En cuanto distinguió su silueta subiendo las escaleras del Templo, la llamó. Corrió hacia ella. Tabitha cayó de rodillas al suelo y lo abrazó con fuerza. Antes de desmayarse, dijo:

—Lo siento.

En aquel momento, aquel niño que solo estaba feliz de recuperar a su madre, aunque fuera manchada de sangre y ardiendo de fiebre, no le dio importancia a sus palabras. Con el tiempo, sin embargo, Nathan terminó preguntándose muchas veces por qué su madre le pidió perdón aquel día.

Hoy sospecha que fue porque sabía lo que pasaría. Quizá sabía que moriría poco después y que sería él quien heredaría entonces el Amuleto. Quizá sabía que lo había condenado. Porque así se siente: condenado. Lleva meses, años, sintiéndose de esa manera, pero a horas de casarse, más consciente que nunca de lo que va a ser su vida a partir de la mañana siguiente, no puede evitar tener la sensación de que su existencia lleva años sin ser suya. A veces incluso odia un poco a su madre, porque nada la obligaba a ir a buscar el Amuleto. ¿Por qué, de todo el mundo que podía hacerlo, tuvo que ser ella? ¿Se lo pidieron los celestes? ¿Destino la señaló para devolver el Amuleto al Sacro Reino de Daiva y simplemente decidió arrebatarle la vida un par de años después? Cada vez que piensa en esa posibilidad, Nathan desprecia un poco más a ese Original al que se supone que debería adorar. Si fue así, Destino le quitó a su madre.

Y no solo a ella. Destino le ha quitado toda su vida. Le quitó mañanas de juegos y risas y tardes de paseos por un reino que después de tantos años sin recorrer ya ni siquiera recuerda. Le quitó su identidad para convertirlo en el muñeco que todo el mundo ve en él. Incluso Ammarah, con quien jamás se habría relacionado si no los hubieran obligado por esa maldita joya que cuelga de su cuello. Incluso Darien, que sabe de él demasiado, pero en el fondo no se toma en serio sus deseos. Incluso Lilith, que lo odiaría si supiera que siente y vive por encima de las reglas que siempre le han repetido.

Todo el mundo menos Adam.

Última noche en su torre. Fin de la cuenta atrás. Cuando lo oye llegar, esta vez ni siquiera quiere mirarlo. Sus ojos están anclados en las estrellas, pero ya no busca respuestas, solo culpables.

—Si no dejas de mirarlas, voy a acabar poniéndome celoso.

Nathan frunce el ceño y abre la boca para responder, dispuesto a dirigir hacia él toda esa rabia que se le está acumulando en el estómago y en la punta de los dedos, pero el peso de una capa sobre sus hombros consigue distraerlo. Confundido, se gira hacia su amante y enarca las cejas al encontrarlo cubierto con una capa de color azul oscuro, en lugar del blanco habitual de los celestiales. No lo comprende. Las noches del principio de la primavera no son cálidas, pero sí lo suficientemente templadas como para no necesitar abrigo.

—¿Qué...?

—Nos vamos.

Nathan se queda con la palabra en la boca y un latido encajado en la garganta. Adam lo observa mientras extiende las manos para atarle la prenda sobre el pecho. Tiene que ver en su rostro la expectación y el miedo, tiene que entender lo que está pensando, el horror que supone poner en palabras todo lo que desea y, al mismo tiempo, el anhelo de hacerlo realidad.

—Solo unas horas —le aclara, y casi parece lamentarlo cuando lo hace.

«Vámonos para siempre», quiere responder él. Y es perfectamente consciente de que, si Adam aceptara, tomaría su mano y no miraría atrás. Escribiría una carta para sus amigos, pediría perdón como un día se lo pidió su madre a él, aceptaría cualquier castigo que Destino decidiera y se resignaría a vivir escondido temiendo que otros celestiales fueran tras ellos para recuperar el Amuleto o simplemente dejaría la joya atrás como muestra de buena voluntad.

Pero se iría.

Si no dice nada es por Adam. Porque, después de todo, Adam cree en Destino, Adam tiene un gran futuro en el que él no quiere interponerse más de lo que ya lo ha hecho. Por eso solo pregunta:

—¿A dónde?

—A veces no miras solo las estrellas, ¿verdad? También miras la ciudad. Hace mucho que no la pisas, y sé que te gustaría. He pensado que podríamos recorrerla juntos, aunque sea por una vez…

Nathan toma aire y lanza un vistazo al reino a sus pies. Hace días que el silencio y la quietud fueron sustituidos por luces de colores y música lejana, pero hoy parece que la fiesta suena todavía más alta: con la llegada de la medianoche, como cada año, el pueblo celebrará el aniversario del nacimiento de su princesa.

Voltea hacia Adam. Los dos son perfectamente conscientes de que el Portador tiene prohibido salir del Templo y le sorprende que haya sido su amante quien ha tenido la idea: se supone que el impulsivo es él.

—¿Estás seguro?

—Quiero una noche en la que podamos ser libres de verdad —responde Adam, con esa sonrisa que no debería poder ser tan dulce y tan triste a la vez—. ¿Y tú?

Más que nada en el mundo. Por eso responde a su sonrisa con una de las suyas, torcida e irónica.

—¿Así que me estás pidiendo una cita? ¿Su Santidad está intentando cortejarme?

Adam ríe. Es una risa un poco estrangulada, teñida todavía de ese pesar que sabe que los tiene atados a los dos, pero a Nathan le suena a regalo.

—No soy ningún experto, pero creo que la parte del cortejo va antes de muchas de las cosas que ya hemos hecho.

—Llevamos haciéndolo todo mal desde el principio, así que no me preocuparía por eso.

Otra risa. En esta ocasión es mucho más sincera por parte de los dos. A veces todo lo que hay entre ellos es muy complicado, pero también puede ser así de fácil. Esos momentos son los mejores: cuando solo necesitan una broma, una mirada cómplice o una caricia para que todo se ponga en su lugar.

Adam alza las manos para agarrarlo de la capucha y tirar de él hacia su propio cuerpo. Nathan nunca va a acostumbrarse al cambio de ritmo en su pecho cuando se acercan tanto.

—Entonces sí, es una cita. Por esta noche solo soy un muchacho invitando a una fiesta al chico que le gusta. ¿Y el chico que le gusta responde…?

—Llévame a donde quieras.

La última vez que Nathan paseó por las calles de Erela, la capital de Daiva, fue poco antes de que su madre muriera. Para entonces, él ya había visto cómo a la Portadora se le prohibía terminantemente volver a salir del Templo e incluso le había parecido bien en un principio, porque su madre le había explicado que era por su seguridad y por la del Amuleto. Para compensar que ella estuviera recluida, él solía escaparse para traerle cualquier cosa de la ciudad: flores, bollos calientes o simplemente una historia interesante de la que hubiera sido testigo. Cuando Tabitha enfermó, Nathan empezó a escabullirse con todavía más frecuencia, casi esperando que cualquier cosa del exterior pudiera sanarla.

Por supuesto, no lo hizo. No puedes sobornar a la muerte con regalos.

Hoy, al recorrer las calles abarrotadas, piensa un poco en aquellos días y en cómo le describiría las plazas iluminadas con farolillos y los balcones de las casas adornados con flores y banderines. Está seguro de que a su madre le habrían encantado los puestos que se sitúan cerca de las fachadas de las casas y él habría intentado imitar los gritos de los vendedores que intentan llamar la atención de posibles compradores. Le habría descrito también los colores de la ropa de la gente, vivos y diversos en comparación con el blanco puro al que están acostumbrados en el Templo, y le habría contado cómo muchas personas llevan la primavera prendida en el pelo y en sus vestimentas con flores de mil formas y tonalidades distintas. Le habría llevado algo de comer, también, aunque le habría costado decidir qué: entre los tenderetes, el olor del pescado asado se mezcla con el del pan de maíz, los bollos de miel y el licor de diente de león.

Pero, sobre todo, Nathan querría poder explicarle a su madre qué se siente al caminar por esas calles de la mano de Adam. El resto de las cosas puede recordarle al pasado, pero que Adam esté a su lado lo hace todo completamente nuevo y lo ancla al presente, a ese tiempo que percibe a su alrededor, fluyendo tranquilo y, a la vez, demasiado rápido como para que él pueda alcanzarlo. Adam lo agarra con fuerza mientras se mueven entre la gente, para que nada ni nadie pueda separarlos. Al principio de la noche tuvo miedo de que algún celestial los reconociera y los señalara, pero al cabo de un rato se dio cuenta de que nadie les prestaba atención. Hay demasiadas cosas que mirar, demasiado que disfrutar, así que quizá la gente no se fijaría dos veces en ellos ni siquiera si se bajaran las capuchas, aunque prefieren no arriesgarse.

En el centro de una de las plazas principales, en la que Nathan recuerda vagamente haber estado de niño, una compañía de teatro ambulante está interpretando una obra que a ambos les resulta familiar, porque han crecido escuchando esa historia una y otra vez. Sobre un pequeño escenario de madera, Santa Aiva se enfrenta a su hermana gemela, Saenal, la segunda hija de Tiempo. Ambas tienen los mismos cabellos albinos, pero ahí acaban las semejanzas entre ellas: Santa Aiva, representada con ropas blancas y doradas y con un casco que cubre sus ojos, va armada con Eunomia, la espada de Destino; Saenal, en cambio, viste con prendas negras y de apariencia escamosa, como si fuera más un monstruo que una mujer después de haber hecho un pacto con un demonio y convertirse así en la primera bruja de la historia de Evren. En sus manos porta a Dysnomia, la espada que Caos le otorgó para que pudiera vengar las muertes de sus padres y robarle el Amuleto del Tiempo a su hermana.

Las actrices que dan vida a las dos descendientes de Tiempo se amenazan mientras giran una alrededor de la otra:

—Escapaste una vez, pero no permitiré que sean dos, Aiva —advierte la falsa Saenal—. Dame el Amuleto y ríndete: las murallas que tus amados celestes te han ayudado a levantar no van a mantenerte a salvo eternamente.

—Me han mantenido a salvo hasta ahora —replica la santa—. Y podrían mantenerte a salvo a ti también, si entraras en razón. Puedo extirparte ese demonio que te está comiendo por dentro, Saenal. Puedo...

—No necesito que me extirpes nada —ruge la bruja, con una voz que parece más animal que humana y que consigue que Nathan se estremezca—. Por última vez: dame el Amuleto.

—¿Y qué harás con él? ¿Intentarás que todo vuelva a ser como antes? Es antinatural. Es ilógico e inhumano. Padre jamás debió abusar de su poder: viste lo que provocó cuando lo hizo. Viste el desastre y la muerte. ¿Es eso lo que quieres? ¿Más dolor? ¿Más muertes?

—¡Nuestro padre solo quería salvar a nuestra madre, y yo solo quiero salvarlos a los dos! ¡No hay nada de inhumano en eso! ¡Lo inhumano es que *tú* decidieras matarlos a ambos!

—El tiempo de nuestra madre había llegado: padre debería haberlo entendido mejor que nadie. Incluso madre, al final, lo entendió. Padre no, padre la habría salvado una y otra y otra vez, por eso tenía que pagar. Pero no es tarde para ti todavía. Si me escucharas…

—No, ya he escuchado suficiente. Si tan dispuesta estás a aceptar la muerte, espero que estés preparada para la tuya.

El público lanza exclamaciones cuando la celestial y la bruja se abalanzan la una sobre la otra, aunque todo el mundo sabe cómo termina la historia: Santa Aiva vence y su hermana, impía, deshonrada por los enredos de Caos y sus demonios, es derrotada.

A Nathan siempre le ha parecido una historia injusta, aunque decir algo así en el Templo sería considerado herejía.

—¿Alguna vez piensas en Tiempo? —le pregunta a Adam, mientras contempla cómo Aiva clava la espada en el corazón de su hermana.

Siente su mirada posarse sobre él.

—¿Qué?

—En Tiempo. No en Santa Aiva, ni en Saenal, ni en el Amuleto, ni en Destino o en Caos o en Muerte. En Tiempo. Su único pecado fue utilizar sus poderes para alargar la vida de la mortal de la que se había enamorado, la madre de sus hijas. Después de una eternidad de soledad, formó una familia y solo quiso… mantenerla un poco más consigo. ¿De verdad es eso tan terrible?

Hay unos segundos de silencio en los que Nathan tan solo espera, mientras observa cómo Aiva se aleja del cadáver de su hermana. Otros actores, que visten de monstruos para representar a los demonios que arrastraron a Saenal a la perdición, se echan sobre el cuerpo caído como si quisieran devorarlo y se lo llevan.

—El destino de todos los mortales es morir cuando llega el momento, Nathan —susurra Adam al fin—. El paso del tiempo es lo que nos hace humanos. La muerte nos hace humanos.

Ahora es Adam quien solo tiene ojos para el escenario. Y, aun así, puede sentir sus dedos apretándole con más fuerza la mano. Nathan se fija en él, en su expresión segura y solemne. Ha pronunciado esas lecciones tal y como se esperaría del hijo de la Suma Celestial, pero a él no puede engañarlo.

—No fue eso lo que te pregunté —le señala—. ¿Te parece terrible romper todas tus reglas por alguien a quien amas?

Adam frunce los labios, pero ambos saben cuál es su respuesta honesta, más allá de todo lo que les han enseñado en el Templo. Al fin y al cabo, están ahí, juntos, con los dedos entrelazados, y son perfectamente conscientes de que no debería ser así.

Sus miradas vuelven a encontrarse.

—No, no me lo parece.

Nathan se permite una sonrisa. Con suavidad, jala a su pareja para obligarlo a inclinarse hacia él. Lo ve lanzar un vistazo precavido en torno a ellos, pero, de nuevo, nadie los está mirando: están rodeados de gente y, de alguna manera, también completamente solos.

—Hereje —le susurra, con burla.

Adam, a su pesar, sonríe, y él no puede evitar bajar la vista a esa sonrisa.

Hay un segundo de duda, mientras ambos escuchan a la gente que habla, canta y camina a su alrededor. Sus besos siempre han sido un secreto, así que estar tan cerca ahora, rodeados de otras personas, se siente como una nueva primera vez.

Ahí está la expectación. Ahí está el deseo.

Cuando sus bocas se encuentran por fin, el beso sabe más que nunca a crimen y a libertad.

ADAM

Todas las normas de la Hermandad Celestial parten de que la misión de sus miembros es servir a Destino por toda la eternidad. Adam lo sabe mejor que nadie, porque ha estudiado esas reglas desde que tiene memoria. No sabe si en otras vidas sirvió a ese Original, pero sabe que en esta le han enseñado a hacerlo y que nunca se ha planteado que pueda ser de otra manera. Durante sus primeros veinte años de vida, se esforzó por cumplir con todo lo que se esperaba de un buen creyente, de un buen hijo, de un heredero de un puesto de fe como el de Sumo Celestial.

Y después empezó a desear cosas que estaban mucho más allá de todas esas lecciones y lo estropeó todo.

Una parte de él se pregunta si su muerte inminente no es, en realidad, un castigo que merece, una forma de equilibrar el mundo, un sacrificio necesario para demostrar que sigue siendo digno de pertenecer a la Corte de Destino. Quizá su condena es solo una manera de expiar sus pecados y demostrar que merece reencarnarse en un ser inmortal puro y sin mácula, como uno de los celestes que miran con sus mil ojos al presente, pasado y futuro.

Otra parte, sin embargo, se ha llegado a cuestionar si eso es lo que de verdad desea. Esta noche, por ejemplo, mientras Nathan lo besa por los rincones y redescubre la ciudad de su mano, se pregunta qué es lo que daría por la oportunidad de permanecer así, anclado en esa noche para siempre. Se pregunta, también, si hay alguna forma de hacer que todo dure más, solo un poco más. Siente miedo de no volver a descifrar las estrellas junto a él. Siente tristeza por todas las cosas que están haciendo por primera vez y que nunca van a poder repetir, como escaparse juntos o dejarse llevar por el sonido de la música que llega de una taberna y meterse solo por curiosidad. Siente enojo cuando Nathan lo jala hacia el espacio en el que se mueven los bailarines, porque no puede creer que nunca antes lo haya invitado a bailar.

¿Cuánto tiempo ha perdido? ¿Cuántas cosas más podría haber hecho? ¿Cuántas va a dejar por hacer…?

Mientras Nathan y él giran, todo su mundo da vueltas, aunque piensa que lleva siendo así desde que descubrió que iba a morir. Se siente al borde de la locura, como si todo lo que es o ha sido estuviera a punto de romperse en pedazos muy pequeños y ya pudiera empezar a sentir las grietas. Y pese a ello, Adam también se siente más enamorado que nunca de ese chico que ríe entre sus brazos, que se burla de él cuando lo pisa sin querer y después le roba un beso para hacerse perdonar por dejarlo en evidencia.

Ese chico que, al menos durante una noche, está dispuesto a olvidar que hay un mañana.

Una de las cosas que más le gusta de Nathan es que es fácil dejarse llevar por él. Lo ha estado haciendo desde que eran niños, aceptando sus desafíos simplemente porque le gustaba la fiereza con la que lo retaba. Lo volvió a hacer, cuando empezaron a acercarse como amigos, después de que Nathan recibiera el don de los elementales y le enseñara que, además de un niño impertinente, también podía ser un joven apasionado y curioso, lleno siempre de ganas de aprender. También se dejó llevar años más tarde, cuando empezó a darse cuenta de cómo lo miraba cuando estaban juntos y se dijo que no quería que dejara de hacerlo.

Por último, se dejó llevar en su primer beso. Y ya no ha habido vuelta atrás desde entonces.

Ahora se deja llevar mientras bailan. Deja que marque los pasos y el ritmo. Deja que él decida, precisamente porque sabe que no hay muchas cosas que el Portador pueda decidir en su vida. Bailan hasta que sienten la cabeza ligera, hasta que los pies empiezan a dolerles y Adam tiene la certeza de que sigue vivo, todavía sigue vivo, aunque sea solo por unas pocas horas más: ahí está el corazón, latiendo con fuerza; ahí están sus pulmones, pidiendo aire; ahí está Nathan, todavía cerca, todavía a su alcance.

Su baile solo se detiene cuando su amante ve a dos mujeres subir entre besos por unas escaleras, hacia las habitaciones del piso de arriba. Adam se da cuenta, como también se da cuenta de la forma en la que se fija en él después.

Lo próximo que sabe es que son ellos mismos los que están traspasando la entrada de uno de los cuartos y los labios de Nathan están sobre los suyos, más urgentes que nunca. En un momento de lucidez, Adam se percata de que es la primera vez que tienen una habitación para ellos. Sus encuentros siempre han sido en la torre abandonada, bajo las estrellas. Nunca han tenido siquiera una cama a su disposición, demasiado asustados de ir al dormitorio del otro, por si alguien los descubría. Esa noche, sin embargo, hay un colchón sobre el que caen sin pensarlo, ansiosos, demasiado conscientes del tiempo que tienen pero, sobre todo, del que les falta.

Adam apenas repara en nada más de la estancia, incluso cuando Nathan se aparta para poder deshacerse de la capa y sacarse la túnica por la cabeza de un tirón. Justo después, se arranca el Amuleto, con impaciencia, puede que con enojo. Siempre lo hace, cuando se acuestan: es el único momento en el que se libra de él. Es el objeto más codiciado de todo Evren, pero el Portador lo deja caer al suelo en ese instante como si no fuera más que una baratija. Al Amuleto le sigue el medallón con forma de ojo que Adam también tiene. Se supone que esas piezas de oro representan sus espíritus, esos que decidieron consagrar a Destino y a cambio de los cuales recibieron sus dones, pero si es así, Nathan tiene en muy poca estima el suyo, porque tira el collar con la suficiente rabia como para poder romperlo si el material fuera tan solo un poco más frágil.

Adam deja escapar un jadeo cuando Nathan se echa sobre su ropa, con una desesperación que ya ha probado en otras ocasiones, pero que nunca le había parecido tan intensa, tan abrasadora. Su pareja tiene los ojos húmedos y él siente la tentación de besarle los párpados, de pedirle que se calme, que respire. En su lugar, extiende los brazos para dejar que le quite la túnica y después lo besa, profundo, justo como sabe que Nathan desea. Hace todo lo que quiere que haga, todas las cosas que ha aprendido que lo vuelven loco. Muerde su labio, su cuello. Lo siente temblar, pero no sabe si es necesidad, tristeza o miedo. Puede que sea todo a la vez. Incluso puede que sea él mismo quien está temblando.

Cuando se separa, solo un poco, es para poder quitarse su propio medallón. Él siempre lo hace con más cuidado que Nathan, aunque no sabe por qué. Quizá porque quiere pensar que todavía puede cuidar su alma, ya que su cuerpo está condenado. Por eso, en lugar de lanzar lejos su collar, lo deja a buen recaudo sobre la mesita de noche.

Después, Nathan vuelve a buscar sus labios con urgencia. Esta vez, sin embargo, Adam sí que lo detiene. No quiere quemar ese momento. No quiere que se consuma y se pierda, por eso enmarca su rostro con las manos y apoya su frente contra la de él, mientras se obliga a recuperar el aliento. Como tantas otras veces antes, aparta ese mechón rebelde de su cara; después, las puntas de sus dedos rozan la curva de sus mejillas y pasan, ligeras como plumas, sobre sus labios.

—Adam...

La voz de Nathan es una súplica y un lamento a la vez. Su boca está entreabierta, esperándolo cuando Adam por fin vuelve a ella, pero lo hace tomándose su tiempo. Sus caricias se deslizan por su pecho, por sus costados. Es consciente de que Nathan no quiere esperar, pero él sí. Él necesita alargarlo. Él, esa noche, necesita que todo dure.

Cuando los labios de Adam se apartan de los suyos para caer sobre su cuello de nuevo, Nathan deja escapar un quejido que se parece demasiado a un sollozo.

—No me toques así —ruega—. Parece que piensas que no vas a volver a hacerlo jamás.

Adam no responde de inmediato, aunque esas palabras lo revuelven por dentro. Sus besos caen ahora sobre su barbilla, siguen por la línea de su mandíbula y se detienen cerca de su oído. Si no se aparta es porque le aterra que descubra en su expresión lo mucho que se le está rompiendo el corazón.

Le aterra que pueda entender que se está despidiendo.

—Lo que quiero es que pienses que es la primera vez que lo hago. —Sus dedos se deslizan hasta su cintura, allí donde empieza su pantalón, mientras sus susurros descienden por su pecho en la misma dirección—. Quiero tocarte como si fuera a hacerlo siempre, Nathan.

El chico bajo su cuerpo se estremece mientras aprieta su pelo entre los dedos. En un momento de lucidez, Adam piensa que es una suerte que Nathan sea el Portador y no él, porque si el poder de detener el tiempo estuviera entre sus manos, lo utilizaría en ese instante. El Amuleto cayó a unos pasos de la cama, pero está seguro de que lo escucha llamarlo como una tentación irresistible, para que lo use y alargue esa noche, esa historia que hace más de un año que empezaron y que está a punto de terminar.

El Amuleto está muy cerca. Está lo suficientemente cerca. Podría robarlo, como otros han hecho antes. Podría olvidarse de su deber por una vez y hacer realidad todos sus deseos.

Sería tan sencillo…

Pero si el Amuleto realmente le habla, lo olvida en cuanto escucha a Nathan suspirando su nombre. Como si eso fuera suficiente para atarlo a la cordura y a la vez arrastrarlo muy lejos de ella, todos sus sentidos se centran solo en él: la vista, para observar su rostro arrebolado mientras sus besos bajan y lo devoran; el tacto, para sentir su piel caliente bajo los dedos; el olfato, para apreciar todos los olores que se han quedado en su cuerpo tras esa noche que les ha pertenecido más que ninguna otra; el gusto, para saborear cada rincón de su cuerpo; el oído, para escuchar cómo se rompe su voz cuando se pierde.

Bajo sus labios, bajo sus caricias, Nathan se tensa, se relaja y se deshace. Si hablan, durante las horas que siguen, es solo para pronunciar el nombre del otro mientras se tocan, para convertirse en herejes y poner sus oraciones al servicio de los dioses equivocados.

Pero cuando se les acaban los rezos y cae el silencio, la realidad vuelve y el tiempo sigue corriendo: ambos pueden ver el amanecer acercarse a través del cristal de la ventana; su luz pálida empieza a desteñir la oscuridad de la noche. La fiesta en el piso inferior ha terminado y sus corazones ya no laten como si se les fueran a salir del pecho.

Adam todavía roza con los dedos la espalda de Nathan cuando su voz, algo ronca pero firme, reverbera en el cuarto:

—Deberíamos volver.

Se arrepiente de decirlo incluso antes de terminar la frase, porque no quiere hacerlo. No quiere regresar al Templo, no quiere llevar a Nathan de vuelta al camino que han decidido para ambos, no quiere soltarle la mano.

No quiere desaparecer.

Así que permite que Nathan se cobije en su pecho en una protesta. Sus labios se buscan, pero en ese beso que sabe al último no hay nada más que desesperación.

Al final, sin embargo, se separan. Adam se incorpora, con la manta cubriendo su regazo. Su pareja, en cambio, se pone rápido en pie y recupera su ropa como si quisiera acabar con todo de una sola vez.

Al levantar la túnica del suelo, el Amuleto del Tiempo y el medallón con el ojo de Destino ruedan un par de pasos más allá.

Hay un momento de silencio en el que ambos miran el Amuleto y Adam se pregunta si Nathan también siente su llamada, la vibración en el aire, las infinitas posibilidades contenidas a su alrededor. Si lo hace, no lo demuestra, pero el Amuleto parece más pesado de lo habitual cuando se lo pone de nuevo alrededor del cuello. Casi le parece que sus hombros caigan un poco. Quizá sea así. Quizá su cuerpo va a ir encorvándose cada día un poco más. Quizá por cada sacrificio que haga se acorte su vida. Quizá por eso su madre murió tan pronto. Quizá esa es la manera en la que el Amuleto se venga de todos aquellos que deciden ignorar su poder en vez de usarlo.

Nathan se agacha para tomar también su medallón de la Hermandad Celestial, pero ese no llega a ponérselo: en su lugar, se queda muy quieto, en medio de la habitación, observando el ojo de oro que sopesa en su mano como si se midiera con él.

—¿Nathan…?

Él lo mira. Sus ojos tienen el color de la tierra húmeda, pero contienen el fuego que Adam reconoce a menudo en él: no el de la rabia, sino el de la determinación. Sus dedos se cierran en torno al collar, con fuerza. Sus pasos no hacen ruido cuando se acerca a la cama de nuevo y susurra:

—Cierra los ojos.

Adam titubea un segundo, sin saber cuál es el siguiente lugar al que Nathan quiere arrastrarlo. Solo se permite lanzar un vistazo más a ese firmamento que clarea antes de decidir que todavía puede robar unos segundos más con él.

Lo siguiente que siente es una caricia en su mejilla. Un beso en su frente, dulce. Y después, un peso reconocible alrededor de su cuello.

Cuando vuelve a abrir los ojos, descubre el medallón de su amante contra su propio pecho.

Adam traga saliva. Lo primero que piensa es que debe quitárselo de inmediato, que Nathan ha perdido la cabeza, que no puede hacer algo así. Los medallones son la única posesión que se les permite a los miembros de la Hermandad: son intransferibles, sagrados; son una señal y un recordatorio de su compromiso con su dios. Son su alma, un pago por unos dones en vida y una existencia eterna tras la muerte. Solo aquellos que consagran su espíritu pueden reencarnarse en celestes y entrar así en la Corte de Destino. Precisamente por todo eso, los medallones son algo que deben proteger a toda costa. Cuando era más joven, de hecho, le encantaba contarle a su hermana, a su primo y a Nathan historias de terror sobre lo que podía pasarles a los celestiales que se alejaban de esa pieza de oro: historias de medallones robados, de celestiales que renunciaron por completo a su voluntad al dejar ese objeto en las manos equivocadas.

No sabe cuánto hay de verdad en ello, pero es suficiente para que esté a punto de decirle a Nathan que no puede aceptarlo. Y, al mismo tiempo, quiere quedárselo. Quiere fingir que puede tener muchas más cosas de las que se le permiten.

—Nathan, yo...

—Quiero que lo tengas —lo interrumpe él, como si supiera exactamente lo que va a decir.

Adam alza la vista y el nudo que siente en su pecho se aprieta todavía más. Su amante está de pie junto a la cama, todavía a medio vestir. Tiene los puños apretados y los ojos anegados en lágrimas y Adam está seguro de que nunca lo había visto tan vulnerable, a punto de desbordarse. Parece demasiado triste... y demasiado decidido, también.

—Quiero que lo tengas —repite Nathan— para que recuerdes que, aunque a partir de hoy mi cuerpo le pertenezca también a otra persona y mi futuro le pertenezca a Destino, todo lo que realmente soy, todo lo que alguna vez he sido, todo lo que alguna vez seré... Eso es tuyo, Adam. Lo ha sido siempre.

Desde que descubrió que sus días estaban contados, Adam ha tenido muchos momentos en los que ese secreto se le ha hecho gigantesco y pesado, pero nunca tanto como esta noche. Le duele. Le duelen sus palabras y le duele su silencio. Le duele todo lo que está pendiendo entre ellos y todo lo que no le puede explicar. Tiene ganas de abrazar de nuevo a ese chico del que está enamorado, tiene ganas de besarlo y mantenerlo junto a él hasta que se lo arranquen de los brazos a la fuerza. Quiere gritar y echarse a llorar. Quiere decirle todo lo que le ha escondido y pedirle que terminen de traicionarlo todo, que huyan más que solo unas horas.

En su lugar, respira hondo, contiene las lágrimas que le arden en los ojos y recupera su propio medallón de la mesita de noche.

—No tienes que... —comienza Nathan, pero Adam se apresura a arrodillarse sobre la cama para dejar un dedo sobre sus labios y silenciarlo.

—Lo sé.

Aparta el dedo de su boca y roza su mejilla. Trata de esbozar una sonrisa, aunque no sabe si le sale del todo bien. No importa. Si se le escapan las lágrimas, su pareja creerá que son de emoción o de tristeza, pero no tiene manera de averiguar todo lo que hay detrás, lo mucho que lo está echando ya de menos. Lo feliz que se siente de que, al menos, hayan podido coincidir en el mismo momento y lugar. Tal vez en otra vida se conocieron también. A veces se lo plantea, porque estar con él siempre ha sido reconfortante, como volver a casa después de un largo viaje.

De pronto tiene claro que dan igual todas las lecciones que haya aprendido como miembro de la Hermandad: su espíritu no le pertenece a Destino, le pertenece a Nathan.

Y por eso pasa la cadena del medallón por encima de su cabeza.

—Así, pase lo que pase a partir de ahora, estaré siempre contigo —susurra. Su mano desciende por su pecho, por encima de ese corazón que late con fuerza, y luego, con cuidado, va a entrelazarse con la de él—. Y eso es todo lo que quiero, porque jamás voy a amar a nadie como te amo a ti. Con toda mi alma. Con todo lo que soy. Con todo lo que he sido y seré alguna vez. Y eso es algo que nadie nos va a poder quitar jamás, ¿me oyes? Recuérdalo. Nadie. Ni Destino, ni Caos, ni Tiempo. Ni siquiera la mismísima Muerte.

Adam no sabe si el sollozo que se escucha es suyo o de Nathan, pero no importa, porque un beso interrumpe el llanto. Es un beso lleno de presente, de pasado y de futuro. Es un beso en el que se prometen la eternidad.

Lamentablemente, la eternidad no es para los mortales.

DARIEN

Darien Veriz es consciente de que el matrimonio entre la princesa de Daiva y el Portador es el acontecimiento más importante que va a poder ver en toda su vida. Es la clase de evento que acaba en los libros de historia, algo de lo que se hablará durante los siglos siguientes: el momento en el que el Amuleto, después de lo que parece una eternidad, volverá a la familia real del Sacro Reino. A sus legítimos dueños. A los herederos reales de Tiempo.

El lugar, se supone, del que nunca se debió mover.

Él, que adora rodearse de todos los libros que puede encontrar en el Templo, que disfruta de todo tipo de historias, debería estar emocionado. No solo por eso, sino porque es la boda de uno de sus mejores amigos, que va a convertirse ni más ni menos que en príncipe. También conoce a la princesa lo suficiente como para tenerle aprecio, aunque él nunca se haya acercado a ella tanto como Lilith. Sabe que debería estar feliz. Sabe que ese enlace es una buena noticia y que, más allá de todo, es una decisión de Destino, por lo que nunca debería ponerla en duda.

Y pese a todo, lo único que lleva sintiendo desde hace días es ansiedad.

Ha intentado disimular todo lo posible. Ha intentado que todo el mundo piense en otras cosas, cuidar del resto, fingir que él sí está tranquilo, porque sabe que es un trago complicado para todos los demás. Pero hoy ya no lo soporta más. Una parte de él se dice que la causa es que pronto la basílica se llenará de gente. Que ha prometido ser la sombra del Portador durante el resto del día y eso también implica estar rodeado de los invitados a la ceremonia y los miembros de la Guardia Celestial, y eso significa que tendrá que tener un ojo puesto en su amigo y otro en que los demás dejen espacio a su alrededor. Hoy no puede permitirse ni un tropiezo, no puede permitirse acabar en el recuerdo de nadie por error.

—¿Darien? ¿Qué haces aquí?

La voz de Adam lo sobresalta y Darien voltea a verlo, con uno de los lirios que adornan los pedestales de las estatuas todavía en la mano. Sabe que no debe de tener muy buena cara, porque se despertó temprano y ya no pudo volver a dormirse, pero su primo no está mucho mejor. Por lo general, Adam siempre tiene un aspecto inmaculado, pero ahora es difícil no reparar en sus ojos ligeramente enrojecidos o las ojeras marcadas. La túnica blanca de gala no tiene ni una sola arruga, pero cae de una forma extraña sobre sus hombros, como si su cuerpo hubiera encogido. Casi da la sensación de ser un niño jugando a los disfraces.

—Estaba ayudando con los últimos preparativos… —murmura Darien. Le pareció una buena idea para mantener la mente y las manos entretenidas, pero lo cierto es que no ha logrado su objetivo, aunque eso no lo va a confesar. Lo que sí añade, tras un titubeo, es—: Tienes una cara terrible.

Adam sonríe, como si no le importara, pero a Darien le parece que la tristeza debajo de esa máscara es visible para quien lo conozca al menos un poco. Él lo hace. Él ha crecido a su lado, pero además ha visto en él de manera mucho más profunda partes enteras de su vida, aunque eso fue hace tiempo, cuando Adam todavía se atrevía a tocarlo, porque no tenía nada que esconder.

—No dormí mucho.

Darien no se atreve a preguntarle si pasó la noche con el Portador, porque está seguro de que fue *así*, de modo que aparta la vista y engancha la última de las flores al resto del arreglo que descansa a los pies de una de las estatuas que guarda el altar. Los ojos dorados de ese celeste de mármol blanco están fijos sobre ellos, pero también sobre el resto de la nave, como si fuera un guardián preparado para protegerlos de cualquier imprevisto.

—Todo va a salir bien.

No necesita mirar a su primo para saber que necesita que alguien se lo diga, aunque sus propias palabras le suenan huecas al hablar. Sí, la boda saldrá bien; todo está medido al detalle. Pero también sabe que eso probablemente no suponga ningún consuelo para Adam, que suspira y le da la espalda a la estatua para poder contemplar el resto de la basílica.

—Eso espero —murmura.

El silencio cae sobre ellos mientras observan a los aprendices que corretean entre las bancas pese a las advertencias de los adultos, que les indican que deben irse. Los invitados empezarán a llegar pronto: la mayoría, familias nobles cuya historia se remonta a la fundación del reino. Todos ellos, por supuesto, fieles a Destino. Todos ellos, felices de que el Amuleto vuelva a las manos de la familia real. Nadie pone en duda que ese matrimonio sea lo correcto, porque responde a un objetivo muy claro.

Nadie excepto el novio y el chico a su lado, que parece quedarse ensimismado al posar los ojos sobre la gran vidriera que hay tras el altar, esa que muestra la figura de Destino, con su cabello albino largo y sus alas llenas de ojos dorados extendidas. El Original tiene los brazos abiertos y extendidos hacia todos aquellos que se arrodillen ante él.

Darien no puede evitar preguntarse si Adam observa la imagen en busca de fuerza o simplemente odia que sus designios los hayan llevado a ese momento.

Desde la Torre del Tiempo, en el centro de la ciudad, las campanas anuncian la hora en punto e informan a los celestiales que siguen moviéndose por la basílica que ha llegado el momento de poner todo en marcha.

—¿Darien?

Adam pronuncia su nombre como una pregunta. Aunque siempre le ha parecido que es una persona muy segura de sí misma, cuando

Darien lo mira en ese momento solo ve un cúmulo de dudas en sus ojos claros, en esa expresión un poco demacrada.

—Si no todo sale bien… —Adam carraspea, su voz un poco afectada—. Quédate cerca de él, ¿okey? ¿Me lo prometes?

Darien frunce el ceño. No puede evitar tensarse, con la sensación incómoda de que hay algo que se está perdiendo. No suele equivocarse cuando la siente.

—¿Ocurre algo, Adam?

Un segundo de silencio y otro de duda. Por fin, su primo se fija de nuevo en él.

—No, pero sé que Nathan confía en ti. Así que, si algo se tuerce… protégelo, como has hecho hasta ahora.

Darien traga saliva. Durante un momento se siente juzgado por los mil ojos de Destino y de todas las estatuas de celestes a su alrededor. Hace ya meses que conoce su secreto y, a veces, no puede evitar sentir que está pecando al no delatarlos, que su deber es hacerles ver el error que están cometiendo y convencerlos para que vuelvan a la senda correcta. A veces, incluso, piensa que Destino le dio el don de ser un sensible precisamente para ponerlo a prueba con esta situación.

Pese a ello, nunca ha llegado a plantearse de verdad destapar el secreto de la relación que une a su primo con Nathan. En ocasiones, ha pensado en forzarlos a decirle la verdad al menos a Lilith, solo porque cree que ella debería conocer la situación. Es la hermana de Adam, la mejor amiga de Nathan. Merecería saberlo, al menos ella, y es evidente que ambos odian ocultárselo. Y al mismo tiempo, entiende perfectamente por qué no se lo han contado, igual que entiende por qué tampoco nunca se lo habrían dicho a él si no los hubiera descubierto: hay secretos que es mejor no conocer, porque cuando los conoces se convierten en una cárcel.

De todos modos, sabe que Adam y Nathan están dispuestos a seguir sus caminos marcados, aunque hayan tomado un pequeño desvío al decidir regalarse caricias y besos y entregarse el corazón. Eso es lo importante, ¿verdad? Se supone que mientras sigan dispuestos a cumplir el papel que Destino tiene para ellos, todo estará bien.

O eso es lo que se dice por las noches para dormir tranquilo y justificarse a sí mismo por elegir a sus amigos por delante de su fe.

—Cuenta conmigo —susurra, con la vista clavada en sus pies.

—Gracias, Darien. Por... por todo.

Su primo hace ademán de acercarse a él y extender su mano hacia su hombro, pero en el último momento cambia de opinión y la deja caer. Darien siente lo que ese toque podría haber sido, igual que siente otros muchos desde que tiene doce años. Nadie quiere tener contacto con los sensibles si puede evitarlo, al fin y al cabo. Incluso el más puro de los celestiales tiene secretos que no quiere que sean de nadie más, y los sensibles pueden sacar hasta el más mínimo detalle a la luz. Al menos, los que saben controlar su poder.

Darien no entra en ese grupo. Él es... un desastre. Un proyecto de celestial defectuoso. Un iniciado que ha tenido años para entrenarse y que sigue tan perdido como el primer día. Así que, por supuesto, está acostumbrado a que lo rehúyan, tanto que en algún momento fue él mismo quien comenzó a rehuir a la gente.

—No hace falta que me agradezcas nada —dice, en un intento de alejar el momento incómodo que siempre dejan tras de sí esas huidas—. Son mi familia, Adam. Haría lo que fuera por ustedes.

Las puertas laterales de la basílica se abren y algunos miembros de la Guardia Celestial empiezan a desfilar ante ellos. Buscan sus puestos y se despliegan de forma ordenada por la nave, con sus lanzas en la mano o sus brillantes espadas en la cintura. El propio Adam aprieta los dedos alrededor de la empuñadura de su arma, consciente de que él también debe convertirse en una de esas estatuas vivientes que vigilarán desde el suelo lo que las figuras de santos y celestes observan desde sus pedestales.

Darien sigue el gesto con la vista y solo entonces se da cuenta de que no carga con su espada de siempre. Reconoce la empuñadura con las alas, la funda llena de filigranas, el ojo de cristal que parece mirarlo. Siente que se le eriza la piel.

Adam se da cuenta de su mirada. Él no puede ver en su cabeza, pero no le hace falta para adivinar todo lo que está pensando: que Eunomia nunca abandona la capilla de Santa Aiva sin un buen motivo.

—Una medida más de seguridad —le dice, con esa sonrisa que Darien está seguro de que aprendió durante su Peregrinación, la que tiene muchos secretos detrás—. La Suma Celestial no quiere arriesgarse a que haya ningún cabo suelto, así que cumplamos con nuestro papel.

Él toma aire, pero no se atreve a decir nada al respecto.

—Que Destino ilumine la ceremonia —se escucha decir.

—Y que guíe siempre nuestros pasos —le responde Adam.

Durante un instante, ambos se miran y Darien tiene la tentación de decirle a su primo que sabe que esto no es sencillo para él, pero que está haciendo lo correcto. Que todo lo que Destino quiere para ellos es por su bien. Que su dios no se equivoca y que hay grandes cosas esperando en su futuro. Incluso tiene ganas de extender las manos y tocarlo, aunque eso signifique arriesgarse a robarle algún otro secreto sin querer.

No lo hace. Más tarde, pensará que fue un error. Si lo hubiera hecho, quizá habría visto las verdaderas preocupaciones de Adam, más allá de la boda, más allá de Nathan.

Y todo habría sido muy diferente.

Darien nunca habría descubierto la relación que mantenían sus amigos si no hubiera tocado a Nathan.

Para cuando sucedió, ya sospechaba que estaba ocurriendo algo. Llevaba meses preocupado por el Portador, siendo consciente de su comportamiento errático: aunque Nathan siempre había sido una persona despierta y activa, había comenzado a quedarse dormido por los rincones; aunque solía ser siempre el que llevaba la voz cantante cuando estaba con él y con Lilith, había empezado a parecer más ausente en ciertos momentos. Su humor también había cambiado. Siempre había sido un poco inestable, con tendencia a los extremos, pero ese rasgo suyo se había subrayado en los últimos meses: unos días era la persona más intratable y malhumorada del mundo y, al siguiente, era como si le hubiran dado una noticia agradable y no pudiera dejar de bromear y de estar lleno de energía. A veces, el cambio se daba en cuestión de horas.

Lilith también se había percatado, pero ambos habían dado por hecho que Nathan hablaría cuando lo necesitara o cuando lo que estuviera conteniendo se desbordara sin previo aviso, porque siempre había sido así. Cuando su madre murió y lo nombraron Portador, por ejemplo, mantuvo todas sus emociones muy a raya hasta que un día estalló y rompió una pequeña estatuilla de Destino que decoraba el despacho de la Suma Celestial. No recuerda cómo empezó su enojo, pero sí que de pronto tenía la figura entre sus manos y, acto seguido, la tiró al suelo, con rabia. Mil ojos se derramaron sobre la alfombra. Darien y Lilith, de aquella mucho más pequeños y, por lo tanto, más temerosos de los castigos divinos, se quedaron helados, esperando que varios celestes se presentaran en ese momento en la sala y los sacaran de la ciudad amurallada a rastras, por herejes. Nathan también se quedó muy quieto, muy pálido, después de darse cuenta de lo que había hecho.

Un segundo después, se echó a llorar de manera tan desconsolada que la estatuilla y los castigos dejaron de importar de inmediato.

Darien siempre recuerda aquel momento porque fue la primera vez que todos mintieron, cuando sostuvieron ante la Suma Celestial que la estatuilla simplemente se había caído, y también porque ese incidente lo ayudó a comprender un poco mejor a Nathan. Nunca volvió a romper nada, pero después de aquel día asistió varias veces a cómo decía cosas de las que se arrepentía de inmediato o entrenaba con más rabia que nunca porque de esa forma podía atacar al aire.

El estallido que hizo que Darien descubriera el secreto de Nathan y Adam ocurrió una tarde del pasado otoño, cuando Ammarah mencionó por primera vez los preparativos de la boda. Faltaban todavía varios meses, pero ya todo el mundo estaba empezando a hablar de ella y, aquel día, la princesa no fue una excepción. Darien no puede recordar qué fue lo que dijo, si mencionó que había visto un diseño de su vestido o hizo un comentario sobre alguno de los platos del banquete. Lo que sí recuerda es que Nathan se quedó pálido y apretó brevemente el Amuleto sobre su pecho.

Fue solo un instante, pero para él fue más que suficiente.

Cuando Ammarah se marchó de vuelta al castillo, escoltada por Lilith, Darien se giró hacia su amigo sin dudar.

—¿Qué ocurre, Nathan?

—Nada —fue la respuesta inmediata y previsible—. Volvamos al Templo.

Darien podría haberlo dejado pasar. Lo había hecho muchas veces antes, de hecho. Pero aquel día, que se sentía tan cerca de descifrar una clave secreta, no pudo detenerse. Siguió a Nathan y se fijó en lo evidente que estaba siendo mientras intentaba huir de él: los hombros tensos, los puños apretados, la mirada huidiza que intentó fijar al frente.

—Sabes que puedes contarme lo que te preocupa, ¿verdad?

—No me preocupa nada.

—No pareces feliz con la boda.

El Portador se detuvo de golpe. Fue solo un segundo y ni siquiera lo miró al hacerlo, pero fue suficiente para que Darien supiera que había tocado hueso con sus palabras. Aun así, Nathan respiró hondo y reemprendió su marcha con más seguridad todavía, tan rápido que su escolta tuvo que apresurarse tras él para no quedarse atrás.

—Llevan toda la vida preparándome para esa boda —dijo—. Ammarah es amable, divertida y encantadora. Todo está bien.

Darien supo reconocer la mentira, la clase de farsa que te repites todas las noches hasta que te convences de ella. Por supuesto que tienes que estar agradecido por la vida que te tocó. Por supuesto que todo va bien. Él también se había dicho muchas veces esas cosas a sí mismo, sobre todo los días en los que se sentía inútil porque su don seguía sin responder ante sus deseos.

—No creo que todo esté bien, pero si no quieres hablar de eso...

—No hay nada de lo que hablar, Darien: estoy perfectamente.

Pero apresuró sus pasos incluso más.

—Entonces, ¿por qué huyes de mí?

—No estoy huyendo.

Otra mentira, porque parecía a punto de echar a correr. Darien empezó a sentir su respiración acelerada por la persecución.

—¡Claro que lo haces!

—¡Estás siendo ridículo, Darien!

—¡Nathan!

Y entonces se lanzó hacia él para detenerlo.

Una parte de él sigue preguntándose, aún hoy, si fue un impulso irracional o si lo hizo a propósito. Al fin y al cabo, para entonces Darien ya llevaba mucho tiempo evitando a la gente, consciente de lo que podía despertar sin querer. Sabía lo que podía pasar, pero quiere pensar que estaba demasiado preocupado por su amigo como para reparar en ello.

Fue suficiente con agarrar a su amigo del brazo, incluso por encima de la ropa.

El choque llegó sin que ninguno de los dos se lo esperara y los desestabilizó. Al principio, se agarraron el uno al otro para sostenerse, por inercia. Al instante siguiente, sin embargo, en cuanto se dio cuenta de lo que estaba pasando, Nathan empujó a Darien con fuerza. Nunca le ha dicho lo mucho que le dolió aquello. Su cuerpo encontró el suelo con dureza, pero la herida la sintió por dentro.

Para entonces, sin embargo, su mente ya estaba llena de un montón de imágenes que habían pasado por él como una ráfaga. Adam bajo las estrellas. Adam acostado entre mantas. Adam y su voz. Adam y su sonrisa. Adam y sus labios...

Darien nunca había besado a nadie, nunca se había enamorado, pero descubrió cómo se sentían ambas cosas ese mismo día.

—No es lo que crees...

La mentira de Nathan sonó demasiado débil. Darien lo observó con precaución, todavía tirado en el suelo, sintiéndose culpable por sus poderes y, al mismo tiempo, absolutamente incrédulo por lo que había visto.

Al final, su amigo se lo confesó todo y, desesperado, le pidió que guardara su secreto. Darien dudó: no solo por él, no solo porque no sabía si Destino le había dado precisamente aquel poder descontrolado para llegar a aquella situación y obligarlo a revelara al mundo, sino también por todo lo demás. Por Ammarah. Por Lilith.

—Tienen que acabar con esto —fue lo que le dijo, aunque imaginaba que era lo último que Nathan quería escuchar.

—Vamos a seguir cumpliendo nuestro papel —se excusó él—. Voy a casarme y ser el Portador que todo el mundo espera; el Amuleto volverá a la familia real gracias a los hijos que tenga con Ammarah. Adam seguirá en el Templo y, algún día, será el Sumo Celestial. Cuando llegue el momento… seguiremos nuestro camino.

—Su camino no debería pasar por esto, Nathan. Solo se van a hacer más daño: saben perfectamente que su destino no es estar juntos.

—Quizá. —La sonrisa que esbozó su amigo entonces fue la más triste que Darien le había visto jamás—. Pero cuando estamos juntos siento como si lo fuera.

Seis meses después de aquello, ahí están: Darien no le ha dicho ni una palabra a nadie; tampoco se ha vuelto a acercar demasiado a Nathan ni a su primo. A veces piensa que si no vuelve a ver nada al respecto podría llegar a olvidarse de lo que sabe. A veces, como ahora, le parece cruel que eso que Nathan y Adam sienten con tanta intensidad no sea más que un pecado.

Cuando toca a la puerta del cuarto de su amigo, la respuesta es tan débil que Darien teme encontrárselo todavía debajo de las mantas, negándose a cumplir su papel. No es así: Nathan está preparado, frente al espejo de su habitación, vestido con un traje ceremonial blanco, dorado y plateado sobre el que destaca el Amuleto del Tiempo colgado de su cuello. A pesar de sus ropas, sin embargo, el Portador no es el novio perfecto que todo el mundo quiere ver: está pálido y parece enfermo, como si fuera a vomitar en cualquier momento.

Darien sabe que está a punto de hacer una pregunta estúpida, pero, aun así, la hace:

—¿Cómo estás?

—Estoy bien —miente Nathan. Cada día se le da mejor hacerlo. Después, toma aire, en un intento de llenarse también de confianza—. Acabemos con esto.

—Puedes tomarte unos minutos más, si lo necesitas…

Nathan esboza su sonrisa irónica y lo mira a través de su reflejo.

—Lo que necesito no son unos minutos.

Darien aprieta los labios, frustrado. Quiere hacer algo por él, pero no sabe qué. Si creyera que realmente le puede ayudar, que no va a causarle todavía más problemas, él mismo lo llevaría hasta la puerta de la ciudad y le diría que se marchara, pero sabe que eso solo lo empeoraría todo.

Nathan suspira, como si pudiera escuchar lo que está pensando, y se acerca. Darien no está preparado para que le ponga la mano en el hombro y lo apriete con suavidad. Un escalofrío le corre por la columna, aunque siente el calor de sus dedos incluso a través de la ropa. Entre cualquier otro par de amigos, el gesto sería completamente insignificante, pero para Darien, que sabe que algo tan sencillo podría desencadenar su don, ese contacto significa mucho más. Significa confianza. Significa que no le teme.

Por suerte, apenas pasa nada. Le parece escuchar risas de fondo, una canción de taberna que casi le da ganas de bailar, el cosquilleo en la cintura de alguien tocándolo por encima de la ropa. Eso es todo. Nathan se estremece un segundo, porque también ha tenido que sentirlo todo, pero, aun así, toma aire y vuelve a intentar convocar una sonrisa, esa con la que suele burlarse de todo el mundo.

—Intenta no poner esa cara. La gente va a pensar que vas a mi funeral, en vez de a mi boda.

—Quizá porque parece que tú mismo no veas ninguna diferencia entre una cosa y la otra.

El Portador sacude la cabeza. Aunque Darien es capaz de seguir viendo la pena en el fondo de los ojos cafés, también ve decisión. O quizá no sea eso. Quizá simplemente sea resignación, la que queda cuando sabes que ya no hay escapatoria.

—Sé la diferencia, Darien. Mientras esté vivo, todavía me queda tiempo.

AMMARAH

—Me recuerdas a tu madre el día que me casé con ella.

Ammarah ve el reflejo de su padre en el espejo frente al que Rina y un par de sirvientas más dan los últimos retoques al vestido de novia. Todavía no se acostumbra a él, como no se acostumbra al hecho de que en cuestión de minutos será una mujer casada. Aun así, no está triste, o eso cree. Está nerviosa, sí, pero no lamenta nada. Este es su camino. Nació para este momento, del mismo modo que nació para ser la futura reina de Daiva. Destino está mirando, y no va a ser ella quien dude de sus designios a estas alturas, especialmente cuando su familia existe gracias a que un día ese dios le dio una misión y un reino a una de sus antepasadas.

Todo va a salir bien. Está cumpliendo con su deber y su prometido lo hará también. En los últimos días ha pensado en la última pregunta que le hizo más de lo que quiere admitir, pero ha concluido que no importa lo que alguna vez se haya imaginado: lo que importa son los hechos. Lo que importa es el reino, la corona y el futuro que debe asegurar. Lo que importa es que ella y Nathan se respeten lo suficiente como para poder ser buenos reyes y buenos padres cuando llegue el momento.

No vale la pena pensar en nada más allá de eso. En su lugar, esboza una pequeña sonrisa cuando las sirvientas se retiran tras una reverencia y Su Majestad Jarrod de Daiva se adelanta hacia ella para apoyar las manos sobre sus hombros. Ahí están, como un retrato oficial en el que falta esa mujer que se marchó hace años y los dejó a los dos un poco más solos, un poco más desolados.

—¿Crees que seré tan buena como ella? —pregunta.

—Creo que serás mejor, mi niña. Vas a ser la reina que lo cambie todo.

Esa fue su profecía. Todos los futuros soberanos de Daiva tienen una al nacer, y el rey Jarrod recibió en sueños la que correspondía a su hija la misma noche en la que esta nació. Su padre le ha hablado mil veces de esa visión: el celeste se apareció ante él, con sus mil ojos dorados por todo el cuerpo y sus alas extendidas, y le dijo que estaba a punto de tener una niña sana y fuerte que podía convertirse en una de las reinas más importantes que Daiva había tenido jamás. Una reina que podía llegar a cambiarlo todo.

Cuando el rey despertó, lo hizo con el grito alarmado de su esposa poniéndose de parto.

Después vinieron las cartas: también era costumbre que cada miembro de la familia real tuviera una lectura nada más llegar al mundo, y en su caso fue la Suma Celestial quien la llevó a cabo. Con los años, Ammarah ha aprendido por sí misma a utilizar la baraja celestial, pero no importa cuántas veces le haya preguntado a los naipes sobre su futuro: la respuesta siempre contiene las mismas imágenes que ya aparecieron en el día de su nacimiento. La Corona, señal de responsabilidades y cargas que a veces pueden llegar a pesar demasiado. El Destino, que suele hablar de fortaleza y resiliencia, pero también de sacrificios. Y, por último, el Portador, símbolo de tiempos difíciles que dependen de decisiones importantes.

Esas tres cartas podían significar muchas cosas, pero cuando Tabitha Eliz consiguió el Amuleto y después murió, dejando un hijo huérfano, la Suma Celestial interpretó que lo que debía hacerse a continuación era evidente. Los celestes habían dicho que Ammarah sería una reina que podía llegar a cambiarlo todo y el Portador había aparecido en su primera tirada, acompañando a la Corona y a Destino. Que ella y el nuevo guardián del Amuleto del Tiempo tuvieran casi la misma edad debía de ser una señal más, por si todas las anteriores no eran suficientes. Sí, era obvio lo que los celestes querían de ellos: todo estaba dispuesto para que la familia real de Daiva recuperara por fin el Amuleto del Tiempo a través de un matrimonio.

Después de toda una vida escuchándolo, le parece increíble que realmente esté a punto de ocurrir. También le parece un poco insatisfactorio, aunque eso no va a decírselo a nadie. Ella querría poder hacer algo más que casarse con la persona adecuada y dar a luz a sus hijos. No le gusta pensar que ese gran destino que los celestes le anunciaron pueda reducirse solo a eso.

—¿Preparada?

Ammarah toma aire antes de girarse hacia su padre. La princesa no recuerda ni un solo día en el que ese hombre no haya estado ahí para ella, con regalos o consejos. Sabe que adoraba a su mujer, también, y que una parte de él se perdió para siempre el día que ella abandonó esa vida para pasar a formar parte de la Corte de Destino por el resto de la eternidad.

—¿De verdad te recuerdo a ella?

El rey sonríe mientras le coloca un mechón de pelo tras la oreja. Por mucho que su padre le hable de sus semejanzas con su madre, Ammarah está segura de que se parece mucho más a él: ambos tienen los mismos cabellos blancos y rizados, del mismo modo que suya es la piel negra que ella ha heredado y suyos son los labios gruesos o la forma de la nariz. No, cuando ella se mira en el espejo no ve a su madre, con su piel blanca y siempre tan tranquila, tan dulce, con sus cabellos castaños cortos y lisos. Y pese a ello, Jarrod de Daiva siempre dice lo mismo:

—Tienen los mismos ojos y la misma fuerza detrás de ellos. El mundo entero podría rendirse ante esos ojos, Ammarah. Yo lo hice ante los de tu madre.

La princesa sonríe, aunque no puede evitar pensar que Nathan no va a rendirse ante sus ojos, igual que ella jamás se rendirá ante los de él.

Su padre debe de ver algo en su sonrisa. El asomo de una duda o un resquicio de pena, quizá. Es suficiente para que le acaricie la cara y la obligue a mirar su rostro surcado de arrugas, su barba albina, sus ojos oscuros y profundos. Sobre su cabeza, la misma corona que ella llevará algún día, de oro y con mil ojos con zafiros como pupilas, brilla con fuerza bajo el sol de la mañana.

—Estoy orgulloso de ti, Ammarah —dice el rey, con la voz profunda y solemne—. Algún día serás la mejor reina que Daiva haya tenido desde la Fundadora, pero ya eres la mejor hija que podría desear. Si tu madre estuviera aquí, ella también te diría lo mismo.

Ammarah siente un nudo en su garganta que le da ganas de llorar, en parte por lo inesperado que resulta su discurso y en parte porque quiere desesperadamente estar a la altura de esas palabras. Como hija, como princesa o como cualquier cosa que Destino haya diseñado para ella.

Recuerda las cartas que aparecen en sus lecturas una y otra vez.

La Corona, el Destino, el Portador. Responsabilidades, fortaleza, decisiones.

Sí, todo está bien. No puede dudar ahora. No puede fallar ahora. Por eso toma aire, aprieta las manos de su padre entre las suyas y dice:

—Estoy preparada.

NATHAN

—¿Estás preparado?

Nathan respira hondo. Delante de él, una de las entradas a la nave de la basílica está guardada por dos celestiales que están esperando a que las campanadas de la Torre del Tiempo vuelvan a dar la hora en punto para que comience la ceremonia. Se siente extraño en su propio cuerpo, vestido con esas ropas ceremoniales tan extravagantes, pesadas e incómodas. Se siente expuesto, a pesar de que probablemente nunca ha ido más tapado. Se siente pequeño, también, porque es más consciente que nunca de que él no importa: lo único que la gente que aguarda tras esas puertas quiere ver es el Amuleto que cuelga de su cuello, solo unos dedos por debajo del medallón de Adam.

Es sobre ese collar, y no sobre el que heredó de su madre, donde posa sus dedos para buscar fuerzas, mientras cierra los ojos. Es en ese pedazo de oro que no debería tener donde se permite descansar un segundo, como si todavía siguiera con la cabeza apoyada en el pecho de Adam. De alguna forma, le parece sentirlo junto a él. Le parece notar una caricia en el aire, un beso, su voz en su oído.

Es doloroso y, al mismo tiempo, es lo único que le recuerda que es algo más que el Portador. Es Nathan, sigue siendo Nathan. Puede que cuando traspase esa puerta nadie vaya a ver en él nada más que el Amuleto, pero Adam lo hará. Adam, de hecho, llevará consigo todo lo que él realmente es.

—¿Nathan? —insiste Darien.

Abre los ojos de nuevo, pero no responde más allá de un asentimiento.

Cuando las campanadas de las doce comienzan a sonar, las siente en su abdomen, en el suelo, en las paredes. Consiguen sacudirlo todo. Solo un segundo después, los celestiales se mueven para abrir las puertas y dejarlo pasar.

Nathan da los primeros pasos impulsado por la música que empieza a sonar. No es el único: frente a él, en el otro lateral de la basílica y con la mirada serena puesta al frente, Ammarah también avanza. Ella no camina sola, sino que lo hace del brazo del rey, ambos dejando ver en su postura el porte de dos descendientes de dioses y santos, algo que le recuerda, más que nunca, que él nació siendo solo un plebeyo. Durante los primeros años de su vida, ni siquiera fue el Portador, solo un niño más del Templo. Alguien que, en condiciones normales, jamás debería haberse casado con una princesa. Y después... Después, el Amuleto llegó a su vida y lo cambió todo.

Las ropas de Ammarah son de los mismos colores que las suyas, pero está seguro de que a él sus prendas le quedan mucho peor: mientras que él se siente disfrazado, la princesa lleva su vestido de novia como si hubiera nacido para ello. Y así es, ¿no? Ese vestido es parte de su destino, esta boda es parte de su destino, él es parte de su destino. Ammarah nunca ha intentado resistirse a ello, por eso está tranquila, por eso sus labios se curvan en una pequeña sonrisa cuando sus miradas se encuentran y Nathan comprende, de golpe, lo estúpido que ha sido en los últimos meses. El único que ha intentado engañarse ha sido él. Hace días le hizo una pregunta a su prometida con la esperanza de no ser el único de los dos que estaba desesperado por otra vida, pero ahora se da cuenta de que es imposible que Ammarah se haya imaginado con ninguna otra persona porque ella es mucho menos egoísta que él.

Ammarah siempre ha tenido claro que este día llegaría, mientras que él, en el fondo, no ha dejado de esperar que algo lo evitara.

Pero no pasó. El día llegó y él se va a casar con la princesa de Daiva.

Realmente se va a casar.

El pensamiento hace que su pulso empiece a acelerarse. Que el tiempo, estable y constante, de pronto le oprima y lo maree. Con cada segundo que pasa está más cerca de la princesa. En unos minutos estarán compartiendo sus votos. En menos de una hora será su mujer. En algunas más, tendrá que compartir cama con ella. Tendrá que besarla y tocarla y obligarse a desearla, aunque la única piel en la que pueda pensar sea en la de otra persona.

Lo ve todo, casi como si ya hubiera sucedido. Y le aterra.

Se obliga a disimular el pánico que está empezando a sentir. Se obliga a seguir avanzando, un paso tras otro. Detrás de Ammarah y el rey, acompañando a una pequeña comitiva de la Guardia Celestial, Lilith avanza también, con la mano apoyada en la empuñadura de su espada, alerta. En otras circunstancias, quizá ver a su mejor amiga le ayudaría, pero ahora solo le recuerda cuánto lleva escondiéndole un secreto que odia no poder compartir con ella.

Su mirada vuelve a fijarse en Ammarah y se obliga a no apartar la vista de ella otra vez, aunque una parte de él quiere buscar por la estancia otros ojos, otro rostro, otros labios. Es la misma parte que, incluso ahora, cuando ya todo es inevitable, todavía fantasea con huir.

Con un último paso, el chico se detiene al mismo tiempo que la princesa, justo frente al altar decorado con flores blancas y doradas en el que aguarda la Suma Celestial. El rey Jarrod se inclina hacia su hija y besa su frente en una bendición silenciosa. Después, se gira hacia él y Nathan clava los ojos en sus zapatos, sintiéndose demasiado indigno, demasiado culpable, ante su expresión amable. Es todavía peor cuando el rey lo toma por los hombros, se inclina para dejar un beso en su frente y dice:

—Bienvenido a la familia, muchacho.

Quiere vomitar.

No es capaz de responder antes de que el rey se retire hacia su asiento al lado del altar. Lo siguiente que ve es la mano de Ammarah extendida hacia él. En un acto reflejo, la atrapa, aunque la sensación que percibe al hacerlo es incómoda, como si sus dedos no terminaran de encajar. Aun así, se concentra en ella, en su rostro, intentando recordar cuál es su papel en ese momento, intentando no pensar en nada más. Quiere dejar de escuchar el tictac de mil relojes a su alrededor, quiere dejar de notar la atención de todos los invitados puesta en él. La basílica está llena de gente y él siente, más que nunca, que todo el mundo puede ver sus mentiras, su corazón, el hilo invisible que lo ata a otra persona en esa sala.

—Parece que no hayas dormido nada desde la última vez que nos vimos —le susurra Ammarah, confidente—. ¿Tan nervioso has estado?

Nathan se obliga a devolverle la sonrisa que le está regalando. Está seguro de que le sale mal.

—Uno no se convierte en príncipe todos los días.

—Naciste para llevar la corona, Nathan. En unas semanas te habrás acostumbrado.

Él no lo tiene tan claro, pero tampoco tiene tiempo de llevarle la contraria.

—Hermanos, hermanas.

La llamada de la Suma Celestial es suficiente para que se fijen en ella y en sus brazos abiertos en un gesto de bienvenida. La pareja se mira una última vez antes de encararla y bajar la cabeza.

—Destino y su Corte tienen su atención puesta en nosotros —dice la mujer ante ellos.

—Y nosotros caminamos bajo su mirada.

Las voces de los novios se acompañan de las de todos los asistentes, que hacen la respuesta a coro. Los seguidores de Destino aprenden a rezar al mismo tiempo que a hablar, así que Nathan ni siquiera piensa en lo que está diciendo: tiene esas palabras grabadas a fuego en la memoria, porque su propia madre se las enseñó cuando todavía vivía.

Frente a ellos, Rhea parece satisfecha, aunque Nathan siente sus ojos especialmente fijos en él, vigilantes, y le hacen sentir todavía más inquieto. Diga lo que diga Lilith, está seguro de que la Suma Celestial lo detesta un poco, pero el sentimiento es mutuo. No se trata solo de cómo lo trata a él, como si solo fuera un muñeco, sino también de cómo trata a sus hijos, exigiéndoles siempre una excelencia inhumana, o a Darien, como si solo fuera una carga más. Conoce a Lilith lo suficiente como para saber que ella siempre se ha sentido insegura por culpa de esa mujer; conoce a Darien lo suficiente como para saber que él se considera inútil porque ella lo ha hecho sentir así solo por no poder controlar su don. Conoce a Adam y sabe la presión que se ha autoimpuesto siempre para estar a la altura de esas expectativas casi divinas e inalcanzables. Sabe que su relación es el único desliz que se ha permitido en toda su vida, porque su madre jamás le ha dejado cometer ningún otro.

La Suma Celestial espera a que todos los invitados tomen asiento antes de continuar:

—Hoy nos reunimos bajo este sagrado techo para dar un paso más en el camino de la historia de nuestro reino, pues Destino ha decidido que las vidas de Su Alteza Real Ammarah de Daiva y del actual Portador del Amuleto del Tiempo, Nathan Tabiz, deben unirse.

—Los deseos de Destino también son los nuestros —responden los presentes.

La boca de Nathan también repite esas palabras, aunque en realidad querría gritar que nada de eso es su deseo. Lo que él desea está en alguna parte de esa misma basílica, pero no a su lado.

—Celebremos, pues con esta bendita unión se repara el robo del Amuleto del Tiempo que el Inmortal perpetró hace más de un siglo —continúa Rhea—. Tiempos oscuros vinieron entonces, tiempos de pérdida y dolor para muchos dentro y fuera de nuestras murallas, pero hoy el Amuleto regresa por fin a los descendientes de Santa Aiva y se cierra así una etapa. Con esta unión, se restaurarán la gloria de la Hermandad Celestial y la prosperidad de la nación creada por nuestra santa fundadora, como Destino siempre ha querido.

Detrás de Nathan, la congregación da gracias por los designios de su dios. Él también mueve los labios, pero esta vez es incapaz de pronunciar la oración. La voz se le queda atascada en algún punto entre el corazón y la garganta. Su mirada quiere escapar de Rhea, de Ammarah, de todo lo que no sea el único rostro que realmente quiere ver. El medallón de Adam le quema contra la piel y, por encima de su túnica, el Amuleto parece vibrar con cada segundo que pasa, como si quisiera hacerlo consciente de cómo el tiempo se escurre entre sus manos.

Cuando respira hondo, lo hace porque siente que está empezando a quedarse sin aire.

—Alteza, Portador: vinieron solos hasta aquí, pero se irán acompañados, en armonía, recorriendo el mismo camino. Hoy unimos sus cuerpos, pero también sus almas, para que puedan reencontrarse en la Corte de Destino cuando su vida en esta tierra acabe.

Nathan traga saliva, porque lo único en lo que puede pensar es que no es con Ammarah con quien quiere reencontrarse en otra vida. Lo único que puede pensar es que su espíritu ni siquiera está ahí, no lo lleva encima, sino que descansa contra otro pecho.

No puede evitarlo más: su rostro se gira, solo un poco. Su mirada busca entre la gente.

Pero antes de que pueda encontrar a Adam, otra voz irrumpe el silencio:

—Su dios no debería tener ningún derecho sobre las almas de nadie.

Las palabras son tan inesperadas, tan insultantes, que traen consigo un silencio atronador. Nathan aparta la vista hacia el lugar del que provienen, cerca de una de las entradas laterales. Un miembro de la Guardia Celestial, una chica de trenzas oscuras recogidas en una coleta alta y piel más negra incluso que la de la princesa, da un par de pasos hacia delante para dejar claro que fue ella quien habló. Nathan tarda un segundo más en pensar que no le suena haber visto a esa chica en el Templo jamás.

Y ese segundo es todo lo que ella necesita para dejar caer una esfera de metal al suelo.

Confundido, la sigue con la vista mientras rebota en un par de baldosas antes de rodar hacia las bancas en las que se encuentran los invitados.

—¡Protejan a la familia real y al Portador!

La orden de Adam llega al mismo tiempo que el estallido. Es eso lo que lo hace despertar, pero ya es demasiado tarde.

Una niebla espesa empieza a llenar la basílica y el caos se desata a su alrededor. Siente el tirón que Ammarah da a su mano, presa del pánico, en un intento de que huyan juntos de allí. Al principio, él lo hace. Al principio, da un par de pasos hacia delante, bloqueado. Oye gritos, mientras el olor a humo le llena las fosas nasales y hace que le piquen los ojos.

Un instante después, se da cuenta de dónde está, de lo que está sucediendo, y de que no puede escapar sin más. Y la suelta.

Ammarah se gira de golpe hacia él. Ve la forma en la que abre mucho los ojos y extiende la mano para que vuelva a agarrarla, antes de que un guardia la siga arrastrando entre el caos.

—¡Nathan!

Oye su grito. En alguna parte, le parece escuchar también la voz de Lilith. Quiere gritar para pedirles a ambas que se pongan a salvo. Quiere decirles que no se preocupen por él, que estará bien, pero no le sale la voz y no tiene tiempo para pensar. Su cabeza, demasiado acelerada, solo es capaz de fijarse en una cosa, en una persona.

Adam.

Aterrorizado, mientras sus ojos buscan en medio de ese humo blanco que lo hace toser, se lleva la mano al pecho. El Amuleto parece arder cuando lo roza, pero lo ignora. En su lugar, sus dedos se aprietan contra el medallón que su amante dejó alrededor de su cuello hace apenas unas horas. Está seguro de que, de alguna forma, lo siente, le habla. Está seguro de que, si se concentra, puede encontrarlo... Por allí. A la izquierda. Siente su vida enredada a sus dedos. Siente su tiempo. Siente todo lo que es, todo lo que tanto ama, y tiene que alcanzarlo.

Apenas ha dado un par de pasos cuando un brazo lo atrapa desde atrás y lo inmoviliza. Solo un instante después siente el filo de un puñal contra su cuello y una voz cerca de su oído.

—Bonita ceremonia, Portador. Pero mucho me temo que ha llegado a su fin.

ADAM

Durante su Peregrinación, Adam experimentó muchas cosas. En el camino de Daiva hasta Arsay, encontró animales que hasta entonces solo había visto en ilustraciones y flores con el olor más dulce que solo abrían sus pétalos cuando la luz de la luna brillaba sobre ellas. Durmió a la sombra de construcciones abandonadas comidas por la vegetación y evitó pueblos en los que se rinde culto a Muerte en vez de a Destino y se destruyen los medallones de los miembros de la Hermandad que no tienen cuidado.

En su viaje, Adam caminó bajo tormentas, cruzó ríos crecidos y avanzó con el sol abrasador sobre la cabeza y la tierra todavía helada por las frías noches bajo los pies. Una mañana especialmente angustiante, despertó de una pesadilla y abrió los ojos a un mundo completamente blanco, conquistado por una niebla tan espesa que apenas le dejó ver dónde pisaba durante las siguientes horas.

Ahora, de pie en medio de la humareda que ha conquistado la basílica, se siente como si hubiera vuelto a ese día: perdido, completamente desorientado, pese a que siempre pensó que conocía cada rincón del Templo como la palma de su mano. Los gritos a su alrededor, los golpes y los pasos a la carrera no ayudan a que se centre. En su cabeza, como si fuera un salmo, solo se repite ese nombre que parece llevar una eternidad acompañándolo.

Nathan.

Tiene que encontrarlo. Tiene que protegerlo, tiene que sacarlo del edificio y ponerlo a salvo.

Tiene que enfrentarse a su destino.

El peso de Eunomia contra su cadera le resulta extraño, pero, aun así, apoya la mano en su empuñadura, consciente de que la va a necesitar, mientras utiliza la manga de su otro brazo para cubrirse la nariz y la boca. El humo le está provocando náuseas, o puede que sea el nudo de nervios que le aprieta el estómago. Aun así, grita:

—¡Nathan!

Su propia voz es lo que está a punto de hacerlo vomitar, porque la reconoce de sus visiones: el mismo tono, la misma ansiedad. Es el eco de una pesadilla, de una profecía a punto de cumplirse.

Y aunque lleva más de un año preparándose para ese momento, de pronto el terror le atrapa los pies y lo ata al suelo. Si da un paso más adelante, sabe lo que le espera. Casi puede sentir el dolor, casi puede saborear la sangre.

Pero si no lo hace, no sabe lo que podría pasar con Nathan.

Hay decisiones que parecen complicadas y que terminan resultando absurdamente fáciles de tomar. Solo necesita pensar en el muchacho que hasta hace unas horas tenía en sus brazos para sacudirse de encima el miedo y saber qué es lo que tiene que hacer, lo que *quiere* hacer. Por él. Por el chico que de niño lo retaba constantemente y lo obligaba a ser mejor sin darse cuenta. El que años después comenzó a atraerle precisamente por todos sus retos, por la pasión con la que siempre lo enfrentaba. El que busca mensajes en las estrellas junto a él pero odia que estas no le digan lo que quiere escuchar. El que lo besa como si cada vez que lo hace quisiera crear un nuevo universo en el que puedan estar juntos. El que siempre se lo ha dado todo sin pedir nada a cambio, incluso su propia alma.

Nathan.

Nathan. Nathan. *Nathan.*

De pronto, entre el caos, distingue una figura vestida de blanco, con el pelo oscuro, y sabe que es él. Lo siente en su propio pecho, en el medallón que le regaló. Si le quedaba alguna duda de cuál es su deber, se disipa en cuanto se da cuenta de que no está solo: justo detrás de él hay alguien que lo obliga a avanzar hacia la salida, pero no lleva la túnica de la guardia, sino que está embozado en ropas negras.

Y tiene un cuchillo apoyado en el cuello de su amante.

—¡Nathan!

De nuevo su grito es un eco. Se parece incluso más al de su visión y el instinto de supervivencia le dice que se detenga, pero entonces sus ojos se encuentran con los de Nathan en la distancia.

Su expresión de pánico lo impulsa hacia delante y le hace levantar a Eunomia.

Sin embargo, apenas ha avanzado dos pasos cuando por el rabillo del ojo distingue el brillo de otro filo dirigido hacia él. Su brazo se mueve por instinto y su arma detiene el golpe cerca de su costado. Aun así, le cuesta más de lo que esperaba rechazar el acero de su contrincante, una espada mucho más corta que la suya.

Una espada que ya ha visto antes.

El aire se le congela en los pulmones.

Frente a él, un hombre de cabellos negros con un tatuaje con forma de enredadera que le recorre la mitad de la cara entorna sus ojos grises, como si estuviera sonriendo por debajo del pañuelo negro que cubre su nariz y su boca.

—Me temo que se requiere la presencia del Portador en otro lugar.

La espada que va a matarlo vuelve a lanzarse hacia él.

DARIEN

Cuando la bruma toma la basílica, Darien siente ganas de tocar a alguien por primera vez en siete años. Por lo general, la idea de apropiarse de un recuerdo ajeno sin querer le asquea lo suficiente como para preferir mantenerse lo más alejado que pueda de todo el mundo, pero ahora se siente tan perdido que lo único que quiere es aferrarse a una mano y dejarse guiar. Quiere que alguien le diga dónde están sus amigos, porque por más que mira alrededor, no los encuentra. Estaba cerca de Nathan cuando interrumpieron la ceremonia, pero ahora está completamente desorientado y ni siquiera sabe hacia qué lado está el altar.

Quiere gritar. Quiere hacerse oír por encima del caos de voces que hay en el lugar. Oye a la Suma Celestial pidiendo a los guardias que actúen. Oye al rey. Le parece oír, también, a Lilith llamando a Ammarah. Y, desde luego, escucha a Adam:

—¡Nathan!

Darien se gira en redondo hacia la voz, que suena desesperada, aunque su primo siempre lo tiene todo bajo control. Eso solo consigue que el pánico que empezó a sentir en cuanto esa completa desconocida interrumpió en la ceremonia se dispare. Su mano se aprieta alrededor de la empuñadura de su espada desenvainada y, sin pensar, se lanza casi a ciegas hacia la zona en la que le pareció oír a su primo. Puede que él no sea como Lilith o Adam, puede que él nunca haya pretendido ser un gran guerrero y que no esté tan acostumbrado a entrenar día a día como ellos, puede que prefiera las batallas de los libros a las de verdad, pero no piensa quedarse de brazos cruzados mientras el mundo se desmorona a su alrededor.

Adam le hizo prometer que cuidaría de Nathan.

De pronto, en medio de toda esa locura, se pregunta por qué. Recuerda la conversación, mientras se interna en el humo, mientras a su alrededor la gente grita y reza. Recuerda su mirada y su sonrisa triste y esa sensación de que algo no estaba bien.

—¡¡Adam!!

La voz ansiosa de Nathan hace que un escalofrío le recorra de arriba abajo y que se gire de inmediato hacia ella. A su izquierda, varias siluetas pasan de manera fugaz, pero es suficiente para que pueda seguirlas y, sobre todo, distinguirlas cuando se acerca, utilizando el pedestal de una de las estatuas de la basílica como escondite para observar sin ser visto: lo primero que reconoce es a su primo, enfrascado en una batalla con un desconocido vestido con ropas negras que va armado con dos espadas cortas.

Solo unos pasos más allá, intentando debatirse contra una figura que lo amenaza con un puñal sobre su cuello, Nathan.

Su captor ha conseguido inmovilizarle los brazos tras la espalda y apenas le permite moverse más que para obligarlo a avanzar. Parece una sombra que se haya despegado del suelo; una sombra armada y preparada para soportar el olor del humo gracias a un pañuelo sobre su boca y anudado tras su cabeza, por encima de unos cabellos rubios tan claros que casi parecen blancos. Darien, por el contrario, ha estado tosiendo y siente que la garganta le escuece y le insta a volver a hacerlo, pero sabe que no puede permitirse ni un solo ruido. No ahora.

Hay una oportunidad en ese espacio que los separa, en esos pasos, está seguro. De igual modo, tiene claro que atacar de frente es un error, porque eso es lo que ha aprendido siempre de sus batallas con Lilith, Nathan y Adam: nunca tiene ninguna oportunidad contra ellos cuando los enfrenta así y sabe que la tendrá todavía menos con ese intruso. Además, no quiere hacer ningún daño a Nathan, ni siquiera por casualidad.

Pero si los sorprendiera por detrás…

Con el pulso disparado, el chico rodea la estatua tras la que se esconde y empieza a acercarse a ellos con cuidado. Por cada paso que los separa, en un intento de llenarse de más seguridad, trata de pensar en todas las cosas que esos intrusos están intentando arrebatarle. Entraron en ese lugar sagrado trayendo el desastre, atacaron a sus amigos, alteraron la paz que siempre hay en el Sacro Reino.

Merecen pagar.

Darien alza su espada cuando está solo a un paso de distancia de ese intruso que está amenazando todo lo que conoce. El filo parece pesar en ese momento tanto como todas sus dudas, pero, aun así, apoya la punta en su nuca y percibe cómo su rival se tensa de inmediato. Su avance se detiene y, con un tirón, aprieta más a Nathan contra él y lo mantiene en su lugar. A Darien le parece oír el quejido de dolor que emite su amigo y apunta eso también como un motivo más para pelear si es necesario.

—Suéltalo.

La voz no le tiembla cuando da la orden. Su mano tampoco lo hace, aunque siente el miedo mordiéndole con furia el pecho. Miedo de que le pase algo a Nathan. Miedo de no entender la magnitud de lo que está ocurriendo. Miedo de fallar. Miedo de tener que enfrentarse de verdad a ese hombre, que le saca media cabeza y que seguramente vaya mucho más armado de lo que se ve a simple vista.

Miedo de los ojos azules y helados que se fijan en él cuando el asaltante le lanza un vistazo por encima de su hombro. Le aterroriza la manera en la que entorna los párpados, como si hubiera encontrado a sus pies un insecto al que no piensa perdonarle la vida.

—Hacerte el héroe fue tu última mala idea, celestial.

No está preparado para el siguiente movimiento: el extraño tira a Nathan al suelo con un empujón antes de girarse hacia él con tanta rapidez que apenas puede registrarlo.

En el siguiente parpadeo, lo tiene delante.

Y justo un segundo después, llega el dolor.

Viene de su abdomen, como un latigazo. Tarda un instante más en bajar la vista, el único segundo que su contrincante necesita para soltar el puñal que clavó en su cuerpo.

—¡¡No!!

El grito de Nathan le llega desvirtuado, extraño, sin forma, como si fuera parte del recuerdo de otra persona. Quizá lo sea. Quizá todo es una visión, otra vida, y por eso sus ojos se cubren con el humo que también se arremolina a su alrededor.

Cuando cae al suelo, de rodillas, la niebla se cierne sobre él.

NATHAN

Nathan Tabiz ha querido parar el tiempo muchas veces en su vida, pero no lo ha hecho nunca.

La primera vez que el pensamiento cruzó su cabeza fue cuando su madre estaba a las puertas de la muerte.

La segunda vez fue cuando lo nombraron Portador.

La tercera vez fue cuando le dio a Adam su primer beso.

La cuarta vez es cuando ve a Darien caer.

LILITH

Aunque Lilith sabía que había un peligro inminente, nunca podría haberse imaginado esto. Estaba esperando enemigos a los que abatir, pero contra el humo y el caos no puede usar la espada; contra las ganas de toser y los ojos llorosos no puede hacer nada; contra la sensación de estar perdida se siente completamente indefensa. Y, aun así, no va a permitir que se le note. Al fin y al cabo, ¿no se lo dijo Adam? Ella no se pone nerviosa. Ella es digna de confianza. Ella no va a ser de las que se dejen arrastrar por los gritos y los llantos, sino que tiene que mantener la cabeza fría.

Y, por encima de todo, tiene que cumplir con su deber.

—¡Lilith!

La voz de Ammarah llega hasta ella un segundo antes de que lo haga su figura. Parece que a la princesa le falta el aliento y el guardia que la acompaña, que intenta arrastrarla de la mano para que siga, se detiene un instante, con duda.

—Defiendan al rey y a la Suma Celestial —dice Lilith—. Yo me encargo de la princesa.

Siente la voz ahogada por lo que le escuece la garganta, pero debe de haber sonado lo suficientemente autoritaria como para convencerlo, porque lo ve alejarse con cautela. Detrás de la cortina de humo empiezan a aparecer más siluetas y eso le sirve de referencia para orientarse.

Su mano se posa en la espalda de Ammarah y la siente temblar, no sabe si por la tos que le araña la garganta o por el miedo.

—Está bien, voy a sacarte de aquí —le dice, en un intento de tranquilizarla. Aun así, no puede evitar un momento de duda. Su hermano le dijo que él se encargaría del Portador, pero…—. ¿Dónde está Nathan?

Ammarah la mira con horror. Varios mechones se han soltado de su peinado y sus manos se cierran con fuerza en torno a la falda de su aparatoso vestido, sin saber qué otra cosa hacer con ellas.

—No… No lo sé. Me soltó… Yo…

La joven parece a punto de perder la calma y Lilith la empuja con suavidad para que se centre solo en avanzar, aunque ella misma lanza un vistazo atrás. Sabe que debería estar corriendo, pero sus pensamientos siguen en su mejor amigo. En Darien, que tampoco sabe dónde está. En Adam…

Adam.

En medio del siguiente paso que da, la asalta una sensación parecida a saltarse un escalón. De pronto, le parece que esto ya lo ha vivido antes. Le suena haber estado corriendo, así de perdida, intentando guiar a alguien fuera de las tinieblas, en otra ocasión. Recuerda, como si ya hubiera estado allí, las siluetas tomando un poco más de forma delante de ella, siendo capaz de ver la figura del rey y de su madre escoltadas por la Guardia Celestial. Su mano se aparta de la espalda de Ammarah, que se queda quieta solo unos pasos por delante de ella.

—¿Lilith? —pregunta en un hilo de voz.

La chica no responde. Está segura de que había al menos una persona vestida de negro. Está segura de haber visto el filo de una espada. El rostro de Adam, con los ojos muy abiertos.

Y la sangre…

Y la furia…

Con un escalofrío y un mal presentimiento, Lilith se gira por completo. El aire parece un poco menos cargado, pero todavía no puede ver con claridad. Tiene la sensación de que oye el entrechocar de las espadas, voces distorsionadas. Nathan. Está segura de que escuchó a Nathan gritar y, sin pensar, de manera instintiva, su mano acude a la empuñadura de su espada.

Tiene que hacer algo. No puede quedarse ahí parada.

—Corre, Ammarah. Ponte a salvo —dice.

—¡Lilith!

Pero ella no mira atrás. No se queda a ver si la princesa le hace caso o si algún guardia vuelve a tomarla de la mano. Todo lo que puede hacer es echar a correr en dirección contraria, aunque es consciente de que eso no es lo que se espera de ella. Debería estar protegiendo a la princesa, no desenvainando su espada mientras se mueve casi a ciegas por una corazonada.

No, no es una corazonada: fue un sueño. El que pensó que se le había escapado entre los dedos pese a todos sus esfuerzos. El que pensó que había dejado un hueco vacío en su cabeza, cuando quizá lo que pasaba es que su mente estaba intentando protegerla del horror.

De la imagen de Adam en el suelo, sangrando.

De la premonición sobre la muerte de su propio hermano.

AMMARAH

El mundo a su alrededor ha dejado de tener sentido. No comprende nada, dónde está o qué está sucediendo. En el momento en el que Nathan soltó su mano, se sintió una niña perdida en un bosque gigantesco y oscuro en una noche cerrada. En el momento en el que Lilith se aleja, está segura de que hay un millar de bestias escondidas en los rincones que van a devorarla. Quiere tomarla del brazo y retenerla allí, ponerla a salvo. Se supone que ella es parte de su guardia, pero es la princesa la que desearía protegerla, la que quiere evitar que haga una locura.

No puede dejar que le pase nada. A ella no.

—¡Ammarah!

La voz de su padre la hace volver a la realidad. Está allí, a tan solo unos pasos, con la expresión preocupada, llena de un miedo que ni siquiera tiene que ver con él, sino con ella. Con la idea de perderla, como un día perdió a su esposa.

Siente la respiración acelerada, el pánico agarrado al pecho y el cuerpo paralizado. De pronto, sabe que está frente a una de esas decisiones importantes que siempre le han anunciado las cartas. Por un lado, podría seguir a su amiga, acercándose a un peligro que no conoce y que podría acabar con ella solo por perseguir a una persona en la que piensa más de lo que debería. Por otro, está su padre, el rey, su familia, las responsabilidades que debe aceptar.

La heredera del Sacro Reino debe mantenerse a salvo.

La heredera del Sacro Reino no puede ser imprudente ni impulsiva ni dejarse llevar por nada más que por su deber.

Así que, aunque mira una última vez al lugar por el que su amiga se ha marchado, aprieta los dientes y le da la espalda.

Pase lo que pase, su destino es ser reina. Y para que se cumpla debe sobrevivir.

ADAM

El sonido de las espadas encontrándose queda ahogado por el latido desbocado de su corazón. Le duelen los dientes de apretarlos y, como si no estuviera hecha para él, siente que Eunomia no se acomoda entre sus dedos. En comparación, su contrincante parece mucho más ágil, mucho más seguro de sí mismo, pero Adam ni siquiera entiende qué hace alguien como él ahí. Reconoce el tatuaje en su cara, propio de los seguidores de Muerte. Durante su Peregrinación, mientras recorría los bosques de Arsay, vio a algunos necromantes como él, aunque intentó no cruzarse demasiado en su camino. Nadie sabe muy bien qué esperar de ellos, porque, por lo general, viven al margen del resto de la sociedad, pero sí que hay suficientes leyendas sobre lo mucho que odian a los celestiales como para que prefiriera mantenerse lejos. Para ellos, la idea de que los celestiales consagren su alma a Destino y, por ello, puedan convertirse en celestes al morir es una afrenta contra su diosa, una manera de burlar aquello en lo que más creen: el ciclo eterno de la vida, según el cual todo lo que muere simplemente volverá a renacer para, de nuevo, volver a morir. Una y otra y otra vez.

Pese a ello, los necromantes jamás habían atacado Daiva antes. Los enemigos del Sacro Reino son, si acaso, los brujos, como lo fueron Saenal o el Inmortal, pero ellos no pueden traspasar las murallas: la magia de Destino se lo impide.

—Nada mal —le felicita su contrincante cuando Adam bloquea otro de sus ataques, como si encontrara la batalla muy divertida—. Pero dime una cosa: después de que te mate y destruya tu medallón para que no cometas el error de convertirte en un bicho con plumas y muchos ojos, ¿has pensado como en qué otra cosa quieres renacer?

Adam gruñe, molesto por el humor de su rival y, al mismo tiempo, con el pecho cada vez más lleno de una ansiedad que no puede contener. Porque si ese hombre realmente lo mata y destruye el collar que lleva al cuello, ni siquiera será su alma la que toque, sino la de Nathan. No puede permitirlo. Si ese necromante realmente va a acabar con él, si su vida de verdad está tan cerca de terminar, al menos se encargará de llevárselo consigo.

Por eso, sin dudas, rápido, encadena una estocada con la siguiente y obliga al intruso a dar algunos pasos atrás. Solo necesita encontrar una apertura. Solo necesita que cometa un desliz y podrá volver con Nathan. Podrá…

—¡¡¡No!!!

Adam reconocería la voz de Nathan en cualquier parte: en un mar de gritos o siendo solo un susurro en medio de una ventisca. Por eso reacciona de inmediato, antes incluso de racionalizarlo: su rostro se gira hacia él, su mirada ansiosa lo busca y lo encuentra.

Durante un instante, todo lo que puede ver es que está en el suelo, en medio de ese humo que por fin comienza a disiparse, pero parece sano y salvo. Durante un instante, su corazón late con alivio, creyendo que todo se va a solucionar.

Y entonces ve a Darien, solo unos pasos más allá. Su expresión pálida y sorprendida. Sus ojos muy abiertos… y sus manos sobre la empuñadura de un puñal que alguien clavó en su estómago.

Cuando su primo cae al suelo, de rodillas, el mundo de Adam se queda en silencio.

No puede ser.

No tenía que pasar así.

No tenía que ser Darien quien muriera, tenía que ser…

Una sombra se lanza sobre él. La ve por el rabillo del ojo, aunque ya la ha visto mil veces antes. Al menos, una por cada noche que pasó en las Cuevas de Santa Aiva durante su Peregrinación. Muchas veces más en sus pesadillas.

Qué estúpido. Qué importante se ha creído durante todo este tiempo, cuando en realidad nunca lo ha sido, ¿verdad?

—¡¡Adam, cuidado!!

Es la voz de su hermana la que le devuelve los sonidos de todo lo que le rodea y lo alerta, pero llega tarde. Aunque Adam alza la espada, ya no tiene nada que hacer. Todo lo que piensa es que no lo ha conseguido. Que, al final, todo ha sido para nada. Que no va a poder ayudar. Que, en realidad, los celestes nunca le dijeron que moriría salvando a Nathan de nada, solo que moriría protegiéndolo. Fue él quien pensó que su muerte sería significativa. Fue él quien pensó que, si él caía, al menos la persona que amaba estaría bien.

Se equivocó.

En menos de un segundo, la vida pasa por delante de sus ojos y de lo único que se arrepiente es de no haber escapado cuando tuvo ocasión. Si hubiera sabido que iba a morir así, habría roto mil reglas más, habría buscado una vida mejor. Una con Nathan, en la que ambos podrían haber estado a salvo.

En menos de un segundo, mientras el filo de una espada se cierne sobre él, su tiempo se

NATHAN

Nathan Tabiz ha querido parar el tiempo muchas veces en su vida, pero no lo hizo nunca.

Hasta ahora.

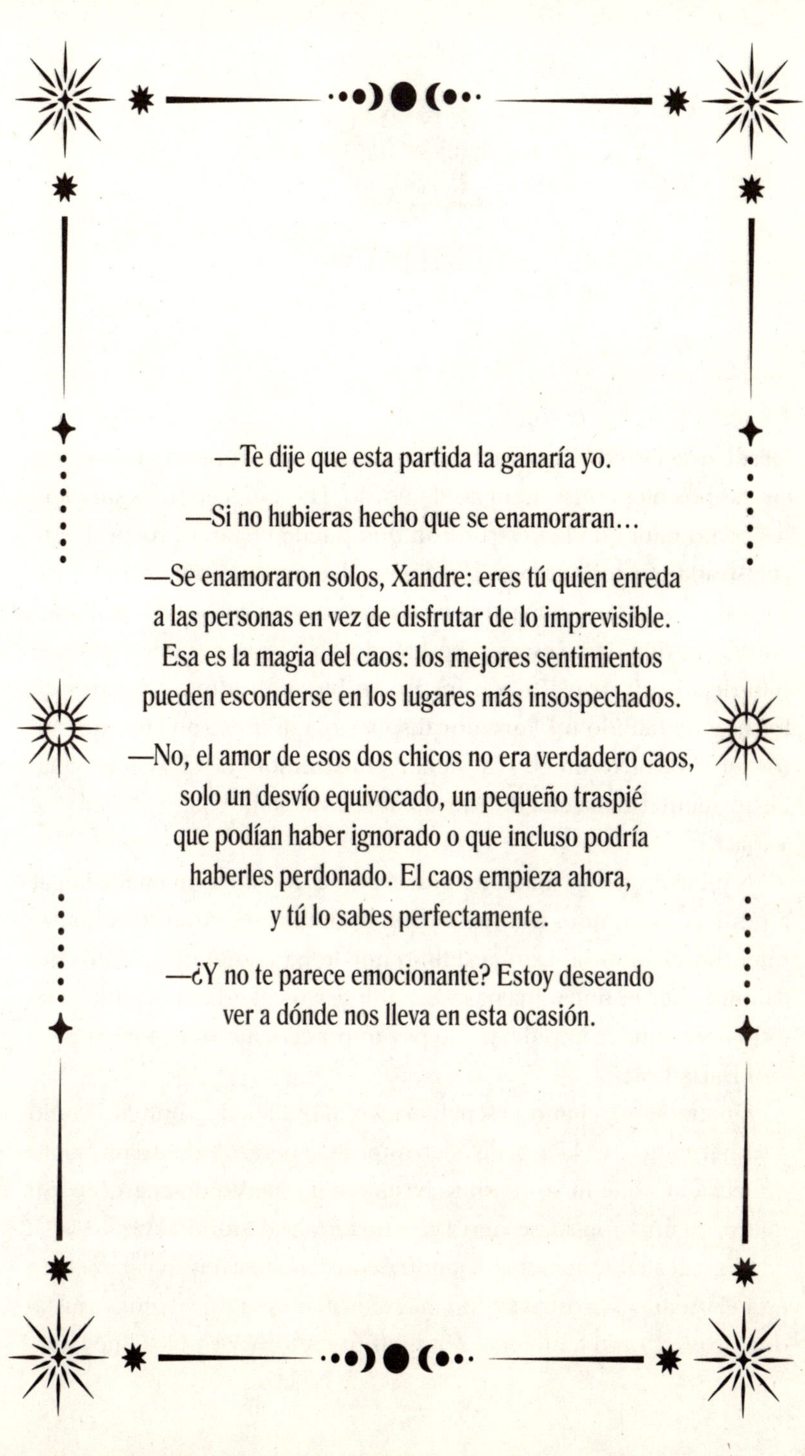

—Te dije que esta partida la ganaría yo.

—Si no hubieras hecho que se enamoraran…

—Se enamoraron solos, Xandre: eres tú quien enreda a las personas en vez de disfrutar de lo imprevisible. Esa es la magia del caos: los mejores sentimientos pueden esconderse en los lugares más insospechados.

—No, el amor de esos dos chicos no era verdadero caos, solo un desvío equivocado, un pequeño traspié que podían haber ignorado o que incluso podría haberles perdonado. El caos empieza ahora, y tú lo sabes perfectamente.

—¿Y no te parece emocionante? Estoy deseando ver a dónde nos lleva en esta ocasión.

NATHAN

Desde que heredó el Amuleto, a Nathan le han repetido una y otra vez las posibles consecuencias de usarlo. Hay antecedentes suficientes como para que la destrucción que puede llegar a provocar esté registrada por todo Evren. Desde que Tiempo usó por primera vez su poder en Arsay y convirtió en ruinas toda una civilización solo por alargar la vida de su esposa, ha habido otros grandes desastres que han dejado cicatrices más o menos visibles en todos los lugares en los que ha habido un Portador dispuesto a usar ese objeto que tantos temen y otros muchos anhelan: el maremoto de la isla de Galia, las tormentas de arena de Arava, la devastación de la explanada de Yuda…

Nathan creció escuchando que el poder del Amuleto puede llegar a destruir el mundo. Eso fue lo que lo detuvo de salvar a su madre mientras ella moría. Eso ha sido lo que lo ha mantenido dentro del camino que Destino tenía para él, aunque a veces odiara su papel. Eso es lo único que le impide, y solo por muy poco, hacer algo en cuanto ve a Darien caer.

Sin embargo, cuando escucha la voz alarmada de Lilith llamando a su hermano y ve la espada acercándose al corazón de Adam, todas las lecciones que ha aprendido hasta ese momento desaparecen. Su mano, en un impulso, se cierra con fuerza alrededor del Amuleto.

No está siendo racional cuando ocurre, porque en su cabeza solo está él. Adam. Su rostro pálido en ese instante, sus ojos azules asustados y tristes, pero también su risa, los pasos torpes con los que bailaron hace solo unas horas, la sensación de sus manos sobre su piel o su voz diciéndole que todo lo que es le pertenece.

Y la destrucción del mundo parece un pequeño precio a pagar a cambio de salvarle la vida.

Así que piensa: «detente».

Y el Amuleto del Tiempo despierta.

Es como una tempestad. Una que surge de su pecho y que levanta un viento fuerte que lo sacude, que le hace cerrar los ojos y encogerse sobre sí mismo. El aire apaga todas las velas de la basílica y después...

Después, solo queda la calma. La más absoluta que ha escuchado jamás.

Cuando vuelve a abrir los ojos, el mundo a su alrededor no parece real. La humareda que los envolvía se ha disipado y ante él se muestra como un cuadro o una extraña obra de teatro. Todo está absolutamente inmóvil, incluso los jirones de humo que todavía quedan en el lugar. Las personas que conoce parecen más estatuas que humanos: allí está Darien, arrodillado en el suelo, las manos sobre el puñal que clavaron en su estómago. Ahí su asaltante, a menos de un par de pasos de distancia, con las manos extendidas para volver a agarrarlo y seguir empujándolo fuera de la basílica. Un poco más allá, algunos celestiales luchan contra la chica que interrumpió la ceremonia. Cerca de una de las entradas laterales, la Suma Celestial, el rey Jarrod y Ammarah se apresuran hacia la salida, guiados por los guardias. El rostro de la princesa se ha congelado en una expresión de puro terror y su atención está puesta en Lilith, que se encuentra varios pasos por detrás de ella.

Lilith también parece asustada, mucho más de lo que la ha visto nunca. Tiene las manos apretadas alrededor de la empuñadura de su espada desenvainada y corre hacia su hermano.

Su hermano.

Adam es una escultura hermosa iluminada por la luz que se cuela por las vidrieras de colores. Al contrario que los demás, sin embargo, él no parece aterrorizado, solo triste. Resignado, quizá. Una de las espadas de su atacante está a un suspiro de su pecho, a punto de rozar ese corazón que ha escuchado latir tantas veces al apoyarse contra él.

De golpe, Nathan es consciente de lo que acaba de hacer. Ni siquiera sabe cómo. Ni siquiera entiende cómo pudo llamar a un poder que jamás le han enseñado a usar, que no sabe cómo funciona. Él solo pensó que no podía permitir que Adam muriera. Solo pensó que quería que todo parara. Solo pensó...

Cuando baja la vista a su pecho, descubre que su mano sigue apretada alrededor del Amuleto del Tiempo y que le arde contra la piel. Lo suelta de golpe, con un jadeo, pero eso no hace que todo se ponga en marcha de nuevo. De hecho, lo único que se mueve es aquello que él siempre ha visto parado: por primera vez en su vida, las manecillas del Amuleto están girando a toda velocidad.

Se te está acabando el tiempo, Nathan Tabiz.

Está seguro de que no se imagina esa voz, fría y vibrante, imposible por todos los tonos y notas que contiene, como una canción a coro. O quizá sí. Quizá ha empezado a volverse loco.

Pero si es así, al menos va a hacer que su locura ayude a Adam.

Se levanta tan rápido que está a punto de tropezar con sus propios pies, con la sensación de que las manecillas de todos los relojes del mundo corren en su contra. Le arden los ojos, los pulmones, la piel, pero corre todos los pasos que lo separan de Adam.

Cinco.

Cuatro.

Tres.

Dos.

Uno.

El tiempo vuelve a su ritmo justo cuando se tira encima de él y lo aleja de la trayectoria de la espada. Lo sabe porque el sonido también regresa, y porque a otra ráfaga de aire le sigue un estallido. El rugido de la tierra al temblar y la piedra al resquebrajarse lo llena todo, pero lo único que Nathan puede escuchar es cómo Adam, bajo su cuerpo, toma una brusca bocanada de aire que no debería poder tomar.

Porque Adam iba a morir. Adam *debía* morir.

Y él paró el tiempo, rompió todas las reglas que siempre le han enseñado, y lo salvó.

Alrededor de ambos, empieza el desastre.

LILITH

Cuando la onda de energía llega, Lilith siente un golpe que la deja sin respiración y tiene que dar un par de pasos atrás para no acabar en el suelo. Durante un momento ni siquiera es capaz de enfocar la escena ante ella. Oye un silbido persistente en sus oídos y, bajo sus pies, el suelo se vuelve completamente inestable, con una telaraña de grietas que conquistan poco a poco las baldosas y sustituyen a los jirones de niebla que los rodeaban hasta ahora. No entiende qué pasó. No entiende de dónde salió la fuerza que intentó lanzarla atrás. No entiende por qué hay gente en el suelo o por qué su hermano está unos pasos más allá, debajo de Nathan, con los ojos muy abiertos y el rostro sin color.

Hasta hace un segundo, estaba segura de que ya había vivido esto, de que sabía perfectamente qué iba a pasar. Fue como recordar un sueño al despertar y aferrarse a él antes de que se le escurriera entre los dedos. Tuvo la certeza de que se trataba de una visión.

Adam siendo atravesado por una espada. Adam desangrándose en el suelo. Adam muriendo mientras ella, ciega de furia, corría hacia su asesino y se encargaba de hacérselo pagar.

Y después…

No importa. Ya no importa, porque todo se ha vuelto del revés. Porque Adam sigue vivo, pero su mundo parece a punto de colapsar, desdibujado en los bordes. Ve a su hermano mover los labios, pronunciar el nombre de su mejor amigo. Sabe que lo dice, pero no puede oírlo, porque hay un crujido que lo ahoga todo. Lilith alza la vista para presenciar cómo empiezan a llover polvo y trozos de piedra. Una grieta parte los frescos del techo, donde Santa Aiva da muerte a Tiempo mientras un montón de celestes, con sus ojos dorados, la observan. La cicatriz en la piedra rompe por la mitad su espada pintada y deforma la cara de la santa antes de que parte de su rostro se desprenda del techo y caiga muy cerca de ella, convertida en copos de mil colores.

—¡Adam! ¡Usa la espada! ¡Ahora!

El grito de su madre la hace volver al presente. La líder de la Hermandad está a unos pasos de una de las puertas laterales, junto a algunos miembros de la guardia, el rey y Ammarah. Todos se han quedado quietos, con los rostros lívidos y un miedo que Lilith tarda todavía un instante en comprender, igual que tarda en comprender todo lo que está pasando.

Adam está vivo. Estaba a punto de ser asesinado, pero está bien, mientras que el resto del mundo es un caos y la basílica amenaza con caerse sobre sus cabezas.

Nathan está junto a él, aunque está segura de que un segundo antes estaba mucho más lejos.

Un segundo. Solo un segundo.

Es imposible que Nathan haya recorrido todo ese espacio en solo un segundo. Es imposible que su hermano haya evitado una estocada tan certera en solo un segundo. Es imposible que el mundo cambie tanto en solo un segundo.

Y eso solo puede significar una cosa, aunque sea algo tan horrible que no quiera ni terminar de pensarlo. Lo comprende mientras el mundo estalla a su alrededor y la gente grita y siente que ella se rompe en los mismos pedazos en los que se está rompiendo la basílica.

Nathan Tabiz puso en marcha el Amuleto del Tiempo para salvar a su hermano.

Nathan Tabiz, su mejor amigo, se acaba de convertir en un traidor.

AMMARAH

Está a punto de alcanzar la salida cuando el golpe llega desde atrás. Es parecido a un empujón y la deja tratando de mantener un precario equilibrio. La niebla se ha disipado como si un viento fuerte hubiera soplado en su dirección y, cuando gira la cabeza, para ver qué ha pasado, todo lo que sabe es que el mundo ha cambiado. Lilith, varios pasos más allá, ha interrumpido su carrera y se ha quedado muy quieta. Un poco más lejos, ve a Nathan y Adam en el suelo, el uno encima del otro. Allí están los atacantes, supone, porque son las únicas personas vestidas de negro. Ellos también están en el suelo, al igual que varios celestiales y algunos de los invitados a la boda que todavía no han logrado escapar de la basílica.

Ammarah da un paso hacia atrás, confusa, y siente que algo cede bajo su pie. Las baldosas se están resquebrajando, pero no entiende nada. No entiende por qué el suelo tiembla. No entiende por qué una estatua cercana a ella se desprende de su cabeza. La pieza de mármol cae y se queda con todos sus ojos dorados mirando hacia el techo.

La princesa escucha a la Suma Celestial gritar algo, pero el sonido llega hasta ella amortiguado. Todo lo que puede hacer es seguir la mirada (todas las miradas) del celeste caído y observar cómo parte del techo sobre ella, con un fresco cuajado de las estrellas de un firmamento nocturno, se llena de grietas. El polvo empieza a llover sobre todos los presentes.

«El cielo se está rompiendo», piensa, un segundo antes de escuchar el clamor de un trueno, el gemido de un monstruo que se despierta de un largo letargo.

—¡¡Cuidado!!

No sabe quién da la voz de alarma. No sabe si la palabra sale de sus labios o solo consigue emitir un grito. Lo único que sabe es que las estrellas quietas en el fresco se convierten en fugaces cuando se precipitan hacia el suelo.

Y todo lo que traen consigo es oscuridad.

ADAM

Todo está mal.

Adam tiene la certeza incluso antes de comprender qué ocurrió, porque el corazón le late dolorosamente contra las costillas y le cuesta respirar. Ninguna de esas cosas debería estar pasando, porque iba a morir. Hace solo un instante, iba a morir.

Y ahora está en el suelo y Nathan está sobre él. Su atacante se ha derrumbado a unos pasos, con una herida en la sien que sangra sobre las baldosas. A su alrededor, el mundo se mueve y tiembla y…

—¿Nathan…?

Su amante jadea mientras ambos se incorporan un poco. Quizá no sea el mundo el que está temblando, después de todo, sino él: lo siente estremecerse de arriba abajo, con los ojos cafés muy abiertos y fijos en los suyos, llenos de un temor que nunca le había visto. Y, aun así, aprieta los labios y alza un poco la barbilla, en ese gesto orgulloso que suele tener.

—No es terrible romper todas tus reglas por alguien a quien amas.

Adam siente esas palabras como un golpe. Solo entonces es capaz de comprender lo que ocurre a su alrededor. Solo entonces sabe que sigue vivo… porque Nathan lo salvó.

—¡Adam! ¡Usa la espada! ¡Ahora!

El grito de su madre es lo único que consigue que aparte la mirada. La Suma Celestial está cerca de una de las entradas laterales de la basílica, junto al rey, la princesa y una pequeña comitiva de guardias que parecen a la vez horrorizados y preparados para usar sus propias armas. Durante ese primer instante ni siquiera entiende qué le está diciendo la mujer que lo crio. No: qué le está *ordenando.*

Tanto él como Nathan bajan la mirada hacia su mano. Adam todavía aferra a Eunomia con fuerza, y eso es lo que le da sentido a todo. Mientras siente cómo el mundo se tambalea a su alrededor y una arcada sube por su garganta, el celestial es repentinamente consciente de para qué se creó esa espada y cuál es la misión que ha cumplido durante siglos. Eunomia existe para mantener el orden y castigar a aquellos que lo desafían. Eunomia mató al propio Tiempo. Eunomia lleva cientos de años alimentándose de la sangre de aquellos que se creen dioses cuando solo son humanos.

Y ahora la sangre que pide es la de Nathan.

El sonido del techo resquebrajándose hace que ambos aparten la vista hacia los frescos sobre sus cabezas.

—¡¡Cuidado!!

El estruendo de la cúpula viniéndose abajo lo sacude todo, pero a Adam ni siquiera se le pasa por la cabeza aprovechar el momento de confusión para cumplir con la orden de la Suma Celestial. En su lugar, suelta el arma como si quemara y se lanza sobre Nathan para rodar por el suelo con él cuando se da cuenta de que una parte de la bóveda está a punto de caer sobre ellos.

Un par de cascotes caen, solo un segundo más tarde, donde antes estaban sus cuerpos.

Mientras el mundo se derrumba a su alrededor y el ruido de gritos y destrucción lo llena todo, Adam por fin reacciona. Recuerda dónde está, quién es. Y, sobre todo, recuerda cuál es su misión, ahora que el destino para el que vivía no se ha cumplido.

Cuando se incorpora sobre sus manos, Nathan lo mira desde abajo, pálido, con una expresión perdida que le recuerda a aquel niño de ocho años con un Amuleto demasiado grande para él colgado del cuello, de pie en medio de una multitud dispuesta a adorarlo y temerle, dispuesta a reducirlo a un poder que nunca deseó.

En aquel momento, ambos eran demasiado jóvenes para saber qué hacer, así que se dejaron guiar por lo que los adultos a su alrededor querían, por los designios de Destino, por todo lo que se esperaba de ellos. Durante años, Nathan se ha esforzado en aceptar que se casaría, que tendría hijos con Ammarah, que pasaría el Amuleto a su heredero. Casi desde que nació, Adam ha tenido que cargar con la responsabilidad de ser el hijo mayor de la Suma Celestial, de ser el heredero perfecto, incluso cuando ese papel se contradecía con la visión que tuvo en las Cuevas de Santa Aiva.

Y ahora, de pronto, el hechizo se ha roto. Ya no tienen que ser esas dos personas, porque ya han traicionado muchas más cosas de las que jamás esperaron. Quizá lleven haciéndolo mucho tiempo. Meses. Más de un año. Quizá desde su primer beso. Puede que antes.

Por primera vez, Adam es consciente de que su destino está en sus manos, en las de nadie más. Al salvarle la vida, Nathan lo libró de más condenas de las que piensa. Lo libró de ese camino que iba a alejarlo de él, el que lo marcaba como víctima, como mártir, como alguien completamente prescindible. Se había resignado a ese final porque creía que al menos valdría la pena, pero Nathan cometió el mayor de los pecados para impedirlo.

Y un pecado así solo puede pagarse con otro.

Su amante lanza un vistazo inquieto a su izquierda. Solo unos pasos más allá, Eunomia ha quedado olvidada entre los escombros. Cuando vuelve a mirarlo, sus ojos castaños brillan, pero él también parece haberse recompuesto o, al menos, finge hacerlo, por eso tensa la mandíbula cuando lo encara y vuelve a poner esa expresión firme, la del chico que no quiere que el resto del mundo vea todos sus miedos.

—No te culparé si lo haces —dice, con la voz ronca pero llena de ese fuego que siempre consigue sorprenderlo—. Una vez te dije que nunca te pondría en el peligro de convertirte en un traidor. Sé lo que hice, y no me arrepiento, así que si tienes que…

Pero Adam ni siquiera deja que pronuncie las palabras, porque toma su rostro entre las manos y se inclina sobre él. Cuando su boca lo acalla, escucha la exclamación sorprendida e incrédula de Nathan contra sus labios. Es solo un instante, un momento tan pequeño que apenas puede contar como un beso, pero espera que sea suficiente para que cualquier duda que pueda tener desaparezca.

Nathan tiene los párpados muy abiertos cuando Adam se separa y jura:

—Jamás.

Después, es tan complicado y tan sencillo como ponerse en pie y tenderle la mano. No hacen falta más palabras: ese gesto es una huida y una promesa en sí mismo.

Los ojos de Nathan destellan como si estuvieran a punto de echarse a llorar. Después, Adam vuelve a admirar cómo se recubre de llamas, se traga el llanto, se traga el miedo, y asiente.

Cuando cierra los dedos alrededor de los suyos, Adam decide convertir ese agarre en su única fe.

DARIEN

El dolor es un fuego que lo cubre todo. El filo del cuchillo que le clavaron está ardiendo y él lo siente en su piel, en su carne, en los huesos, incluso después de habérselo arrancado con un jadeo. Su túnica está empapada de sangre y sus manos dejan huellas carmesíes en las baldosas blancas, sobre las que cayó justo antes de que todo empezara a temblar y el techo se viniera abajo demasiado cerca de él.

Se siente febril. Siente la frente perlada de sudor frío, pero también se siente extrañamente lúcido, aunque lo que está pasando le parezca parte de un delirio.

Nathan usó el Amuleto. Lo sabe cuando la basílica empieza a derrumbarse a su alrededor, pero, sobre todo, lo sabe cuando alza la mirada y lo ve junto a Adam, unos pasos más allá. También sabe, cuando los ve besarse, que debió de hacerlo para salvarlo. Sabe, cuando ve cómo se dan la mano y se preparan para huir, que ambos tienen que estar aterrorizados por lo que ha pasado, por todo lo que han hecho y lo que están a punto de hacer.

Lo más probable es que ninguno ni siquiera se arrepienta.

En la distancia, Nathan mira atrás, mientras Adam lo jala. Es solo un instante, pero sus miradas se encuentran y Darien traga saliva, sin saber qué decir, sin saber qué sentir. De pronto, las lágrimas se le suben a los ojos, y está seguro de que es por el dolor que siente, pero también por muchas cosas más. Porque sus amigos acaban de condenarse. Porque imagina que Nathan debe de sentirse muy perdido, totalmente desesperado. Y porque entiende, de golpe, que esa mirada es la única despedida que van a poder tener.

Aun así, asiente, porque ve sus dudas. Ve su miedo, pero ahora ni él ni Adam pueden permitirse ninguna de esas cosas. Ahora, él y Adam tienen que perseguir esa vida que querían.

Incluso si eso significa no volver a verlos jamás.

El instante acaba. Nathan y Adam le dan la espalda, pero no solo a él. Ambos le dan la espalda a su fe, a sus vidas, a todo lo que han conocido hasta ese momento. Y, aunque sabe que debería, ni siquiera puede culparlos.

Una silueta oscura distrae su atención cuando se mueve cerca de él. El chico que le clavó el puñal ha acabado también en el suelo y lo observa todo incorporado desde ahí, con los ojos entrecerrados fijos en esos dos chicos que salen corriendo. Es evidente que está sorprendido. Es evidente que, cuando él y los suyos decidieron entrar en ese lugar sagrado e interrumpir la boda, no esperaban que el Portador fuera a usar el Amuleto o que fuera a ser una fuerza de destrucción mucho más poderosa que ellos.

Una parte de él se siente un poco satisfecha por su fracaso. Al menos, hasta que se percata de que el captor de Nathan saca un nuevo cuchillo del interior de su manga y juega con él entre sus dedos antes de ponerse en pie. Sabe, entonces, que no se ha rendido: solo está calculando sus nuevas posibilidades. El miedo a que vuelva a intentar ir por ellos, a que pueda arrebatarles la poca felicidad a su alcance, es más rápido que la razón, por eso dice:

—Déjalos en paz.

El asaltante gira la cabeza hacia él y enarca sus cejas rubias, probablemente tan sorprendido como él mismo de que se atreva a volver a llamar su atención. Solo es un segundo, sin embargo. Después, como si no significara nada, como si no fuera nadie, se vuelve a girar hacia las figuras que empiezan a huir.

Y eso le molesta. Que lo ignore, como si fuera insignificante, pero sobre todo le molesta todo el daño que han hecho esos intrusos, todo el daño que están dispuestos a seguir haciendo. No va a permitirlo.

Siente el cuerpo dolorido, helado y cansado, el mundo inestable a su alrededor, pero no importa. No piensa. El puñal que se arrancó de su propio cuerpo está cerca y Darien, en un acto reflejo, lo atrapa. Ni siquiera tiene muy claro cómo consigue ponerse en pie o de dónde saca las fuerzas para lanzarse por el desconocido con un grito lleno de frustración.

El problema es que está demasiado débil, es demasiado lento. Por eso, aunque consigue distraer al extraño al hacer que se gire hacia él de nuevo, su ataque se queda en nada. Una mano se cierra en torno a su muñeca antes de que pueda atacar y…

Las espadas chocan. Una, dos, tres veces. Las siluetas se mueven tan rápido que me resulta difícil seguirlas, con la luna llena destellando en esos filos de manera antinatural. No sé qué hacer. Quiero gritar y, a la vez, no quiero distraer a papá. No quiero que sepa que estoy aquí, porque si lo hace… Si lo hace, podría perder, ¿verdad? Y no quiero que pierda. No sé por qué está luchando, no sé quién es esa mujer, pero papá no puede perder.

—Se acabó, Warlic.

La voz de la mujer no es fuerte, pero no necesita que lo sea para que la oiga perfectamente en el silencio de la noche, igual que oigo la forma en la que, un instante después, papá se queja. A mí también se me escapa un sonido, aunque me llevo las manos a la boca para acallarlo.

No. No, por favor.

Darien toma aire con precipitación, sin saber si esas últimas palabras las ha pronunciado él, desde el presente, o son parte de ese pasado que no le pertenece. Sea como sea, se echa hacia atrás con fuerza, jadeando. Está tan débil, tan confuso, que no puede evitar trastabillar y caer de espaldas. El golpe se hace eco en todo su cuerpo, pero donde más lo nota es en la herida abierta. Ese dolor se funde con otro que siente en lo más profundo del pecho y que ni siquiera es suyo. Un dolor infantil, mezclado con un horror paralizante que es idéntico al que siente él ahora.

Su atacante entrecierra los ojos, turbado, como siempre ocurre con cualquier persona a la que su poder asalta sin previo aviso. Se mira la mano y, un segundo después, vuelve a fijarse en él. Ahora que ya no necesita cubrirse el rostro para protegerse del humo, baja el pañuelo que llevaba sobre la cara y le permite ver una piel muy pálida y un rostro de rasgos afilados y expresión vacía. Sus ojos color turquesa, sin embargo, parecen fijarse en él con cierto interés. Es como si solo hubiera empezado a verlo en ese momento, como si hasta entonces ni siquiera se hubiera dado cuenta de verdad de que estaba ahí.

—Así que eres un sensible.

Darien traga saliva, pero no responde. No quiere decirle nada a ese extraño. Lo único que quiere hacer es retroceder, pero no le quedan fuerzas para huir, ni siquiera cuando ve a su contrincante recorrer el par de pasos que él ha puesto entre ellos. El puñal se le resbaló entre los dedos en algún momento y volvió a quedarse desarmado. Y ese extraño, por supuesto, tiene que saberlo. Sería tan sencillo para él darle el golpe de gracia… Darien está seguro de que eso es lo que va a hacer, cuando se inclina ante él. Espera otra puñalada, o quizá un corte en su garganta que lo haga todo mucho más rápido.

Pero la muerte no llega. En su lugar, ese hombre vuelve a atraparle la muñeca, y la fuerza con la que lo sujeta es suficiente para que se le escape un quejido. Es suficiente para que…

Gimo. No recuerdo haberme dormido, pero cuando abro los ojos, papá está sentado en el borde de mi cama, mirando hacia la pared. Es de día, pero ha encendido la chimenea y hay un montón de velas que llenan la habitación de un olor que hace que me pique la nariz. Me duelen los párpados, me duele la cabeza. Me duele todo. En el cuarto solo se oye un ruido silbante que al principio creo que es el viento, pero que en realidad me sale de la boca cada vez que respiro. Toso, en un intento de deshacerme de él, pero no se va, y lo odio.

—Caleb.

Papá se ha dado cuenta de que estoy despierto y voltea a verme. Sobre el regazo tiene un cuenco y en las manos sostiene un paño que coloca sobre mi frente. Tengo tanto calor y el agua está tan fría que quiero decirle que me lo pase por toda la cara, que me deje llevármelo a la boca, porque tengo los labios y la lengua completamente secos. Quiero quitarme las mantas de encima, pero mi cuerpo no responde.

—Papá... —me quejo.

—Estoy aquí, Caleb. Ten, bebe.

En algún momento cerré los ojos. Ni siquiera me doy cuenta hasta que papá me ayuda a incorporarme un poco. El mundo parece a punto de ponerse al revés y, durante un instante, las paredes se vuelven parte del techo y el suelo. Noto frío contra mis labios cuando apoya un odre en ellos y luego vierte en mi boca un líquido espeso como la miel. Trato de tragarlo, pero creo que la mitad se me resbala por el mentón, porque mi padre me limpia la barbilla con la manga de su camisa.

Vuelvo a cerrar los ojos. Duele. Duele mucho y hace calor. Unos dedos me acarician la mejilla.

—Lo sé, hijo, lo sé —dice. No me di cuenta de que dije que me dolía en voz alta—. Pero pasará. Te vas a poner bien, te lo prometo.

Las últimas palabras suenan ahogadas y, si no fuera imposible, juraría que las dijo llorando. Pero papá no llora. Si voy a ponerme bien...

El jadeo que deja escapar se parece demasiado al que oyó de labios del niño de la visión, y Darien tarda un momento en darse cuenta de qué sufrimiento es suyo y cuál le pertenece solo a ese recuerdo. Su dolor lo ubica sobre todo en el abdomen, porque se está desangrando, se está muriendo y se le agotan las fuerzas. Abre los ojos, incapaz de pensar en defenderse. Todo lo que sabe es que ya no está dentro de ninguna visión, pero esta sigue por todas partes, a su alrededor, como un mal sueño que se niega a irse incluso cuando ya estás despierto. La basílica todavía no ha ganado consistencia, le da la sensación de que podría desaparecer en cualquier momento. Sigue sintiendo el tacto helado de ese chico (Caleb, el niño de la visión se llamaba Caleb) sobre su muñeca y lo único que quiere suplicar es que lo suelte, que acabe con él, que...

—¡¡No dejen que escapen!! —grita la voz de su tía desde algún lugar muy lejano.

—¡Caleb, hay que salir de aquí! —exclama otra en ese mismo momento.

El asaltante responde a esa llamada con la mirada, pero al instante siguiente sus ojos vuelven a estar sobre su rostro. Por un segundo, parece dudar: aunque lo suelta, todavía tiene uno de los cuchillos en la mano y lo acomoda entre sus dedos.

Cuando el filo del puñal roza su cuello, Darien aprieta los párpados con fuerza y piensa que no va a darle el gusto de gritar, no va a suplicar. Piensa, también, que al menos puede decir que no lamenta nada más allá de no haber visto el mundo al otro lado de las murallas del Sacro Reino. Piensa en Lilith y en Ammarah, y reza para que ellas estén bien. Piensa en Nathan y Adam, y ni siquiera entonces es capaz de encontrar ni un ápice de resentimiento hacia ellos.

De nuevo, se prepara para la muerte, pero solo siente un pequeño tirón en el cuello. Después, la caricia del puñal desaparece.

Confundido, vuelve a abrir los ojos. Lo único que consigue ver entonces, de manera nublada, es cómo el desconocido se pone en pie de nuevo y envaina su arma. De su otra mano, cerrada en un puño, asoma un cordel, pero Darien está demasiado mareado como para entender lo que es o lo que significa.

Si lo hiciera, probablemente se olvidaría de no suplicar y pediría morir.

El asaltante le dedica un último vistazo a él y otro a la herida de su estómago y después emite un silbido bajo, casi musical, como el canto de un pájaro. Unos instantes después, Darien siente un cosquilleo debajo de sus dedos y ve, como si se tratara de parte de un sueño o de otra visión, tallos que se cuelan entre las brechas del suelo de piedra, plantas que florecen y crecen y se extienden hacia su abdomen para cubrirlo.

—Volveremos a encontrarnos, celestial.

Darien aparta la vista de la imposible vegetación a tiempo para ver cómo ese extraño se aleja de él. No intenta seguirlo porque no puede más. El dolor es insoportable y ni siquiera sabe distinguir ya qué está pasando a su alrededor, no sabe si esas últimas palabras realmente se pronunciaron o se las imaginó, si son parte de otra vida o de la suya. Solo sabe que su herida y usar su don han sido demasiado, que no va a poder ayudar a nadie más.

Con la realidad mezclándose con unos recuerdos que no son suyos, pierde el conocimiento.

NATHAN

Desde que comenzó su relación, Nathan ha pensado muchas veces en cómo sería huir con Adam. En esos escenarios ficticios, se escapaban durante la noche, sin darle explicaciones a nadie o dejando cartas tras de sí. A veces hasta imaginaba que abandonaba el Amuleto, que se lo cedía a Lilith, aunque sabe que el Amuleto no debe cederse sin más, que cosas horribles le pueden pasar a un Portador que no paga un precio justo por su poder. Dicen que el Amuleto se alimenta de tu tiempo, que te lo roba poco a poco y sin que te des cuenta.

Nathan se siente así. Tan cansado, después de utilizar esa magia prohibida, que está seguro de que el Amuleto se está alimentando de él. Pese a ello, se obliga a estar centrado, a apretar con fuerza la mano de Adam mientras él encabeza la marcha hacia la salida principal.

De todas las huidas que un día imaginó, nunca podría haber previsto esta. El ataque, el terror, la basílica cayéndose a pedazos, los gritos. Solo se permite un segundo para mirar atrás, para pensar en quienes se van a quedar ahí. En Darien, junto a quien en realidad le gustaría permanecer para asegurarse de que su herida no es mortal incluso cuando él le dedica un asentimiento que los anima a marcharse. En Ammarah, cuya figura no consigue distinguir entre el polvo y el caos pero a quien le gustaría pedir perdón, por todo lo que ha pasado pero también por lo que lleva mucho tiempo ocultándole.

En Lilith.

Sus ojos se encuentran con los de ella cuando la busca al mirar atrás. Está cerca del altar, con la vidriera rota de Destino tras ella y su expresión igual de destruida mientras el polvo cae a su alrededor. Creía que conocía todas las caras que su mejor amiga podía llegar a poner, porque ha estado a su lado desde que tiene uso de razón, pero nunca le había visto esa, tan pálida, tan perdida, tan paralizada, pese a que Lilith siempre ha sido resolutiva y capaz de todo.

Aunque no hay odio en sus ojos, porque no hay nada, ese segundo es suficiente para saber que nunca va a perdonarlos a ninguno de los dos. Por usar el poder del Tiempo, pero también por todo lo demás. Por las mentiras, por los secretos. Por traicionarla. Por dejarla atrás.

Y duele, tanto que Nathan está a punto de detenerse y suplicarle que lo entienda.

Pero no hay tiempo.

Es Adam quien para su carrera de manera brusca y lo obliga a centrarse en la situación que tiene delante. Frente a ellos, dos guardias celestiales les cortan el paso. Están heridos, pero no lo suficiente como para no poder levantar sus espadas, mientras que ellos están completamente desarmados. No, no es cierto. Puede que no tengan espadas, pero tienen un arma mucho más poderosa. Nathan ya la usó una vez, así que nada lo impide volver a hacerlo. De todos modos, nadie lo va a perdonar aunque no lo haga.

Así que, cuando Adam da un paso atrás, en tensión, y comienza a buscar algo con lo que defenderse con la mirada, él se adelanta.

—Nathan…

Su susurro es una advertencia, pero el Portador traga saliva y alza una mano hacia el Amuleto sobre su pecho. Aunque sus manecillas han dejado de correr, todavía lo siente arder como si contuviera un pequeño incendio dentro. Ese objeto, aparentemente inofensivo, pero capaz de protagonizar tantas leyendas, siempre ha puesto nerviosos a los celestiales. Y ahora que ha sido activado, que todo el mundo allí ha visto su poder, el miedo toma forma a su alrededor. Nathan puede verlo en la manera en la que uno de los guardias da un paso atrás por puro instinto, mientras que su compañera tensa la mandíbula y reacomoda su arma entre las manos.

—No lo usaré si no me obligan —dice el Portador, consciente del efecto que tienen sus palabras—. Pero si dan un paso más, acabaré con su tiempo antes de que puedan alcanzarnos. Cuando quieran darse cuenta serán ancianos y después, simplemente… nada.

No puede hacerlo, en realidad. Aunque ha escuchado historias y se supone que es posible, que ha habido Portadores que han convertido en polvo a sus enemigos al hacer pasar décadas para ellos en un solo segundo, él no sabe cómo funciona esa magia. Ni siquiera termina de comprender cómo consiguió activar el Amuleto por primera vez.

Pero los guardias no lo saben y por eso dudan.

Todavía siente la mano de Adam contra la suya y eso hace que se pregunte qué pensará de él. Si se arrepiente de ponerse del lado de alguien capaz de amenazar con algo así sin que le tiemble la voz. Pero tiene que saber que no es verdad, ¿no? Tiene que saber que miente, que en realidad le gustaría escapar sin hacer más daño del que ya ha provocado. Lanza un vistazo hacia él, inquieto, porque no podría soportar que él lo mirara como lo miraba Lilith.

Como si se hubiera convertido en un monstruo.

Sin embargo, cuando sus miradas se encuentran, Adam lo mira como siempre: como si solo fuera Nathan y eso fuera, al mismo tiempo, lo más importante que puede ser. Sus dedos se entrelazan con los suyos con más seguridad aún y es en ese agarre donde él encuentra todas las fuerzas que pudieran faltarle.

Nathan da otro paso hacia delante y los guardias retroceden por instinto. No le temen exactamente a él, sino a todas las leyendas que la joya que cuelga de su cuello tiene detrás, pero está dispuesto a aprovecharse de ese terror si eso los saca a él y a Adam de ese lugar.

Está dispuesto a lo que haga falta.

Al menos, hasta que escucha pasos detrás de él, a la carrera.

Siente la mano de Adam soltarse de la suya y su cuerpo moverse tras él.

Para cuando Nathan se gira ya es demasiado tarde.

Eso es lo malo del tiempo: por mucho que creas ser capaz de controlarlo, siempre será más rápido que tú.

ADAM

La Suma Celestial siempre le ha dicho a su hijo que Destino es un Original benevolente. Que, aunque los seres humanos no puedan verlo, sus decisiones tienen una razón. Cada ser tiene una misión dentro de su plan divino y, por lo tanto, cada ser es importante, de una manera u otra.

A medida que fue creciendo, sin embargo, Adam se dio cuenta de que no todo lo que su madre decía o predicaba era cierto. Puede que todos los seres fueran importantes, pero a la hora de la verdad solo los humanos tenían un papel en las historias de su infancia, porque solo los humanos tenían poder de decisión. Y la decisión, en principio, estaba clara: seguir el camino marcado, porque en el momento en el que te alejabas de la senda, te convertías en un traidor. En esas historias de su infancia, esos cuentos con moraleja que trataban de meterle el miedo y la cautela en el cuerpo, los celestiales que no estaban a la altura de lo que su dios esperaba de ellos perdían a veces sus dones o eran castigados de las maneras más horribles. En esas historias, a los ojos del Adam adulto, las personas que le daban la espalda a su fe siempre tenían todas las de perder.

Sabe que Nathan y él se convirtieron en los protagonistas de una de esas leyendas en el mismo momento en el que decidieron huir.

Y también sabe que, más tarde o más temprano, serán condenados por ello.

No esperaba que la condena fuera a llegar tan rápido, sin embargo. Y, aun así, la siente aproximarse hacia ellos incluso antes de escuchar los pasos; antes de mirar atrás y ver a su madre acercarse a recoger a Eunomia del suelo. En su mano no parece un arma pesada, aunque él sabe que lo es. Quizá tenga que ver con que ese filo se creó para defender precisamente todo aquello en lo que ella cree: en la supremacía de la Hermandad Celestial, en la gloria del Sacro Reino de Daiva, en la omnipotencia de Destino.

Quizá su madre nunca debió dejar esa espada en sus manos.

Quizá siempre debió empuñarla ella misma.

De pronto, Adam está completamente seguro de que la Suma Celestial habría estado orgullosa de verlo morir por complacer al Original al que sirven. De hecho, debe parecerle una aberración que siga vivo gracias a ese poder que está prohibido y, además, haya rechazado la oportunidad de resarcirse al acabar con la vida del Portador. Si al menos hubiera cumplido con esa misión, podría haber habido perdón para él. Lo habrían santificado, lo habrían convertido en un héroe, o tal vez solo lo habrían obligado a sacrificarse después, a aceptar su muerte una vez más para dejar el Amuleto en otras manos.

Pero eligió huir y ya no hay redención posible para él.

Lo peor es que ni siquiera le importa. Lo único que le importa sigue siendo él: Nathan. El chico hacia el que su madre corre. El chico capaz de destruir el mundo solo por darle una nueva oportunidad.

Adam no tiene el poder de destruir el mundo, pero sigue estando dispuesto a destruirse a sí mismo por él.

Su madre no se detiene cuando él suelta la mano de Nathan. Para entonces Eunomia ya se dirige hacia ellos y no hay nada ni nadie que pueda impedir su avance. Los ojos de Rhea se abren un poco más, un segundo antes del impacto. Su expresión severa, decidida, se vuelve una de sorpresa, de horror, cuando se da cuenta de lo que va a hacerle a su propio hijo.

Adam cierra los ojos antes incluso de que llegue el dolor. Está preparado para él, aunque no esté preparado para otras muchas cosas. No está preparado para no ver partir a Lilith en su Peregrinación, para no verla convertirse en la gran mujer que sabe que será. No está preparado para dejar de imaginarse si Darien algún día conseguirá controlar sus poderes, si encontrará una mano que no le dé miedo agarrar. Y, por encima de todo, no está preparado para dejar solo a Nathan, para no caminar más a su lado. Si por él fuera, renunciaría a cualquier reencarnación para permanecer un poco más junto a él, aunque fuera como un simple espíritu, para abrazarlo en los días malos, para besarlo hasta que se durmiera a su lado cada noche.

—¡¡Adam!!

No sabe qué llega primero, si el grito de Lilith o el dolor que provoca el filo encontrando su carne; si la debilidad de sus piernas o los brazos que se apresuran a sostenerlo cuando la espada abandona su cuerpo otra vez. Solo sabe que cae durante una eternidad, arrastrando a Nathan consigo.

Adam aprendió hace ya más de un año que algún día moriría protegiendo a ese chico del que se había enamorado. Mientras cae, piensa que al menos esta vez no va a hacerlo porque alguien dijera cómo debían suceder las cosas, sino porque él lo decidió así.

Porque si es por Nathan, vale la pena.

Si es por Nathan, sacrificaría todo su tiempo mil veces más.

NATHAN

Nathan ha aprendido a obsesionarse con el paso del tiempo, por eso a veces lo contabiliza. Diecinueve años y tres meses desde que nació. Once años, diez meses y dos días desde que su madre murió. Solo un día más desde que conoció a Ammarah y le anunciaron su compromiso. Tres años desde que se dio cuenta de que se estaba enamorando de Adam Rheiz. Un año y medio desde que lo vio marcharse del Templo para su Peregrinación y sintió que se le rompía el corazón. Un año y tres meses desde que lo volvió a ver y lo besó por primera vez. Un año y un mes desde que le confesó, en voz alta, con todas las letras, que lo quería. Seis meses desde que empezaron los malos días y las pesadillas. Tres meses desde que las mentiras empezaron a volverse insoportables. Dos semanas desde que la cuenta atrás para la boda se convirtió en una agonía. Tres días desde que le prometió que, fuera como fuera, encontrarían tiempo. Un día desde que todos pelearon juntos en el patio por última vez. Doce horas desde que Adam y él se escaparon a hurtadillas a la ciudad. Siete horas desde que entregaron sus almas en una cama de una posada cualquiera.

Diez minutos desde que pensó que iba a perderlo.

Dos minutos desde que se atrevió a creer que podrían escapar.

Un segundo desde que Adam soltó su mano.

Solo eso. Un segundo, está seguro.

Pero eso es todo lo que hace falta a veces. Un segundo. Puede ser más que suficiente para cambiarlo todo. Desde luego, es suficiente para que Adam se interponga entre él y la espada que está destinada a matarlo y Eunomia atraviese su cuerpo de lado a lado.

Nathan tarda en reaccionar porque no puede creer que esté sucediendo. Porque había salvado a Adam. Porque iba a sacarlos de ahí, a los dos, por las buenas o por las malas. Iban a traicionarlo todo juntos. Iban a burlar a Destino y a quien hiciera falta para poder tener la historia que se les había negado durante tanto tiempo.

Pero, cuando Rhea arranca la espada del cuerpo de su hijo, este cae directamente sobre sus brazos. Nathan nunca ha sido tan fuerte como él, así que su peso, casi tan grande como el del dolor y la incredulidad, hacen que se tambalee.

—No.

La voz le sale en un jadeo, más una respiración angustiada que una palabra. Adam tiene el rostro pálido contorsionado en una mueca de dolor, pero la deshace para dedicarle una sonrisa empapada de sangre. La sangre también se extiende por su túnica, en su pecho, demasiado roja contra el blanco inmaculado.

—No es terrible romper todas tus reglas por alguien a quien amas —le recuerda.

No. Nathan niega con la cabeza, con los ojos muy abiertos, demasiado horrorizado como para poder reaccionar. No quiere oírlo. No quiere que diga nada, porque eso significaría que esto está sucediendo.

—No.

—Lo siento, Nathan, yo…

—No.

—Tienes… tienes que salir de aquí y…

—¡¡¡No!!!

Su propio grito lo hace despertar. O puede que no sea solo eso, sino la energía que estalla con él. Una energía que reconoce, que lo llena de fuerza y después lo drena por completo. Sale directamente de su pecho, allá donde el Amuleto vuelve a arder. Cuando Nathan levanta la vista, descubre que el silencio ha vuelto a ocupar la basílica y que, de nuevo, el resto del mundo está detenido. Ve a Rhea, con los ojos desorbitadamente abiertos y la espada sagrada empapada de la sangre de su propio hijo caída a sus pies. Ve a Lilith, con el rostro contorsionado por el horror y tapándose la boca con las manos.

Pero Adam no está quieto, aunque es precisamente quien más necesitaría que el tiempo se congelara. Adam, en sus brazos, tose sangre y se encoge sobre sí mismo. El tiempo sigue corriendo para él, para ambos.

Pero él es el Portador del Amuleto. Él es el tiempo. Se obliga a recordarlo con la siguiente bocanada de aire. Puede salvarlo. Puede salvarlo una y otra y otra vez. Las veces que haga falta para que se quede a su lado.

—Está bien —dice, mientras se obliga a respirar hondo y a no mirar su herida ni su boca manchada de carmín—. Está bien, Adam. Te tengo. Puedo salvarte. Voy a… Voy… Tengo el Amuleto. Puedo hacerlo. Voy a hacerlo.

Tiempo trajo a su esposa de vuelta de entre los muertos. Nunca ha escuchado que nadie más lo haya hecho, pero él va a conseguirlo. No, ni siquiera hará falta, porque no va a dejar que Adam llegue a morir. Su mano busca nerviosamente la joya, que quema tanto que siente que le abrasa los dedos. Aprieta los párpados e intenta concentrarse en ese pulso invisible que siempre siente a su alrededor. Está ahí, lo siente, solo tiene que atraparlo. Puede hacerlo. Tiene que hacerlo.

Pero la energía se le escapa. Es como un hilo que se escurre de su mano una y otra vez, húmedo, resbaladizo.

¿De verdad crees que es tan sencillo? Los humanos pueden ser tan engreídos…

Nathan abre los ojos de golpe, con un jadeo. Le arden por las lágrimas de desesperación que nublan su mirada. Esta vez está casi completamente seguro de que no se imaginó la voz: está ahí, vibrante, coral.

Otros dedos caen encima de los suyos y eso lo distrae.

La expresión de Adam está tan calmada que lo destruye por completo.

—Está bien, Nathan —dice, con la mirada vidriosa. Otro arranque de tos hace que Nathan quiera suplicarle de nuevo que calle, pero lo único que le sale es un sollozo, un gemido, como si sintiera la réplica de su dolor por todo su cuerpo—. Estoy… Estoy preparado, ¿de acuerdo? Llevo mucho tiempo preparado. Yo… iba a… morir hoy. Ya lo sabía…

El Portador abre incluso más los ojos, antes de volver a negar con la cabeza. Porque no, no va a morir. Pero, sobre todo, él no podía saber… Él no... Él sí. Por eso regresó tan cambiado de su Peregrinación. Por eso nunca le quiso contar lo que vio en las Cuevas de Santa Aiva.

Adam sonríe un poco más, con tristeza, al ver la angustia y la comprensión en su rostro.

—Lo siento. Fue egoísta, ¿verdad? Querer aprovechar todo el tiempo que pudiéramos. Querer… vivir contigo, ya que iba a morir pronto. Espero que puedas perdonarme por eso. Por… no decírtelo. Por…

Otra tos lo interrumpe y consigue que Nathan vuelva a reaccionar. Niega con la cabeza de nuevo con fuerza y lo sostiene contra él. Las manos de ambos permanecen encontrándose sobre el Amuleto del Tiempo.

—No hables, calla. Escúchame: voy a perdonarte, porque voy a tener mucho tiempo para hacerlo. Voy a salvarte y vamos a… No me importa qué hayas visto, no voy a dejar…

—Ya me salvaste, Nathan —susurra Adam, con la voz convertida en algo tan delicado como la vida que se le está escapando entre los dedos—. No solo hoy. No solo… hace unos minutos. Llevas salvándome desde hace años, aunque no lo supieras.

Un sollozo se rompe en el pecho de Nathan, o quizá solo sea su corazón.

—Por favor —le suplica, ya no sabe si al tiempo o a él—. Por favor, no me dejes. Quédate conmigo. Tienes que quedarte conmigo.

—Lo haré.

Los dedos de Adam suben hasta la cadena más corta que sujeta el medallón que hasta hace unas horas era suyo y lo manchan con su sangre. Cuando la jala, ambos observan la joya intercambiada. Hay cicatrices en su superficie: lo que antes era una pieza dorada perfectamente pulida está ahora rota, marcada por su traición.

—Estaré contigo, Nathan —le jura el chico al que quiere—. De alguna manera, seguiré aquí. Así que vive por mí, ¿de acuerdo?

Su voz es tan baja que Nathan apenas puede oírla por encima del silencio que reina en el resto del mundo. Le parece inútil que pueda detener por completo el universo casi sin querer, pero que no pueda hacer nada para ayudar a Adam en ese momento. Le parece injusto. Le parece cruel.

—Adam…

No le sale la voz. Le duele tanto todo el cuerpo que cree que jamás va a sentir nada más allá de ese dolor. Aunque no hay heridas en su piel, tiene la sensación de que él también se está desangrando.

El chico entre sus brazos sonríe en medio de las lágrimas que le caen por la cara. Sus dedos dejan un rastro de sangre sobre su mejilla cuando lo toca, con la mirada ida.

—Te quiero, Nathan Tabiz. Voy a quererte siempre, vaya donde vaya. Gracias… Gracias por todo el tiempo que me diste.

Después, sus ojos se cierran.

Sus labios suspiran.

Su mano se escurre por su rostro.

Y eso es todo.

Nathan toma aire de manera entrecortada, luchando contra los sollozos que le rompen la garganta. El rostro de Adam parece tranquilo y callado, y él lo ha visto mil veces así antes: todas las noches que se dormía primero, todas las mañanas en las que se despertaba el último. Pero no, esa no es la calma habitual en él. No es la calma de esos días, viva, llena de sonrisas y besos en secreto. Esa es una calma incómoda, inquietante. Es la clase de calma que precede a un desastre, a una tormenta. Es una calma muerta.

—No. —Su voz le suena extraña, como si arrancara una nota a un instrumento desafinado. Nathan suelta el Amuleto para poder sostener ese rostro con las dos manos—. Adam. Adam, mírame. Adam, por favor, *por favor*, abre los ojos…

Se inclina. Lo hace antes incluso de ser consciente de su propio impulso, pero acerca su boca a la de él como si así pudiera insuflarle vida o años. Como si fuera algo más que un títere con un poder que no entiende y que no le obedece.

Pero no es suficiente. Cuando se separa, Adam sigue callado y tranquilo.

Sin tiempo.

Para siempre.

—¡¡Adam!!

El dolor que siente se contiene y estalla en su grito. Le quiebra el pecho, le quiebra la memoria al partir en dos todos los recuerdos juntos y llenarlos de la misma sangre que le mancha las manos. Su dolor quiebra el tiempo mismo, que revienta una vez más en otra ola de energía que lo pone todo en marcha de nuevo. Esta vez la fuerza con la que ocurre hace explotar todas las vidrieras que pudieran quedar intactas y hace estragos en su propio cuerpo, pero a Nathan ni siquiera le importa mientras abraza el cadáver de su amante.

Que se rompa todo, como se rompió Adam. Como se está rompiendo él.

Adam siempre lo comparaba con el fuego y en ese momento, mientras la tristeza encuentra un escudo en la rabia, siente todo su cuerpo incandescente. Bajo su piel, todo él está ardiendo, su alma está ardiendo.

Cuando levanta la vista, con la mirada nublada por el dolor y la ira, el mechón que siempre le cae sobre la cara se ha tornado albino, como si el paso del tiempo hubiera querido robarle todo su color. Lo ve justo delante de su ojo izquierdo, pero no le importa. Lo único en lo que puede fijarse es en cómo la segunda ola de energía ha alejado a todos sus enemigos y ha dejado un reguero de cuerpos tirados en el suelo que se quejan y tardan en reaccionar. La basílica es un completo desastre, con la piedra llenándose de grietas cada vez más grandes y trozos de pared y techo que se desprenden de sus lugares. El inminente derrumbe emite un sonido atronador, como si una tormenta se estuviera desatando entre las paredes. Da lo mismo. En ese momento, el Templo es la última cosa que le importa. El resto del mundo es lo último que importa, porque solo importa Adam.

«Estaré contigo», le dijo, pero no quiere tenerlo solo como un recuerdo enredado a una pieza de oro.

«Vive por mí», le dijo, pero no le explicó cómo hacerlo.

No, esto no puede haber sido todo. No va a permitir que esto sea todo.

Tiempo trajo de vuelta a su esposa de entre los muertos, y él piensa hacer lo mismo. Quizá el Amuleto no le obedezca ahora, pero le obligará a hacerlo.

Incluso si eso significa convertirse en todo lo que siempre le han dicho que no debe ser.

Cuando vuelve a fijarse en Adam, todavía entre sus brazos, lo hace intentando grabarse a fuego cada pequeño detalle de su rostro. La manera en la que los rizos rubios caen a ambos lados de su frente; los tres lunares que tiene en la mejilla izquierda, como una de las constelaciones que solían mirar juntos; la forma de esa boca sobre la que se inclina para dejar un último beso y una última promesa, la misma que su madre le hizo una vez:

—Te juro que voy a solucionarlo todo.

Aunque le cuesta más que cualquier otra cosa que haya hecho en su vida, deja el cuerpo de Adam en el suelo y lo suelta. Sobre el pecho de su amante todavía brilla el medallón que le regaló anoche, tan lleno de brechas como el que cuelga de su propio cuello, y piensa que, como Adam dijo, al menos una parte de él se quedará a su lado. No cree que vayan a quemar su cuerpo, ese es un rito que los traidores no merecen, pero hagan lo que hagan con él, espera que le dejen esa joya puesta.

Cuando se pone en pie, lo hace casi en trance. Solo necesita una mirada alrededor para decidir cuál es la ruta a seguir: no puede arriesgarse a salir por los caminos convencionales, porque la basílica amenaza con terminar de colapsar por completo en cualquier momento y porque la ciudad debe de ser un caos lleno de seguridad por todas partes. Sin embargo, los huecos de las vidrieras dejan a la vista el lago y él se dirige hacia allí. Cree oír gritos y gemidos de dolor. Cree oír rezos y voces atemorizadas que lo llaman demonio. No se detiene. No deja que nada de eso lo detenga, porque todo lo que hay en su cabeza es el rostro que ha memorizado y en el que va a pensar cada vez que tenga alguna duda.

Sus pasos lo llevan hasta el borde de uno de los ventanales. Por un momento, todo lo que es capaz de hacer es observar la ciudad en la que creció en el horizonte y el agua del lago justo a sus pies.

Solo se permite un segundo para lanzar un vistazo atrás. Un único segundo de debilidad o quizá una última despedida hacia todo lo que le ata a ese lugar. Ammarah. Darien. Lilith…

Ella es la única a la que encuentra. La descubre en medio del caos de piedras y estatuas, tirada en el suelo como una muñeca de trapo olvidada. Está intentando incorporarse en ese momento, en medio del polvo, y tose. Sus miradas chocan. La de su amiga está tan deshecha, tan confundida, tan llena de dolor que Nathan se estremece y siente que está a punto de volver a echarse a llorar. Querría pedirle perdón por todo, querría explicarle muchas cosas, pero sabe que no va a entenderlo, no ahora.

Una vez más, no dispone del tiempo suficiente.

Así que, aunque sabe que no puede escucharlo, aunque su corazón vuelve a sangrar y esta vez lo hace por ella, susurra:

—Lo siento.

Y después, salta al vacío.

II

NUEVOS TIEMPOS

AMMARAH

Lo primero que llega es el dolor, antes incluso que los recuerdos; abrir los ojos resulta una proeza, como si sus párpados pesaran toneladas. Al principio todo a su alrededor es confuso y extraño, pero cuando por fin consigue enfocar, Ammarah se da cuenta de que está en su cuarto: reconoce las cortinas translúcidas que cuelgan de los postes oscuros de su cama, las paredes blancas de molduras doradas. El sol de la tarde se cuela por los amplios ventanales, que alguien ha abierto para dejar pasar una suave brisa.

A su otro lado, una sombra se lanza sobre ella.

—¡Alteza!

La voz de Rina la devuelve a la realidad más que ninguna otra cosa. Su mirada oscura está llena de preocupación, con los bordes de los ojos rojos por el llanto. Sus labios finos están tan apretados que casi han desaparecido y su expresión es de auténtico terror.

—¿Rina...?

No entiende qué están haciendo ahí. Ella no debería estar acostada en su cama, su criada no debería estar sentada a su lado guardando su sueño. Lo último que recuerda es avanzar hasta el altar, con los ojos puestos en su prometido. Recuerda la mano de Nathan contra la suya, la mirada severa de la Suma Celestial sobre ellos. Sabe que oyó el inicio de la ceremonia, que las oraciones a Destino salieron de sus labios con la misma facilidad de siempre.

Y entonces...

—Nos atacaron.

Las palabras le saben a veneno cuando se derraman sobre su lengua. Siente que el corazón le está palpitando en la sien, en los oídos, debajo de los dientes..., en todas partes. Tiene ganas de vomitar, pero se obliga a tragar la saliva agria que tiene en la boca y a incorporarse.

—No debe moverse, alteza —protesta Rina, mientras trata de recostarla de nuevo entre los almohadones. Ammarah se siente tan cansada que todo lo que puede hacer es dejarse mover, como si fuera una muñeca—. Está débil. La sanadora dijo que sus heridas podrían haber sido terribles de haber tardado un poco más de tiempo en actuar.

Rina se aparta de ella para comenzar a preparar algunas medicinas y Ammarah observa arriba, hacia el dosel de su cama, como si en la tela pudiera discernir las claves de lo que pasó. Recuerda el humo, la forma en la que le ardía la garganta. Recuerda la frustración de no entender qué ocurría a su alrededor, la ansiedad de que todo lo que daba por hecho se estuviera viniendo abajo. Recuerda a Lilith alejándose de ella y después...

Después, el cielo se rompió.

Ammarah alza la mano. Donde esperaba encontrar un entresijo de mechones recogidos por su redecilla de perlas encuentra, en cambio, el tacto rugoso de una tela: una venda.

—No debe tocarse —dice Rina, alcanzando su mano y obligándola a apartarla—. La herida está cosida, pero... había muchísima sangre. Pensé... Pensamos...

Las palabras se le atragantan y Ammarah alza la vista hacia ella. Los ojos de su criada están húmedos, pero no deja escapar ninguna lágrima. Aun así, le parece ver el rastro del llanto en su cara bronceada, mientras deja una copa en su mano para que beba. Ammarah no quiere, porque sabe que las medicinas solo la adormecerán y la atontarán. Apagarán el dolor, pero le impedirán pensar con claridad.

Y necesita pensar. Necesita entender.

—¿Dónde...? ¿Están...? —Hay tantas preguntas en su cabeza que ni siquiera es capaz de elegir una. Hay muchos nombres en todos lados. Lilith. Su padre. Nathan—. Rina, ¿qué pasó?

La chica traga saliva e intenta evitar su mirada al volver a insistir con la bebida, pero la princesa, exasperada, aparta la copa. No va a beber. No va a callarse o a dejar de hacer preguntas. Necesita saber. Necesita desenredar sus recuerdos, porque siente que en este momento no puede fiarse de ellos.

—Rina.

Su tono, por fin, suena firme y demandante. Ella no suele ser así, pero sabe cómo dar órdenes, la educaron para ello. Aunque a Rina nunca hace falta ordenarle nada: lleva sirviendo en palacio desde que era una niña, primero en las cocinas y después como su criada personal. Sus bisabuelos llegaron a Daiva tras huir del Desastre de Yuda, en Orlaith, y toda su familia ha trabajado en el castillo desde entonces. Rina es solo unos pocos años mayor que ella y siempre se ha preocupado de cuidarla a ella y a sus intereses: no es raro, de hecho, que incluso se adelante muchas veces a sus necesidades o sus deseos, así que el hecho de que ahora se niegue a darle demasiada información solo consigue preocuparla más.

—El Portador usó el Amuleto —confiesa su sirvienta en un hilo de voz—. La… La basílica se vino abajo a causa de su poder. Hay muchos heridos, tanto entre los nobles como entre los celestiales. —Sus ojos están fijos en la copa, mientras sus dedos se mueven inquietos sobre la base—. Y… Y también hay muertos, alteza.

Rina sigue hablando, pero Ammarah ha dejado de escucharla, porque nada de lo que está diciendo tiene ya ningún tipo de sentido. Nathan no utilizaría el Amuleto. Lo conoce bien desde que era un niño, lo ha considerado un amigo durante años, incluso iba a casarse con él.

Ammarah sabe quién es Nathan Tabiz. Y no es ningún traidor.

—No.

Es solo una palabra, tajante y firme, pero le rasga la garganta como si alguien le clavara las uñas desde dentro. No, Nathan estaba a su lado. Y después, cuando dejó de estarlo…

Rina tensa la mandíbula. Sus manos aprietan las de la princesa y Ammarah se centra en esa sensación, como si pudiera atarla a la realidad mientras intenta ponerle orden a todo lo que pasa en su cabeza.

—El Portador usó el Amuleto, alteza —repite, con seguridad—. Los guardias creen que… lo hizo para ayudar al hijo de la Suma Celestial. Los vieron… —Un silencio, antes de tomar aire y continuar—: Los vieron besarse. Parece ser que tenían… algún tipo de relación ilícita.

Lo primero que quiere hacer Ammarah es reírse. Siente las ganas subir desde su estómago y sus labios tironean con ironía. Es absurdo. Todo es absurdo.

«¿Alguna vez te has imaginado cómo sería tu vida con otra persona?».

La pregunta que Nathan le hizo días atrás la sacude con fuerza. Recuerda haber pensado en un rostro en el que no debía por culpa de esas palabras, pero de pronto esa cara se sustituye por una muy parecida a la que ella convocó en su cabeza.

Los mismos ojos azules, los mismos cabellos rubios.

No, no es cierto. No puede serlo.

—Nathan Tabiz la engañaba, princesa. Nos engañaba a todos. El Portador es un traidor.

No, claro que no. Se habría dado cuenta. Y con Adam… Nathan nunca se habría atrevido. Ya no por ella, sino por Lilith, porque Adam es su hermano. Lilith lo habría sabido, ¿verdad? Nathan nunca le habría escondido algo así a ella. Es su mejor amiga. Es…

—Lo siento, alteza.

Ammarah niega con la cabeza una vez más y, finalmente, se incorpora. Lo hace antes incluso de ser consciente de ello, como si su cuerpo no pudiera soportar estar quieto mientras su mente va a toda velocidad, en un intento de reconciliar al chico que conoce, al niño esquivo que un día fue, con el muchacho un poco distante que ha sido en los últimos días, con esa imagen de un traidor que besa a personas a espaldas de todos y convoca poderes que los humanos jamás deberían poseer.

No encaja. Simple y llanamente, la imagen no encaja.

Rina intenta instarla a que se recueste de nuevo, pero la princesa de Daiva la aparta y se pone en pie. Cuando lo hace, el mundo parece inclinarse, inestable.

—Alteza, por favor, tiene que…

—No tiene sentido —susurra Ammarah de nuevo—. No tiene… No es…

—Vi el destrozo con mis propios ojos: es como si un terremoto hubiera sacudido los cimientos de la basílica, como si la ira de Destino hubiera caído sobre su templo más devoto. Vi a los heridos. —Rina aprieta los labios, mientras la encara con los ojos desbordados—. Sé que es duro, sé que es injusto, pero el chico que conocía no existe. Quizá nunca lo hizo. Quizá…

—¡¡Calla!!

El grito la deja jadeante y rebota en su cabeza como si todo volviera a temblar a su alrededor. Exactamente como tembló todo antes de que el cielo se les cayera encima. Antes de que todas las estatuas de los celestes, con sus mil ojos, empezaran a gritar mientras se partían por la mitad.

—Lilith.

Ella es lo primero en lo que puede pensar. Necesita verla y preguntarle si algo de eso es cierto. Ella le dirá la verdad. Lilith nunca le ha mentido, nunca ha intentado engañarla… ¿O sí? Ya ni siquiera puede estar segura de eso. ¿Cómo no iba a saber que su hermano y su mejor amigo tenían…? ¿Qué? ¿Un idilio? ¿Se amaban? ¿Tiene ella derecho a sentirse traicionada por algo así, siquiera? Ella no quiere a Nathan, no de esa forma, y siempre ha sabido que él tampoco la amaría a ella jamás. Aun así, ella nunca dudó en serle leal. Ella siempre dio por hecho que ambos renunciarían a otras personas, porque Destino les había dicho que su camino era estar juntos hasta el final.

De pronto, se da cuenta de que no debe pensar en eso ahora, por mucho que le queme el sentimiento de traición. Tampoco en Lilith, por mucho que ansíe verla y pedirle explicaciones.

Es Ammarah de Daiva, princesa del Sacro Reino, heredera del Trono Celestial, futura representante de Destino en la tierra, y eso es todo lo que tiene que recordar en momentos de crisis. Es lo mismo por lo que decidió seguir a su padre y no a su amiga mientras el caos extendía sus manos hacia ellos. La corona siempre será lo más importante, tiene que serlo. Tiene que estar a la altura de su papel.

Por eso toma aire y cuadra los hombros.

—Mi padre —se corrige—. Tengo que ver a mi padre. Si algo de lo que dices es cierto, el pueblo de Daiva estará asustado, tenemos que...

Las palabras se le deshacen cuando se gira de nuevo hacia su criada y ve su expresión llena de una pena y un dolor que son incluso más grandes que los que ha dejado ver hasta ahora.

Rina aparta la vista al suelo, como si no pudiera soportar mirarla, y Ammarah es súbitamente consciente de que todavía no ha pronunciado la peor de las noticias.

—Cuando el techo se vino abajo, usted no... no fue la única herida, como le dije, alteza. Su padre... Él...

«Hay muertos», había dicho su criada. Ammarah ni siquiera había querido reparar en ello hasta ahora, pero de repente el recuerdo de la basílica se llena de cuerpos caídos, cadáveres indefinidos sin rostro ni nombres. Al menos hasta que Rina, incapaz de decir nada más, repite:

—Lo siento, alteza.

Y todos esos rostros y esos cuerpos se convierten en los de su padre.

LILITH

—Trasladen al rey y a la princesa al castillo.

—Lleven a los heridos a la enfermería.

—Traigan a todos los sanadores de la ciudad.

—Que las murallas no abran sus puertas bajo ningún concepto. Nadie saldrá ni entrará de la ciudad hasta próxima orden. Buscaremos a los fugitivos. A *todos.*

—Peinen las orillas del lago, y que ningún ciudadano se acerque a él. Encontrar al Portador debe ser la prioridad en este momento.

Esa debería ser, probablemente, su propia prioridad, pero Lilith prefiere no pensar en el Portador más de lo necesario. Prefiere concentrarse en lo que está en su mano ahora, en asegurarse de que no hay nadie vivo bajo los escombros, que los heridos están atendidos y los muertos son trasladados a las capillas hasta que sea la hora de sus ritos funerarios. No puede concentrarse en el Portador porque ya tiene suficiente con responder a las preguntas que le hacen los miembros de la Hermandad, en mantener la calma, en ser la persona que necesitan que dé las órdenes y esté a cargo.

Aunque ni siquiera sabe por qué de pronto está a cargo. No sabe cómo el mundo pudo ponerse al revés en tan poco tiempo. En menos de una hora, todo lo que conocía ha cambiado y ella no ha podido ni siquiera permitirse estar perdida.

Desde que vio la figura ~~de su mejor amigo de Nathan~~ del Portador saltando al lago, no ha tenido un descanso. Cuando quiso darse cuenta, el cuerpo del rey estaba desmadejado bajo los escombros, la princesa sangraba en el suelo y su madre estaba inconsciente. Su hermano no tenía color en el rostro y a su alrededor solo parecía haber destrucción. Escuchó los gemidos de los heridos, vio las expresiones consternadas de quienes se encontraban de pronto en medio del desastre. La nación consagrada a Destino parecía haber sido de pronto reclamada por Caos y Muerte. Podía distinguir sus rostros en cada rincón, riéndose. Podía ver incluso la cabeza cortada de Tiempo entre los escombros, burlándose de ella y de su fe, porque su poder estaba de pronto ensuciándolo todo.

Así que se obligó a reaccionar. Después de dar la primera orden, todas las demás llegaron solas, de forma lógica. Le pareció algo a lo que aferrarse, así que lo hizo. No había tiempo que perder, así que no lo perdió.

Hasta ahora.

El problema de mantener la cabeza ocupada para no oír el ruido que hay a tu alrededor es que, cuando paras un segundo, hasta el silencio resulta ensordecedor. Lilith lo escucha con toda su fuerza cuando se queda por fin sola en la basílica, después de unas horas vertiginosas en las que todo el mundo se ha girado hacia ella como si fuera más un celeste bajado a la tierra que una simple iniciada. A su alrededor, los cadáveres han sido retirados, así como los cuerpos de los heridos, que ahora están siendo atendidos en la enfermería; la guardia está movilizada y busca por toda la ciudad tanto a los nigromantes que perpetraron el ataque (no hay duda de que eso eran los atacantes, según el testimonio de varios celestiales) como al traidor que se atrevió a usar el poder del Amuleto del Tiempo en el Sacro Reino, un pecado que solo el Inmortal había cometido con anterioridad.

Ahora todo lo que se puede hacer es esperar. Esperar a que la Suma Celestial despierte y ocupe su papel. Esperar a que alguien encuentre una pista sobre los herejes que convirtieron el enlace en un desastre. Esperar a que algún día la basílica vuelva a ser como antes, aunque para eso van a tener que pasar años. Eso, de hecho, quizá no ocurra nunca, porque se ha perdido demasiado.

Lilith observa el cielo a través del hueco que quedó en el techo, después de que una parte de la cúpula central se viniera abajo. Los cristales de las vidrieras están repartidos sobre las baldosas agrietadas y apenas queda nada de los frescos y murales que contaban la historia de la Hermandad Celestial. Las estatuas de los celestes y los santos están destruidas casi en su totalidad y las bancas en las que se sentaba la gente esa misma mañana fueron reducidas a astillas.

En trance, como si su cuerpo apenas le perteneciera, camina por ese lugar destruido hasta pararse ante la única otra figura que queda en la basílica. No se ha atrevido a mirarla hasta ahora, se ha limitado a fingir que no estaba ahí, pero ya no puede seguir evitándola. Cuando alguien le preguntó qué hacer con ese cuerpo respondió que ella se ocuparía, así que ahora debe hacerlo.

~~Adam~~ El cadáver en el suelo tiene los ojos cerrados de forma pacífica. Si no fuera por la palidez y por la sangre en su túnica, podría parecer dormido. Si no fuera porque de su cuello cuelga un medallón que parece oxidado y fracturado, podría haberlo reconocido. Pero no, esa persona que yace a sus pies solo se parece a alguien que un día conoció, porque ella no se relaciona con traidores.

Ella tenía un hermano, pero no es ese.

Sabe lo que tiene que ordenar a continuación. Las normas son claras: los herejes no reciben ritos funerarios. Los traidores no tienen derecho, siquiera, a estar entre las murallas, así que deben ser trasladados más allá de la ciudad. Sus cuerpos se dejan sobre la tierra para que vuelvan a ella, sin piras funerarias ni tumbas que les permitan ser recordados. Nadie volverá a pronunciar su nombre. Su carne será alimento para los animales. Su memoria será olvidada como si nunca hubiera llegado a pisar el mundo.

—Es culpa del Portador.

La chica da un respingo y se gira. Su mano se queda a medio camino de encontrar su espada, por instinto, aunque la razón le dice que no corre peligro, que todo ha pasado ya, al menos por el momento. Solo quedan las consecuencias de las que hacerse cargo: las muertes, las ruinas, las… sorpresas desagradables. Como la que sacudió el cuerpo de su madre.

La Suma Celestial avanza renqueante hacia ella. Se apoya en un bastón, a pesar de que hace horas caminaba perfectamente. Ahora, en cambio, cojea. Ahora, su rostro es algo completamente diferente y antinatural, muy distinto a lo que debería ser. En una mitad de su cara, arrugas muy profundas le han conquistado la piel alrededor de los ojos y la boca y en la frente, con dobleces en el cuello que está segura de que no estaban ahí ayer. La mano que toma el bastón nunca había tenido las venas tan marcadas, ni su piel había estado tan llena de manchas. Su cabello se ha vuelto canoso y ha crecido hasta convertirse en hilos finos que, a medida que se acerca, parecen más frágiles que nunca. El lado izquierdo de su cuerpo, sin embargo, es completamente diferente. La piel está tersa, perfecta, y no hay líneas que hablen de su edad. El cabello brillante y de rizos fuertes le cae en una cascada de oro sobre el hombro.

Lilith puede verse en esa mitad. Y es horrible. Es grotesco. Es… inhumano.

—Madre…

La palabra se le queda atascada en la garganta, pero si Rhea se da cuenta de lo abominable que la ve, de lo horrorizada que se siente, no lo muestra.

—Siempre supe que daría problemas —continúa la Suma Celestial, con una voz que no es joven ni vieja, que suena a la de siempre y al mismo tiempo no—. No era lo suficientemente fuerte, lo suficientemente fiel a Destino. Quizá nos equivocamos al interpretar las señales. Quizá jamás tendríamos que haberlo prometido con Ammarah, sino simplemente dejar que ella lo matara para que el Amuleto pasara de manera legítima a sus manos.

La idea de la princesa atravesando al Portador con Eunomia la marea, así que la aparta de su cabeza antes incluso de que la imagen llegue a formarse por completo en su mente.

Lilith voltea de nuevo hacia el cadáver a sus pies. No sabe qué decir. No sabe cómo darle la razón, aunque supone que debería. Las pistas estaban ahí y ella decidió ignorarlas, ¿verdad? A menudo las palabras del Portador rozaban la herejía, a menudo bromeaba con cosas que no tenían ninguna gracia. Tendría que haber sabido que esto iba a ocurrir cuando insinuó que había estado pensando en alguien que no era Ammarah.

Aunque no esperaba que ese alguien fuera su hermano.

Su madre se detiene a su lado con un último golpe del bastón contra el suelo. Ella también lo está observando. A *él*. Lilith no se atreve a comprobar si, pese a todo lo que ha ocurrido, sigue mirándolo con el mismo orgullo de siempre.

—Nunca pensé que nos quitaría a tu hermano.

Estaba segura de que las últimas horas la habían dejado lo suficientemente drenada, lo suficientemente entumecida, como para no sentir nada. Al parecer, se equivocaba: la declaración de su madre despierta algo en su pecho, algo que consigue abrirse paso entre el vacío. Lo siente desperezarse, como un gato que se despierta de la siesta y empieza a afilar sus uñas. Las siente clavándose en su pecho. O quizá sea ella quien quiere arañar.

—Nadie lo obligó a nada —declara, con una voz que suena como un zarpazo—. Fue su decisión, igual que lo fue soltar la espada, igual que lo fue… —Besarlo. Lo besó. Ella lo vio. Los vio, pero no quiere ni pensar en eso— darle la mano y seguirlo. Fue su decisión, también, ponerse entre el Portador y tú.

«Porque tú lo mataste», quiere decirle. No fue el Portador, no fue Destino.

Fue ella.

La visión que había olvidado vuelve a aparecer como un fogonazo en su cabeza. Adam cayendo bajo la espada de un extraño, de manera no muy diferente a como lo hizo después bajo la mano de su propia madre. Su muerte era tan inevitable que tan solo se retrasó unos minutos más. Y al mismo tiempo, esos minutos han sido suficientes para dejar tras de sí un rastro de dolor y destrucción.

«¿Valió la pena?», quiere reclamarle al cadáver a sus pies.

—Ese muchacho lo manipuló —responde la Suma Celestial. Su rostro deformado se contrae en una mueca de repulsión—. Lo convirtió en… esto. El Portador es el verdadero traidor. Él es el hereje. Él llevó a Adam por caminos que jamás debería haber recorrido, como solo pueden hacer los peores demonios.

Lilith aprieta los puños hasta clavarse las uñas en las palmas. No; si no disculpa a los vivos, no excusará tampoco a los muertos. Quiere decirle a su madre que mire alrededor, quiere exigirle que se dé cuenta de todos los errores que cometió *su hijo*, que al final no resultó ser tan perfecto como ella creía, como ambas creían. No sabe durante cuánto tiempo estuvo engañando a todo el mundo. Por la manera en la que se besaron, supone que mucho. Aquel beso no era el primero, está segura. Aquel beso…

Se le revuelve el estómago solo de recordarlo, le da ganas de gritar. Pero sabe que si lo hace, la mujer a su lado solo la mirará como si hubiera perdido el juicio y la hará sentir insignificante otra vez. De modo que respira hondo, aparta la vista del cuerpo a sus pies y se centra en el resto de las cosas de las que ha tenido que ocuparse:

—Ordené que busquen en el lago y que los guardias peinen cada calle, cada rincón —recita, mirando de frente a la Suma Celestial. Pero ella, incluso ahora, lo sigue mirando *a él*—. La ciudad está sellada. Pase lo que pase, el Portador no escapará. Ni él ni los extraños que entraron y trajeron el caos. Pero mientras buscan, los demás debemos seguir moviéndonos. Hay muchos heridos de los que cuidar y el rey…

Las palabras se le atragantan. La noticia llegó hace un par de horas, pero es obvio que su madre tuvo tiempo de enterarse de todo lo importante antes de venir a la basílica, porque su expresión se mantiene inmutable cuando asiente.

—El rey murió, lo sé. Que Destino lo acoja en su Corte.

Lilith repite la oración, pero solo mueve los labios. Piensa en Ammarah, en cómo se sentirá. Le gustaría poder estar a su lado para reconfortarla de alguna manera o, como mínimo, demostrarle que todavía tiene a alguien que vela por ella. Al mismo tiempo, no puede evitar sentirse culpable. Porque su misión era defenderla, porque tendría que haber instado a la princesa y a su padre a huir, tendría que haberlos acompañado a un lugar seguro. En vez de eso, le dio la espalda y la dejó atrás. Si hubiera seguido avanzando con ella, quizá podría haberla protegido mejor. Si hubiera seguido avanzando con ella, quizá incluso podría haber evitado la muerte del rey.

Se pregunta si Ammarah la odiará. Se pregunta si va a poder presentarse frente a ella y pedirle perdón o si merece perdón alguno, siquiera.

Intenta no pensarlo y centrarse, de nuevo, en la última cosa que le queda por hacer. No vuelve a mirar el cuerpo, no quiere, pero puede ver cómo su madre sigue con la mirada fija en él y comprueba que en sus ojos ya no hay rastro de orgullo, o de amor o de ninguno de esos sentimientos que ella ha querido para sí durante años. Ahora, mientras la Suma Celestial mira el cadáver de su hijo a sus pies, solo hay una profunda decepción.

—No he sabido qué hacer con su cuerpo —confiesa Lilith—. Las normas dicen que debemos sacarlo al otro lado de las murallas.

—Y así se hará —declara Rhea sin vacilar. En su tono no hay espacio para el cariño ni para el dolor, y eso hace que un escalofrío le baje por la espalda—. No hay lugar para traidores en el Sacro Reino. Su alma le pertenece ahora a Muerte y su cuerpo no merece más sepulcro que el de la Fosa de los Infieles.

Es esa última mención la que está a punto de conseguir que Lilith se eche a temblar, aunque una parte de sí, la parte que lleva casi veinte años memorizando lecciones, ya sabía que esa era la respuesta a su dilema. Tiene el recuerdo de haber visto la Fosa hace años, cuando su madre se la mostró a su hermano y a ella como parte de un aprendizaje más que nunca pidió, otra historia más para mostrarles cómo acaban los que se apartan del camino.

Seguramente su madre no pretendía que terminara soñando durante meses que despertaba allí, pero así fue. Todavía recuerda el olor, los insectos y las aves carroñeras sobrevolándolos, como si estuvieran seguras de que ellos mismos acabarían allí tarde o temprano y ya pudieran imaginar el festín que se darían con sus cuerpos.

Lilith consigue evitar la náusea cuando traga saliva.

—Le... Le pediré a un par de celestiales que...

—Está bien, Lilith, yo lo haré. Tú puedes descansar.

Esta vez, cuando su hija voltea a verla, Rhea está observándola también. Por un instante, la chica se pregunta si alguna vez la había mirado así antes: con tanta atención, como siempre hacía con su primogénito. Como si fuera importante. Como si se sintiera orgullosa de ella.

—Buen trabajo.

Esas dos palabras son todo lo que siempre ha deseado. Sabe que debería estar feliz de escucharlas y quiere hacerlo. Quiere que la llenen por dentro, que enmascaren todo lo demás: el horror, la pena, el dolor de la traición, la incertidumbre de cómo va a ser el mundo a partir de entonces. Pero no lo consigue. El vacío se las traga y las drena de cualquier tipo de sentido.

—Solo hice lo que debía —le recuerda a su madre. Y, de paso, se lo recuerda a sí misma.

No añade nada más antes de encaminarse hacia la salida de la basílica. Ahora que nadie espera que sea ella la que dé las órdenes siente el cansancio cobrarse el precio: mientras se aleja, tiene la impresión de que el edificio va a derrumbarse del todo en cualquier momento, que las paredes se agrietan un poco más con cada paso que da.

—Lilith.

Se detiene justo antes de traspasar la puerta. De manera inconsciente, contiene la respiración.

—Debí haberte dado la espada a ti. —Cuando se da la vuelta hacia ella, Lilith descubre que la mirada de su madre ha vuelto al cadáver de su primogénito—. Tú sí habrías hecho lo correcto.

No es una pregunta. Quizá es un reproche a sí misma, por confiar en quien no debía. Quizá es solo un deseo lanzado al aire, una probabilidad que es demasiado tarde para comprobar, pero que permite que Lilith imagine cómo habría cambiado el día si hubiera sido así. Si hubiera tenido la espada, habría sido ella quien habría estado cerca de Nathan. Si hubiera tenido la espada, ella habría atacado al desconocido. Si hubiera tenido la espada, quizá habría ganado y allí habría acabado todo. Quizá el resto de los asaltantes habría huido o habría caído también.

O quizá habría sido ella quien hubiera resultado herida de muerte.

Está segura de que, de haber sido así, nadie habría usado el Amuleto del Tiempo para salvarla.

Pese a todo lo que ha vivido ese día, pese a todas las cosas terribles de las que ha sido testigo, esa certeza es la que termina de romperle algo por dentro. Oye el golpe, hueco y fuerte, como un mazazo o una campanada que siente repicar por toda su piel. Siente que los ojos se le nublan un segundo, pero solo permite que sea eso: un segundo. El mismo tiempo que fue suficiente para que todo cambiara.

Después, parpadea hasta que el mundo a su alrededor vuelve a tener la consistencia que debería, alza la barbilla y aprieta la empuñadura de la espada que lleva consigo.

—Si yo hubiera cargado con Eunomia, nunca la habría dejado caer.

Su madre no dice nada. Lilith se da la vuelta y sigue su camino.

Siempre hacia delante; como Destino espera de ella.

DARIEN

Está soñando. Lo sabe porque siente el cuerpo ingrávido, porque está en un lugar cálido, en un lugar seguro, y hace mucho que el mundo real no se lo parece. En ese lugar, todo es verde y hay hojas que le cubren el cuerpo como escamas, como una armadura dispuesta a protegerlo. Aunque son parte de una enredadera, aunque siente los tallos flexibles alrededor de las extremidades, alrededor del pecho y el abdomen, no tiene miedo, sino que se siente reconfortado. Es como recibir un abrazo. Uno amable, regenerador.

Quisiera permanecer así para siempre, con los ojos cerrados, escuchando cómo le late el corazón, contando el tiempo en respiraciones.

Sin embargo, su vida le espera al otro lado de una cortina demasiado fina. Oye voces, oye quejidos. Alguien llora en la distancia. Sus dedos se cierran en torno a las hojas, pero ya no puede dejar de prestar atención: tanto a los sonidos como a la pesadez de su cuerpo, que lo arrastra a despertar. Duele, aunque tiene la sensación de que no tanto como debería. Sus músculos se quejan. Su nariz capta un olor desagradable, el de la sangre y el orín, el de las plantas que crecen en el huerto que hay junto a las cocinas del Templo. Huele a medicinas, a la cera de las velas.

Darien abre los ojos. Sobre él, en un fresco pintado en el techo, Santa Azaria se inclina sobre la cama de los enfermos que Destino le ordenó salvar. Gracias a esa imagen es consciente de que está en la enfermería.

—¿Darien?

El chico voltea a ver. Lilith está sentada junto a su cama y su expresión de preocupación es demasiado sincera como para pasarla por alto. Su pelo está húmedo y recogido en la misma trenza que siempre le cae sobre el hombro derecho. Algo le dejó un arañazo en la mejilla, pero, pese a eso, parece entera. Más que él, al menos, que apenas empieza a ser consciente de lo que le rodea.

Cuando alza una mano para frotarse los ojos e intentar quitarse de encima el cansancio que siente, Lilith emite un suspiro tan hondo que parece que hubiera estado conteniendo la respiración todo el día.

—¿Qué pasó...? —pregunta él. La voz le sale estrangulada—. ¿Cuánto he estado...?

Está a punto de decir «dormido», pero se da cuenta de que no es la palabra correcta en cuanto recuerda cómo acabó así: vuelve a sentir el puñal en su carne, el dolor lacerante que ahora parece un mal sueño; vuelve a ser consciente de las visiones... y del desconocido que sujetó un filo contra su cuello mientras él caía inconsciente.

—Unas horas —suspira Lilith—. Me alegro de que estés bien. Pensé... —No termina la frase, pero Darien puede saber qué pensó, porque él mismo lo hizo—. Un necromante utilizó... magia contigo. Eso... Eso fue lo que te salvó.

Lo último lo dice sin mirarlo y el chico siente el pánico subiéndole desde el estómago hasta la boca en cuanto lo hace. La tirantez de su piel o el malestar que todavía siente no le impiden incorporarse, aunque cada músculo se queja de los movimientos que hace. Cuando se destapa se da cuenta de que nadie le ha quitado la camisa rota y manchada que lleva. Nadie lo ha vendado, tampoco. Se pregunta si lo han tocado, siquiera, o si los sanadores retrocedieron al verlo. La magia no está bien vista en el Templo. «Magia» no es lo mismo que «don». «Magia» significa «extraño», significa «antinatural». No es nada que Destino apruebe, nada que los celestes hayan otorgado o un milagro puntual. La magia cambia el curso normal de las cosas, de las vidas. La gente con magia juega con la materia y con la energía de los seres vivos como si tuvieran algún derecho sobre ellas. Y eso es exactamente lo que hizo un necromante con él.

El chico se alza la camisa y observa la herida de su estómago. La costra café de la sangre seca sigue ahí, pero el único rastro del paso del puñal por su carne es una marca rosada contra su piel. La sombra de una cicatriz, suave y tirante, tierna. Cuando la acaricia, le molesta un poco, pero no se abre.

Darien está acostumbrado a tener miedo de sí mismo, de lo que puede hacer, de tocar a alguien y ver cosas que no desea, pero su propio cuerpo nunca le había aterrado tanto como en este momento.

Cuando voltea a ver de nuevo a su prima, descubre a Lilith observándolo con atención, con los labios apretados, y se pregunta si está asqueada, si pensará que tal vez no debería estar ahí ahora. Quizá le parezca horrible que él esté entero por algo tan impío como una magia concedida por Muerte, mientras que las camas a su alrededor están manchadas con la sangre de otros miembros de la Hermandad o nobles que habían sido invitados al enlace. A algunos los han cubierto hasta la cabeza y los bultos debajo de las sábanas no se mueven. Otros duermen. Otros se quejan y lloran su destino o el de sus seres queridos.

¿Qué derecho tiene él a haber sido salvado? ¿Por qué, siquiera? ¿Por qué la misma persona que lo apuñaló se tomaría la molestia de curarlo?

«Volveremos a encontrarnos, celestial».

El recuerdo de esas palabras hace que un estremecimiento helado recorra su columna.

—Está bien —trata de reconfortarlo su prima—. Estás bien y eso es lo que importa ahora. Quizá la herida no te habría matado de todos modos. Y tú no… decidiste esto. En ese caso, no es una traición.

Suena a excusa, pero Darien intenta aferrarse a su lógica. Sus dedos sueltan la camisa y la cicatriz queda cubierta. Si no la ve, no tiene por qué recordar que está ahí. Al menos, de momento.

—Los intrusos eran… ¿necromantes? —pregunta, con la voz ronca—. ¿Cómo…? ¿Por qué…? Los necromantes no suelen causar problemas, por lo general. A los necromantes ni siquiera les interesa el Amuleto…

—La Guardia Celestial todavía está investigando, pero encontraron a un celestial muerto en un callejón de la ciudad, desnudo, y suponen que uno de los atacantes robó sus ropas, entró en el Templo sin ser interceptado y después se encargó de ponerle fácil el acceso al resto de sus compañeros —responde Lilith, tras tomar aire y cuadrar los hombros. Parece que centrarse en narrar hechos, por horribles que sean, le sea mucho más fácil que hablar de suposiciones—. Existen necromantes que pueden robar los rostros de las personas que matan, así que tendría sentido que nadie se hubiera dado cuenta de nada. Después del ataque, aprovecharon el caos para huir. Si siguen en la ciudad, es cuestión de tiempo para que los encontremos.

—¿Y Nathan? ¿Qué...?

—El Portador huyó. La mayor parte de la guardia ya lo está buscando también.

A Darien no se le escapa cómo se endurecen la voz y la mirada de su prima ni cómo su expresión se enfría un poco más mientras evita decir el nombre de su amigo. De pronto, Nathan ya no es Nathan, solo es «el Portador».

Sabe que es una manera de defenderse. Sabe que Lilith se siente dolida y está intentando hacer desaparecer cualquier rastro de cariño que sintiera. Él, en cambio, está un poco aliviado de que haya conseguido escapar. Traidor o no, sigue siendo su amigo: creció con él, jugó con él, aprendió con él, lloró con él. Su prima también. Su prima, de hecho, lo adoraba por encima de todas las cosas. Eso que está intentando hacer no va a funcionar, pero cada uno intenta superar la pérdida de un ser querido como puede. Y aunque Nathan siga ahí fuera, vivo, de alguna manera lo perdieron para siempre.

Y no solo a él.

—Entonces, él y Adam...

—No. Él no.

Darien se queda muy quieto, sin entender lo que quiere decir, pero Lilith no añade nada más. Lo único que recibe por su parte es un cambio apenas perceptible en su expresión, en la manera en la que frunce la boca. A sus ojos no llega la pena, en ellos no hay nada más que contención, pero, de pronto, eso es todo lo que necesitaba para entender.

El duelo es uno de esos sentimientos que a veces es imposible poner en palabras. Por lo general se oculta en los silencios, en la forma en la que alguien se niega a pronunciar un nombre o se le rompe la voz al hacerlo. La tensión que cae sobre ellos está repleta de todo eso, de las cosas que no se quieren decir, de ausencias casi palpables.

—No.

Pronuncia esas dos letras como si en ellas pudiera esconderse un milagro o una parte de esa magia que debe aborrecer. Pero no es así. En el instante en el que termina de comprenderlo, la cabeza se le llena con una oleada de recuerdos que no ha pedido, del mismo modo que cuando su poder se rebela contra él. No puede evitar pensar en el niño mayor que él que lo agarraba de la mano para que no se quedara atrás cuando corrían. No puede evitar pensar en su risa, en la forma en la que hacía que todo el mundo se sintiera cómodo con su presencia. Adam solía ser como la luz del sol y de pronto la habitación se queda un poco más a oscuras cuando se da cuenta de que ya no está. Que no va a volver a tomarle el pelo, que no volverán a cruzar espadas, que no va a poder escuchar las historias que les contaba cuando eran más pequeños, en un intento de asustarlos, o que no va a volver a animarlo cuando él se sienta perdido con ese don que no es capaz de controlar.

«Si no sale todo bien…».

No puede ser que esa misma mañana estuvieran juntos en la basílica, observando los últimos preparativos para la boda. No puede ser que Adam le diera las gracias y solo ahora se dé cuenta de que en esa conversación se escondía una despedida. ¿Lo sabía? ¿Adam sabía que ese día…?

No. No puede ser cierto.

Si se levanta ahora, si consigue deslizarse hasta el borde de la cama y ponerse en pie, podrá ir a buscarlo. Le demostrará a Lilith que está equivocada. Se lo encontrarán en el patio del Templo, practicando con la espada, siendo el celestial perfecto, el más aplicado. El que sigue su camino sin desviarse, aunque desee algo que debería estar prohibido.

Nathan estará con él.

Todo habrá sido un mal sueño.

Pese a lo aletargado que se siente, se mueve. Llega a apoyar los pies en el suelo, pero cuando intenta levantarse, las piernas le ceden y vuelve a caer sentado en el borde del colchón. Está temblando, pero no es de miedo. Es de impotencia, de tristeza. Las lágrimas le pican detrás de los ojos, pero cierra los párpados con fuerza en un intento de mantenerlas a raya.

—Era un traidor. —Aunque Lilith no habla alto, su voz helada y monocorde se cuela en todos los rincones de su mente, se hace más grande, lo llena todo—. Los dos lo eran.

—No.

—Eran un par de mentirosos e infieles cuyos pecados destruyeron la basílica y provocaron la muerte del rey —prosigue ella, inflexible—. No merecen que pensemos más en ellos. No merecen nuestra pena ni nuestra piedad.

Darien traga saliva. No puede creer que su prima esté hablando así de sus amigos. Ni siquiera puede reparar de verdad en la muerte del rey, porque la pérdida de Adam es muchísimo más dolorosa, aunque no afecte a un reino entero. Cuando vuelve a abrir los ojos, apenas puede reconocer a la chica de expresión fría que está frente a él. Esa mujer se parece mucho más a su tía, severa y distante, que a la celestial responsable pero amable que él conoce. Quiere preguntarle si se volvió loca. Quiere preguntarle si de verdad cree que con esa actitud va a ser más fácil aceptar lo que pasó.

—Es mi primo. Es tu hermano.

—*Era,* Darien. Tuvo la oportunidad de hacer las cosas bien y no las hizo. Tenía a Eunomia en sus manos, sabía cuál era su misión, sabía cómo debía actuar ante un Portador que pierde de vista su camino, pero la soltó y eligió irse con el traidor que usó el Amuleto.

—*Nathan* —pronuncia Darien, con la voz rasgada, llena de frustración— usó su poder para salvar a Adam. Iba a morir, Lilith, y estoy seguro de que el propio Adam lo sabía.

Eso consigue que ella respire hondo. Consigue afectarla, al menos un poco, así que sigue hablando para ver una parte más humana de ella, algo que reconozca:

—Se despidió de mí, Lilith. Esa mañana hablamos y, aunque al principio no me di cuenta, ahora creo que sabía que algo no saldría bien. Lo único que hizo Nathan…

Si alguna vez ha estado cerca de volver a acercarse a su prima, la aleja al volver a pronunciar ese nombre una vez más.

—Lo que hizo fue creerse un Original —lo interrumpe ella, con más dureza todavía—. El Portador no debe usar el Amuleto, porque cuando lo hace, esto es lo que queda: el caos, el dolor. —Lilith hace un gesto hacia los heridos, hacia la sangre, hacia los sanadores que van y vienen entre las camas—. Esto lo hizo él. Y tal vez deberías recordarlo la próxima vez que se te pase por la cabeza defenderlo o volver a pronunciar ese nombre. Es un demonio, Darien. Y los demonios no tienen nombre.

El chico aprieta los labios, pero no dice nada porque… Porque tiene razón. Eso es, al menos, lo que les han enseñado siempre. Cada vez que se usa el Amuleto del Tiempo, el resto del mundo sufre. Cada segundo, cada minuto, cada hora que utiliza ese objeto, viene de otro lado, de otra persona, de otros seres. Así es como funciona la magia, también: como un intercambio constante.

Darien se lleva una mano al estómago, pero no se mueve. Sus ojos están fijos en sus pies y en los de su prima, que suspira de nuevo. Esta vez, con algo parecido al hartazgo.

—Nos engañaban —sentencia—. Los viste, ¿verdad? Se besaron. Estaban… —Se le escapa el principio de una risa incrédula—. ¿Qué? ¿Enamorados? Nos engañaron durante… ¿cuánto tiempo?

«¿Y qué habrías hecho tú si te hubieras enterado? ¿Lo habrías aceptado, acaso? Claro que no te lo dijeron, Lilith: no sabían cómo». Darien se traga esas palabras aunque le queman en la boca. Porque prometió que no diría nada, por mucho que ahora le gustaría hablar. Porque nada de lo que diga va a cambiar el juicio que ella ya ha emitido. Y también porque se siente culpable. Porque si hubiera sabido que todo iba a terminar así, probablemente los habría animado a escapar juntos, los habría ayudado a hacerlo, y no sabe en qué lo convierte eso. En otro traidor, supone, porque su deber era insistirles para que no volvieran a pensar en el otro de la manera en la que lo hacían, instarlos a poner distancia entre ellos.

El silencio se alarga lo suficiente como para que Lilith decida ponerse de pie. Cuando Darien alza la vista, sin embargo, se sorprende al darse cuenta de que no parece enojada, o al menos no solo eso. Más que nada parece… agotada.

—Será mejor que te deje descansar. Sé que es… mucho que asimilar.

No quiere descansar, no cree que vaya a poder hacerlo, pero asiente y observa cómo su prima se aleja, tan recta, tan entera que solo puede preguntarse en qué momento va a empezar a deshacerse por las costuras.

En cuanto Lilith se marcha, se siente solo. Se siente triste e inútil y se pregunta si podría haber hecho algo para salvarlos. Si habría habido alguna forma de ayudar a Adam, si hay alguna forma de ayudar a Nathan. Y si pensar en ayudarlo en vez de condenarlo u olvidarlo, como parece querer hacer Lilith, no lo convierte en un hereje.

Como si quisiera una señal, se lleva una mano al cuello. Quiere asegurarse de que todavía tiene el favor de Destino, de que su medallón no se rompió en mil pedazos después de lo que hizo y pensó en la basílica o de lo que está pensando ahora; después de que hayan usado magia en su cuerpo. Necesita una confirmación de que todavía tiene salvación, de que sigue en el camino correcto.

Sin embargo, cuando mete la mano bajo su camisa, no encuentra el contacto cálido del oro; ni siquiera encuentra el cordel alrededor de su cuello.

El pánico vuelve a él de inmediato. Casi se cae al ponerse en pie, mareado. Busca entre las sábanas, por si se le hubiera caído. Busca entre sus ropas, entre los pliegues de la túnica que espera al pie de la cama. Busca en la mesita que hay junto al catre, pero no encuentra nada; tampoco hay nada en el suelo. Tampoco le sabe decir nada la sanadora a la que pregunta si tenía algo más con él que hayan dejado apartado. Cuando ella le cuestiona sobre qué está buscando, sin embargo, a Darien se le ata la lengua, porque no sabe cómo decirlo. No *puede* decirlo. Si alguien se entera de que perdió su medallón, le echarán la culpa. Le preguntarán cómo pudo perderlo de vista o lo mirarán con lástima, como algo totalmente echado a perder. El medallón de los celestiales no es algo reemplazable, no es solo un símbolo: es una parte de todo lo que son. El medallón es algo más importante incluso que sus cuerpos, porque los cuerpos son mortales y falibles, son solo carne y huesos; pero lo que vuelcan en sus medallones a cambio de los dones de Destino es su esencia misma, su espíritu, todo lo que un día será eterno.

Sus manos vuelven a su cuello, mientras mira alrededor. Quizá se le soltó cuando lo trasladaron. Quizá el collar se le cayó durante el forcejeo con el necromante y ni siquiera se dio cuenta. Puede que siga abandonado en la basílica, entre los escombros. Puede que…

El filo contra su cuello vuelve a su mente. El dolor, la sensación de estar a punto de perder el conocimiento. Y el tirón. Lo recuerda con demasiada claridad, igual que el rostro del necromante sobre el suyo. Algo colgaba de la mano de su asaltante mientras este se alejaba.

«Volveremos a encontrarnos, celestial».

Y, de pronto, no tiene duda de que así será, si ese desconocido quiere.

Porque se llevó su alma.

AMMARAH

Todos los fieles de Destino ven la muerte como un descanso merecido. Para ellos la vida es solo una prueba (a veces más compleja y a veces menos) para conseguir llegar a un lugar mucho más pacífico, para ser mucho más que simples mortales y ocupar un lugar en el espacio liminal en el que Destino y sus celestes conviven. Ammarah lo sabe, lo ha sabido siempre, del mismo modo que sabe que los descendientes de Daiva tienen asegurada su entrada en la Corte de Destino siempre y cuando no se desvíen de su camino establecido.

Aun así, eso no evita que le aterre la muerte.

No siempre fue así. De pequeña la consideraba algo natural, un elemento más que estaba en muchas de las historias que la rodeaban: al fin y al cabo, había crecido con cuentos sobre muertes terribles o santos que perdían la vida cumpliendo las misiones que Destino les impuso. Santa Aiva fue la primera que tuvo que matar a su propia familia entera, pero precisamente gracias a ello fue santificada y pudo fundar una ciudad que se convirtió en refugio para un sinfín de personas. La pequeña Ammarah no temía a la muerte porque sabía que su familia, la familia real del Sacro Reino de Daiva, provenía de ella.

Sin embargo, todo cambió cuando su madre murió. Fue entonces cuando conoció el dolor, la tristeza que se hacía un hueco profundo en el pecho y se negaba a marcharse, la pesadez de la ausencia. Aunque pensar en su madre siendo eterna en un espacio luminoso y tranquilo debería haber sido un consuelo, los primeros días no fue así, porque nada de aquello se la devolvía. Su madre, desde aquella distancia imposible de salvar, no podría volver a peinarla ni sentarse con ella a leer en la biblioteca ni aconsejarla sobre todas las cosas en las que ella quería pedirle opinión.

Ammarah comprendió entonces que la muerte nunca es tan dura para quienes se marchan como para quienes se quedan atrás.

Quizá por eso el rostro de su padre está tan tranquilo. Porque él no tiene ya ningún pesar, ninguna pena. Porque ahora está bien, en paz, tal vez incluso reunido con la reina a la que nunca dejó de amar.

Ammarah, en cambio, lleva horas deshecha en lágrimas. Arrodillada junto al lecho del difunto rey, la princesa ha dejado que su cuerpo y su espíritu se rompan igual que se rompió todo lo demás a su alrededor. Rota está la basílica, roto está el vestido de novia que todavía lleva puesto, roto está el futuro que hasta hace unas horas todo el mundo a su alrededor veía tan claro.

La oscuridad de la noche ya ha tomado la estancia para cuando escucha los golpes en la puerta. En algún momento, Rina la dejó sola con su pena, pero es su voz la que suena tras la madera, en la entrada del cuarto:

—Alteza, siento interrumpir… —Ella no se gira a mirarla. Su vista sigue fija en el rostro de ese rey demacrado junto a ella, como en las últimas horas—. Lilith Rheiz vino a verla, pero si prefiere estar sola…

Lilith. Es probablemente el único nombre que puede hacerla despertar, al menos un poco. Porque es algo que reconoce, o eso cree. El miedo a la muerte de pronto no es nada en comparación con el miedo a la traición, que se le agarra al pecho como una garrapata.

—Que pase —murmura, con la voz ronca de tanto llorar.

Se gira hacia la entrada a tiempo de ver a Rina hacer una pequeña reverencia y a Lilith entrar. Lleva puesta una de las túnicas blancas habituales de los celestiales, limpia y brillante en comparación con las ropas de la princesa, que todavía no se ha lavado la sangre y el polvo.

A Ammarah le costó meses conseguir que dejara de inclinarse ante ella, pero ahora Lilith lo hace: una reverencia firme y rígida, profunda. Aunque es una muestra de respeto, a la princesa le parece que solo representa otra cosa rota más, igual que lo hace el hecho de que sus ojos permanezcan fijos en el suelo en vez de mirarla con la confianza y el cariño que han aprendido a compartir a lo largo de los años.

—Alteza —comienza Lilith, como si no conociera perfectamente su nombre—. Siento…

—Dime que no lo sabías —la interrumpe ella—. Júramelo, Lilith. Dime que no me has engañado. Tú no.

Sus palabras suenan mucho más fuertes y demandantes de lo que ella se siente, pero funcionan. Lilith traga saliva y se yergue. Aunque su expresión está serena, Ammarah la conoce lo suficiente como para reconocer cómo están gritando sus ojos azules.

—Le juro que no sabía nada. Lo juro por mi alma, por mi don. Si lo hubiera hecho, jamás lo habría permitido. Jamás… Nada de esto habría pasado.

Ammarah ni siquiera se plantea sospechar de ella. No quiere que su relación con Lilith se una a la lista de destrozos, así que aprieta los dientes, se limpia la cara e intenta contener las lágrimas que siente pugnando por volver a salir.

No dice nada. No quiere hablar con ella como si fuera un miembro de la Guardia Celestial o una simple sirvienta. De hecho, no quiere oír ni una palabra más. Lo único que necesita ahora es saber que hay algo que puede sobrevivir a ese día. Necesita fingir que todavía hay pedazos de sí misma, de toda la vida que conocía, que pueden recomponerse y juntarse. Por eso alza los brazos y los extiende hacia la chica, como un náufrago en medio de las aguas pidiendo que alguien lo rescate. Se siente exactamente así.

Puede ver cómo Lilith se sorprende con el gesto, pero es eso precisamente lo que hace que su amiga también se resquebraje un poco. Aunque es evidente que intentó trazar una distancia, es incapaz de mantenerla al verla de este modo, tan triste, tan vulnerable, así que pronto está avanzando, casi corriendo.

Cuando se abrazan, en el suelo, lo hacen como si de esa manera pudieran evitar que todos los pedazos en los que se están deshaciendo se desperdiguen por el cuarto.

—Lo siento. —La voz de Lilith tiembla contra su oído. Está llena de dolor, pero también de rabia, hacia el mundo y probablemente hacia sí misma—. Tendría que haberte protegido mejor, Ammarah. No tendría que haberte dejado. Tendría que… Yo…

La princesa niega con la cabeza, porque no es capaz de hacer nada más. No puede hablar, no cuando la herida está tan abierta, cuando el cuerpo de su padre está solo a unos pasos, cuando el del hermano de su amiga ya debe de estar pudriéndose al otro lado de las murallas, cuando hay otras personas que han muerto para ambas incluso si continúan vivas en alguna parte.

Pero igual que cuando murió su madre, entre tanta muerte lo que más le aterra a Ammarah es no tener ni la menor idea de cómo van a seguir adelante los vivos.

LILITH

El viento te araña la cara y te enreda la capa y la túnica entre las piernas. Las manos y las rodillas te duelen de caer, pero el peso de la espada es reconfortante entre los dedos. Al fin y al cabo, esa es la única seguridad que tienes de que estás haciendo lo correcto, de que este es el lugar en el que tienes que estar, esta es la batalla que tienes que luchar. Sobre ti, las nubes avanzan por el cielo a la carrera y el gris se amontona en el horizonte, como si se estuviera fraguando una tormenta. Gris es también el paisaje a tu alrededor, dominado por los picos de las montañas, por las rocas, por los arbustos espinosos de flores blancas que sobreviven luchando contra los elementos. Tus pies siguen adelante, aunque tus músculos arden por el esfuerzo y parecen temer el momento en el que acabes de nuevo en el suelo. Bajo tus botas, las pequeñas piedras que pisas arrastran a otras en su caída por el terreno escarpado. Aun así, te niegas a mirar atrás. Tienes que concentrarte en el peso de la espada en tu mano y en tu contrincante —no pienses en su nombre, no quieres pensar en su nombre—, que entorna los ojos en tu dirección.

Sus dedos se cierran alrededor de la espada que le cuelga de la cintura y desenvaina. Al fin, se va a dignar a luchar contra ti. Al fin, vas a poder cumplir tu objetivo. Tus ojos caen sobre los suyos, sobre ese rostro que resulta tan familiar y, sin embargo, ya no eres capaz de reconocer. Casi puedes fingir que es otra persona, porque ese mechón blanco que le cae por la cara no debería estar ahí y su rostro no parecía tan consumido la última vez que se vieron.

—De acuerdo, Lilith —te dice, con una resolución que tampoco reconoces del todo—. Viniste hasta aquí para matarme, ¿verdad? Pues vamos, ven por mí.

No te gusta su tono. No te gusta que las cosas sean así y, al mismo tiempo, sabes que no podrían ocurrir de otra manera. Sabes que este es el desenlace que estabas esperando, la venganza por la puñalada que aún sientes en tu espalda. Ajustas tu agarre alrededor de Eunomia y recuerdas que le dijiste a tu madre que tú no habrías soltado la espada.

Es hora de demostrarlo.

Lilith despierta con un grito atrapado en la garganta y un jadeo en los labios. El techo de su habitación le devuelve la mirada y ella se queda muy quieta durante unos segundos, intentando recuperar la respiración. Se lleva una mano al pecho, cuenta hasta cinco y después, algo mareada, se incorpora. La ropa de cama se le ha quedado enredada en las piernas y siente que está empapada en sudor, pero está bien. Está en casa. Solo fue un sueño…

No, no lo fue. Lo entiende en cuanto se tranquiliza un poco y siente las imágenes todavía ahí, llenando su cabeza.

Fue una visión. La que lleva toda la vida esperando, de hecho. La que pensó que no recibiría hasta su Peregrinación. La que le da un objetivo que solo ella puede llevar a cabo.

Tiene que matar al Portador.

DARIEN

Adam fue el primero en contarles las historias. Fue poco después de recibir su propio medallón y de presumir delante de él, de Lilith y de Nathan porque él ya era un iniciado y a los demás todavía les quedaban unos años para dejar de ser simples aprendices.

—Cuando se celebre su Rito de Consagración entenderán lo importante que es —les dijo, mostrando cómo el ojo de oro de Destino brillaba al sol. Por aquel entonces, Darien tenía nueve años y estaba deslumbrado con la idea de estar más cerca de su dios, de recibir un don y guardar su alma en aquel precioso talismán—. Pero si tienen alguna duda, yo puedo hablarles de eso.

En aquel momento, Lilith y Nathan solo resoplaron, aunque por dentro estuvieran tan fascinados como Darien. Solía ser así: ninguno de los dos soportaba que Adam fuera tan engreído solo por ser el mayor y ambos eran lo suficientemente orgullosos como para no darle la satisfacción de hacerle sentir que podía enseñarles algo. Así que, la mayoría de las ocasiones, tanto su prima como el Portador se giraban hacia Darien con disimulo para que fuera él quien hiciera las preguntas. A él no le molestaba, porque lo cierto es que disfrutaba de las historias de su primo: le gustaba escuchar sobre los santos, sobre las tierras más allá de Daiva, sobre las misiones de quienes abandonaban la seguridad de las murallas (como habían hecho sus padres tiempo atrás) e incluso las historias en las que Destino castigaba a celestiales.

Existía toda una serie de cuentos sobre cómo algunos fieles habían perdido su medallón y, al hacerlo, se habían condenado. Adam siempre los comenzaba con una pregunta, consciente de que así captaría mejor la curiosidad de todos los demás:

—¿Ya les conté la historia del celestial que vendió su medallón a un comerciante…?

—¿Saben ese cuento del brujo que le roba su alma a una celestial…?

—¿Nadie les ha dicho que los necromantes querrán destruir sus medallones para impedirles alcanzar la Corte de Destino…?

Darien ha estado pensando en todas esas leyendas desde que salió de la enfermería. Pensó en ello mientras recorría los pasillos del Templo encogido sobre sí mismo, temeroso de que alguno de los celestiales con los que se cruzaba pudiera reparar en la ausencia en torno a su cuello, y mientras se lavaba frenéticamente el cuerpo, esa piel que otra persona manchó con una magia que él nunca pidió y que dejó su marca en él con esa horrible cicatriz. Pensó en ello después, durante las horas que se quedó encerrado en su cuarto, hecho un ovillo sobre su cama, intentando tranquilizarse.

Y está pensando en ello mientras entra en la basílica derruida, vacía y oscura en medio de la noche.

Se acuerda de cada palabra, de cada diálogo que Adam hacía con voces diferentes. Se acuerda de sus protagonistas, desafortunados, en la mayoría de los casos demasiado ingenuos. Se acuerda, sobre todo, de que todas esas historias acababan mal, de que las víctimas siempre eran los miembros de la Hermandad Celestial, pero también se les consideraba sus propios verdugos: ellos descuidaban su alma, ellos permitían que les robaran, que los usaran, que los pusieran en peligro, que jugaran con ellos. En todas esas historias, la pérdida del medallón no era un accidente o algo que le hiciera sentir pena de los protagonistas: era un descuido, un error imperdonable, un motivo de vergüenza.

Así es justo como se siente Darien: sucio, indigno… Desnudo. Durante siete años de su vida, esa joya estuvo descansando sobre su pecho, con su peso reconfortante alrededor del cuello, y ahora que no está, tiene la sensación de que todo el mundo puede ver el cambio.

Una parte de él se niega a pensar que lo perdió. Se niega a pensar que se lo robaron, que él fue tan descuidado y tan estúpido como para permitirlo. Por eso volvió a la basílica, con la esperanza de encontrarlo en el suelo lleno de polvo. Por eso ahora, desesperado, ilumina con un candil los restos de ese lugar destruido esperando que algún brillo extraño delate su situación y le quite de encima todos los miedos que se le están acumulando en la cabeza y en el pecho.

«Volveremos a encontrarnos, celestial».

Tampoco deja de pensar en esa voz, en esas palabras que cada vez le suenan más a una amenaza. Mientras busca su medallón, desesperado, intenta convencerse de que esa despedida no es una promesa inevitable.

Pero no está. Darien busca en cada rincón, rehaciendo todos los pasos que recuerda y al mismo tiempo intentando no pensar. No quiere recordar a Nathan de pie en ese lugar, con esa expresión perdida y asustada. No quiere recordar a Adam o la forma en la que tomó el rostro del Portador para besarlo. No quiere pensar de quiénes son las manchas de sangre que se distinguen sobre las baldosas. No quiere aceptar que Adam está muerto o que ahora debería considerar a Nathan un enemigo o que todo el destrozo que hay a su alrededor lo provocaron ellos y ese amor del que él lleva tiempo siendo cómplice.

Si se lo hubiera dicho a alguien, ¿habría cambiado algo?

Si los hubiera descubierto, ¿seguiría vivo Adam? ¿Seguiría vivo el rey? ¿Seguiría Nathan allí?

Quizá no fue el necromante quien se llevó su medallón. Quizá Destino mismo se lo quitó, porque considera que perdió el derecho de llevarlo. Quizá le puso una prueba al mostrarle el secreto de sus amigos y, simple y llanamente, no la superó.

Un destello hace que el corazón le salte en el pecho. Allí, entre piedras que debieron formar parte de la cúpula en algún momento, hay algo. Cansado y con frío, porque la noche parece haberse colado en la basílica por las grietas y el agujero en el techo, gatea hacia delante. Su mano se cierra alrededor de un objeto frío…

…y lo suelta de inmediato cuando oye la canción.

Darien se gira de golpe, esperando encontrar a alguien más en la basílica junto a él, pero no hay nadie. A su alrededor solo reside la oscuridad y los mil ojos rotos de las estatuas de los celestes. Por su columna, como una araña de patas largas y finas, baja corriendo un escalofrío. Está seguro de que oyó algo. Una voz, cálida, dulce, un tarareo de una melodía que le suena extrañamente familiar y, al mismo tiempo, no consigue ubicar.

—¿Hay alguien ahí?

Su voz retumba entre las paredes fracturadas, solitaria, algo más perdida en todo ese desastre. Traga saliva, inquieto, pero se gira de nuevo hacia el objeto en el suelo. Si la voz no está a su alrededor, entonces, quizá…

Vuelve a extender la mano. Ese no es su medallón, sino un puñal que reconoce. Es el mismo que se clavó en sus entrañas, el mismo que pensó que lo mataría. Cuando sus dedos lo rozan una vez más, tiene la respiración contenida en el pecho. Nunca antes había encontrado un recuerdo en un objeto. Ni siquiera estaba seguro de que él pudiera hacerlo, aunque sabe que han existido sensibles muy experimentados, grandes maestros que llevaron su don al límite, que lo consiguieron. Pero él no forma parte de esa categoría, definitivamente. Quizá se lo haya imaginado…

Antes de que pueda seguir pensando en ello, sin embargo, oye los pasos, que lo instan a apagar su candil de un soplido y tomar ese cuchillo de nuevo, presa del pánico, para tener algo con lo que defenderse. Es un movimiento desesperado, como si las sombras a su alrededor fueran a convertirse en ese necromante que ahora va a poblar todas sus pesadillas.

Pero la persona que entra en la basílica no es él.

LILITH

Se vistió e hizo su equipaje a toda velocidad, sin pensar: un par de mudas, algunos objetos por los que quizá consiga que le den algo de dinero, algo de comida.

Solo le falta una cosa más.

La capilla de Santa Aiva no sufrió tanto como el resto de la basílica: como si Destino siguiera teniendo una absoluta favorita, el santuario sigue casi en pie, aunque tan a oscuras como el resto del edificio sagrado. Lilith enciende algunas de las velas que adornan los pedestales de las estatuas con ayuda del candil que lleva en la mano, para ver todo a su alrededor. Aunque el techo de la capilla sigue entero, las grietas también llegaron hasta ahí, como llegaron a las paredes y a los celestes de piedra que guardan el lugar. Incluso la propia Santa Aiva, que vuelve a cargar a Eunomia entre sus brazos, parece a punto de resquebrajarse. Mientras la mira, mientras se acerca a ella casi como si estuviera en trance, casi como si la llamara, Lilith se pregunta si esa es una manera más correcta de verla, si alguna vez estuvo a punto de romperse bajo el deber que otros pusieron sobre sus hombros. Se pregunta cómo debió sentirse cuando un celeste se presentó ante ella, la miró con sus decenas de ojos y le pidió que matara a su propia familia. A su madre, que había roto todas las leyes humanas al volver a la vida. A Tiempo, que había traicionado el orden que debía proteger, el fluir natural de las cosas. Nadie le pidió que acabara con la vida de su hermana, pero también terminó haciéndolo no mucho después.

La mujer de piedra le está ofreciendo su arma, y Lilith extiende las manos sin lograr evitar pensar que ese filo quizá parezca limpio, pero en el fondo está manchado con la sangre de un dios. Con la sangre de decenas de traidores distintos, también. Esa espada ha sesgado mil vidas distintas a lo largo de los siglos. Hace solo unas horas, sesgó la vida de…

—¿Lilith?

La chica da un respingo y siente como si la arrancaran de un sueño, como si todo lo que ha hecho desde que se levantó de la cama hubiera sido solo otra visión más. Aparta los dedos del pomo de Eunomia, que ya estaba tocando. Cuando se gira, descubre una sombra en la entrada de la capilla, y al principio le parece su hermano. Ve su cuerpo desfigurado, su rostro carcomido. Está a punto de gritar.

Al siguiente parpadeo, sin embargo, se da cuenta de que no es él.

—¿Darien? —Su primo parece más entero que en la enfermería, aseado y arreglado, aunque todavía tiene mala cara—. ¿Qué haces aquí? Deberías estar en la cama.

—¿Qué haces *tú* aquí? —replica él. Sus ojos verdes van de ella a la estatua de la santa y, luego, a las protecciones de acero que se puso por todo el cuerpo y la bolsa que cuelga de su hombro—. ¿A dónde vas?

Lilith sabe que no tiene por qué responder. Podría guardarse las órdenes de Destino y permanecer en silencio, sobre todo teniendo en cuenta que está segura de que su primo la juzgará. Le dirá que no puede hacer eso, que no puede enfrentarse *a él*.

Y, a pesar de ello, quizá precisamente para ver su reacción…

—Tuve una visión.

—¿Una visión? ¿Qué clase de…?

—Tengo que ir tras el Portador y acabar lo que mi hermano no pudo hacer.

Matarlo. Tiene que matarlo. Tiene que enfrentarse a él y arreglar lo que su hermano estropeó. Tiene que solucionar su propio error, porque si hubiera reaccionado en el momento, si hubiera hecho algo en la basílica, mientras todo se venía abajo, tal vez habría podido detenerlo. Tal vez podría haber impedido que el Portador saltara al lago.

Tenía que haber actuado cuando volteó a verla. Tendría que haber acabado con él justo en aquel momento.

Destino le está diciendo eso, ¿verdad? Que tuvo una oportunidad y no la aprovechó, pero que ahora le está brindando otra.

—¿De qué estás hablando? —Darien frunce un poco el ceño, confundido. Y después, cuando lanza un vistazo hacia la estatua de la santa tras ella, lo comprende. Y se horroriza—. No. No lo dices en serio. No vas a…

Darien da un paso hacia adelante, pero Lilith lo retrocede a su vez. Antes de que su primo pueda detenerla, extiende las manos y agarra la espada al fin, casi sin atreverse a respirar. No ocurre nada, aunque una parte de ella temía que el arma la rechazara, que se riera de ella, que le dijera que no es lo suficientemente buena como para empuñarla. Cuando desenvaina la espada, comprobando su peso, observa su reflejo distorsionado en el acero. Los ojos azules que le devuelven la mirada podrían ser los suyos o los de su hermano.

—Lilith, no puedes…

—Es mi camino —replica ella, antes de volver a envainar el filo con un sonido que suena definitivo—. ¿Acaso preferirías que me alejara de él?

El rostro de Darien está casi tan pálido como lo estaba al despertar en la enfermería.

—No, yo solo… ¿Estás segura? Puede haber sido solo una pesadilla.

—¿Crees que no conozco lo suficiente mi don como para distinguir una cosa de la otra?

—No quiero decir eso, pero… Escucha, Lilith, sé que lo que pasó hoy es… duro. E injusto. Sé que duele. Sé que estás perdida; yo también lo estoy. Pero… es Nathan, Lilith. Es…

—¿De verdad vas a seguir defendiéndolo?

Ahora sí, su primo calla, escarmentado. Ninguno de los dos quiere volver a discutir, ninguno de los dos quiere que eso sea lo último que vayan a decirse. Así que él retrocede y ella deja escapar la tensión que siente en los hombros al suspirar.

—Vuelve a la cama, Darien.

Él se queda plantado en su lugar, con los puños apretados y una expresión tan frustrada como inquieta.

—No puedes irte en medio de la noche. Al menos espera a que amanezca. Espera a…

—Cada minuto que pierdo es un minuto que él usa para alejarse —replica ella, con dureza—. Sé dónde encontrarlo, pero no sé cuánto tiempo tengo. Y, de todas formas, prefiero acabar con esto cuanto antes. No me lo perdonaría si usara el Amuleto de nuevo. Si volviera a traer el caos y la destrucción…

—Sabes que él no quiere nada de eso. Probablemente ni siquiera sepa lo que está haciendo, Lilith. Na… —Darien se detiene antes de pronunciar ese nombre, consciente de la forma en la que ella entrecierra los ojos cuando lo pronuncia—. El Portador no controla su poder. Estoy seguro porque sé lo que es. Y por eso sé, también, que cuando tú no controlas tu poder, él te controla a ti.

—Razón de más para detenerlo —insiste ella, fría—. ¿O quieres que pase en otros lugares lo que pasó hoy aquí? ¿Ya olvidaste tus clases de Historia? ¿Quieres otro desastre como el que Tiempo provocó en Arsay? Alguien tiene que detenerlo. Y Destino decidió que sea yo.

No está dispuesta a darle más oportunidades de que argumente contra ella, así que se aferra a su bolsa y pasa por su lado. Darien no intenta tocarla, pero la ata a la capilla con sus palabras:

—¿Y qué pasa con la princesa?

Lilith se estremece. Antes, en el silencio de la habitación del rey, mientras ambas velaban el cuerpo abrazadas, Ammarah lloró hasta quedarse sin lágrimas. Solo entonces le confesó lo aterrada que estaba por todo lo que estaba a punto de pasar: en los próximos días, se celebrarán los ritos funerarios de su padre y ella se convertirá en la nueva reina de Daiva.

—No puedo hacer esto sola —le dijo, con la voz rota.

—Estaré justo a tu lado —le prometió ella.

Supone que ya no será así, pero se recuerda que es por un buen motivo. Va a ayudarla. Va a traer el Amuleto del Tiempo de vuelta al Sacro Reino. De vuelta a ella.

—Le escribí una carta —responde, en voz baja—. Lo entenderá. Ella mejor que nadie sabe que hay deberes que no pueden eludirse.

—Entonces, voy contigo —dice Darien.

No, no es buena idea. Lilith se gira hacia él con intención de prohibírselo, de recordarle que él no tiene nada que ver con su misión, que sola avanzará más rápido. Y es consciente, más allá de eso, de que puede ser peligroso. Llevan toda una vida escuchando que el mundo allá fuera lo es, que al otro lado de las murallas no hay ningún lugar en el que sentirse a salvo. Ni siquiera sabe qué es lo que va a pasar en el camino. Ni siquiera sabe si él la acompañaba en la visión.

No puede permitir que Darien acabe como su hermano.

Al mismo tiempo, no quiere hacer esto sin ayuda. No sabe si va a ser suficiente, pero eso no se siente capaz de pronunciarlo en voz alta, no quiere ni pensar en ello, así que solo dice:

—Tu lugar está aquí.

—Mi lugar está con mi familia —protesta su primo, dando un paso hacia delante, con el ceño fruncido y más serio de lo que lo ha visto jamás—. ¿Recuerdas qué ocurrió cuando mis padres dejaron este reino cuando solo era un niño y yo me quedé atrás? Que nunca más los volví a ver, que ya apenas me acuerdo de sus caras. Y hoy ya hemos… Ya hemos perdido suficiente. Los dos.

No debería aceptar. Debería explicarle que ella no es como sus padres: a ella su misión la obliga a volver, está segura. Ella traerá el Amuleto de vuelta y se lo entregará a Ammarah, aunque ni siquiera sabe cómo va a hacer eso. Conoce las reglas del Amuleto: si matas a un Portador, tú te conviertes en el siguiente. De modo que ese es su destino ahora, supone. No ha nacido para ser la próxima Suma Celestial, sino la próxima Portadora del Amuleto del Tiempo.

Y no sabe dónde la lleva eso exactamente.

Pero no va a pensar en ello. Tiene que afrontar las cosas de una en una y eso significa que no puede imaginar nada a largo plazo. Su misión lo es todo ahora, y lo primero que tiene que decidir es si quiere llevarla a cabo completamente sola o no.

—Me iré en diez minutos —dice entonces—. Si no estás en las caballerizas entonces para venir conmigo, no te esperaré.

Puede oír el profundo suspiro de alivio de su primo.

—Diez minutos —repite él.

No espera ni un momento más. Darien se marcha y ella siente la tentación de dejarse caer sentada en una de las bancas de la capilla, de pronto más agotada que cuando se acostó. No lo hace. No se permite ni un instante más de duda. No puede, o empezará a sentirse una impostora, una sustituta equivocada de la persona que cargaba con esa espada hace solo unas horas.

Alguien que, de nuevo, es solo una segunda opción.

Antes de salir de la capilla, Lilith se gira para contemplar la estatua de Santa Aiva. Hay algo casi suplicante en su postura, ahora que no carga con Eunomia. Es como si quisiera pedirles a los cielos que ayuden a su pueblo; a la ciudad que ella misma fundó y cuyas murallas fueron alzadas por los propios celestes para impedir que ningún demonio pudiera traspasar sus puertas.

—Traeré de vuelta lo que nos fue robado —jura.

No sabe si se lo dice a la estatua, a Destino o a sus celestes. No sabe si se lo dice a la Suma Celestial, a la princesa o a sí misma. No sabe si se lo dice a su hermano o al recuerdo engañoso de ese chico que creció a su lado.

Solo sabe que lo devolverá todo a su cauce.

O morirá en el intento.

DARIEN

Diez minutos.

Darien sabe que su prima no piensa contar los segundos y marcharse en cuanto se cumpla la hora acordada, pero prefiere no tentar a la suerte, porque ni siquiera confiaba en que lo fuera a dejar ir con ella. No cuando está claro que odia escuchar el nombre de Nathan y él no va a dejar de pronunciarlo. No cuando sabe que no quiere a nadie a su lado que pueda cuestionar sus decisiones, que pueda hacerla sentir culpable por lo que pretende hacer.

Alguien que incluso podría llegar a echar por tierra sus planes.

«Si algo se tuerce... protégelo, como has hecho hasta ahora». La voz de Adam le habla desde el pasado, martirizándolo, porque Darien está seguro de que el hijo de la Suma Celestial nunca se imaginó que la persona que podría llegar a ser un peligro para Nathan sería su propia hermana. Sí, tiene que ir con Lilith, aunque no solo por proteger a Nathan: también tiene que protegerla a ella. Tiene que proteger todo lo que un día fueron los cuatro, aunque ninguno de ellos vaya a poder volver a ser lo que era antes.

Darien aprieta la mano contra el puñal que guardó dentro de su túnica y se pregunta si debería deshacerse de él. Pero el necromante se llevó algo suyo, así que él también tiene derecho a quedarse a cambio con una de sus pertenencias. Pese a que ese cuchillo no es la mitad de valioso que su medallón, tal vez pueda usarlo para recuperarlo si algún día ese hombre vuelve a presentarse ante él, como prometió. Podría hacérselo pagar, tanto eso como todo el daño que él y los suyos hicieron al irrumpir en la boda. Si jamás hubieran entrado a la basílica, nada de esto estaría pasando. Si jamás hubieran aparecido, toda su familia estaría bien y su alma seguiría consigo.

Su alma. Su medallón. Darien se detiene, en medio de los pasillos del Templo al volver a pensar en ello, algo falto de aliento. Si va a viajar con su prima, si va a estar con ella durante tanto tiempo, en distancias tan cortas, tiene que ocultarle lo que pasó. Ella protegería su joya con su vida, si hiciera falta. Ella nunca sería tan descuidada. Si le contara la verdad, quizá lo sentiría por él, pero seguramente consideraría que tiene que hacer algún tipo de penitencia o esperar alguna señal de Destino para resarcirse. Y, desde luego, no le permitiría ir con ella, porque no se fiaría de él y de lo que pueda pasarle sin el ojo de Destino colgando de su cuello.

Lo cierto es que él mismo no sabe si es alguien en quién confiar. Ha escuchado las suficientes historias sobre lo que pasa con un celestial cuando su colgante cae en las manos equivocadas como para llegar a temerse incluso a sí mismo. Quizá no debería ir, después de todo. Quizá puede terminar siendo un peligro, más que una ayuda.

Darien aprieta los labios. Las sombras a su alrededor parecen fluctuar, tomar forma de rostros que se ríen de él y le preguntan qué va a hacer. «¿Vas a seguir siendo el chico que se queda esperando a que algo suceda, Darien? ¿El mismo niño que aguardó durante años a que sus padres volvieran algún día a casa? ¿El mismo que dejó de tocar a todo el mundo porque le aterrorizaba ver cosas que no quería ver? El mismo que tuvo un secreto demasiado grande entre sus manos y decidió callar y dejar que todo siguiera su curso…».

No. No puede seguir siendo esa persona. Está harto de quedarse de brazos cruzados.

Si quiere defender a aquellos que le importan, va a tener que cambiar.

El chico lanza un vistazo al corredor vacío antes de encaminarse hacia el despacho de su tía. Sus pasos tratan de ser sigilosos, pero no titubeantes. Sabe adónde va. Sabe qué va a hacer, igual que sabe que va a sentirse culpable por ello. Sabe, también, que a esa hora el cuarto estará vacío. Aun así, cuando llega, se asegura de que no sale luz por el estrecho hueco entre la madera y el suelo. Sus dedos dudan cuando se apoyan en la perilla y una parte de él (la cobarde, la precavida, la que quiere quedarse al margen de todo) reza para que no se abra, pero la puerta cede. El chasquido de la cerradura suena demasiado fuerte y reverbera por todo el pasillo. Se dice que alguien tuvo que oírlo, que van a descubrirlo, pero nadie aparece. Darien espera cinco, diez segundos, y después empuja la puerta y se desliza dentro del cuarto.

Al otro lado, la luz de la luna perfila los muebles que hay en el despacho de la Suma Celestial. Los reconoce todos: la pesada mesa, las grandes estanterías llenas de reliquias y libros que hablan de Destino. Ninguna de esas cosas le interesan hoy, sin embargo. Su mirada va directo hacia la cómoda de roble que ocupa el hueco bajo la ventana y sobre la que descansa una caja que ya ha abierto muchas veces antes.

Entre sus tareas como iniciado, Darien ha ayudado en todo tipo de ritos, pero en los que más ha participado son los Ritos de Consagración. Cada vez que un aprendiz del Templo cumple los doce años, se le considera listo para recibir sus dones, y Darien suele disfrutar de ver cómo los niños reaccionan al sentirlos por primera vez. Supone que la curiosidad por ver su emoción, sus nervios y su sorpresa tiene algo que ver con el rechazo que él siente hacia su propio don: ver a otros disfrutar de ese rito de paso es como hacer las paces con todo aquello que a él le atormenta.

Es por eso, porque ha participado tantas veces en la ceremonia que casi podría recitar las palabras de la Suma Celestial de memoria, que sabe también dónde se guardan los medallones que esperan por sus próximos dueños. Siempre hay algún ojo de oro esperando en el fondo de esa caja de madreperla, y en alguna ocasión Darien se ha preguntado si alguien podría tomar uno sin que nadie se diera cuenta. Aunque suelen contabilizarse, cualquiera podría cometer un error, cualquiera podría haber encargado mal las cantidades, cualquiera podría haber apuntado mal algo en el registro.

Cuando abre la tapa del cofre, sabe que no hay vuelta atrás.

«Volveremos a encontrarnos, celestial».

Esa amenaza que no ha dejado de repetirse en su cabeza pierde fuerza cuando Darien cierra los dedos alrededor de una de las joyas que descansan en el fondo de la caja. El metal se templa contra su piel, pero cuando lo levanta le parece mucho más liviano de lo que era su propio medallón. Como si estuviera hueco, vacío. Como si le faltara algo.

Intenta no pensar en ello cuando se pone el collar, pero, aun así, se siente sucio, indigno, así que se recuerda que es una medida temporal, que recuperará lo que es suyo, que hace esto para que nadie piense que es diferente a otros celestiales, para que Lilith no sospeche y le permita acompañarla. Son consuelos pequeños, pero se aferra a ellos mientras cierra de nuevo la caja y deshace su camino hacia la puerta; mientras sale y vuelve a recorrer los pasillos; mientras entra en su cuarto para tomar una bolsa, su espada y unas mudas a toda prisa.

Durante todo ese tiempo, no se siente a salvo ni un segundo. Sus ojos miran a su alrededor intentando distinguir los ojos acusadores de alguien en cualquier rincón, su mano va constantemente a asegurarse de que la falsa joya sigue colgando de su cuello. Incluso cuando se reúne con Lilith y se sube a uno de los caballos que ella ya ensilló para su viaje, se sigue sintiendo desprotegido y manchado. Apenas se atreve a mirar a su prima, porque teme que ella vaya a darse cuenta del engaño, que de alguna manera vaya a ver el delito escrito en su cara o reconozca que el medallón que lleva consigo no es el suyo.

Sin embargo, cuando Lilith lo mira desde su montura lo único que dice es:

—¿Estás preparado?

No. Pero como se ha convertido en un experto mentiroso en las últimas horas, asiente.

Mientras se ponen en marcha para dejar atrás ese hogar destruido en el que ambos han crecido, Darien piensa que lo peor de mentir es saber que puede engañar a cada persona que mire hacia él, pero no puede engañarse a sí mismo. No puede engañar a Destino ni a sus celestes, que deben de estar juzgándolo, conscientes de lo que ha hecho.

Y, desde luego, no puede engañar a la persona que le robó.

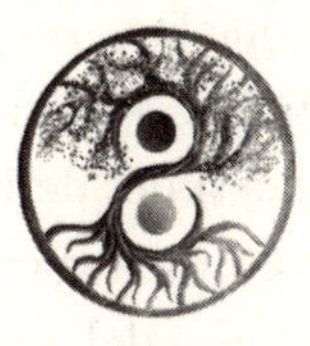

CALEB

La misión tenía que haber sido rápida y sencilla: entrar en el reino sagrado, crear algo de caos al interrumpir la boda, agarrar al Portador y desaparecer. Las instrucciones fueron claras y ellos pasaron los últimos días repasando cada detalle del plan para que nada escapara de su control. No debía haber problemas, y tampoco debían tocar más vidas de las necesarias: sería una extracción limpia, sin contratiempos. Estaba siendo así: llegó a atrapar al chico, sintió su miedo, comprobó que ni siquiera parecía especialmente fuerte. Por su parte, la Guardia Celestial estaba siendo un juego de niños para Dyne y Derek, acostumbrados a luchar contra bestias mucho más terribles que simples mortales armados con poco más que espadas y fe.

Estaba resultando absurdamente fácil.

Y entonces el Portador activó el Amuleto del Tiempo.

Caleb había calculado todas las variables posibles menos esa. Había pensado en todas las maneras en las que podían entrar en la basílica, había elegido con mucho cuidado el papel de cada uno en el secuestro y sus posiciones, había advertido mil veces que la vida de la princesa o el rey no debían correr ningún peligro para evitar más problemas de los necesarios. Había imaginado casi cada posibilidad… menos esa.

Se suponía que los celestiales no usaban el poder del tiempo. Se suponía que lo protegían, que jamás lo ponían en marcha para sus propios intereses.

Pero es evidente que el actual Portador no piensa igual y que ellos cometieron un error al subestimarlo.

—Tal vez no tendríamos que habernos olvidado de que incluso el Inmortal fue un celestial una vez —comentó Dyne en cuanto alcanzaron la Torre del Tiempo, después de huir. Hace dos días, cuando llegaron a la ciudad, eligieron ese lugar como su escondite porque les permitía tener una vista única del Templo, el palacio y la ciudad. Desde ahí, precisamente, vieron cómo Daiva se convertía en un caos mientras parte de la basílica se derrumbaba.

Caleb no respondió, aunque pensó que tenía razón, que había sido un error no pensar que los celestiales siguen siendo humanos y, como tales, pueden llegar a ser imprevisibles. De todos modos, se limitó a encargarse de las heridas de sus compañeros y a pensar. Lleva haciéndolo todo el día, dándole vueltas al ataque en un intento de desentrañar dónde estuvo exactamente la acción que desencadenó el desastre. Ha llegado a la conclusión de que el problema fue aquel chico rubio: el Portador no usó el Amuleto para protegerse a sí mismo cuando él lo asaltó; tampoco paró el tiempo cuando vio cómo apuñalaba al celestial que lo defendió, aunque gritara. Cuando actuó, cuando todo cambió, fue cuando Derek estuvo a punto de atravesar de lado a lado a aquel otro chico, el mismo con el que trató de huir después.

A juzgar por la expresión de la mayoría de los allí presentes, es evidente que no fueron los únicos que no lo vieron venir.

Fue Dyne quien hace un par de horas tomó el rostro de uno de los celestiales a los que mató en el asalto y se infiltró entre la gente para traer noticias de primera mano de la situación en la ciudad y conseguir un poco de comida. No hace mucho que regresó, escudada en la oscuridad de la noche.

—Están aterrados —explica ahora, como si le pareciera absurdo—. La gente habla del fin del mundo como si esto no hubiera pasado ya mil veces antes. Con el Amuleto del Tiempo es siempre la misma historia: si no lo tienen unos, lo tienen otros.

—Bueno, tiene que ser muy aburrido pensar que alguien que nunca se deja ver escribe tu vida, así que buscan emoción donde pueden —se burla Derek. Aunque fue el que más herido salió de la misión, ahora ya está en forma otra vez, armado de nuevo con ese buen humor que siempre tiene. Las marcas de su cara parecen sonreír con él, llenas de burla—. Además, el fin del mundo probablemente les parezca un buen motivo para ponerse a rezar por la salvación de sus almas.

Caleb los observa de reojo, sin añadir nada. Sus compañeros se han sentado en el suelo y dan buena cuenta del pan y la fruta que Dyne consiguió; él, en cambio, se ha quedado de pie, apoyado contra una de las columnas que bordean la Torre del Tiempo. Por encima de ellos, los engranajes del reloj se mueven de forma incansable y las agujas cambian de posición con cada minuto que pasa, pero su mirada se clava en la ciudad, donde siente cómo la vida fluye como una energía constante a su disposición. Vibra en el aire. Si se concentra, puede escuchar voces, risas y llantos. Siente todas esas almas que Derek ha mencionado, del mismo modo que siente la energía de los pequeños insectos que viven bajo el suelo o la de las flores que están abriendo sus pétalos bajo la luna llena que hay esa noche.

Aunque la energía que más siente es la que tiene en sus manos. Lleva un buen rato jugando entre sus dedos con el medallón que le robó al celestial al que apuñaló y ahora vuelve a pensar en él. Se pregunta si ya habrá despertado. En realidad, no es que le importe ese chico, pero quiere su poder. Lo necesita. Se ha cruzado con sensibles antes, pero hasta ahora solo una había conseguido enseñarle algo que él no recordaba en absoluto…

—Sus almas le pertenecen a Muerte —prosigue Dyne—. Y espero que, cuando llegue el momento, les dé una nueva vida absurda y ridícula a todos esos estúpidos que creen que pueden escabullirse de alguna manera.

—¿Cuál te parecería una vida suficientemente absurda y ridícula? —pregunta Derek, divertido.

—No sé, ¿la de un pez?

—Considero que hay peces bastante elegantes, yo creo que es peor ser un gusano. Además, los daivenses ya se dedican a arrastrarse a diario, así que apenas notarán el cambio.

Dyne deja escapar una risita antes de girarse hacia Caleb.

—¿Y tú? ¿En qué odiarías convertirte en tu próxima vida?

El chico aparta la vista del medallón entre sus dedos para fijarse en ellos con las cejas alzadas.

—En nada: no creo que haya nada peor que ser su compañero, y esa mala suerte ya me tocó.

Dyne le tira un bollo de pan a la cara, haciendo gala de su puntería excepcional, pero él lo atrapa al vuelo y aprovecha para darle un mordisco, sin cambiar su expresión indiferente. Derek se echa a reír.

—Está amargado porque no sabe cómo va a decirle a la emperatriz que el Portador se nos escapó y ahora él y el Amuleto del Tiempo están en paradero desconocido, probablemente causando destrozos y llamando la atención de todos los brujos de Evren.

Él pone los ojos en blanco, pero no responde a la provocación. En su lugar, voltea de nuevo hacia la ciudad, mientras continúa moviendo el medallón entre sus dedos y termina de comerse el panecillo que Dyne le lanzó.

—A ti también debería preocuparte —apunta ella—. A la emperatriz no le van a gustar las noticias, aunque supongo que si quería que provocáramos un poco de caos hemos cumplido con creces. Pero Ishtar…

—Ishtar tiene una vida, como la tenemos todos los demás —suspira Derek, aunque es evidente que no le hace ninguna gracia decirlo, porque su tono cambia—. Quizá Muerte intenta decirnos que nos rindamos, después de todo.

—Muerte no interfiere en los asuntos de los vivos de esa forma —responde Caleb, sin voltear a verlos siquiera—. Fallamos nosotros, nadie nos hizo fallar. Pero precisamente porque es un error humano, la solución también puede serlo. Lo arreglaremos. Que el Portador haya escapado no significa que no pueda ser encontrado.

—No, pero ya lo viste: está fuera de control; Dyne hizo bien al ordenar la retirada. Y, de todos modos, no es él quien más me preocupa, sino que ahora ya no vamos a ser los únicos que vayan en su busca. Ese chico se condenó en cuanto activó el Amuleto: tanto celestiales como brujos van a ir por él ahora.

—¿Y eso te da miedo? —se sorprende Dyne.

—No me da miedo, me da pereza —refunfuña Derek, como si en vez de ser el mayor de los tres fuera solo un niño—. No me hice necromante para terminar participando en ese jueguecito milenario que se traen Destino y Caos. Se supone que nosotros estábamos al margen y…

—Alguien recibirá una señal.

Las palabras de Caleb caen sobre el grupo como una sentencia. Para cuando él voltea a ver a sus compañeros, Dyne y Derek han abandonado ya la actitud relajada y lo observan con atención. Lo conocen lo suficiente para saber cuándo ha tenido una idea, cuándo hay un nuevo plan o una nueva decisión tomada.

Caleb aprieta el medallón que tiene entre los dedos. Lo siente vibrar, cálido y pesado, con esa vida que no debería pertenecerle enganchada a él.

—Ustedes mismos lo dijeron: siempre es así —dice, girándose para apoyar la espalda contra la columna y cruzar los brazos sobre el pecho—. El Amuleto termina en manos de brujos o celestiales, una y otra vez. Destino y Caos juegan, una y otra vez. Y en cada ocasión en la que los celestiales han perdido el poder del Amuleto, Destino ha designado a alguien para recuperarlo: elige a algún infeliz que crea en su palabra, le concede su espada y le asigna su divina y ridícula misión. Esta vez no será una excepción.

Dyne frunce un poco el ceño antes de lanzar un vistazo a la ciudad. No, no a la ciudad: al Templo. Es evidente que ella ya entendió lo que quiere decir. Derek también, aunque a él no parece hacerle ninguna gracia.

—¿Ese es tu nuevo plan? —protesta—. ¿Que esperemos aquí sentados al próximo idiota que se crea un elegido de los dioses? Eso es incluso más aburrido que formar parte de la guerrilla entre celestiales y brujos.

—Y por eso tú no lo vas a hacer —replica Caleb, con las cejas enarcadas—. Tú te encargarás de volver a Damira: alguien debe estar con la princesa y hay que avisar a la emperatriz de todo lo que ha sucedido.

—¿Y no deberías ser tú el que estuviera cerca de Ishtar? —propone Dyne—. Por si…

Caleb niega con la cabeza, con calma.

—Debería estar bien, pero mientras tendrá a Derek y él me avisará si es necesario.

—No sé si me gusta la idea de ser quien soporte el mal humor de Su Majestad Imperial, pero lo prefiero a tener que quedarme aquí. ¿Qué harán ustedes?

—Esperaremos. —Al contrario que Derek, a Caleb se le da bien ser paciente, por eso voltea hacia el Templo—. Dyne, ¿puedes infiltrarte de nuevo?

—Por supuesto —responde ella, casi como si se sintiera ofendida por la pregunta—. Supongo que la seguridad del Templo estará reforzada, pero ya los viste: son demasiado honorables incluso luchando.

Caleb asiente, aunque no puede evitar pensar en el celestial que esa mañana lo sorprendió con la guardia baja. Todavía recuerda la punta de la espada en su nuca, y lo respeta un poco por ello. Habría sido un buen intento si su contrincante hubiera sido otro.

—Cuando sepamos quién es el nuevo elegido, solo tendremos que seguirlo y dejar que sea él quien haga el trabajo sucio —continúa, firme—. Quizá ese chico esté fuera de control y dispuesto a usar el Amuleto, pero alguien recién enviado para recuperarlo nunca lo hará. Será más fácil encargarnos de llevar ante la emperatriz a alguien así que al Portador actual.

Sus compañeros se miran entre sí un segundo antes de voltear a verlo y asentir.

—Puede funcionar —concluye Dyne.

—A mí sigue sin gustarme que se queden con toda la diversión —se queja Derek.

—No te preocupes, te llevaremos un regalito cuando volvamos —lo consuela su compañera.

—¿Un beso tuyo? Me contentaría con un beso tuyo…

—Pide algo posible, Derek.

—Una cosa más —los interrumpe Caleb, antes de que comiencen con sus juegos habituales—. Dyne, cuando estés en el Templo, quiero que busques a…

Pero calla. Lo hace cuando siente calentarse el medallón en su mano, cuando la vibración que percibe en él se intensifica hasta convertirse en algo palpable. Al bajar la vista hacia la joya, con el ceño ligeramente fruncido, casi le parece oír algo saliendo de esa pieza de oro. Está ahí, entre esa algarabía conocida que conforman todas las vidas que lo rodean, esa cacofonía confusa pero agradable a la que ya está acostumbrado.

No sabe qué es exactamente lo que siente, pero sí que cada vez está más cerca.

Caleb se apresura a apartar la mirada del objeto. En un impulso, se aparta de la columna contra la que se encontraba y se asoma al borde de la torre, consciente de la caída a un paso de distancia. Escucha a sus compañeros llamándolo, preguntándole qué ocurre, pero los ignora y cierra los ojos. Solo un instante. Lo justo para poder hurgar entre las risas, las voces, los llantos y los murmullos. Busca en ese caos de vidas tan enredadas y, al mismo tiempo, tan independientes. No, no está buscando a ese bebé que llora unas calles más allá; tampoco a la pareja que se prodiga besos en alguna habitación ni a la familia que reza por protección. Busca hasta que encuentra el relincho de un caballo, el trote incesante de sus herraduras sobre los adoquines de piedra. Ve unos cabellos castaños, largos, recogidos por una cinta blanca. Unos ojos verdes…

Su cara. Está ahí, durante un único segundo, magullada después del enfrentamiento de esa mañana. Escucha su corazón, también, firme y fuerte, casi replicando sobre el medallón que tiene entre sus dedos.

El chico que ha visto en sus recuerdos se está moviendo. Y no va solo.

Caleb vuelve a abrir los ojos. Está seguro de que Dyne y Derek alzan más la voz, pero él los ignora. Él también tiene que moverse, y de inmediato. Tiene que seguirlo.

Lleva años trepando árboles y corriendo por todo tipo de lugares, así que descolgarse de las columnas de la torre no resulta complicado. Está acostumbrado a persecuciones y huidas, a forzarse a ser cada vez un poco más veloz, un poco más letal. Mientras salta entre los edificios y se esconde entre las sombras de la noche, se agarra a esa vida que siente cálida contra su piel y que le sirve como guía. Pase lo que pase, no puede dejar ir ese latido constante y acelerado que escucha casi como si fuera propio.

A su alrededor, la ciudad pasa como un borrón. El resto de los sonidos se silencia mientras él se concentra en esa única vida.

Hasta que lo encuentra.

Caleb se detiene sobre uno de los tejados cuando lo ve. Ese chico que se quiso hacer el héroe hace solo unas horas monta un caballo blanco, tan impoluto como sus ropas. En su mano, el medallón arde tanto que parece que vaya a quemarlo, pero no lo suelta. El celestial también debe de sentirlo a él, pese a la distancia, porque de pronto detiene su montura. Lo hace de golpe, con decisión. Ansioso, como si se sintiera amenazado, mira alrededor, pero es imposible que lo vea, que se imagine que un pedazo de él está tan cerca y a la vez tan lejos. Caleb casi se siente un poco satisfecho al darse cuenta de lo aterrorizado que está, porque ese chico levantó su arma contra él no solo una vez, sino dos. Está seguro de que va a tener mucho tiempo de arrepentirse de no haberse quedado quieto cuando pudo. Si lo hubiera hecho, quizá los suyos podrían haberle curado la herida que le hizo y podría haber seguido adelante con su vida. Ahora, en cambio…

En fin, ahora su suerte dependerá de lo mucho o poco que decida colaborar con él.

Por un segundo, esos ojos verdes se dirigen justo hacia el lugar en el que se esconde. Caleb sabe que no puede verlo, que la noche es oscura y que él está bien oculto, pero por un instante se pregunta si el celestial puede percibirlo del mismo modo que él lo siente justo entre los dedos, por culpa de la joya que sostiene. Se pregunta si notará cómo aprieta la mano alrededor del medallón y roza el metal con la uña, si le parecerá que alguien lo agarra y lo ahoga…

—¿Darien?

Ambos apartan la vista a la vez. Pese a la distancia, a Caleb casi le parece oír el jadeo que escapa de la boca del chico. Abajo, su acompañante, una joven rubia, ha detenido su montura solo unos pasos más adelante y mira atrás. Ella también viste de blanco, pero va mucho más protegida que su compañero, armada con una coraza y protecciones en brazos y piernas.

—¿Todo bien? —le pregunta.

El chico tarda un segundo de más en responder. Lanza un vistazo a la noche, como si quisiera descifrar las sombras, y después sacude la cabeza.

—Sí. Continuemos.

Cuando los jinetes vuelven a ponerse en marcha, Caleb se apresura a seguirlos. Esos chicos no parecen miembros de la Guardia Celestial, no llevan sus capas de alas de plata ni sus armaduras, pero deben de tener un buen motivo para salir del Templo en plena madrugada, después de todo lo ocurrido. Y puede imaginarse cuál es.

Solo pasan un par de minutos hasta que vuelven a detenerse. Lo hacen ante la entrada de la ciudad, cerrada a cal y canto y con cuatro guardias apostados ante ella. Caleb se apresura a descender de los tejados para asomarse desde uno de los callejones. Uno de los guardias de la puerta le ha dado el alto a la pareja y pregunta:

—¿Los envía la Suma Celestial?

Es la chica la que adelanta un poco más su caballo y cuadra los hombros antes de responder:

—Me envía Destino.

Hay un instante de silencio antes de que desenvaine su espada. Caleb entrecierra los ojos mientras observa el filo plateado brillar a la luz de los faroles, las inscripciones de oro blanco sobre el acero, las guardas con forma de alas y el ojo de cristal entre ellas, abierto para observarlo todo, para juzgarlo todo.

Eunomia.

Siente algo revolverse dentro de sí, una mezcla de rechazo y atracción. No le gusta esa espada, como seguramente tampoco le gustaría

Dysnomia si la viera y como tampoco le gusta el Amuleto. Son solo objetos, nada más. No deberían tener derecho a palpitar de la manera en la que lo hacen, como si alguien hubiera dejado parte de su esencia enganchada a ellos. Una esencia demasiado inhumana, indestructible, inmortal.

Caleb odia lo inmortal, sobre todo cuando no puede comprenderlo.

Aun así, no le parece que esa espada esté tan viva como sintió el Amuleto esa misma mañana. En aquel caso, su energía parecía gritar, arremolinarse; cuando se puso en marcha, todo a su alrededor se ensució, como si cada retazo de vida se condensara y se mezclara de maneras en las que no debía mezclarse. En comparación, en esa espada reconoce un halo de energía demasiado tenue, débil. Esperaba mucho más de una reliquia que ha participado en siglos de discordias, que ha matado a tantos antes.

De todos modos, lo importante no es Eunomia, sino que esa muchacha la tiene.

Y todo el mundo sabe lo que eso significa.

—Deben dejarnos pasar: se me encomendó la misión de encontrar al Portador.

Los guardias tardan un segundo de más en reaccionar, demasiado impresionados por la presencia de esa arma, o quizá por esa joven a la que de pronto perciben como una enviada celestial, como una futura santa. Cuando abren las puertas para ella, todos agachan la cabeza como si estuvieran ante una reina. La chica levanta la barbilla como si lo fuera, de hecho; como si creyera que deben arrodillarse ante ella solo por llevar ese trozo de metal.

—Díganle a mi madre lo que les he contado. Díganle que mi primo me acompaña, que ambos arreglaremos lo que el Portador ha destruido y que, pase lo que pase, no soltaré esta espada. Díganle a la princesa que el Amuleto del Tiempo volverá a su legítimo lugar.

Caleb enarca las cejas, pero se distrae un instante al volver a sentir cómo se acelera ese pulso que percibe mucho mejor que cualquier otro. El dueño del medallón que guarda entre sus dedos aparta la vista y aprieta las manos alrededor de las riendas de su montura. Al contrario que su acompañante, él no parece orgulloso, no parece querer reverencias, solo parece querer desaparecer. Entonces ¿qué hace siguiéndola? ¿Por qué está acompañando a esa pobre estúpida que parece tan orgullosa de haber sido marcada para cumplir con los caprichos de su dios?

—Que Destino guíe sus pasos —rezan los guardias.

Eso es todo. La nueva elegida de Destino espolea su montura y su compañero toma aire antes de seguirla. Hay un último vistazo atrás por su parte: hacia la ciudad, pero también hacia el punto en el que él se esconde.

Caleb se aprieta contra la pared a tiempo de evitar que sus miradas se encuentren.

Después, las puertas de la gran muralla de Daiva se cierran tras ellos. Pese a que se alejan, pese a que esa piedra milenaria se interpone ahora entre los celestiales y él, Caleb sigue sintiendo el corazón de ese chico como una melodía conocida. Baja la vista a su medallón, mientras este se templa poco a poco, a medida que su dueño se distancia.

Qué irónico. Esperaba poder usar a ese chico para desentrañar su pasado, pero parece que también va a poder usarlo para asegurar el futuro de alguien más. Es perfecto. Demasiado perfecto, en realidad. Quizá Destino también esté jugando con él. Quizá decidió lanzarlo al tablero como una dificultad más en el camino de sus elegidos, como otro reto que superar.

Pero si es así, no piensa quejarse. Puede cumplir el papel de villano sin problemas. Puede ser la prueba que los haga querer rendirse, que los haga desear estar muertos. Puede ser la penitencia.

Y, por encima de todo, puede ser aquello que les haga fallar.

—Darien.

Caleb paladea el nombre, mientras observa el ojo de oro que tiene entre las manos y pasa su pulgar sobre él.

Todavía oye su corazón. Todavía siente su vida.

Y ahora todo eso le pertenece.

AMMARAH

Ammarah ya perdió la cuenta de las veces que ha cambiado el mundo en las últimas horas. Primero lo hizo con el ataque, con el que se convirtió en uno mucho más peligroso y aterrador de lo que nunca había sido, inestable y hecho de niebla. Después, volvió a cambiar con el uso del Amuleto: se rompió por todas partes y se mostró más traicionero, menos confiable, lleno de demonios con forma humana que esperaban para extender sus manos hacia su reino, clavar sus dientes en su piel o reírse de ella. Más tarde, cuando vio el cuerpo de su padre muerto, le pareció que el mundo se convertía en algo terriblemente frío, que se sumía en un invierno eterno.

Con la nota de Lilith, el mundo se convierte en un lugar solitario en el que solo queda ella.

No importa cuántas veces la haya leído: no le parece que tenga ningún sentido. Lilith era una seguridad, probablemente la última que le quedaba. Lilith le prometió hace años que siempre estaría a su lado y se lo volvió a decir anoche. Lilith es su mejor amiga. Lilith es… todo.

Y la abandonó justo cuando más la necesita, aunque sea con promesas de regreso y el juramento de un triunfo contra esa persona que algún día ambas consideraron un amigo.

—Volverá, majestad. No debe preocuparse. Destino es sabio y elige bien a sus guerreros.

Ammarah aparta la vista de la carta que todavía sostiene en sus manos. La Suma Celestial fue quien se la trajo en cuanto amaneció y ahora aguarda en medio de sus aposentos, erguida sobre su bastón y mirándola con esa cara atrapada entre dos épocas. Desde que tiene memoria, esa mujer le ha inspirado respeto y confianza, y sus padres parecían confiar en ella ciegamente también. Precisamente, por ello, no recuerda haberle replicado nunca, pero ahora no puede evitar tensar la mandíbula ante su expresión calmada.

—Destino también eligió a su otro hijo y murió hace tan solo unas horas: usted misma lo mató, Su Santidad.

La acusación no afecta en absoluto al rostro de la líder de la Hermandad: lo único que hace es asentir con templanza, apenas un cabeceo reflexivo.

—Un castigo merecido por mi propio atrevimiento, majestad —dice—. Ahora lo veo claro: quise darle a mi hijo más honores de los que Destino había dispuesto para él. Nadie me ordenó que le diera a Eunomia, pero yo lo hice. Sin embargo, la espada siempre estuvo destinada a mi hija. Equivoqué las señales y he pagado por ello. No volverá a pasar.

Ammarah entrecierra los ojos. ¿Así es como funciona realmente? ¿Eso fue lo que ocurrió también con Nathan? Es evidente que ella tampoco cumplió con su papel, con lo designado para ella. Creyó que podía haber tan solo amistad y confianza, creyó que no tenía por qué enamorarlo, y eso provocó que Nathan mirara a otro lado, a unos ojos más azules.

Unos ojos como a los que ella también miraba, aunque en su caso nadie lo supiera.

Sí, quizá todo esto sea culpa suya. Sí, quizá todo lo que está pasando es solo el castigo que se merece.

Con un gesto definitivo, arruga la nota entre sus dedos, como si así pudiera destruir también todo lo demás. Otras palabras, otros recuerdos.

—No me llame «majestad» —murmura, mientras camina por el cuarto. Sigue en camisón, después de una noche en la que durmió poco y mal—. Todavía no soy la reina.

—Pero lo será, majestad —responde Rhea—. La reina que va a cambiarlo todo.

Ammarah se acerca a los grandes ventanales de su cuarto para mirar el reino a sus pies. *Su* reino. El que le pertenece por derecho, ahora que su padre se fue. Sí, la Suma Celestial tiene razón: su misión está clara, se la han repetido desde que nació. Su destino estaba marcado antes incluso de que Nathan Tabiz tuviera el Amuleto del Tiempo, antes incluso de que Lilith Rheiz naciera. No necesita a ninguno de los dos.

Es Ammarah de Daiva, descendiente de la santa con la que el mundo cambió por primera vez. Quizá Destino la haya castigado también por olvidarlo.

Pero no volverá a hacerlo.

III

CONTRATIEMPOS

NATHAN

Hace días que el tiempo dejó de tener sentido.

Ni siquiera sabe cuántas jornadas han pasado desde que saltó de la basílica. Tres, quizá cuatro. No lo tiene claro. A veces incluso duda de haber conseguido escapar de Erela; a veces todavía piensa que se ahogó en el lago y que todo lo que ha venido después ha sido tan solo una ilusión que los Originales han creado para él; un castigo por todas las leyes que rompió al poner en marcha el Amuleto. Pero no es así: todo es real. Está vivo y huyó. Está vivo y se convirtió en un criminal. Está vivo y ahora todo Evren debe de estar buscándolo para acabar con él.

Está vivo… y Adam está muerto.

Ese es el pensamiento que lo mantiene despierto a todas horas. El cuerpo de Adam atravesado por Eunomia; Adam confesándole que siempre supo que iba a morir; Adam pidiéndole que viviera, como si fuera algo que pudiera hacer sin él. Lleva días esclavizado por esos recuerdos entre los que siempre se cuelan otros rostros, otros momentos. Ammarah junto a él enfrente del altar, con su mano en la suya. Darien herido en el suelo, animándolo a escapar. Lilith observándolo como si no fuera capaz de reconocerlo antes de que saltara. La voz en su cabeza hablándole como un parásito que se le ha metido, poco menos que un demonio con el que no sabe en qué momento pactó.

Aunque no habría conseguido llegar muy lejos sin esa voz. Lanzarse al lago pareció la única huida posible después de que todo empezara a venirse abajo, pero cuando cayó al agua y se sumergió, se dio cuenta de que no sabía cuáles eran los pasos que debía dar a continuación. Si no era lo suficientemente rápido, lo suficientemente inteligente, lo cazarían en cuanto emergiera o poco después, en la ciudad. Por un instante, mientras miraba alrededor bajo el agua y hasta los peces huían de él, sintió pánico. Se sintió atrapado, estúpido y ansioso.

Al menos hasta que el Amuleto le habló.

Siente, Nathan. El tiempo de todo el mundo está a tu disposición. Presente, pasado, futuro. Tienes todo al alcance de tu mano. Siéntelo y escapa, o nunca podrás salvarte. Escapa o nunca podrás salvar a nadie.

Así que lo hizo, aunque ni siquiera recuerda muy bien cómo. Solo sabe que agarró el Amuleto como si fuera un cabo en medio de la tormenta y se concentró en sentir todo ese tiempo que siempre había percibido a su alrededor. De pronto estaba ahí, más a su alcance que nunca, apretando, gritando y tentándolo. Lo vio por todas partes: al principio solo como una sensación reconocible y después, al cerrar los ojos, como mil imágenes sin sentido girando en torno a su cuerpo, jalándolo en todas direcciones. Oyó voces. Oyó gritos y risas. Se vio a sí mismo desde fuera en ese mismo momento, pero también se vio mucho más pequeño, saltando a esas aguas en medio de una carrera junto a Lilith, Darien y Adam. Vio a personas que jamás había visto esconder un pequeño tesoro; vio un cuerpo muerto hundirse para siempre en ese lugar.

Y, por último, vio a otros niños señalando un hueco en la piedra.

Fue esa última imagen la que le indicó el camino a seguir.

Se estaba quedando casi sin aire cuando lo encontró: un pasaje escondido entre las rocas, el mismo que había visto en esos fragmentos de un pasado que no le pertenecía. Estuvo a punto de maldecir bajo el agua al darse cuenta de que era un espacio demasiado pequeño para alguien de su tamaño.

¿Va a detenerte esto, Nathan? ¿Has hecho todo lo que has hecho para rendirte ahora? ¿De qué habrá servido entonces? ¿Para qué murió Adam entonces?

Solo necesitó levantar la mano hacia la abertura. Lo hizo por inercia, como si algo lo empujara a ello. Solo pensó que se estaba ahogando, que necesitaba unos segundos más, solo unos segundos más. Y el mundo se los concedió cuando la piedra se erosionó y sus pulmones dejaron de exigir tanto aire.

No se paró a analizar lo que acababa de pasar: aprovechando que el hueco se había agrandado, se coló por él a toda velocidad. Cuando volvió a emerger, ya no estaba en el lago que conocía, sino en una gruta subterránea. Tampoco se detuvo entonces, porque seguía sintiendo el tiempo más real que nunca a su alrededor y tenía la sensación de que corría en su contra. Sin pensar, salió del agua y después simplemente... corrió. Hacia delante, sin mirar atrás. Porque mirar atrás era un error. Porque reflexionar sobre todo lo que acababa de pasar podía hacerle tropezar por la culpa, y no podía permitírselo. Porque si no escapaba, todo habría sido para nada.

Así que se concentró solo en sus propios pies, en esa carrera que tenía que ganarle a todos los relojes. Un paso tras otro, rápido, más rápido, *más rápido*, mientras se quedaba sin aliento y dejaba atrás incluso su corazón. En su cabeza seguía palpitando esa voz extraña, tan intrusiva y vibrante.

Corre, Nathan. Corre. Corre o nunca podrás salvarlo.

Sin embargo, la voz del Amuleto del Tiempo también ha desaparecido ya. Hace dos días que no la escucha para nada y ha empezado a pensar que se la imaginó, que no era más que esa parte de él que lleva años queriendo usar ese poder que un día dejaron en sus manos y que en realidad no hay nadie hablándole.

Está solo. Más solo de lo que ha estado jamás.

No tiene claro durante cuánto tiempo recorrió la gruta subterránea, pero sí que han pasado dos noches desde que la abandonó y continuó su camino siguiendo el río. Hace exactamente el mismo tiempo que aceptó que está perdido, que no tiene ni la menor idea de dónde se encuentra, aunque espera que al menos sea más allá de las murallas del Sacro Reino. Lo parece, porque no se topa con nadie. A su alrededor solo hay naturaleza, una que Nathan hasta el momento solo había podido imaginar al leer o escuchar las historias de otros celestiales sobre sus Peregrinaciones. Historias como las que le solía contar Adam, aunque las suyas tenían tanto que ver con ruinas carcomidas por las plantas y criaturas extrañas que a veces le parecían más invención que realidad. A su alrededor no hay nada de eso: solo bosque hasta donde alcanza la vista, árboles repletos de flores que apenas empiezan a asomar ante la primavera, ramas tan retorcidas y altas que a veces, por la noche, parece que quieran extenderse hacia él para arrastrarlo a un lugar en el que nunca más vaya a ver la luz del sol. Oye ruidos de animales, a veces cerca y a veces más lejos, pero lo máximo que alcanza a ver es un cervatillo que lo mira con los ojos muy abiertos antes de salir corriendo.

Nathan lleva años acostumbrado a vivir en un lugar muy limitado, así que siempre ha soñado con ver el mundo más allá del Templo, mucho más allá de las murallas del reino, pero nunca esperó poder hacerlo y, desde luego, no así. Querría sentirse emocionado, querría reparar en cada detalle y exprimirlo, buscar detrás de cada roca, intentar avistar cada criatura, grande o pequeña. Pero mientras recorre esos paisajes nuevos, mientras huye y se siente cada vez más cansado, débil y enfermo después de días sin dormir, sin detenerse, lo único en lo que puede pensar es en que no sabe dónde está ni qué se supone qué va a ser de él ahora.

Lo más complicado está siendo conseguir comida. No está acostumbrado, nunca antes había tenido que hacerlo, porque en el Templo siempre les proveían de todo lo que podían necesitar: alimentos, ropas, armas. A cambio, solo tenían que dedicarse en cuerpo y alma a la fe. Pero a él ya no le queda fe que vaya a conseguirle nada. La fe es algo que traicionó y que odia, porque sacrificó demasiado por ella para obtener muy poco a cambio. La fe tampoco va a servirle para atrapar a los peces que nadan por el río en el que se metió y que se le escurren entre unos dedos que siente agarrotados y torpes. Está a punto de atrapar uno, está seguro. Roza sus escamas durante un instante y, al siguiente, lo pierde. Lo peor de esos momentos es darse cuenta de lo sencillo que sería todo si tan solo usara el poder del Amuleto otra vez. Podría alimentarse mejor si lo hiciera, está seguro: sería suficiente con parar el tiempo unos segundos y sacar del agua todos los peces que quisiera. Aunque si hiciera eso, también podría detenerlo un poco más. Si lo parara unos minutos, no solo unos segundos, podría cerrar los ojos y dormir. Y si lo parara unos minutos, también podría pararlo unas horas, porque está tan cansado…

Tan cansado como para resbalar cuando otro de los peces huye de su agarre. El chapoteo que provoca su cuerpo al caer alerta a un par de pájaros, que alza el vuelo desde la copa de uno de los árboles.

Es ahí cuando lo ve.

Su presencia es suficiente para que el tiempo parezca detenerse sin que el Amuleto haga nada. Es suficiente, también, para que su corazón deje de latir o quizá para que vuelva a hacerlo, porque lleva sin sentirlo días enteros, desde que una espada atravesó el de ese muchacho que ahora está justo frente a él.

Adam.

De pronto, el mundo a su alrededor tiene un poco más de sentido, porque siempre que se imaginaba recorriéndolo era a su lado. Ese chico del que se enamoró hace años está ahí, observándolo bajo la luz del sol, apoyado contra el tronco de uno de los árboles y cubriéndose la sonrisa con la mano para que no sea demasiado evidente que le hizo gracia su caída. Ya no viste su túnica blanca, sino que lleva puestas las ropas de un ciudadano cualquiera, porque ya no es un celestial. Ninguno de los dos lo es. Ambos consiguieron huir y están viajando juntos, tal y como soñaron tantas veces en el pasado.

Nathan toma aire y parpadea, pero Adam no desaparece. Sigue ahí, ahora más cerca, en el agua. No le importa mojarse las botas ni los pantalones mientras se acerca a él. Ya no esconde su sonrisa, sino que le muestra la que más le gusta, la que suele poner cuando se retan el uno al otro, la que consigue hacerle pensar que cualquier castigo que reciba merecerá la pena si puede posar su boca sobre esos labios una vez más.

Otro parpadeo.

Adam está frente a él y le tiende la mano para ayudarle a levantarse. No dice nada, sin embargo. Su voz no se burla de él, y él echa tanto de menos oírla que lo único que quiere hacer es llorar hasta que le regale al menos una palabra. Quizá ya lo esté haciendo. Es difícil distinguir hasta qué punto el agua que siente en su cara es la que le salpicó al resbalar y hasta qué punto cae de sus ojos y lo deja helado y empapado. En algún lugar, una rama se quiebra, o tal vez lo que oye sea solo el sonido del sollozo que se rompe en su garganta.

Nathan extiende los dedos, pese a que una parte de él sabe perfectamente lo que va a pasar.

Su mano roza el aire.

En el siguiente parpadeo, Adam ya no está.

Nathan ve a Adam muchas veces más.

En los primeros días es solo una aparición intermitente y confusa, una visión a la que le gusta desaparecer justo cuando él cree que puede llegar a alcanzarla, pero en algún momento deja de marcharse. Se queda a su lado siempre y cuando no intente tocarlo, siempre y cuando no espere oír su voz. Está ahí cada vez que cae la noche y Nathan levanta la vista hacia las estrellas como si fuera a ver algo nuevo en ellas, incluso a sabiendas de que ha traicionado a Destino de tantas formas que el firmamento nunca va a volver a ser el mismo para él. Está ahí cuando aparecen las primeras luces del alba, como si estuvieran despertando juntos en la torre. Está ahí cuando distingue a unos celestiales cerca y tiene que esconderse entre unos matorrales mientras Adam se pone un dedo en la boca para indicarle que ni siquiera se le ocurra respirar.

Está ahí cada vez que Nathan baja la vista al Amuleto, que se va templando cada día un poco más, como si hubiera vuelto a caer en un letargo profundo. Una de esas veces, le pregunta:

—Todavía puedo arreglarlo todo, ¿verdad?

Adam no le responde. El Amuleto tampoco.

•●)●(●•

Se da cuenta de que está perdiendo la vista durante el cuarto amanecer que pasa en el exterior.

Al principio pensaba que la visión nublada de los primeros días era solo una consecuencia del agotamiento, pero cuando consigue un refugio en una cabaña abandonada que le permite descansar unas horas y el día lo recibe mucho más borroso de lo que debería ser, no tiene ninguna duda de lo que está pasando.

Ha escuchado historias suficientes sobre los castigos de Destino como para poder reconocerlos.

Recuerda haberse burlado de ellos con Adam durante el último año, entre juegos y besos, cuando ya estaban tan seguros de lo que sentían y de lo que estaban haciendo que ni siquiera el miedo a las consecuencias podía detenerlos. Recuerda empujar a su pareja sobre los cojines de la torre y sentarse a horcajadas sobre él mientras tiraba de su ropa, recuerda cómo le ardía la piel mientras se besaban, recuerda sonreír mientras Adam intentaba arrancarle la túnica, recuerda decir contra sus labios:

—¿Crees que Destino hará que se me caigan las manos por atreverme a tocar al hijo de la Suma Celestial?

Recuerda que Adam resopló mientras le quitaba la camisa por encima de la cabeza y después repasaba su cuerpo con la mirada. Siempre lo hacía de la misma manera: como si fuera un celeste que hubiera aparecido delante de sus ojos o un Original al que venerar.

—Atacar el cuerpo es más propio de demonios —le respondió, mientras pasaba sus dedos por su pecho con una lentitud tortuosa, casi como si pretendiera alcanzar su corazón con su caricia. Como si él mismo se creyera un demonio y estuviera dispuesto a clavarle las uñas y devorarlo—. Cuando Destino se decida a castigarnos, nos llenará de pesadillas que nunca más nos dejarán dormir o nos arrebatará alguno de nuestros sentidos.

—Comprendo —jadeó Nathan.

Pero no lo hacía. En realidad, lo único que podía entender era el deseo que le estaba quemando las venas mientras esos dedos viajaban por su cuerpo hasta acariciarlo por encima de los pantalones, por eso atrapó aquellas manos que sabían exactamente cómo tocarlo para volverlo loco y lo lanzó hacia atrás. No pudo evitar una sonrisa satisfecha al escuchar el gemido de sorpresa que se le escapó a su amante y percibir lo tenso que estaba aquel cuerpo bajo el suyo.

Nathan acercó su rostro de nuevo y Adam buscó su boca, pero él no se la dio; en su lugar, sus labios tocaron su cuello y comenzaron a descender por su piel.

—En fin, supongo que podemos prescindir de algunos sentidos…

—¿Sí? —Adam sonaba tan acelerado y ansioso como él—. ¿Como cuáles?

—La vista, por ejemplo. Creo que poder ver está sobrevalorado. Te lo enseñaré.

Y su mano le cubrió los ojos para que Adam no pudiera hacer otra cosa que sentir.

Nathan no sabe qué castigo es peor: si la posibilidad de terminar quedándose ciego, como en tantas historias de celestiales que fueron castigados por darle la espalda a su dios, o seguir recordando todo el tiempo. Empieza a odiar su cabeza. Empieza a odiar la manera en la que se pierde en todo tipo de momentos y personas, como si el pasado lo persiguiera y él no pudiera correr lo suficientemente rápido para huir de él.

Recuerda a Ammarah.

—Bienvenido de nuevo, Nathan: siempre es un placer hablar contigo.

Recuerda a Darien.

—Su destino no incluye estar juntos, Nathan.

Recuerda a Lilith.

—Todavía puedes unirte a mí contra el verdadero enemigo, Portador.

Recuerda a su madre.

—No debes usarlo jamás. Júralo, Nathan.

Va a volverse loco. Lo hará por culpa del Amuleto o lo hará por culpa de la soledad, del hambre, de la tristeza o del miedo. No sabe cuánto lleva sin dormir, porque siempre se despierta de golpe con la sensación de que lo persiguen y que todo el mundo lo odia, pero lo peor es encontrarse pensando que quizá merezca ese odio. En otros momentos, en cambio, lo que odia no es a sí mismo, ni a su cabeza, ni a sus errores, sino a los demás. Odia Daiva, odia el Templo, odia que durante toda una vida le hayan dicho qué hacer, odia que el Amuleto cayera en sus manos, pero, sobre todo, odia no haber aprendido a usarlo jamás, porque si lo hubiera hecho, habría podido salvar a Adam.

Sí, va a volverse loco. Lo hará si no puede decidirse entre rendirse o seguir adelante sin saber bien hacia dónde va. Se volverá loco si no puede tocar a ese fantasma que lo acompaña todo el tiempo, se volverá loco si no lo oye por lo menos una vez más. Daría lo que fuera por volver a escucharlo pronunciar su nombre, y eso es siempre lo que le da la respuesta sobre lo que tiene que hacer.

Una noche, mientras observa unas estrellas que nunca habían parecido tan lejanas y confusas, le susurra a ese Adam tan callado que sigue justo a su lado:

—Cuando me quede ciego, ¿también dejaré de verte a ti?

Como siempre, no contesta, pero tampoco lo necesita. Sabe que no. Sabe que, pase lo que pase, Adam no va a desaparecer.

Exactamente igual que la culpa que siente.

NATHAN

Lo están persiguiendo, y lo único que puede hacer él es correr.

No, no es cierto. Podría usar el Amuleto, podría usar el Amuleto, podría usar el Amuleto. El pensamiento le retumba por dentro al mismo ritmo que su respiración y su pulso acelerados por la huida, está ahí mientras oye las voces de los miembros de la Guardia Celestial que lo persiguen, dando gritos y órdenes:

—¡Que no escape! ¡Atrápenlo vivo si pueden, pero no duden en darle muerte si es necesario! ¡Destino habrá bendecido su camino! ¡Destino los habrá guiado para ser el próximo Portador!

Nathan traga saliva mientras mira atrás y adivina las siluetas blancas que lo siguen a través del bosque, en medio de una tormenta torrencial que le cala hasta los huesos. A su alrededor, los truenos rompen el día y los rayos dan un poco de luz a un camino que cada vez parece más oscuro. Van a matarlo. Si lo alcanzan, van a matarlo y todo se acabará. O quizá no. Quizá decidan dejarlo vivo para así llevarlo de vuelta a Daiva y que allí se pueda votar quién debe ser la mano ejecutora que se quedará el Amuleto.

Y es evidente quién será la elegida.

Ammarah siempre ha sido la princesa destinada a cambiarlo todo, la princesa que debía conseguir que el Amuleto volviera a la familia real. Él solo era un mal necesario; ella es descendiente de Santa Aiva y algún día será la soberana del Sacro Reino. Si hubieran podido darle el Amuleto de otra manera, desde el principio, probablemente ni siquiera los habrían prometido. Y ahora pueden remediarlo. Ahora le ha dado a todo el mundo un buen motivo para que se ordene su ejecución y que la princesa herede el Amuleto por sí misma.

Mientras huye, mientras corre lo más rápido que puede y siente el terror apretándole el estómago, Nathan se da cuenta de que a esas alturas todo Daiva debe de estar deseando que su prometida sea quien acabe con él. Lo considerarán justicia por la herejía y la huida y todo lo demás. Por sus engaños, por amar a otra persona a sus espaldas. Por convertir su boda en un desastre y hacer que la basílica se rompiera por todas partes.

No puede evitar preguntarse si Ammarah lo haría, si empuñaría a Eunomia y lo atravesaría del mismo modo que esa espada atravesó el cuerpo de Adam. Adam. Él corre justo a su lado, instándole a ir más rápido, moviendo esos labios de los que no llega a salir ningún sonido. Esta vez le parece que puede ver perfectamente la mancha de sangre en su ropa, como un recordatorio de la herida que lo mató.

El dolor llega como una sacudida cuando sus pies le fallan y le hacen caer al suelo. Su impulso es incorporarse tan rápido como puede, hasta quedar sentado sobre la tierra mojada, pero una parte se plantea la posibilidad de rendirse. Sería más fácil, ¿verdad? Que lo atrapen. Que lo lleven junto a Ammarah y que ella acabe con todo, que se tome su venganza y su destino con una estocada; que lo maten y lo libren de la rabia y del cansancio y de las ganas de luchar y de las ganas de dejar de hacerlo. También se pregunta qué pasaría entonces con él, con su espíritu. Su medallón está roto, su alma está manchada para siempre. No se reencarnará en un celeste, pero Adam tampoco va a hacerlo ya, así que quizá sea algo bueno.

Una vez ambos hablaron de esa posibilidad, lo recuerda. Fue el día en el que Darien descubrió lo que había entre ellos e insistió en que debían acabar con aquella locura, y por primera vez Nathan se planteó que quizá tuviera razón. Recuerda el rostro serio de Adam aquella noche, cuando se atrevió a preguntarle si estaba cansado de las mentiras, de los encuentros a escondidas, de ese camino equivocado que estaban recorriendo. Recuerda cómo su amante tomó su cara entre las manos y clavó su mirada azul en la suya.

—No estoy cansado, Nathan. No voy a cansarme de nada que me permita tenerte, ni en esta vida ni en las siguientes, porque pienso encontrarte en todas ellas, ¿lo entiendes? Seremos celestes juntos, e incluso cuando haya olvidado toda mi vida mortal, estoy seguro de que mi alma reconocerá la tuya. O, si todo lo que hemos hecho es demasiado imperdonable, si Destino nos niega la eternidad en su Corte, mi espíritu buscará al tuyo durante todas las reencarnaciones que sean necesarias, hasta que podamos estar juntos, hasta que podamos tener otra oportunidad.

Otra oportunidad. Quizá la muerte pueda ser eso, después de todo. Quizá Destino sea un poco más piadoso con ellos en otra vida. Quizá, si se rinde ahora, le permita renacer cerca de Adam, en un lugar y un tiempo en el que todo pueda ser más fácil para ellos…

Un rayo que cae demasiado cerca lo sobresalta lo suficiente como para hacerlo retroceder por el barro, pero sus manos solo encuentran un desnivel tras él y lo siguiente que sabe es que está rodando entre arbustos y rocas, que se daña el cuerpo y que la voz que le dice que se rinda grita más fuerte que cualquier otra.

Cuando el mundo deja de girar, Nathan tarda en moverse. Le duele todo el cuerpo y está seguro de que se golpeó la cabeza, aunque no tiene claro que sea por eso por lo que todo a su alrededor está cada vez más borroso. Casi no hay luz que se cuele entre las copas frondosas de los árboles, y la lluvia cae con tanta fuerza sobre su cuerpo que incluso le hace daño. Deja escapar un quejido mientras intenta incorporarse apoyando su peso sobre las manos arañadas. Otro rayo ilumina la penumbra que hay a su alrededor y convierte el bosque en un paisaje de pesadilla.

Como un elemento más de ese mal sueño, distingue a la bestia.

Está posada sobre la rama de uno de los árboles, con su plumaje plateado brillando en medio de toda la oscuridad que deja el cielo al apagarse. Es grande, más que ningún pájaro que haya visto nunca: su cola se enreda alrededor del tronco del árbol, su pico parece tan puntiagudo como las uñas en las que acaban sus cuatro garras o los cuernos negros y afilados que le sobresalen de la cabeza. Nathan traga saliva y se frota los ojos, en parte para tratar de ver a la criatura un poco mejor y en parte para asegurarse de que es real. Reconoce ese animal de verlo en ilustraciones en libros de cuentos y leyendas, pero también en algunos tomos de historia: Los Elires eran el símbolo de Orlaith antes de que el Inmortal arrasara parte del reino para anexionarlo al Imperio de Odelia. Se supone que son aves extintas, que él las redujo a todas a cenizas con el poder del Amuleto, del mismo modo que acabó con otras tantas vidas.

Su primer pensamiento es que, si esa criatura está ahí, quizá ha conseguido alejarse lo suficiente del Sacro Reino como para cruzar hasta los territorios de Orlaith.

El segundo es que lo más probable es que haya terminado de volverse loco.

Cuando el siguiente rayo cae, Nathan se encoge sobre sí mismo, pero el susto no es nada en comparación con el miedo que lo atenaza cuando observa cómo la luz golpea el cuerpo del pájaro. Es como si el animal se tragara toda la energía, como si sus plumas la absorbieran y chispearan con ella, un faro inesperado en medio de la oscuridad del bosque. Por un momento, el elir tan solo extiende esas alas brillantes y abre el pico para dejar escapar un graznido que suena igual que un trueno. Es una visión que lo deja sin palabras, tan horrible como hermosa.

Y después, la criatura se lanza trás él.

Ni siquiera le sale un grito. Todo lo que puede hacer es rodar por el suelo para escapar del ataque, aunque se siente demasiado lento, demasiado torpe, y la cabeza le da vueltas. Aun así, consigue alejarse lo suficiente como para retroceder hasta que su espalda choca con un tronco, con el corazón desbocado y la ansiedad ahogándolo. Siente el calor del rayo casi rozándolo, pero, cuando levanta la vista, descubre que el animal se posa en la rama de otro árbol y su luz se vuelve a apagar.

Con el siguiente rayo, Nathan distingue una nueva silueta justo debajo de la rama en la que se detuvo el animal. Solo tiene un par de parpadeos de ella, pero le parece ver a demasiadas personas en esos segundos.

A Adam. A Lilith. A Darien. A Ammarah. A su madre.

Al propio Destino, que sonríe y se burla de él.

Ya no le quedan fuerzas para responder a sus bromas. Está demasiado cansado, demasiado débil y, claramente, ha sido demasiado estúpido. No se puede ganar contra Destino, nunca ha tenido la más mínima oportunidad, así que es hora de rendirse y probar más suerte en esa otra vida que Adam le prometió.

Cuando cierra los ojos y la oscuridad viene a recogerlo, espera que sea para siempre.

NATHAN

En las últimas jornadas, Nathan se ha acostumbrado a despertar en un mundo cada mañana un poco más borroso. Su pérdida de visión ha empezado a afectar especialmente a todo aquello que está lejos de él y, con cada día que pasa, la distancia a la que consigue ver con total normalidad parece acortarse un poco más. Aun así, todavía ve lo suficiente como para reconocer el entorno a su alrededor, así que, cuando abre los ojos, lo primero que distingue es que está en una cueva. Las paredes de piedra están teñidas de dorado gracias a un fuego que hace que su cuerpo entre en calor y la sensación es tan agradable, después de vivir a la intemperie durante días y de que la tormenta lo haya empapado por completo, que está a punto de dejar caer los párpados de nuevo y dormir, dormir de verdad, como lleva tiempo sin hacer.

Al menos, hasta que escucha la voz:

—Despertaste.

Es eso lo que lo espabila, lo que lo devuelve de golpe a la realidad y hace que su pulso se desboque. Nathan se incorpora a toda prisa, en tensión, mientras se lleva una mano al pecho en un acto reflejo, aunque, en realidad, no sabe qué intenta proteger al hacerlo, si el medallón de Adam, ese que está completamente destrozado por todo lo que han hecho, o el Amuleto del Tiempo. Ambas cosas siguen ahí, sin embargo, y eso hace que respire un poco mejor, pese a que su corazón sigue latiendo con fuerza, espoleado por el miedo y la sorpresa.

Porque no está solo. Por primera vez en días, alguien se está dirigiendo a él.

Al otro lado de la hoguera, hay una silueta sentada contra la pared. Nathan tiene que entornar un poco los ojos para que su mirada nublada pueda definir del todo su aspecto: un rostro pálido lleno de pecas sobre las mejillas y la nariz; unos cabellos del color de las llamas que caen alrededor de su cara y sobre su hombro en una coleta; unos labios que se curvan en una sonrisa divertida, como si su reacción le hubiera hecho gracia. Desde luego, no es un celestial: en vez de la túnica inmaculada, viste un chaleco morado lleno de filigranas doradas sobre una camisa clara de mangas holgadas y anchas. Sus dedos están llenos de anillos de oro y su cuello está decorado con distintos collares cuyas formas no puede terminar de diferenciar. Tampoco es capaz de distinguir si frente a él tiene a un hombre o una mujer; su rostro blanco y de facciones finas le recuerda un poco a las estatuas de los celestes o de Destino, indefinidas, ni una cosa ni la otra.

Pero esa persona no es un celeste.

Nathan lo sabe en cuanto percibe la energía que hay a su alrededor. La siente, pese a que nunca la había notado antes en ningún otro lugar. O quizá sí. Es la misma energía que a veces puede notar enredada alrededor del Amuleto, la que hacía que casi todo el mundo en el Templo sintiera rechazo ante la idea de tocarlo. La misma energía que se le ha debido de quedar a él mismo enredada en las manos, en la lengua, en el cuello y en el pecho, desde la primera vez que usó ese poder prohibido. Puede que desde antes. Desde que usó todas esas partes para tocar a Adam, para besar a Adam, para amar a Adam.

Caos.

Nathan traga saliva y retrocede hasta que su espalda toca la pared. El pánico le sube hasta la garganta y él lo arroja fuera en forma de pregunta:

—¿Quién eres tú?

Un segundo más tarde piensa que esa no es la pregunta adecuada. La pregunta debería ser por qué sigue vivo, por qué el Amuleto sigue en sus manos. Durante todos los días que ha estado escapando, no ha querido pensar en qué pasaría si en vez de los celestiales lo encontraban los brujos, pero no lo ha hecho precisamente porque sabía la respuesta: los brujos son capaces de matarse los unos a los otros con tal de tener el Amuleto. Si se cruzaba con uno, no tendría la más mínima oportunidad.

La persona frente a él ladea la cabeza. Su voz parece un poco burlona cuando habla:

—Me llamo Astrey, y considero que alejarte de esa manera de la persona que te salvó la vida, como si tuviera algún tipo de enfermedad contagiosa, es bastante grosero por tu parte. ¿Tú qué opinas, Shiraz? ¿Deberíamos haberlo dejado en el bosque, para que los celestiales lo encontraran?

Un graznido hace que Nathan aparte la vista a la izquierda. Tumbada en el suelo está la criatura que vio en el bosque, la que le pareció más propia de su imaginación que de la realidad. Sus ojos irisados solo se fijan en él un instante antes de volver a ignorarlo por completo para atusarse las plumas plateadas.

Nathan traga saliva y voltea a ver a Astrey, que se pone en pie y se sacude unos pantalones bombachos de color café.

—Sí, tienes razón: hacer algo así no habría sido nada educado por nuestra parte.

Astrey da un paso hacia delante, hacia él, y Nathan se apresura a levantarse en un acto reflejo. La cabeza le da vueltas cuando lo hace y eso recuerda el hambre y el sueño que tiene. Se siente algo enfermo, y probablemente lo esté. Aun así, se apoya contra la pared y se lleva una mano hacia el Amuleto, porque es lo único que tiene para defenderse. Y tal vez tenga que usarlo, después de todo. Una cosa es dejar que los celestiales lo lleven de vuelta a Daiva para convertirlo en un sacrificio, en compensación por todo el mal que ha hecho, y otra muy distinta dejar que por su culpa el Amuleto termine en manos de los brujos.

—No des ni un paso más —le advierte, en un intento de sonar lo suficientemente amenazador. Esa estrategia funcionó con los celestiales de la basílica y parece ser efectiva ahora también, porque Astrey se detiene. Aun así, en su caso no parece haber miedo. De hecho, la sonrisa en su boca crece, puede verla.

—Creí que a los celestiales les enseñaban a ser agradecidos y sumisos.

Nathan tensa la mandíbula mientras lanza un vistazo alrededor, en un intento de controlar las posibilidades que le ofrece el espacio en el que se encuentran, pero al final vuelve su atención hacia ese demonio disfrazado de celeste que tiene frente a sí. No se parece en nada a las criaturas deformes y extrañas que siempre le han dicho que eran los brujos.

—Nos enseñan muchas cosas: a protegernos de la gente como tú, por ejemplo. ¿Crees que no me he dado cuenta de lo que eres? Puedo sentirlo.

—No me cabe ninguna duda. —Astrey tiene una voz ligera y divertida, más aguda que grave, y parece tomarse sus palabras más como un halago que como un insulto—. Debes de ser un experto en reconocer el caos: has conseguido llevarlo incluso a Daiva, Portador.

El golpe acierta de lleno en esa culpa pegajosa y desagradable que lleva masticando desde que huyó de la basílica. La misma culpa que tiene la voz y el rostro cambiante de sus amigos, la que lo ha perseguido en forma de pesadillas cada vez que cierra los ojos, la que lo hace sentirse más monstruo que humano, más demonio que mortal. Consigue que se quede sin respuesta durante un momento, pero cuando Astrey vuelve a dar un paso hacia delante, Nathan se apresura a moverse con la espalda pegada a la pared y aprieta su mano alrededor del Amuleto.

—Si estás tan enterado, sabrás lo que puedo llegar a hacer —amenaza—. ¿Seguro que quieres provocarme? Te he dicho que no des ni un paso más.

—Si supieras realmente lo que haces, ya lo habrías usado. Pero no tienes ni la menor idea, ¿verdad? ¿Estás seguro de que llevas tú el Amuleto, chico, o es el Amuleto el que te lleva a ti?

Sus palabras dan otra vez en la diana. Es cierto: no tiene ni idea de cómo usarlo. Consiguió ponerlo en marcha para salvar a Adam una vez, pero no pudo hacer nada cuando la Suma Celestial atravesó su cuerpo. Lo único que consiguió fueron unos segundos de despedida, aunque eso no era lo que él quería…

Aun así, no puede dejar que nadie vea sus dudas. No, desde luego, alguien que sirve a Caos, alguien capaz de pactar con demonios simplemente por poder.

—¿Qué quieres? —le gruñe—. ¿Ver hasta dónde llega el poder del Amuleto, antes de matarme para hacerte con él?

Astrey deja escapar un silbido de impresión.

—Debe de ser complicado vivir desconfiando de todo —comenta, con calma—. Si quisiera matarte, ¿por qué te habría ayudado? ¿Te das cuenta de que cuando te encontré ni siquiera tenías fuerzas para ponerte en pie? ¿O de que estuviste inconsciente junto a mí durante horas?

Nathan frunce un poco el ceño.

—Pero eres…

—Astrey, ya te lo dije. ¿Y tú, Portador? ¿Quién eres?

Es esa pregunta la que consigue desestabilizarlo más que cualquiera de los golpes anteriores. Quizá porque en el Templo a nadie le importaba demasiado quién fuera más allá del Amuleto. Quizá porque las únicas personas que lo llamaban por su nombre están muy lejos de él y puede que ahora lo maldigan. Quizá porque echa de menos a alguien para quien la palabra «Portador» nunca significó nada.

O quizá porque él también lleva días, semanas, meses, años, preguntándose eso mismo.

Sus ojos entrecerrados observan esa figura a la que su instinto quiere darle la espalda, como si pudiera ver en cada peca de su rostro una advertencia de peligro. Debería hacer caso. Debería salir de ahí, porque se supone que no debe relacionarse con brujos, se lo han repetido toda su vida.

Pero también le repitieron muchas otras cosas y las incumplió todas.

Así que respira hondo. Aunque duda un instante más, al final sus dedos se escurren por el Amuleto y lo sueltan.

—Nathan —murmura, sin saber muy bien cuándo fue la última vez que su nombre importó de alguna manera—. Soy Nathan.

NATHAN

Cuando era pequeño, Nathan solía jugar a representar las historias de los santos junto a Darien y Lilith. Recuerda que era un juego que les gustaba a todos y que repetían una y otra vez de forma incansable, siempre adaptando una nueva leyenda y poniéndose en la piel de los distintos personajes históricos que les hacían memorizar en las lecciones del Templo. Durante esos juegos, él siempre prefería elegir a los brujos a los que se enfrentaban los héroes, mientras que Darien se amoldaba e iba cambiando de tipo de personaje dependiendo de la ocasión. La única que odiaba la simple posibilidad de interpretar el papel de una bruja era Lilith. Ella detestaba la idea de tener magia, porque en el Templo siempre se les repetía que los poderes que podían otorgar Caos o Muerte eran herejía, algo retorcido que devoraba a las personas por dentro y que hacía que se perdieran por completo.

Pero Astrey no se parece en nada a los brujos de esas historias que le contaban en Daiva. Aparte de su aspecto, tan humano, su actitud también es muy diferente a la que podría haberse imaginado de un brujo hasta ahora. Aunque no se lo dice, Nathan agradece que le ofrezca comida o ropa limpia y seca para sustituir las prendas andrajosas que lleva desde la ceremonia. Incluso acepta unas pócimas de las que al principio desconfía, pero que se alegra de haber tomado en cuanto nota cómo le ayudan a sentirse revitalizado y menos febril.

Por otra parte, su magia no parece algo retorcido, sino… útil. Es gracias a ella que el fuego que había encendido en medio de la cueva se aviva y es gracias a ella, también, que las ropas que Astrey le presta se ajustan perfectamente a su cuerpo. Un gesto es suficiente para ambas cosas. Un gesto es lo único que parece hacer falta para crear platos a partir de la piedra sin necesidad de ninguna herramienta o para lograr que unos cuchillos despellejen y corten varios conejos que Shiraz ha cazado. Lo hacen solos, sin que Astrey tenga que empuñarlos, moviéndose en el aire en una danza que, inevitablemente, pone en tensión a Nathan.

Pese al miedo y la fascinación, sin embargo, la magia parece tan natural en esas manos que en algún momento Nathan se da cuenta de que también siente envidia, porque él no puede controlar el Amuleto con esa facilidad.

El Amuleto es, precisamente, un tema que pende sobre ambos, y Nathan decide abordarlo cuando termina de comer y aparta su plato vacío a un lado.

—¿Y bien? ¿Qué quieres?

La pregunta cae entre los dos como plomo. Astrey está bebiendo el contenido de una taza humeante en ese momento, pero parpadea al escucharlo y levanta la cabeza con expresión sorprendida.

—¿Cómo dices?

—No soy estúpido: no me has ayudado simplemente por buena voluntad —replica Nathan, antes de cruzar los brazos sobre el pecho—. ¿Qué quieres? Cuanto antes me lo digas, antes podré responderte que no puedo ayudarte.

La sonrisa ligera de su acompañante asoma por encima de la taza que ha vuelto a alzar hacia su boca.

—De verdad, tienes que hacer algo con esa desconfianza. ¿Quién te ha hecho tanto daño?

—¿Me equivoco, entonces? ¿No quieres nada de mí?

—Bueno, me encantaría que me dieras las gracias por salvarte la vida… —Astrey deja escapar una risa ligera cuando él entrecierra los ojos—. En serio, tienes que relajarte un poco. Quizá creas que pareces muy peligroso, con todo ese poder que te cuelga del cuello y ese evidente mal humor que tienes, pero lo cierto es que en vez de una fiera a la que temer pareces más… un gatito. Uno pequeño, mojado y con el lomo erizado, enojado porque le llovió encima.

Nathan enrojece, ofendido y avergonzado, pero se niega a dejar que lo provoque y levanta la barbilla.

—Si no quieres nada, entonces, es hora de que me vaya.

—¿Y a dónde piensas ir? Porque la verdad es que yo diría que estás un poco perdido…

—Eso no es asunto tuyo.

La realidad es que no tiene ni la menor idea. Tiene que seguir avanzando, aunque no sepa hacia dónde. Lejos, supone. A un lugar lo suficientemente apartado como para no hacer más daño a nadie mientras trata de entender ese objeto que lleva con él toda la vida. Necesita un espacio en el que poder descifrarlo y usarlo sin miedo para recuperar a Adam, de la manera que sea.

Astrey deja la taza a un lado cuando él se pone en pie. Puede sentir su mirada siguiéndolo mientras echa a andar hacia la entrada de la cueva.

—Para saber adónde ir hay que saber primero dónde estás, Nathan. ¿Tienes alguna idea, siquiera?

Sus pasos se detienen. Tensa la mandíbula, pero no responde.

—Yo sí sé dónde estamos. Y también podría decirte un lugar al que ir —continúa esa voz casi cantarina.

Nathan resopla y se gira para observar esa expresión inocente que no se cree en absoluto.

—Qué conveniente, ¿no?

—Bueno, está claro que tú necesitas ayuda y yo puedo dártela…

—A cambio de…

—A cambio de que me acompañes a un lugar. Tengo unos amigos a los que me gustaría presentarte.

No puede evitar una carcajada seca y ácida.

—Y supongo que esos amigos tuyos también serán brujos, ¿verdad? —Su acompañante le ofrece una sonrisa brillante por toda respuesta—. No sé si parezco un animal indefenso, pero sí que debo de parecerte muy estúpido, si crees que voy a dejarme llevar a una trampa.

Un parpadeo de incomprensión.

—¿Qué te hace pensar que es una trampa?

—Que la gente como tú y tus amigos sirvan a Caos —responde él, con el ceño fruncido—. Que tú no me hayas matado todavía para conseguir el Amuleto no quiere decir que tus compañeros vayan a ser igual de... agradables.

Astrey cabecea de forma pensativa.

—Tienes razón, porque como todo el mundo sabe, los brujos nos dedicamos a eliminarnos entre nosotros todo el tiempo —contesta, de forma casi solemne—. De hecho, asesinamos a un número concreto de personas a diario, especialmente celestiales; son nuestros preferidos. No lo hacemos por gusto, que conste: si no matamos tres veces al día, empezamos a vomitar hasta que escupimos a nuestros demonios.

Nathan siente que vuelve a enrojecer.

—¿Te estás burlando de mí?

—¿Yo? No, no, yo jamás haría eso...

Pero por supuesto que lo está haciendo. Y en el fondo quizá se lo merezca un poco, porque en Daiva era él quien se burlaba de todas las historias catastróficas de los celestiales y, sin embargo, ahora no deja de repetirlas. Le asquea un poco darse cuenta, pero ¿cómo no va a hacerlo? No le han enseñado otra cosa. No tiene *pruebas* de que el mundo no sea exactamente como le han dicho. Lo único que le han contado toda su vida es que los brujos viven devorados por sus pasiones, que cada vez que un brujo ha tenido en sus manos el Amuleto del Tiempo ha sido para provocar desgracias. Lo único que sabe es que ansían su poder y matan por él, del mismo modo que matan por tronos y por territorios.

Y al mismo tiempo... ¿En qué se diferencia él de eso, con todos los pecados que ha ido acumulando con el tiempo a las espaldas? ¿En que él sí tiene un buen motivo? ¿En que todo lo que él hace, lo hace por amor? Está seguro de que eso no es suficiente para los celestiales.

Su mirada se mueve un poco hacia la izquierda. Adam está ahí, sentado cerca de ese elir llamado Shiraz, con los dedos sobre su plumaje en una escena demasiado extraña para ser real. Al mismo tiempo, parece estar esperando. Por él. Por el momento en el que lo salve y lo traiga de vuelta. Y no va a poder hacerlo solo, ¿verdad? No le gusta ese demonio que apareció para salvarlo y proponerle tratos, pero tiene razón: está perdido, sin recursos y sin un plan. No va a llegar demasiado lejos así.

De modo que aprieta los puños y respira hondo antes de volver a hablar:

—¿Por qué?

—Por qué, ¿qué?

—¿Por qué quieres llevarme con tus amigos? ¿Quieres que use el Amuleto para algo? Porque no voy a hacerlo. No soy así.

Astrey enarca sus cejas pelirrojas.

—Así, ¿cómo?

Nathan abre la boca, pero no sabe qué contestar. No, no es cierto. Por mucho que quiera pensar que él es mejor, es exactamente igual que todos los demás, ¿verdad? Está dispuesto a usar el Amuleto para sus propios intereses, y así es justo como empiezan todos. Pero él no va a ir más allá. Él solo va a solucionar una injusticia, un pequeño desajuste, un error. No va a jugar con el tiempo hasta perder la cabeza, hasta creerse un dios…

—Respóndeme.

—No quiero que uses el Amuleto —dice Astrey—. Lo cierto es que a mí y a mis amigos nos bastará con que lo lleves puesto al cuello.

—No sé qué crees que hace el Amuleto si nadie lo pone en marcha, pero…

—¿No es un poco irónico que pienses así? Al Sacro Reino siempre le ha servido que el Amuleto esté entre sus murallas, quieto, sin usar.

—No es lo mismo: el Sacro Reino existe precisamente para eso. El Amuleto se guarda en sus murallas para que el tiempo se mantenga lineal, estable, para que nadie abuse de su poder ni lo altere a su conveniencia, pero fuera…

El chico calla cuando ve la sonrisa socarrona de su acompañante. Otra vez estaba a punto de repetir esa serie de historias escuchadas una y otra vez a lo largo de los años. Otra vez iba a ser un completo hipócrita.

—El Amuleto puede ser simplemente un símbolo, chico. —Astrey se pone en pie con parsimonia. Una parte de Nathan, la que ha crecido toda su vida protegido, siente ganas de retroceder ante esa energía que le rodea, pero el orgullo le hace mantener los pies en el suelo y la barbilla en alto—. Parte de su poder reside en que ni siquiera hace falta ponerlo en marcha para que sea aterrador, y eso es lo único que necesitan mis amigos ahora mismo. A cambio, te ofrecerían refugio. Serías algo semejante a lo que eras en Daiva, solo que nadie te castigaría ni te culparía si quisieras..., bueno, aprender a controlar ese poder que tienes.

Y eso es justo lo que necesita, ¿verdad? Irónicamente, solo... tiempo. Todo parece reducirse a eso en su vida: necesitaba más tiempo con su madre, pero no pudo tenerlo; necesitaba más tiempo con Adam, pero se lo quitaron; necesita más tiempo ahora, para intentar arreglar todo lo que ha estropeado.

Necesita tiempo para aprender.

Pero no sabe si quiere ser un símbolo otra vez.

Sus dedos rozan el Amuleto sobre su pecho y, en su lugar, encuentran el medallón roto de Adam un poco más arriba. Es a eso a lo que decide aferrarse.

—¿Quiénes son tus amigos?

Shiraz emite un graznido que lo sobresalta. Astrey esboza una media sonrisa.

—¿En ese Templo tuyo te han hablado de la batalla de Yuda?

Nathan tarda un segundo en situarse, porque no esperaba una pregunta sobre historia. Y menos sobre una parte de la historia que en el Templo le han repetido mil veces como una manera de demostrar lo peligroso y terrible que podía llegar a ser el poder que le había tocado proteger.

Sus dedos se aprietan alrededor del medallón cuando asiente.

—¿Qué te han dicho?

—Que fue un desastre —responde—. El Inmortal usó el Amuleto y lo arrasó todo a su paso. Con esa batalla terminó de convertir Odelia en el imperio que conocemos hoy, porque los reinos de Orlaith e Ilan no tuvieron más remedio que rendirse; las murallas de Daiva dieron cabida a muchos de los refugiados que huyeron entonces. ¿Qué tiene que ver eso con...?

—Mis amigos descienden de los que murieron por culpa de aquel conflicto. Y quieren recuperar lo que es suyo.

Durante un momento Nathan ni siquiera entiende lo que significan esas palabras, y mucho menos qué tienen que ver con él. La guerra no llega a Daiva, todo el mundo sabe eso. La última vez que el Sacro Reino se involucró en una fue precisamente en aquella batalla. No sabe los detalles, pero sí que fue el bisabuelo de Ammarah quien decidió apoyar a Ilan y a Orlaith en su lucha para resistir contra el Imperio de Odelia. Al reino se le dijo que había sido una iluminación, una petición de Destino, y que, a cambio de la ayuda, la palabra del Original se extendería en aquellos territorios también: un nuevo templo se construiría en cada uno de los reinos aliados cuando la guerra acabara y los países independientes se hicieran con la victoria.

Pero la victoria no llegó. Cuando cientos de celestiales murieron en la lucha, se consideró que aquel había sido un castigo merecido por haberse atrevido a negociar y colaborar con brujos. El rey acabó con su vida tirándose desde lo más alto de la Torre del Tiempo dos días después de que se anunciaran la rendición de Ilan y Orlaith. Algunos creen que Destino hizo que se volviera loco; otros, que simplemente no pudo soportar la culpa.

Ahora, los ecos de esa batalla del pasado, de todo aquel dolor, parecen llegar hasta él. Se los imagina con total claridad, como si un millar de gritos se hubieran quedado encerrados en el Amuleto. El mismo Amuleto que él cubre de inmediato con su mano mientras da un paso atrás.

—No.

Astrey lo mira con calma, como si no estuviera hablando de rebelión, de revivir un conflicto que hace décadas que debió enterrarse, como se enterraron los cadáveres de todos los que murieron en él. Todo el mundo sabe que en Yuda hay solo una gran explanada atestada de demonios y sembrada con los recuerdos de una batalla que estaba perdida desde el principio.

—Te equivocaste de persona —continúa Nathan, tenso—. Yo no puedo ayudar a tus amigos. Lo que estás buscando es un guerrero o un justiciero, y yo no soy ninguna de esas cosas ni quiero serlo.

—Mis amigos no necesitan guerreros ni justicieros; ya lo son ellos mismos —replica Astrey, casi como si le hiciera gracia su comentario—. Lo que necesitan es otra cosa. Y después de todo lo que hizo el Inmortal, el mero hecho de ver ese Amuleto es suficiente para que muchas personas corran en dirección contraria.

—Y también hay mucha gente ahí fuera que quiere hacerse con él —protesta, mordaz.

—Tienes toda la razón. —Un leve encogimiento de hombros—. Y por eso vas a necesitar gente que te proteja. ¿Cuánto tiempo crees que vas a aguantar tú solo, Nathan? Has conseguido huir de los celestiales por los pelos, y no es por nada, pero has tenido ayuda. ¿Crees que el desnivel por el que te caíste y que te alejó de ellos fue casualidad?

Nathan hace una mueca de disgusto. Todavía le parece oír las voces de sus perseguidores gritando y dando instrucciones para acabar con él; recuerda el color blanco de las túnicas en medio de la oscuridad, como estrellas caídas en la tierra con la única misión de darle alcance. Se estremece. Se pregunta cuántos de esos miembros de la Guardia Celestial querían atraparlo para ofrecer su cuerpo en bandeja de oro al Templo y a la familia real y cuántos preferían acabar con él con sus propias manos. Los celestiales no quieren el Amuleto para usarlo, pero ser el Portador supone un honor, un destino glorioso, una santificación. ¿Cuántos de los que lo perseguían el otro día pensaban que se lo merecían? ¿Cuántos pensaban que por fin Destino los acogería como sus hijos predilectos, como elegidos para algo mucho más grande de lo que habían sido hasta ese momento?

No tienen ni idea. No saben lo que es llevar el Amuleto. O quizá sí. Quizá todas esas personas sean más fuertes que él, más devotas que él, y nunca sentirían la tentación, la llamada…

Quizá el problema es solo suyo.

—Tuviste suerte de encontrarte conmigo en el momento correcto, Nathan —continúa Astrey, obligándolo a volver a centrarse—. Pero, sobre todo, has tenido suerte de no haberte cruzado con otros brujos todavía, porque tienes razón: no todos van a ser tan agradables. No tienes por qué tomar una decisión ya, pero puedes acompañarme y, una vez que conozcas a Los Elires, elegir si te quedas con ellos o sigues solo. Ni siquiera todos son brujos, así que quizá los entiendas mejor de lo que piensas. Además, es posible que incluso puedan enseñarte algunas cosas: su líder está obsesionada con el Amuleto y los Portadores; tiene más información sobre la historia de ese objeto de la que vas a encontrar en ninguna otra parte. —Su mano llena de anillos se mueve en un ademán despreocupado—. Tal y como yo lo veo, tienes mucho que ganar y muy poco que perder, chico. Y, por otra parte, Shiraz y yo somos la mejor escolta que puedas imaginarte.

La última broma está subrayada por un nuevo graznido del elir, aunque después llega un silencio lleno de dudas. Nathan no puede evitar lanzar otro vistazo hacia Adam, pero no ve ninguna pista en su rostro que lo anime a tomar una decisión.

Astrey ha hablado de conocimiento. De información sobre ese objeto, sobre otros Portadores. Con eso quizá podría…

—Quiero devolverle la vida a alguien.

No sabe por qué lo dice. No lo había pronunciado hasta ahora en alto, y una parte de él esperaba que, al hacerlo, se diera cuenta de lo horrible que es. De lo estúpido y absurdo que suena y del pecado que supone. De que hacer algo así significa querer tener el poder de un dios, cuando no deja de ser un simple mortal, tan mortal como lo era Adam. «La muerte nos hace humanos». Recuerda su voz pronunciando esas mismas palabras, en las últimas horas que pasaron juntos. En aquel momento, él ya pensaba que iba a morir, ¿verdad? Ya lo había aceptado. Llevaba resignándose a ello durante meses, tan solo porque consideró que era lo que debía pasar.

Pero cuando paró el tiempo para salvarlo, vio el agradecimiento y el alivio en sus ojos; cuando lo besó sintió todas sus ganas de seguir viviendo encajadas entre sus labios. Adam se había resignado a morir, sí, pero eso no significa que lo deseara.

Adam se resignó…, pero él no tiene por qué hacerlo.

Esperaba sentirse mal al pronunciar en voz alta sus deseos, tan mal como le han enseñado siempre que debía sentirse ante la mera idea de salirse del camino marcado.

Es terrible que no lo haga.

Nathan está seguro de que si hubiera dicho algo así en el Sacro Reino habría habido gritos y horror, habría habido acusaciones y castigos y miradas censuradoras. Sin embargo, cuando aparta la vista de ese Adam que sigue mirándolo en silencio y voltea hacia Astrey, solo encuentra su sonrisa divertida.

—Vaya, empezando por lo fácil, ¿eh?

Nathan tensa la mandíbula ante la broma.

—Tiempo lo hizo con su esposa. El Inmortal se alargó la vida a sí mismo durante más de un siglo. Quiero lo mismo. No la eternidad, solo unos años más… —Solo quiere el tiempo juntos que otros les quitaron—. ¿Pueden tus amigos enseñarme a hacer eso?

—Bueno, solo tienes una manera de comprobarlo, ¿no?

Sí, supone que sí. Supone que ya es muy tarde para detenerse, especialmente porque, ahora que ya no tiene fiebre y el cansancio y el miedo no lo impulsan a rendirse, no *quiere* hacerlo.

—Está bien. Iré contigo. Pero si tus amigos no pueden ayudarme, me iré. Y si intentan algo contra mí, si descubro que todo esto es una trampa… —Sus dedos se aprietan alrededor del Amuleto. Está templado, pero siente su energía—. Que todavía no sepa todo sobre él no significa que no pueda usarlo.

La amenaza tampoco le hace sentir tan mal como debería. En cambio, siente un cosquilleo agradable cuando se da cuenta de que podría hacerlo. No está indefenso, incluso si no tiene muy claro cómo usar ese poder que tiene entre los dedos. Pero no hace falta, ¿verdad? El Amuleto lo salvó en el lago, y quizá vuelva a hacerlo si lo necesita. De pronto, tiene claro que él ha protegido esa joya muchos años, y es posible que ahora el Amuleto lo defienda a él.

Astrey no pierde la sonrisa mientras le extiende su mano.

—Tenemos un trato, Nathan.

NATHAN

Volver a ponerse en marcha es extraño, porque no está acostumbrado a alguien como Astrey, que habla todo el rato y, sobre todo, que se dedica a moldear el mundo a su alrededor como si estuviera a su servicio en vez de él al suyo. Le gustaría que su magia no le resultara tan interesante, porque está seguro de que en el Templo lo reprenderían por ello. Lilith lo haría, desde luego; frunciría el ceño y le diría que está siendo un hereje, que el mundo es el que es porque Destino lo hizo así y que los brujos no deberían creerse con poder sobre él para cambiarlo a su antojo de esa manera tan antinatural. Darien no sería mucho mejor, aunque a él lo movería el miedo a que lo engañaran. Y Adam… Sí, es probable que Adam tampoco creyera que está bien, pero quiere pensar que, en el fondo, él también sentiría curiosidad.

Astrey debe de darse cuenta de su intriga, porque al día siguiente, después de salir por fin del bosque para recorrer unas colinas por las que descienden durante horas, dice:

—Sabes que puedes preguntarme lo que quieras, ¿verdad?

Nathan carraspea y dirige la vista hacia delante, hacia ese horizonte que cada día le parece un poco más borroso. De ese detalle no le ha dicho nada a su acompañante, por supuesto: está seguro de que ya le ha demostrado demasiadas debilidades y no necesita conocer ninguna más.

—No tengo preguntas —miente.

—Como quieras —responde el demonio, y puede sentir la sonrisa en su voz.

Solo necesita callarse dos minutos para que Nathan apriete los labios y, al final, vuelva a mirarlo de reojo. Astrey ha empezado a silbar una melodía sencilla y alegre que le recuerda al primer y último baile que tuvo con Adam en aquella taberna. Le resulta tan doloroso que prefiere pensar en cualquier otra cosa, tener cualquier conversación.

—En realidad, tengo una.

Astrey se echa a reír.

—Adelante.

—¿Eres un hombre o una mujer? Por tu aspecto es difícil decirlo y me he fijado en que no hablas de ti como ninguna de las dos cosas.

Astrey parpadea un par de veces, como si se hubiera preparado para todas las preguntas que alguna vez se han podido hacer en el mundo menos para esa. Y, un segundo después, estalla en carcajadas. Nathan enrojece, sintiéndose como un niño que se da cuenta de que ha hecho una pregunta demasiado estúpida en clase.

—Dioses. —Astrey todavía deja escapar una risita más—. Se me olvidaba cómo son los daivenses. La manera en la que… lo simplifican todo.

—¿De qué estás hablando? Nosotros no… —Nathan ni siquiera tiene claro que pueda seguir hablando de «nosotros», porque es evidente que ya no pertenece al Templo, así que tan solo añade—: No sé qué quieres decir.

—¿Hombre o mujer? ¿De verdad? ¿No tienen más opciones? ¿Una cosa o la otra? Tiene sentido, claro: en su ciudad santa todo se reduce a celestiales o brujos, fieles o herejes, camino correcto o incorrecto, Destino o Caos.

Nathan abre la boca de nuevo, pero la cierra porque no puede negárselo. Lo cierto es que ni siquiera quiere hacerlo: fue un acto reflejo, como si tuviera que defender algo, y empieza a molestarle darse cuenta de todas esas respuestas automáticas e inmediatas que hay dentro de él, después de toda una vida de lecciones. ¿Acaso no está de acuerdo? Él mismo ha pensado muchas veces en lo frustrante que era que todo fuera tan… limitado.

Aunque duda y se debate entre lo que le enseñaron siempre y las ganas de seguir rebelándose contra ello, termina ganando la curiosidad:

—¿Hay… otras opciones, acaso?

—Por supuesto que hay más opciones, chico. —Astrey vuelve a reírse—. Hay personas que son hombre y mujer al mismo tiempo, hay personas que son un hombre en algunos momentos y una mujer en otros, hay personas a las que les dicen durante toda su vida que son un hombre, pero en algún momento se dan cuenta de que siempre fueron una mujer y personas a las que les ocurre justo lo contrario, y también hay personas que nunca han sido ni serán nada de eso, ni hombre ni mujer.

Nathan frunce un poco el ceño, confundido.

—Eso no tiene ningún sentido. Nuestro cuerpo es uno u otro desde que nacemos, y eso es lo que…

—¿Lo que nos define? —La expresión de Astrey cambia, pero parece más de burla que de molestia—. Ya. Dime algo: cuando la gente te ve, cuando ve ese Amuleto que llevas al cuello, solo ve al Portador, ¿no es cierto? Pero cuando te pregunté quién eras, me dijiste que eras Nathan. Y diría que son dos cosas muy distintas para ti. Para ser alguien que no quiere que lo vean solo como algo sobre lo que nunca tuvo ningún tipo de elección, pareces muy dispuesto a hacer lo mismo con los demás.

Como si en lugar de hablar hubiera usado su magia para quitarle la voz, Nathan se queda sin palabras. En parte, porque nunca se había planteado nada semejante y, en parte, porque a algo dentro de él le parece, de pronto, que eso tiene… mucho sentido.

Más del que probablemente en el Templo considerarían que debería tener.

La sonrisa de su acompañante se ensancha un poco más. Hay algo en ella que le recuerda a una luna creciente. Debe de ver su curiosidad, sus dudas, porque lo anima a seguir preguntando con un asentimiento. En el Templo, en cambio, la Suma Celestial solía decirle que era un impertinente, que hacía demasiadas preguntas.

—¿Y cuál es tu caso, entonces? No has respondido.

—El último. Cuando nací me dijeron que era una chica, cuando crecí un poco más creí que era un chico, y al final determiné que no soy ninguna de esas cosas. —Astrey se encoge de hombros—. Más allá de tu Sacro Reino casi todas las personas creemos en la reencarnación infinita, chico; en última instancia, somos almas que nacerán una y otra y otra vez, bajo mil identidades, con mil aspectos distintos. Y, sin embargo, pese a todas esas variaciones, seguiremos siendo... nosotros. Así que, mi manera de verlo es que soy todas esas personas que he sido en el pasado y todas las que seré en el futuro. Por lo general, a las personas que pensamos así se nos llama «espíritus». En Ilan, por ejemplo, la mayor parte de la población se define así, pero apuesto que eso no te lo contaban los libros de tu biblioteca sagrada, ¿verdad?

Nathan carraspea. No, en los libros del Sacro Reino nunca había leído nada semejante. Por supuesto que se habla del espíritu, del alma, pero solo como algo que deben consagrar a su dios para conseguir una vida eterna en la Corte de Destino, nada más. El mero hecho de pensar demasiado en la reencarnación ya era algo censurable, así que ver la existencia de esa manera debe considerarse una herejía todavía mayor.

Astrey ni siquiera se sorprende por su desconocimiento, como si lo hubiera dado por hecho. En realidad, por la sonrisa que hay en su boca, parece que todo le esté resultando muy entretenido.

—De todos modos, si lo preguntas para saber cómo debes referirte a mí, del mismo modo que la gente suele hablar de Destino o Caos como si fueran hombres o de Muerte como si fuera una mujer, aunque es evidente que no son ninguna de las dos cosas... La verdad es que no me importa, puedes tratarme como te apetezca. —La sonrisa se extiende, burlona—. Aunque prefiero el trato en masculino, porque cuando era más joven me acostumbré y me encanta cómo suena cuando me llaman «brujo». Tiene una fuerza especial, ¿no te parece? *Bru-jo.*

Nathan enarca las cejas. Ni siquiera sabe si sigue hablando en serio.

—Suena exactamente igual de horrible que «bruja».

—No, en absoluto —replica Astrey, con un parpadeo exagerado.

—¿Decir eso no es ofensivo de alguna manera para las brujas?

El espíritu parece pensárselo un segundo más.

—Puede ser —le concede, y el gesto en sus labios se tuerce—. Elira probablemente me daría una charla al respecto.

—¿Elira?

—La líder de los rebeldes, ya la conocerás. ¿Alguna duda más, mi pequeño aprendiz del mundo exterior?

Nathan frunce un poco el ceño. De pronto se siente un niño pequeño, aunque está seguro de que esa persona ni siquiera le saca tantos años de diferencia. ¿Cuántos puede tener? ¿Veintidós? ¿Veinticuatro? Su rostro no le da demasiadas pistas. Está seguro de que ni siquiera es natural que parezca tan indeterminado, tan perfecto, como si fuera más una de las esculturas del Templo que un humano con un demonio escondido en algún lugar de su interior.

—No soy tu...

—Por supuesto que lo eres, pero no te preocupes, estás en las mejores manos y me encargaré de enseñarte todas las maravillas que te quedan por descubrir.

Y a continuación extiende la mano para revolverle los cabellos y hacerle avergonzar todavía más. Nathan enrojece y se encoge sobre sí mismo solo un segundo antes de darle un manotazo.

—Vuelve a hacer eso y te juro que te harás llamar espíritu con motivos, porque eso es todo lo que quedará de ti cuando convierta tu cuerpo en cenizas —gruñe.

Su reacción solo consigue que el brujo se eche a reír de una manera escandalosa.

—Aterrador.

Nathan resopla y después lanza un vistazo de reojo a su izquierda, con las mejillas encendidas. Adam camina justo a su lado y lo observa con los ojos brillantes de diversión y esa sonrisa que tanto le gusta en la boca. Querría decirle que no lo mire así, y sabe perfectamente lo que Adam respondería entonces. Casi puede escucharlo: «Lo intento, pero me gusta demasiado cuando te pones rojo».

—Yo también tengo una pregunta para ti.

Las palabras de Astrey son tan inesperadas que Nathan no puede evitar sobresaltarse. Cuando voltea a verlo, se da cuenta de que las risas han terminado y sus ojos grises lo están observando con atención.

—¿Quién era? —pregunta—. La persona a la que quieres salvar. Debía de ser importante para que estés haciendo todo esto por ella.

Nathan se lleva los dedos al Amuleto, incómodo. Tiene que luchar contra el impulso de volver a mirar a su izquierda, quizá porque es repentinamente consciente de que su compañero de viaje ya tuvo que darse cuenta de todas las veces que su mirada termina perdiéndose en lugares en los que en realidad nunca hay nadie.

—Se llamaba... —Hablar en pasado hace que se le revuelva el estómago—. *Se llama* Adam. Estoy enamorado de él.

Le resulta mucho más satisfactorio de lo esperado decir esas palabras en alto. Le dan ganas de repetirlas, de gritarlas por todas las veces que las calló en el pasado. La expresión de Astrey no cambia en absoluto ante ellas: sigue mostrando esa sonrisa de luna, como si no solo no le pareciera algo censurable, sino que le hiciera gracia.

—Siempre es eso, ¿no crees?

—¿Qué?

—Amor. Siempre lo complica todo.

Nathan no responde. Sus dedos se aprietan un poco más alrededor del Amuleto del Tiempo, el mismo que existe porque un día un dios se enamoró de una humana y no fue capaz de aceptar su pérdida.

Sí, el amor siempre lo complica todo.

Pero si Astrey tiene razón y los humanos son solo espíritus condenados a nacer una y otra y otra vez, él querría volver a enamorarse de Adam Rheiz en todas las vidas que pudiera, bajo cualquier aspecto, con cualquier nombre.

Después de esas preguntas vienen muchas más. Nathan ya ha hecho las suficientes cosas horribles a ojos de todo el mundo, así que considera que nadie puede condenarlo mucho más por investigar sobre todos esos temas de los que nunca se hablaba en el Templo.

—¿Es cierto que los brujos hacen pactos con demonios para conseguir su poder?

—Sí.

—¿Y que algunos terminan tan consumidos por esos demonios que dejan de ser humanos?

—También.

—¿Tú cuando hiciste tu pacto?

—A los dieciséis. Casi todos tenemos el Trato a esa edad.

—¿Cuántos demonios has visto hasta ahora?

—Bastantes.

Astrey siempre responde a todo, a veces explayándose más y a veces menos y, en ocasiones, volviendo a estallar en carcajadas, como cuando Nathan le pregunta si es verdad que algunos brujos hacen bacanales en las que se sacrifican celestiales vírgenes.

—He estado en bacanales y en algunas de ellas hasta he visto a algunos celestiales, aunque no creo que fueran muy vírgenes, dijeran lo que dijeran luego en el Templo. Pero te aseguro que nunca he visto que sacrificaran a ninguno; eso les va mucho más a los nigromantes.

Nathan sabe que no deberían hacerle gracia ciertas bromas ni encontrar a su nueva compañía agradable, pero algo en su carácter le resulta reconfortante. Puede que sea precisamente que todo lo que sale de su boca es una herejía, que es una persona que da la espalda a todos los preceptos que le han repetido desde que nació, y eso de alguna manera satisface a esas ganas de rebelarse que siempre había mantenido a raya y ahora corren por sus venas más cálidas que nunca. Puede que le guste relacionarse con ese brujo precisamente porque sabe que no debería hacerlo.

O puede que solo le agrade porque a su lado él no parece tan horrible.

Por su parte, Astrey no hace muchas preguntas sobre los celestiales, como si no le interesaran o ya supiera todo lo que necesita saber. Tampoco hace preguntas sobre el Amuleto. El único momento en el que vuelve a preguntarle algo es la tarde del segundo día que viajan juntos, mientras se aproximan a un pequeño pueblo en la falda de las montañas que limitan con los territorios de Orlaith. Es ahí cuando Nathan tropieza con una pequeña zanja que no llega a ver. Está a punto de caer, pero Astrey lo sostiene tomándolo del brazo con firmeza.

—Te estás quedando ciego, ¿verdad?

Era cuestión de tiempo que esas palabras se pronunciaran en voz alta, porque es consciente de lo erráticos que están siendo algunos de sus movimientos en los últimos días, de lo mucho que entrecierra los ojos para intentar ver un poco mejor o cómo se frota los párpados de manera recurrente, exactamente igual que hace ahora. Aun así, no responde. Del mismo modo que él ha escuchado mil historias sobre los brujos, Astrey habrá escuchado otras tantas sobre Destino y sus castigos, así que tiene que ser consciente de lo que está pasando.

—¿Sabes cómo evitarlo?

La siguiente sonrisa del brujo parece una disculpa.

—Me temo que no.

Nathan respira hondo mientras dirige la vista hacia el horizonte, hacia las casas diseminadas del pueblo cercano, hacia las montañas de cumbres nevadas que arañan el cielo de la tarde. Todos esos colores y figuras empiezan a ser solo formas muy difuminadas para él.

En menos de una hora, aparecerán las primeras estrellas.

Y no sabe cuándo será la última vez que pueda verlas.

NATHAN

Después de estar perdido en el bosque, de recorrer caminos secundarios durante los dos últimos días y evitar poblaciones en las que pudieran llegar a reconocerlo, casi le da pánico volver a pisar una aldea, con otras personas a su alrededor que solo le parecen potenciales peligros, sobre todo ahora que se encuentra tan lejos de las calles que un día consideró su hogar. Shiraz se aleja volando en cuanto se internan en el poblado y Astrey le explica que no le gustan las ciudades, que prefiere la naturaleza, pero que sabrá encontrarlos cuando vuelvan al camino. Al parecer, la criatura ni siquiera es suya, sino de esa chica que parece saber tanto de los Portadores y el Amuleto, la líder de los rebeldes de Orlaith.

—¿Y por qué te acompaña a ti? —pregunta Nathan, sin comprenderlo.

Astrey le dedica su sonrisa de luna.

—Para ayudarme o para vigilarme. Conociendo a Elira, podría ser cualquiera de las dos cosas.

No sabe cómo debería interpretar eso, pero se distrae cuando se internan por completo en la pequeña aldea. No puede evitar comparar sus calles más desordenadas y descuidadas con las de Erela, brillantes y blancas. Es evidente que es un lugar con historia, como deduce por las casas viejas, algunas casi derruidas y llenas de musgo, pero el estado de las viviendas va mejorando poco a poco a medida que avanzan hasta lo que parece ser la plaza principal. Sin embargo, lo que más le llama la atención es la gente. Su acompañante ya le había explicado que ese es un lugar de paso habitual, una antigua villa a la que llegan todo tipo de personas cada día, así que estaba preparado para encontrarse cualquier cosa, pero lo que le parece sorprendente es que todo esté tan… tranquilo.

A su alrededor, como un mundo muy distinto al que siempre le habían contado en el Templo, ve convivir a esas tres religiones que en el Sacro Reino se describen como absolutas enemigas: un par de celestiales con sus túnicas blancas pasan por su lado y lo obligan a hacerse más pequeño dentro de la capa que Astrey le prestó para que pase lo más desapercibido posible; más allá, dos necromantes prueban algunos puñales en una herrería, con sus ropas cafés y verdes y sus cuerpos llenos de esos tatuajes con forma de enredaderas. Ante ellos no puede evitar recordar que uno de los atacantes de la basílica tenía la cara cruzada por una de esas marcas, el que estuvo a punto de matar a Adam la primera vez. La ira se le arremolina en el estómago cuando piensa en él. Le gustaría volver a verlo. Le gustaría volver a encontrarse a todos los que asaltaron la ceremonia y vengarse.

Y después están los brujos. Esos están por todas partes, muchos de ellos vestidos con ropas o detalles de color negro, y no tienen nada que ver con Astrey, sino que se parecen mucho más a las ilustraciones que acompañaban a las historias sobre tentaciones y maldad que les enseñaban en el Templo: ve a alguien con una mano gris peluda, de dedos y uñas largas; una chica con un vestido vaporoso, que se consideraría indecoroso en el Sacro Reino, enreda el borde de una cola de serpiente alrededor de una de las piernas de la mujer a la que está besando; otra persona enseña una sonrisa que tiene el doble de dientes de lo normal, definitivamente mucho más afilados que los de un humano.

Le resulta aterrador y, al mismo tiempo, fascinante, aunque eso no piensa decirlo en alto.

Lo que más le llama la atención es que ni siquiera parecen estar sembrando el caos, a pesar de que se supone que eso es a lo que se dedican. De hecho, ignoran a los celestiales y los celestiales los ignoran a ellos.

—Pensé que los miembros de la Hermandad debían exorcizar a los brujos que se cruzaran —murmura, mientras Astrey intercambia unas monedas con un herrero a cambio de una espada que él mismo pidió. Odia no tener ningún arma, porque le hace sentirse completamente dependiente del Amuleto.

Astrey se fija en él antes de dirigir su mirada hacia un chico vestido con la túnica blanca que habla con un brujo que tiene una nariz achatada, como de felino.

—Si eso pasara, los celestiales no podrían salir del Sacro Reino, ni para predicar ni para nada —dice, con esa voz que hace que parezca que todas sus ideas son muy divertidas—. No puedes ir por ahí exorcizando a gente que no te lo ha pedido, a no ser que quieras buscarte un problema. A los brujos nos cuesta demasiado conseguir a nuestros demonios como para tomarnos bien que alguien quiera quitárnoslos, ¿sabes?

Nathan titubea, pero no tiene tiempo de responder antes de que el brujo le tienda su nueva espada, una ligera y manejable que prueba con solo un par de movimientos. La sensación de la empuñadura bajo sus dedos lo hace sentir un poco más seguro y, a la vez, lo lleva de golpe a la última batalla con sus amigos el día antes de la boda. Casi puede escuchar de nuevo el reto de Lilith y ver la sonrisa que esbozó cuando lo aceptó. También oye la risa de Darien, pero, sobre todo, ve el gesto de incredulidad de Adam mientras todos se unían en su contra. La misma expresión que puso cuando se dio cuenta de que había parado el tiempo por él, que le había salvado una vida a la que ya había renunciado.

Cuando envaina el acero, lo hace con un movimiento definitivo que pretende guardar también todo eso. No puede permitirse pensar tanto en ellos, porque no quiere preguntarse qué opinión tendrán de él todas las personas que ha dejado atrás. No quiere pensar en las consecuencias que ha podido tener su huida para Ammarah. No quiere ni siquiera plantearse la posibilidad de que Darien no consiguiera sanar las heridas que tenía cuando lo abandonó. No quiere recordar la última mirada que le dedicó su mejor amiga.

—Gracias —le dice a Astrey, en un intento de pensar en cualquier otra cosa que no sea la culpa y la soledad y la añoranza.

—Vaya, si resulta que no te salen culebras por la boca por decir esa palabra.

Está a punto de resoplar cuando siente que alguien lo observa. Es una sensación que hace que un escalofrío le corra por la espalda y pone todos sus músculos en tensión. Solo necesita mover un poco la cabeza para encontrar un par de brujos, aparentemente un hombre y una mujer, mirando en su dirección. Son, de lejos, los más inhumanos que ha visto hasta el momento: uno tiene los ojos demasiado negros, sin iris ni pupila, y su rostro parece consumido y demacrado, aunque lo que más llama la atención son los cuernos que le salen de la cabeza y las manos acabadas en garras peludas y afiladas, propias de un gran depredador. La otra tiene una cabeza desprovista de pelo, escamada, como de serpiente, de un color tan blanco como la nieve virgen. En sus ojos sí hay pupilas, pero son verticales en lugar de redondas. No tiene párpados, como si su rostro se los hubiera tragado.

Nathan aparta la vista, con un mal presentimiento agarrándosele al pecho, justo encima del Amuleto. Tiene que rozarlo para asegurarse de que sigue bajo sus ropas, bien escondido.

—Creo que deberíamos irnos de aquí.

Astrey lanza un vistazo en dirección a los brujos, aunque no parece preocupado cuando le rodea los hombros con un brazo y echa a andar con parsimonia. Nathan frunce un poco el ceño, con la tentación de dirigir la vista atrás, pero la voz del espíritu lo obliga a centrarse solo en él:

—Te daré un consejo, chico: nunca huyas de un brujo. Si lo haces, su demonio olerá tu miedo, y hay pocas cosas que disfruten más.

Nathan aprieta los labios y se obliga a continuar con la mirada al frente.

—Nos están siguiendo, ¿verdad?

—Sí, y no tiene que preocuparte.

—Disculpa si no estoy acostumbrado a que gente que podría devorarme en tres bocados me pise los talones —farfulla, y desearía que

Astrey no se riera entre dientes, porque a él la situación no le hace ninguna gracia. A su alrededor, la noche empieza a sustituir al día y el cielo se oscurece cada instante un poco más—. ¿Crees que lo saben? Que soy…

Su acompañante se encoge de hombros, ignorando la nota de ansiedad en su voz.

—Tal vez. Al fin y al cabo hay demonios que llevan encontrándose con ese Amuleto durante siglos. Cuando un brujo muere, su demonio vuelve al espacio liminal del que procede, con los recuerdos de todo lo que ha vivido en nuestro mundo, así que algunos han tenido mil vidas distintas. Muchos incluso han tenido el Amuleto en su poder en algún momento, igual que tú lo tienes ahora.

Eso no ayuda a que se tranquilice. Está seguro de que esos demonios serán los primeros que quieran recuperar la sensación de poder que ya consiguieron en otros tiempos, mediante otros cuerpos.

—Parecían más consumidos que el resto de los brujos que he visto hoy. ¿Por qué? —pregunta, mientras sus dedos bajan hacia la empuñadura de su espada—. ¿Por qué son… tan distintos unos de otros?

Astrey sonríe, aunque el gesto en su boca resulta un poco enigmático esta vez.

—Cuanto más inhumano parece el brujo, más cuerpo ha conquistado el demonio que hay dentro de él. Cuando hacemos el Trato damos algo nuestro a cambio, pero eso no significa que los demonios no vayan a intentar tomar más de ti después. Si no eres lo suficientemente fuerte y listo para mantenerlo a raya… es probable que te lo roben todo.

El brujo deja de hablar cuando doblan una esquina y Nathan se queda lívido al darse cuenta de que han terminado en un callejón sin salida iluminado tan solo por la poca luz que queda del atardecer y la que sale de las ventanas de una taberna. En el momento en el que Astrey le suelta los hombros, le embarga esa sensación incómoda de que el tiempo empieza a correr demasiado rápido a su alrededor, al mismo ritmo al que se aceleran sus propios latidos, pero el espíritu no altera ni un ápice su expresión despreocupada; en su lugar, se gira con tranquilidad hacia la entrada del callejón y se ajusta la coleta.

—Por lo general, no tienes que preocuparte por los brujos con partes demoniacas —continúa, como si nada pudiera interrumpir su lección—. Presta más atención a los que parecen completamente humanos: esos son los más peligrosos.

Y Astrey es claramente uno de esos. Por un momento, se le ocurre que se ha confiado demasiado, que ha sido un idiota y que es evidente que lo han llevado de lleno a una trampa. Pero cuando los dos brujos que vio antes surgen como sombras en la entrada del callejón, no lo empuja hacia ellos. De hecho, ni siquiera lo mira.

Astrey, como siempre, solo sonríe.

—Parece que tenemos compañía —comenta.

Nathan lo mira sin saber si es una persona muy estúpida o muy inconsciente, y a su vez, deseando tener toda su estupidez o su inconsciencia. Cuando ve cómo la figura que tiene aspecto de reptil sonríe y se pasa una lengua bífida por la boca, él no puede evitar dar un paso atrás y llevarse la mano a la espada en un acto reflejo.

Eso es todo lo que se permite retroceder. Astrey le dijo que no puede mostrar su miedo, así que intenta por todos los medios hacerle caso y pensar que el brujo tiene la situación controlada, que sabe perfectamente a qué se enfrenta. También trata de pensar que no está solo, que todo está bien. Adam está justo detrás de él, y puede imaginar cómo se siente su mano casi encima de la suya, sobre la empuñadura de la espada, como si estuvieran a punto repetir uno de esos momentos en los que fingía ayudarle a corregir su postura al luchar para poder tocarlo a la vista de todos durante algunos entrenamientos. Siente que el corazón le late tan fuerte como lo hacía en esos momentos, pero por razones muy distintas.

—Parecen perdidos —silba la bruja de las escamas, con una voz semejante al sonido de un cascabel. Sus pupilas alargadas se fijan en él—. Sobre todo tú, Portador.

La piel se le eriza por la manera en la que pronuncia ese título que ya no sabe si odiar o abrazar. Sus dedos se aprietan un poco más alrededor de su arma, aunque siente que las manos le sudan, que el tiempo corre un poco más.

—Estás muy lejos de tu ciudad sagrada —se burla el de las garras—. Dicen que dejaste un gran desastre allí… Aunque debería haber sido incluso peor, en nuestra opinión. Deberías haberlo destrozado todo, empezando por sus asquerosas murallas.

Nathan traga saliva. Le gustaría responder que no pretendía destrozar nada, pero en realidad no sabe ni siquiera si es cierto. Quizá sí lo hacía. Quizá la basílica se vino abajo porque eso era lo que él en el fondo deseaba, porque estaba enojado, porque quería que alguien pagara. Sabía que pasaría. Sabía que habría consecuencias, porque se lo repitieron toda su vida, y a la hora de la verdad ni siquiera se lo planteó. Casi le parece estar de nuevo allí, de pronto. El suelo tiembla bajo sus pies, las paredes comienzan a llenarse de cicatrices, desde alguna parte se escuchan gritos. Por un instante, incluso se imagina las grietas extendiéndose desde la basílica hacia el resto de la ciudad. Puede ver su poder rompiendo también las murallas, como ese brujo dice, y, de pronto, todo el reino atestado de demonios.

Si hubiera utilizado el Amuleto más tiempo, ¿es eso lo que habría pasado?

Cuando vuelva a usarlo para salvar a Adam, ¿cuántas cosas más va a destruir?

La bruja de escamas blancas alza la cabeza y olfatea el aire. Astrey le dijo que los demonios olían el miedo, pero a Nathan le preocupa mucho más que huelan los remordimientos.

—Apestas a caos, magia y muerte, Portador. Aunque a lo que más apestas es a tiempo. Es delicioso… y va a ser nuestro. —Sus ojos se apartan solo un segundo de él para fijarse en Astrey—. Si no molestas, compañero, compartiremos un poco contigo después.

Nathan aprieta los dientes antes de lanzar otro vistazo precavido a Astrey, pero si su acompañante percibe sus dudas, no lo hace notar, porque su respuesta es guiñarle un ojo antes de voltear a ver de nuevo a sus contrincantes.

Es entonces cuando la sonrisa del brujo cambia. Se tuerce, se nubla. Se convierte en algo casi inhumano y ligeramente oscuro, fuera de lugar. Si su sonrisa normal le parecía una luna creciente, esta le recuerda a un eclipse.

—Lo siento, *compañeros*. Yo lo vi primero.

En esos días que han estado viajando juntos, Nathan ha visto a Astrey utilizar su magia de mil maneras diferentes: al modificar levemente el camino bajo sus pies para allanarlo en lugares intransitables, al arrancar trozos de madera de un árbol para transformarlos en saetas afiladas que pudieran usar para cazar, al convertir un montón de hojas y leña en una fogata solo con un parpadeo. Ha tenido tiempo de acostumbrarse a todas las posibilidades que ofrece su poder, o eso pensaba, porque no está preparado para la manera en la que el suelo se mueve bajo sus pies y lo aleja hasta el fondo del callejón.

No es lo único que ocurre. Aún está asimilando lo que acaba de pasar cuando el viento se levanta en una ráfaga fuerte que sacude sus ropas y su pelo. Va directa hacia sus contrincantes, pero la bruja de cabeza de serpiente la hace detenerse justo ante ellos cuando levanta las manos y masculla:

—Como quieras.

Después, el mundo se reestructura ante sus ojos.

No es que se rompa, no es como cuando él utilizó el Amuleto en la basílica, es que se *desmonta*. Como si todo a su alrededor fuera maleable, los adoquines del suelo se convierten en piezas que se levantan y se lanzan hacia él y Astrey en una lluvia de piedras ante la que él solo puede cerrar los ojos.

Aunque está esperando el dolor y las heridas, el impacto no llega. Lo único que siente es que nieva polvo sobre él. Cuando vuelve a abrir los ojos, descubre que ya no hay ni rastro de peligro y que su acompañante ni siquiera se ha movido de su lugar.

—¿Eso es todo? —dice el espíritu con algo parecido a la decepción.

Nathan casi siente ganas de echarse a reír. Cree que llega a esbozar una sonrisa, pero es demasiado temblorosa, extraña, llena de nervios. Sus atacantes, por su parte, se permiten solo un instante de sorpresa antes de que en sus rostros aparezcan la molestia y el desprecio.

No tardan ni un segundo en lanzarse hacia ellos: la bruja emite un silbido agudo mientras enseña unos colmillos letales y se mueve a mucha más velocidad de la esperada, mientras que su compañero decide dejar de caminar sobre dos piernas y se encoge hasta saltar hacia la pared como una bestia y correr sobre ella.

De pronto, el callejón le parece a Nathan más estrecho, más claustrofóbico. En un momento de pánico, intenta recordar todas las lecciones que alguna vez le enseñaron en el Templo para enfrentarse a los brujos, todos los salmos que debía repetir para un exorcismo efectivo. Pero nada de eso va a serle útil. Es un traidor. Es un hereje y su dios lo abandonó, así que solo le queda la espada que se apresura a desenvainar... y el Amuleto.

Lo nota sobre su pecho, exactamente igual que lo hizo en la basílica. Siente que lo llama, aunque en esta ocasión no hay voz definida. El tiempo a su alrededor se enreda a su cuello, a sus muñecas, a sus dedos; lo percibe vibrando, corriendo, recordándole que tiene poder sobre él. Que, al menos, parará si se lo ordena. Ya lo ha hecho antes. Podría volver a hacerlo...

No sabe en qué momento sucede. No sabe cómo, porque pasa demasiado rápido, pero el suelo vuelve a moverse debajo de él y esta vez lo lanza hacia delante, mientras dos muros surgen a sus costados y lo arrinconan. Cuando alza la vista, el brujo de las garras, más lobo que humano, está casi sobre él, con las fauces animales desencajadas.

—¡¡Nathan!!

Se mueve por inercia, por puro instinto de autodefensa, o quizá porque eso es justo lo que gritó Adam antes de que estuvieran a punto de matarlo. Esa no fue su voz, pero es a él a quien ve tras la bestia, con la boca muda tan abierta como los ojos y la expresión descompuesta.

Por eso Nathan levanta la espada.

Por eso ataca y corta con su filo esa cara inhumana.

El brujo retrocede de un salto sobre sus cuatro patas, con un aullido que se convierte en risa. Cuando levanta el rostro, Nathan traga saliva mientras observa la sangre caer por la herida abierta que parte su expresión en dos. Se obliga a apretar la empuñadura entre sus manos, se obliga a no retroceder, aunque por encima del tiempo, por encima de las dudas, por encima de todo lo demás, en ese momento siente el miedo, que le clava los dientes en el estómago y le recuerda lo mortal, pequeño y débil que es en comparación con ese monstruo.

—¿Una espada, Portador? ¿Eso es todo lo que sabes hacer?

Nathan tensa la mandíbula ante la burla. Cuando da un paso hacia delante, lo hace porque su manera de vencer al miedo siempre ha sido agarrarse a la rabia, y lleva acumulando demasiada durante días. Está harto. Está harto de sentirse indefenso, de que ni ese brujo ni nadie parezca tomarlo en serio. Nadie lo ha tomado en serio jamás, y por eso no han dejado de arrebatarle todo aquello que alguna vez ha querido. Su madre. Su vida. Su futuro.

Adam.

—No tienes ni idea de lo que puedo hacer —gruñe.

—¿De veras? —La voz es más bien un sonido animal—. ¿Por qué no me lo demuestras?

El grito le sale de las entrañas cuando se lanza hacia él, sin pensar. Solo con la espada, porque quiere demostrarle que puede ser más peligroso con ella de lo que piensa y porque quiere demostrarse a sí mismo que es algo más que el Portador, que no necesita el poder del Amuleto para sobrevivir.

Pero sí que lo necesita.

Antes de que pueda clavar su arma en el corazón de ese demonio, el filo se rompe en mil pedazos.

Nathan cae al suelo por culpa de su propio impulso cuando su rival se aparta de su trayectoria con un movimiento fluido y absurdamente fácil. Apenas es capaz de echar las manos hacia delante para detener su caída y nota cómo se las rasga, aunque eso no es nada en comparación con el dolor que siente cuando, de repente, el suelo debajo de él toma la forma de agujas que le atraviesan la piel. El alarido de dolor que le rompe la garganta resuena por todo el callejón.

—El Amuleto debe de estar furioso contigo por ignorarlo de esta manera, Portador —comenta su contrincante, con una risa mordaz—. Pero yo me encargaré de darle un uso mejor.

Jadeante, con las lágrimas asomando a sus ojos por el daño y la angustia, Nathan arranca sus manos de la piedra y se gira a tiempo para ver cómo el demonio se pasa la lengua por la boca. No, ni siquiera puede llamarse boca: ahora es más bien un hocico, como si el cuerpo del brujo no dejara de cambiar en ningún momento y se estuviera convirtiendo en algo cada vez más bestial.

Nathan siente su corazón latir a toda velocidad mientras su enemigo se aproxima con pasos tranquilos. Siente la sangre escapándose de su cuerpo a través de las manos que acuna contra su pecho, las mismas manos que ya se mancharon con la sangre de Adam hace días. Él, de hecho, vuelve a estar a su lado, arrodillado junto a él, sin intentar tocarlo pero observándolo con expresión horrorizada. Lo ve mover los labios y darle forma a una sola palabra que no llega a pronunciar, lo más cercano que ha estado de decirle algo desde hace días.

«Úsalo».

No sabe si se lo dice Adam, el Amuleto o si se lo dice a sí mismo. Pero sabe que, si no lo hace, va a morir. Aprieta los dedos contra los adoquines y lo siente. El tiempo, bajo él, sobre él, a su alrededor, en todas partes. Todo el tiempo que tienen esas calles, todas las vidas que han pasado por allí. Siente pasos, humanos y animales. Oye gemidos, risas y llantos.

Lo oye todo. Lo siente todo. Es suyo. Le pertenece.

El suelo, a su alrededor, comienza a temblar.

Y justo cuando el brujo salta por él, un graznido rompe la noche.

Nathan vuelve en sí cuando Shiraz cae sobre el callejón como un rayo y clava sus garras en la cabeza del demonio, hundiéndole las uñas afiladas en los ojos y clavándole el pico en la carne, desgarrando y jalando. La imagen es demasiado brutal, demasiado grotesca, tanto que al principio ni siquiera puede asimilarla.

Solo un instante después, el brujo deja escapar un alarido que se convierte en un gorgoteo cuando un puñal le corta la garganta desde atrás en un tajo tan brutal que la sangre de la herida llega a salpicarle el rostro.

Nathan deja escapar un jadeo entrecortado. Astrey está de pie tras el cuerpo caído del brujo, pero se fija en él con indiferencia. Tiene una pequeña herida en la mejilla, apenas un corte que deja una línea carmesí sobre su piel blanca, y su coleta parece un poco despeinada, pero eso es todo el rastro que hay en él de haber pasado por una batalla. Aun así, no parece exactamente la misma persona que ha conocido hasta ahora: sus ojos grises se han vuelto casi negros; su lengua se pasa por sus labios, por primera vez sin sonrisa, como si saboreara algo.

Detrás de él, el cuerpo de la otra bruja también está en el suelo, muerto.

Cuando Astrey vuelve a mirarlo, Nathan no puede evitar contener la respiración. Nada en su cuerpo ha cambiado, no se ha deformado, no parece una bestia, pero aun así algo dentro de él le grita que huya de allí.

Sí, Astrey parece humano, pero de pronto también es más evidente que nunca que en su interior hay un monstruo.

Entonces el brujo parpadea y algo vuelve a cambiar, aunque no sabe identificar qué. Es la expresión, un poco el color de los ojos, o quizá sea la manera en la que se fija en él y pone una de sus caras exageradas, en esta ocasión casi de desaprobación.

—No quieres hacer eso aquí, chico —le advierte, y después su sonrisa de luna vuelve, brillante e irónica—. Dos brujos son manejables, pero si activas el Amuleto ahora, serán bastantes más contra nosotros dos y un pájaro. Me gusta un poco de peligro de vez en cuando, pero considero que por hoy hemos tenido suficiente.

Nathan apenas entiende de qué está hablando hasta que dirige la vista hacia el suelo y se da cuenta de que hay pequeñas fracturas en él, como si hubiera empezado a resquebrajarse a su alrededor. Su reacción inmediata es quitar las manos de la piedra, en pánico. No, no quería eso. ¿O sí? No lo sabe. Sí, quería usar su poder. Sí, quería ganar, quería demostrar algo, quería sobrevivir, pero no quería destruir todo a su alrededor. ¿En qué estaba pensando? Están en un pueblo lleno de gente inocente. Podría haber provocado un desastre, uno con miles de víctimas…

Astrey lo arranca de sus pensamientos cuando lo hace levantarse al agarrarlo de los codos. Si se da cuenta de que ha empezado a temblar, que le cuesta respirar, que siente miedo de sí mismo, no se lo demuestra.

—¿Estás bien?

No, no lo está. No sabe quién es ni lo que está dispuesto a hacer. No sabe si tiene límites o si los está perdiendo todos.

Aun así, asiente. Al menos más allá de las murallas del Sacro Reino ya no tiene que preocuparse por todas las veces que miente.

NATHAN

Astrey arregla su espada con un movimiento de su mano, con la misma facilidad con la que el otro brujo la destruyó, y le venda las manos con unos jirones de tela que arranca de su propia capa. Después, comenta que está deseando dormir en una cama de verdad, aunque tiene que darse cuenta de que él apenas puede centrarse en lo que está diciendo. No puede centrarse en nada que no sean las brechas en el suelo, en la destrucción que podría haber venido después. Cuando quiere darse cuenta, Astrey ya volvió a ponerle la capucha y lo ha sacado del callejón. Solo empieza a ser verdaderamente consciente de lo que le rodea cuando ambos entran a una posada y su acompañante lo obliga a irse directo a su cuarto.

—¿Y tú qué vas a hacer? —pregunta. Odia lo ansioso que suena, pero odia todavía más la idea de volver a quedarse solo.

Astrey le dedica una mirada maliciosa.

—Voy a buscar a alguien que me preste su cama esta noche sin que yo tenga que pagar. —Cuando frunce un poco el ceño, el brujo se ríe—. Es broma. Primero voy a buscar a alguien que te cure esas manos: *después* veré si de paso me presta su cama.

Eso es todo lo que dice antes de guiñarle un ojo y marcharse. Y aunque le pone nervioso que se aleje, Nathan se obliga a respirar hondo y a obedecer. Está bien. Todo está bien. Solo necesita descansar, porque la tensión de los últimos días le está jugando una mala pasada y enfrentarse a dos brujos ha sido demasiado impactante, pero tiene control sobre sí mismo. No es un monstruo. No está perdiendo la cabeza, tampoco.

Subir las escaleras hacia las habitaciones le hace pensar en la última noche que pasó con Adam, la manera en la que recorrieron unas parecidas de la mano. Su cuarto le recuerda al que entraron en aquella ocasión. La cama, a la que compartieron. Adam está acostado sobre ella, esperándolo con una sonrisa llena de lástima en la boca. Nathan traga saliva al verlo, porque le parece que, como siempre, él es el único que puede ver a través de todas sus mentiras, de todas sus fisuras. Puede imaginarse todas las palabras que se esconden en la forma en la que lo está mirando: «Estás cansado, ¿verdad? Estás asustado y no tienes ni la menor idea de lo que estás haciendo, pero vas a fingir que sí, porque así es más sencillo convencerte de que puedes con eso».

Las ganas de llorar vuelven mientras se acerca al lecho. Quiere refugiarse en ese pecho, quiere extender las manos hacia él y pedirle caricias que le hagan olvidar, pero sabe que no serviría de nada, así que solo se acuesta, dejando distancia entre ellos. A Adam los rizos rubios le caen por la cara y se extienden por la almohada casi formando una aureola, una muestra más de su apariencia santificada.

Él, en cambio, parece estar convirtiéndose cada día más en un demonio.

—Si hubiera usado el Amuleto, habría hecho daño a mucha gente —murmura.

Adam solo lo mira, en el mismo silencio de siempre.

—Cuando lo use para traerte de vuelta… —La voz se le rompe un segundo, pero se obliga a tomar aire y continuar, con los ojos clavados en esa mirada clara en la que ve un reflejo deforme de sí mismo—. No sé qué pasará, pero habrá un precio. Siempre es así, ¿verdad? Cuando el Amuleto del Tiempo se pone en marcha, el resto del mundo sufre.

Más silencio.

—¿Me perdonarás cuando eso pase?

Silencio, silencio, silencio.

Astrey entra en el cuarto una hora después, acompañado de una mujer que lleva los tatuajes de los necromantes en la cara y en los brazos y que, sin hacer preguntas, lo obliga a enseñarle sus heridas. Nathan sabe que debería sentir rechazo ante la idea de que alguien use magia sobre él, pero le duelen las manos, le arden, y solo quiere que el sufrimiento acabe cuanto antes. Si hubiera una magia capaz de acallar el resto de dolor que siente y curar la brecha que se le abrió hace días por dentro, pediría que la usaran también.

—Además de sus heridas, el chico está perdiendo la vista —comenta Astrey—. Supongo que no puedes hacer nada con eso, ¿verdad?

La necromante lo mira de reojo mientras pone sus manos sobre las de Nathan. A él solo le dedica un vistazo curioso, pero no hace preguntas.

—Puedo intentar retrasarlo, pero no se puede evitar lo inevitable, del mismo modo que no se puede parar a la muerte.

Suena a condena, pero también a advertencia. Aun así, no hace más comentarios antes de cerrar los ojos y silbar una suave melodía, casi una canción de cuna que hace que su cuerpo se relaje de inmediato. Es extraño sentir la magia fluir por su cuerpo, mientras las notas suenan a su alrededor y lo adormecen. Es extraño que se cuele por los cortes y le recorra las venas como un cosquilleo invasivo pero también cálido, vivo.

Cuando la necromante se va de su cuarto (más pálida, con peor aspecto), su visión ha vuelto a ser mucho más definida que en las últimas jornadas y en sus manos han quedado cicatrices que deberían haber tardado semanas en aparecer. Mientras las observa, y antes de que Astrey lo deje a solas de nuevo, murmura:

—¿Es cierto?

Por el rabillo del ojo ve cómo el brujo se gira a medias hacia él, con los dedos alrededor del pomo de la puerta.

—¿Que no se puede parar a la muerte? Bueno, los necromantes veneran el ciclo vital por encima de todo, pero el Inmortal lo hizo durante más de un siglo, así que…

—No, no me refiero a eso. —Nathan toma aire y cierra las manos antes de clavar sus ojos en los del espíritu—. ¿Es cierto que apesto a caos, magia, muerte y tiempo?

Astrey enarca las cejas. Probablemente es la última pregunta que esperaba, pero él no puede dejar de pensar en las palabras de la bruja del callejón y en todos los olores que se le deben de estar quedando enredados a la ropa y pegados a la piel. Le parece percibirlos todos ahí, adheridos a sus manos, un aroma putrefacto y antiguo.

—Quizá —admite el brujo, tras un breve silencio—. Pero no veo qué hay de malo en ello: al final, todos estamos hechos de eso.

LILITH

—Era él.

Lilith lleva días soñando con el desastre de la basílica, así que cuando ve las grietas en el suelo del callejón no tiene ninguna duda de que son iguales a las que vio aquel día, las que terminaron extendiéndose tanto como para conseguir que todo el edificio se viniera abajo.

Darien se acerca para observarlas también y ella aparta la vista del suelo para poder fijarse en él. Su primo parece incómodo, pero no puede culparlo. Cuando llegaron al pueblo hace un par de horas y escucharon hablar de una batalla entre brujos que había ocurrido dos días antes, al principio no le dieron importancia. Sin embargo, después llegaron los rumores: uno de ellos no era un brujo; uno de ellos tenía un mechón blanco; uno de ellos… quizá fuera el Portador.

A estas alturas, la historia de que la boda de la princesa Ammarah de Daiva fue interrumpida y que su prometido huyó con el Amuleto del Tiempo ya ha comenzado a correr por todas partes, lo que significa que empieza a haber muchas personas interesadas en encontrar al Portador. La gran mayoría probablemente tan solo quiera acabar con él, pero al parecer también hay quienes esperan convertirse en sus aliados. Eso lo descubrieron hace solo unos minutos gracias a una necromante que les contó que el chico del mechón blanco acabó herido en la refriega y que un brujo pelirrojo le pagó muy bien por curarlo sin hacer ni una sola pregunta.

Un brujo. Al parecer, el Portador no solo insiste en usar un poder que está prohibido, sino que ahora, además, se codea con siervos de Caos.

—Puede que no sea del todo cierto —murmura Darien, con los ojos fijos en las muescas del suelo, como si en ellas pudiera encontrar una historia. También hay unas manchas de sangre que nadie ha conseguido limpiar del todo—. Ya sabes cuánto puede desvirtuarse un rumor al pasar de boca en boca. Y estas marcas, en realidad, podrían ser obra del brujo…

Lilith chasquea la lengua.

—Mira alrededor, Darien: la magia de los brujos deja otro tipo de rastro. Esto de aquí lo dejó el Amuleto, lo sabes tan bien como yo. Lo volvió a usar.

El chico aprieta los labios, pero no puede negarlo: la magia de los brujos alteró el callejón y dejó tras de sí algunas irregularidades en el suelo y en las paredes, adoquines descolocados y paredes curvadas o muros levantados donde no debería haberlos, pero las grietas del suelo son algo muy distinto.

—De todos modos, no importa —continúa ella, antes de que a su primo se le pueda ocurrir una nueva excusa—. Lo que importa es que pasó por aquí. Vamos por el buen camino.

Lilith lanza un vistazo por encima de los tejados de las casas, más allá del callejón, a los picos pálidos de las montañas. Si se guía por la visión que tuvo, será allí donde lo encuentre, pero le alegra confirmar que todo se mantiene como debe y que está siguiendo el camino que Destino le ha indicado.

—Tenemos que continuar —declara—. Si seguimos a buen ritmo, podríamos darle caza cuando menos lo esperemos…

—Darle caza —repite Darien, con voz amarga.

Lilith se vuelve a girar hacia él, con el ceño fruncido, preparada para recordarle que esa es exactamente su misión. Sin embargo, su primo no la está mirando: ha vuelto a clavar la mirada en el suelo, mientras traza con el pie una de las grietas más pequeñas que hay entre los adoquines.

No es capaz de comprenderlo. Hasta su discusión en la enfermería, él no le había llevado la contraria jamás: Darien siempre ha sido una persona callada, poco acostumbrada a nadar contracorriente.

Por lo general, le gusta evitar los conflictos y pasar desapercibido, pero parece que el Portador no es el único que ha cambiado en los últimos días.

—Sí, Darien: darle caza —confirma ella, tajante—. Sigamos adelante.

Ahora que los caballos descansaron un poco y ellos consiguieron algunas provisiones más, pueden volver a ponerse en marcha de inmediato. Y cuando alcancen al traidor al que están buscando…

Su mano acaricia la empuñadura de Eunomia. Cada vez la siente más familiar. Cada vez resulta más sencillo sostenerla y entrenar con ella por las noches, mientras Darien duerme. Ha empezado a acostumbrarse a luchar contra el aire e imaginarse al Portador al hacerlo. Puede convocar a la perfección la forma que tenía de sonreír mientras entrenaban, los ataques que más solía utilizar, la manera en la que muchas veces le lanzaba bromas o comentarios afilados en un intento de distraerla, porque sabía que no podía superarla en fuerza o en habilidad.

Hubo un tiempo en el que no le importaba, en el que sus peleas la divertían y su juego sucio le parecía casi entretenido. Sin embargo, el chico que ella imagina ya no le hace ninguna gracia, y sus bromas se han convertido en burlas cada vez más crueles. Cada noche, ese demonio contra el que pelea con todas sus fuerzas le recuerda que su hermano siempre tuvo un hueco más grande en su corazón, que ella nunca ha sido suficiente ni siquiera para él. Le habla de traición, de caos, y se ríe de ella y de sus poderes, porque desentrañó demasiado tarde la única visión importante que los celestes le habían dado en toda su vida. Es frustrante. Es…

—¿Eso es lo que te estás diciendo todo el rato? ¿Que tienes que seguir adelante?

La voz de Darien la saca de golpe de sus pensamientos. Ya había echado a andar de nuevo, pero sus palabras consiguen que se detenga y le lance un vistazo por encima del hombro. Su primo no se ha movido de su lugar, con los pies y los ojos fijos en el suelo.

—¿Cómo dices?

Él aprieta los puños antes de encararla. Apenas puede reconocer esa expresión tan molesta en su rostro, porque no es algo que haya visto en muchas ocasiones.

—¿Qué va a pasar después? —replica, con un ademán casi acusador hacia la espada que cuelga de su cadera—. Cuando cumplas la misión de Destino, ¿qué vas a hacer, Lilith? ¿Seguirás sin pronunciar sus nombres? ¿Vas a fingir toda tu vida que Nathan y Adam nunca existieron?

Siente esas palabras como el ataque de un aliado por la espalda, pero no permite que le escuezan durante más de un segundo. No puede permitirse flaquear. No va a hacerlo.

—Cuando acabe mi misión, volveré a casa.

Darien esboza una sonrisa pequeña, incrédula, totalmente carente de humor.

—Eres consciente de que te convertirás en la nueva Portadora, ¿verdad? ¿Lo dejarás todo por esa misión también? La Peregrinación, ser la Suma Celestial… ¿Estás dispuesta a permanecer el resto de tu vida en el Templo, sin poder en la Hermandad, encargándote de mantener ese Amuleto al cuello y nada más? Nathan lo odiaba. Sabes que siempre sintió que era poco menos que un muñeco, y tú no quieres ser eso. Tú…

—Suficiente.

Su primo hace una mueca de disgusto cuando lo acalla, pero no va a dejar que siga hablando, porque no quiere pensar en nada de eso. No quiere pensar en que, aunque lleva toda su vida deseando ser preciada para su madre, él tiene razón: nunca ha deseado pasar a la historia por ser una de las santas que guardó el Amuleto y tampoco le gusta la idea de cederle a otra persona el cargo que iba a ocupar su hermano. No quiere pensar en cómo será permanecer toda su vida en el Templo, sin poder salir siquiera a la ciudad, perpetuamente encerrada porque el Amuleto debe estar a salvo en todo momento.

No quiere pensar en cómo se sentirá tras matar al Portador.

Desde pequeña le han dicho que el caos se esconde en las dudas, así que no va a pensar en nada que pueda hacerla titubear.

—Destino me eligió para esto y no voy a decepcionarlo. —Eso es lo que ha estado repitiéndose en los últimos días. Eso es lo único que importa. Tiene que recordárselo a Darien y tiene que recordárselo a sí misma—. Haré lo que sea necesario para mantenerme en el camino que eligió para mí, y tú deberías hacer lo mismo, Darien. Si no estás dispuesto a aceptar sus designios, tal vez deberías volver a casa.

Su primo hace una mueca de tristeza. No, mucho peor: compasión. Como si, más allá de toda la situación, sintiera pena por ella.

—Seguir el camino no implica olvidar quién eres —dice, acercándose un paso, y ella frunce el ceño. No lo está haciendo. Sabe muy bien quién es, sabe muy bien qué tiene que hacer, por mucho que a él no le guste la idea—. No puedes darle la espalda a toda tu vida hasta ahora, a tus recuerdos. Sé algo sobre eso. Al final, el pasado siempre vuelve y...

—¿De verdad, Darien? ¿Vas a darme lecciones sobre la importancia del pasado? ¿Con qué derecho, si tú eres el primero que lo rechaza todo el tiempo?

—Yo no...

—¿No? Destino te dio el poder de ver ese pasado que dices conocer tan bien, pero tú lo ignoras en vez de usarlo. Deberías sentirte agradecido por el papel que se te ha otorgado e intentar cumplir con él y en su lugar... ¿Qué haces? ¿Qué has hecho durante todos estos años con el honor que se te concedió?

Ese es un ataque injusto y lo sabe. Un aguijón que va de lleno al corazón de su primo y que consigue que le cambie la cara. Por un momento parece demasiado confundido por el golpe, pero aun así Lilith espera el contraataque. Puede que eso sea lo que necesita ahora: que se hagan daño, tener una excusa para enojarse con alguien que sí está ahí, al que sí puede enfrentarse, aunque no sea con la espada. Lanzarse por él le parece más lógico que luchar en la oscuridad contra un chico imaginado o despertarse en medio de la noche tras tener pesadillas en las que puede ver el cuerpo de su hermano siendo devorado por los gusanos y las bestias de la Fosa de los Infieles. En algunos de esos sueños, de hecho, ella le perdona la vida al Portador y el cuerpo de su hermano alza el brazo para sepultarla junto a él, para que su cadáver se pudra junto a los de otros traidores.

Ha empezado a temer que esos sueños también sean visiones.

Darien tarda un poco en recuperarse, pero finalmente aguanta el embiste de sus palabras al respirar hondo y decide ignorar su ataque.

—Que te niegues a decir sus nombres no los convierte en desconocidos, Lilith.

—No, pero que estuvieran juntos a espaldas de todo el mundo sí que lo hace. Que nunca dijeran nada de lo que estaba pasando entre ellos lo hace. Que estuvieran dispuestos a romper todas las normas y largarse juntos lo hace. —Lilith aprieta los dientes, los puños—. Iban a huir. Tú estabas desangrándote en el suelo y te dejaron atrás. Yo estaba allí, me vieron, sé que me vieron, y me dejaron atrás. No les importábamos. Ni tú ni yo.

Se siente ridícula por decir eso. Se siente estúpida por dejar que le afecte, por permitir que la voz se le rompa al final de esas palabras o que los ojos le piquen. No, eso no es lo que quería. No puede dejar que el dolor asome, porque está segura de que la hace parecer débil, y nadie la crio para ser débil, no debe ser débil.

—Lilith…

Ahí está. Darien solo necesita pronunciar su nombre para que ella perciba toda la lástima que le tiene. Y lo odia. Odia haberse convertido en alguien por quien sentir pena, en una tonta que creyó en las personas equivocadas y ahora sufre por ello cuando no debería sentir nada más que desprecio, porque eso es todo lo que merecen los traidores.

Su primo vuelve a dar unos pasos hacia delante, hacia ella, pero quiere decirle que no se acerque, que se detenga. No quiere su pena y, desde luego, aunque lleve días necesitando un abrazo, no quiere uno suyo, porque no sabe lo que podría sacar a la luz. No puede permitirse revivir ni uno solo de sus recuerdos si no quiere romperse por completo.

—No.

Escupe la palabra en cuanto Darien se atreve a alzar la mano hacia ella. Ni siquiera es consciente de que lo empujó con la protección de hierro que lleva en su antebrazo hasta que su primo tropieza y cae al suelo, desde donde la mira con los ojos verdes muy abiertos.

Lilith traga saliva, pero no se acerca a ayudarlo, no pide perdón, sino que retrocede un poco más. Lo quiere lejos. Necesita su espacio. Necesita salir de ese callejón, donde las fachadas se inclinan sobre ella y le quitan el aire. Necesita centrarse en la orden clara y precisa a la que lleva aferrándose desde que recibió su visión:

«Sigue adelante».

Sin mirar atrás. Sin pensar en los buenos o malos momentos. Sin pasado, como si hubiera vuelto a nacer. Como si no llevara el medallón de Destino al cuello y pudiera reencarnarse y ser una persona muy distinta a la que en realidad es. Una más parecida a su madre, sin sentimientos, aferrada a su fe, con lo que es correcto siempre por delante de todo lo demás.

Y en esa vida nueva no hay lugar para una chica perdida.

DARIEN

—¡Lilith!

El grito de Darien resuena en el callejón, pero su prima no se detiene y la pierde de vista en cuanto tuerce la esquina. Siente el impulso inmediato de ponerse en pie e ir tras ella, pero también es demasiado consciente de que no servirá de nada. La conoce. Creció con ella desde que tiene uso de razón y sabe perfectamente todas las protecciones que siempre lleva puestas y que él nunca ha conseguido terminar de quitarle.

Probablemente la única persona que siempre ha tenido ese poder es Nathan.

Al final solo deja escapar un suspiro mientras se pasa las manos por la cara, todavía en el suelo. No tenía que haberlo nombrado a él ni a Adam, no tendría que haberla golpeado con todas esas preguntas, pero ¿qué iba a hacer si no? ¿Callarse? ¿Aceptar esa locura en la que tanto su hermano como su mejor amigo son villanos que merecen ser ejecutados? No puede. No es justo. Nada de lo que está pasando lo es.

Por otro lado, está agotado, tal vez por eso habló de más. Apenas duermen más de un par de horas cada noche y le duele todo el cuerpo de cabalgar sin descanso, así que por un momento casi siente ganas de acostarse sobre los adoquines y cerrar los ojos. Quizá si lo hiciera el mundo sería distinto cuando volviera a abrirlos. Más lógico, más como era antes. Sabe que es una tontería, que las cosas no funcionan así, pero tampoco tiene ni idea de qué hacer o qué pensar.

Nathan estuvo ahí. Nathan luchó contra brujos y viaja junto a otro.

La idea le parece ridícula, y aun así no puede evitar que su mirada vuelva hacia las grietas del suelo, tan cerca de él. ¿De verdad Nathan hizo eso? ¿De verdad volvió a utilizar el Amuleto, en medio de un pueblo lleno de gente...? No, por supuesto que no. No lo haría.

Al menos, no si tuviera cualquier otra opción.

Observa los pequeños rastros de sangre seca, las manchas que se han vuelto negras con el paso de los días. No sabe por qué, pero extiende los dedos hacia ellas, repasándolas. Le gustaría saber si esa sangre era suya o de sus enemigos, le gustaría saber qué pasó exactamente en ese lugar, le gustaría que algo le asegurara que su amigo sigue siendo...

Está ahí, justo delante de mí, completamente indefenso. Puedo ver la cadena de la que cuelga el Amuleto, la forma que el objeto hace bajo sus ropas, demasiado grande para alguien tan pequeño como él. Es apenas un muchacho, pero huele delicioso, a Caos, a Muerte. Los lleva a ambos enredados en los dedos manchados de su propia sangre, los siento pegados a sus labios, a toda su piel.

Abro las fauces, listo para romper esos huesos tan delicados. Ya puedo imaginarme el sabor de su carne tierna; su expresión de terror y su cuerpo tembloroso son los aperitivos perfectos. El poder del Amuleto es un zumbido en el aire, pero es obvio que el chico no tiene la menor idea de cómo usarlo, porque de lo contrario no necesitaría la compañía de un brujo para protegerse. Quizá también pueda comerme a ese estúpido cuando acabe con el Portador y me haga con el Amuleto. También me encargaré de mi ridícula compañera. Si cree que pienso compartir esa magia con ella... No. Va a ser toda mía. Con el poder del Amuleto podré comer todo lo que quiera, podré crear tanto caos como quiera, podré vivir donde quiera.

Me preparo para saltar. La boca se me hace agua.

Esto va a ser todo un festín.

Darien deja escapar un grito de horror mientras aparta la mano del suelo a toda velocidad. Su cuerpo también retrocede sobre los adoquines, lejos de cualquier marca que indique que en algún momento hubo una lucha allí. La sorpresa y el mareo por el recuerdo inesperado en esta ocasión no es nada en comparación con la sensación que deja tras de sí: le asusta el hambre y el ansia que siente de repente en su propio pecho y le asquea el sabor a sangre en su boca, como si la hubiera probado antes. El estómago se le contrae, pero hace un esfuerzo por tragarse la bilis que siente subiéndole por la garganta y centrarse en el presente, en el aire a su alrededor, en sus propias emociones, en su humanidad. Ese brujo no parecía pensar ni siquiera como una persona, estaba disfrutando demasiado de la expresión atemorizada de Nathan...

Nathan. Realmente estuvo ahí. Los brujos lo atacaron. Iban a acabar con él, iban a...

—Parece que eres todo un prodigio, celestial.

La voz que irrumpe de pronto en el callejón consigue helarle la sangre en las venas.

Durante un instante no se atreve a moverse, ni siquiera se atreve a respirar. Le gustaría pensar que se la imaginó, que su cabeza todavía está confundida por la visión, pero sabe que no es cierto. Esa voz también es la de un demonio, sí, pero es un demonio con el que se cruzó por primera vez hace días, en la basílica, mientras el mundo colapsaba a su alrededor.

«Volveremos a encontrarnos, celestial».

Darien se gira a toda prisa, al tiempo que un escalofrío le baja por la espalda. Y lo ve. Ahí, justo en la entrada del callejón. La misma ropa negra, la misma piel mortecina, los mismos ojos azules, el mismo pelo rubio y corto, tan claro que casi parece albino.

El necromante que hace días lo apuñaló y le robó su alma.

El miedo lo deja clavado en el suelo. Sabe que debería levantarse y salir corriendo o desenvainar su espada y encararlo, pero no es capaz de moverse. Las piernas le han empezado a temblar. Las palabras se le deshacen sobre la lengua antes de que pueda invocarlas.

El necromante mira hacia atrás como si quisiera asegurarse de que nadie va a reparar en ellos. Es solo un instante antes de que sus ojos vuelvan a caer sobre él, helados y vacíos. Cuando echa a andar, sus pasos son tan sigilosos como los de un cazador, meditados.

—Había escuchado que algunos sensibles eran capaces de encontrar recuerdos en los objetos, pero aún no me había cruzado con uno de ellos —dice—. Hasta hoy, al parecer. Acabas de ver algo, ¿verdad?

Quiere mentirle y decirle que no sabe de qué está hablando. También quiere exigirle que no se acerque ni un paso más, pero lo único que puede hacer es mirarlo desde abajo y preguntar, con una voz mucho más débil de lo que le gustaría:

—¿Me has... seguido?

—Te dije que volveríamos a encontrarnos, ¿no?

Por fin, Darien se levanta. No sabe de dónde saca las fuerzas o el impulso, pero lo hace en cuanto ese chico jala el cordel que lleva alrededor del cuello para sacar de entre sus ropas un medallón que reconoce. En un acto reflejo, se lleva los dedos hacia la réplica que cuelga de su propio cuello, mucho más liviana, hueca. En comparación, casi puede sentir que la pieza que le robaron lo llama, que lo atrae.

—¿Lo has extrañado? —pregunta el chico, con calma.

Aunque no quiere retroceder, aunque lo único que desea es lanzarse a recuperar lo que es suyo, no puede evitar tragar saliva y dar un paso atrás. Su mano cae sobre el pomo de su espada.

—Ni un paso más, necromante. No sé qué quieres de mí, pero...

—¿Pero qué? —Las cejas claras de su oponente se alzan, casi desafiándolo a terminar la amenaza—. ¿Qué vas a hacer si me sigo acercando, celestial?

Darien traga saliva cuando ve que no se detiene, pero consigue contenerse antes de dar otro paso atrás y demostrar lo aterrado que se siente. Sus músculos responden al fin y la espada deja escapar un silbido cuando la desenvaina.

Eso es. Es un miembro de la Hermandad Celestial y no debería olvidarlo. Está entrenado para la lucha. No es un ser indefenso. No es una presa que se pueda cazar. No es una víctima.

—Si sigues acercándote, acabaré con lo que empezamos en la basílica.

—Creo recordar que el único que estuvo a punto de acabar con alguien ese día fui yo.

El necromante da un paso más hacia él. Dos. Están tan cerca que solo necesita alzar el brazo para poder apoyar un dedo sobre el filo de la espada. Sería muy fácil para Darien moverla y cortarle la mano; aprovechar la forma en la que se ha acercado, desprotegido, y atravesar su cuerpo.

Sin embargo, antes de que pueda planteárselo de verdad, la otra mano del chico acaricia el medallón que cuelga sobre sus ropas negras. Cuando lo hace, cuando pasa el pulgar por el ojo de Destino, Darien siente un escalofrío que lo recorre de arriba abajo. Es una sensación desagradable, invasiva. Le hace querer volver a frotarse con rabia todo el cuerpo, como cuando se enteró de que lo había curado con una magia impía.

Pero, sobre todo, lo hace sentir indefenso.

—*Suelta el arma.*

No es una sugerencia, aunque las palabras salgan de esos labios finos con mucha suavidad. Es una orden y cada sílaba resuena en el callejón, pese a que no ha alzado la voz. También resuena en su cabeza, en su esencia, en sus huesos. De pronto, obedecer es un impulso irresistible, y aunque una parte de él quiere levantar más la espada para contradecirlo, aunque no hay nada que desee más en ese momento que mover el brazo y atacarlo, no puede.

La mente se le queda en blanco cuando ve cómo deja de apuntarle con su espada.

El silencio se rompe con el sonido de su acero al chocar contra el suelo.

Darien traga saliva mientras observa el arma caída y siente la náusea que se le queda atrapada en la garganta. No puede evitar pensar en Adam, en todos los cuentos que siempre contaba, sobre voluntades comprometidas y almas perdidas para siempre. El pánico se agarra a su pecho con más fuerza todavía, pero aun así se obliga a levantar la vista de nuevo hacia su atacante. Caleb, se llama Caleb. Lo sabe porque aún recuerda esa visión en la que era solo un niño enfermo e indefenso al que su padre trataba con cariño.

Pero no hay nada de ese niño en el demonio frío y calmado que tiene frente a sí.

—No tienes ningún derecho a... llevar ese medallón. —Su voz suena débil, pequeña, y es justo así como se siente—. Es mío. Es...

—¿Lo es? —El necromante entorna los ojos, en una expresión de fingida confusión. Su mirada cae en la joya idéntica que cuelga sobre la túnica del celestial—. ¿Cómo puede ser, si tú llevas uno puesto? —Su dedo roza el medallón que hasta ese momento descansaba contra su pecho y, antes de que Darien pueda detenerlo, lo engancha y lo jala, obligándolo a recortar ese paso que todavía los separaba—. Se supone que solo les dan uno para toda la vida, ¿verdad?

La culpa y la vergüenza le cosquillean por dentro durante un instante, pero ese chico no tiene derecho a recriminarle nada: fue precisamente él quien lo obligó a hacer algo así. Él le robó primero, él lo convirtió en un farsante. Todo lo que ha pasado en los últimos días es culpa suya, suya y de todas y cada una de las personas que asaltaron la basílica durante la boda.

Darien aprieta los labios, con el enojo empezando a ganarle terreno al miedo, pero decide que no va a perder el tiempo en responderle: en un movimiento desesperado para recuperar lo que es suyo, lanza la mano hacia su medallón.

Caleb se aleja antes de que sus dedos puedan siquiera acariciar la joya y enarca las cejas, como si su intento le hubiera parecido poco menos que ridículo. Eso es lo que termina de darle la rabia suficiente como para encararlo y gruñir:

—¿Qué quieres de mí?

El chico se encoge de hombros, en uno de esos movimientos tranquilos que solo consiguen enfurecerlo todavía más.

—Para empezar, vas a decirme qué viste al tocar el suelo. No es una sugerencia, pero puedes hacerlo por las buenas o por las malas.

—No pienso decirte ni una...

—Por las malas, entonces. —Los dedos blancos se aprietan de nuevo alrededor de su medallón y Darien vuelve a sentir que se queda sin aire—. *Habla. Dime qué viste.*

No, no va a hacerlo. No va a...

—Nathan pasó por aquí. —Odia cómo las palabras caen de sus labios sin su permiso. Odia intentar resistirse, odia intentar morderse la lengua, odia intentar apretar los dientes, pero ninguna de las órdenes que le da a su mente acaba llegando hasta su cuerpo—. Va acompañado de un brujo que lo protege. Unos brujos lo atacaron y yo pude ver los recuerdos de uno de ellos, aunque sus pensamientos ya no parecían demasiado humanos. Quería devorarlo, decía que se antojaba delicioso… Nathan estaba aterrado, y la energía del Amuleto estaba ahí, pero el brujo, o el demonio, lo que fuera que estuviera al mando, creía que era obvio que no sabía cómo utilizar su poder. No sé si lo usó al final. —La voz de Darien se corta en un suave jadeo cuando se siente liberado del influjo del medallón y él tensa la mandíbula, tan furioso con el monstruo que tiene delante como consigo mismo—. ¿Por qué quieres saber esto? ¿Qué es lo que pretendes? ¿Quieres intentar ir por Nathan de nuevo? La última vez no les salió demasiado bien.

El necromante no responde ni se muestra mínimamente ofendido por sus palabras. De hecho, tan solo lo ignora mientras se acerca a las pequeñas grietas del suelo y se agacha para rozarlas con los dedos. Darien aprovecha el momento para volver a fijarse en su arma caída, pero antes de que pueda pensar en recuperarla, esos ojos azules se fijan en él y lo dejan congelado en el lugar sin necesidad de ninguna orden.

—Así que el Portador no está solo —comenta Caleb, antes de incorporarse y acercarse de nuevo. Cuando comienza a caminar a su alrededor, como si quisiera analizarlo desde todos los ángulos posibles, le recuerda más a una bestia que se prepara para saltar sobre su presa que a un hombre—. Es sorprendente que haya conseguido una compañía que no quiera matarlo. Dime, celestial: ¿qué crees que pensará el chico cuando descubra que hasta sus amigos lo persiguen para acabar con él?

El golpe es efectivo, pero se niega a dejárselo ver. No piensa responder, tampoco. Mientras no haya órdenes, no va a decir ni una palabra más, ni siquiera va a mirarlo, así que tan solo tensa la mandíbula. Ese necromante no necesita saber que no cree que Lilith vaya a poder enfrentarse al Portador o que él en realidad quiere protegerlo, a pesar de que su fe le dicta que debería odiarlo por todo lo que ha hecho hasta ahora.

El silencio cae sobre ellos, roto solo por sus pasos tranquilos. Suenan como el segundero de un reloj.

—¿Quieres saber qué quiero de ti, Darien? —Le gustaría saber desde cuándo sabe ese chico su nombre. Detesta cómo suena cuando le da forma, cómo lo paladea—. Un intercambio. Estoy buscando algo que tú me puedes dar. Si lo haces, no necesitaré tu medallón: te lo devolveré y todo esto habrá sido un mal sueño para ti. Eso es lo que *tú* quieres, ¿verdad?

Los pies del necromante se detienen de nuevo y Darien aprieta los labios mientras observa sus botas negras.

—Si lo que quieres es al Portador, no pienso…

—No, no me refiero al Portador.

No ve venir la mano, o haría cualquier cosa para evitar el contacto. Lo único que sabe es que ese chico está frente a él y, de pronto, dos de sus dedos están bajo su mentón y lo obligan a mirar en esos ojos tan carentes de brillo y…

No sé dónde estoy. La luz se ha vuelto anaranjada y eso significa que pronto va a atardecer, pero supongo que da igual, porque ya perdí la cuenta de los días que llevo sin dormir. De todos modos, prefiero la noche al día. En la oscuridad hay más posibilidades de que tropiece, más posibilidades de hacerme daño, más bestias dispuestas a venir por mí.

Quizá en la oscuridad pueda desaparecer al fin.

Mis heridas han sanado y la sangre se ha secado. Aun así, la noto sobre mi piel, bajo mis uñas, pero no quiero quitármela, no quiero lavármela, porque esto es lo único que me queda de mi antigua vida, aparte de esta ropa rota y manchada y un montón de recuerdos, aunque ni siquiera sé si esta vez los quiero. Sería mejor deshacerme de ellos. Sería mejor...

—Caleb.

Mi nombre suena como un gruñido animal, y yo alzo la vista para encontrarme con un cuervo. Me está mirando desde la rama baja de un pino, tan negro como una sombra, pero en cuanto nuestros ojos se encuentran, el pájaro alza el vuelo y parece deshacerse en el aire al perderse en medio de la niebla que de pronto se desliza en mi dirección. El frío la acompaña, como un manto, y un escalofrío se me cuela bajo la piel.

—Caleb.

Me doy la vuelta, buscando esa voz que suena distinta esta vez, pero detrás de mí solo hay un muro de árboles. Sus troncos están cubiertos de hiedra y yo trago saliva, porque no parece algo natural, pero ya es demasiado tarde para retroceder. Veo los tallos enroscarse como serpientes, moverse hacia mí por el suelo, y yo solo doy un paso atrás antes de recordar que no importa, que ya no tengo nada que perder.

—Caleb.

Levanto la mirada, mientras las hojas me acarician los tobillos y los jirones de niebla se deslizan alrededor del cuerpo de una niña que me observa desde la copa de uno de los árboles. Todo a lo que puedo prestar atención es a su cabello blanco, tan largo que se enreda en las ramas que hay a su alrededor y que parecen cubrir su cuerpo, vistiéndolo de hojas y espinas que la hacen sangrar, aunque a ella no parece importarle.

Una brisa helada se levanta y trae consigo un olor a óxido. A sangre. Huele igual que el cuerpo de Nilam, roto sobre el suelo.

Huele a muerte.

A Muerte.

Y viene por mí.

—No.

El necromante lo suelta con brusquedad y Darien siente que el mundo a su alrededor oscila, pero aunque está a punto de perder el equilibrio y caer al suelo, no llega a hacerlo. Como después de cada visión, tarda unos segundos de más en volver al presente, a su cuerpo: el espeso bosque se convierte en pequeño callejón, la niña de cabellos blancos desaparece. Siente un sudor helado bajándole por la columna, pero cuando se mira las manos no están cubiertas de sangre, aunque tiemblan igual que las que tenía hace unos instantes, más pequeñas, más jóvenes.

Le cuesta darse cuenta de que la negativa no vino de él, sino de Caleb.

—No es eso lo que quiero —continúa. Darien no puede evitar alzar la vista hacia él, perdido. La expresión calmada del chico se ha endurecido, igual que su voz—. Necesito que llegues a recuerdos que están mucho más atrás.

Darien traga saliva, todavía demasiado desubicado como para reaccionar apropiadamente.

—No funciona así —replica, casi como por inercia—. Yo no puedo... No sé...

Calla, en parte porque no sabe cómo explicarse y en parte porque tampoco quiere hacerlo. Lo único que quiere es salir de ahí, escapar de ese chico y de sus órdenes y de todo lo que pueda esconderse en su cabeza. No quiere ver nada más. Le aterra la simple idea de ver algo más.

Su mirada busca la espada que dejó caer antes al suelo, pero está demasiado lejos, así que tan solo comienza a retroceder en un intento de alejarse de él. El necromante no se lo permite, recuperando cada paso de distancia que consigue poner entre ellos.

—En la basílica lo hiciste —lo acusa—. Conseguiste ver algo que nadie me había enseñado todavía.

—No fue a propósito —protesta él. Aun así, la mención a su primer encuentro le recuerda a algo más. Sus manos palpan su túnica, inquietas—. Yo nunca elijo lo que veo.

—Pues tendrás que aprender, porque necesito que lo hagas.

Darien hace una mueca, pero no puede evitar preguntarse por qué. Se hace muchas preguntas, en realidad, pero todas se le olvidan cuando su espalda encuentra la pared del callejón. Aunque no se hace daño, el golpe lo deja sin aliento. Solo tiene tiempo de echar un vistazo nervioso hacia atrás, como si la mera existencia de la piedra tras él fuera una traición.

El pánico vuelve cuando Caleb lo toma de la muñeca. Espera que su mundo se vuelva a difuminar y que su don lo lance de nuevo a otro lugar, a otra mente, pero esta vez no hay más que una cacofonía difusa e imprecisa que dura menos de un segundo.

Su poder es así, impredecible. No importa lo mucho que el necromante apriete los dedos contra su carne, no importa lo frustrado o confundido que parezca. Con toda probabilidad, ni siquiera serviría de nada que le diera una orden. La idea lo hace sentir satisfecho, porque al menos puede rebelarse de esa manera contra él.

Aunque no es la única.

Por fin, sus dedos encuentran dentro de su túnica lo que estaba buscando.

—No soy tu marioneta.

El filo del puñal que rescató de las ruinas de la basílica, el mismo que estuvo a punto de matarlo a él, destella cuando lo saca de entre sus ropas. Quizá sea eso lo que alerta a su contrincante. O puede que tan solo no sea lo suficientemente rápido, lo suficientemente ágil, porque aunque su ataque iba al cuello, Caleb consigue esquivarlo a tiempo y el cuchillo solo alcanza su mejilla.

Por un segundo, solo un segundo, la expresión del chico cambia a una de sorpresa, justo al tiempo que el corte en su cara empieza a sangrar. Darien intenta aprovechar ese instante para volver a atacar, pero antes de que pueda alzar otra vez el puñal, el necromante le atrapa esa muñeca también y lo empuja de nuevo contra la pared. Esta vez sí siente el dolor. La respiración se le corta por la fuerza del choque y no puede contener un quejido, aunque no es nada en comparación con el grito que se le escapa cuando su rival le retuerce la mano hasta obligarlo a abrirla para dejar caer su arma.

—Fue un buen intento —le susurra ese demonio de ojos color turquesa—. Pero vas a tener que esforzarte bastante más si de verdad quieres lastimarme.

Caleb lo suelta con un empellón y da un par de pasos atrás mientras él jadea y se cubre la muñeca con la otra mano. El semblante del chico vuelve a estar vacío de toda emoción, pero ahora su piel blanca e inmaculada está manchada del reguero de gotas rojas que deja tras de sí el corte que consiguió hacerle. Lo ve alzar los dedos hasta su mejilla, pero cuando observa la sangre en sus yemas lo hace con absoluto desinterés.

Después, su mirada vuelve a clavarse en la suya.

—Aunque, no creo que sea inteligente intentar luchar contra mí, celestial. —Sus dedos rozan el medallón sobre su pecho y Darien siente que se le revuelve el estómago cuando ve cómo la pieza de oro se mancha de carmín—. Te ofrecí un trato, pero también te dije que podemos hacer esto por las malas.

—Yo no hago tratos con necromantes —replica.

—No lo dudo, hiciste un trato con tu dios del que no puedes librarte. Y yo puedo hacer que te arrepientas de él durante el resto de tu vida.

Darien aprieta los dientes. Que ese hereje se atreva a utilizar algo tan sagrado de esa forma hace que le arda la sangre.

—Tú no eres mi dios. No tienes ningún tipo de poder sobre mí.

El necromante ladea la cabeza. Su mirada parece burlarse de él.

—Supongo que eso ya lo veremos —murmura, y después se encoge de hombros y da un paso más atrás—. De todos modos, si yo fuera tú reconsideraría mi oferta. Estás vivo porque pensé que me serías útil, pero si finalmente no es así, quizá yo sí que decida terminar lo que empecé en la basílica.

Darien no responde, pero piensa que quizá lo preferiría. Quizá sería mejor estar muerto antes que volver a ver algo en su cabeza o tener que obedecer una sola orden que salga de esa boca.

Caleb no añade nada más. Con calma, como si creyera que no supone un peligro para él, le da la espalda. Darien lo ve alejarse, uno, dos, tres pasos, y no puede evitar lanzar un vistazo rápido hacia el puñal en el suelo y a la espada solo unos pasos más allá. Si fuera lo suficientemente ágil, podría levantar cualquiera de esas armas y volver a atacar. La idea de ir tras él y apuñalarlo por la espalda es más atrayente de lo esperado. Es algo visceral, algo que puede imaginar perfectamente, aunque él jamás se ha considerado violento. Ni siquiera cree haber odiado nunca a otra persona, al menos hasta ahora.

—Una cosa más.

Caleb se detiene y él toma aire, en tensión. Por un instante casi teme que el medallón también le dé poder sobre sus pensamientos, que le permita ver en ellos, pero no es así.

El necromante solo gira su rostro para mirarlo por encima del hombro, lo justo para que él también pueda ver su perfil. Aunque la piel blanca sigue manchada de sangre, la herida de su rostro ha desaparecido por completo, como si jamás hubiera estado ahí. No hay brecha. No hay cicatriz. No hay nada.

Darien se estremece. Caleb agarra su medallón.

—*No puedes hablarle a nadie de mí.*

Esa orden le parece innecesaria y casi le arranca una risa amarga, porque no sabría cómo hacerlo ni aunque pudiera. Solo podría hablarle de él a Lilith, y hacerlo implicaría admitir que le ha estado ocultando demasiadas cosas desde que salieron de Daiva. Es un mentiroso y quizá se merece estar condenado a pasar por esto solo y en silencio. Es cómplice de traidores, es un ladrón, y puede que este sea el castigo que Destino eligió para recordarle cuál es su lugar.

El necromante se marcha y Darien se queda solo. Perdido, agarrándose la muñeca y apoyado contra la pared del callejón, sin fuerzas para volver a ponerse en pie.

Con la certeza, más que nunca, de que no puede huir del pasado.

Ni del suyo, ni del de ese extraño.

LILITH

Lilith no recuerda cuándo empezó a pensar en *él* como un amigo porque llevan toda la vida juntos. Ya lo eran la primera vez que se confiaron un secreto, la primera vez que intentaron quedarse toda la noche despiertos para contar estrellas la Noche de los Milagros, la primera vez que se enojaron por una estupidez y no tardaron ni una hora en olvidar por qué se habían peleado. Quizá por eso tiene tantos recuerdos a su lado: porque en cada momento importante de su vida, él ha estado allí.

Recuerda las calurosas tardes de verano en las que se bañaban en el lago. Aprendieron a nadar de la misma manera en la que aprendieron todo lo demás: a base de errores, de ayudarse el uno al otro. Recuerda que eran inseparables, que incluso desobedecían y se escapaban juntos de sus tareas para tirarse en la hierba, en ese espacio concreto de los jardines tras unas azaleas que ambos consideraban su refugio. Recuerda que solían meterse en problemas, como cuando ella se cayó de una estatua por aceptar uno de sus retos y se abrió la rodilla. Había tanta sangre que él se puso blanco como el mármol y empezó a llorar porque creyó que se iba a morir. Al final, fue ella la que acabó consolándolo y asegurándole que estaría bien, antes de que ambos llegaran a la conclusión de que necesitaban avisar a un adulto para que la ayudara, aunque eso significara aceptar un castigo por estar haciendo lo que no debían.

Lilith recuerda haber estado a su lado cuando Santa Tabitha murió. Recuerda haber sostenido su mano durante parte del rito funerario y soltarla solo cuando la Suma Celestial anunció que él era el nuevo Portador. Ella agachó la cabeza ante él, como todos los demás, pero siguió mirándolo a través de las pestañas y el flequillo, sin que nadie se diera cuenta, y comprendió que para su mejor amigo aquel objeto que colgaba de su cuello era lo que menos importaba en aquellos momentos. Esa misma noche entró de puntitas en su cuarto, demasiado preocupada por él, y lo encontró despierto, encogido debajo de las mantas, con la mirada perdida y sin poder ni siquiera llorar. Recuerda haberlo abrazado, sin palabras, sin preguntas, hasta que finalmente se durmió.

Recuerda muchas cosas más: las lecciones de esgrima, las noches en vela estudiando, las ocasiones en las que les tocaba ayudar juntos en las cocinas, la primera vez que ella se permitió llorar delante de él o todas las veces que él tocó la ocarina solo para ella, porque le avergonzaba tocar ante cualquier otra persona, pero siempre accedía a hacerlo si ella se lo pedía.

Lilith recuerda que ese chico lo ha sido todo para ella.

Y ahora querría poder olvidarlo.

Querría poder borrar todos esos recuerdos, como borró su nombre de su cabeza. Querría huir de ellos como huyó de Darien, pero corren a su lado mientras intenta que el pueblo la engulla, que el ruido y las conversaciones acallen todos los pensamientos que se agolpan en su cabeza. Le parece ver a ese niño que conoció entre la gente, diciendo su nombre y burlándose de ella porque no es capaz de atraparlo. Porque lo ha perdido. Porque nunca lo conoció de verdad, igual que nunca conoció a su hermano. Él también está ahí, en cada rincón, en cada reflejo suyo en los cristales de las ventanas, en los charcos e incluso en una fuente ante la que se para.

Odia parecerse tanto a él, porque le recuerda lo distintos que fueron siempre.

—¿Quieres saber lo que Destino espera de ti?

La voz que llega hasta ella hace que se detenga. No sabe cuánto tiempo ha estado caminando, no sabe dónde se encuentra, pero a su alrededor la vida de ese pueblo extraño y lleno de monstruos continúa y la gente pasa por su lado como si ella ni siquiera existiera. Quizá sea así. Quizá no la vean, quizá nadie vaya a verla jamás.

—Tal vez las cartas y yo podamos darte esa señal que tanto esperas.

Sentada en un rincón, delante de la puerta cerrada de una casa, hay una anciana. Tiene el pelo blanco y las arrugas le rodean los ojos y la boca. Durante un instante, la chica piensa en su madre y en la mitad envejecida de su rostro, pero al contrario que ella, esa mujer está sonriendo, sin importarle lo ajada que esté su dentadura. Aunque viste una túnica que en otro momento debió de ser blanca, ahora está deslucida, amarillenta.

—Solo una tirada —insiste la celestial.

Lilith siente cómo la risa le llena el estómago, agria y helada. Hay algo irónico en que le ofrezcan señales cuando ya las ha visto todas. Su futuro está tan escrito, de hecho, que ya no puede sacárselo de la cabeza. Cada vez que cierra los ojos puede verse de nuevo en la montaña, sentir el aire helado en el rostro y el peso seguro de Eunomia en las manos.

Eso debería ser suficiente.

Pero no lo es, porque no ha vuelto a tener una visión desde aquella noche, porque en el fondo no sabe si puede confiar en su fuerza para llevar a cabo la misión que le han asignado. Porque, a pesar de todo, sigue pensando en *él*, en *ellos*. En su pasado, en la visión que ignoró, en la huida, en el beso, en el cadáv...

No. No quiere pensar más.

—¿Me está hablando a mí, hermana?

La anciana asiente.

—¿Estás de misión, niña? ¿Quieres saber qué aventuras te depara el viaje?

Durante un momento Lilith llega a fantasear con la idea de hacerse pasar por otra persona, de tomar el papel de la misionera que acaba de salir del Templo y solo está buscando su lugar en el mundo. Ni siquiera sabe hasta qué punto sería una mentira.

Prefiere no responder a su pregunta.

—¿Y usted? ¿Está de misión en este pueblo?

La mujer sigue sonriendo. Aunque no hace demasiado frío, tiene las piernas cubiertas con una manta deshilachada y es debajo de esa tela de donde saca la baraja. Lilith ha visto otras parecidas mil veces antes; ella misma tiene una en su cuarto, abandonada en el fondo del armario. Cuando su hermano aprendió a leer las cartas (porque por edad él siempre era el primero en aprenderlo todo), se las echó mil veces a Darien, al Portador y a ella. Decía que lo hacía para practicar, pero todos se dieron cuenta más pronto que tarde de que los resultados no coincidían ni una sola vez. Poco después, cuando ella misma empezó a aprender por su cuenta, Lilith comprendió que nunca las había interpretado bien: tan solo se dedicaba a molestarlos, a jugar y a obligarlos a imaginar mil futuros distintos. Jamás se lo echó en cara porque, aunque nunca se lo admitió, le pareció divertido y le permitió empezar a decirle que se equivocaba en algo.

Ahora, sin embargo, le parece que aquel juego era otro signo de rebeldía. No se tomaba en serio las señales de los celestes. No se tomaba en serio nada.

Probablemente, nunca se la tomó en serio tampoco a ella.

—La edad me da algunos beneficios y uno de ellos es haber dejado de caminar por Destino, niña. Pero acércate y veamos hacia dónde caminas tú.

Lilith se detiene a unos pasos de la mujer. La anciana ha empezado a barajar, pero sus ojos no prestan atención a las cartas, aunque tampoco reparan en ella, fijos en algún punto por encima de su hombro derecho. La chica tarda un segundo en darse cuenta de que es ciega: su mirada se ha tornado blanca, velada, sin pupila. Eso significa que ni siquiera puede haberla visto pasar: sus palabras llegaron hasta ella como podrían haberlo hecho a cualquier otra persona. Y eso también tiene que ser una señal, ¿verdad? Destino quiere decirle algo y utiliza a esa celestial para hacerle llegar el mensaje.

La anciana extiende sus manos temblorosas, sobre las que descansa la pila de cartas.

—Corta, niña. Ten bien clara en la mente tu pregunta.

Ella duda. Quiere saber si todo va a salir bien. Quiere saber qué le depara el futuro más inmediato, si va a estar a la altura de la misión que le otorgaron o si Destino se arrepiente de haberla elegido.

Quiere saberlo todo y, al mismo tiempo, se conformará con que haya una sola señal buena.

Lilith separa las cartas en dos grupos y la mujer las vuelve a mezclar antes de elegir una de lo alto del mazo y girarla. El dibujo de la carta es hermoso, aunque los colores están desvaídos. Una chica vestida de blanco (aunque la túnica casi parece gris tras haber pasado mil veces por esas manos) duerme bajo un árbol. En las barajas del Templo las ramas suelen estar preñadas de granadas maduras, pero, en este caso, alguien pintó ojos por encima, como si la planta misma fuera el cuerpo de un celeste.

La Soñadora. Un gran honor aguarda en el camino, puede que en forma de visión y de un objetivo marcado por Destino.

—¿Eres una soñadora, muchacha? —murmura la anciana, tras pasar los dedos por la parte baja de la carta. Ahí, Lilith ve las marcas que la mujer está reconociendo por el tacto y que le permiten saber ante qué naipe se encuentra—. Parece que los celestes quieren hablarte, así que debes mantener la mente abierta. No siempre dicen lo que nos gustaría, pero al menos no vas a hacer tus viajes sin guía.

Ya lo hicieron: le mandaron la visión. Tal vez ahora le están diciendo que no debe dudar de lo que vio.

—¿Qué más?

Los nervios le borbotean por dentro mientras la segunda carta cae sobre la primera. Ella observa con atención el dibujo de los árboles pegados, la forma en la que ni siquiera la luz del sol parece colarse entre sus ramas retorcidas como garras. El Bosque. Inestabilidad, dudas, desconcierto, dificultades.

—¿Te sientes perdida, niña?

No. Quiere responder sin dudar, pero no puede, porque mentir es pecado. Claro que está perdida, aunque sepa adónde va. Claro que tiene miedo, pese a ir armada con una espada que Destino creó con sus propias manos y llena de protecciones por todo el cuerpo. A veces, el suelo parece inclinarse bajo sus pies y oscila hasta el punto en el que cree que va a perder pie.

Aun así, no es capaz de admitirlo, no en voz alta, porque le aterra que hacerlo signifique demostrar que no está preparada para nada de lo que se ha diseñado para ella. Así que, de nuevo, no responde y se limita a comprobar cuál es la última carta.

Quizá debería haberlo sabido. Tendría que haberla esperado.

El dibujo de unas manos que se extienden hacia el Amuleto del Tiempo la deja sin aire.

El Portador. Hay una decisión importante cerca de ti, una que podría cambiar el rumbo de tu vida… o de las vidas de otros.

—No te gusta, ¿eh? —murmura la mujer, interpretando el silencio sin necesidad de ver su rostro—. A nadie le gusta: nada bueno puede salir del Amuleto.

Lilith tensa la mandíbula, con el corazón encogido mientras observa esas tres cartas juntas, tan definitivas. Quería un destino y lo tiene delante. Quería exactamente esas señales, que suenan a confirmación, así que debería sentirse satisfecha y acogerse todavía más a esa fe que no va a fallarle…

La anciana recoge las cartas y vuelve a guardarlas bajo su manta antes de estirar la mano hacia ella, con la palma hacia arriba.

—¿Le darás una pequeña recompensa a esta lectora, niña?

El movimiento es tan repentino que Lilith da un respingo. Su primer impulso es llevar una mano a su morral, al menos hasta que se da cuenta de que ese no es un comportamiento que se enseñe en el Templo. Las señales de Destino no se venden, no se mendiga con ellas, así que titubea.

—¿No le envía dinero el Templo?

Las arcas de la Hermandad se hacen cargo de quienes salen de Peregrinaje o de quienes están de misión; gente que, de todas formas, no tiene muchos gastos. Todos los que se marchan lejos de la seguridad de las murallas de Daiva saben que van a tener que trabajar por su supervivencia y suelen aferrarse a que Destino proveerá el resto: comida y un techo para cuando lo necesiten; contacto con otros celestiales para recordar que son parte de una comunidad. No hay mucho más que un celestial vaya a pedir.

La mujer no responde enseguida.

—A veces lo que el Templo da no es suficiente, niña —dice finalmente.

La mujer se inclina apenas hacia delante en ese momento y Lilith tiene un atisbo del cordel alrededor de su cuello. Ve lo desgastado y descuidado que está, a punto de romperse, demasiado frágil. Sus músculos se tensan.

—Enséñeme su medallón, hermana.

La mujer entrecierra los ojos ciegos. En ellos ve de pronto otro símbolo de alarma.

—¿Estás insinuando algo, niña? Muestra más respeto a tus mayores, no tengo que…

Pero Lilith no la escucha. Antes de que pueda pensar en qué está haciendo, extiende la mano y jala el collar. La vieja deja escapar una exclamación, pero no puede evitarlo: la cuerda se rompe sin esfuerzo y Lilith observa la joya en su mano. O lo que solía ser una joya. Ahora ese medallón está picado y corroído; el oro ha perdido por completo su lustre y se ha vuelto negro. Parece un milagro que no se deshaga entre sus dedos, pero le faltan trozos y es tan liviano como si estuviera hecho de papel.

Está podrido. Tan podrido como el cuerpo de su hermano, tan podrido como sus recuerdos.

Lilith lo suelta casi como si temiera que la podredumbre se fuera a extender a sus propios dedos y ella misma fuera a empezar a deshacerse. Se siente justo así. Escuchó unas señales equivocadas, estuvo a punto de caer en una trampa de Caos.

El medallón se rompe en varios trozos cuando choca contra el suelo.

—Eres una hereje —declara, frustrada por su propia estupidez—. Eres una impostora y solo querías timarme…

—¡No soy una impostora! —se defiende la anciana—. Destino no se ha olvidado de mí y yo no me he olvidado de él.

Las palabras de la mujer están cargadas del fervor con el que a veces habla la Suma Celestial y Lilith da un paso atrás cuando se inclina con las manos sobre los ojos en ese gesto de adoración y sumisión que los creyentes en Destino utilizan para rezar. Quiere decirle que no tiene ningún derecho a hacer ese gesto, que su dios la abandonó y su alma nunca entrará en su Corte. Quiere arrebatarle sus cartas, porque perdió todo el privilegio de usarlas en el momento en el que traicionó a su dios. Nada de lo que su baraja le ha dicho puede ser cierto siquiera, porque esa mujer no tiene ya ningún don para la clarividencia: quizá en algún momento pudo recibir mensajes de los celestes, pero está claro que ahora ha sido privada de ello, igual que ha sido privada de su vista.

De pronto le resulta evidente que su ceguera tiene que ser un castigo por sus ofensas. Se pregunta si eso es lo que le habría pasado a su hermano si hubiera conseguido salir vivo de la basílica. Se pregunta si le está ocurriendo a…

—¿Lilith?

La chica da un respingo y se da la vuelta, con ese rostro en el que no quiere pensar todavía en su mente. En su sueño, el Portador tenía los ojos castaños entrecerrados y ahora no sabe si ese era un gesto de rabia o solo un intento de darle forma al mundo.

Darien titubea, solo a unos pasos de ella, y lanza un vistazo a la anciana por encima de su hombro. La vieja murmura la cadencia conocida de una oración, de una alabanza a los santos y a su servicio a Destino, a pesar de ser una traidora. Se ha deslizado fuera de la silla y palpa el suelo en busca de los restos de su medallón. Tal vez esa sea su manera de pedir perdón, de intentar conseguir una redención por los pecados que debió cometer.

Pero no hay perdón para los infieles. Esa es la única lección que tiene que sacar de este encuentro.

Su primo se da cuenta de la escena y parece estar a punto de agacharse a ayudarla, pero probablemente el miedo a usar sus poderes sin querer gana, porque aprieta los puños y tan solo se fija en Lilith, con varias preguntas en los ojos. Ella no quiere explicarle lo que pasó, no quiere admitir que se creyó cada palabra de unas cartas que le echó una farsante. Aunque quiere llevárselo de allí con tanta urgencia que está a punto de darle la mano y arrastrarlo lejos, al final solo echa a andar, consciente de que la seguirá.

—¿Todo bien, Lilith? —pregunta su primo, solo unos pasos por detrás—. ¿Qué…?

—Todo bien. Continuemos.

La inquietud que siente no se queda atrás, pero no va a dejarse llevar por ella nunca más. Fue eso, junto con las dudas y la desesperación por saber que está haciendo lo correcto, lo que hizo que fuera tan fácil de engañar. Estaba tan desesperada por escuchar una señal, que casi escucha las equivocadas.

Pero no va a volver a pasar. No va a permitirse ni un momento más de indecisión, no va a buscar más señales.

Ya tiene todas las que necesita.

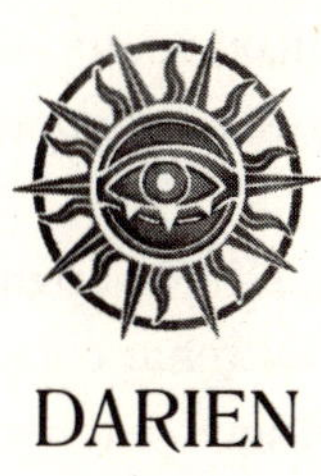

DARIEN

Darien no se consideraba a sí mismo un mentiroso hasta hace poco, pero eso no quiere decir que siempre haya sido totalmente sincero. En muchas ocasiones, en el Templo, prefería callar para evitar conflictos o sacrificar sus deseos antes que plantearse siquiera llevarle la contraria a Nathan o a Lilith, así que la forma en la que la orden de Caleb le ata la lengua no es una sensación desconocida para él. Como pensó, ni siquiera es necesaria, porque la mera idea de hablarle a su prima de todo lo que ha pasado le resulta impensable. Ni siquiera sabría cómo sacarle el tema, porque lo único que ha habido entre ambos desde que abandonaron el pueblo es silencio. Ninguno de ellos ha vuelto a mencionar nada de su discusión y Darien no puede evitar percatarse de la distancia que se abrió entre ellos después del ataque en la basílica y que solo parece estar haciéndose cada vez más grande.

Ese es el tipo de cosa que siempre le ha aterrado. El tipo de miedo por el que, por lo general, prefiere callar ante las discusiones, porque de esa manera nadie puede enojarse con él, nadie puede abandonarlo como un día lo abandonaron sus padres.

Teme que Lilith vaya a hacerlo: que se dé cuenta de que él no es el compañero que ella desearía para esa misión que lleva con tanto orgullo. Teme despertarse a la mañana siguiente y encontrarse con que se ha ido de ese pequeño campamento que montaron para pasar la noche y lo ha dejado atrás, a merced de esa sombra de ojos turquesas que debe de estar observándolo incluso ahora, desde alguna parte.

Tal vez por eso es él quien, en cuanto su prima anuncia que ella se encargará de la primera guardia y se pone en pie, dice:

—Lo siento.

Lilith ya se estaba alejando de la hoguera que encendieron, probablemente para ponerse a entrenar como lleva haciendo las últimas noches, pero su disculpa consigue detenerla. Aunque le da la espalda, la ve cambiar su peso de un pie a otro y después, por fin, lo mira por encima del hombro y suspira.

—Yo también. No debí haberte empujado.

Darien aprieta los labios, porque no es eso lo único que le dolió, pero decide no hacer comentarios al respecto.

—Estabas frustrada. Estabas… asustada. —Los hombros de Lilith se tensan y él hace una mueca, pero se apresura a seguir, antes de perderla de nuevo—: Yo también lo estoy. Por ti. —Por Nathan, aunque sabe que eso no es lo que ella quiere escuchar—. Pero… estoy aquí para ayudarte. Lo sabes, ¿verdad?

No es una mentira, pero tampoco toda la verdad. Sí, quiere ayudarla, pero eso no significa que no quiera ayudar a su vez al Portador.

—Lo sé, yo…

Calla. A veces parece que Lilith también tiene un hechizo sobre los labios que le impide decir lo que piensa, que alguien haya agarrado su medallón y le haya ordenado ocultar todos sus sentimientos. Quizá sea así. Quizá un día la Suma Celestial pronunció esas palabras y ella nunca ha podido negarse a ellas, por eso es incapaz de ir con el corazón por delante.

—Gracias, Darien —dice al fin, y él sabe lo difícil que le resulta—. Me alegra que estés aquí.

No añade nada más, aunque él querría seguir hablando, porque siente que ni siquiera han puesto una venda sobre la herida, que su relación sigue sangrando, pero supone que tendrá que curar al aire. Lilith se aparta para entrenar y él se acuesta junto al fuego, envuelto en su capa, pese a que no cree que vaya a conseguir dormir esa noche. Por un lado, porque no puede evitar sentir que está caminando en un equilibrio muy precario al intentar salvar a sus dos amigos por igual;

por otro, porque en cuanto su prima se aleja empieza a pensar que hay alguien observándolo desde los árboles. Cada sombra que se mueve se convierte en un potencial escondite, cada sonido que llega le parece una señal de que ese depredador con el que se encontró hace unas horas sigue cerca. Cuando cierra los ojos, Darien puede imaginárselo inclinado sobre él, con la mano sobre su medallón y una orden en la boca para obligarlo a tocarlo, a mirar en su pasado. Se imagina, también, que le exige que le haga daño a Lilith, que le cuente cada secreto de Nathan, que traicione a los suyos de mil maneras diferentes.

Tiene pesadillas durante toda la noche con esas imágenes, así que apenas descansa. Al día siguiente, cuando Lilith le pregunta en varias ocasiones qué le pasa, que por qué está tan nervioso, él, por supuesto, miente otra vez.

Sabe que se está obsesionando. Caleb se convierte en un pensamiento recurrente durante las siguientes jornadas. Sus recuerdos ya lo habían sido desde su primer encuentro en la basílica, pero ahora empieza a pensar en ellos en un intento de encontrar las pistas necesarias para resolver un acertijo que no debería interesarle, un misterio que lo entretiene antes de dormir o mientras mira al fuego cuando le toca hacer guardia. Estudia las piezas de información que tiene sobre él por todos lados y trata de hacerlas encajar, pero nunca le ofrecen una imagen suficientemente completa.

Han pasado dos noches más desde la última vez que lo vio y durante la tercera se pregunta cuándo piensa volver a aparecer, porque está seguro de que va a hacerlo. El terror ha empezado a dar paso al enojo, a la necesidad de respuestas y al desprecio por la incertidumbre. Lo peor de saberse perseguido y en sus manos es no poder prever cuándo va a hacer algo al respecto o para cuántas cosas lo está usando en realidad.

Está pensando de nuevo en él cuando siente el escalofrío. Llega un segundo antes de que se ponga de pie, sin pensar. Sin querer. La confusión deja paso a la angustia cuando sus pies empiezan a moverse sin su permiso. Darien lanza un vistazo ansioso a Lilith, que duerme unos pasos más allá, ajena a todo, y tiene que contener el impulso de pedirle ayuda. Su mente trabaja a toda velocidad mientras intenta decidir qué hacer, pero no hay muchas opciones cuando el cuerpo no le responde, cuando sus pasos (seguros, firmes, aunque él no tiene ni idea de hacia dónde se dirigen) lo conducen lejos de la protección del campamento y lo guían por el bosque oscuro, por un camino que solo iluminan las estrellas y la luna.

El paseo se siente como una pesadilla más. La floresta a su alrededor le recuerda a una de las cartas de la baraja que Adam solía leerles cuando eran más jóvenes. El paisaje del dibujo mostraba una vegetación espesa, raíces que sobresalían del suelo como si quisieran hacer tropezar a alguien y ramas que se alargaban con la intención de atrapar a los viajeros. Y en medio de esa imagen oscura, aunque en la carta nunca había nadie, hoy ve la sombra de un chico vestido de negro, pálido, que lo espera con la espalda apoyada en uno de los árboles.

—Me preguntaba a cuánta distancia podía hacer que funcionara.

El cuerpo de Darien se detiene al fin, en tensión, y, de pronto, vuelve a controlarlo. Es como si alguien lo hubiera estado sosteniendo y súbitamente lo dejara caer. Odia sentirse así, tanto como odia al chico que está a unos pasos de distancia, apenas iluminado por un pequeño candil que ha dejado cerca de sus pies. El medallón brilla entre sus dedos como una estrella en medio de toda esa oscuridad. Un pulgar lo acaricia y a Darien se le mete un estremecimiento bajo la piel.

—¿Qué crees que estás haciendo? —espeta.

Caleb ladea la cabeza, jugando con la pieza en su mano.

—Averiguar si sigues creyendo que no tengo ningún poder sobre ti.

—No lo tienes —gruñe, frustrado—. Puedes darle órdenes a mi cuerpo, necromante, pero no tienes ningún tipo de poder sobre mi voluntad.

—De momento. —Caleb se encoge de hombros en ese gesto desinteresado que empieza a resultarle habitual en él—. ¿Cuánto crees que aguantarás así, en tensión todo el tiempo, sin saber cuándo voy a hacerte algo o qué puedo pedirte? Te he estado observando, celestial. ¿No crees que sería más fácil colaborar conmigo por las buenas?

—No voy a hacerlo, ya te lo dije —insiste, con el ceño fruncido—. Así que si lo único que quieres de mí es que mire en tu cabeza, te recomiendo que te rindas. Pero no lo es, ¿verdad? No me estás siguiendo solo a mí. He estado pensando mucho en todo esto.

—¿Y has llegado a alguna conclusión interesante?

Darien aprieta los labios, con la sensación de que ese chico se está burlando de él, pero decide ignorarlo.

—Sí: también me estás usando para llegar hasta el Portador, ¿verdad? Quisieron llevárselo en la basílica y no lo consiguieron y ahora... Ahora nos están utilizando a nosotros para llegar hasta él. No quieres solo tus recuerdos, también lo quieres a él. Lo que no entiendo es para qué. ¿Qué pretenden conseguir tú y los tuyos de Nathan? Se supone que los necromantes ignoran el Amuleto, que nunca les ha importado su poder. Y no quieren solo el Amuleto, o lo habrían matado en cuanto tuvieron oportunidad...

La luz que hay no es suficiente para sacar el rostro de Caleb de la penumbra, pero sí para que Darien distinga que su expresión no cambia, como tampoco lo hace ese tono de voz monocorde que tiene:

—Eso no es asunto tuyo. Aunque te equivocas: no quiero nada de tu amigo, él me es indiferente.

—Pero...

—No es asunto tuyo —le repite el chico, sin más—. A no ser, claro, que vayas a ser tú, y no tu compañera, quien lo mate.

Darien hace una mueca ante la simple insinuación.

—Yo jamás levantaría mi arma contra Nathan.

—Lo suponía, sí: te escuché defenderlo el otro día ante tu compañera. Lo que no me queda muy claro es cómo piensas salvarlo, porque ya ha demostrado con creces que no necesita a nadie más que a sí mismo para cavarse su propia tumba.

Le gustaría llevarle la contraria, pero no puede. Una voz que parece la de Lilith le recuerda que nadie obligó a Nathan a usar el Amuleto, que todo esto no estaría pasando si él no hubiera puesto el poder de Tiempo en marcha.

Aunque si nadie hubiera atacado la basílica, Nathan habría cumplido con el papel que llevaba años desempeñando. Si todo hubiera salido como debía, Nathan estaría en ese momento durmiendo en el castillo con su esposa; Lilith estaría preparándose para su Peregrinación; él seguiría con su rutina en el Templo y Adam... Adam estaría vivo.

—Nathan solo intentaba salvar a una persona que nunca habría estado en peligro de no ser por ustedes —lo acusa—. *Ustedes* lo estropearon todo: Nathan nunca quiso hacerle daño a nadie, pero la idea de perder a Adam fue demasiado y quiso...

—¿Importa lo que quisiera? —Caleb enarca las cejas—. Como celestial, que haya usado el Amuleto debería ser suficiente para repugnarte. Un mundo lineal y seguro, definido y pacífico dentro de los límites que su dios ha dispuesto para ustedes... ¿No es eso lo que protegen a toda costa? ¿No es eso por lo que dan su alma? Por lo que tú diste la tuya.

Darien traga saliva e intenta contener otro escalofrío mientras la uña del necromante da unos toquecitos en su medallón. Tiene razón, pero no va a dársela. Ese demonio no tiene derecho a aleccionarlo sobre nada mientras comete sacrilegio y toca ese objeto sagrado como si solo fuera un juguete.

—¿Qué sabes tú de nuestras creencias? —bufa—. No eres más que un hereje que considera que tiene derecho sobre las vidas de los demás. Pero no tienes derecho sobre la mía, a no ser que cumplas con tu amenaza y decidas matarme, ya que no te sirvo de nada. —Sus propias palabras le saben agrias, las siente duras como piedras, pero no se detiene—. No voy a dejar que le hagas nada a Nathan y mis poderes para ver el pasado no funcionan como tú piensas. Mis visiones no dependen de mí: el único que controla mi poder es Destino y no colaborará con alguien como tú.

Caleb cabecea mientras se acerca, con esos movimientos medidos que siempre tiene. La expresión pensativa que hay en su cara está cargada de ironía.

—Entonces, odias la idea de que te controle yo, pero aceptas sin reparos que lo haga… ¿Qué? ¿Un ser que no has visto jamás? ¿No quieres ser mi marioneta, pero estás dispuesto a ser la suya?

—Me consagré a Destino siendo consciente de todo lo que pediría de mí —se defiende él—. A *Destino,* no a un criminal.

—No te creo.

—¿Qué?

—Que no te creo. —Caleb se encoge de hombros de nuevo. Darien tiene que obligarse a no retroceder, ni siquiera cuando se aproxima tanto a él que tiene que alzar un poco la barbilla para seguir mirándolo a la cara, a esos ojos que parecen más muertos que vivos y que se clavan en los suyos—. Eras consciente de que darías tu alma y que recibirías un don a cambio de ella, pero nadie te advirtió que nunca podrías controlarlo, ¿no es cierto? ¿De verdad quieres que me crea que no odias no poder hacer nada al respecto?

Las palabras le hacen menos daño de lo esperado. Hubo una época en la que las menciones a su don le parecían terroríficas, igual que lo eran las miradas de lástima y las palabras que trataban de consolarlo. En el Templo las recibía constantemente, unos años atrás. La maestra que le habían asignado, una sensible que podría haber sido su abuela, solía desesperarse cada vez que Darien tomaba sus manos para intentar ver algo de ella. Siempre temblaba cuando lo intentaba. Cuando no funcionaba, cuando no podía ver nada, resultaba un alivio para él. Cuando tenía una visión, sin embargo, nunca era lo que ella deseaba. Pronto quedó claro que no iba a conseguir lo que quería, pero aun así siguió dándole oportunidades a regañadientes, hasta que pasaron los años y él mismo decidió dejar de intentarlo. Sabía que los demás miembros de la Hermandad creían que el don de los sensibles era un desperdicio en sus manos.

Y quizá tuvieran razón.

Aunque no va a explicarle todo eso a un completo extraño.

—Que no entienda las decisiones de Destino no significa que las odie. No sabes nada de mí.

—Quizá no tanto como tú de mí, teniendo en cuenta todo lo que ya has visto —responde Caleb—. Pero me considero bastante observador, y sé que una persona dispuesta a ser solo una herramienta haría como tu compañera, que se duerme en cuanto puede para recibir una señal y sigue a ciegas ese sueño que debió de tener como si su vida dependiera de ello. Quien no quiere ser una herramienta, sin embargo, huye de todo eso. Huye de su poder. ¿Qué fue lo que dijo el otro día la chica? ¿Que rechazabas…?

—Lilith estaba enojada en ese momento —lo interrumpe Darien, demasiado rápido. No quiere pensar en cuántas conversaciones ha escuchado y tampoco va a admitir frente a él que su prima tenía razón—. No lo piensa de verdad. Yo no…

—¿No? ¿Cuánto hace que no tocas a nadie, celestial?

El necromante extiende la mano hacia él y Darien da dos pasos atrás de inmediato, lejos de su alcance. Ese acto reflejo lo deja en evidencia. ¿Cuándo aprendió a rehuir a la gente de esa manera, como una respuesta natural? Hace ya demasiado tiempo. Es muy consciente de que cuando era niño no tenía problemas en mezclarse con los demás, que estaba siempre cerca de sus primos y también de otros aprendices. Abrazar a la gente que quería, agarrarse de la manga de Adam o juntar las cabezas para tramar una travesura con Nathan y Lilith eran cosas de su día a día.

Después de su Rito de Consagración, todo eso cambió, y aunque hubo un tiempo en el que eso le pareció horrible, con los años se resignó. Ya no le afecta. Ya no debería afectarle.

Y, desde luego, no va a dejar que ese completo desconocido opine nada al respecto.

—Eso no es asunto tuyo —rebate, devolviéndole sus propias palabras con dureza—. Pero tengo claro que no pienso tocarte a ti. Ni siquiera sé qué pretendes sacar de todo esto.

Caleb enarca las cejas, manteniendo esa expresión vacía que lo pone nervioso.

—Ya te lo dije: necesito que veas una parte de mi pasado.

—Porque no la recuerdas. —Darien piensa en las visiones que tuvo en la basílica: la de los espadachines, la del niño enfermo al cuidado de su padre—. ¿Qué es lo que quieres? ¿Saber más sobre tu padre? ¿Intentar averiguar quién lo mató? —Ese recuerdo pasa de forma fugaz por sus pensamientos. Las figuras estaban a contraluz y apenas pudo distinguir mucho de ellas—. ¿O quieres saber más sobre esa enfermedad que tuviste cuando eras pequeño?

—Hay muchas cosas que quiero saber de mí, Darien. Muchas cosas que no tienen sentido en mi vida y que llevo tiempo intentando entender. Esas son solo dos de ellas, pero son un buen lugar por donde empezar. —Caleb hace una pausa, esta vez sin burla en su expresión pensativa, en sus ojos levemente entornados—. ¿Te convence eso, de alguna forma? ¿No sientes curiosidad? Si es tu dios quien decide cuándo y qué ves, ¿no te preguntas por qué hizo que pudieras ver en mí cosas que ni siquiera yo recuerdo?

Él titubea. Es una muy buena pregunta. De hecho, lleva los dos últimos días dándole vueltas a eso mismo. Y sí, siente curiosidad, una estúpida y malsana. Más allá del odio y de las ganas de recuperar su medallón, quiere saber si su dios intenta decirle algo con lo que le ha permitido ver de él. Quiere saber por qué no es capaz de recordar y qué pasó con su padre para que tuviera una muerte tan violenta. Quiere saber por qué estaba manchado de sangre el día en que se encontró con Muerte y por qué un Original se presentaría ante él, qué le hizo, qué le dijo.

Caleb había bajado la mano ante su huida, pero ahora vuelve a alzarla, aunque no trata de tocarlo con ella: solo se la muestra, con la palma colocada viendo hacia arriba. Parece una retorcida invitación a bailar, ahí, en medio del bosque, sin música. Le da la falsa sensación de que tiene algún tipo de elección a su alcance, pese a que sabe que no es así.

—No. —Darien da otro paso atrás, obligándose a centrarse—. Ya te lo dije: no elijo qué ver. Ni siquiera servirá de nada que me lo ordenes: podrías pasar años obligándome a tocarte, a ver un recuerdo tras otro, y seguir sin encontrar lo que buscas.

—O podría tener suerte. —Las palabras le arrancan un escalofrío. Casi espera que vaya a empezar a darle órdenes de inmediato, pero el necromante no lo hace: tan solo ladea la cabeza, y le lanza una mirada de arriba abajo, reflexiva—. De todos modos, es una lástima que estés tan resignado: ningún poder es totalmente incontrolable.

—Deja de hablar como si supieras algo de mí o de mi poder. No me conoces. No sabes cómo funciona ni tienes idea de lo que siento cuando veo algo…

—En realidad, creo que puedo imaginármelo.

No, no es cierto. Ese chico no tiene ni idea de por lo que ha tenido que pasar. Y ya no se trata siquiera de no poder controlar su don: se trata de la sensación incómoda que le genera quedarse con otra persona atrapada en el pecho, con sus sentimientos y pensamientos más íntimos. Él no puede entender lo que es tocar a uno de sus mejores amigos y ver todo lo que ha estado ocultando, el amor incondicional que siente, la calidez, y asociarlo con algo malo porque no es suyo. Él no sabe lo que es sentirse sucio al descubrir un secreto que no le pertenece, al escuchar palabras que no iban dirigidas hacia él.

Es como ser un ladrón, todo el tiempo. Se siente igual que cuando entró en el despacho de su tía y robó algo que nunca debió pertenecerle. Alguien que ni siquiera siente culpa por apropiarse de un alma ajena jamás podría comprender todo eso.

—Te sientes perdido, ¿verdad? —continúa Caleb, sin embargo, y Darien aprieta los labios. Esa mirada de color turquesa está fija sobre la suya y él quiere evitarla y sostenerla a la vez—. Te sientes ajeno a ti mismo, con un caos de sentimientos dentro, frustrado y asqueado porque ese poder es tuyo, pero no lo parece. Porque nunca lo pediste. Porque piensas que es más una maldición que una bendición. Pero, sobre todo, sientes enojo, porque no puedes hacer nada contra ello, porque no tienes ningún tipo de control. Porque lo único que puedes hacer es…, sí, resignarte.

Darien traga saliva, sin saber qué responder. Aunque no quiere admitirlo, eso es exactamente lo que ocurre en su interior cuando roba un recuerdo.

—¿Cómo sabes…?

—Porque yo también me he sentido así.

La idea le resulta atroz. No quiere tener nada que ver con ese necromante, no quiere preguntarse cuándo o por qué ha pasado por eso. Está seguro de que es mentira, otra trampa, otro juego sucio, y no va a caer en él. No va a preguntarle nada más, no va a confesar que a veces, además de todo lo que él ha dicho, también piensa que es injusto. No quiere decirle que, en realidad, muchos días odia su don, pero no por lo que le hace sentir, sino porque no funciona como el del resto del mundo.

Porque no es *normal*, y eso hace que piense que él tampoco lo es.

No, ese extraño no tiene por qué saber nada de eso, así que aprieta los labios y calla. La mano del necromante sigue extendida hacia él, con la palma viendo arriba, y no puede evitar echarle un breve vistazo. Caleb también se fija en sus propios dedos.

—¿Cuánto hace que ni siquiera intentas tomar el control, Darien? ¿Cuánto hace que no eliges usar tu poder? Puedes hacerlo ahora —le sugiere, con una voz que parece un poco más suave—. No me has respondido todavía: ¿cuánto llevas sin tocar a alguien? Y, sobre todo, ¿desde cuándo no lo haces sin miedo o sin pensar?

Darien siente el estremecimiento que le baja por la espalda, pero esta vez los dedos de ese chico no están sobre su joya, de modo que no puede justificarlo así. También siente la tensión acumulándose en la boca de su estómago, mientras se fija en esos dedos tan pálidos. No lo entiende. No comprende ese ofrecimiento cuando podría obligarlo a hacer lo que quiera, sin más. Podría darle la orden de tocarlo y él no podría resistirse.

Entonces, ¿por qué no lo hace?

—No voy a…

—¿Por qué no?

—Porque solo quieres usarme. No es… No *quiero* hacerlo.

—De acuerdo. No lo hagas, entonces.

—Y entonces me obligarás.

—No, no lo haré.

Darien frunce el ceño y levanta la vista hacia sus ojos, desconfiado. Caleb sostiene su mirada con la misma calma con la que parece enfrentarlo todo.

—No lo haré —insiste, con cierta solemnidad—. Quiero que lo hagas tú. Además de una persona observadora, me considero paciente, celestial. Y quizá la clave de tu poder esté precisamente en que deje de asustarte tanto. ¿No te preguntas qué puede pasar entonces? Tómalo como un experimento. Veamos si tienes razón y solo tu dios tiene poder sobre lo que puedes hacer. Tanto si es así como si no, los dos ganaremos, ¿no te parece?

No quiere escucharlo. No debería escucharlo.

—¿Y qué gano yo, exactamente?

—Despejar una duda —responde Caleb—. Saber si puedes tener algo de control o si eres solo un muñeco, pero no el mío.

Darien se humedece los labios, porque siente la boca seca de repente. No tendría que hacerlo, pero tiene la tentación de acceder. No por ese titiritero, sino por sí mismo. Porque ya ni siquiera recuerda la última vez que sostuvo otros dedos o regaló una caricia y, a veces, lo echa de menos mucho más de lo que va a admitirse, pero también porque, por mucho que lo odie, ese chico tiene razón: no sabe cuándo fue la última vez que *quiso* usar ese poder, que trató de controlarlo en vez de resignarse a no ser capaz de dominarlo jamás.

Vuelve a preguntarse qué quiere Destino de él. No sabe si la aparición de ese chico en su vida es una prueba o un castigo. Si fuera lo primero, tocarlo sería fracasar, ¿verdad? Sería dejarse convencer, ceder a ese trato en el que se está jugando su propio espíritu y al que ha jurado no acceder. O puede que no. Puede que la prueba de Destino resida en obligarlo a demostrar todo lo que está dispuesto a hacer para recuperar esa alma que un día le consagró. Puede que sea su manera de castigarlo por todos los errores que ha cometido y, a la vez, darle una oportunidad de resarcirse.

Destino lo hace sufrir, pero, si lo soporta, encontrará el perdón.

Caleb sigue esperando. No vuelve a tocar su medallón, no pronuncia ninguna orden, así que Darien está seguro de que el control de su cuerpo sigue siendo solo suyo. Aun así, no puede evitar sentirse desvinculado del momento en el que alza la mano y está a punto de rozar la de él.

La deja tan cerca que Caleb podría simplemente moverse un poco y atraparla.

Tan cerca que ni siquiera necesitaría magia para forzar un contacto.

Pero no lo hace. Cuando lanza un vistazo de soslayo hacia el necromante, descubre que este sigue muy quieto, con la cabeza ligeramente inclinada hacia la izquierda, mientras observa sus manos con fijeza y parece analizar esa distancia tan pequeña que queda entre los dos. Su expresión le parece más humana en ese momento, más suave, casi curiosa, y Darien no puede evitar preguntarse si él también siente la tensión, si le cosquillean los dedos con la anticipación o si eso es algo que solo le pasa a él, porque hace demasiado tiempo que nadie le ofrece la mano de esa manera, sin miedo, sin reparos.

Tal vez justo por eso termina de tomar la decisión. Por un instante, mientras sus yemas rozan las de ese extraño, solo puede pensar en el calor que desprende el cuerpo delante de él, en la pequeña corriente que sube por su brazo. En la forma en la que, cuando lo toca, su piel…

Está exactamente donde me dijo que la encontraría.

La oigo antes incluso de poder verla y su canción, su voz, con la consistencia de la brisa y del murmullo del mar, me guía hasta ella. Está sentada entre la hierba, y por un momento tan solo la observo. Dejo que su melodía me acaricie como la acaricia a ella el viento, que le revuelve los cabellos oscuros como si quisiera lanzarlos al mar. Delante de ella, el océano se alarga hasta besarse con el cielo en el horizonte. Parece estar cantando para ellos, porque habla de dos amantes separados, con un amor que lo engulle todo.

No debería darse cuenta de que estoy aquí, porque yo no quiero que lo haga, pero la canción se acaba abruptamente y ella, como si me hubiera sentido, se da la vuelta. Su rostro lleno de pecas y lunares se ilumina entonces, como si un pequeño sol hubiera descendido a la tierra, cálido.

Y yo, como una flor que busca la luz, solo puedo prestarle atención a sus ojos verdes, al brillo que hay en su sonrisa, a los pequeños huecos que se le forman en las mejillas al sonreír.

—Viniste —dice, con esa voz que parece en sí misma una canción.

Sí, lo hice. Sé que no debería, pero quería tenerla un poco más, conocerla un poco más. Solo quiero un poco más de tiempo a su lado. Sé que no podemos tener mucho, pero bastará con un segundo más. Un minuto más. Un día más. Un mes más. Unos años más. No es demasiado, pero es algo.

Y cuando ella se levanta y viene hacia mí corriendo y me besa, tengo claro que cada instante valdrá la pena.

Darien rompe el contacto, mareado, y el sol y el mar desaparecen a su alrededor para volver a mostrarle el bosque y la noche. Vuelve a sentirse débil, a punto de vomitar, pero al menos esta vez la sensación que se ha quedado anclada en su pecho es cálida, pacífica, y los labios le cosquillean como si esa chica todavía siguiera besándolos. Aun así, necesita espacio, así que se echa un par de pasos atrás y trata de distinguir al necromante que está frente a él.

Caleb tiene el ceño fruncido, aunque esta vez no parece molesto, solo... confundido. Probablemente ese no era el recuerdo que quería ver. No debe de haberle servido de nada, porque esos eran los sentimientos de un adulto enamorado, y eso no es lo que él está buscando, ¿verdad? La última vez le dijo que tenía que mirar más atrás... ¿Cuánto? ¿Desde cuándo no puede recordar?

No importa, no accedió a tocarlo por él. No va a *ayudarle*. Ni siquiera sabe si puede reconciliar a la figura ante él, fría y cruel, con la del hombre fascinado que acaba de ver y sentir.

Aunque más allá de eso, había algo en esa visión que...

—¿Darien?

La voz de Lilith lo arrastra de nuevo a la realidad. Suena lejana, pero rompe por completo el silencio de la noche y le acelera el pulso de inmediato. Algunos pájaros echan a volar y Darien se da cuenta de que el cielo ha empezado a clarear. Mira hacia los árboles, temiendo verla, pero su prima no está allí, aunque es evidente que se ha despertado y lo está buscando.

Tiene que volver.

Darien toma aire y voltea hacia el necromante, pero para entonces ya no hay nadie allí. Con el corazón todavía latiéndole furioso contra las costillas, lanza un vistazo alrededor, pero no lo encuentra pese a que está seguro de que tiene que estar mirándolo desde alguna parte, igual que lo ha estado haciendo durante los últimos días.

—¡Darien! ¿Dónde estás?

—¡Estoy aquí! ¡Ya voy!

Solo se permite una mirada más a los árboles. La ausencia de Caleb le hace sentir que todo fue producto de su imaginación, otra pesadilla más, pero sabe que no hay nada irreal en la forma en la que le cosquillean los dedos ni en los recuerdos ajenos que le llenan la cabeza.

Intenta sacudirse la visión de encima, consciente de que no lo va a conseguir. Va a perseguirlo durante el resto del día. Va a seguir ahí hasta que ese chico que está jugando con él decida volver a mostrarse y Darien pueda preguntarle quién era la chica de su memoria. Incluso anclado de nuevo en el presente, todavía le parece verla, pero, sobre todo, todavía la escucha.

Su canción era la misma que oyó en la basílica cuando agarró el puñal de Caleb.

Y, por alguna razón, sigue sonándole tan familiar como si formara parte de su propia vida.

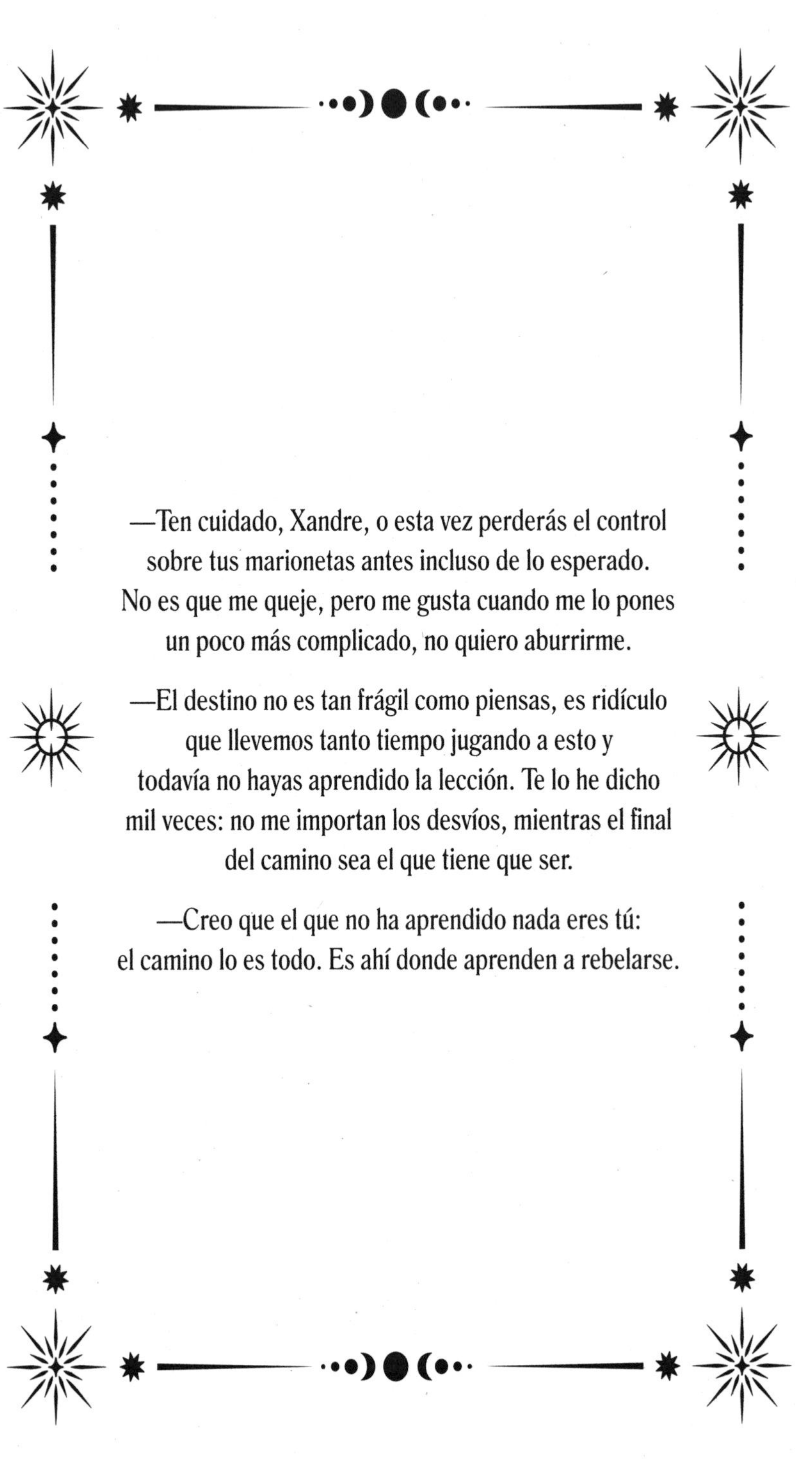

—Ten cuidado, Xandre, o esta vez perderás el control sobre tus marionetas antes incluso de lo esperado. No es que me queje, pero me gusta cuando me lo pones un poco más complicado, no quiero aburrirme.

—El destino no es tan frágil como piensas, es ridículo que llevemos tanto tiempo jugando a esto y todavía no hayas aprendido la lección. Te lo he dicho mil veces: no me importan los desvíos, mientras el final del camino sea el que tiene que ser.

—Creo que el que no ha aprendido nada eres tú: el camino lo es todo. Es ahí donde aprenden a rebelarse.

NATHAN

El paisaje ha ido cambiando en los últimos días, a medida que ascienden hacia las montañas. La temperatura baja; el terreno se hace más escarpado y complicado. Ven algunas casas diseminadas a lo lejos, pero vuelven a evitar los pueblos para no arriesgarse a llamar la atención de más brujos. Con cada paso que da hacia delante, hacia lo alto de esa frontera natural que los alejará de los pocos terrenos que el Imperio de Odelia no controla, Nathan siente que se distancia más y más de su antiguo hogar.

Lo único que le queda de aquella vida es el medallón roto de Adam contra su pecho.

A veces lo toca, en un intento de alcanzar algún resquicio de él que se haya quedado enganchado a ese objeto, pero de lo único que está llena esa pieza es de los recuerdos de todas las noches que pasaron juntos y de sus últimas palabras. Siempre que lo acaricia, sus dedos terminan cayendo un poco más abajo y acaban sobre la única joya que puede hacer que lo recupere de verdad.

Volver a usar el Amuleto ha sido un pensamiento intrusivo desde que abandonaron el pueblo en el que los brujos los asaltaron. También ha ido haciéndose más grande a medida que sus ojos han continuado perdiendo visión, un poco más con cada nuevo amanecer. Tal y como le advirtió la necromante, el avance de su inevitable ceguera ha continuado su curso e incluso parece haberse acelerado un poco, como si Destino hubiera decidido vengarse por la osadía de intentar evitar su castigo. A estas alturas, para él el horizonte ya es solo un borrón de colores y la distancia a la que puede distinguir objetos o rostros también se ha acortado; ahora apenas es capaz de distinguir con total claridad cualquier cosa a más de tres pasos de él.

Astrey ha estado ayudándolo como puede en los últimos días, allanándole el terreno con su magia o advirtiéndole de posibles obstáculos. Subir las montañas en cualquier circunstancia sería agotador, pero en esas es todavía peor. Nathan masculla que las odia en el segundo día de ascenso y escucha al espíritu reír, justo delante de él.

—Pues todavía queda camino por delante —le dice.

Nathan deja escapar un gruñido, apoyándose sobre las rodillas, jadeante. Está acostumbrado al ejercicio del Templo, pero allí los entrenamientos estaban concentrados en un número limitado de horas y el suelo del patio era perfectamente plano. Lilith siempre le decía que tenía poco aguante y ahora piensa que quizá tuviera razón.

—¿Tú no eras un brujo todopoderoso? —farfulla—. Podrías..., no sé, hacer que una piedra se desmonte y se eleve con nosotros sobre ella. Eso sería útil, y no tus bromas.

—Vaya, parece que alguien ha empezado a apreciar la belleza de moldear el mundo a su antojo —se burla Astrey, mirándolo por encima de su hombro. Ya no puede distinguirla del todo, pero puede imaginarse la sonrisa que se cuela en su voz—. Pero los cambios tienen consecuencias, chico, y no quiero provocar un desprendimiento sin querer.

Nathan resopla, pero sacude la cabeza y se obliga a tomar algo de aire y continuar. Al menos la subida mantiene su cabeza ocupada, porque lo peor de todo ese viaje son los momentos de quietud e inactividad, cuando se queda a solas con sus pensamientos. Aborrece las noches, por ejemplo, cuando Astrey duerme y él no puede dejar de mirar el cielo lleno de manchas borrosas cuyas formas echa de menos. Aborrece haber perdido las constelaciones y la posibilidad de leer mensajes o señales en sus posiciones, pero sobre todo aborrece haber perdido las estrellas porque era otra cosa más que lo unía a Adam. Aborrece pensar en Ammarah y en la manera que se alejó de ella durante la ceremonia; en Darien y el puñal que uno de los intrusos clavó en su estómago; en Lilith y la última mirada que le dedicó.

También son horribles las pesadillas. En algunas, Adam muere una y otra vez. En otras, sus amigos le dicen que lo odian, una y otra vez. En muchas, Ammarah lo condena por traición y lo atraviesa con Eunomia… una y otra vez.

Agradece cualquier cosa que le impida centrarse en todo eso. Agradece tener un camino que seguir y que Astrey llene todo cuando habla sin parar, sin importarle si él quiere escuchar o no. A medida que siguen subiendo, el brujo le explica que, si siguen a buen paso, encontrarán a Los Elires muy pronto.

—Háblame un poco más de ellos —le pide, con la voz entrecortada por el esfuerzo de la subida—. ¿De verdad creen que pueden derrocar a la emperatriz de Odelia? ¿Pretenden liberar solo su territorio o acabar con el Imperio por completo? Porque cualquiera de las dos opciones me parece una completa locura.

—Dijo el chico que quiere traer a su novio de vuelta de la muerte —se burla Astrey.

Nathan resopla, pero decide ignorarlo.

—Lo que quiero decir es que hasta donde yo sé esa mujer se deshizo del Inmortal cuando él todavía tenía el Amuleto, algo que ni siquiera varios reinos unidos pudieron conseguir —continúa—. Puso a todos sus descendientes, decenas de ellos, en su contra… y después, todos esos descendientes comenzaron a matarse entre ellos, pero ella siguió en pie. O es muy fuerte o es muy lista, pero en ninguno de los dos casos parece alguien fácil de derrotar así como así.

—Y, sin embargo, alguien debió de traicionarla, ¿no crees?

Nathan frunce un poco el ceño, sin comprender, y levanta la vista hacia la figura borrosa que camina unos pasos por delante de él.

—¿Por qué dices eso?

Astrey gira la cabeza para mirarlo y hacer un ademán hacia él. No, no hacia él: hacia el Amuleto. No puede evitar bajar la mirada hacia la joya, perdido.

—La emperatriz ha dicho durante décadas que eligió a un brujo para que le diera el golpe de gracia al emperador porque ella no quería heredar el poder del Amuleto, que creía en un Imperio que no estuviera aterrorizado por su poder —le explica su acompañante, antes de volver a darle la espalda para continuar su camino—. ¿Quieres saber lo que pienso yo? Que esa es solo la mentira con la que se ganó a mucha gente y convenció a los reinos conquistados de que su mandato sería diferente y mejor, pero, en realidad, alguien la traicionó. Creo que si la emperatriz hubiera podido conservar el Amuleto, lo habría hecho.

Nathan titubea, sin saber bien qué responder. A él le gustaría pensar que la emperatriz de Odelia no miente, prefiere creer que ahí fuera también hay personas que no desean tener nada que ver con el Amuleto, del mismo modo que él tampoco lo quiso durante mucho tiempo. Sigue sin hacerlo. Sigue odiándolo, aunque esté dispuesto a usarlo. Si el Amuleto jamás hubiera llegado a sus manos, toda su vida habría sido muy distinta.

Aun así, las palabras de Astrey también le hacen pensar en su madre, en la última vez que la vio siendo solo una celestial. Recuerda la promesa que le hizo al despedirse, la que él nunca llegó a comprender, y recuerda su rostro cuando volvió, la manera en la que se desplomó en el suelo, las heridas que tenía, lo enferma que estuvo durante días. Nunca ha pensado demasiado en lo que su madre tuvo que hacer para conseguir el Amuleto, pero de pronto se pregunta a quién tuvo que matar ella para heredar el poder de Tiempo. ¿A alguien que había traicionado la corona de Odelia, como parece pensar Astrey? ¿O a alguien que había cumplido los deseos de la reina e intentaba mantenerse al margen? Quizá la respuesta no sea ninguna de esas opciones. Quizá la persona que su madre mató ya se había encargado del asesino del Inmortal, fuera quien fuere. Quizá para entonces el Amuleto ya había pasado por varias manos: dicen que los Portadores no viven demasiado en las tierras de los brujos. La única excepción que siempre ha estado ahí es el Inmortal.

Sacude la cabeza. No importa quién tuviera el Amuleto antes que su madre o quién acabara con el antiguo emperador de Odelia: lo que importa es que ahora la joya está en sus manos y el trono del Imperio lo ocupa una mujer de la que se escuchan todo tipo de historias.

—¿Y crees que lo es? —pregunta.

—¿Qué?

—El mandato de la emperatriz: ¿es diferente y mejor? No sé nada de ella. En el Templo solo se habla del Inmortal como un tirano; consideran a la emperatriz una impía por ser una bruja y he escuchado algunos cuentos de miedo sobre ella, pero nadie parece considerarla una amenaza. Supongo que piensan que, en comparación, ella es mejor que su antiguo marido, porque al menos no tiene el Amuleto.

Astrey vuelve a mirarlo por encima del hombro, pero apenas puede distinguir su expresión.

—¿Ha devuelto su independencia a alguno de los reinos que su marido conquistó?

—Bueno, no, pero…

—Si no rechazas un legado como ese, ¿realmente crees que puedes ser mejor?

Nathan hace una mueca y vuelve a bajar la vista al Amuleto, a su propio legado, uno por el que generaciones enteras han luchado. Un legado que huele a caos, a muerte, a todas esas cosas a las que él apesta. Un legado que huele a sangre, la que se ha derramado por ese objeto durante siglos y la que lleva días secándose en sus propias manos, por muy limpias que parezcan.

No responde.

DARIEN

Cuando Darien era pequeño, ser un año más joven que Lilith le parecía un mundo. Le resultaba terrible no poder encaramarse a los árboles por no ser lo suficientemente alto como para alcanzar las ramas más bajas o no ser capaz de correr tan rápido como ella; fue frustrante que Lilith y Nathan empezaran a practicar con la espada antes que él; y odió ser el último en pasar por su Rito de Consagración y adquirir su don.

Subir hasta lo alto de la montaña junto a su prima hace que se sienta como en aquellos días, de nuevo un niño que no puede seguirle el ritmo. Lilith pisa con fuerza y seguridad, consciente de a dónde va; él, en cambio, necesita pararse cada cierto tiempo y tiende a quedarse rezagado. Igual que cuando eran jóvenes y ella corría, su prima suele darse cuenta de que él va más lento y lo espera, aunque lo hace con impaciencia.

—No te quedes atrás —vuelve a decirle ahora. Su voz suena cansada, pero no sabe si es por la caminata o por él.

Él, por supuesto, no le señala lo inútil que es que haga ese comentario, sino que se pone en marcha de nuevo, con un cabeceo y la sospecha de que habrá un momento en el que Lilith ya no vuelva a girarse. A caballo era fácil alcanzarla cuando apretaba el paso; a pie es casi imposible: es muy sencillo resbalar en el suelo pedregoso y, además, no puede evitar distraerse con el paisaje a su alrededor. A sus pies queda la falda de la montaña y un valle lleno de bosques; sobre ellos se dibuja un horizonte lleno de nubes y un sol anaranjado que pronto empezará a esconderse mientras sangra el cielo de dorado.

Darien se dice que solo queda un último esfuerzo. Que ya están cerca y que todo va a salir bien, aunque eso no puede saberlo. Por mucho que le pese, está perdido con lo que va a ocurrir. Al contrario que su prima, él no tiene ni una mísera pista del futuro. Él, de hecho, se está obsesionando cada día un poco más con el pasado, aunque ni siquiera sea el suyo.

Vuelve un segundo la vista hacia atrás. Últimamente lo hace a menudo. Sabe que el necromante que tiene su alma debe de ir tras ellos, pero desde la noche en que tuvo la visión de aquella chica cantando, no ha vuelto a aparecer, no ha vuelto a darle ni una sola orden. Lamentablemente, eso no significa que se sienta más ligero, sino todo lo contrario: siempre está esperando, en tensión, y teme estar a punto de volverse loco.

Delante de él, Lilith jadea y se incorpora. Darien tarda solo unos segundos en alcanzarla.

—Es aquí.

Parece tan convencida que él ni siquiera se atreve a dudarlo. La luz del atardecer provoca que las piedras lancen sombras inmensas sobre el camino, por lo que el terreno asemeja ser todavía más irregular, aunque la realidad es que en ese lugar la inclinación no es tan abrupta y el camino tampoco es tan estrecho. La explanada en la que están es claramente una zona de paso, con una vegetación escasa compuesta, sobre todo, de arbustos con flores blancas que parecen un milagro ahí arriba, con esas temperaturas tan bajas y en el terreno rocoso. Si no fuera por las circunstancias, por todo lo que los ha llevado hasta ese lugar, Darien pensaría que ese es un paisaje hermoso: sobre sus cabezas se alzan peñascos que parecen dedos emergiendo de la tierra, coronados en sus puntas por una suave neblina. Los primeros días de primavera no han sido suficientes para derretir los rastros de nieve que todavía se ven en las cumbres más altas.

Todo el escenario pierde importancia cuando oyen las voces.

Surgen a su izquierda, desde un desfiladero estrecho que solo permite el paso de una persona. Lo primero que ven es una figura de cabellos pelirrojos, vestida con una capa morada. Es su voz, también, la que está hablando en ese momento, alegre y despreocupada, aunque desaparece en cuanto su dueño se da cuenta de que hay más personas en esa explanada. Sus pasos se detienen y su cara se gira hacia atrás para mirar a alguien por encima de su hombro.

Y entonces ambos lo ven.

Tarda un segundo de más en reconocerlo porque nunca lo había visto vestido con otra cosa que no fueran las túnicas del Templo, pero ahora lleva puesto un chaleco rojo que asoma debajo de la capa negra con la que se cubre y unos pantalones igual de oscuros. Esos colores, más propios de brujos que de celestiales, no encajan en absoluto con el chico que él tiene en la cabeza, pero el rostro es indudablemente el suyo. Más pálido, más cansado, más consumido, pero el suyo. Puede reconocer incluso el mechón un poco más largo y rebelde que siempre ha caído sobre el lado izquierdo de su cara, pero ahora en vez de ser oscuro se ha teñido de blanco.

Darien toma aire cuando el chico, confuso por la manera en la que su acompañante se ha detenido, alza la vista. En el momento en el que sus miradas se encuentran, es como si no hubiera pasado el tiempo. Como si estuvieran de vuelta en Daiva. Como si todo estuviera bien.

Pese a todo lo que ha ocurrido en los últimos días, no puede evitar que los ojos se le aneguen de lágrimas de alivio y sus labios luchen por sonreír.

—Nathan.

NATHAN

Al principio son solo formas. Dos siluetas difusas que lo hacen tensarse cuando se da cuenta de que visten de blanco, porque eso es todo lo que sus ojos le permiten distinguir.

Pero después escucha su nombre.

El viento se lo trae como un eco que resuena en las montañas, como si él siguiera teniendo sus poderes y Destino estuviera regalándole una visión. Su primer impulso es rechazarlo de inmediato, porque no puede creer que sea real. Le parece una trampa, un juego de su propia mente, una más de todas las cosas que lleva días imaginándose, como ese Adam que camina junto a él. Piensa, incluso, que el Amuleto ha vuelto a salir de su letargo y ahora intenta llamarlo con voces que conoce para así manipularlo mejor.

Pero si fuera eso, Astrey no lo habría oído también. Y lo hizo, porque se gira para observarlo por encima de su hombro, solo un paso por delante de él, y le pregunta:

—¿Amigos tuyos, Nathan?

Él se estremece y se apresura a voltear hacia delante. Se apresura, también, a avanzar, porque ni siquiera todas las caídas de los últimos días, toda la frustración por los tropiezos o por las cosas que no podía terminar de diferenciar, han conseguido que eche tanto de menos tener una buena vista como en ese momento. Ahora daría lo que fuera por volver a ver bien. *Necesita* ver bien. El castigo que le han impuesto no le permite definir por completo a esas personas que están solo unos pasos más adelante y necesita hacerlo. Aunque, por otro lado, que no pueda distinguirlas del todo es bueno, ¿verdad? Eso significa que no son una fantasía. Si lo fueran, las vería a la perfección, como las ve en sus pesadillas. Como ve a Adam, que de pronto está sonriendo como hace días que no lo hacía y que, cuando él definitivamente echa a correr todo lo rápido que puede, lo sigue.

—¡Nathan!

El grito de Astrey es uno de advertencia, pero Nathan lo ignora. No quiere atender a nada que no sean esas siluetas que cada vez se concretan un poco más y más. Con cada paso que da, las lágrimas se le apelotonan en los ojos, pero él se apresura a pasarse la mano por ellos. Aun así, está a punto de echarse a llorar cuando, por fin, los ve. Son ellos. Claramente ellos, aunque sus caras sigan siendo algo un poco borroso.

—¡Nathan!

Esa es la voz de Darien, otra vez, más firme, una exclamación que está a punto de arrancarle un sollozo. Reconoce el cabello castaño y largo de su amigo, que le recuerda a cuando todos eran niños y se sentaban en el jardín para hacerse trenzas los unos a los otros. Nathan era el único que tenía el pelo corto, porque odiaba que se le metiera en la cara como siempre se le mete ese mechón que ahora es blanco, así que él peinaba a Lilith, mientras ella se encargaba de su primo. Lilith. Lilith también está ahí, unos pasos más atrás. Ella no se mueve, pero reconoce su cabellera recogida, del color del trigo...

Están ahí. Darien y Lilith están ahí. Pese a todo lo que ha hecho, pese a los errores que ha cometido, aunque una parte de él estaba segura de que lo odiaban... han ido a buscarlo.

Nathan quiere reírse y llorar a la vez, quiere empezar a pedir perdón y no parar hasta que alguien le dé la absolución o hasta que le juren que romperán todas las reglas que haga falta por él.

Ya puede distinguir a Darien. Su rostro empieza a concretarse, su sonrisa, sus ojos verdes...

Y, entonces, otra silueta se interpone entre ambos de golpe y lo obliga a parar. No es solo por la precipitación con la que aparece: es porque a esa distancia puede distinguir muy bien su rostro. Ese que se parece tanto al de Adam y en el que, al mismo tiempo, él puede trazar las diferencias mucho mejor que cualquier otra persona. La cara de Lilith tiene los pómulos más marcados; su nariz es más recta; su boca, más fina. Si no te fijas, apenas se ve, pero también tiene una pequeña cicatriz en la barbilla, de un día que llevó su entrenamiento demasiado lejos. Mientras que los lunares de Adam formaban una constelación en su mejilla, los de ella marcan su expresión en distintos puntos de manera aleatoria, como las marcas de un mapa que esconde varios tesoros.

Sí, conoce ese rostro a la perfección, porque lo ha visto prácticamente cada día desde que nació. Porque, antes incluso que Adam, siempre estuvo Lilith. En cada juego, en cada broma, en cada llanto.

Y nunca lo había mirado así.

LILITH

En el segundo en el que esos ojos castaños y familiares se cruzan con los suyos, Lilith tiene la tentación de sonreír. Está a punto de olvidar todo lo que pasó en la basílica y dejarse arrastrar por los recuerdos que llevan persiguiéndola desde que se enteró de su traición y llorar, pero de alivio por volver a verlo. Sería sencillo centrarse en todos los momentos en los que su mano ha estado en la suya o sus bromas le han sacado una carcajada; en cada vez que su voz la ha salvado de la soledad, de cometer una locura o de sus propios pensamientos. Sería muy fácil dejarse llevar.

Pero no sería lo correcto. No sería lo que debe hacer. Ese chico no es su mejor amigo, por mucho que se parezca a él. Es un farsante, un mentiroso. Su mejor amigo era Nathan Tabiz, pero Nathan Tabiz está muerto, murió poco después de que lo hiciera su hermano.

Y ese ser que está ante ella es quien los mató a los dos.

—Portador.

Lilith deja que el frío de la montaña se cuele en su voz cuando pronuncia ese título. Esa criatura que tiene a tan solo unos pasos también acabó con su propia vida. La apuñaló por la espalda y dejó su cadáver en la basílica, desangrándose, listo para pudrirse junto al de su hermano.

Es hora de vengar a todas esas víctimas que ese asesino ha dejado atrás.

—Lilith…

Como si su nombre en los labios de él fuera una señal, Lilith desenvaina a Eunomia. El sonido que hace la espada al salir de su funda reverbera más alto de lo que han sonado sus nombres y parece hacerse eco en el paisaje, como si todo a su alrededor supiera lo poderosa que es esa arma. Se trata del filo que mató a Tiempo, el filo que ha matado a decenas de Portadores y herejes que se salieron del camino.

El filo destinado a recuperar el Amuleto una vez más.

NATHAN

Lilith ha levantado su espada contra él mil veces antes. No puede precisar cuándo fue la primera vez que lucharon, pero está seguro de que eran muy pequeños, tanto que ni siquiera su madre era la Portadora por aquel entonces. En aquella época, por supuesto, las espadas eran solo de madera, pero con el paso de los años los entrenamientos pasaron a ser con armas de verdad. Ha perdido la cuenta del número de veces que se han batido, y sí, también recuerda algunas peleas que parecían de verdad, cuando se enojaban por cualquier estupidez. Recuerda especialmente una discusión después de que Adam se fuera a su Peregrinación: no sabe cómo comenzó exactamente, pero de pronto los dos se estaban lanzando por el otro con las espadas en alto y diciéndose cosas que no habrían pronunciado de otra manera. Lilith lo acusó de estar distraído, lo acusó de no estar haciendo bien sus tareas, lo acusó de ser un niñito malcriado e impertinente que pensaba que podía librarse de todo solo por ser el Portador; él la acusó a ella de parecerse más a su madre de lo que le convenía, la acusó de ser desagradable y celosa y de tomarla con él solo porque le frustraba que Adam ya se hubiera ido y ella no, que su hermano estuviera a punto de encontrar su gran destino… y ella no.

Se conocían lo suficiente como para saber que todas aquellas cosas que se gritaban eran ciertas y, aun así, quererse. Se conocían lo suficiente como para saber, también, que lo que ocurría en el fondo era que ambos echaban de menos a Adam, aunque ninguno fuera a admitirlo. Lilith, por orgullo; Nathan, porque hacerlo suponía abrir un poco más la puerta a todos aquellos sentimientos que llevaba un tiempo intentando reprimir.

Así que ahora, cuando Lilith alza a Eunomia contra él, al principio le azota el miedo, pero después piensa que, aunque esa sea la espada que está destinada a matar a los Portadores que se han atrevido a usar el poder del Amuleto que cuelga de su cuello, su mejor amiga nunca podría hacer eso. Una vez más, lo único que pasa es que ella echa de menos a su hermano tanto como él. La entiende. Entiende la furia, la injusticia, la soledad y…

—Li…

Lilith lanza una estocada hacia él.

La única razón por la que Eunomia no lo atraviesa del mismo modo que atravesó a Adam es porque una ráfaga de viento lo empuja un paso atrás y lo aparta a tiempo. Nathan cae al suelo con dureza, pero el golpe que más le duele no es el que recibe su cuerpo. El golpe que más le duele resuena por dentro como un cristal que se rompe en mil pedazos y es mucho más difícil de curar.

Lo atacó.

Lilith lo atacó.

—¡Lilith!

La voz de Darien llega hasta él, llena de un horror que Nathan ni siquiera es capaz de sentir durante los primeros segundos, porque la incredulidad es mucho más grande. Apenas percibe los pasos que se acercan corriendo a él, las manos que jalan uno de sus brazos para levantarlo como si solo fuera un muñeco de trapo. Pero él ni siquiera tiene ojos para Astrey, que le dice algo que no logra escuchar. Tampoco para Darien, que parece ser lo único que contiene a Lilith para que no pueda volver a lanzarse contra él. Los ve un poco difusos, no sabe si por su visión o porque lo que está pasando no tiene ningún sentido, no puede entenderlo, no *puede* estar pasando, pero está seguro de que Darien agarra el brazo de su prima e intenta jalarla hacia atrás, pese a que él detesta tocar a la gente, pese a que intenta evitarlo siempre que puede.

Los ve tambalearse, probablemente por culpa de una visión, pero Nathan ni siquiera se pregunta a qué recuerdo han ido a parar, qué momento del pasado están viendo, porque para él, de pronto, no hay nada más importante que el presente.

Lilith está ahí, sí. Darien está ahí. Sus amigos han ido a buscarlo.

Pero han ido a matarlo.

DARIEN

—¿Qué pasa con Adam?

Nathan se tensa y se gira de golpe hacia mí, con una expresión muy sorprendida, parecida a la que ponía de niño cuando los adultos nos descubrían haciendo algo que no debíamos.

—¿Qué pasa con él? —me pregunta de vuelta, con una voz un poco estrangulada.

—Desde que volvió pasan mucho tiempo juntos. —Fijo los ojos en el paseo, en el camino embaldosado que nos lleva al castillo. Hoy somos solo los dos para visitar a Ammarah y yo me alegro de tener la oportunidad de sacarle el tema—. Y parece que se llevan muy bien.

A Nathan se le escapa una risa, aunque me suena más nerviosa de lo habitual. Cuando lo miro por el rabillo del ojo, tiene puesta su expresión divertida, un poco irónica.

—Eres consciente de que hace tiempo que no me cae tan mal, ¿verdad? Competir con él es divertido, pero eso es todo. Además, creo que su Peregrinación lo cambió, seguro que tú también lo has notado...

Aprieto los labios, porque sí, lo he notado. Hay algo distinto en su calma, en su sonrisa, en la manera en la que a veces se le pierde la mirada en las estatuas de la basílica. Pero, aunque cuando volvió de su viaje le pregunté si todo estaba bien, él no va a decirme nada de lo que vio, como si yo no estuviera a la altura de conocer sus secretos. Al menos, supongo que Nathan tampoco los sabe.

—La Peregrinación cambia a todo el mundo —respondo, esquiva—. Adam estaba acostumbrado a estar constantemente rodeado de gente, así que debió de ser muy raro estar unos meses sin que nadie revolotease a su alrededor intentando captar su atención o diciéndole lo maravilloso que es.

Nathan alza las cejas y se acerca un poco más a mí, inclinándose para poder mirarme a la cara con esa expresión suspicaz que me recuerda que me conoce demasiado bien.

—¿Esto es por su Peregrinación? ¿O es por la tuya?

Me alegro de que pese a lo mucho que sabe de mí todavía no sepa verlo todo solo con un vistazo, porque lo peor es que esto no tiene nada que ver con ninguna de esas dos cosas. Esto tiene que ver con que últimamente lo echo de menos. Pensaba que él era la única persona que siempre estaría a mi lado, de mi parte, pero en los últimos días no he dejado de verlo con mi hermano. En el patio, paseando por el claustro, en los pasillos. Todavía noto esa sensación incómoda que se me metió en el cuerpo cuando el otro día los encontré en una de las capillas, hablando con las caras muy cerca, como si se contaran secretos. No me gustó la manera en la que se apartaron el uno del otro demasiado rápido en cuanto me vieron o cómo mi hermano se apresuró a irse justo después. Tampoco me gustó la forma en la que Nathan siguió mirándolo hasta que desapareció.

Me molesta. No, ni siquiera es eso. Me aterra la forma en la que le presta atención, la sonrisa que a veces se le escapa o cómo le brillan los ojos de una manera que nunca le había visto. Conozco a Nathan, y por eso sé que a mí nunca me ha mirado así. Tengo miedo de que también él acabe opinando que Adam es mil veces mejor compañía que yo. Tengo miedo de no ser suficiente, de convertirme en una persona irrelevante en su vida.

Pensé que podía ser la persona más importante para él. Estoy segura de que lo era hasta hace no mucho, pero siento que algo está cambiando y no sé cómo evitarlo.

—Sí. —La mentira me deja un regusto amargo en la lengua. Se supone que no deberíamos mentir, pero sé lo ridícula que voy a parecer si le digo la verdad—. Sí, me preocupa la Peregrinación. Me preocupa que Adam no hable de la suya y que falte menos de un año para la mía.

Nathan suaviza su expresión y me dedica una de sus sonrisas más suaves, la que dice que me comprende aunque no lo haga. Su mano se extiende hasta la mía, tomándola, y a mí me sube un escalofrío por el brazo cuando pasa el pulgar por mi dorso en un gesto reconfortante y deja un beso sobre mis nudillos. Su boca contra mi piel es cálida y después de tantos años de gestos de cariño como ese debería estar acostumbrada a ella, pero siempre consigue revolverme un poco por dentro.

—Está bien, Lilith —dice Nathan—. Adam está bien. Y tú también lo vas a estar. No sé qué habrá visto Adam, pero sé lo que verás tú: ese gran destino con el que siempre has soñado. Destino solo se está divirtiendo sacándote un poco de quicio, y lo entiendo porque puede ser bastante divertido...

—¿Se supone que eso tiene que animarme?

—Déjame acabar —replica él—. Destino te está haciendo esperar, pero sé que los libros de historia hablarán de ti en el futuro. Serás «¡Lilith Rheiz, la Imbatible!». O «¡Lilith Rheiz, la Justiciera!». No sé, algo así.

Se me escapa una risa y me pregunto si él también sabe identificar cuándo mis carcajadas suenan extrañas. Aunque titubeo un segundo, al final le pregunto:

—¿Y crees que en ese futuro tú y yo seguiremos siendo aún mejores amigos?

Nathan parpadea. Parece genuinamente confundido, como si ni siquiera fuera capaz de concebir un mundo en el que pudiera ser de otra manera.

—Siempre —dice, muy serio, y yo siento mi pecho un poco más ligero—. No necesito ninguna visión para saber eso.

Lilith consigue soltarse de un empellón y Darien trastabilla, aunque logra mantener el equilibrio. Le falta el aire y se siente inestable durante esos momentos en que el paisaje de la montaña tarda en sustituir a los jardines entre el Templo y el castillo de Daiva. Incluso entonces, cuando es consciente de dónde está, tiene el pecho lleno de emociones que sabe que no le corresponden: los celos, la inseguridad y el miedo son solo de Lilith; la calidez que le sube por el brazo al recordar los labios de Nathan sobre su mano, también.

Darien traga saliva, porque está seguro de que esa emoción es mucho más intensa que las demás y está por todas partes. Es una emoción que él puede entender, porque no la ha vivido pero es parecida a la que ha sentido en otros recuerdos.

Lo que no tiene claro es que su propia prima la comprenda.

Cuando alza la vista hacia ella, jadeante, encuentra a Lilith a unos pasos de él, con la expresión endurecida y sus manos todavía bien aferradas alrededor de la empuñadura de Eunomia. Su mirada ha pasado de ser un cielo tormentoso al filo de una espada y Darien es repentinamente consciente de que quizá ahora lo considere otro enemigo a abatir. No solo le impidió lanzarse sobre Nathan, sino que también le robó un recuerdo, algo que solo debía pertenecerle a ella.

—Fuera de mi camino, Darien —gruñe la chica.

Él sacude la cabeza con fuerza. Ahora está más seguro que nunca de que Lilith no quiere atacar al Portador: se está aferrando a esa señal de Destino que llevaba años queriendo recibir porque es lo único que cree que tiene, pero será la primera en arrepentirse si le hace daño.

—No. Esto es absurdo, Lilith. No *quieres* hacerlo, no quieres acabar con él. No quieres el Amuleto, tampoco. Y esto… esto no es lo que Adam querría.

Sabe que mencionar a su hermano es una forma ruin de desarmarla, y casi se arrepiente en cuanto ve la expresión dolida que ocupa su cara, pero tanto ella como Nathan tienen que prestarle atención. Darien toma aire antes de girarse hacia el Portador. Está solo a unos pasos de distancia, así que él también tiene que haberlo escuchado. Lo ve con la mirada perdida, como si ante él se hubieran presentado solo un par de desconocidos en vez de sus amigos de toda la vida. Parece tan confundido, tan incapaz de comprender qué está pasando, que el brujo que lo acompaña y que todavía lo sostiene del brazo lo sacude un poco para que reaccione.

Darien intenta no reparar en esa persona, intenta no pensar que no sabe qué está haciendo Nathan junto a alguien que tiene un demonio dentro, y se centra en recordar a qué ha venido. Tiene que arreglar la situación, tiene que conseguir que sus amigos entren en razón. Ha hecho esto mil veces antes: ha asistido a mil discusiones, ha sido el mediador infinidad de veces. Sabe cómo hacerlo. Puede hacerlo.

—Adam no querría nada de lo que ha pasado en los últimos días —continúa, intentando mantener su voz controlada—. Eran lo más importante para él, los dos. Odiaría verlos así. Odiaría que se perdieran de esta manera…

Nathan aprieta los labios y echa un vistazo a su lado cuando dice eso, al espacio completamente vacío de su izquierda. Es solo un instante, pero Darien siente una profunda lástima ante ese movimiento desesperado. No necesita entrar en su memoria para imaginarse el dolor y la ausencia y la pena que lo mueven, pero la persona a la que espera ver no está ahí. No va a volver.

Quiere decírselo. Quiere acercarse y tenderle la mano y explicarle que comprende todo por lo que debe de haber pasado en los últimos días, pero también que tiene que dejar de luchar. Tiene que entender de verdad lo que ha sucedido. Todos tienen que hacerlo, incluso él, porque una parte de sí mismo todavía no puede creer que Adam se haya ido para siempre.

Da un paso hacia delante, abre la boca, pero entonces Nathan voltea a verlo de nuevo, con los ojos entornados y el rostro desprovisto de toda esa emoción y ese bloqueo que estaba ahí hace solo un par de segundos. Aunque el brujo pelirrojo que va con él intenta mantenerlo cerca cuando él da un paso hacia delante, el Portador lo empuja suavemente y lo ignora.

—Tienes razón, Adam no habría querido nada de lo que ha pasado, porque Adam lo único que quería era *vivir* —dice, con una rabia que consigue hacerlo estremecer—. Al menos, hasta que una estúpida visión lo convenció de que no se lo merecía. Pero yo voy a cambiar eso.

Darien se estremece, pero no es él quien responde. Lilith reacciona ante esas palabras y su rostro vuelve a cubrirse con una máscara iracunda.

—¿Y cómo piensas hacerlo, Portador? —Su prima casi parece escupir sus palabras, como si se las estuviera extirpando de las entrañas—.

¿A cuántas personas más vas a condenar para traerlo de vuelta? ¿Sabes cuánta gente murió el día de tu boda? ¿Sabes que a estas alturas Ammarah ya debe de haber sido coronada como reina, porque mataste a su padre aquel día?

La expresión de Nathan se descompone de nuevo. Darien ve la sorpresa, la incredulidad, la culpa, todo en un único segundo y, de pronto, le parece incluso más evidente que su amigo no se ha permitido ni un momento de pausa desde que huyó, igual que apenas se lo ha permitido Lilith. Probablemente no ha querido pensar hasta ahora en cuáles pudieron ser las pérdidas que hubo en la basílica o en las vidas que dejó tras de sí, del mismo modo que no debe de estar pensando en las que todavía puede echar a perder si no se detiene.

Darien ve esa brecha, y le parece un recoveco perfecto por el que colarse para conseguir que reaccione.

—No fue culpa tuya, Nathan —comienza. Esta vez no puede evitar que su voz se tiña un poco de toda la angustia que siente—. Tú no querías hacer daño a nadie, lo sabemos. *Lo sé.* Pero el Amuleto no puede usarse sin que haya un desastre. ¿Cómo crees que se sentiría Adam al ser consciente de que salvarlo costó otras vidas? —La grieta en la expresión del Portador se hace un poco más grande. Escondido en ella, Darien encuentra al niño con el que se crio, tan pequeño e indefenso como el día en que le pusieron el Amuleto al cuello. Eso es lo que lo convence de dar un paso hacia delante—. ¿Recuerdas lo que me dijiste aquel día en los jardines, Nathan? Me prometiste que, cuando llegara el momento, los dos seguirían su camino: tú te casarías con la princesa y Adam se convertiría en el Sumo Celestial. Me aseguraste que solo querían un poco de tiempo. Y lo tuvieron, ¿verdad? Nadie puede quitarles eso, pero no puedes conseguir más. Sabes que se acabó. Sabes que…

—¿Cómo dijiste?

La voz de Lilith lo acalla al instante. Lo deja paralizado y demasiado consciente de todo lo que acaba de decir, de los secretos que la desesperación ha dejado al descubierto.

Cuando se gira de nuevo hacia su prima, ella lo está mirando como si él también fuera un traidor.

LILITH

—Lo sabías. Todo este tiempo…

Las palabras salen de su boca tan agrias como el sentimiento que se le desborda en el pecho. La traición de su primo no le duele tanto como la de su mejor amigo, pero sabe que es solo porque la primera herida todavía no se ha curado. Si acaso, las palabras de Darien la hacen más grande, porque al parecer el Portador y su hermano ni siquiera se encontraban a espaldas de todo el mundo: Darien lo sabía. Darien, al parecer, era digno de confianza.

Ella, en cambio, no.

Lilith entorna los ojos y deja que cualquier rastro de tristeza sea devorado por la rabia, que el rencor lo llene todo. Está rodeada de mentirosos. Son todos iguales. Su primo tuvo mil oportunidades de decirle lo que sabía, tanto en el Templo como durante ese viaje. Su hermano siempre lo conseguía todo, pero aun así tuvo que fijarse en su mejor amigo y ni siquiera tuvo la decencia de mirarla a la cara y confesarle que tenían una relación. Y el Portador… El Portador nunca tuvo la más mínima intención de contarle la verdad, el recuerdo que su primo le arrancó no hizo más que confirmárselo. Para entonces ya debía de sentir algo por su hermano, ¿verdad? Quizá incluso habían empezado ya su romance. Quizá aquella vez que los descubrió con las caras tan cerca estaban a punto de besarse, exactamente igual que se besaron en la basílica…

—Lilith…

La voz de Darien suena arrepentida, pero eso no es suficiente para borrar el sabor amargo que tiene en la boca. No tenía que haber accedido a que la acompañara. ¿De qué se sorprende, siquiera? Tenía que haberlo esperado de él, tenía que haberlo visto venir cada vez que defendió al Portador. Nunca quiso ayudarla a ella, dijera lo que dijera. Recorrió todo este camino solo para salvar a un hereje y ella lo mantuvo a su lado como una estúpida. Darien no estaba en su visión, así que tenía que haberlo dejado atrás. No es más que otro obstáculo que ella misma permitió que se interpusiera en su destino.

Un destino que no va a retrasar más.

Su brazo se alza incluso antes de que pueda pensar en lo que está haciendo. Señala a su primo con Eunomia y él da un par de pasos atrás, con el rostro descompuesto, sin querer que la punta de la espada se acerque a su pecho. Tiene miedo de ella y Lilith piensa, por un momento, que quizá eso no sea algo malo. Tal vez si lo hubiera tenido antes le habría dicho lo que sabía.

—No te atrevas a volver a entrometerte, Darien —le advierte, con la voz fría—. Esto es entre el Portador y yo.

Él los mira con horror, primero a ella y luego al hereje que está a unos pasos. Puede verlo por el rabillo del ojo: hay algo inhumano en él, en la forma en la que se le ha coloreado ese mechón de pelo, en la manera en la que parece haberse ido consumiendo su cara.

—No, no puedes... —comienza Darien.

Pero no es ella quien lo interrumpe esta vez.

—Vuelvan a casa, Darien —dice el Portador.

Su voz parece súbitamente cansada, un poco rota, como un suspiro agotado. A ella no le dice nada. A ella la mira solo un instante antes de apretar los labios y darle la espalda, tras hacerle un gesto al brujo que permanece cerca de él. Es un gesto que al principio Lilith no entiende, pero cuando ve la sonrisa del pelirrojo sabe perfectamente qué significa.

—¡No! ¡Nathan, espera! —grita su primo—. ¡Sabes que esto es...!

Las palabras se convierten en un grito ahogado por el vendaval que los golpea. Es tan súbito que Lilith apenas tiene tiempo de alzar el brazo para protegerse los ojos del polvo y las piedras que se levantan. Un segundo más tarde, son sus propios pies los que se despegan del suelo y lo siguiente que nota es la dura caída de su cuerpo contra la tierra, que le arranca un gemido y la deja momentáneamente desorientada.

Para cuando consigue incorporarse de nuevo, el Portador ya se está alejando.

De pronto, lo único que puede ver Lilith es rojo. El rojo de la furia que le borbotea en el estómago. El rojo de la traición, de la sangre secándose en la túnica de su hermano. Todos los recuerdos que alguna vez compartió con ese chico se tiñen de ese color, porque a la hora de la verdad ni siquiera es lo suficientemente valiente para enfrentarse a ella. Ni siquiera tiene el coraje de aceptar todos sus delitos, todos sus errores. Si hubiera pedido perdón, si hubiera llorado, si hubiera admitido que se equivocó, quizá ella habría sentido lástima o podría haberlo comprendido. Si hubiera visto en él algo del chico al que un día conoció, quizá la mano le habría temblado al blandir a Eunomia y una parte de ella, esa parte blanda y débil que se aferra al pasado, habría sido incapaz de llevar hasta el final los designios de Destino.

Pero ese cobarde que se esconde tras la magia de un brujo y no se digna a mirarla no es en absoluto el niño travieso que un día conoció, y tampoco el chico irónico y deslenguado que siempre aceptaba sus desafíos.

Debería darle las gracias por ponérselo fácil. Debería celebrar no reconocer nada de él.

Así, cuando vuelve a echar a correr con Eunomia en la mano, puede creerse de verdad que ese chico no es Nathan Tabiz, que realmente alguien lo mató y un demonio ocupó su cuerpo.

Y ella va a vengarlo.

NATHAN

Nathan siente que Lilith vuelve hacia él antes incluso de que Astrey mire por encima de su hombro, haga otro gesto con la mano y él oiga el ruido que hace su amiga al caer al suelo de nuevo. Se estremece, pero no quiere girarse. No quiere volver a descubrir el odio y el asco en unos ojos que nunca imaginó que algún día podrían mirarlo así. Tampoco quiere volver a mirar a Darien, que lo observaba como si todavía pudiera salvarse, pese a que él sabe perfectamente que ya no hay salvación posible para él. No quiere ver su desesperación y su pena, sus intentos de reconstruir algo que se rompió en el mismo momento en el que lo hicieron el tiempo, la basílica y el cuerpo de Adam.

Fue un iluso. Fue un estúpido al pensar que alguien aceptaría lo que hizo o que sus amigos entenderían lo que pretende. Fue un idiota al creer que todavía podía conservar algo de una vida que se acabó en el mismo momento en el que puso en marcha el Amuleto.

—Hay que concederle que es insistente —comenta Astrey, casi con diversión.

El brujo hace un nuevo ademán y el viento se levanta otra vez. Nathan traga saliva, pero no puede evitar la tentación de girarse un poco para echar un vistazo a lo que ocurre a sus espaldas. Lilith ha vuelto a caer ante la magia del espíritu, pero se está poniendo en pie otra vez en ese momento. Jadeante, clava a Eunomia en el suelo y la usa como apoyo para erguirse. No le cabe ninguna duda de que está temblando de furia, de desprecio.

Hacia él.

Se han alejado lo suficiente como para que le cueste definir bien su expresión, pero se la imagina con su mirada fija, enturbiada por todas las emociones que él ha estado volcando en averiguar cómo recuperar a Adam y que ella ha decidido volcar en acabar con él. Y, a pesar de todo, a pesar de que sabe que ahora esa chica que lleva toda una vida a su lado está deseando matarlo, una parte de él no puede evitar admirarla. Es por lo mismo por lo que la ha admirado siempre: por su determinación, por su entereza, por su persistencia.

Lilith sigue siendo la mujer más fuerte que ha conocido, aunque ahora toda esa fuerza quiera recaer sobre él. Si él es fuego, si Adam era piedra, Lilith siempre ha sido el aire, capaz de presentarse como una brisa agradable y cálida o una fría tempestad.

No sabe cómo va a poder seguir respirando sin ella cerca.

—¿Vas a esconderte detrás de un demonio, Portador? —ruge ella, con voz de ventisca—. ¿Vas a ser tan cobarde? Parece que te conozco menos de lo que creía, porque pensé que al menos tendrías la decencia de enfrentarte a mí.

—No tienes que hacerle caso —murmura Astrey—. Solo intenta provocarte. Puedo…

—No.

Nathan está seguro de que Astrey puede encargarse de Lilith sin dificultades. Por mucho que porte a Eunomia o por muy fuerte que sea, no cree que tenga nada que hacer contra la magia de un brujo, y mucho menos de uno como el que lo acompaña. Sobre ellos, Shiraz vuela en círculos, pendiente de ese encuentro, y todavía recuerda cómo sus garras se clavaron en la cara de aquel demonio.

No, no quiere que Lilith sufra una derrota dolorosa e insatisfactoria. No quiere que le pase nada grave, tampoco. Aunque haya venido por él y parezca decidida a borrar todo lo que alguna vez fueron, aunque él la odie un poco por no comprender que solo quiere salvar a Adam…, sigue siendo Lilith. No quiere que sufra más, porque sabe que tiene que estar sangrando por dentro tanto como él.

Pero también sabe perfectamente que no se va a marchar de ahí sin luchar. Y tiene razón. Él nunca se ha escondido detrás de nadie.

Así que tampoco va a hacerlo ahora.

Nathan se gira y vuelve atrás. Uno, dos, tres pasos, mientras la forma difusa de su amiga se concreta de nuevo a medida que se acerca a ella. Sus dedos se alzan hacia el agarre de su capa y deja que se escurra por sus hombros y caiga el suelo. Es demasiado consciente de que siempre ha estado en desventaja con respecto a Lilith y ahora, además, su visión nublada es un obstáculo más en su contra, así que no puede permitirse nada que limite sus movimientos.

Al menos contra ella su espada no se romperá en mil pedazos.

Cuando la desenvaina y la aprieta entre los dedos, entorna los ojos. En parte lo hace para intentar verla lo mejor posible y en parte para que ella no note en su expresión lo mucho que odia hacer esto, lo mucho que la odia a ella por obligarlo, lo mucho que odia al dios que los ha llevado a todos a esa situación. Adam está a su lado, mirándolo con lástima, frustrado, pero no le pide que se detenga, no le pide que se rinda, no le pide que se deje matar y acabe con todo.

No: Adam le pidió que viviera por él. Y va a hacerlo, al menos, hasta que pueda traerlo de vuelta.

Incluso si eso significa pasar por encima de una de las personas que más han querido los dos.

—De acuerdo, Lilith —dice, mientras se coloca en posición—. Has venido hasta aquí para matarme, ¿verdad? Pues ven por mí.

El viento trae un grito de rabia consigo antes de que ambos se lancen el uno contra el otro.

LILITH

Cuando las espadas se encuentran es como volver a estar en el patio del Templo. Lilith casi puede ver los arcos del claustro a su alrededor y distinguir a los demás iniciados haciendo un círculo para observarlos. Al mismo tiempo, es demasiado consciente de que están en un lugar muy distinto: aquí no existen columnas tras las que protegerse y bajo sus pies no crece la hierba, sino que hay un terreno traicionero sobre el que es sencillo resbalar. De igual modo, Eunomia pesa mucho más que las espadas de entrenamiento e impide que sus movimientos sean tan ágiles como de costumbre, pero al menos los del Portador tampoco lo son. Ella, que conoce de sobra todos y cada uno de sus pasos porque han practicado esa danza mil veces antes, puede percibir que su ritmo no es el de siempre, que su energía no es la de siempre.

Está condenado. Está segura de que ambos lo saben cuando él llega medio segundo más tarde de lo que debería a detener uno de sus golpes o cuando tiene que retroceder para poder tomar algo de aliento.

—Ríndete —murmura ella a través del ángulo que crean los filos de sus armas al volver a chocar—. Siempre he sido mejor luchadora que tú.

Su rival aprieta los dientes y desvía el golpe.

—¿Y qué harás cuando me venzas? ¿Vas a convertirte tú en la nueva Portadora? Nunca has querido algo así. Nunca has querido tener nada que ver con el Amuleto.

—Me convertiré en lo que Destino haya dispuesto para mí.

Esa es la respuesta a la que tiene que aferrarse. De ese modo ni siquiera tiene que pensar en su futuro, porque alguien lo ha decidido ya por ella. Tal vez no será lo que ella habría elegido, pero los caminos que traza su dios pueden ser indescifrables hasta que pasa el tiempo y las lecciones que quería dar son aprendidas, después de muchos sacrificios.

Es evidente que el actual Portador nunca llegó a comprender las suyas.

—¿Y si Destino considera que el Amuleto debe volver a la familia real de todas formas? ¿Qué vas a hacer entonces? —Su contrincante entrecierra los ojos al tiempo que ella detiene su golpe y usa la fuerza del impacto para hacerlo retroceder. Lilith siente la satisfacción cuando lo ve desestabilizarse, pero es solo un momento tras el que consigue afianzar los pies sobre el suelo—. El Amuleto del Tiempo siempre está atado a la sangre, heredada o derramada. Creo que lo tienes un poco más complicado que yo para conseguir darle herederos a Ammarah, así que ¿cuál es tu plan? ¿Permitirás que ella te mate? Supongo que a tu madre no le importará: ya sacrificó a un hijo, no dudará en sacrificar dos.

Lilith aprieta los dientes, pero no responde. Sabe que quiere desconcentrarla, distraerla, porque no tiene otra forma de conseguir ventaja en ese duelo. No piensa caer. En los golpes siguientes se obliga a mantener su atención puesta en cada uno de sus movimientos, para comprenderlos, desarmarlos y adelantarse a ellos. Hasta ahora el Portador ha estado simplemente esquivando sus ataques, pero no durará mucho más así: tiene menos aguante que ella y las luchas de resistencia jamás se le han dado bien. La gran mayoría de veces que ese chico ha conseguido vencerla en el pasado han sido porque sabía cómo provocarla, tal y como está intentando hacer, o porque hacía movimientos inesperados, impulsivos, demasiado arriesgados e imprevisibles. De todo eso no hay nada en esta ocasión: es evidente que está yendo con cuidado, y eso le molesta todavía más. Le resulta condescendiente que no luche contra ella con todas sus fuerzas, con toda su rabia. La forma en la que está sujetando su arma ni siquiera es la correcta. ¿Cuántas veces ha intentado corregirlo a lo largo de los años? ¿Cuánto tiempo ha invertido en intentar enseñarle?

¿Cuánto tiempo ha perdido considerándolo su amigo?

Lilith ataca de nuevo, con más fiereza, con más energía, pero sin perder ni un ápice de control. Un tajo certero de su espada alcanza la piel de su brazo y el Portador suelta un gruñido antes de volver a alejarse todo lo que puede de ella. Sus ojos castaños lanzan un rápido vistazo a la mancha de sangre que se extiende por su manga antes de volver a fijarse en ella. Su respiración está alterada y su expresión se ha ensombrecido.

—¿De verdad vas a matarme, Lilith? —Casi suena incrédulo, como si después de todo hubiera albergado alguna esperanza de que las cosas pudieran ser diferentes—. Después de todo…

Sabe que no debería escuchar. Sabe que no debería dejarse arrastrar por las emociones, por la manera en la que él sí le da forma a su nombre.

Pero no puede detener las palabras que lleva días acumulando en su interior:

—¿Después de qué, Portador? ¿Después de todas tus mentiras? —Otro golpe que él consigue detener a duras penas—. ¿Después de tu traición al Sacro Reino? ¿Después de que hayas roto todas las reglas que alguna vez fingiste respetar? —Una finta por la derecha, el flanco que siempre deja más al descubierto—. ¿Después de tu cobardía al huir de las consecuencias de todo lo que has hecho? —Lilith presiona hacia delante, obligándolo a retroceder dos pasos más—. ¿Después de que fingieras ser mi amigo, mientras condenabas a mi propio hermano?

—Yo no…

—¿Cuánto tiempo estuvieron burlándose de todo el mundo?

El Portador apenas tiene aliento, aunque su rostro por fin vuelve a ser algo conocido. Su mandíbula está tensa y su expresión se ha torcido en una mueca dolida y llena de rabia. Ahí está la actitud con la que realmente solían luchar en el pasado, con la que solían discutir.

—¿Crees que queríamos burlarnos de alguien? ¿Crees que no queríamos ser honestos, crees que nos gustaba escondértelo, a ti o a nadie? —Esta vez, él también se anima a echarse hacia delante, en un movimiento de esos difíciles de calcular que ella estaba echando en falta. Consigue detenerlo justo a tiempo—. No, claro que no, pero era *nuestro* pecado. No tenía que ser el de nadie más. No queríamos involucrar a nadie más. Ya nos pesaba lo suficiente.

Lilith siente la risa burbujearle en el estómago. Sus labios tironean arriba en un gesto que es de todo menos alegre.

—Y aunque sabían que era un pecado, decidieron cometerlo. A pesar de que Ammarah confiaba en ti. A pesar de que mi madre pensaba que mi hermano era el hijo perfecto, el heredero perfecto. A pesar de que *yo* confiaba en ti, en los dos. ¡Nos engañaron a todos!

Su grito se hace eco en las montañas y parece reverberar por todo Evren. Tal vez incluso pueda llegar a donde sea que esté la esencia de su hermano, si es que ya renació en algún lugar. Quiere que él también sepa lo enojada que está. Con el Portador, pero también con él. Lo furiosa que se siente por sus decisiones egoístas, que se han llevado vidas, oportunidades y momentos que nunca más podrán vivir y han envenenado sus recuerdos, sus nombres y todos los sentimientos que tenía en el pecho.

—¡Adam no quería ser perfecto, no quería ser nada de lo que tu madre le imponía! —gruñe el Portador, sin cesar en su ataque—. ¡Nunca te preocupaste de lo que él deseaba, Lilith, porque estabas demasiado centrada en no sentirte inferior a él, porque creías que esa admiración que despertaba era lo máximo a lo que alguien podía aspirar! Pero no tienes ni idea. Si le hubieran dado otra opción, Adam no habría elegido ninguno de esos papeles. Sí, intentaba ser el hijo perfecto, el hermano perfecto, el celestial perfecto, porque eso es lo que todos querían ver en él y él no quería fallarle a nadie. Pero también estaba harto. ¡Dioses! ¡Estaba tan harto! ¡Solo quería ser normal! Quería tener amigos, enamorarse, cometer errores, escabullirse del Templo a pasar una noche tranquila y estar con la gente que le importaba. ¡Por eso nos queríamos! ¡Porque yo lo entendía y él me entendía a mí!

El filo de la espada del Portador todavía no ha conseguido rozarla, pero sus palabras se le clavan y consiguen hacerla retroceder, jadeante y con el pecho tan dolorido como si le hubieran alcanzado el corazón. Siente que la herida se está infectando, que se le pudre por dentro y la llena de veneno. Lo nota subiendo por su garganta, lo saborea en la lengua y…

—Y por eso murió por ti —escupe, y es consciente de cómo esa simple frase hace más daño que cualquier estocada que pueda llegar a dar—. Hablas de su amor como si hubiera sido algo bueno, pero fue eso mismo lo que acabó con él. Tú lo mataste, Nathan. Si nunca hubieran estado juntos, Adam seguiría aquí.

El Portador se queda muy pálido, muy quieto, como si el filo de Eunomia lo hubiera atravesado de la misma forma que atravesó el cuerpo de su hermano.

Pero no lo ha hecho. *Todavía* no.

Sus dedos aprietan la empuñadura de su arma.

—Ojalá hubieran muerto juntos —concluye, antes de volver a atacar.

Si hubieran muerto juntos, no tendría que estar haciendo esto. Si hubieran muerto juntos, una parte de ella tan solo se habría muerto con ellos. Si hubieran muerto juntos, podría haberse quebrado por todas partes en vez de luchar contra él o contra esa voz que le pide que suelte la espada y salve algo de lo que un día tuvieron. Todos esos años de confianza ciega, de cariño, de juegos, de risas y llantos.

Pero no lo hicieron. El único que murió hace días fue su hermano.

Así que ahora le toca a él, para que ella, por fin, pueda romperse después.

DARIEN

Darien ha asistido a mil duelos entre Lilith y Nathan, los ha visto batirse de muchas maneras distintas. En el pasado, solía observarlos y había veces en las que incluso se atrevía a intervenir en sus peleas, en favor de uno u otro dependiendo de la ocasión, llegando hasta cambiar su lealtad en medio de la reyerta según quien necesitara más su ayuda. Siempre le pareció un juego divertido, aunque a él nunca le haya gustado luchar tanto como a ellos.

Pero la pelea que empieza delante de sus ojos ya no es un juego y, cuando los ve lanzarse el uno contra el otro, lo único que puede pensar es que las cosas no tenían que pasar así. Tenían que hablar, tenían que... ¿Qué? ¿Qué pensaba que iba a ocurrir? ¿Realmente llegó a creer que lo podrían resolver con palabras? ¿Que todo iba a arreglarse con una conversación o una discusión acalorada? A estas alturas debería conocerlos, después de toda la vida con ellos, y saber que los dos son demasiado orgullosos, demasiado testarudos, dispuestos a todo por defender sus ideas hasta el final.

Pero hasta ahora siempre habían sido inseparables. Incluso si discutían, siempre terminaban volviendo el uno junto al otro, a veces con disculpas y otras incluso sin necesitarlas, porque se entendían con solo mirarse. Tenía la esperanza de que fuera a ser igual en esta ocasión: tenía la esperanza de que, después del enojo y la tristeza, recordaran quiénes son, cómo son, ese lazo tan estrecho que siempre ha habido entre ellos y que ahora se está deshilachando por todos lados.

Intenta ponerse de pie. El tobillo derecho le duele y siente un latigazo que le sube por la pierna cuando apoya el peso sobre él. Se lastimó cuando cayó al suelo por culpa del vendaval del brujo, pero trata de ignorarlo. Tiene que hacer algo. Tiene que conseguir que se den cuenta de la locura que es todo esto, aunque eso signifique luchar con ellos también.

Tras tomar aire, empieza a avanzar, cojeando. Sus dedos rozan la empuñadura de su espada, aunque aborrece la simple idea de usarla.

Ni siquiera la ha desenvainado cuando el guardián de Nathan le corta el paso de golpe.

Es tan repentino que siente que apareció de ninguna parte, que es imposible que ese haya sido un movimiento natural. Traga saliva, dando un paso atrás instintivamente. Ese brujo parece demasiado humano para serlo tan poco y eso le resulta mucho más perturbador que los rostros deformados que vio en el pueblo hace unos días. Es como si algo estuviera fuera de lugar.

Aun así, Nathan confía en él, ¿verdad? Deja que lo acompañe y no le ha hecho daño, aunque se supone que ningún brujo dudaría en acabar con la vida del Portador para hacerse con el poder del Amuleto del Tiempo. Así que respira hondo y tan solo lanza un vistazo inquieto a las figuras que siguen combatiendo unos pasos más allá.

—Tenemos que separarlos —dice, tratando de mantener la calma—. Utiliza tu magia y saca a Nathan de aquí. Yo me encargaré de Lilith y…

—Yo creo que deberías dejar que tus amigos arreglen esto solos.

Darien hace una mueca antes de volver a girarse hacia el desconocido. Su rostro lleno de pecas parece muy tranquilo, con una sonrisa encantadora. Claramente no entiende la gravedad de la situación.

—Escucha, no tienes ni idea de lo que está pasando: Nathan va a perder —le dice—. Lilith es mejor con la espada que él, siempre lo ha sido. Ella…

—Nathan tiene el Amuleto, ¿no? —lo interrumpe el brujo, con una expresión casi cándida.

Darien quiere reírse, pero sería una risa histérica.

—Sí, lo tiene, pero no lo usará contra ella. Y no podemos arriesgarnos a que vuelva a ponerlo en marcha sin querer y...

—¿No podemos?

El chico calla, mudo ante el parpadeo confuso e inocente del pelirrojo. Por un instante, casi llega a creerse que ese extraño no comprende por qué el Amuleto no debe usarse. Al menos, hasta que la confusión vuelve a dejar paso a la sonrisa, esta vez un poco torcida, casi burlona. Ahora que se fija un poco más en él, le parece que tiene un rostro perfecto, demasiado, y quizá eso es lo que le genera rechazo. Hay algo extraño en él, en su expresión, en sus ojos grises, en el gesto de su boca. Está ahí, en alguna parte. Algo oscuro y perverso que hace que le recorra un escalofrío.

Lo que le hace dar un paso atrás definitivamente es la forma en la que el brujo mueve su mano y la energía en el aire parece transformarse. Una piedra levita desde el suelo y comienza a cambiar hasta convertirse en una cuchilla triangular con una punta especialmente aguda y una empuñadura pequeña, hecha para encajar entre sus dedos.

—¿Qué estás haciendo?

El pelirrojo deja de mirarlo para fijarse en su pequeño truco de magia. Como si quisiera asegurarse de lo afilada que es la esquirla de piedra, apoya el índice en la punta afilada y aprieta. Apenas hace presión, pero es más que suficiente para que ambos puedan ver la gota de sangre que asoma a su piel.

—Estuvo a punto de utilizarlo en un pueblo por el que pasamos, ¿sabes? —dice, antes de llevarse el dedo herido a la boca. Es solo un segundo, pero parece saborearlo cuando se pasa la lengua por los labios antes de volver a sonreír—. Pero había demasiados brujos alrededor y no me pareció muy inteligente. Aquí, en cambio, estamos bastante aislados, cualquiera tardaría en llegar. Y cuando lo hicieran, nosotros ya estaríamos muy lejos.

Darien traga saliva, alerta. No puede apartar la vista de cómo el pelirrojo juega a pasarse el arma entre los dedos, cómo la lanza al aire y la atrapa sin hacerse daño, como si fuera un bufón haciendo un espectáculo de malabares.

—No sé qué pretendes, pero el Amuleto *no debe* usarse. —Sus manos van hacia su propia espada, mientras da un paso más atrás—. Y Nathan lo sabe, pero está desesperado. Si te estás aprovechando de eso para… provocar el caos, como suelen hacer los tuyos, es que estás loco. Se dará cuenta. Y tú te arrepentirás, tarde o temprano: el Amuleto solo trae destrucción y…

—Sí, sí: cada vez que el Amuleto del Tiempo se usa, el resto del mundo sufre, y todas esas historias —se burla el brujo—. Muy dramático. Pero como imaginarás, mis creencias no están… demasiado alineadas con las de los celestiales. Y la verdad es que siento mucha curiosidad por ver qué puede hacer el chico y quién tiene el control aquí, si el Amuleto o él. ¿Tú no?

No, por supuesto que no. Le parece horrible que esté dispuesto a poner a Nathan en peligro solo para ver hasta dónde puede llegar. Lanza otro vistazo a sus amigos, que continúan su propia batalla. Le gustaría avisar al Portador, le gustaría decirle que no puede fiarse de ese brujo…

—Por lo que he podido entender estos días, diría que las emociones fuertes pueden ser un desencadenante para activar el Amuleto, ¿verdad? —continúa el pelirrojo—. O quizá sea el miedo a la muerte. Lo activó por primera vez cuando ese chico al que quería murió, y estoy seguro de que el otro día, aunque fuera solo por un momento, temió por su propia vida. Me pregunto qué pasaría si alguien más muriera hoy. Si le dijera que intentaste ayudar a tu amiga para acabar con él, que me obligaste a hacerlo…

Darien comprende de golpe hacia dónde se dirige la situación y siente el pánico llenándole el cuerpo. Es repentinamente consciente de que, aunque ante sí parezca haber una persona, está ante un monstruo. Alguien que tiene un demonio dentro y una magia contra la que probablemente su espada no tenga nada que hacer. Trata de recordar los salmos que enseñan en el Templo para exorcizar, pero ni siquiera sabe si puede convocar protección alguna sin su medallón. Se supone que es la fe que depositas en él y en Destino lo que puede defenderte. Debes agarrar la pieza de oro y conjurar las palabras adecuadas, pero la joya que cuelga de su cuello no tiene su fe, no tiene su alma, no es más que una pieza vacía, ajena, y robada...

Bloqueado y pálido, lo único que consigue hacer es retroceder un par de pasos más.

—¿Quién eres tú? —pregunta, sin aliento—. ¿Qué quieres de Nathan?

El brujo sigue con atención el siguiente paso que da hacia atrás, aunque no se mueve de su lugar.

—Solo quiero enseñarle algunas cosas —dice, con esa sonrisa que parece inocente y al mismo tiempo todo lo contrario. El filo con el que seguía jugando queda suspendido en el aire, por encima de su palma, y solo un instante después se fragmenta para convertirse en cuatro finas agujas que apuntan directamente hacia él. Darien traga saliva, horrorizado—. Por ejemplo, que este es un mundo injusto, cruel y peligroso en el que las personas en las que un día creyó ya no son gente en la que confiar. Gracias por haber venido hasta aquí para acabar con él: han hecho que sea mucho más fácil.

Las agujas salen disparadas de su mano.

Darien se encoge sobre sí mismo.

Pero el dolor no llega.

Tarda un segundo de más en darse cuenta y en volver a abrir los ojos que había cerrado por instinto, pero lo que ve al hacerlo no parece tener ningún sentido. Frente a él se ha levantado un fino muro hecho de las mismas flores blancas en las que se fijó al llegar y las cuatro agujas que iban por su cuerpo se han clavado en esa pared de vegetación imposible.

Apenas tiene un instante para digerirlo, porque entonces las flores se marchitan y se deshacen y una sombra pasa, veloz, a su izquierda. Justo al mismo tiempo, el graznido de un pájaro resuena desde el cielo, fuerte y vibrante como un trueno, y la tierra tiembla.

Un muro de piedra se alza de la nada para proteger al brujo pelirrojo de la figura vestida de negro que se estaba lanzando hacia él y que se detiene justo a tiempo para no chocar contra la inesperada pared. La magia levanta una nube de polvo a su alrededor, pero aun así Darien puede reconocer perfectamente las ropas, las manos armadas con puñales, los cabellos claros, el rostro pálido que le lanza un vistazo por encima del hombro.

Lleva días teniendo pesadillas con esa figura.

Lleva días, también, preguntándose cuándo volvería a aparecer.

Sus ojos azules lo dejan plantado en el lugar, pero por primera vez no es por miedo ni por odio. Por un segundo, lo único que puede sentir es incredulidad.

—Aléjate —dice Caleb, con la voz más fría que nunca—. No me obligues a ordenártelo.

La muralla de piedra se desmorona antes de que Darien pueda reaccionar y el brujo se limpia el polvo de sus ropas como si lo único que le preocupara es haberse manchado.

—Este lugar empieza a estar demasiado concurrido para mi gusto —comenta con ligereza.

Sin embargo, cuando alza la mirada y se encuentra con su nuevo contrincante, la sonrisa se le congela en la boca. Sus ojos grises emiten un brillo extraño e inhumano, sus pupilas parecen afilarse por un brevísimo instante. Darien traga saliva al darse cuenta, pero Caleb solo se yergue un poco y cuadra los hombros. Siente la tensión en ese cuerpo que lo está cubriendo, puede ver cómo amolda las armas entre los dedos y se prepara para usarlas.

—Esta sí que es una sorpresa inesperada —dice el pelirrojo, y Darien tiene que contener un estremecimiento porque el humor en su voz de pronto es algo ácido, pesado y angustiante—. Cuánto tiempo, Caleb.

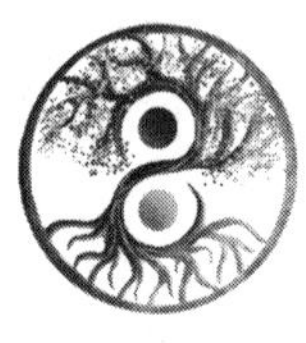

CALEB

Hay recuerdos que se pierden y recuerdos que simplemente se bloquean. Los primeros pueden ser de cualquier tipo y dejan una ausencia incómoda en el fondo de tu cabeza, el hueco de algo importante que estaba ahí, pero que ya nunca más vas a poder alcanzar. Los segundos normalmente son una protección, una defensa de tu propia mente para permitirte seguir adelante cuando cree que no puedes más. Por último, están los recuerdos que tú mismo destierras, esos que te marcan pero que decides convertir en pedazos cada vez más pequeños para que nunca más puedan hacerte daño.

Astrey es uno de esos recuerdos. Caleb comenzó a destrozarlo hace años, para que el deseo de venganza dejara de impedirle pensar en nada más. Sin embargo, ahora que ese recuerdo ha vuelto a unir todas sus piezas y se ha presentado justo ante él, esas ansias que creía haber enterrado por completo reaparecen con fuerza. Las siente corriendo por sus venas, tan cálidas como la sangre que está deseando derramar.

Por un momento, mientras observa ese rostro reconocible, eso es en todo en lo que puede pensar. En sangre. Sangre en el suelo. Sangre en las paredes. Sangre en sus manos…

—¿Caleb?

La voz del celestial a sus espaldas pronunciando su nombre por primera vez es algo lo suficientemente inesperado como para arrastrarlo de vuelta al presente y recordarle dónde está y quién es. Está a punto de girarse hacia él, pero en su lugar lanza un vistazo hacia las figuras que se siguen batiendo, cada vez más rápido, cada vez de manera más furiosa, solo unos pasos más allá. Hasta ahora, su plan estaba funcionando. Solo tenía que esperar a que la elegida de Destino matara al Portador y llevársela sin más, junto a ese chico cuyos poderes sigue necesitando.

Por supuesto, la segunda opción era que la chica fallara en su misión, y estaba preparado para luchar en ese caso. Sin embargo, nunca se había planteado intervenir antes de tiempo y, desde luego, aunque sabía que el Portador iba acompañado de un brujo, jamás se le habría pasado por la cabeza que ese brujo pudiera ser ese fantasma de su pasado que ahora tiene delante. Casi le parece una broma de mal gusto de ese dios al que los celestiales idolatran.

—No esperaba encontrarte por aquí, hermanito. —El aspecto de Astrey ha cambiado durante los últimos años, ha crecido, pero su sonrisa sigue siendo la misma—. Quizá porque estabas muerto la última vez que te vi.

Caleb entrecierra los ojos. Le molesta que su cabeza haya perdido tantos recuerdos y sin embargo vuelva a otros con tanta facilidad, pero no puede dejarse llevar por ellos ahora.

—Como solía decir nuestro maestro, nunca es tarde para aprender algo nuevo —responde con sequedad, mientras se concentra en toda la vida que hay a su alrededor—. La lección de hoy es que a veces los muertos se levantan, así que es mejor asegurarse de que no pueden hacerlo antes de dar por ganada una batalla. Aunque, si te sirve de algo, yo tampoco esperaba encontrarte a ti aquí. ¿Qué haces junto al Portador? ¿El poder de los demonios te ha quedado pequeño y ahora buscas también el del Amuleto?

—Podría preguntarte casi lo mismo —dice Astrey, con un parpadeo inocente—. Parece que tú finalmente decidiste ir por los caminos de Muerte, pero proteges a un celestial… ¿Esto es una consecuencia más de tu mala memoria? ¿Se te olvidan incluso tus lealtades?

Los ojos grises del brujo se dirigen hacia ese chico cuya energía siente justo detrás de él, demasiado inquieta. Escucha su corazón acelerarse de manera tan clara como si lo tuviera metido en su propio pecho.

Caleb se mueve lo justo para cubrirlo un poco mejor con su cuerpo, de manera instintiva. Necesita a ese chico, le ha costado mucho encontrar a alguien como él.

—Seguro que recuerdas que de pequeño no me gustaba nada que tocaras mis cosas: digamos que sigo siendo así.

—Qué comentario tan desagradable, Caleb. —El brujo arruga la nariz—. Las personas no son objetos, pobre chiquillo.

Ese comentario le parece tan irónico viniendo de alguien como él que no puede evitar enarcar las cejas.

—¿No? Qué curioso, yo diría que hace años que tú me enseñaste justo lo contrario. De hecho, durante mucho tiempo te busqué para agradecerte el aprendizaje. Ya me había dado por vencido, así que es una suerte que hayamos vuelto a encontrarnos.

Astrey se lleva una mano al pecho, como si estuviera conmovido.

—¿Tanto me has extrañado?

—Tanto he querido matarte. Parece que hoy los dioses por fin me van a conceder el capricho.

No le da tiempo a responder, porque sabe cuáles son todos los trucos de ese demonio y no le va a dar la oportunidad de usar ninguno. En el pasado, vio luchar a Astrey millones de veces; contra él, sin embargo, solo se enfrentó en una ocasión, y mientras se lanza hacia su cuerpo le parece que vuelve justo a aquel momento. Pero ya no es el niño de aquel día. Hoy no está cegado por la rabia y la tristeza y la incomprensión, sino que está tranquilo, concentrado. Aunque el deseo de venganza sigue bullendo en alguna parte de su pecho, también es consciente de que es un sentimiento inútil, que no va a cambiar nada. Si logra matarlo, lo máximo que conseguirá será una satisfacción placentera pero momentánea, y después el mundo seguirá su curso.

Aun así, sabe perfectamente que Astrey no es una persona fácil de matar, por lo que no le sorprende que esté esperando su ataque y lo desarme con un simple pase mágico o que con otro consiga cortar de inmediato los tallos que convoca con un silbido y que nacen desde el suelo para atarle los pies. Ni siquiera le sorprende la velocidad a la que se encarga de levantar varias piedras del suelo y lanzarlas hacia él convertidas en pequeños filos.

Aunque estaba preparado para algo así, el sufrimiento es intenso cuando le cortan por todas partes, en el pecho, en las piernas, en los brazos. Es una tortura, como si cien espadas lo atacaran a la vez, y todo lo que puede hacer es gritar e hincar una rodilla en el suelo al caer.

—¡Caleb!

La exclamación del celestial tras él sí que le sorprende, pero, se obliga a no mirarlo, a no girarse para repetirle que se aleje cuando percibe su esencia dando un par de pasos hacia él. Ni siquiera lo entiende. A ese chico no debería importarle que pueda pasarle algo. En todo caso, debería alegrarse de que alguien intente encargarse de él, porque así quizá podría recuperar su medallón.

Astrey se acerca mientras él todavía intenta mantener a raya su respiración, con los dientes apretados por el escozor que le provocan los cortes por todo el cuerpo. Caleb ve sus botas cafés, siente su energía (*sus* energías, la humana y la demoniaca) aproximándose más y más. Cuando el brujo se acuclilla ante él, lo obliga a mirarlo al alzarle la barbilla con un nuevo filo de piedra y lo observa con los mismos ojos muertos y oscurecidos que tenía la última vez que lo vio. Su sonrisa también ha cambiado para convertirse en una igual a la que tenía aquella noche, extraña, desviada y fuera de lugar.

Es una sonrisa inhumana.

—Has perdido facultades, Caleb. —La voz del brujo suena más aguda de lo habitual, casi chirriante—. La última vez aguantaste al menos cinco minutos: supongo que el tiempo no pasa igual de bien para todos.

Caleb tensa la mandíbula, pero sostiene su mirada con los ojos entrecerrados y respira hondo.

—No has… aprendido nada…

Astrey ladea la cabeza, con esa expresión antinatural extendiéndose un poco más por su rostro.

—Sí, claro que lo he hecho. Yo no olvido nada, al contrario que tú: tengo que asegurarme de que esta vez mueres de verdad.

Hace años, Astrey le clavó un puñal en el pecho, justo a la altura del corazón, y se marchó.

Hoy, a la vista de que aquello fue insuficiente, hunde el cuchillo en su cuello.

El latigazo de dolor lo atraviesa con la misma precisión. Su corazón pierde un paso al mismo tiempo que la sangre le llena la boca hasta que le sale en un gorgoteo, hasta que cree que va a atragantarse con ella y su sabor metálico lo llena todo. Lo peor es sentir la falta de aire, la manera en la que su cuerpo convulsiona y riega la tierra de ese líquido cálido y espeso que mancha su piel y sus ropas.

Y después...

Después, lo que siente son unas repentinas ganas de echarse a reír. Está a punto de hacerlo, pero al final solo se le escapa una sonrisa empapada en sangre.

A Astrey le cambia la cara en cuanto la ve.

—Como yo decía, no has aprendido nada —se burla.

La sensación cuando levanta una mano para agarrar el cuchillo y arrancárselo de la garganta de un solo tirón es totalmente agónica, pero no importa, porque por mucho que sufra eso tampoco acabará con él. Esa es su bendición. Esa es su condena.

Caleb alza el arma.

NATHAN

El filo le corta la piel.

El dolor le arranca un grito y le hace caer de bruces contra el suelo. Las lágrimas inundan sus ojos, pero no sabe si son una respuesta a la herida profunda que empieza a sangrar en su pierna o a todos los sentimientos envenenados que tiene dentro.

Cuando levanta la vista, ve a esa Lilith borrosa que se define un poco más con cada paso que se acerca a él y que, sin embargo, al margen de lo malditos que estén sus ojos, ya no consigue reconocer. Tampoco se reconoce a sí mismo. No reconoce nada de lo que está pasando entre ellos. En condiciones normales, en esta misma situación, con él tirado en el suelo y con Lilith extendiendo la espada para apoyar la punta sobre su cuello, su amiga le daría una lección («demasiado lento», «demasiado impulsivo», «demasiado incauto») y, después, le tendería el brazo para ayudarlo a levantarse. Él resoplaría y fingiría estar más molesto de lo que de verdad se sentiría, porque en realidad siempre le ha gustado un poco ver a Lilith ganar. Cuando Lilith gana, deja de sentirse insuficiente y compararse con todo el mundo. Cuando Lilith gana, aunque solo sea por un instante, ve en sí misma lo que él lleva toda la vida viendo en ella: a una guerrera fiera e imbatible, una mujer obstinada capaz de hacer cualquier cosa que se proponga.

Pero esta vez, que Lilith gane significa perder para siempre.

—Nunca debiste traicionarnos —dice ella. Su voz ha dejado de ser de ventisca para convertirse solo en una brisa fría, como si el invierno se hubiera cansado de golpear con mucha fuerza. Su expresión misma parece agotada.

Algo en él piensa que tiene razón. Que nunca debió traicionar a nadie, que no debió pensar que su vida podía pertenecerle, que jamás debió creerse con derecho a un poco de libertad. Todo esto es el castigo que se merece, el que él mismo se ha buscado. Esa parte de sí mismo, que en el fondo está demasiado exhausta, le vuelve a decir que se rinda, que reciba la misma condena que Adam e intente hacerlo mejor en la próxima vida. Esa parte es, también, la que permite que se le llenen los ojos de lágrimas y tenga que parpadear para mantenerlas a raya.

Otra parte, sin embargo, no consigue arrepentirse de verdad de nada de lo que ha hecho. No puede arrepentirse ni de un solo segundo con Adam, aunque el precio fueran unas cuantas mentiras. No puede arrepentirse de intentar salvarlo, incluso cuando el precio hayan sido otras vidas. Esa parte le dice que nada debe acabar aquí, que todavía tiene muchas cosas que hacer.

Esa parte es la que siente el Amuleto del Tiempo.

La joya arde contra su pecho y lo llama sin palabras. El tiempo a su alrededor está gritando, está corriendo, está cantándole, y podría estar en sus manos si tan solo aprendiera a controlar el objeto que cuelga de su cuello junto al medallón roto de ese chico al que perdió. El mismo chico que le pidió que viviera. Puede verlo frente a él, translúcido, interponiéndose entre él y su hermana, con Eunomia atravesando su cuerpo exactamente igual que el día que lo mataron.

También puede ver muchas cosas más. El tiempo parece enredarse a su alrededor, rápido y lento al mismo tiempo, y lo ve todo. Se ve parado y en movimiento, se ve luchando y se ve muerto. Todas esas imágenes, que lo atan, que lo ahogan, que lo bloquean, son un granizo de posibilidades que caen sobre él, un mapa lleno de caminos entre los que decidir.

Y sabe perfectamente cuál es el que quiere tomar.

Si no lo hace de inmediato es porque en ese camino hay caos y hay destrucción. En ese camino, él continúa en pie, pero también se pierde un poco más a sí mismo.

En ese camino, deja de usar el Amuleto como una simple herramienta para traer de vuelta a Adam y comienza a usarlo como un arma.

No puede tomar ese camino sin más. Tiene que intentar evitarlo, al menos una última vez.

—No lo hagas, Lilith —le pide, con voz ronca y la mirada incluso más nublada por el llanto que está conteniendo—. Por favor, deja que me vaya.

Sabe que su voz suena a súplica, pero no está implorando por su vida, sino por los pocos resquicios que quedan de las dos personas que un día fueron. Le parece que también hay partes de ellos girando a su alrededor, que puede verlos de niños e incluso de más adultos de lo que son ahora, que escucha risas y conversaciones. Puede ver todos esos pedazos en el rostro de su amiga, incluso. Están ahí, en sus ojos azules, brillantes y enrojecidos.

Por un momento, cuando siente cómo el filo contra su piel tiembla, piensa que lo escuchará. Que todo lo que han compartido alguna vez podrá con ella y pesará mucho más que los secretos, la fe, las mentiras, el destino, la culpa y todas las demás cosas que ahora los separan.

Sin embargo, perdonarle la vida convertiría a Lilith en una traidora. Perdonarle la vida significaría fallar en el cometido que le han dado, y Lilith odia fallar, él lo sabe mejor que nadie. Toda su vida le han enseñado que no tenía derecho a hacerlo, que no podía permitirse ni un solo error, exactamente igual que se lo enseñaron a su hermano.

Así que, por mucho que duela, por mucho que se le termine de romper el corazón, ni siquiera puede culparla del todo cuando decide desechar todo lo que fueron, todo lo que son y todo lo que podrían llegar a ser al respirar hondo y separar la espada de su cuello solo para sostenerla con más firmeza con las dos manos y alzarla. Las últimas luces del atardecer le arrancan al filo un reflejo rojizo, un prefacio de la sangre que está buscando.

—Es demasiado tarde para parecer humano, Portador —dice—. Ya ha quedado claro que solo eres un monstruo.

Nathan cierra los ojos cuando las palabras lo atraviesan.

La espada no llega a hacerlo.

Esta vez es tan fácil como apretar la mano alrededor del Amuleto y rendirse a todo lo que él atrae. Es tan fácil como sentir todo ese tiempo a su alrededor y saber que es suyo, que le pertenece por derecho, que su madre mató por conseguirlo y él matará por usarlo. Es tan fácil como dejar de luchar, como aceptar las palabras de su amiga y enterrar para siempre al Nathan que un día fue. Nathan murió en la basílica hace días. Nathan murió en el mismo momento en el que lo hizo Adam. Nathan ya no existe, y por eso Lilith hoy no lo ha llamado por ese nombre ni una sola vez.

Él es el Portador y, como tal, le ordena al tiempo que se detenga.

Y el tiempo obedece.

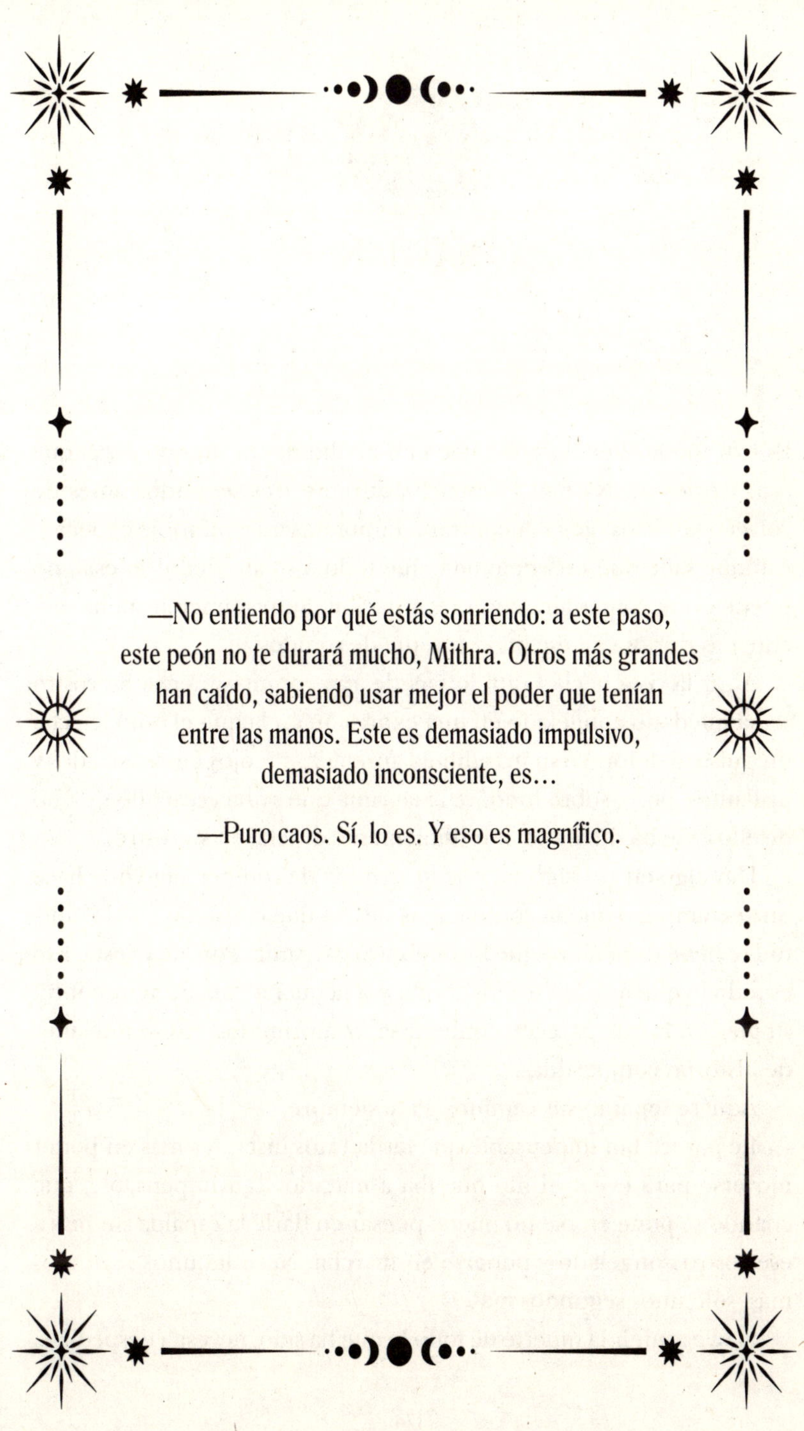

—No entiendo por qué estás sonriendo: a este paso, este peón no te durará mucho, Mithra. Otros más grandes han caído, sabiendo usar mejor el poder que tenían entre las manos. Este es demasiado impulsivo, demasiado inconsciente, es…

—Puro caos. Sí, lo es. Y eso es magnífico.

NATHAN

Es extraño el silencio que queda en medio de un mundo en el que solo existes tú. Nathan lo escucha durante tres segundos antes de volver a abrir los ojos y encontrar a Eunomia casi rozándole el pecho. Aunque sabe que está detenida, que todo a su alrededor lo está, no puede evitar tomar aire con precipitación. Su respiración suena mucho más ruidosa en ese lugar carente de sonidos.

Alzar la vista hacia Lilith lo sacude aún con más fuerza. Su rostro se ha quedado congelado en una expresión en la que el odio le echa un pulso al dolor. Ve su mandíbula apretada, sus ojos entrecerrados y brillantes, pero, sobre todo, ve la lágrima que se ha escapado de uno de ellos y se ha quedado, imposiblemente quieta, en su rostro.

Hay algo en esa lágrima que lo termina de romper, algo que hace que él tampoco pueda contener las suyas y que consigue que la quietud se llene del sollozo que le quiebra la garganta. Porque ya está. Eso es todo lo que queda de ellos ahora: esa pequeña gota de agua contra su piel, en la que parecen contenerse, comprimidos, casi veinte años de historias compartidas.

Aquí se separan sus caminos. Para siempre.

Le parece tan impensable que tarda unos instantes más en poder moverse para evitar el filo que iba a matarlo. Tan impensable, que cuando se pone en pie no puede pensar en darle la espalda sin más a ese rostro congelado y ponerse en marcha. Necesita unos segundos más, solo unos segundos más.

Si va a asumir la muerte de todo lo que ha sido, necesita despedirse.

Cuando extiende la mano hacia la cara de su mejor amiga, su pulgar acaricia su piel para limpiar esa lágrima y quedarse con todo lo que contiene. Después, aunque duda, aunque tiembla, se inclina hacia ella y presiona los labios contra su mejilla. Solo entonces se da cuenta de cuánto tiempo llevaba sin hacer algo así y lo lamenta.

Suele ser así. Siempre se lamentan las cosas que no hiciste cuando estás seguro de que nunca más tendrás la oportunidad de repetirlas.

—Adiós, Lilith.

Su voz es solo un susurro por encima de su beso, aunque sabe que ella nunca va a ser consciente de ninguna de esas cosas. Cuando se separa, se graba su expresión en la memoria una vez más. El odio, el dolor. Sin la lágrima, ya no queda ni rastro de ningún sentimiento bueno hacia él, y sabe que eso también se va a esforzar en recordarlo. Si ella no cree en su salvación, si ella no cree que pueda detenerse o redimirse después de todo lo que ya ha hecho, él tampoco lo hará.

El Portador toma aire y retrocede, alejándose del cuerpo de Lilith un paso, dos, tres. Todavía siente las lágrimas que le arden en los ojos, pero se las limpia y respira hondo. No puede perder más tiempo lamentándose: es hora de aceptar de verdad lo que ha pasado, es hora de renunciar a algunas cosas. Tal vez su vida habría sido más fácil si lo hubiera hecho antes, en vez de intentar tenerlo todo. Solo se permite mirar alrededor un instante más, porque quiere despedirse de Darien también. Quiere pedirle perdón y decirle que nada ha sido culpa suya, porque es el tipo de persona que siempre piensa en lo que está en sus manos para evitar una situación y no quiere cargarle más pecados. Ya le cargó con uno que no le correspondía durante demasiado tiempo.

Encuentra a su amigo a una distancia demasiado grande como para poder distinguir algo más que el borrón de su silueta. Está cerca de Astrey, lo sabe porque reconoce su cabello anaranjado. Lo que no tiene ningún sentido es que haya una tercera figura junto a ellos, vestida de negro. No sabe de dónde ha salido esa sombra y apenas puede diferenciarla, pero no le gusta. Al menos, ahora que el tiempo está en sus manos, puede hacer algo. Puede acercarse y ver la escena de cerca y cambiarla a su antojo como si fuera un titiritero, puede…

Todavía te queda mucho por aprender, Portador.

Esa voz que llevaba días sin oír lo deja congelado en el lugar. Solo un instante después, el tiempo que sentía estable a su alrededor parece crujir, llenarse de sonidos y brechas. Se está resquebrajando, intentando luchar contra su control.

—No, espera —masculla, frustrado, mientras alza sus manos hacia el Amuleto. Arde. Arde y las manecillas del reloj vuelven a girar a toda velocidad, pero aun así lo aprieta con fuerza—. Dame un poco más. Solo un poco más. Necesito…

Pero el tiempo se sacude entre sus dedos, revolviéndose como una culebra escurridiza.

Y, finalmente, escapa de él.

LILITH

Eunomia se clava en la tierra y Lilith tarda un segundo en comprender lo que ha sucedido. Como ocurrió en la basílica, es solo eso: un segundo. En un instante tenía al Portador a su merced y en el siguiente, no, y eso es lo único que necesita para levantar la mirada y buscarlo, tan ansiosa como llena de furia. Lo ve varios pasos más allá, con el Amuleto entre las manos y el ceño fruncido en una expresión de frustración que reconoce perfectamente. Es la expresión que pone siempre que algo que no sale como él quiere, la ha visto en mil ocasiones antes.

Sus miradas chocan cuando él también se fija en ella. Si sentía algún resquicio de pena por él, se evapora en ese mismo momento, porque no hay ni un asomo de arrepentimiento en su expresión.

—Tú...

Pero las palabras mueren en su boca antes de que consiga invocarlas, porque el mundo se sacude entonces y ella se tambalea. Aprieta los dientes, furiosa, mientras observa las cicatrices que se abren en el suelo y oye el ruido que hace la montaña al temblar, como si despertara después de un largo sueño.

No importa, no va a dejar que eso la detenga. Si ese demonio cree que ese pequeño truco va a volver a salvarlo, que ella va a temer el caos que puede crear, está muy equivocado. Sus dedos se aprietan con más fuerza alrededor de la empuñadura de su espada y jala para arrancarla del suelo.

El chasquido que escucha entonces le hiela la sangre. Es un sonido mucho peor que el de la piedra al desperezarse y sacudirse, mucho más aterrador que el mundo empezando a romperse a su alrededor una vez más. Pero no puede ser. Ha tenido que imaginárselo.

Lilith vuelve a jalar la espada. Tiene que hacerlo, aunque sienta el corazón detenido. Esta vez, consigue sacarla de la tierra, tambaleándose por la fuerza con la que lo hace y por la manera en la que todo se mueve a su alrededor. Aun así, ella solo tiene ojos para una cosa, mientras alza su arma a contraluz.

El filo de plata destella mientras una pequeña brecha comienza a extenderse por él.

—No —jadea. Su voz es una súplica, un rezo.

Pero su dios parece haber dejado de escucharla.

Con una última queja del metal, Eunomia se rompe en mil pedazos.

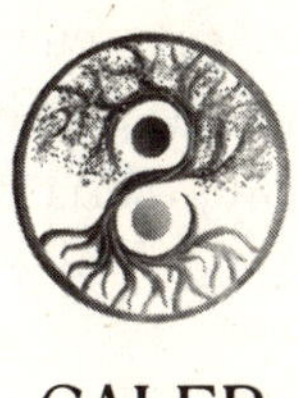

CALEB

La forma en la que la tierra se sacude es lo único que le hace fallar y provoca que el cuchillo que tiene en la mano se clave en el hombro de su contrincante en vez de en su corazón. El gruñido que deja escapar Astrey ni siquiera llega a resultarle tan satisfactorio como esperaba, porque el mundo empieza a temblar, el suelo empieza a fracturarse bajo él, y sabe perfectamente lo que eso significa. Lo siente en la energía a su alrededor, que de pronto parece alterada, retorcida, como si estuviera intentando volver a ponerse en su lugar después de que alguien la hubiera descolocado.

Y es evidente quién es la única persona que puede hacer algo así.

Astrey y él alzan la vista hacia el Portador al mismo tiempo. Lo ven unos pasos más allá, intentando mantener el equilibrio, bloqueado a medio camino entre ellos y esa chica que ha ido a matarlo y que ahora está arrodillada en el suelo, entre los pedazos de una espada destruida. Es eso lo que lo distrae, por un segundo. Porque no lo entiende, y detesta las cosas que no entiende. No tiene ningún sentido que un objeto como ese se rompa y, al mismo tiempo, recuerda haber pensado que esperaba mucho más de la energía de esa espada ancestral…

—¿Es falsa? —murmura, sin pensar.

—¡Lilith! ¡Nathan!

El grito ansioso de Darien lo devuelve de golpe a la realidad. Lo ve pasar por su lado, cojeando pero a la carrera, en un intento desesperado por alcanzar a sus amigos mientras el suelo se resquebraja.

Eso es también lo que hace que su rival vuelva a reaccionar.

Para cuando se gira hacia Astrey, en tensión, ya es demasiado tarde. No tiene tiempo de hacer nada para evitarlo: con la ayuda de una ráfaga de aire enfurecida, el brujo lanza al celestial por los aires y, solo un segundo después, a él.

DARIEN

Su cuerpo cae al suelo de espaldas y da varias vueltas por el terreno irregular antes de detenerse. A su alrededor, el lugar se ha convertido en un absoluto caos, como si hubieran dejado a mil demonios campar a sus anchas por la montaña. Oye gritos, oye el retumbar de la piedra y la tierra, parecido al rugido del trueno. Cuando se incorpora, casi sin aire, encuentra una niebla hecha de polvo por todas partes que le impide situarse al principio, pero de pronto se da cuenta de lo cerca que ha quedado del borde de la montaña, lo cerca que está de caer al vacío.

Darien jadea y se apresura a alejarse a gatas del límite del abismo, mientras el resto del mundo colapsa. Ve los dedos de roca, en los que se fijó al llegar, quebrarse y derrumbarse como si estuvieran hechos de arena. La visión lo deja completamente helado, con el corazón latiéndole como loco contra el pecho. Es todavía peor que en la basílica, porque al menos aquella era una construcción humana, podría haberse venido abajo con el tiempo, no estaba destinada a aguantar eternamente. Las montañas, en cambio, llevan en el mapa desde tiempos inmemoriales y parecía que fueran a ser eternas.

Pero nada escapa al poder del tiempo.

Bajo sus manos, las grietas se ramifican como el dibujo de un árbol. El suelo tras él ruge y, cuando mira por encima de su hombro, lo hace a tiempo de ver cómo la parte de la explanada más cercana al borde de la montaña cae al vacío. En cuanto eso pasa, otro trozo de terreno lo sigue.

La destrucción avanza y es mucho más rápida que él.

Está tan aterrorizado que siente su cuerpo al borde de la parálisis, pero se niega a quedarse quieto y se pone en pie a toda prisa, pese al dolor en su tobillo. No puede acabar así. Nada de esto tenía que acabar así. Tiene que ayudar a Lilith y a Nathan. Tiene que…

Darien grita cuando el suelo desaparece bajo uno de sus pies, solo un segundo antes de que pase lo mismo bajo el otro. Lo único que puede hacer en ese momento es extender los brazos y clavar las manos en la tierra, mientras sus piernas cuelgan sobre el vacío. Aunque intenta auparse por el borde, la tierra y la piedra parecen demasiado frágiles bajo su peso y lo único que consigue es que las pequeñas piedras sobre el terreno le puncen las palmas y debajo de las uñas, mientras la gravedad intenta jalarlo y arrastrarlo hacia abajo.

No, no, no. No tenía que ser así. Tenían que vivir. Todos. Nathan, Lilith, él. Adam.

Todos, todos, todos.

Pero ninguno de ellos va a hacerlo. Quizá esa sea la lección, quizá todos tenían que aprender lo limitado que es su tiempo, pero le parece una lección muy cruel. Darien cierra los ojos con fuerza y trata de impulsarse arriba, sin éxito. Un sollozo se le escapa de los labios.

Sus dedos se escurren…

… Y una mano se aprieta alrededor de su brazo y lo jala.

Sabe quién es antes incluso de verlo con los dientes apretados, agarrado a una roca que sobresale del suelo. Lo reconoce porque toda su piel se eriza por el contacto y, casi al mismo tiempo, su pasado lo asalta.

—¿Qué hiciste?

Astrey gira la cabeza para fijarse en mí por encima de su hombro, pero yo solo tengo ojos para el cuerpo caído a sus pies. La sangre que lo mancha todo, desde el suelo hasta las paredes de este hogar. Nuestro hogar. El lugar en el que ambos hemos crecido.

El puñal que todavía lleva en la mano gotea sangre, pero lo limpia contra su ropa como si fuera solo agua. Cuando por fin consigo mirar en su rostro, incrédulo, horrorizado, con lo que me encuentro es con la sonrisa. Es la más horrible que le he visto nunca. Es una mueca, como si no tuviera verdadero control sobre su boca. Es un gesto desubicado, ajeno y retorcido; no puede estar realmente ahí. No puede estar sonriendo después de lo que hizo.

No puede sonreír mientras el cuerpo de nuestro maestro, de ese hombre que era poco menos que nuestro padre, descansa a sus pies.

—Lo que debía hacer para convertirme en lo que quiero ser.

El recuerdo los desestabiliza a ambos. Incluso en medio del caos de la montaña, de pronto todo lo que Darien puede ver es la sangre sobre ese suelo de madera, colándose entre los tablones alrededor del cadáver. Alrededor de los pies del brujo. En el cuchillo. En su ropa. En un borrón que le mancha la mejilla.

Caleb aprieta los dedos en torno a su brazo, en un intento de afianzar su agarre, pero Darien lo siente estremecerse. Lo siente temblar, no sabe si por el esfuerzo o por la visión, y lo único que puede hacer él es sujetarse a ese chico y pensar que lo arrastrará consigo a donde quiera que vaya.

Si está condenado a morir, que sea cerca de su medallón, de su alma, de la promesa que le hizo a su dios.

Incluso cuando el suelo se deshace debajo de ellos, no lo deja ir.

NATHAN

Una vez más, él no pretendía levantar ese caos a su alrededor. Una vez más, solo estaba pensando en el presente, pero no puedes controlar el tiempo si no eres muy consciente del pasado y el futuro también. Y Astrey se lo advirtió: un pequeño movimiento equivocado en la montaña podía provocar sin querer un desprendimiento.

Lo recuerda demasiado tarde. Siempre es demasiado tarde.

Mientras la piedra ruge a sus pies, Nathan siente que la calma y la seguridad que había conseguido reunir se le escapan tanto como esa energía revoltosa que se supone que tiene bajo su control.

—¿Por qué haces esto? —le grita al Amuleto, tambaleándose—. Esto no es lo que yo quería, esto no es…

Si quieres llegar a usar el tiempo a tu favor, tienes que saber a qué se lo quitas, Portador. Ningún poder está libre de costo.

Nathan aprieta los dientes, sin saber qué hacer. Querría poder utilizar su poder de nuevo, pero no sabe si eso será peor, en estas circunstancias. Si solo perdió unos pocos segundos y esto está pasando, ¿qué pasaría si lo usara otra vez? ¿Qué pasaría si…?

Vuelve a mirar alrededor, inquieto, sintiendo que esta vez el tiempo se está riendo de él y enredándose en su ropa mientras le canta una cuenta atrás para que tome una decisión. Su mirada vuelve hacia Darien, a quien ve acercarse corriendo, y después corre hacia Lilith. Aunque todo se está moviendo, aunque todo tiembla, ella se ha quedado muy quieta, observando de rodillas los restos de su espada destruida. Eso tampoco tiene sentido: Eunomia no debería romperse, ni siquiera ante el poder del Portador, porque se ha enfrentado a él mil veces antes, ha ganado contra él mil veces antes. No lo entiende, pero decide que da igual. Lo único que importa ahora es que Lilith tiene que moverse, *debe* moverse, porque si se queda ahí…

Una grieta se abre muy cerca de donde está la chica, extendiéndose como una serpiente que repta, rápida y letal, hacia ella. Nathan abre mucho los ojos cuando se da cuenta y el pánico lo hace apresurarse en su dirección, porque puede haber aceptado despedirse de esa chica a la que un día consideró su mejor amiga, su alma gemela, la persona que lo ha acompañado desde que tiene memoria, pero una cosa es despedirse de un vivo y otra, de un muerto.

—¡Lilith!

Su grito llega hasta ella, pero sus pasos no, porque entonces el suelo vuelve a temblar y él, con su pierna herida, sangrante, pierde el equilibrio. En alguna parte, oye a Shiraz emitir un graznido y, después, la voz de Astrey gritando su nombre, pero él solo tiene ojos para la manera en la que Lilith levanta la mirada hacia él. Ya no hay odio en su expresión, ya no hay dolor. En esa cara que se atrevió a besar hace solo unos minutos únicamente está la desolación que sientes cuando te quedas sin nada.

En un impulso, extiende la mano hacia ella. Es un reflejo del pasado más que un movimiento consciente, un último intento de alcanzarla a pesar de todas las distancias que los separan.

Pero es inútil.

LILITH

Lo último que ve son los dedos de Nathan extendidos hacia ella, pero ahora sabe que nunca estuvo destinada a caminar de esa mano. Lo último que piensa es que Eunomia se rompió, así que quizá nunca debió empuñarla.

Lo último que siente es el suelo abrirse bajo sus pies.

Lilith cierra los ojos.

Llevaba toda la vida esperando una oportunidad, una misión, un objetivo. Pero lo único que queda en sus últimos momentos es la certeza de que no importa lo mucho que confiara, la fe que tuviera o lo dispuesta que estuviera a sacrificarse. Al final, solo queda el sentimiento de fracaso.

Y la seguridad de que ha llegado al final del camino.

IV

TIEMPO MUERTO

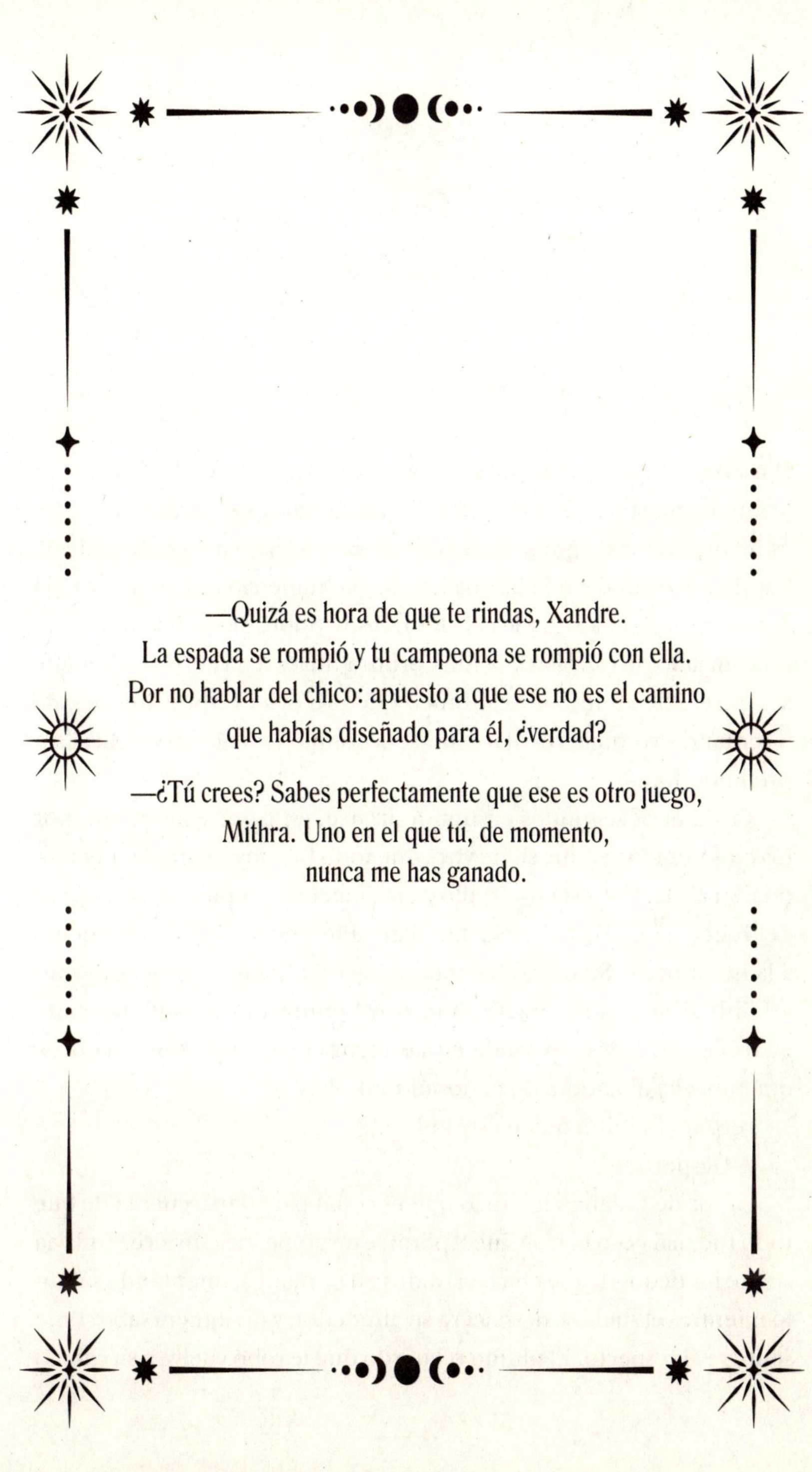

—Quizá es hora de que te rindas, Xandre.
La espada se rompió y tu campeona se rompió con ella.
Por no hablar del chico: apuesto a que ese no es el camino
que habías diseñado para él, ¿verdad?

—¿Tú crees? Sabes perfectamente que ese es otro juego,
Mithra. Uno en el que tú, de momento,
nunca me has ganado.

DARIEN

Darien se despierta con la sensación de que sigue cayendo. El corazón le late como si quisiera escapársele por la boca, y su primer impulso es incorporarse de golpe y asegurarse de que hay suelo debajo de él. Sus dedos reconocen la hierba helada, la humedad que le traspasa la túnica y los pantalones y le cala los huesos. Sobre él, el cielo nocturno está cuajado de estrellas y la luna brilla a través del velo de nubes que la cubre. Por un instante, lo único que oye es su respiración pesada intentando volverse regular y un sollozo que le llega a los labios sin pretenderlo.

Tarda unos segundos en tranquilizarse, en pasarse las manos por los ojos y entender que sigue vivo, que todo fue una pesadilla. El mundo a su alrededor está tranquilo y en silencio, excepto por el crepitar del fuego, con el que ya está familiarizado después de tantas noches a la intemperie. Su mirada se mueve hacia la hoguera, esperando ver a Lilith al otro lado, practicando con Eunomia o sentada haciendo guardia, con la vista perdida en las llamas y esa expresión taciturna que no la ha abandonado en los últimos días.

Pero no es Lilith quien está ahí.

—Despertaste.

La voz de Caleb es lo único que necesita para darse cuenta de que todo fue real y eso lo hace incorporarse de golpe, casi sin aire. Todavía siente los dedos de ese chico clavados en su manga, intentando salvarlo mientras el suelo se deshacía a su alrededor, y ni siquiera sabe cómo sentirse al respecto. El último recuerdo que le robó vuelve a su cabeza también. Había muchísima sangre. Había horror y dolor y pérdida... El hombre muerto en el suelo era como un padre para él, y eso le recuerda que su verdadero padre también murió en circunstancias parecidas, asesinado a sangre fría. ¿Cuántas personas importantes puedes perder de forma tan terrible antes de dejar de sentir? Antes de convertirte en alguien como ese chico que lo está mirando con calma ahora, sentado junto al pequeño fuego. Alguien frío y mordaz y dispuesto a todo por conseguir un objetivo.

Un escalofrío corre por su espalda, pero trata de ignorarlo y centrarse al lanzar una mirada ansiosa alrededor, esperando encontrar a alguien más con ellos. A Nathan. A Lilith.

Pero están solos. Cayeron juntos y...

No, no es capaz de recordar nada más.

Cuando intenta ponerse de pie, se da cuenta de que ya no le duele el tobillo.

—Me curaste.

Es posible que suene más a acusación que a agradecimiento.

—¿Preferías morir desangrado? —Caleb hace un gesto con el mentón hacia su cabeza—. Intenté protegerte, pero te golpeaste. Las heridas no parecían demasiado profundas, tal vez no te habrían matado, pero no podía arriesgarme.

Porque lo necesita vivo. «De pequeño no me gustaba nada que tocaras mis cosas», le dijo a ese brujo. Y él es un juguete demasiado preciado para permitir que se rompa, ¿verdad? Eso es todo. Ese chico no lo salvó por amabilidad, ni en esta ocasión ni en ninguna otra. Cada vez que lo ha ayudado lo ha hecho por interés, porque considera que su vida solo puede estar en *sus* manos, en las de nadie más.

Todo el agradecimiento que pudiera sentir se le congela en las venas.

—Supongo que tu vida, en cambio, nunca ha corrido peligro —masculla.

El brujo dijo que lo había matado, supone que justo después de asesinar al hombre del recuerdo. Y él mismo pudo ver cómo todos esos filos cortaban su cuerpo y, después, la herida mortal en su cuello.

Durante un segundo, hasta temió por él, algo que ahora le parece ridículo. Pero creyó que lo estaba viendo morir, porque es lo que debería haber pasado, porque nadie debería poder sobrevivir a algo así.

No puede evitar fijarse en él. Su ropa está hecha un desastre y su piel sigue llena de sangre seca, pero su cuerpo está intacto. También recuerda cómo él mismo le hizo el corte en la mejilla en aquel callejón y cómo desapareció sin dejar siquiera el más mínimo rastro.

No es normal. Ni siquiera para un necromante, que se supone que están llenos de tatuajes precisamente porque esa es la marca que queda de sus heridas, como si sus cicatrices se llenaran de tinta. Ahora que se fija, sin embargo, Caleb no tiene ninguno de esos tatuajes a simple vista.

—Ya te advertí que había muchas cosas de mí difíciles de entender —le dice el chico.

Darien frunce un poco el ceño, pero no sabe si quiere seguir preguntando. ¿Eso significa que él tampoco entiende cómo su cuerpo puede hacer algo así y está intentando encontrar respuestas en su pasado? ¿Qué se supone que es? ¿Inmortal? Ni siquiera los Originales son totalmente inmortales: incluso la vida de Tiempo acabó hace más de un milenio, aunque para ello se necesitara una espada sagrada.

Está a punto de hacer todas esas preguntas, pero, al final, decide que no va a perder ni un segundo más pensando en él. Hay muchas otras cosas que le importan, muchas otras personas que sí que merecen su preocupación. Sus ojos buscan las señales del desprendimiento y las encuentra no mucho más allá: las piedras amontonadas, la tierra movida. La silueta de las montañas se adivina contra el cielo y traga saliva al pensar en la caída.

Debería estar muerto, no hay ninguna duda. Pero lo que más le preocupa no es su propia vida, sino las de las personas que estaban allí arriba con él. Recuerda intentar alcanzar a su prima y a su amigo y, después, ser lanzado muy lejos de ellos. Tiene que buscarlos.

Apenas ha dado un par de pasos hacia delante cuando Caleb vuelve a hablar:

—No vas a encontrarlos.

Su voz suena lúgubre, seca. Suena a que sabe algo que él no. Se gira de inmediato para mirarlo.

—¿Cómo dices?

El necromante ni siquiera lo mira: con tranquilidad, lanza una pequeña rama para alimentar la hoguera. El fuego da un brillo extraño a sus ojos turquesa. La sangre seca en su cuello, en su cara, en su ropa, le hace parecer salido de una de sus pesadillas.

—Estoy seguro de que el Portador sigue con vida, pero Astrey debe de habérselo llevado ya lejos de aquí —explica Caleb, con la mirada fija en las llamas—. Y no va a dejar que nadie vuelva a acercarse a ese chico fácilmente, te lo aseguro. Lo conozco: si no lo ha matado todavía para hacerse con el Amuleto, es porque lo necesita para algo.

Darien frunce el ceño, pero no puede quitarle la razón. El brujo parecía demasiado interesado en descubrir lo que Nathan podía llegar a hacer con el poder del tiempo. Quería ponerlo a prueba y asegurarse de que permanecía de su lado…

—De todos modos, no me parece lo más inteligente por tu parte ir a buscarlo. Ya viste lo que hizo… otra vez. Y, en esta ocasión, no intentaba salvar la vida de nadie. Quizá, como mucho, la suya propia.

El golpe es certero y lo deja un poco tambaleante. Es cierto. Usó el Amuleto, de nuevo, y contra Lilith… Pero ella no le dejó otra opción. Él mismo se lo dijo a Astrey: solo con una espada, Nathan jamás podría haberla vencido.

—Nathan está perdido —replica, aunque la voz le sale más insegura de lo que le gustaría esta vez—. No sabe lo que está haciendo. Está dolido y piensa que perdió su hogar y…

—¿Y no es cierto? ¿Crees que alguien va a darle la bienvenida de vuelta en su reino sagrado? —Caleb, ahora sí, levanta la cabeza para clavar su mirada en la suya, y Darien se queda sin respiración—. Probablemente se dio cuenta de que nada iba a volver a ser igual en cuanto tu prima se lanzó por él.

—Lilith solo necesita…

—Esa chica está muerta, celestial.

Darien siente cómo el corazón le cae en picada hasta los pies. Caleb pronuncia esas palabras como si fueran un hecho, pero no sabe lo que dice. La última vez que ambos vieron a Lilith ella estaba viva, y tiene que seguir estándolo. Si él sobrevivió, aunque fuera con ayuda, ella también. Ella…

—No, no lo está —asegura—. No tienes ni idea.

Y no va a seguir escuchándolo. Por eso se da la vuelta de nuevo, dispuesto a ir en busca de su prima y de su amigo. Va a encontrarlos y después…

Después, ¿qué? ¿Qué ha sido capaz de hacer hasta ahora? Nada. Nada en absoluto.

—Puedo sentirlo, celestial. —La voz del necromante le hace detenerse de golpe otra vez, como si hubiera escondido una orden entre sus palabras—. La vida de tu prima se apagó. En esta montaña quedan animales, insectos, vegetación… pero ella no está. No siento su energía por ninguna parte.

No. No puede creerse nada que salga de esos labios. Llevan toda una vida repitiéndoselo: la gente que vive más allá de las murallas del Sacro Reino de Daiva aprende a hablar con mentiras, aunque a él le sorprenda que puedan llegar a ser tan crueles.

—Su vida no le pertenece a tu diosa —le señala, con la voz ahogada, sin dejar de darle la espalda—. Su alma le pertenece a Destino y por eso no puedes sentirla.

—Siento la tuya. Te sorprenderías si supieras lo alto y claro que oigo tu corazón, Darien. —Él se estremece con esa confesión, asqueado ante la idea. Le parece algo aberrante, invasivo, y lo hace demasiado consciente de sí mismo—. Y he percibido a tu prima hasta ahora, cada día que los he seguido, pero ya no lo hago.

—Estás mintiendo.

—Solo miento cuando puedo ganar algo con ello. Y ahora no gano nada.

No. No, no, no. No quiere seguir escuchando. No va a hacerlo. Quiere alejarse, demostrarle que nada de lo que salga de sus labios puede tener poder sobre él, pero sus pies no le obedecen. Su cuerpo se ha convertido en piedra y, aunque es una sensación parecida a estar bajo una orden dada con el medallón, sabe perfectamente que esta vez ni siquiera puede echarle la culpa a Caleb.

Oye sus pasos tranquilos detrás de él y sabe que se está acercando.

—A mí esa chica también me servía más viva que muerta —continúa el necromante—. El único que está engañando a alguien aquí es tu dios, celestial: ha jugado con todos nosotros al darle esa espada falsa a tu prima y lanzarla contra el Portador. Le hizo creer que tenía un gran propósito y la mandó contra su amigo...

—Cállate.

—Me pregunto si esperaba que el chico se volviera contra ella o si de verdad tenía alguna esperanza de que tu amigo se rindiera sin más.

—Cállate.

—Sea como sea, la usó, y ahora está muerta.

—¡¡Cállate!!

Algo explota en su pecho. Algo tan fuerte como el poder del Amuleto del Tiempo e igual de destructivo. Sea lo que sea, lo arruina por dentro y hace que se derrumbe, con un sollozo que desearía que Caleb no escuchara. La vista se le nubla y lo siguiente que nota es que las lágrimas, cálidas, se le desbordan. Duele. Duele demasiado y ni siquiera sabe si es solo por Lilith. Porque no, claro que su prima no está muerta, *no puede* estarlo pero, como mínimo, está desaparecida, y aceptarlo significa darse cuenta también de todo lo que ha perdido en los últimos días. Todo lo que no va a poder recuperar, porque, por mucho que lo intente, ya no puede seguir negando que su mundo ha cambiado. Lo hizo en el mismo momento en el que Adam murió, puede que incluso antes, aunque él no quisiera verlo. Todo empezó a ser distinto en el momento en el que Nathan y su primo se enamoraron y, por primera vez, quiere odiarlos un poco por ello y se odia a sí mismo por no haber hecho nada al respecto cuando pudo. Ahora todos están sufriendo las consecuencias. Ahora la vida que tanto valoraban nunca va a volver.

Durante años, sus amigos han sido todo lo que ha tenido. Sus padres lo abandonaron cuando era tan pequeño que ya ni siquiera recuerda sus rostros su tía nunca lo ha considerado más que una carga, pero a ellos les importaba de verdad. Adam siguió tomándolo de la mano durante un tiempo, después de que el resto del mundo se apartara, dejándole claro que no tenía secretos para él. Nathan siempre conseguía animarlo con su ironía y ponía en palabras todos los insultos hacia su dios que en ocasiones a él le pasaban por la cabeza pero que nunca se atrevía a pronunciar. Lilith, por su lado, era quien siempre le devolvía la fe cuando estaba a punto de perderla.

No quiere renunciar a ninguna de esas personas. No puede, porque ni siquiera sabe quién es sin ellos. El mundo parece un lugar oscuro y aterrador si no los tiene, y ni siquiera su confianza en Destino parece poder ayudarlo esta vez, porque no entiende cómo puede haber un camino delante de sus pies si ellos no van a estar a su lado para recorrerlo.

¿De qué le sirve seguir en ese mundo si todas las personas a las que quiere desaparecen?

Otro sollozo se le escapa de los labios, todavía más roto. Todo su cuerpo tiembla y él se deja caer de rodillas en la tierra, mientras se tapa la cara en un intento de detener el llanto. Lo único que quiere hacer es permanecer así hasta que amanezca o hasta que todo se apague a su alrededor de una vez por todas. Necesita una señal. Necesita que algo le diga qué es lo siguiente que tiene que hacer. Necesita un milagro.

Pero lo único que siente es la presencia de ese chico detrás de él, a tan solo unos pasos, y después justo delante. Sus botas negras aparecen en su campo de visión, nubladas por las lágrimas, y una parte de él desea descargar todo lo que tiene dentro contra él. Le gustaría ser más como Nathan y Lilith y luchar, alzar su espada y gritarle y vomitar así todo ese dolor y toda esa pena que lo están devorando desde dentro.

En su lugar, con voz rota, sin siquiera mirarlo, solo puede decir:

—Tendrías que haberme dejado morir en la basílica.

Su voz suena muy cansada, porque él mismo lo está.

—¿Preferirías estar muerto? —murmura Caleb.

—Sí.

Su respuesta no suena más alto que el chisporroteo del fuego. También le gustaría ser como esas llamas y poder desaparecer poco a poco. Necesita que el dolor se extinga.

Por unos segundos, solo oye eso: su llanto, sus jadeos. Después, Caleb se mueve. Lo ve hincar una rodilla junto a él y desenvainar una de las dagas que esconde entre las ropas. El filo brilla a la luz de la hoguera cuando lo gira entre sus dedos y le ofrece la empuñadura.

—Adelante. Si es lo que deseas, puedes acabar con todo. El cuello es la manera más rápida.

El chico observa el arma que le tiende el necromante, sin aliento. Hace que suene muy fácil, pero darse muerte a uno mismo es un pecado terrible, y que Caleb lo sugiera no hace más que reforzar esa idea de que ese hereje no sabe nada sobre él ni los suyos. Una cosa habría sido morir después de que lo apuñalara, dejar que aquel brujo lo matara o permitir que el abismo se lo tragara, pero Darien no puede aceptar ese puñal.

Sacude la cabeza y se echa un poco hacia atrás.

—Acabar con mi vida va... contra los preceptos de Destino —dice, horrorizado—. Si lo hago, nunca podré… —Traga saliva— nunca podré entrar a su Corte.

Caleb ladea la cabeza, con las cejas enarcadas. Es evidente que no siente ningún tipo de respeto hacia sus creencias, pero en esta ocasión contiene sus opiniones.

—¿Quieres que lo haga yo, entonces? —De nuevo, el filo gira entre sus dedos. La empuñadura encaja perfectamente en su mano—. Puedo hacerlo, pero tendrás que pedírmelo, celestial. Dilo. Di: «quiero morir», y yo cumpliré tu deseo.

La risa que se le escapa a Darien es amarga, ronca.

—No, claro que no vas a hacerlo; me necesitas vivo. Por eso me has salvado hasta ahora, ¿no es cierto?

—Sí, pero también lo hice porque ninguna de esas muertes habrían sido tu decisión. Esto es distinto.

—¿Por qué?

—Porque soy cruel, pero no lo suficiente para negarle ese deseo a nadie.

Darien se estremece. Una parte de él quiere hacerlo. Una parte de él quiere… paz. Quiere dejar de sentirse perdido, de luchar batallas que ni siquiera cree que pueda ganar: la batalla para recuperar su medallón, la batalla para controlar sus poderes, la batalla para salvar a Nathan. Cada mañana desde que se despertó en la enfermería se ha sentido como si estuviera a punto de ir a la guerra, y no sabe cuánto tiempo más va a poder soportarlo.

A la hora de la verdad, sin embargo, solo puede recordar a Nathan el día de la boda, antes de que la ceremonia comenzara. «Mientras esté vivo, todavía me queda tiempo». Y el tiempo está lleno de esperanza y posibilidades, y está seguro de que él no lo perdonaría por desperdiciar el suyo. Ni él, ni Adam, ni Lilith. Ni siquiera, probablemente, su dios.

Así que niega con la cabeza y se levanta, dando un paso atrás para poner todavía más distancia entre ellos. Caleb tiene la vista clavada en él, pero asiente y envaina el arma mientras se pone en pie.

—Avísame si cambias de opinión. Te haré el favor.

Suena a promesa, una demasiado solemne para ser tan macabra. Darien traga saliva, pero se niega a decirle que jamás va a pedirle nada, porque ni siquiera va a quedarse cerca de él si puede evitarlo. Por eso, precisamente, vuelve a echar a andar en la dirección contraria.

—¿A dónde crees que vas?

—A buscar a mi prima.

Puede ser que el necromante se equivoque, *tiene* que equivocarse. Pero, más allá de eso, si Lilith está ahí fuera… necesita encontrarla. Necesita verla con sus propios ojos. Si Lilith está… No, no quiere ni pensarlo. Pero todos los celestiales desean que su cuerpo se queme, que se les despida con el rito adecuado, para que puedan marcharse en paz a vivir su siguiente vida como celestes.

Si lo peor ha pasado, eso es lo mínimo que su prima merece.

—Por ella ya no puedes hacer nada —le responde el necromante, de nuevo demostrando no entender sus costumbres—. Pero quieres volver a ver al Portador, ¿verdad? Podríamos colaborar.

Eso sí que consigue que se gire a medias hacia él, incrédulo.

—¿Qué?

—Tú quieres volver a ver a tu amigo y yo necesito la colaboración del Portador para… un asunto. Los dos queremos encontrarlo.

—Queremos encontrarlo para cosas muy distintas: tú solo quieres usarlo para… ¿Para qué? No me lo has dicho todavía y sigo sin comprenderlo.

El necromante se encoge de hombros mientras avanza hasta que ambos vuelven a estar a solo un par de pasos.

—Sigue sin ser asunto tuyo. De todos modos, lo importante ahora es que parece que eres lo único que le queda a ese chico de la vida que un día tuvo, de ese hogar que tú mismo dices que está seguro de haber perdido —continúa—. Me pregunto qué hará cuando escuche que el único amigo que nunca le dio la espalda está encerrado en el palacio de Odelia.

Durante un momento, Darien ni siquiera entiende lo que le está diciendo, como si ese chico hubiera empezado a hablar en una lengua que no puede descifrar. Pero, cuando lo hace, palidece y se siente estúpido, porque ha bajado demasiado la guardia.

—No sé de qué estás hablando, pero no voy a ir contigo a ninguna parte. No…

Caleb ladea la cabeza. Su expresión no cambia, igual de desinteresada que siempre. Tal vez mientras le ofrecía el puñal hubo algo de humano en ella, pero, fuera lo que fuera, ya no está ahí.

—Que te haya dado elección sobre tu muerte no significa que tengas elección en otras cosas, celestial —le recuerda, mientras sus dedos se alzan hacia el medallón que sigue colgando de su cuello. Darien *siente* el momento en el que acaricia el oro—. ¿Cómo va a ser esta vez? ¿Por las buenas o por las malas?

A estas alturas debería saber que no tiene ningún sentido resistirse. Que puede hacer lo que quiera con él, que cuando dé la orden ni siquiera va a poder luchar. Aun así, no quiere ceder.

—No voy a ir contigo a ninguna parte —repite, marcando cada una de sus palabras.

Caleb asiente, como si hubiera esperado esa respuesta.

—Por las malas, entonces. —Darien siente otro escalofrío mientras esos dedos lanzan una nueva caricia sobre el metal—. Pero no te preocupes, apenas te enterarás del viaje. *Duerme, Darien.*

De todas las órdenes que esperaba recibir, esa es probablemente la que más le sorprende. Como siempre, quiere luchar, pero su cuerpo deja de responderle.

—No. No, espera. No puedes...

Pero el resto de su frase no es más que un murmullo ininteligible. Sus párpados quieren cerrarse en contra de su voluntad, sus músculos se relajan y sus piernas dejan de sostenerlo. Siente que cae, pero también que unos brazos firmes evitan que acabe en el suelo.

Un recuerdo que no es suyo se mueve en los límites de su mente. Todo es verde, cubierto de vegetación, con hiedra moteando unas ruinas ancestrales. Oye risas. Oye el sonido de las espadas de madera, que él tan bien conoce. Alguien lo felicita, con una sonrisa en los labios. «¡Eso es, Caleb!». Es una voz cálida. Es una voz que lo protege y lo hace sentir seguro, y parece que vaya a seguir ahí para siempre.

Con un suspiro, Darien cierra los ojos.

ELIRA

Elira Surya ha coleccionado historias sobre los Portadores desde que tiene uso de razón. Antes incluso de aprender a leer y empezar a devorar un sinfín de libros, antes de empezar a estudiar la lengua y los escritos de los Antiguos, ya había escuchado todo tipo de leyendas sobre el Amuleto del Tiempo y las personas que lo han tenido en su poder. Sabe perfectamente que ha habido Portadores trágicos y heroicos, Portadores que han usado su magia y otros que han decidido no hacerlo; incluso sabe determinar de manera aproximada los periodos durante los que, por un motivo u otro, el Amuleto estuvo totalmente desaparecido. Durante todos esos años de investigaciones, siempre se ha imaginado a los Portadores como figuras de leyenda, magníficas y misteriosas, brillantes celestiales como Santa Aiva o terribles brujos como el Inmortal.

El chico que tiene frente a ella no es ninguna de esas cosas.

Han dejado su cuerpo sobre un catre en el primer habitáculo libre que consiguieron para él y ahora duerme, con el rostro y sus ropas cubiertos de sangre y suciedad. Los braseros que iluminan la pequeña y retorcida estancia de piedra le permiten ver su cara consumida por el cansancio y ese mechón albino que parece ser el único precio que el Amuleto le ha hecho pagar por usar su poder, al menos, de momento. Es obvio que es demasiado joven, pero su juventud no se evidencia solo en sus rasgos, sino en sus acciones.

—No tengo claro que alguien que ha estado a punto de destruir una montaña sin querer vaya a sernos de ayuda, Astrey.

—Fue en defensa propia.

Elira pone los ojos en blanco y le lanza una mirada censuradora al espíritu que aguarda un par de pasos detrás de ella. Astrey, por supuesto, le muestra la sonrisa más inocente que es capaz de convocar.

—Casi destruye parte de nuestro refugio: yo también podría alegar defensa propia y acabar con él. Es más: ¿por qué no debería hacerlo? —Su mirada vuelve hacia esa caricatura de Portador que duerme, indefenso, en medio de un nido de aves rapaces—. ¿Por qué no debería quedarme yo con el Amuleto?

—Porque ya sabemos qué pasa con los reyes que abusan de su poder, mi reina.

—¿Que gobiernan durante siglos?

—Y que se les considera tiranos. No puedes clamar que estás intentando recuperar lo que el Inmortal les quitó y hacerlo con el Amuleto en la mano. Incluso Iraides entendió eso cuando tomó el poder. Y tú ni siquiera quieres el Amuleto, nunca lo has querido.

La bruja chasquea la lengua, con los brazos cruzados sobre el pecho. Desde el mismo colchón sobre el que dejaron a Nathan, Shiraz emite un graznido que casi parece censurarla, como si le decepcionara que la idea de tener ese poder entre sus manos le pueda pasar siquiera por la cabeza. Pero no está hablando en serio. Conoce lo suficiente de ese objeto como para no querer tener nada que ver con él. Aun así, es innegable lo útil que sería una reliquia como esa en su bando…

—Nadie podrá ignorarte si tienes al Portador de tu lado —continúa Astrey, casi como si leyera sus pensamientos. Siente sus pasos avanzando hacia ella—. Y, por otro lado, el chico necesita… un nuevo hogar. ¿No eres tú la que siempre quiere darle una oportunidad a la gente? Me la diste a mí y, de momento, no te has arrepentido.

—¿No lo he hecho?

La última princesa de la dinastía Surya lanza una mirada de soslayo hacia la media sonrisa que de pronto acaricia su oído, al mismo tiempo que esas manos llenas de anillos se extienden para rodearle la cintura desde atrás. Ella se lo permite, aunque enarca las cejas y no descruza los brazos.

—¿No he sido siempre fiel y servil contigo, mi reina? ¿No llevas años contando conmigo para echarte una mano en lo que necesites? O donde la necesites…

Elira contiene una sonrisa divertida mientras precisamente una de esas manos sube un poco hacia su pecho, aunque sus dedos largos, descarados, se quedan a un suspiro de llegar a tocarla de verdad, sobre sus costillas. Aun así, su mirada vuelve hacia el Portador. Sabe que Astrey hace lo mismo, con la barbilla apoyada sobre su hombro.

Cuando hace unas horas la montaña en la que Los Elires tienen su refugio desde hace décadas empezó a temblar, muchos de sus habitantes llegaron a pensar que el mundo estaba a punto de acabar. Las más asustadas fueron aquellas personas lo suficientemente ancianas como para haber vivido en su propia piel la catástrofe de Yuda y recordar la manera en la que todo tembló y se vino abajo entonces. Ya no hay muchos orlianos tan mayores entre ellos, pero sí los suficientes como para que algunos pudieran reconocer el poder del Amuleto e incluso temer que el Inmortal hubiera regresado para seguir convirtiendo sus vidas en cenizas. Por un momento, aunque fuera uno pequeño y absurdo, Elira misma llegó a creerlo. A ella no la alimentaban los recuerdos, pero sí todas las historias que había leído sobre el tirano que un día arrasó con el reino de sus antepasados. En todas esas leyendas, el Inmortal era una sombra sin rostro definido, una figura anciana o joven dependiendo del momento, con el tiempo enredado en las manos y en los huesos. Por un instante, se lo imaginó entrando en el refugio y burlándose de ella y de su familia por haber creído alguna vez que podrían recuperar la independencia de su reino, justo antes de convertirlo todo en polvo.

Pero el Inmortal está muerto. Lleva muerto más de veinte años y no va a volver.

Al final, el temblor se detuvo casi sin consecuencias allí dentro, porque todos los brujos concentraron su magia en mantener estable la piedra a su alrededor pasara lo que pasara. Apenas un par de horas después, Astrey apareció con ese chico entre los brazos.

Elira estuvo a punto de gritarle que había perdido por completo la cabeza y ordenarle que apartara al chico de su vista y tirara el Amuleto por uno de los precipicios para que nadie volviera a encontrarlo jamás, pero entonces el espíritu comenzó a hablar y todo empezó a tener sentido. Incluso se sintió… orgullosa. Astrey a veces parece pensar que ella le dio una oportunidad en el pasado porque es misericordiosa y porque cree en las causas perdidas, pero en su caso nunca ha sido así. Si lo mantiene cerca es porque sabe que es alguien que controla a la perfección el arte del engaño y que tiene un demonio poderoso dentro. También lo tiene cerca porque es una persona lo suficientemente inteligente como para que nunca pueda estar completamente segura de qué va a hacer a continuación.

Eso implica que en ocasiones Astrey decide tomar desvíos en el camino que ella le marca. Desvíos como este, en el que decidió por su cuenta y riesgo traer al Portador a su refugio y convencerlo de que tiene que unirse al bando de Los Elires.

Aunque lo cierto es que también le ha traído información muy interesante.

—¿Y estás seguro de que la espada se rompió?

—Como si fuera cristal —confirma su acompañante.

Elira entorna los ojos. Ese detalle llamó su atención desde el principio, porque no tiene ningún sentido. Eunomia no puede romperse, porque está hecha de la esencia de Xandre, del mismo modo que Dysnomia está hecha de la esencia de Mithra y el Amuleto del Tiempo está hecho de la esencia de Chronos. Son reliquias hechas con retazos de seres divinos. Eunomia lleva siglos enfrentándose al poder del tiempo, y ese chico ni siquiera sabe utilizarlo de verdad, así que la única conclusión posible es que esa no podía ser la verdadera espada de Destino. Sin embargo, las preguntas que esa certeza deja atrás son otras: ¿por qué los celestiales le darían una espada falsa a una de sus campeonas? ¿Perdieron la original? ¿Cuándo? ¿Quién la escondió o la cambió? ¿Fue un brujo? No debería. Nadie con un demonio dentro debería poder tocar la espada sagrada de Destino. Entonces, ¿quién? Dysnomia lleva siglos en el palacio de Odelia y ella hace años que quiere robarla, pero ¿y si esa espada fuera falsa también? Tiene que repasar todas sus crónicas, tiene que…

Oye la risita de Astrey en su oído antes de sentir un beso en uno de sus cuernos.

—Céntrate, mi reina. Tu mente está empezando a divagar.

La princesa carraspea. Sí, a veces es así, pero hace tiempo que aceptó que su cabeza a menudo toma derroteros inesperados o se centra demasiado en las cosas que le obsesionan. Lo que le preocupa, si acaso, es que Astrey haya aprendido a ver los momentos en los que pasa incluso sin que ella hable.

En cualquier caso, tiene razón; ya habrá tiempo de pensar en incoherencias y en historias del pasado. Ahora tiene que preocuparse de lo que hay justo delante de ella, de ese rostro dormido y ajeno a todo. De ese objeto con forma de reloj que consigue ponerle la piel de gallina cuando piensa en todo el dolor que lleva encerrado dentro.

Piensa unos segundos más en ello antes de terminar de tomar una decisión.

—Será responsabilidad tuya —le anuncia a Astrey. O le advierte, más bien—. Si vuelve a cometer un solo error, dejaré que cualquiera de los míos lo mate. Que yo no deba mostrarme como la Portadora no significa que uno de mis aliados no pueda tomar el Amuleto. —Después, gira el rostro para encontrar su mirada y encararlo, con las cejas alzadas—. Y, por supuesto, me encargaré personalmente de que tú también te arrepientas de habernos traído más problemas.

Astrey hace una mueca de exagerado disgusto, pero sus manos se deslizan por su cuerpo para subir hasta sus brazos cruzados y animarla a abandonar su pose defensiva.

—No puedo creer que me estés degradando a cuidar de un chiquillo —gimotea—. Al menos también recibiré algún tipo de recompensa si lo hago bien, ¿no? De hecho, considero que ya me merezco un premio por haberlo encontrado y haberlo convencido de venir hasta aquí…

—Voy a volver a recordarte que casi se nos cae el techo encima: ¿de verdad crees que eso merece una recompensa?

—Bueno, si lo que quieres es castigarme, también puedo aceptarlo… Puedes clavarme esas uñas tan largas que tienes, si quieres.

Elira pone los ojos en blanco, pero no puede evitar que se le escape el asomo de una sonrisa divertida antes de girarse y permitirle rodear su cintura con los brazos. Astrey se muerde el labio mientras ella apoya las manos sobre sus hombros y sus uñas, más de pájaro que de humana, se hunden suavemente en su piel a través de la ropa. Reconoce el siseo de dolor que se le escapa, pero también el deseo en esos ojos claros a los que se acerca cuando aproxima su boca a la suya. Ella también siente la atracción que a veces tira de ellos queriendo arrastrarla, así que sabe perfectamente qué quiere su acompañante. Un beso, y más. Uno de esos encuentros furiosos y rápidos que a veces tienen. Está segura de que el espíritu se lo está imaginando con la misma claridad que ella cuando roza su nariz con la suya.

—Consigue que el Portador no destruya nada cuando despierte —susurra, contra sus labios—. Ni un jarrón, Astrey. Es una petición sencilla. Si lo consigues durante todo un día… podrás venir a verme por la noche. Valoraremos la cuestión de tu castigo o tu recompensa… en profundidad.

Y después, desliza las manos hasta su pecho y lo empuja para apartarlo, huidiza, como un ave que remonta el vuelo antes de llegar a tocar el suelo.

Astrey toma aire, mientras su mirada resbala por su cuerpo. A Elira no se le escapa la manera en la que se pasa la lengua por los labios, como si ya pudiera saborear algo delicioso.

—Como mi reina ordene —susurra.

Elira no dice nada más. Contiene otra sonrisa, porque le gusta verle esa expresión, le gusta que la desee, le gusta cómo suelen jugar.

Cuando le da la espalda para marcharse, sabe que la sigue mirando.

NATHAN

Nathan extiende la mano hacia Lilith en medio del desastre. Ve su rostro, apenas una expresión borrosa en la distancia, pero indudablemente perdida. Ella no levanta la mano hacia él, no intenta atraparlo, y él quiere decirle que lo haga. Quiere gritarle que lo siente, que puede matarlo después si tiene que hacerlo, pero que agarre su mano, por favor, *por favor*, porque si no lo hace, quizá también la pierda a ella, y no pretendía hacerlo. No pretendía herirla, solo quería defenderse...

El grito lo rompe todo, pero ya no sabe si es propio o ajeno. Su cuerpo cae y la oscuridad se lanza sobre él. Y después esa voz, en su cabeza, en todas partes...

Portador.

Emite un quejido como respuesta. Le duele el cuerpo. Le duelen las heridas que tiene en la piel y todas las que se han abierto bajo ella.

Ya has dormido suficiente, Portador.

Quiere insultar a esa maldita voz. Quiere decirle que no tiene derecho a hablarle si no va a decirle qué es lo que tiene que hacer con su poder. Quiere expulsarla de su mente. Gruñe.

Estás perdiendo el tiempo. Y con cada segundo que pase, más difícil será volver atrás...

¿Volver atrás? Él nunca ha querido volver atrás, nunca se ha atrevido a imaginar tanto. Ni siquiera estaba seguro de que se pudiera hacer. No conoce ninguna historia en la que alguien haya hecho algo así...

No seas estúpido, Portador. ¿Crees que el poder del tiempo solo sirve para detenerlo unos pocos segundos o darle un poco de tiempo más a una persona? ¿Crees que Xandre se tomaría tantas molestias por algo así? Claro que puedes volver atrás. Puedes hacerlo todas las veces que quieras, puedes volver tan atrás como quieras. Puedes volver lo suficientemente atrás como para salvarlos a todos.

¿A todos? No, solo tiene que salvar a Adam. Adam es el único al que necesita...

Abre los ojos, Portador. Tienes que enfrentarte a tu presente para poder tener control sobre tu pasado y tu futuro.

Nathan obedece, con la respiración agitada y el pecho ardiendo. No, no es el pecho. Es el Amuleto, contra su piel, que le quema. Lo sabe, lo siente, pero no puede verlo.

Porque cuando abre los ojos, ya no ve nada.

—¿Nada en absoluto?

Si Nathan pudiera ver, encontraría a Astrey moviendo una mano por encima de sus ojos, que han perdido su color castaño para tornarse blanquecinos, sin pupila. También podría ver a la mujer a su lado y, con toda probabilidad, se sentiría un poco intimidado por su aspecto: las plumas cafés que nacen desde su frente y se confunden con su cabello castaño y rizado; los cuernos oscuros alargados y retorcidos que sobresalen entre su pelo; sus uñas, imposiblemente negras y afiladas; sus ojos, de un color demasiado naranja para ser humano.

Nathan tampoco puede ver cómo Astrey se gira hacia ella cuando él niega con la cabeza.

—¿Crees que alguno de los necromantes puede...?

—Denna se encargó de todas sus heridas hace un rato; si su magia no ayudó a su visión, es que no se puede hacer nada más. Supongo que no hay mucho que se pueda hacer ante un castigo divino.

El chico tensa la mandíbula. No puede ver a esa mujer, pero puede oír su voz firme y fuerte, segura y, al mismo tiempo, extrañamente musical, casi como si cada vez que hablara entonara una canción. Astrey ha llegado con ella hace solo unos minutos y se la ha presentado como la líder de los rebeldes de la que le había hablado, Elira.

El Portador no se acostumbra a la oscuridad que hay a su alrededor, pero nota el resto de sus sentidos agudizados en un intento de suplir la carencia de visión: percibe con demasiada claridad la rugosidad de las mantas a su alrededor, los sonidos que hacen las personas que lo acompañan al moverse; incluso puede saber que Shiraz está cerca porque escucha su gorjeo como una pregunta y siente su pico rozando su mejilla, bajo sus ojos, como si ella también quisiera hacer algo por ayudar.

—¿Alguna idea? —pregunta el brujo.

—Al menos tres, pero no le van a gustar —responde Elira.

—Habla.

La voz le sale sin dudas porque ya no puede seguir titubeando; es demasiado consciente de que no puede permitirse ni una sola debilidad más. No es solo la ansiedad de que le hayan quitado algo con lo que siempre ha vivido (algo *más*), sino la seguridad de que no tiene tiempo de aprender a vivir sin poder ver. Los últimos días, con la visión nublada, ya han sido suficientemente frustrantes; en el enfrentamiento en el pueblo lo hicieron más vulnerable. Y en la lucha con Lilith…

Lilith. No, no puede pensar en ella de momento. No quiere pensar en ella. No quiere hacer la pregunta que le está ardiendo en la lengua, porque teme cuál pueda ser la respuesta. Tampoco quiere pensar en Darien, en que está seguro de que lo vio correr hacia él unos instantes antes de que la montaña amenazara con partirse en dos, pero después lo perdió de vista y…

—Puedes intentar utilizar tu poder sobre ti —comenta la mujer—. No aquí, por supuesto: me niego a que nos sepultes a todos. Pero, en teoría, podrías hacer que tus ojos volvieran a un estado anterior, del mismo modo que puedes rejuvenecer y envejecer a tu antojo a otras personas o a ti mismo.

—¿Puedo hacer eso?

La risa que oye entonces le suena dentro. Es ácida, irónica, y reconoce perfectamente de dónde viene. Sigue sintiendo el Amuleto contra su pecho y se lleva la mano a él. Se está templando, lentamente, así que sabe que tarde o temprano volverá a callar, a no ser que lo use de nuevo.

—Por supuesto que puedes: el Inmortal lo hacía constantemente —replica Elira, como si a ella también le pareciera una pregunta estúpida—. ¿Cómo crees que se mantuvo con el mismo aspecto durante más de un siglo si no? Aunque espero que no se parezcan en nada.

—Tal vez eso puede ser útil para algo más que tus ojos. No te ofendas, chico, pero no pareces demasiado peligroso con esa pinta de jovencito recién salido de una escuela de escribas…

Es evidente que Astrey intenta hacer una broma, pero Nathan solo resopla y aprieta los dedos alrededor del Amuleto en un intento de exigirle respuestas e indicaciones. La joya vuelve a callar, como si solo quisiera dirigirse a él para demostrarle lo inútil que es sin su guía.

—No sabría ni por dónde empezar —confiesa, frustrado—. Astrey me dijo que ustedes me ayudarían, que sabían todos los secretos del Amuleto.

—¿Eso es lo que te prometió a cambio de que colabores con nosotros? ¿Conocimiento?

—No me mires así —se defiende Astrey, y Nathan odia no poder ver cómo lo está mirando ella exactamente—. ¿No eres tú la que siempre dice lo importante que es saber? Y adoras que la gente te escuche hablar de todo lo que descubres, ¿no? Pues aquí tienes a alguien que quiere hacerlo. Alguien que, de hecho, viene de un reino en el que sentir demasiada curiosidad es casi un pecado. ¿No te parece atroz, mi reina?

—El conocimiento también es un arma —replica la bruja—. Una muy poderosa, dependiendo de en qué manos se deje.

—No pretendo hacer daño a nadie —protesta Nathan.

La risa que oye esta vez no está en su cabeza.

—Estoy segura de que tampoco pretendías destruir un templo ni sacudir una montaña, pero lo hiciste.

El Portador traga saliva, pero no es capaz de encontrar una respuesta a eso. La culpa lo muerde con la misma ferocidad con la que esa mujer ha lanzado sus palabras hacia él… y lo único que puede hacer es apretar los labios y aceptarla.

—Vamos, vamos, no seas tan dura con él —dice Astrey.

Nathan distingue lo que parece un taconeo pensativo contra el suelo antes del suspiro profundo, de rendición, que emite la líder de los rebeldes.

—Está bien —dice entonces, con la voz un poco exasperada—. Conocimiento a cambio de colaboración. De todos modos, no nos servirás de nada si sigues provocando desastres sin querer allá por donde vas, así que te ayudaré en lo que pueda. No soy una experta…

—Está siendo humilde, sí que lo es —interviene el espíritu.

—… Pero supongo que tengo información suficiente como para ilustrarte un poco. Estoy segura de que lo escuchas, ¿verdad? Al Amuleto.

No le digas la verdad. ¿No ves que solo quieren utilizarte?

—Sí.

Estúpido.

—Pues mi primer consejo es que lo ignores —continúa Elira—. Puede parecer tu aliado, pero no lo es. El Amuleto puede ser tan invasivo como un demonio, pero los demonios no te pueden ocultar sus intenciones cuando los tienes dentro; el Amuleto, sí.

Nathan se estremece, pero no duda en asentir.

¿Vas a fiarte de una bruja más que de mí?

Tal y como dijo Elira, lo ignora.

—¿Qué es exactamente? La… voz. La oí por primera vez cuando lo puse en marcha. Cuando dejas de usarlo, con el tiempo vuelve a desaparecer, como si se durmiera, pero de alguna manera… está ahí. Es…

Molesto. Inquietante. Como si no fuera a volver a estar solo nunca más.

—Todos los Portadores la escuchan —le explica la mujer—. He leído sobre ella en cientos de crónicas y diarios de anteriores Portadores. Nadie lo sabe con total seguridad, pero la teoría más extendida, que yo comparto, es que es Chronos. O una parte de él.

—¿Chronos…?

—Tiempo. Ese es el nombre por el que lo conocían los Antiguos, del mismo modo que llamaban Xandre a lo que tú llamas Destino, Sikil a quien conoces como Muerte y Mithra a Caos.

—¿Los Antiguos?

—Las civilizaciones que…

—Esta clase de Historia y magia temporal está siendo apasionante, pero creo que tenemos un problemita más inmediato entre manos —interrumpe Astrey, con el tono ligero de siempre—. Elira es un pozo de conocimiento, pero tiende a desviarse del tema principal si le dan la oportunidad. ¡Ay! ¡Pero si no lo digo como nada malo! ¡Me parece un rasgo encantador, mi reina!

Nathan frunce el ceño, confundido, pero Astrey tiene razón, tienen que centrarse. Quiere recuperar su vista. Odia no poder ver lo que está pasando.

—Dijiste que tenías varias ideas. De momento, descartemos la de utilizar el poder del tiempo, ¿qué nos queda?

—Que aprendas a vivir sin poder ver, igual que hacen muchas otras personas. Una de nuestras compañeras es ciega de nacimiento, ella podría ayudarte a acostumbrarte…

—No.

—Entonces, la única opción que te queda es conseguir unos ojos nuevos.

Elira hace que suene como algo muy fácil de hacer. Nathan, sin embargo, no entiende qué quiere decir.

—¿Cómo voy a…?

Pero lo entiende antes incluso de terminar de hacer la pregunta. Al fin y al cabo, está hablando con brujos, con personas acostumbradas a vender partes de sí mismas a cambio de poder, acostumbradas a hacer pactos con demonios.

No puede evitar el escalofrío que le hiela la sangre en las venas. Siente una náusea en el fondo del estómago que viene de todas las lecciones que alguna vez le enseñaron en el Sacro Reino, todos los cuadros de figuras deformes y monstruosas, todos los cuentos de miedo. Siente el terror, también, cuando recuerda a los brujos que se encontraron en aquel pueblo y que parecían haber perdido casi todo resquicio de humanidad.

No quiere terminar igual que ellos.

—No, no voy a…

—¿Por qué no? —interviene Astrey—. Ya eres un hereje para los celestiales.

—Los demonios te comen por dentro —replica él—. Te invaden, te hacen cambiar… No puedo dejar que el poder del Amuleto termine en manos de uno. No quiero perderme a mí mismo.

Al menos, no más de lo que ya se ha perdido.

—No todos los demonios exigen tanto de ti, Nathan. —Él vuelve a girar la cabeza hacia el lugar del que proviene la voz de Elira. Es una cadencia de maestra, que le recuerda a cuando era un niño y los profesores del Templo les enseñaban todo lo que debían saber para ser celestiales adecuados—. Algunos solo quieren salir de los espacios liminales en los que están encerrados, y tú no quieres un gran poder: uno de rango menor podría bastar. Te dará sus ojos y su magia y tú, a cambio, solo tendrás que ofrecerle un espacio en tu cuerpo. No todos nos perdemos a nosotros mismos: yo ni siquiera escucho a mi demonio la mayor parte del tiempo.

—Habíamos llegado a la conclusión de que no todo lo que creías saber de los brujos es real, ¿verdad, chico? —continúa Astrey—. Y…, bueno, ya comprobaste cómo puede terminar lo de enfrentarse a brujos solo con una espada. No te ofendas, pero no te vendría mal tener otras maneras de defenderte mientras aprendes a usar el Amuleto, ¿no crees?

No los escuches. No necesitas nada más, a nadie más.

Es precisamente la voz del Amuleto, molesta, la que le hace darse cuenta de que Astrey tiene razón. Si no aprende a protegerse de otras maneras, siempre caerá en la tentación de usar esa joya, igual que hizo en la montaña. Si sigue creyendo que esa es su única alternativa, si ese objeto sigue alimentándose de su pánico, de su desesperación o de su dolor, nunca podrá controlarlo de verdad. Y necesita hacerlo.

Nathan toma aire y aprieta los puños sobre sus piernas, antes de girar la cabeza hacia su izquierda. Después de todo, no es cierto que no vea absolutamente nada. Sigue viendo algo, a alguien, en esa oscuridad tan absoluta. Adam está justo a su lado, observándolo con precaución. Una vez más, se pregunta cuál es el límite para seguir siendo una persona que él podría querer. Aunque le perdonó que usara el Amuleto para salvarlo, ¿le perdonaría que se vendiera a un demonio?

Adam Rheiz podía amar a un hereje, pero ¿puede amar a un monstruo?

—No tienes por qué decidirlo de inmediato, Nathan —concluye Astrey, con su voz alegre y despreocupada—. Es solo una opción. Aunque si comparamos, después de haberle dado tanto a un dios simplemente porque un día alguien te dijo que debías hacerlo, ofrecerle un poco de tu cuerpo a un demonio no es mucho, ¿no crees? Y, en este caso, sería solo por una vida, no por el resto de la eternidad.

El Portador frunce un poco más el ceño, pero no responde. Es cierto que en el Templo nunca nadie le preguntó si quería darle su alma a Destino, tan solo lo hizo porque así debían ser las cosas allí para todos. Nació siendo hijo de una celestial, así que él también debía serlo. Vivía en el Templo, así que debía acogerse a sus normas. Perdió la vista por una promesa que nunca se preguntó si quería hacer. Así es como funciona en el Sacro Reino: todos siguen los mismos pasos, sin rechistar, sin pensar si esa inercia puede convertirse en su condena algún día.

Por esa misma razón, Adam estuvo dispuesto a morir en cuanto vio su propia muerte.

Por esa misma razón, Darien hace años que no toca a nadie.

Por esa misma razón, Lilith estaba dispuesta a matarlo.

Darien. Lilith. Tensa la mandíbula al volver a pensar en ellos. No quiere hacer la pregunta y, sin embargo, sabe que no puede seguir ignorándola durante mucho más tiempo.

—¿Qué pasó con ellos? Con mis amigos. Cuando la montaña tembló, cuando el poder del Amuleto la rompió… ¿Qué pasó, Astrey?

Hay un silencio tenso que está lleno de cosas por decir. Es un silencio repleto del ruido de la piedra al abrirse, de gritos cayendo al vacío, de una culpa tan grande que también parece otro precipicio por el que caer.

—Lo siento, Nathan. No… No lo sé. Peinamos el terreno, pero no encontramos a nadie.

Las palabras sacuden su mundo como si el Amuleto se hubiera puesto en marcha de nuevo. Se siente caer, mucho más profundo de lo que ha caído hasta ahora. Incluso cuando ya todo está oscuro a su alrededor, de alguna manera es como si solo en ese momento se terminara de apagar por completo cualquier rastro de luz.

Por un segundo, mientras entiende lo que hizo, mientras el rostro perdido de Lilith y el grito de Darien se repiten una y otra vez en su cabeza, lo único que puede pensar es que espera que Adam Rheiz realmente pueda amar a un monstruo.

Porque ya se convirtió en uno.

DARIEN

Despierta.

Darien abre los ojos de golpe. Una voz familiar resuena en el fondo de su cabeza, pero tarda unos instantes más en entender de quién es y lo que ha sido: una orden. Una que lo arranca de un letargo sin sueños, totalmente antinatural, y que hace que sienta una náusea subiendo por su garganta. El chico se incorpora a toda velocidad, apoyando las manos en un suelo de tablones de madera vieja que no reconoce. Si no vomita es solo porque tiene el estómago totalmente vacío. Se siente sin aire y con el corazón latiendo a un ritmo desenfrenado.

Cuando alza la vista, Caleb está ahí, con la rodilla hincada ante él y la expresión tan vacía y calmada como siempre, con un odre en la mano. Quiere hablar, quiere insultarlo, pero aunque mueve los labios, los nota secos, tanto como su garganta, y es incapaz de emitir un solo sonido.

—Ten, bebe —dice el necromante.

Darien siente ganas de golpear su mano cuando le acerca el recipiente, pero aparte de que no quiere tocarlo, tiene demasiada sed, así que se asegura de agarrar el odre sin rozarlo y retroceder todo lo que puede mientras bebe, casi atragantándose con el primer sorbo. Mientras, lanza un vistazo ansioso a su alrededor. Los tablones de madera no están solo bajo él, sino también encima de su cabeza. Entre sus rendijas y por un par de pequeños ventanucos se cuela toda la luz que hay ahí dentro, que le deja reconocer los sacos y cajas apilados contra las paredes, entre vigas también de madera.

Delante de él, Caleb ladea la cabeza mientras lo ve beber con ansia y empuja hacia él un bol de madera lleno de comida que tiene a sus pies.

—Come algo también.

Darien lo ignora y le lanza el odre vacío a la cara por toda respuesta. Caleb esquiva el objeto con elegancia antes de enarcar las cejas y mirarlo como si fuera estúpido. Tal vez lo sea, pero no le importa. Volvió a darle órdenes. Volvió a convertirlo en su marioneta, lo durmió y ahora lo despierta como si fuera algo que puede encender y apagar a su antojo.

—¿Dónde estamos?

Su voz le suena como un graznido y le sigue un ataque de tos, pero a Caleb no parece importarle.

—Navegando por el río Nagar: es la ruta más rápida hacia Damira.

Darien frunce el ceño, pasándose una mano por la boca. Trata de hacer un esfuerzo por recordar los mapas que lleva años estudiando en los libros de la biblioteca del Templo, esos que a veces contemplaba mientras soñaba con dónde podían estar sus padres. Nagar es el río que separa los territorios del Imperio de Odelia de toda la península arsiana, en la que se encuentra el Sacro Reino. Puede entender por qué están en un barco en vez de ir por tierra, además de por la velocidad: desde donde estaban, en las montañas que limitaban con los territorios de lo que un día fue el reino de Orlaith, es mucho más sencillo navegar que cruzar la explanada de Yuda, llena de demonios desde que el Inmortal hizo desaparecer allí a varios ejércitos con el Amuleto. Lo que no entiende es por qué se dirigen a Damira…

Las últimas palabras que el necromante le dijo antes de ordenarle dormir vuelven a su cabeza.

Dijo que iban a encerrarlo en el palacio imperial.

El chico retrocede un poco más, hasta que su espalda choca con una pila de cajas. De pronto, todas las piezas que tenía sobre ese chico empiezan a encajar. Los necromantes, por lo general, no quieren saber nada del Amuleto y prefieren mantenerse alejados de las disputas entre celestiales y brujos, pero también son conocidos por no tener ningún problema en trabajar para quien pueda pagar bien.

—Sirves a la emperatriz. —Las palabras se le escapan de forma apresurada, en esa voz ahogada que todavía no siente como suya—. Por eso sigues al Portador. Los brujos no pueden entrar en el Sacro Reino, pero ustedes sí, así que los contrataron para que lo lleven hasta allí.

Quizá para que Iraides de Odelia pueda matarlo con sus propias manos y quedarse con su poder. Por eso ni él ni sus compañeros intentaron atentar contra la vida del Portador en la boda y él tampoco lo ha hecho después. Lo necesitan vivo, solo para que otra persona pueda hacer el trabajo sucio.

Caleb se encoge de hombros.

—A grandes rasgos, supongo que es así.

Darien sacude la cabeza, incrédulo. Las comisuras de los labios le tironean arriba en un gesto nervioso.

—No va a funcionar. Esto. —Hace un ademán a su alrededor. A sí mismo, también—. Nathan no se va a ofrecer en bandeja de plata al Imperio de Odelia solo por mí.

—Es posible, pero si no funciona..., por lo menos yo sí gano algo.

Tenerlo cerca. A él y a su poder. Siente ganas de tirarle la comida que tiene delante también, de buscar entre sus ropas ese puñal que un día le perteneció y volver a atacarlo, por inútil que pueda resultar. Quiere decirle que no hay nada que «ganar». Que no es una «cosa», como le dijo al brujo cuando se enfrentaron.

Su mirada va más allá de su secuestrador, buscando una salida. Sus ojos barren la estancia de nuevo, pero los ventanucos son demasiado pequeños para su cuerpo y, más allá de ellos, solo encuentra una escalera que da a una trampilla cerrada. Se pregunta si podría atacarlo lo suficientemente rápido, en un lugar lo suficientemente doloroso, como para que tarde un poco en recuperarse y él pueda correr hacia allí. Por otro lado, una vez salga de ahí... ¿Qué? ¿Nadar es una opción? Sabía hacerlo en las aguas tranquilas del lago de Erela, pero en un río tan caudaloso como el Nagar habrá corriente. ¿Y a dónde iría? ¿Cómo conseguiría volver a casa completamente solo?

Porque está solo. Darse cuenta es sentir cómo un peso le cae sobre los hombros y amenaza con volver a tirarlo. Está solo y ni siquiera tiene el consuelo de llevar su medallón al cuello, por lo que ese chico podría volver a rastrearlo sin dificultad en cualquier momento.

No hay escapatoria.

—¿Quieres salir?

Darien da un respingo ante el ofrecimiento y se gira de golpe hacia el necromante.

—No me mires así. —Caleb enarca las cejas—. Si tú te portas bien, yo también puedo hacerlo, así que come algo y te dejaré salir a cubierta. Te vendrá bien estirar las piernas. Apuesto a que nunca has navegado antes: ¿no sientes curiosidad?

Sí, aunque no lo va a admitir. De hecho, le molesta que el necromante lo sepa. No sabe si se está riendo de él o si simplemente cree que es un niño que no sabe nada del mundo y que va a emocionarse cuando vea cómo se mueve el barco por el río. Frunce el ceño, sosteniéndole la mirada en uno de esos pocos actos de desafío que sabe que puede permitirse sin consecuencias.

—¿No temes que salte por la borda?

—Puedes intentarlo, pero no creo que llegues muy lejos.

—Porque, por supuesto, me ordenarías quedarme quieto antes.

—No: porque en el río viven criaturas mucho peores que yo. Y creo que sigues sin desear morir, ¿verdad? —Su mano vuelve a acercarle el cuenco de comida—. Ahora, come.

Darien aprieta los labios, frustrado.

—No tengo hambre —miente—. Pero aceptaré salir, ya que lo has ofrecido.

—Creo que sigues sin entender bien el concepto de los intercambios, celestial.

Odia cuando lo llama así, como si se burlara de él, de todo lo que es.

—¿No crees que es muy irónico que un ladrón dé lecciones sobre algo así, necromante?

—Soy una persona con muchas facetas. Come —insiste Caleb—. La próxima vez que te lo diga será una orden y después te volveré a dormir hasta que estemos en palacio. ¿Prefieres eso?

Darien hace una mueca de disgusto, pero cede, porque si está condenado a ser un prisionero, como mínimo quiere tener conciencia de todo lo que pasa a su alrededor. Así que, aunque se le revuelva incluso más el estómago, empieza a comer. Le resulta asqueroso. La comida de Odelia no se parece en nada a la de Daiva y tanto el sabor como el olor son demasiado fuertes. Nunca le ha gustado demasiado el pescado, pero la textura del que prueba con cautela es especialmente desagradable, de modo que acaba dedicándose a comer tan solo las verduras que tiene alrededor.

Cuando al fin aparta el cuenco, intentando contener una arcada, el necromante asiente, conforme, y le hace un gesto con la cabeza hacia las escaleras.

—Aunque seguramente te sorprenda, soy un hombre de palabra.

Darien resopla, pero tiene las suficientes ganas de respirar aire fresco como para simplemente ignorarlo y ponerse en pie. O eso trata de hacer. Las piernas soportan su peso durante un segundo, pero al siguiente ya no lo hacen. Se le doblan las rodillas y tropieza al intentar dar un paso hacia delante para mantener el equilibrio.

No espera la mano que lo agarra del brazo y lo ayuda a quedarse erguido, igual que no espera...

—¡Vamos, brindemos! —repite Derek una vez más.

Pongo los ojos en blanco. A nuestro alrededor, el ruido de la taberna empieza a molestarme y no puedo evitar preguntarme por qué siempre termino dejando que me arrastren a estas celebraciones. Ah, sí, por esa estupidez sobre la importancia de relajarse tras una misión. ¿Cuántos años hace ya desde que Derek me miró con esa seriedad tan extraña en él y yo me creí que las noches de fiesta eran una parte fundamental del trabajo de un mercenario? Un par, por lo menos. Ahora que sé que es mentira, debería dejar de seguirles el juego.

—Ya hemos brindado por terminar el trabajo —le recuerdo—. Tres veces. Y la última no fue ni hace cinco minutos.

Derek se vuelve a reír. Aunque se estaba balanceando sobre las patas traseras de su silla, se endereza sin previo aviso y se inclina sobre la mesa, hacia nosotros, con la jarra en alto. Es un milagro que no vierta nada. Creo que va a intentar volver a lanzarle una indirecta a Dyne para que duerma con él esta noche pero, en lugar de eso, nos dice:

—No, por eso no. Brindemos por lo que realmente importa. Por lo único que tenemos. Por nosotros.

Dyne sonríe, con esa picardía un poco más serena en comparación con la euforia descontrolada de nuestro compañero. Yo vuelvo a poner los ojos en blanco, aunque extiendo la mano hacia mi jarra. A mí, al contrario que a ellos, el alcohol apenas me afecta.

—Sabes que puedes beber sin tener que brindar, ¿verdad? No necesitas excusas terribles como esa.

—Te estás convirtiendo en un mocoso sabihondo e insoportable, Caleb. Te prefería cuando hablabas poco.

—Yo también te preferiría hablando poco si supiera que eres capaz de hacerlo...

Dyne se echa a reír mientras Derek me fulmina con la mirada. Es nuestra compañera quien levanta la jarra primero.

—¡Por nosotros! —exclama.

Derek se olvida rápido de lo ofendido que se siente y sonríe ampliamente antes de chocar su jarra con la de ella. Yo suspiro, pero les concedo el capricho al incluir mi jarra también.

Porque, en el fondo, no me parece una excusa tan terrible para brindar.

Es cierto, esto es lo único que tenemos. Esto es lo único que importa. Nosotros.

«Nosotros». La palabra resuena en la mente de Darien con tanta fuerza como si alguien la hubiera pronunciado en voz alta en el pequeño almacén. Siente una calidez familiar en el pecho, la sensación de estar en casa. Durante un momento, se deja arrastrar por esa emoción. Es fácil hacerlo porque él mismo la ha sentido miles de veces. Él mismo ha pronunciado ese «nosotros» como si fuera una promesa, una declaración de paz. En los últimos tiempos, «nosotros» era un ejército que podía enfrentarse al resto del mundo, una vía de salvación.

«Nosotros» podría haber sido un milagro.

Pero ahora no es más que un recuerdo.

Caleb, a su lado, sacude la cabeza, como si quisiera deshacerse de las imágenes en ella. Una vez más, a Darien le resulta difícil reconciliar a su carcelero con lo que acaba de ver, en este caso solo un chico que bromea y bebe con sus amigos. Alguien muy... humano. Demasiado. Cuando lo ve como un monstruo, es sencillo odiarlo. Cuando es una criatura sin sentimientos, dispuesta a utilizar a una persona para beneficio propio, es muy fácil pensar que es solo un criminal.

Y no quiere pensar en él de ninguna otra manera, ni por un solo segundo.

Cuando vuelve a apartarse todo lo que puede de él y pasa por su lado para apresurarse a salir de la bodega, se obliga a agarrarse de nuevo al rechazo. Quiere distancia de los recuerdos de Caleb, de sus pensamientos. Ese chico no es aquel niño enfermo en una cama, ni el que lloró a su maestro, ni el que se perdió en el bosque; no es el joven que brinda con sus compañeros ni el que piensa en lo perfecta que es una mujer que sonríe al verlo. Ese chico es un asesino, un secuestrador. Es una bestia que lo hace actuar contra su voluntad, que lo tiene dormido durante días y lo despierta solo para alimentarlo, porque lo necesita vivo para que pueda cumplir con el objetivo que le ha impuesto. *Ese* es Caleb. Cualquier otra visión es sesgada. Por supuesto que en su mente nunca va a ser una mala persona, por supuesto que siempre va a ser una víctima.

Todo el mundo se cree el héroe de su propia historia, incluso los villanos.

El primer soplo de viento le arranca esos pensamientos de la mente y la visión del exterior evita que pueda ir tras ellos. La luz del día lo ciega un instante, aunque unas nubes plomizas cubren el sol. A su alrededor, la tripulación trabaja y se mueve de un lado para otro. Algunos parecen humanos, pero casi todos son brujos, con colas o cuernos u otras partes de sus cuerpos totalmente monstruosas. Un hombre que está limpiando el suelo le dedica una mueca cuando Darien se queda mirando sus patas terminadas en cascos, antes de recordar apartar la vista. Ve, también, a un par de mujeres con broches con el escudo de Odelia cerrando sus capas, con ojos inhumanos y que muestran dientes afilados cuando se ríen. Darien se lleva una mano a la cintura, pero de ella no cuelga ninguna espada. Y dentro de su túnica, cuando la palpa, tampoco encuentra el puñal que le robó a Caleb. No tiene ninguna duda de quién lo desarmó, pero más que enojado se siente indefenso. De pronto, es muy consciente de que es el único vestido de blanco entre toda esa gente al servicio de Caos, y que no tiene ninguna manera de protegerse ante ellos.

Intenta centrarse en otra cosa cuando se acerca a la baranda de la cubierta y se asoma para ver el barco deslizándose por las aguas turbias. Las orillas parecen muy lejanas y ante esa visión se cae definitivamente su plan de huida, si es que todavía le quedaba alguna esperanza de llevarlo a cabo. Sus ojos, sin pretenderlo, analizan las aguas en busca de alguna pista de las criaturas que mencionó el necromante. Sabe que son reales, pero quiere verlas. Siente…, sí, curiosidad, aunque casi resople al pensarlo.

Los pasos que lo seguían de cerca se detienen a su lado. Caleb apoya la espalda en la baranda y se cruza de brazos.

—¿Te convence esto de que puedo cumplir con lo que prometo? Te lo he dicho ya varias veces, Darien; esto podría ser muy sencillo para ti.

El chico aparta la vista de las aguas, en las que le parecía estar a punto de ver una sombra emerger, y la devuelve al chico a su lado, con el ceño fruncido.

—Y yo ya te he dicho que no puedo darte lo que quieres de mí así como así. De todos modos, ahora pretendes usarme como señuelo también, ¿verdad? Tu oferta ha cambiado.

Caleb se lo piensa un par de segundos, como si ese hubiera sido un comentario acertado. Después, se encoge de hombros.

—Bien, aquí tienes una nueva oferta: si consigues que vea todo lo que quiero antes de que lleguemos a Damira, te soltaré. Le diré a la emperatriz que no conseguí nada en absoluto y tú podrás recuperar tu medallón y volver tras tus murallas sagradas, si es eso lo que quieres.

¿Es lo que quiere? Daiva es todo lo que ha conocido nunca, pero ¿qué le queda allí, sin todas las personas a las que alguna vez ha querido? No, lo que quiere es... No lo sabe. No sabe quién es o qué haría si pudiera hacer cualquier cosa. Intentar encontrar a su prima, supone, viva o muerta. Intentar encontrar a Nathan, aunque solo fuera para hablar una última vez con él, para decirle que él sí lo perdona por lo que hizo en la basílica... Aunque ¿puede perdonarlo por lo que hizo en la montaña? Habría muerto si Caleb no lo hubiera salvado. Quizá Lilith lo haya hecho. Usó ese poder contra ellos, de alguna manera.

Ahora él está ahí, en manos de ese necromante, en parte, por su culpa.

No quiere pensar así en su amigo, de modo que se centra en su captor. Al menos a él puede odiarlo sin dudar.

—La última vez que te toqué a propósito no conseguí ver nada de lo que querías —le recuerda—. ¿Qué pretendes? ¿Que me pase todo el viaje tocándote hasta que se dé la casualidad de ir sacando las piezas adecuadas de ese rompecabezas que estás intentando armar? Podría no pasar nunca, sobre todo, si son recuerdos a los que ni siquiera tú puedes acceder. Lo que quieres es... muy complicado.

—Complicado no significa imposible.

—¿Esa es tu filosofía? —replica Darien, incrédulo—. ¿Nunca te rindes?

—Solo ante lo imposible. Supongo que tú no puedes decir lo mismo, ¿verdad?

Él frunce el ceño, pero encara el golpe con más entereza de la que siente.

—No tienes ni idea. Si me he rendido es porque es... frustrante. Porque mi poder se vuelve contra mí, todo el tiempo. No sabes lo que es que todo el mundo a tu alrededor te evite porque de pronto le pareces algo *peligroso*.

Todavía recuerda cómo su tía dio un paso atrás el día de su Consagración, en cuanto supo qué don había recibido. Su mirada de advertencia se le quedó grabada en la memoria, igual que su desconfianza, su precaución. También recuerda la tensión con la que lo miró Lilith cuando la abrazó esa misma noche y, de pronto, tuvo en su cabeza un cúmulo de sentimientos de rencor y celos hacia Adam, mezclados con todas sus inseguridades. Recuerda cómo, al día siguiente, Nathan le tendió una mano con una sonrisa, diciéndole que no pasaba nada, que él no tenía miedo, que sentía curiosidad… y la sonrisa se le congeló en la boca cuando revivió la muerte de su madre. Recuerda sentir el dolor en su propio cuerpo, la tristeza, el odio hacia el Amuleto, las ganas de usarlo para traerla de vuelta y la resignación de saber que no debía hacerlo.

Su don tendría que haber sido una bendición, pero, en lugar de eso, se convirtió en un motivo para que todo el mundo se alejara de él.

—Por supuesto que eres peligroso —dice entonces Caleb, y Darien hace una mueca de desagrado. El necromante, sin embargo, lo mira con las cejas enarcadas, como si no entendiera qué hay de malo en ello—. El problema es que rechaces eso, en vez de verlo como una oportunidad. Tu poder es probablemente el arma más poderosa que tu dios le ha otorgado a los suyos.

—Eso no… Destino no creó a los sensibles como un *arma*.

—¿No? Hasta ustedes son conscientes de que el futuro puede cambiar en función de nuestras decisiones. El pasado, en cambio, es el que es. Conocer ese pasado, conocer a una persona como puedes conocerla tú, te da el poder de destruirla por completo. La gente que más daño puede hacernos es aquella que sabe quiénes somos.

Darien sacude la cabeza. Su lógica hace que su don parezca todavía más retorcido.

—Yo no quiero destruir a nadie.

—¿No querrías destruirme a mí? ¿No me odias, celestial?

Sí. Sí lo hace. Lo odia cuando le da órdenes, lo odia cuando le hace preguntas, lo odia cuando intenta convencerlo para que haga un trato con él. Lo odia por usar su magia sobre su cuerpo, por salvarlo. Lo odia por todos y cada uno de los recuerdos que ha visto, los horribles y los buenos, porque lo confunden. Lo odia ahora, también, por hacerle pensar que ser peligroso puede ser algo de lo que debería sentirse orgulloso.

—Sí, sí que lo hago —gruñe—. Te odio, y te mereces que te destruya por todo lo que me has hecho.

Ahora que sabe que se cura de cualquier herida, de cualquier golpe, se pregunta si esa sería la única manera de hacerle daño de verdad: jugar con su cabeza, aprender de él todo lo que no quiere que sepa y utilizarlo en su contra.

Caleb ladea la cabeza, pero sus labios se mueven en el asomo de una sonrisa, apenas una comisura levantada que grita que se está burlando de él. Y es esa mirada, ese gesto tan lleno de ironía, lo que consigue enfurecerlo todavía más. Es la certeza de que no se lo toma en serio, de que, aunque le dijo que puede ser peligroso, no le teme ni siquiera un poco.

—Puedes intentarlo —dice con la mofa en la voz de quien se sabe invencible.

Pese a todo lo que le ha dicho desde que se conocen, son esas palabras las que terminan con su paciencia. De pronto, quiere que ese chico lo tema como le han temido tantas otras personas a lo largo de su vida. Quiere que se arrepienta de haber deseado que use su poder. Quiere que comprenda, de una vez por todas, lo desagradable que puede llegar a ser para él también. Quiere que lo lamente y suplique dejar de ver, después de tanto insistirle para que hurgue en sus recuerdos.

Por primera vez, quiere tocarlo para arrancar algo de él, quiere extender los dedos y retorcerle la piel hasta ver su momento más íntimo, uno que haya desterrado a lo más hondo de su cabeza. Uno que lo haga vulnerable, que le duela. Uno que vaya a arrancarle la máscara de indiferencia. Quiere ser el filo que le reabra una herida a la fuerza, quiere reventar todas las cicatrices que lleve por dentro.

Cuando echa las dos manos hacia sus brazos y lo empuja contra la baranda del barco, busca hacerle daño de todas las maneras posibles.

Y ni siquiera le importa si, en el proceso, se hace daño también a sí mismo.

CALEB

El suelo está frío y pegajoso. Eso es lo único que soy capaz de percibir antes de empezar a sentir todo lo demás. El sabor a sangre en la boca. El dolor en las manos y en el pecho. El olor a óxido en el aire. El zumbido inconstante de un par de moscas.

Los recuerdos.

Al principio llegan poco a poco. Recuerdo la cena, a Astrey llamando anciano a Nilam y bromeando con él sobre todas las cosas que hace años que no le ve hacer, como atreverse a acercarse a una chica o beber. Recuerdo a Nilam resoplando, diciéndonos que no ha tenido tiempo de ocuparse de sí mismo porque ha tenido que cuidar de dos niños exasperantes como nosotros. Recuerdo a Astrey mirándome con sus ojos grises muy abiertos y exclamando: «¡Ahora es culpa nuestra que sea un viejo amargado!».

Recuerdo reírme. Recuerdo apoyar a Astrey en sus burlas hasta que me acabé la cena y me sentí lo suficientemente cansado como para pedir permiso al maestro para retirarme. Recuerdo a Astrey detenerme antes de que me fuera para sacudirme un poco el pelo en ese gesto que sabe que a mí me molesta pero a él le divierte.

—Duerme bien, enano.

Recuerdo su sonrisa, la de siempre. La de la persona que un día consideró que le tocaba ser algo semejante a mi hermano mayor, ya que Nilam era algo parecido a mi padre y yo no recordaba a ninguna otra familia.

Y después, en un parpadeo, una sonrisa muy distinta.

La sangre goteando, manchándolo todo. Su figura de pie ante el cadáver del maestro.

El maestro.

Cuando abro los ojos y giro la cabeza, me encuentro con la suya. Está ahí, separada de su cuerpo, tirada en medio de la sala. Sus ojos apagados y abiertos me devuelven la mirada mientras una mosca se pasea por uno de ellos y otra se posa en sus labios.

El grito de horror me rompe la garganta mientras mi cuerpo huye. Retrocedo sin pensar, rápido, como si a esa cabeza fueran a salirle patas de araña y fuera a caminar hacia mí o como si el demonio de Nilam fuera a asomarse desde su cuello para devorarme. No ocurre, nada ni nadie sale de entre las sombras para clavar sus dientes en mi cuerpo, pero siento la ansiedad y el terror como si ya tuviera algo metido en las entrañas que me está arañando, me está mordiendo, me está destrozando.

Estoy temblando cuando me quedo quieto en un rincón, encogido sobre mí mismo y, por primera vez, queriendo cerrar los ojos y olvidar. Hace años que me obsesiona todo lo que no sé de mí, todo lo que no entiendo, pero al principio no fue así. Al principio, cuando no comprendía nada de lo que pasaba a mi alrededor, cuando era solo un niño que ni siquiera sabía hablar, apenas un bebé en un cuerpo de seis años, no podía asimilar los conceptos de nostalgia ni de pérdida ni de misterio ni de muerte. Solo era un gran lienzo en blanco sobre el que Nilam y Astrey empezaron a pintar, un trozo de barro sin trabajar. Ellos me dieron todas esas palabras. Ellos me llenaron de colores y me dieron forma.

Necesito volver a ser un lienzo en blanco. Necesito olvidar. No quiero pensar en ese hombre tirado en el suelo, ni en esa persona que he considerado como mi familia durante años. No quiero pensar en la manera en la que me lancé hacia él con una ira ciega y la manera en la que Astrey se rio de mí. No quiero pensar que seguía sonriendo cuando su filo me atravesó el corazón.

Muerto.

Yo también debería estar muerto.

Se me escapa un jadeo nervioso. Una cosa es que nunca me ponga enfermo, que las heridas sencillas se curen, que sea extraño y que haya una magia dentro de mí que no tiene sentido. Y otra muy distinta es... esto. Astrey me atravesó el corazón. Estoy seguro de que lo hizo. Lo sentí. Vi su sonrisa horrible y esos ojos apagados, reconocibles y, al mismo tiempo, totalmente ajenos a lo que llevo años viendo de él.

—Lo siento, hermanito. No es nada personal.

Y después llegó el dolor, el mundo nublándose a mi alrededor. Ahora, sin embargo, mientras busco el rastro de la herida, no encuentro nada en absoluto. Mis ropas están llenas de sangre seca, pero no hay cortes. Ni siquiera la huella de una cicatriz. No hay nada y, por un momento, cierro los ojos esperando que todo haya sido un mal sueño, una pesadilla de la que estoy a punto de despertar. Tengo que despertar. Quiero despertar.

Pero no voy a hacerlo, porque todo es real. Astrey no está aquí. El maestro está muerto.

Y yo no.

No quiero. No quiero volver a estar solo y perdido, no quiero recuerdos y tampoco quiero olvidar. No quiero una vida que empiece de cero una vez más, no quiero otro mundo que no voy a saber comprender, un mundo en el que ya no me queda nadie y en el que ni siquiera sé si tengo derecho a morir. Estoy harto. Estoy harto de todas las cosas que no sé, estoy harto de todas las cosas que no entiendo. Estoy cansado y estoy solo.

No lo soporto más.

El puñal que Astrey usó contra mí sigue cerca, unos pasos más allá. Solo necesito gatear hasta él para tenerlo entre las manos, para ver mi rostro reflejado en el filo.

La primera vez que cae sobre mí es sobre el estómago, con fuerza. Mi cuerpo escupe la sangre, desde la herida y desde mis labios. El dolor es lacerante y, aun así, apenas es nada en comparación con lo que me provoca mirar el cadáver en el suelo o recordar a Astrey o la simple perspectiva de seguir viviendo. No quiero seguir viviendo. No puedo seguir viviendo.

La próxima vez que el puñal cae sobre mí es sobre la muñeca.

Cuando sana, lo repito. Cuando sana, lo repito. Cuando sana lo repito. Cuandosanalorepito, cuandosanalorepitocuandosanalorepito...

Y cuando nada de eso sirve, con un grito de rabia, de llanto, lleno de todo lo que me está quemando por dentro y que solo quiero que acabe, que acabe, que acabe, levanto el cuchillo y me corto el cuello.

El mareo que siente no tiene nada que ver con el vaivén del barco. La boca le sabe a sangre, aunque sabe que no hay herida, que es solo una de esas sensaciones demasiado vívidas que provocan en él las visiones de ese celestial. Es como volver a estar ahí. Es como tener de nuevo doce años y estar tan perdido que lo único que puede hacer es odiar ese cuerpo que ni siquiera lo deja descansar. Por un segundo, se siente pequeño e indefenso, con la piel cubierta de sangre y lleno de un dolor que lo parte en dos. Siente el filo rajando su cuello y recuerda que cuando volvió a despertar todo seguía igual y él, ya cansado, ya sin rabia, ya sin nada, se acurrucó junto al cuerpo de Nilam y dejó que el tiempo pasara y las lágrimas se le acabaran.

Había bloqueado todo eso. Lo había relegado a un lugar muy profundo de su mente y lo había simplificado; sabe que dolió, que intentó hacerse daño, que no funcionó. Hacía años que no reparaba en los detalles, en las moscas en la boca, en la cantidad de cortes que se hizo. Volver a vivirlo todo con esa precisión hace que su cuerpo se quede frío y que su mirada se nuble. Y después vuelve todo lo demás. Los sonidos del barco, el aire en su cara, los olores del río, todas las energías que siente vibrando a su alrededor.

Y Darien.

Está ante él, con la piel más pálida que nunca y una expresión horrorizada. Sus ojos verdes brillan con lágrimas contenidas y, por primera vez, la sensación de sus manos sobre su cuerpo le genera rechazo, pero no lo aparta. No va a dejar que lo vea más afectado de lo que ya lo ha visto, aunque haya sido a traición. Por eso solo entrecierra los ojos, con el rencor creciendo en su pecho para sustituir todas esas otras emociones en las que no quiere pensar.

—Felicidades —susurra, ácido—. Parece que, después de todo, sí que puedes llegar a controlar lo que haces.

El celestial da un respingo y lo suelta con una precipitación que hace que se tambalee al retroceder un par de pasos.

No le responde. No dice nada.

Cuando sale corriendo, Caleb tiene claro que esta vez no huye solo de él y de todo el dolor que ha visto, sino también de sí mismo.

DARIEN

Darien nunca va a decirle a Caleb cómo se sintió después de ver su recuerdo más doloroso. Nunca va a hablarle de cómo se encerró de nuevo en la bodega y de cómo se encogió sobre sí mismo en las escaleras, con la sensación tan real de que él también tenía el cuerpo recubierto de sangre y de que le dolía, pero no tanto como le dolía todo lo demás. Nunca va a admitirle que es la desesperación más profunda que ha sentido jamás y, sobre todo, nunca va a decirle que lo comprendió.

Tampoco va a decirle cuánto lloró. El primer sollozo sonó como un crujido más del barco y, solo un instante después, el río que surcaban no fue nada en comparación con las lágrimas que empezaron a caer de sus ojos. Jamás había necesitado tanto un abrazo y había tenido, a la vez, tan pocas ganas de recibirlo, porque le horrorizaba la mera idea de conseguir un solo recuerdo más de otra persona, porque su cabeza ya estaba lo suficientemente llena de ellos. De los de Caleb, sí, de todo ese horror y esa sangre y esa necesidad de que todo se acabara, pero también de los suyos propios. Lloró por él, pero también por Adam, por Nathan, por Lilith y por sí mismo. Lloró porque entendía lo que era sentirse tan solo como para que la vida pareciera de pronto algo demasiado complicado, demasiado vacío.

Así es como se ha sentido en los dos últimos días: totalmente solo por primera vez en su vida. En el Templo siempre había gente, aunque él apenas se relacionara con ella. A su alrededor estaban otros celestiales, había iniciados, y también sus primos y Nathan. Ahora, sin embargo, solo está él, en ese barco con rumbo a un lugar desconocido.

Como si quisiera castigarlo, Caleb no vuelve a aparecer para nada, ni siquiera para llevarle comida, algo de lo que pasa a encargarse una bruja que no le dedica ni una palabra. Del mismo modo, Darien no se ha atrevido a salir del pequeño almacén que se ha convertido en su celda. Permanece en un rincón, entre cajas y sacos, intentando hacerse lo más pequeño posible. Es durante la segunda tarde que está allí cuando se da cuenta de todo el tiempo que ha pasado ya desde la boda y un peso más se le acumula en el estómago. No sabe cuántos días lo tuvo Caleb dormido, así que no puede hacer los cálculos que necesita hasta que la bruja que le lleva su cena aparece y él rompe el silencio que ambos han mantenido cuando le pregunta por la fecha. La bruja, con branquias en el cuello en vez de nariz, lo observa de arriba abajo y parece sentir cierta lástima por él.

—Vigésimo noveno día de primavera.

La información lo golpea con tanta fuerza que está a punto de hacerlo llorar otra vez. No responde. No dice nada hasta que vuelve a quedarse solo y puede cerrar la mano en torno a ese medallón robado por el que su prima lo habría censurado si alguna vez se hubiera atrevido a contarle la verdad. Querría hacerlo, ahora. Querría explicarle muchas cosas y disculparse por tantas otras.

Y ahora quizá nunca pueda hacerlo, porque Caleb le dijo que Lilith estaba muerta.

Muerta.

Sigue sin querer creerlo, no puede creerlo, pero incluso así se le escapa un gemido de dolor, mientras se tumba en el suelo y se encoge de nuevo para abrazarse el cuerpo como querría abrazar otro.

—Feliz cumpleaños —solloza.

Y espera que, en alguna parte, esté en esa dimensión o en otra, Lilith pueda escucharlo.

Caleb vuelve a aparecer a la mañana siguiente y odia que verlo le haga sentir cierto alivio, pero es algo reconocible después de la reciente soledad. Aun así, el necromante parece incluso más frío de lo habitual y tan solo le tira una bolsa de tela a los pies.

—Límpiate y cámbiate: no queremos que llames la atención. Te espero arriba.

Darien traga saliva, pero aprieta los puños y decide hablar, tal vez solo porque lo necesita, porque el silencio de los últimos dos días ha demostrado ser muchísimo peor:

—¿Es una orden?

Caleb ya se está dando la vuelta, pero lo mira por encima del hombro con esa expresión familiar en él, la de las cejas enarcadas y el rostro inexpresivo.

—No, es una recomendación para hacerme la vida más fácil. Quiero llegar al palacio sin tener que evitar que te maten veinte veces más.

Darien titubea. Es complicado saber cuándo hace una broma o algo que se le parezca, pero cree que empieza a distinguirlo. Su humor no es tan distinto al de Nathan, aunque en su caso era más desafiante y resultaba más fácil reconocer la ironía y la burla en su expresión y su tono.

—Supongo que es un avance que ahora trates de salvarme, en vez de matarme —le responde.

Caleb alza un poco más las cejas, quizá porque no esperaba una contestación, pero le parece que algo en su expresión cambia un poco. Pese a ello, solo repite:

—Cámbiate.

No añade nada más, pero cuando sale al menos no cierra la trampilla de un golpe. Darien suspira. Su túnica a esas alturas es apenas un harapo manchado y roto en varios puntos, así que agradece encontrar en la bolsa un odre con agua, jabón y un paño para poder limpiarse un poco y otra ropa con la que cambiarse, aunque sea de colores oscuros y muy distinta a las prendas que suele llevar. Ponerse el jubón largo de color verde oscuro, la camisa blanca y los pantalones cafés es como ponerse un disfraz, como fingir que es otra persona, pero está dispuesto a soportar la incomodidad si con eso se mantiene a salvo. Con cuidado, se mete el medallón robado por dentro del cuello de la camisa y se asegura de que no pueda verse.

Caleb lo está esperando en cubierta, con los brazos cruzados sobre el pecho y la espalda apoyada en la baranda del barco, en la misma postura que tenía cuando él decidió atacarlo a traición hace un par de días. Darien contiene un escalofrío al pensar en ello y otro cuando el necromante se fija en él y examina su aspecto de arriba abajo. Sin embargo, lo que lo deja realmente paralizado es el paisaje que se adivina a sus espaldas.

Damira, la capital del Imperio del Caos.

Los marineros están todavía preparando todo para el desembarque en el puerto, pero para entonces la ciudad ya se dibuja demasiado cerca. Una ciudad de brujos, de demonios. El lugar desde el que se controlan todos los territorios de Odelia, que lleva siendo el enemigo declarado de Daiva desde que Aiva y Saenal luchaban por el control del Amuleto. Darien ha escuchado las suficientes historias sobre esas tierras como para sentir que le tiemblan las piernas, tanto como para necesitar apoyar sus manos sobre la baranda del barco cuando se acerca a ella. Ha leído los suficientes libros de historia para saber que ese lugar ha sido nido de usurpadores y desgracias durante siglos, y que todo allí se regula por la ley del más fuerte.

—¿Qué va a ser esta vez, celestial? —pregunta Caleb, a su lado, consiguiendo que centre su atención en él—. ¿Vas a acompañarme por las buenas o por las malas?

Darien hace una mueca.

—¿Cuál es la opción por las buenas ahora?

Su captor se encoge de hombros con la misma calma de siempre.

—Que me sigas caminando, tranquilo y en silencio, porque de lo contrario te ordenaré hacer de rodillas todo el camino hasta el palacio.

Aunque esa respuesta consigue hacerle fruncir el ceño, Darien tiene sorprendentemente claro que es una amenaza vacía. No, Caleb no es así con las órdenes. No se… regodea.

Es ridículo empezar a conocer con esa precisión a una persona a la que detestas y que ha aparecido en tu vida hace tan pocos días. Alguien de quien, en realidad, no querrías haber sabido nada jamás, si te hubieran dado elección.

—No lo harías.

Eso parece extrañar a su acompañante.

—¿Quieres probarme?

—No lo necesito: no lo harías. —Caleb enarca las cejas, aunque parece un poco intrigado por su seguridad—. No me darías esa orden, no eres… esa clase de persona.

—¿Y cuál consideras que es mi «clase de persona», si puede saberse?

—Manipuladora —replica él, con los ojos entrecerrados—. Tú prefieres provocarme y jugar conmigo para que termine haciendo exactamente lo que tú quieres sin necesidad de darme ninguna orden.

Caleb pone los ojos en blanco.

—No está saliendo demasiado bien, o ya habrías visto algo de lo que necesito. Quizá tenga que ser peor.

Darien se tensa cuando los dedos del necromante se alzan hacia su medallón y lo rozan. Espera la orden. Espera que lo obligue a tocarlo y fuerce su poder hasta que ya no pueda ni siquiera salir de su cabeza y termine perdido para siempre en sus recuerdos. Siente el terror atenazándole los huesos… y después, Caleb resopla y suelta el collar antes de voltear hacia el puerto al que se aproximan.

No vuelve a respirar hasta ese momento. Frunce el ceño, confundido, y aunque sabe que es un error, que debería dejar el tema e ignorarlo como llevan ignorándose dos días seguidos…

—¿Por qué no lo haces? ¿Por qué no me obligas sin más a tocarte?

Caleb lo observa de reojo. Tarda un par de segundos más en contestar, como si estuviera valorando si se merece o no una respuesta. Al final, se encoge de hombros.

—Te dije que no lo haría, ¿verdad? Y también te dije que soy un hombre de palabra. Además, es más satisfactorio así —añade—. Puedes engañarte si quieres diciendo que te manipulo, pero tú *decidiste* tocarme en el bosque, del mismo modo que tú *decidiste* atacarme antes de ayer. Dime, ¿lo disfrutaste? ¿Te gustó hacerme daño, celestial?

No, por supuesto que no lo disfrutó. Una parte de él, una pequeña y retorcida que no sabe desde cuándo está ahí, sigue pensando que se lo merecía, pero no quiere repetir la experiencia. Tal vez si hubiera recuperado otro recuerdo sería diferente, pero sabe que no va a deshacerse del que le robó jamás. Va a seguir sintiendo lástima por el niño que fue y sabe que nadie merece lo que le ocurrió, que nadie merece perder a su familia así. Nadie merece quedarse sangrando en el suelo, esperando morir simplemente porque le parece que es un final más benevolente que seguir viviendo, y no pudiendo encontrar ni siquiera esa libertad.

Darien aparta la vista y se frota los brazos, sintiéndose helado por dentro. Aun así, no quiere decir la verdad. Quizá se esté haciendo adicto a las mentiras.

—Bastante.

Aunque no sabe qué expresión pone Caleb porque no se atreve a mirarlo, escucha su respuesta, un poco seca, pero carente de la acidez con la que lo felicitó aquel día:

—Bien.

No dice nada más. No hay tiempo, de todas formas, porque en ese momento el barco da una pequeña sacudida y ambos voltean a ver el puerto. Darien toma aire, inquieto, mientras observa las siluetas de unas casas demasiado altas, hechas con una mezcla de materiales imposibles que pone diferentes colores en sus fachadas. Lo que más llama su atención, sin embargo, es el edificio majestuoso que se alza más allá de esos tejados, de piedra ennegrecida y destellos carmesíes bajo el sol de la tarde. Las torres del palacio imperial son tan altas que parecen querer arañar el cielo para alcanzar una nueva dimensión tras él, y el chico se estremece al verlas porque no puede evitar imaginarse encerrado en una de ellas.

—Bienvenido a Damira, celestial.

El puerto de Damira está lleno de gente. Eso es lo primero en lo que se fija Darien, porque tiene que esquivar a un par de personas en cuanto están, al fin, en tierra firme. Hay marineros, trabajadores de la zona, pescadores y vendedores. Hay comerciantes, que se diferencian de los demás por la ropa que usan, de colores más llamativos. Y casi todas esas personas, por lo que Darien puede comprobar, son brujos. Aunque empieza a acostumbrarse a que sean una visión de su día a día, duda que nunca vaya a acostumbrarse a cómo un gesto de ellos puede mover una caja pesada o a que no necesiten más que algunos materiales y un pase mágico para arreglar el casco de los barcos atracados allí.

Y pese a la magia, pese al aspecto casi animal que tienen muchos de ellos, su vida parece muy… normal. A medida que avanzan fuera de los muelles, lo comprueba con sus propios ojos: un par de niños se sientan en el borde del malecón con unas cañas de pescar; un poco más allá, unos marineros juegan a las cartas; más adelante, dos mujeres regatean sobre el precio de un cubo de cangrejos que mueven las patas en un intento de escapar.

—No te separes —le advierte Caleb, que se ha parado unos pasos por delante de él.

Darien casi teme que sea una orden, pero ni el chico se siente obligado a obedecer ni el necromante vuelve a moverse hasta que se pone a su lado.

—La ciudad cambia constantemente y puede ser un laberinto —continúa, una vez que retoma la marcha—. Así que no te quedes atrás o te perderás antes de que te des cuenta.

—¿No crees que eso es un poco exagerado?

Pero conforme se acercan al final del puerto descubre que no lo es. Las fachadas de las casas pasan a verse entonces con claridad, peculiares y muy diferentes entre sí. Las hay muy estrechas y altas, otras más bajas, ocupando el lugar de dos edificios; las hay con los tejados oscuros muy inclinados, y otras casi ni tienen tejado, como si se les hubiera olvidado construir la parte más importante; las hay con puertas ligeramente torcidas, con ventanas de cristales coloreados o con plantas de piedra sobresaliendo de la fachada principal. Darien las observa al pasar, preguntándose en qué clase de sueño está, sobre todo cuando una de las ventanas a las que está mirando (triangular, extraña) desaparece de un segundo piso para aparecer un instante después en el primero. Dos edificios más allá, un par de escalones de entrada se convierten en una pequeña rampa para que una mujer joven en una silla de ruedas pueda bajar sin dificultades. Un poco más adelante, un muro se alza para tapiar la entrada de un callejón en el que entró una pareja entre risas y besos, y Darien termina de comprender que la advertencia del necromante no era solo una forma de hablar. Sí, sería muy sencillo perderse, porque cualquier punto de referencia puede cambiar de un minuto al siguiente.

Incapaz de pensar con claridad, queriendo beber de todos los detalles y, al mismo tiempo, sin querer acercarse a la magia a su alrededor, el chico da un solo paso más cerca de su captor.

—Esto es… —comienza.

Pero no se le ocurre cómo describir con precisión lo que piensa.

—¿Caótico?

Darien asiente, aunque esa palabra resulte demasiado obvia. A él le gustaba su rutina en el Templo, la estabilidad, que las cosas no cambiaran, pero esto es todo lo contrario: el tiempo que tarda en parpadear es suficiente para perderse algo. Es… angustiante. La clase de cosa que lo pone nervioso y, al mismo tiempo, de la que le gustaría saber más.

Está tan enfrascado en la cantidad de cosas que pasan a su alrededor que tarda un segundo de más en ver cómo una puerta aparece en una pared a su izquierda y una persona cargada con una caja sale por ella y está a punto de chocar con él, pero una mano jala su brazo para apartarlo justo a tiempo.

—*Demasiado* caótico —murmura Caleb, justo a su lado.

Darien se queda paralizado un instante, esperando el tirón de otro recuerdo, pero, aunque siente una cacofonía y algo intentando formarse a su alrededor, no llega a definirse. Le parece que Caleb también se relaja un poco cuando no pasa nada, pero no hace comentarios al respecto y continúa su camino. El necromante no aparta la mano aunque el peligro ha pasado y el celestial decide que tampoco va a soltarse. Nota su agarre sujetándolo firmemente, la calidez de su piel traspasando la tela de su manga, pero lo prefiere a la idea de tropezar con alguien desconocido. No puede evitar fijarse en la forma en la que esos dedos se aprietan contra su cuerpo. Ni siquiera recuerda la última vez que el tacto de alguien se mantuvo tanto tiempo sobre él.

Después, su mirada vuelve a su rostro. Aunque ese chico apenas suele dejar ver nada en su cara, ahora le parece que su expresión es más tensa y vigilante de lo habitual.

—No te gusta este lugar —adivina.

—No demasiado —le concede su acompañante.

—Pero al menos aquí hay... vida. Parece más amable que Arsay, ¿no?

Todo lo que sabe de ese lugar es que es prácticamente un cementerio lleno de ruinas de una civilización extinta, que está lleno de bosques y que las pocas comunidades que coexisten, de manera independiente e incluso nómada en muchas ocasiones, no parecen ser demasiado grandes. Se supone que la mayoría de los necromantes vive allí y está casi seguro de que casi todos los recuerdos que ha visto de Caleb ocurrían en ese territorio, sobre todo aquella visión con Muerte...

—En Arsay estamos rodeados de vida todo el tiempo —le rebate Caleb, lanzándole un vistazo de reojo—. Lo que no hay son grandes ciudades.

—Y, por supuesto, a ti no te gustan las ciudades. Porque no te gusta la gente.

La acusación casi parece hacerle gracia al necromante, que lo observa con esa expresión aparentemente vacía en la que empieza a poder reconocer pequeñas cosas. Por ejemplo, cuando va a burlarse de él, su cejas se levantan de una manera muy concreta, como ahora.

—Es curioso que me lo digas tú. ¿Cuánto hace que no salías del Templo, celestial? A la ciudad, me refiero. Apuesto a que te aterraba la idea de tropezar por error con alguien y terminar viendo algo que no debías.

Darien hace una mueca. Sí, es cierto; la primera vez que salió a la calle después de su Rito de Consagración y se dio cuenta de lo que podía pasar estaba aterrado. De hecho, recuerda haberles dicho a sus primos que había cambiado de idea, que fueran ellos solos a pasear, que prefería quedarse con Nathan en el Templo, que se sentía culpable de dejarlo solo.

—En mi caso no es... que no me guste la gente. Antes de recibir mi don, me gustaba jugar con todo el mundo, me gustaba... tocar a la gente que quería y que me tocaran.

La expresión de Caleb también cambia cuando algo le resulta interesante. Siempre ladea la cabeza hacia la derecha y es como si se relajara, como si algo en él pasara a ser un poco más joven y curioso. Si no fuera imposible, hasta diría que el agarre en torno a su abrazo se suaviza un poco. Siente sus dedos bajar hasta su muñeca, mientras dirige la vista al frente.

—No es que no me guste la gente —dice él a su vez—. Pero no me gustan las cosas que se salen de mi control, y aquí hay demasiadas. Además, me cuesta confiar en personas a las que no conozco bien.

Darien traga saliva, porque esa es la primera confesión que obtiene de ese chico sin tener que utilizar su poder. Pero tiene sentido, con todo lo que sabe de él. Al fin y al cabo, una persona que admiraba, alguien que de hecho quería como a un hermano, acabó con toda su vida tal y como la conocía.

—¿Y quiénes son las personas en las que sí confías? ¿Solo esos dos necromantes con los que parece que vas a todas partes y la chica del acantilado?

La forma en la que Caleb se detiene de golpe le hace pensar que ha tentado demasiado a su suerte al seguir preguntando. Espera ver molestia en su rostro cuando vuelve a girarse hacia él, pero en su expresión de pronto solo hay... confusión.

—¿Cómo dijiste?

Él titubea.

—Son las únicas personas con las que te he visto en tus recuerdos, así que pensé...

—No sé quién es esa chica —lo interrumpe Caleb—. La del acantilado. No la he visto jamás.

Darien abre la boca, pero la cierra casi de inmediato, sin saber qué responder.

—Eso no tiene sentido. Era tu recuerdo, claro que…

—No, no lo era. Pensé que ese recuerdo era tuyo.

¿Suyo? No, sus recuerdos son los únicos que no puede revivir con esa precisión. Y, de todas formas, está seguro de no conocer de nada a esa mujer. Jamás la había visto, por mucho que su canción le resultara familiar. Él, además, que lleva toda su vida entre las murallas de Daiva, ¿cómo iba a haber visto el mar antes? Por no hablar de esos sentimientos por ella o de la forma en la que sus labios…

Siente que enrojece. No. No tiene sentido.

—Mi poder no funciona así —le explica—. Tú nunca vas a poder ver nada de mí, por mucho que te toque. Los sensibles solo canalizamos lo que otros han vivido.

Pese a su explicación, Caleb sigue sin parecer convencido, se le nota en la cara, en la manera en la que su ceño se frunce ligeramente. Y ni siquiera puede culparlo. Es… extraño. Si lo piensa detenidamente se da cuenta de que es cierto, de que algo en ese recuerdo no encaja con la voz de Caleb, con la forma en la que él actúa y piensa…

—¿Estás seguro de que…?

Darien no llega a escuchar el resto de la pregunta, porque algo llama la atención en el límite de su campo de visión. Una pared desaparece por completo detrás de Caleb y un callejón aparece en su lugar, solo un segundo antes de que un caballo al galope salga de él, guiado por un jinete al que parece no importarle en absoluto la posibilidad de arrollar a alguien. Pasa tan rápido que Darien apenas si es consciente de lo que está haciendo cuando agarra al necromante para apartarlo del camino a toda prisa. El brujo y el animal se alejan sin mirar atrás, generando un caos de insultos y cambios a su alrededor, y Darien hace una mueca, convencido de que podrían haber pasado por encima de ellos sin remordimientos.

Cuando voltea a ver a Caleb, lo descubre con los párpados entrecerrados mientras sigue el trayecto del jinete, pero después su mirada regresa a él y sus ojos se encuentran. La espalda del necromante está contra la pared y sus dedos le han soltado la muñeca porque ahora es Darien quien lo sujeta a él: sus manos están sobre sus brazos, apretadas alrededor de su camisa, casi como cuando lo agarró en el barco. Darse cuenta es suficiente para hacer que lo suelte tan rápido como puede y dé un par de pasos atrás. Siente un ramalazo de vergüenza que lo sacude por dentro.

—Parece que esta ciudad es tan caótica que hasta hay margen para que yo te salve la vida —comenta, inquieto. Las palabras se le enredan en la lengua y se siente repentinamente estúpido. Tendría que haber dejado que lo arrollaran. Tendría que haber aprovechado el momento para recuperar su medallón y huir.

Caleb ladea la cabeza de esa manera tan específica, a la derecha. También enarca las cejas.

—Habría sido mucho más impresionante si yo no fuera inmortal.

Darien siente que se ruboriza.

—Aun así, podrías darme las gracias, ya que nunca pides nada por favor —farfulla—. Sería una sorpresa y una agradable muestra de educación.

—¿Verás más cosas de mí si te lo pido así?

—No.

—Eso suponía. —Y, de nuevo, sin agradecimientos ni súplicas, Caleb se pone en marcha, lanzándole un vistazo por encima del hombro—. No te separes —le advierte de nuevo.

Darien resopla, pero lo sigue, cubriéndose la muñeca que él agarraba hace unos minutos con los dedos de la otra mano. Ni siquiera recuerda la última vez que alguien mantuvo contacto físico con él durante tanto tiempo.

Y detesta pensar que no le habría importado que hubiera durado un poco más.

DARIEN

El palacio imperial de Odelia está rodeado por un muro de piedra oscura sin ningún tipo de entrada, guardado solamente por dos guardias vestidas de negro y armadas hasta los dientes, aunque la magia que se adivina en sus rasgos animales debe ser mucho más letal que cualquier filo. Parecen reconocer a Caleb en cuanto lo ven.

—La emperatriz te espera —le dice una de ellas, antes de apretar la mano contra la piedra.

El gesto es más que suficiente para que una puerta aparezca en el muro y se abra sin que nadie tenga que empujarla, y eso hace que Darien termine de ser consciente de dónde está, de la persona que aguarda tras esos muros, de que va a entrar en ese lugar en calidad de recluso, por mucho que no haya grilletes en sus manos y camine por su propio pie. Su primer impulso es mirar atrás. Quiere huir. Quiere dar la vuelta sobre sus talones y perderse en la ciudad. Quiere volver al puerto y mendigar ayuda para cruzar el río, para alejarse todo lo que pueda de ese lugar.

—Vamos.

La palabra de Caleb, que está ya atravesando la entrada, no es una orden, pero Darien avanza porque las brujas que custodian el muro lo miran con fijeza y parecen dispuestas a saltar sobre él si les da la más mínima excusa. El camino ancho que lleva hasta el palacio está pavimentado con baldosas de ónice negro y bordeado de estatuas, pero lo que le quita la respiración es el gran edificio que se alza ante él. Parece inmenso, mucho más grande que el castillo de Erela. De cerca, su apariencia es todavía más impresionante, lleno de arcos apuntados y criaturas que parecen talladas en las paredes o dormir en ellas esperando el momento perfecto para despertar y saltar sobre él. Lo único que destaca contra la piedra negra con la que está construido el palacio son las vidrieras rojas, que le dan el aspecto de un macabro edificio de culto. El rosetón que decora la fachada central, de hecho, se parece un poco a un gran ojo abierto y a Darien le da la impresión de que los observa avanzar, expectante.

Un poco mareado, se fija en Caleb, que casi parece fundirse contra el negro del suelo. De alguna manera, encaja dentro de ese paisaje, aunque no pertenezca a él. No puede evitar preguntarse cuánto tiempo lleva trabajando ahí, pero debe de ser el suficiente como para que los guardias lo conozcan y él sepa exactamente hacia dónde se dirige.

Sus pasos se detienen en medio del camino.

—¿Por qué? —suelta el celestial, en cuanto el necromante se da cuenta de que se detuvo y se gira hacia él—. No te gusta estar en la ciudad y ni siquiera parecen gustarte especialmente los brujos ni su caos, pero sirves a la emperatriz de Odelia. ¿Por qué? ¿Es solo por dinero?

Caleb no parece una persona que se mueva solo por eso. ¿Es por sus amigos, entonces? ¿Ellos decidieron y él simplemente los siguió? ¿Importa, siquiera? Lo ha llevado hasta Odelia, lo ha convertido en un cebo para intentar atraer a Nathan. No, no debería sentir más curiosidad por la vida de ese chico del que ya sabe demasiado. Lo que tendría que intentar averiguar, en todo caso, es qué pretende hacer la emperatriz con el Amuleto del Tiempo, nada más.

Su captor alza las cejas.

—¿Por qué no lo averiguas tú mismo? —sugiere, como si nada—. Yo no tengo nada que esconder y tú tienes el poder de descubrir todo lo que quieras de mí, y parece que tienes más control sobre él de lo que creías.

Darien aprieta con fuerza la mano en un puño hasta que siente las uñas clavándosele en la piel. No puede creerse que vuelva a retarlo después de cómo acabaron la última vez que vio algo en su cabeza.

Se supone que lo atacó para darle una lección, pero no parece haber funcionado.

—No tienes nada que esconder hasta que saco a la luz algo que no quieres ver —replica—. ¿Cuántos días vas a ignorarme esta vez si te arranco otro recuerdo que no te conviene?

Caleb casi parece sorprendido por esa respuesta.

—¿Crees que me molestó que vieras lo que viste?

—Diría que parecías bastante molesto, sí.

—Lo estaba, pero no por lo que tú piensas: lo que me molestó fue que me hicieras revivirlo *a propósito.* Me molestó que quisieras hacerme daño y que lo consiguieras.

Esta vez es él quien alza las cejas. Le parece ridículo. No va a entender a ese chico jamás.

—No puedes burlarte de mí, decirme que mi poder es un arma, y luego enojarte cuando lo uso como tal —lo acusa—. No puedes querer vengarte si animas a alguien a morder y el que recibe una dentellada eres tú.

—¿Por qué no? El mordisco duele igual, aunque me lo haya buscado. —Darien resopla y entonces vuelve a pasar: el cambio ligero en la expresión del necromante, su cabeza ladeada, la suave ironía en su voz—. Pero trataré de no volver a ignorarte, ya que te afectó tanto.

Darien nota cómo las mejillas se le encienden, lo cual parece divertir todavía más a su captor.

—¡No me afectó! De hecho, prefiero cuando no me hablas en absoluto.

—De acuerdo.

Y sin más, Caleb se encoge de hombros y le da la espalda para echar a andar hacia el palacio de nuevo, decidido a ignorarlo. Darien siente ganas de echar a correr en dirección contraria, pero sabe que no serviría de nada: a sus espaldas, el muro de piedra ha vuelto a cerrarse, así que solo le queda la opción de seguir hacia delante o quedarse ahí, abandonado, y sabe perfectamente qué prefiere.

Deja escapar un gruñido de frustración antes de seguir al necromante, sin añadir nada más. Al igual que el muro, la fachada del palacio no parece tener una entrada visible, y los cristales rojos de las ventanas no permiten ver ni un asomo del interior. Caleb se detiene ante la piedra negra, con la mano en alto para apoyarla contra la pared, y Darien se queda solo un par de pasos detrás de él, en tensión. No puede evitar observar la silueta del chico ante él, sus ropas negras, sus cabellos rubios. Aunque no es un brujo, aunque los necromantes solo tienen poder sobre aquello que tiene vida, toca la piedra como si realmente creyera que va a ceder bajo su tacto, con una seguridad que vuelve a hacer que se pregunte cómo es posible que se mueva con tanta facilidad por ese lugar. La bruja de la entrada dijo que la mismísima emperatriz lo estaba esperando, así que Caleb debe de responder directamente ante ella… ¿Por qué? ¿Cómo llegó ese chico ahí, a ser alguien que merece la confianza de la soberana de un Imperio? La suficiente como para que le encargara ir por el Amuleto, a él y a sus compañeros…

Odia tener tantas preguntas sobre ese chico, tantos momentos inconexos que no tiene las herramientas para unir. Odia no entender cómo ha terminado en ese lugar y por qué no lo abandona, si no le gusta. Odia que el reto que le lanzó siga resonando dentro de él.

No puede evitar preguntarse qué pasaría si…

Darien aprieta los puños antes de alzar una de sus manos sin que nadie se lo ordene, aunque el movimiento le parece casi igual de ajeno. No debería hacerlo, pero sus dedos ya casi están rozando su espalda. No va a funcionar, está seguro. Nunca lo hace… No. Nunca *lo hacía* antes de lo que pasó en el barco. A lo mejor podría volver a tener suerte. Además, tal vez no tenga nada de malo descubrir más cosas sobre él, después de todo. Caleb tiene mucho poder sobre él al tener su medallón, pero el único poder que Darien puede tener sobre ese chico es a través de su memoria. Él mismo se lo dijo, ¿verdad? Su don puede ser un arma, y quizá debería dejar de rechazar esa parte. Si quiere saber sus puntos débiles, va a tener que conocerlo a la perfección. Aunque no quiera comprenderlo mejor. Aunque no quiera saber nada más de él ni del niño que fue. Pero si está tan cerca de la emperatriz de Odelia, quizá puede descubrir algo de ella en su memoria. Si comprende por qué le sirve...

—Los contraté para que me guardaran las espaldas en Yuda, no para que me trajeran de vuelta al palacio. ¡Son los peores mercenarios que he conocido en mi vida!

Su Alteza Imperial cruza los brazos sobre el pecho, pero no da una imagen muy digna, sentada entre los almohadones, con el pelo negro revuelto y vestida solo con un camisón. La cama gigantesca en la que está metida hace que parezca más pequeña, más joven incluso que yo aunque en realidad me saque un par de años. Su mal aspecto es evidente, con su rostro todavía pálido y un poco consumido, pero al menos está mejor que cuando se desmayó.

Dyne y yo nos miramos, pero Derek se echa a reír, probablemente más divertido que molesto por las palabras de la princesa. Estoy seguro de que si cualquier otra persona se hubiera atrevido a insultarnos así se habría metido en una pelea, pero supongo que ella le hace gracia.

—Somos los únicos mercenarios que conoce, alteza —le respondo yo—. Y le salvamos la vida.

Darien tarda un par de parpadeos en apartar sus dedos de ese punto entre los omóplatos del necromante, que relaja sus músculos en cuanto la caricia desaparece, igual que lo hace la visión. Solo un segundo después, Caleb lo mira por encima del hombro. En el momento en el que sus ojos se cruzan, él es repentinamente consciente de lo que acaba de hacer y siente que sus mejillas se vuelven a encender, pero traga saliva y alza la barbilla, porque no va a pedir disculpas. Lo retó. Le dio permiso, de alguna manera, así que ese recuerdo ni siquiera debería contar como un robo. De todos modos, no puede evitar tensarse, esperando la burla o el castigo.

Pero Caleb no le ofrece ninguna de las dos cosas. En su lugar, le brinda esa expresión más tranquila, en la que puede reconocer cierta sorpresa, curiosidad y... algo más. Algo que todavía no le había visto.

Algo que la manera en la que él usa su poder nunca había despertado en nadie.

Orgullo.

—Felicidades.

La palabra cae sobre ellos de manera muy distinta a la última vez que Caleb la pronunció, esta vez honesta en lugar de llena de rencor. Darien siente que le cosquillea sobre la piel, que le entra por los oídos y le recorre hasta las puntas de los dedos de los pies, igual que lo hace la satisfacción. Ese sentimiento también es nuevo, pero le deja un sabor agradable en la boca. Por primera vez en mucho tiempo, no se siente sucio ni incómodo. Se siente… bien. Lo hizo. Se atrevió y vio justo lo que quería ver, o, al menos, un asomo de ello. Fue una visión demasiado breve para terminar de comprenderla, pero le dio el principio de una respuesta. Caleb y sus compañeros están involucrados con Odelia porque un día su princesa los contrató, aunque no sabe hace cuánto fue eso o por qué la única hija de Iraides de Odelia contrataría a unos necromantes para escoltarla a un nido de demonios como Yuda.

Darien abre la boca para dejar ir todas esas preguntas, pero el castillo parece estremecerse en ese momento y ambos apartan la mirada hacia la pared.

En ella aparecen de pronto unas puertas dobles, gigantescas, todo hierro negro y cristal rojo, y se abren para ellos con un crujido que parece retumbar en el propio suelo. Darien traga saliva, pero Caleb solo le dedica una breve mirada antes de traspasar el umbral primero, consciente de que él lo seguirá.

Aunque esperaba ver un gran recibidor, tal vez con una gran escalera y amplios pasillos, ante ellos se muestra directamente un gran salón de techos altos, con las paredes llenas de vidrieras granates que dan a la estancia un aire de pesadilla. Delante de cada una de las ventanas hay brujos vestidos de negro, todos ellos de cuerpos retorcidos y diferentes, algunos más bestiales que otros, y Darien nota que su corazón empieza a latir con fuerza al sentirse observado por todos esos ojos mientras él y su captor avanzan por una alfombra escarlata que ahoga sus pasos. Los suelos más allá de ese sendero son negros, brillantes como el mármol, y de ese mismo material están hechas las escaleras que se alzan al fondo de la habitación.

En lo alto de las mismas, entre dos estandartes rojos que muestran el escudo de la serpiente y la espada que representa al Imperio de Odelia, se encuentra el trono. Parece estar hecho de azabache, rubíes y oro y sobre él se sienta una mujer... o alguien que en su día debió de serlo.

La emperatriz Iraides de Odelia es un dragón. Al menos, está recubierta de las escamas de uno: son del color del vino tinto y van desde sus muñecas hasta los codos, puede que incluso más allá, por debajo de las mangas anchas de su vestido negro y dorado. Como si fueran una armadura natural, también se reparten por su cuello, por su escote e incluso por su cara, marcando sus mejillas, su mentón y sus sienes. El vestido que lleva puesto se ciñe a su cuerpo de una manera que en Daiva sería inimaginable, dejando adivinar la forma de sus curvas e incluso de las piernas cruzadas bajo la falda. Su pelo oscuro está recogido, dejando a la vista dos orejas adornadas con aretes de oro de los que cuelgan pequeños rubíes con forma de lágrima. Las mismas piedras preciosas, de hecho, que decoran la tiara que corona su cabeza y que se enreda en los cuernos que nacen en el borde de su frente. La mujer no necesita más adornos para evidenciar su poder y su fortuna. No lleva más joyas, ni en su cuello ni en sus manos pequeñas.

Sus labios están pintados del mismo color que sus escamas, pero cuando sonríe, todo en lo que Darien puede fijarse es en que sus ojos alargados se achican y cambian de color, pasando del negro al leve tono dorado que se puede ver en el cielo al amanecer.

No sabría decir si es hermosa o el monstruo más aterrador que se ha imaginado jamás.

—Te estábamos esperando, Caleb —dice la emperatriz—. Dinos, ¿qué nos trajiste?

Su voz es vibrante pero humana, y aun así deja a Darien completamente paralizado en su lugar, sobre todo cuando esos ojos cambiantes se fijan en él. Esa es la voz de una mujer que controla más de medio continente, la voz de alguien que esconde un demonio terrible en su interior, la voz de una hereje. Esa es la voz de la persona que le robó la corona al Inmortal, al brujo más poderoso que ha existido jamás en Evren.

Y a partir de hoy, él es su prisionero.

AMMARAH

La reina Ammarah de Daiva despierta sobresaltada, perdida en medio de su propia cama. Rina abrió las cortinas y la luz del sol, tenue en un mar de nubes, se cuela dentro de la habitación. Su sirvienta le está diciendo algo, pero ella apenas puede escucharla por encima del retumbar de su corazón, que resuena por todo su cuerpo. El último sueño que tuvo permanece demasiado vívido en su cabeza: la sala roja y negra, los brujos quietos como estatuas.

Y, sobre todo, el monstruo que se sienta en el trono de Odelia.

No sabe si el miedo que siente en el pecho es suyo o del chico que estaba en pie delante de la emperatriz y que se aferraba al medallón que colgaba de su cuello como si estuviera pidiéndole a su dios que lo salvara. Porque lo han secuestrado. Lo han convertido en un prisionero en una cárcel llena de demonios.

—¿Majestad? ¿Se encuentra bien?

Ammarah levanta la vista y se fija en Rina, que la mira con los ojos entrecerrados por la preocupación y los dedos enredados en el mandil que cubre su falda. Sabe cuál sería su reacción si le contara lo que acaba de ver. Sabe la expresión de terror que pondría y que empezaría a rezar a Destino y a los celestes para que los protejan. Imagina que esa será la reacción de su pueblo también cuando se descubra que detrás de todo lo que ha pasado en las últimas semanas está el Imperio de Odelia. Su gobernante, a quien todos han tomado por inofensiva durante años… Qué inocentes han sido. Qué estúpidos. ¿Cómo han podido confiarse tanto? ¿Cómo han podido creer que esos herejes no intentarían volver a conseguir el poder del tiempo una vez más? ¿Cómo han podido pensar que estaban a salvo, que en algún momento tuvieron una tregua en una guerra que lleva ya mil años declarada?

Durante los últimos días, Ammarah ha estado más perdida de lo que nadie imagina, pero de pronto tiene muy claro qué es lo que debe hacer.

La joven reina aparta las mantas de un tirón y se pone en pie. Toma la bata de seda blanca que descansa a los pies de su cama y se la pone mientras pasa al lado de su criada para acercarse al gran ventanal desde el que puede ver el reino que le pertenece y que empieza a despertar. A lo lejos puede distinguir las inmensas murallas que marcan los límites que ella debe proteger.

—¿Majestad? —repite Rina.

—Ve a buscar a la Suma Celestial —ordena la soberana del Sacro Reino de Daiva—. Dile que tuve un sueño. Y que Destino me recordó quién es nuestro verdadero enemigo.

NATHAN

—Sé que ya te lo he preguntado, pero ¿estás seguro de lo que vas a hacer? Todavía no es tarde para echarse atrás.

Nathan respira hondo para llenarse los pulmones del aire nocturno de Orlaith, que huele a la madera que se está quemando en la hoguera frente a la que descansan. Hace ya dos días que Astrey y él salieron del refugio de Los Elires, pero el camino hacia Yuda es más largo de lo esperado incluso contando con un caballo que tomaron en un pueblo cercano a las montañas poco después de abandonarlas.

A él el viaje se le está haciendo especialmente eterno, en gran parte por su ceguera. Imaginaba que su vida cambiaría cuando perdiera por completo la visión, pero los últimos días le han confirmado lo mucho que la necesita de vuelta cuanto antes: no se trata solo de lo frustrante que le resulta no poder ver el mundo a su alrededor (un mundo nuevo, probablemente muy distinto a todo lo que ha conocido hasta ahora y que su acompañante no ha dejado de describirle para que al menos pueda imaginarlo), sino que odia sentirse completamente dependiente de otras personas. Incluso con los consejos de Denna, la necromante ciega de la que Elira le habló, habituarse a esa nueva realidad está siendo una pesadilla. Siente sus movimientos limitados incluso en las cosas más cotidianas, como comer o ir al baño, y, por supuesto, en los últimos días ha tenido que ser Astrey quien llevara las riendas del caballo que ambos han compartido. Es demasiado extraño acostumbrarse a no ver ni siquiera formas, a no tener ninguna guía de lo que pasa a tu alrededor más allá de la que le ofrecen el oído, el tacto o el bastón que le dieron los rebeldes. Denna le enseñó cómo debía usarlo para poder desenvolverse con el entorno, pero eso no le ha evitado varias caídas o choques y todavía no se acostumbra a llevarlo consigo.

No quiere vivir así. Él no es como Denna, que nunca ha podido ver, que ha aprendido a percibir el mundo a su alrededor de otras maneras y que está perfectamente tranquila con su condición. Él tardaría demasiado tiempo en hacerse por completo a ese mundo a oscuras, y no puede permitirse perder ni un segundo más.

No, no puede renunciar a su vista si quiere llevar a cabo todo lo que desea hacer, así que va a recuperarla.

Aunque eso signifique pactar con un demonio.

—¿Nathan? ¿Me oíste?

Nathan asiente con la cabeza, pero decide no responder a la pregunta que le hizo. Ni siquiera se plantea la idea de echarse atrás. Necesita ese trato. Necesita unos ojos nuevos y un poder que no lo haga esclavo del Amuleto del Tiempo.

—Dime cómo va a ser —dice.

No habían tenido esta conversación hasta ahora porque él no había querido, pero llegarán a Yuda al día siguiente, así que ha llegado el momento de saber a qué va a enfrentarse exactamente.

Su acompañante se permite hacer un silencio pensativo antes de contestar:

—En el lugar al que te llevo hay... un aura extraña. No necesitarás magia de ningún tipo para reconocerla: hasta el humano más normal puede hacerlo. Es como un escalofrío que se te mete en los huesos. Oirás las voces, te parecerá que no estás solo. Y en algún momento, los demonios se mostrarán. En tu caso, probablemente serán varios, porque serás demasiado atractivo para ellos; ninguno va a darle la espalda a la posibilidad de controlar a un Portador, por eso debes tener mucho cuidado con cuál eliges, ¿me oyes?

Nathan asiente otra vez, pero lo único que puede pensar es que eso no es nuevo. ¿Cuánta gente ha querido controlarlo desde hace años? ¿No era el matrimonio con Ammarah otra manera de hacerlo? ¿No ha intentado controlarlo Destino cada día de su vida?

—¿Podré tocar a los demonios? ¿Podré… luchar contra ellos?

—Sí, pero no te lo recomiendo. —Pese a que Astrey no ha dejado de lado sus bromas en los últimos días, ahora su voz suena muy seria—. Lo mejor es que intentes ignorarlos hasta que uno llame tu atención de verdad. Los espacios liminales en los que viven los demonios son alteraciones en los que el tiempo y el espacio se han distorsionado tanto que han creado puertas a dimensiones paralelas, extrañas y retorcidas, y en esas dimensiones son en las que ellos habitan. Lo que la gente considera simples nidos de demonios son en realidad velos entre mundos. Pero cuanto más interactúas con algo del otro lado, más lo traes a este, más fuerza le das. Y eso es lo que ellos quieren, ¿entiendes? Traspasar el velo, llegar a nuestra dimensión, que los conviertas en algo lo más real posible. Por eso la mejor arma contra los demonios es el silencio.

Esa lección ni siquiera se diferencia tanto de las que recibía en el Templo, donde les enseñaban que debían ignorar las tentaciones que querían sacarlos del camino.

—¿Cómo fue para ti? —le pregunta, tras respirar hondo—. Conseguiste un buen demonio, ¿verdad? Me dijiste que los brujos más peligrosos son aquellos que ni siquiera lo parecen, y tú tienes un aspecto bastante humano.

Astrey no responde de inmediato y Nathan gira la cabeza hacia el lugar en el que cree que está, a su derecha. Puede oír el crepitar del fuego y también cómo el brujo entrechoca suavemente sus anillos. En los últimos días se ha dado cuenta de que es algo que suele hacer a menudo.

—Los Tratos son intercambios, Nathan —dice finalmente—. La mayor parte de los brujos tiene un aspecto que deja ver a sus demonios porque han intercambiado partes de su cuerpo a cambio de poder, y los demonios luchan por ir conquistando cada vez más y más espacio. Los que mantenemos nuestro aspecto humano lo hacemos porque la única manera en la que hemos podido conseguir nuestro Trato es… cederlo todo. El resto de brujos libra una lucha de poder diaria, y sus cuerpos cambian como muestra de esa lucha, pero las personas como yo mantenemos nuestro aspecto porque los demonios no tienen que pelear por su espacio. Los brujos como yo, o como el Inmortal en su día, somos solo dos almas ocupando un mismo cuerpo en perfecta armonía.

Nathan frunce un poco el ceño.

—¿Entonces cómo sabes qué partes de ti son tuyas y qué partes son del demonio?

Astrey deja escapar una risita que no suena como siempre. Algo en ese sonido, mezclado con la melodía de los anillos, hace que un escalofrío le suba por la espalda hasta la nuca. Odia no poder ver el rostro de su acompañante en ese momento.

—No lo sabes.

El Portador hace una mueca, porque le parece aterrador. Porque, aunque ha hecho cosas horribles, al menos sabe por qué las ha hecho, sabe qué lo ha llevado a ello, sabe que en todo momento ha sido *él*. No quiere pensar que esa línea pueda difuminarse.

—¿Alguna vez has perdido el control por completo? ¿Alguna vez has… dejado de ser tú?

Astrey tarda tanto en responder que esta vez es Nathan quien se pregunta si lo ha escuchado.

—Una vez.

Aunque espera que a esa confesión le siga otra historia o alguna explicación, Astrey no dice nada más.

El brujo tenía razón: percibe la energía de ese lugar en el momento exacto en el que entran en la explanada de Yuda y la realidad estable y definida a la que está acostumbrado se convierte en algo deforme y distorsionado. Lo nota en el cambio de temperatura, que pasa de ser templada a moverse hacia los extremos; durante unos pasos siente la necesidad de cobijarse bajo la capa que lleva porque tiene la sensación de que está en un glaciar y al minuto siguiente quiere quitarse cada una de sus prendas, como si hubieran llegado a un desierto. Ocurre lo mismo con los olores, que se mezclan de tal manera que pasan a ser todos y ninguno al mismo tiempo. Bajo sus pies, la tierra es árida y, cuando mueve su bastón delante de él, reconoce brechas que se van haciendo más profundas a medida que avanzan. Astrey le describió cómo es ese lugar, le habló de las armas tiradas en el suelo, tan olvidadas como los estandartes de los reinos que se encontraron en ese campo de batalla tiempo atrás; le habló de la desolación y el silencio, de los gritos de una batalla que se han convertido en ecos fúnebres. Él todavía no los oye, pero ya puede imaginarlos.

Cuando nota que su acompañante se detiene, él también lo hace.

—El resto del camino lo tendrás que hacer solo —dice el brujo.

Nathan asiente. Ni siquiera se plantea pedirle que vaya con él, porque en esos días Astrey ya le advirtió que los demonios consideran una ofensa que los humanos entren en sus espacios junto a otros brujos, sobre todo si esos humanos pretenden conseguir un Trato. Consideran que es cobarde, y ningún cobarde merece un Trato.

—¿Alguna última pregunta?

Él se humedece los labios antes de girar la cabeza hacia el lugar del que proviene la voz del brujo. Siente el miedo acumulándose en la boca del estómago, pero intenta ignorarlo mientras aprieta el bastón entre sus dedos.

—No, pero tengo dos peticiones.

—Adelante.

—En primer lugar, si no vuelvo cuando caiga la noche, necesito que entres y me busques. No para salvarme, porque seguramente ya sea tarde, pero sí para salvar el Amuleto: no quiero que se quede aquí, a merced de cualquier demonio. Tómalo y llévaselo a Elira, que haga con él lo que quiera, no me importa. Pero sácalo de este lugar.

No sabe lo que podrían hacer los demonios con él, al fin y al cabo. Elira Surya al menos parece conocer sus misterios a la perfección y quererlo para algo bueno. Algo mejor que lo que pretende hacer él, de hecho, mucho más altruista. Elira se asemeja más a una heroína de esas leyendas que a Darien solía encantarle leer en alto cuando eran pequeños, con sus deseos de liberación e independencia, con un legado que honrar. A él no le importa el legado, ni más liberación que la suya de ese dios al que ha servido toda una vida y que solo se ha burlado de él.

Astrey aprieta su hombro suavemente, en un gesto que le parece un intento de darle ánimos.

—¿Y la segunda petición?

Nathan respira hondo antes de alzar su mano izquierda hacia el medallón que cuelga de su cuello. El medallón de Adam. El que le regaló horas antes de morir, cuando Nathan pensaba que la única suerte a la que estaban condenados era a un romance a escondidas. Adam, en cambio, ya había empezado a contar sus últimas horas de vida. No puede evitar recordar aquella noche. Sus lágrimas, sus caricias, sus besos, todas las formas en las que se despidió de él sin que él tuviera ni la más remota idea de lo que querían decir cada uno de sus gestos y sus palabras.

—Agarra también este medallón —murmura—. Guárdalo y júrame que conseguirás a alguien que lo tire en la Fosa de los Infieles del Sacro Reino de Daiva.

Ahí es donde el cuerpo de Adam debe de llevar semanas pudriéndose.

Ahí es donde debería estar pudriéndose él mismo.

—¿Te han dicho alguna vez que eres un dramático? —dice Astrey, intentando conservar su humor de siempre. Después, escucha su suspiro y siente sus dedos apretando su brazo un poco más—. Te lo juro, Nathan. Aunque nada de esto será necesario, porque vas a volver.

El Portador asiente, pero no dice nada más. Solo necesita un par de pasos hacia delante para sentir que las temperaturas oscilan todavía más, que los olores se intensifican, que el ruido y el silencio se mezclan y el tiempo a su alrededor le ahoga más que nunca.

El Caos lo engulle.

NATHAN

Nathan se dio cuenta de que se había enamorado de Adam Rheiz cuando tenía dieciséis años. No sabe cuándo ni cómo empezó a fijarse en él, pero recuerda perfectamente el primer día que entendió lo que sentía. Fue durante una Noche de los Milagros, mientras ambos competían por ver quién distinguía más estrellas fugaces. Lilith y Darien habían estado acostados en el claustro con ellos solo unos minutos antes, e incluso Ammarah se había escabullido de palacio para poder ver las estrellas con ellos, pero cuando todos se retiraron (Lilith para acompañar a la princesa de vuelta a palacio, Darien cansado después de un día largo), los dos se quedaron allí un rato más.

Se dice que durante la Noche de los Milagros cada estrella que cae es un celeste que desciende para bendecir a alguien o hacer un prodigio, pero a Nathan siempre le habían dado igual aquellas cosas. Él jamás había querido que lo bendijera nadie, tampoco esperaba ningún milagro, a él tan solo le gustaban las estrellas. Tal vez era porque el cielo siempre le había hecho sentirse muy pequeño, muy insignificante, pese a que todo el mundo le repetía lo importante que era. Le daba calma pensar que siempre había algo más grande que él, más inmenso que el Amuleto del Tiempo.

Y, por otro lado, le gustaban los retos con Adam, y en aquel momento él iba ganando uno de ellos.

—¿Qué milagro pedirías, si pudieras pedir cualquiera?

A Nathan le sorprendieron esas palabras porque hasta ese momento Adam solo había estado contando y señalando los pedazos del cielo en los que caía una estrella, así que giró la cabeza para mirar a su acompañante. Él estaba acostado justo a su lado, con la luz de la luna acariciando ese rostro que le parecía más propio de un celeste que de un mortal, demasiado hermoso, demasiado perfecto. Sus miradas se encontraron, con el firmamento brillando en aquellos ojos azules, y el corazón se le cayó como si fuera una estrella más desprendiéndose del firmamento.

«A ti».

Estuvo a punto de decirlo. Estuvo a punto de olvidarse de quiénes eran los dos. Estuvo a punto, incluso, de echarse hacia delante y besarlo, para que su boca respondiera sin palabras. Aquel habría sido un milagro para el que no habrían hecho falta celestes, un milagro que podían crear los dos.

Un segundo después se dio cuenta de lo que había pensado y se asustó.

No recordaba haber tenido tanto miedo desde que su madre murió, desde que le habían puesto el Amuleto y lo presentó ante una multitud que se arrodilló ante él. El pánico llegó de golpe, tan devastador como un desastre natural. Se incorporó rápido, sin sentir su corazón (porque ya no era suyo, porque lo acababa de perder, se acababa de descolgar) y al mismo tiempo sintiéndolo más que nunca (porque latía fuerte, muy fuerte; más fuerte de lo que recordaba haberlo sentido jamás). Recuerda que Adam le llamó cuando se puso en pie a toda prisa, pero él se excusó con alguna estupidez y salió corriendo, sin saber dónde esconderse porque podía huir de aquel chico, pero no de sí mismo. A su alrededor, el Templo comenzó a transformarse en una cárcel, una de techos que se estaban haciendo cada vez más altos y que le hacían sentir casi tan diminuto como el cielo. Mientras corría, sintió que había ojos en las paredes que lo seguían por todas partes, que conseguían mirar hasta dentro de él. Escuchó voces, en su cabeza y fuera de ella. Escuchó risas, acusaciones e insultos. Lo escuchó todo a su alrededor, incluso cuando se encerró en su cuarto, cerró los ojos y se tapó los oídos en un intento de calmar la ansiedad.

Entrar en la explanada de Yuda le recuerda a esa noche. Aunque pensaba que estaba preparado, aunque no creía que pudiera sentir miedo porque todas sus emociones terminaron de apagarse hace días, aunque estaba dispuesto a aceptar cualquier cosa que ocurriera ahí dentro, la ansiedad surge en cuanto empieza a oír las voces. Siente, también, los ojos, y sabe que en esta ocasión no están solo en su imaginación. Hay miradas sobre él, está convencido, pero intenta recordar las palabras de Astrey e ignorarlas. El aire es pesado y se le enreda a los pies, al cuello, como si quisiera ahogarlo. Aunque sabe que es imposible, que no puede haber recuperado la vista sin más, le parece ver retazos de imágenes en medio de la oscuridad.

La amalgama de sonidos a su alrededor se define poco a poco, con cada paso que da en ese lugar. A lo lejos, oye un llanto. A su lado, un grito ahogado. Frente a él, tras él, encima de él, debajo de él, puede oír el ruido de armas encontrándose, que le hace ponerse en tensión como si una de ellas fuera a atravesarlo en cualquier momento.

Hay murmullos que lo llaman. Portador.

Portador, Portador, Portador…

Y, de repente, entre las voces ajenas, entre el miedo y la guerra y las almas que condenó el Inmortal hace décadas, escucha:

—Nathan.

Suena justo en su oído, tras él, y sabe, *sabe* que no tiene que prestar atención.

Pero lleva demasiadas semanas deseando volver a oír esa voz.

Empezaba a olvidarla, como empezaba a olvidar esa torre que fue su refugio durante años, pero ahora está ahí, a su alrededor. Puede verla, aunque no debería, aunque es imposible que la vea, aunque nada de eso tiene sentido. De pronto se encuentra en ese balcón de piedra en el que ha pasado tantas noches, con la ciudad encendida a sus pies y las estrellas más claras que nunca sobre su cabeza. Sabe que no puede ser. Sabe que se ha quedado ciego y que Daiva está muy lejos de él, en todos los aspectos posibles.

Lo sabe y, sin embargo, no importa, porque además de esa voz que consigue que todo se detenga, que él se detenga, siente los brazos que le rodean la cintura desde atrás. Los ojos se le humedecen sin que pueda hacer nada por evitarlo, porque durante todos esos días ha tenido un espectro acompañándolo, una sombra, un delirio, pero nunca podía oírlo, nunca lo tocaba, nunca lo *sentía.*

Y ahora lo está haciendo. Por fin.

—Nathan —repite esa voz.

Sabe que no tiene que girarse. En primer lugar, porque es una trampa; en segundo lugar, porque le aterra la idea de que esa presencia a sus espaldas pueda desaparecer si se atreve a moverse.

—Nathan, mírame.

Lo hace. En un movimiento lento, gira un poco la cabeza y lo ve.

Sus rizos rubios, sus ojos claros, su constelación de lunares.

—Adam.

El chico del que se enamoró hace años dibuja esa sonrisa que tanto ha añorado.

—¿Me extrañabas, Portador?

Nathan se ha permitido algunas lágrimas desde que ese chico se murió entre sus brazos; se ha concedido algunos segundos de debilidad callada y disimulada que intentaba borrarse rápido de la piel porque creía que así sería más fácil seguir adelante, con la ayuda de esa rabia y esa determinación que siempre le han ayudado a mantenerse en pie. Incluso cuando se despidió de Lilith en la montaña, no se concedió más que un breve momento para llorar por todo lo que estaba perdiendo.

El llanto que lo sacude en ese momento es muy distinto.

El sollozo es un filo que lo parte en dos y deja salir por fin todo lo que lleva días conteniendo dentro. Un solo segundo después, llegan las lágrimas llenas de desesperación, el grito de dolor y angustia, que es un clamor que lo arrasa con más fuerza que cualquier magia. Cuando quiere darse cuenta, ya se ha dado la vuelta por completo y está resguardándose contra el pecho de Adam, y se rompe todavía más cuando se da cuenta de que puede tocarlo, de que su cuerpo es real, de que sus brazos lo estrechan con fuerza. Oye su suspiro quedo, suave, y siente su beso, *sus labios*, tocar su frente. Sus manos, encallecidas y seguras, se alzan hacia su rostro para atesorarlo entre ellas.

—Todo está bien, Nathan —susurra esa voz que no se parece a la de nadie más—. Estamos juntos. Nadie va a volver a separarnos.

El llanto es tan incontrolable, tan grande, que tarda en sentir el daño que le hacen sus uñas en la cara, demasiado afiladas. Se le clavan en la piel y está seguro de que le hacen sangrar, pero no importa, está bien, que lo haga. Se merece el dolor, después de todo el que ha provocado él. Se merece incluso que lo mate, si quiere, porque Lilith tenía razón y él murió por su culpa. Se merece cualquier castigo que quiera darle, todas las heridas que quiera hacerle, así que no se separa ni siquiera cuando esos dedos casi parecen escarbar en su piel.

Adam lo araña, lo llena de cicatrices, pero también le limpia la sangre y las lágrimas con su boca, con su lengua, que se pasean por su rostro con la misma suavidad con la que solían hacerlo en el pasado.

—Lo siento —solloza, mientras esos labios se beben sus lágrimas—. Lo siento, Adam, lo siento... No teníamos que haberlo hecho, ¿verdad? Tú y yo. Nunca tendría que haber pasado. Nos castigaron por eso...

—Y aun así, no cambiaría ni un solo instante por nada.

Adam lo empuja suavemente contra la baranda de la torre y Nathan termina de quebrarse cuando lo besa. Es un beso hambriento, voraz, y él lo corresponde con desesperación, antes de que esa boca descienda hasta su cuello y sus dientes lo muerdan igual que lo hacían cuando ambos estaban vivos. Esta vez, sin embargo, no hay nada tierno en el gesto y los mordiscos están cargados de un ansia muy distinta a la que siempre los consumía. Esta vez, esos dientes se le clavan con fuerza y le parece que incluso le arrancan un trozo de piel. El sufrimiento es tan intenso que Nathan solo puede enterrar las uñas en esos brazos, apretar los párpados y gritar sin dejar de llorar.

Pese a que una parte de él está dispuesta a aceptar todo eso, otra le pide que se defienda, que se proteja, pero no sabe cuándo dejó caer el bastón que llevaba consigo y su amante lo ha arrinconado tanto que ni siquiera puede pensar en moverse para alcanzar su espada. Aun así, no es necesario, porque Adam le da un descanso cuando se separa un poco de él. Nathan tarda un poco en enfocarlo, pero cuando lo hace está a punto de suplicar morir para que acabe toda esa pesadilla que empezó en el momento que lo perdió.

Adam tiene la boca manchada de sangre y se pasa la lengua por los labios para limpiársela, pero lo peor es la mancha escarlata que hay de pronto en su túnica blanca y que comienza a extenderse a toda velocidad. Su rostro se está consumiendo poco a poco, marcando cada vez más los huesos de su cara y dándole un aspecto cadavérico. Hay pústulas en su cara. Uno de sus dientes se cae. Su cuerpo entero empieza a pudrirse y los gusanos se asoman por su boca, sus ojos y su pecho, ahí donde nace la herida que lo mató.

—¿Y tú, Nathan? —Esa voz que tanto ha echado de menos es ahora un gemido de dolor y lo horroriza todavía más—. Si pudieras ¿cambiarías algo de lo que hemos sido…?

Está a punto de responderle que sí. Si fuera por él, si fuera para salvarlo, lo cambiaría todo.

Antes de que pueda hacerlo, sin embargo, la baranda del balcón desaparece a sus espaldas y Nathan cae sobre un suelo que de pronto no tiene nada que ver con el mármol del Templo, sino que es un terreno escarpado y lleno de piedras. Cuando vuelve a levantar la vista, Adam sigue ahí, de pie, frente a él, pero ha abierto mucho los ojos y baja la mirada hacia el filo de la espada que lo atraviesa una vez más.

Cuando el acero abandona su cuerpo y Nathan grita su nombre, Adam se descompone en mil insectos.

Tras él solo quedan Darien y Lilith.

Verlos a ellos es todavía peor. Es Lilith quien sostiene a Eunomia, mientras que Darien lo observa con una mueca de asco y lástima.

—En guardia, Portador —exige la chica.

De repente, bajo sus dedos aparece una espada, pero él se niega a agarrarla, como si ardiera. Siente que todo a su alrededor lo hace, especialmente cuando retrocede poco a poco en ese suelo de piedra, de montaña. Ya no está en Daiva. Ya no está en su torre, en su refugio, a salvo.

Un precipicio se abre tras él mientras sus amigos avanzan y lo acorralan.

—¿Vas a huir de nosotros? —le pregunta Darien, con los ojos entrecerrados—. Si fuiste tan valiente para buscarte la perdición, deberías ser valiente también para enfrentarte a nosotros.

—No, yo…

—¿No me merezco ni siquiera que llores por mí, Portador? —gruñe Lilith—. Lloraste la muerte de mi hermano, pero no has llorado las nuestras, aunque tú nos mataste. Tú nos hiciste esto. Mataste a Adam y luego nos mataste a nosotros.

Es cierto, no ha llorado por ellos, pero no lo ha hecho porque no quería sentir más, porque lleva días moviéndose por inercia, porque no puede soportar ni siquiera pensar que puedan no estar en ese mundo. Ni siquiera ha querido decir esas palabras en su cabeza. No ha llorado por ellos porque hacerlo, como comienza a hacer ahora, mientras la piel de sus dos mejores amigos se llena de moretones y heridas y cortes y sangre con cada paso que avanzan hacia él, significa aceptarlo. Y no quiere hacerlo. No puede hacerlo. No va a hacerlo.

No va a pensar en ello, porque va a cambiar. Todo tiene que cambiar.

Todo volverá a ser como un día fue.

El Amuleto le dijo que podía volver atrás, tan atrás como quisiera, lo suficientemente atrás como para poder salvarlos a todos. Y hace días, en realidad, que ha decidido que eso es justo lo que tiene que hacer, aunque no se lo haya confesado a nadie, aunque sea un secreto que va a mantener solo consigo hasta que sea inevitable.

Pero todo lo que ha hecho, todo lo que ha pasado desde que activó el Amuleto por primera vez, o incluso desde antes, no puede deshacerse con solo devolverle la vida a Adam. Tiene que hacer mucho más.

—Lo arreglaré —solloza, desesperado—. Lo arreglaré, lo juro… Puedo… Puedo volver atrás. Voy a volver atrás. Solo necesito un poco más de tiempo.

—El tiempo se te ha acabado, Portador. Igual que se nos ha acabado a nosotros.

Lilith le atraviesa el estómago con Eunomia, como debería haberlo hecho en las montañas, pero más que un filo siente una mano que se extiende hacia él y busca arrancarle las entrañas. El dolor le atraviesa con una fuerza que lo vuelve loco. Siente otra mano en su rostro, obligándole a abrir los ojos para mirar la expresión de odio de Darien, que le clava las uñas en el mentón. Sin embargo, lo peor es la manera en la que su cabeza se llena de recuerdos por culpa de su poder. Lo ve todo, en un solo instante, como en esas historias en las que los celestes te conceden una última visita a toda tu vida antes de morir y hacer que la olvides para siempre. Ve los juegos de niños. Las risas. Los escondites en el Templo. La primera vez que robaron una botella de alcohol de las cocinas y cómo todos terminaron ayudando a los cocineros durante un mes como castigo. Aquella ocasión en la que Lilith y él tuvieron un ataque de risa tan fuerte que Lilith no podía respirar. La vez en la que Darien chocó con una chica sin querer por los pasillos y todos supieron qué clase de recuerdo había visto porque ambos se pusieron de todos los colores. Las noches en las que buscaban milagros escondidos en estrellas fugaces. Las peleas fingidas en el claustro, cuando era impensable que algún día pudieran llegar a luchar de verdad.

Todo lo que han perdido.

Todo lo que nunca va a volver.

—Deja de llorar, Nathan —escupe Lilith, inclinada sobre él, mientras retuerce el filo de la espada en su interior. Tiene sangre en la cabeza y espacios que dejan ver todos los golpes que la piedra le dejó y que han empezado a deformar su rostro—. Deja de ser tan patético, deja de prometernos cosas que nunca vas a cumplir, y haz algo ya de una vez.

—Si de verdad quieres arreglarlo todo, hazlo —replica Darien, a su izquierda.

—Si de verdad puedes volver atrás, hazlo —susurra la voz de Adam, en su oído derecho.

—Lo suficientemente atrás para salvarnos —señala Lilith, con los ojos entrecerrados.

—Lo suficientemente atrás para ganarte el perdón —corean los tres.

Cuando Nathan agarra el Amuleto y grita, lo que más quiere en el mundo es hacerles caso. Quiere cumplirles el deseo, demostrarles que está dispuesto a romper el tiempo por todos ellos, que destruiría ese mundo y todos los que hiciera falta con tal de tener de vuelta la realidad que un día compartieron los cuatro, porque ellos son el único universo que siempre le ha importado.

Pero, sobre todo, quiere silencio. Quiere que el tiempo corra, adelante o atrás, pero que corra y que esa pesadilla acabe de una vez. Quiere que todo desaparezca.

Y eso es justo lo que sucede.

Del mismo modo que el Inmortal convirtió a todos sus enemigos en polvo en ese mismo lugar décadas atrás, Adam, Lilith y Darien se convierten en cenizas delante de sus ojos, cayendo delante de él y dejándolo solo, empapado en sangre y de nuevo completamente a oscuras. Aunque, por una vez, no necesita ver nada, porque lo siente todo. El frío y el calor, la mezcla nauseabunda de olores, el terror por los demonios que lo están volviendo loco, la arcada que le contrae el estómago y lo hace vomitar.

Todavía está temblando, encogido sobre sí mismo, cuando oye los pasos y percibe la calidez. El mundo vuelve a definirse un poco a su alrededor, a tomar unas formas que no debería poder percibir, y lo ve. El demonio que se muestra frente a él tiene la mitad de su altura y es delgado, muy delgado. Su piel del color del carbón, moteada con manchas amarillas, es lisa y brillante, de anfibio. Sus ojos no tienen iris ni pupila y mutan desde el negro más absoluto hasta el naranja o el rojo, como si fueran llamas encendidas y cambiantes. Su pelo también parece hecho de fuego y comienza justo detrás de los cuernos pequeños y negros que destacan en el borde de su frente. A su alrededor, la niebla se convierte en humo, porque la tierra arde bajo sus pies desnudos.

A pesar de tener una apariencia casi de niño, Nathan siente que se le hiela la sangre cuando se acuclilla ante él y le sonríe con una boca llena de dientes diminutos pero afilados.

—¿Has venido a buscar un Trato, Portador?

Él deja escapar un jadeo, aterrorizado por esos ojos que miran directamente a los suyos. No le sale la voz, no sabe si por el cansancio, por el miedo o porque ya ni siquiera está seguro de cuánto de todo lo que está haciendo sigue mereciendo la pena.

Pero sí, ha ido hasta ahí para buscar un Trato. Necesita ayuda. Necesita un demonio.

—Yo puedo ofrecerte uno —continúa la criatura frente a él, con una suavidad que no se corresponde con su aspecto monstruoso—. ¿Qué buscas, Nathan Tabiz?

Perdón. Redención. Paz.

—Poder —susurra, con la voz ronca.

El que sea necesario para conseguir alcanzar todo lo demás.

La sonrisa del demonio se hace más amplia, como la de un chiquillo ante un gran espectáculo.

—¿Y qué me darás a cambio?

Nathan quiere decirle que le dará lo que quiera, que no le importa lo que tome de él mientras le ayude a salir de ahí, porque está seguro de que va a volverse loco si sigue en ese lugar un solo segundo más. Llega a separar los labios, pero entonces recuerda a Astrey, recuerda que lo único que le queda es esa libertad en la que él toma sus propias decisiones, acertadas o no, y decide que eso es lo único que no va a perder. Por eso al final traga saliva y respira hondo antes de decir:

—Toma mis ojos. Préstame los tuyos, préstame tu magia, y yo te prestaré mi cuerpo para que puedas salir de aquí. Tú serás mis ojos. A mi lado, podrás ver todo lo que el poder del tiempo puede hacer.

La risa del demonio es un sonido que está mal, desubicado, impreciso, una mezcla de agudos y graves que le recuerda a un instrumento desafinado. Hace que se quede sin aliento, aunque no es nada en comparación con el terror paralizante que le provocan sus uñas alargadas y negras sobre el rostro, justo debajo de los párpados.

—Acepto tu trato, Portador.

Las garras se clavan. Buscan. Arrancan.

Nathan vuelve a gritar.

Xandre y Mithra ven a Nathan Tabiz entrar en esa dimensión siendo un chico perdido y salir convertido en un demonio. Xandre hace una mueca de desagrado ante su cara llena de sangre y sus ojos nuevos, completamente negros e inhumanos. Mithra, a su lado, sonríe al ver los pequeños cuernos que ahora enmarcan ese rizo blanco que le cae por la frente y al que han empezado a acompañarle varios mechones más.

Mientras el Portador avanza por la explanada de Yuda, el polvo que levanta a su paso asemeja humo; bajo sus pies, el camino parece quedar marcado por las huellas de un incendio. En su mano, aunque ya no lo necesita, lleva ese bastón de hierro con el que se ha estado ayudando los últimos días, pero cuando prueba el nuevo poder que corre por sus venas (intoxicante, magnífico, *suyo*), el metal vibra y cambia hasta convertirse en una lanza.

Sobre su pecho, incansables, las manecillas del Amuleto del Tiempo giran y giran, y los dioses han visto suficientes veces esta misma historia como para saber que no volverán a detenerse pronto.

Mithra deja escapar una risa ligera antes de girar la vista hacia ese rival contra el que lleva siglos jugando.

—Te dije que esta partida la ganaría yo.

—No tan deprisa, Mithra. Esta partida solo acaba de empezar.

EPÍLOGO

La primera vez que Lilith Rheiz vio su propia muerte fue en las montañas.

Aunque no había soñado con ella, la sintió en el mismo momento en el que el Portador le tendió la mano y ella no aceptó su ayuda. La distinguió, tan clara y terrible como una profecía, cuando el suelo se rompió bajo su cuerpo y ella cayó y todo se volvió oscuro. Supo cuál iba a ser su suerte antes incluso, en el momento en el que Eunomia se partió en sus manos y los pedazos llovieron a su alrededor.

«Lilith».

Escucha su nombre como un canto, exactamente igual que ha imaginado siempre que sería recibida en la Corte de Destino. Eso la hace suspirar, en paz, porque se ha acabado, por fin se ha acabado. Por fin puede dejar de luchar, contra sí misma y contra todos los demás.

«Despierta, Lilith».

Aunque Lilith Rheiz esperaba encontrar el infinito palacio blanco y dorado que le prometieron desde que era niña, cuando abre los ojos se encuentra un mundo de piedra y agua, lleno de estalactitas que penden del techo como estrellas luminosas, con paredes curvadas y rugosas. Debajo de ella siente el agua tibia, que le humedece la ropa. Los guijarros del suelo se le clavan en la piel de manera incómoda, a pesar de que se supone que en la Corte no hay lugar para el dolor, del mismo modo que no hay lugar para los recuerdos. Ella, en cambio, todavía puede sentir ambas cosas. Su memoria está intacta, aunque debería haber olvidado cualquier resquicio de su vida al volver a nacer. Todo sigue ahí. La montaña. El duelo. La caída.

Solo entonces entiende que no está muerta.

Se incorpora con rapidez, tomando una bocanada de aire urgente. A solo unos pasos, rodeado del agua del manantial y de la que corre por las paredes como una pequeña cascada, se alza un altar excavado en la propia roca, con columnas que rodean una estatua de piedra que muestra a Santa Aiva con las manos ocupadas por un delicado Amuleto y una copia de Eunomia. Su figura está rodeada de velas encendidas que sangran cera y llenan el ambiente de ese olor que Lilith siempre ha asociado con su hogar.

Entiende de inmediato dónde se encuentra, pero no tiene ningún sentido. Las Cuevas de Santa Aiva están en Arsay, lejos de las montañas. Demasiado lejos. No debería estar allí. Tal vez esté soñando, aunque nada a su alrededor se siente como una visión.

«Bienvenida, Lilith Rheiz».

Un aleteo llama su atención. Sobre el brazo que Aiva alza para mostrar a Eunomia se ha posado una lechuza y sus plumas blancas y doradas parecen destellar con luz propia. Lilith nunca había visto una criatura semejante. Sus ojos negros contienen un firmamento nocturno y ella está segura de que la están mirando. No, no solo eso. Está segura de que fue el animal quien le habló.

Si no fuera porque están en un templo consagrado a Destino, pensaría que está delante de un demonio. Su instinto la hace querer apartarse y, al mismo tiempo, lo único para lo que puede moverse es para llevarse la mano a la cintura vacía, en busca de un arma que se deshizo en mil pedazos la última vez que la vio.

«No temas, celestial», vuelve a escuchar. «Me envía Destino».

Lilith abre los labios. Quiere hablar, quiere reírse de puro nerviosismo, quiere echarse a llorar. Quiere hacer muchas cosas, pero lo único que consigue es observar cómo la criatura ante sus ojos alza el vuelo y cambia en el aire. Donde hace un solo segundo había garras aparecen piernas; donde había solo plumas surge piel, una tan pálida que asemeja mármol y que está tatuada con mil ojos dorados que la enfocan y que parecen parpadear a la tenue luz del santuario. Los únicos iris que no tienen el color del oro son el par que hay en su rostro, negros como la medianoche, llenos de estrellas y de un poder que incluso ella puede sentir en el aire. Las alas se han convertido en una capa de plumas doradas que le cae desde los hombros hasta los pies.

El celeste que está ante ella podría haber sido una de las estatuas que solía haber en la basílica, imposiblemente perfecto, vestido con nada más que una túnica corta. Su piel despide un suave brillo y cuando se acerca, descalzo, no hace ningún ruido ni siquiera sobre el agua.

Lilith sabe que tiene que hacer algo. Sabe que debe hacer una reverencia o taparse los ojos en señal de respeto, pero se siente petrificada.

—¿Estoy…? ¿Estoy soñando? —susurra, insegura. Quizá esta visión es distinta. O quizá no es una visión, sino el último delirio antes de la muerte, su última manera de convencerse de que puede tener alguna importancia en un mundo en el que ya se le ha demostrado demasiadas veces que no hay lugar para ella.

—No, Lilith. Todo es real.

—Pero… Pero Eunomia se rompió. Yo caí… Iba a morir, estoy segura de que iba a…

—La espada que rompiste no tiene ningún valor —declara el celeste—. Y tú sigues siendo la campeona de Destino. Sigues teniendo una misión, si todavía deseas seguir tu camino.

Una mano se extiende hacia ella como una ofrenda y Lilith titubea. Sabe cuál es su misión sin necesidad de que se la repita. Sabe que va a pedirle que mate al Portador, que recupere el Amuleto, que se convierta en la nueva Portadora y le devuelva al Sacro Reino de Daiva lo que le pertenece.

Lo que no entiende es por qué ella. No comprende por qué Destino cree que puede luchar en su nombre cuando ya ha demostrado que solo sabe fallarle. A la hora de la verdad, no ha sido lo suficientemente fuerte. O quizá no se trate de fortaleza, sino de voluntad. Quizá una parte de ella no quiere hacerlo, esa pequeña parte que sigue pensando en el Portador como Nathan, como su mejor amigo, esa pequeña parte que entiende la desesperación por querer recuperar a Adam porque ella tampoco puede entender todavía que se haya ido para siempre.

Lilith mira alrededor, pero está sola. Darien no está allí y recuerda, con dolor, que él también la traicionó. Sabía lo que ocurría entre el Portador y su hermano y estuvo de su lado todo el tiempo. Intentó apartarla de él para que no le hiciera daño. Le hizo pensar que quería cuidarla, que no quería abandonarla, pero en realidad siempre estuvo contra ella.

Sí, Lilith está sola, y tal vez eso es lo que hace que tome la decisión. Iba a morir cuando cayó, pero su dios la recogió. Su dios, a través de esa criatura, le está tendiendo una mano. Su dios es el único que cree en ella de una forma en la que nadie más lo ha hecho.

Su dios es lo único que le queda.

Por eso alza los dedos y los deja sobre los del celeste, cálidos y brillantes como si su piel fuera parte de una estrella. Por eso, cuando siente que esa mano agradable y reconfortante la jala, sabe que lo único que tiene que hacer es dejarse llevar.

No hace falta más. Una pequeña ráfaga de aire fresco le sacude el cuerpo mientras se pone en pie. Su túnica, blanca y húmeda, cambia con el movimiento y se seca; las pequeñas protecciones de hierro que llevaba puestas en el pecho, en las muñecas y en las piernas se convierten en otras hechas de oro. A su espalda, la capa que lleva se sacude y estalla en plumas doradas, como si ella también tuviera alas, como si en cualquier momento fuera a echar a volar.

Cuando el celeste se inclina sobre ella, Lilith cierra los ojos y suspira. Unos labios tocan su frente y decide que esa caricia es lo más parecido a un rincón en paz que ha encontrado en mucho tiempo; un regalo, un consuelo que ni siquiera se atrevía a pedir.

Siente la calidez en su piel, pero no puede ver el ojo dorado que se tatúa sobre ella durante un instante y después desaparece.

Cuando el celeste vuelve a hablar, su voz parece resonar por todo Evren:

—Bendita seas, Santa Lilith.

AGRADECIMIENTOS

En nuestras computadoras hay archivos relacionados con *Time Keeper* que tienen fecha de 2007, y desde entonces (puede que incluso antes) llevamos pensando en esta historia. Las Iria y Selene del pasado estaban obsesionadas con ella y lo cierto es que durante estos diecisiete años no hemos dejado de tener conversaciones sobre este proyecto, hacer un montón de bromas internas y soñar con escribirlo algún día. Y ahora, por fin, podemos decir que hemos empezado a hacerlo. Este primer libro es muy diferente a aquella primera historia que comenzamos a imaginar hace casi dos décadas, como podrán suponer, pero es todo lo que queríamos hacer *ahora.*

No les vamos a decir que no costó sacarla adelante. Cuando convives con una historia durante tantos años, la responsabilidad de hacerle justicia a lo que está en tu cabeza es inmensa, y la presión cuando sabes que algo tan tuyo va a pasar a ser de otras personas también se desborda. Así que la hemos sufrido, nos hemos frustrado y hasta hemos llorado (un poquito), pero como pasa con todas las cosas que valen la pena, no cambiaríamos trabajar en ella por nada. Porque mientras escribíamos también nos reímos (mucho), gritamos como si volviéramos a ser aquellas niñas que fuimos un día y se nos pasaron las horas como si fueran minutos. La escribimos para que saliera al mundo al fin, pero ¿saben qué? Sobre todo, la escribimos para nosotras. Y eso es lo más importante.

Así que, si llegaste hasta aquí, gracias por leer. Gracias por adentrarte en Evren con nosotras, por pasar el tiempo con Nathan, Lilith,

Darien y todos los demás. Gracias, también, a las personas que nos acompañaron con su trabajo. Gracias al equipo de Molino por su incansable dedicación, especialmente a Marta, que fue la primera en preguntar por este proyecto y que nos vio pelearnos con el texto y nos ayudó a que quedara como nosotras queríamos. Gracias a Medusa Dollmaker por la portada más preciosa con la que podríamos haber soñado. Gracias a Hilde y Sofia, también, sin quienes esta novela jamás habría visto la luz.

Gracias a todas las personas que escucharon hablar de este proyecto durante horas, días, meses y años y no huyeron en dirección contraria. A todas las personas, también, que nos preguntaban para cuándo esta historia en cada presentación y en cada directo, sabiendo que existía y queriendo leerla pese a que ni siquiera sabían de qué trataba. Esperamos que les haya gustado descubrirlo todo de ella, aunque, como diría Xandre, esto es solo el principio.

Nos vemos en el siguiente.

Time Keeper 1. El eco del destino de Iria G. Parente y Selene M. Pascual
se terminó de imprimir en el mes de abril de 2024
en los talleres de Diversidad Gráfica S.A. de C.V.
Privada de Av. 11 #1 Col. El Vergel, Iztapalapa,
C.P. 09880, Ciudad de México.